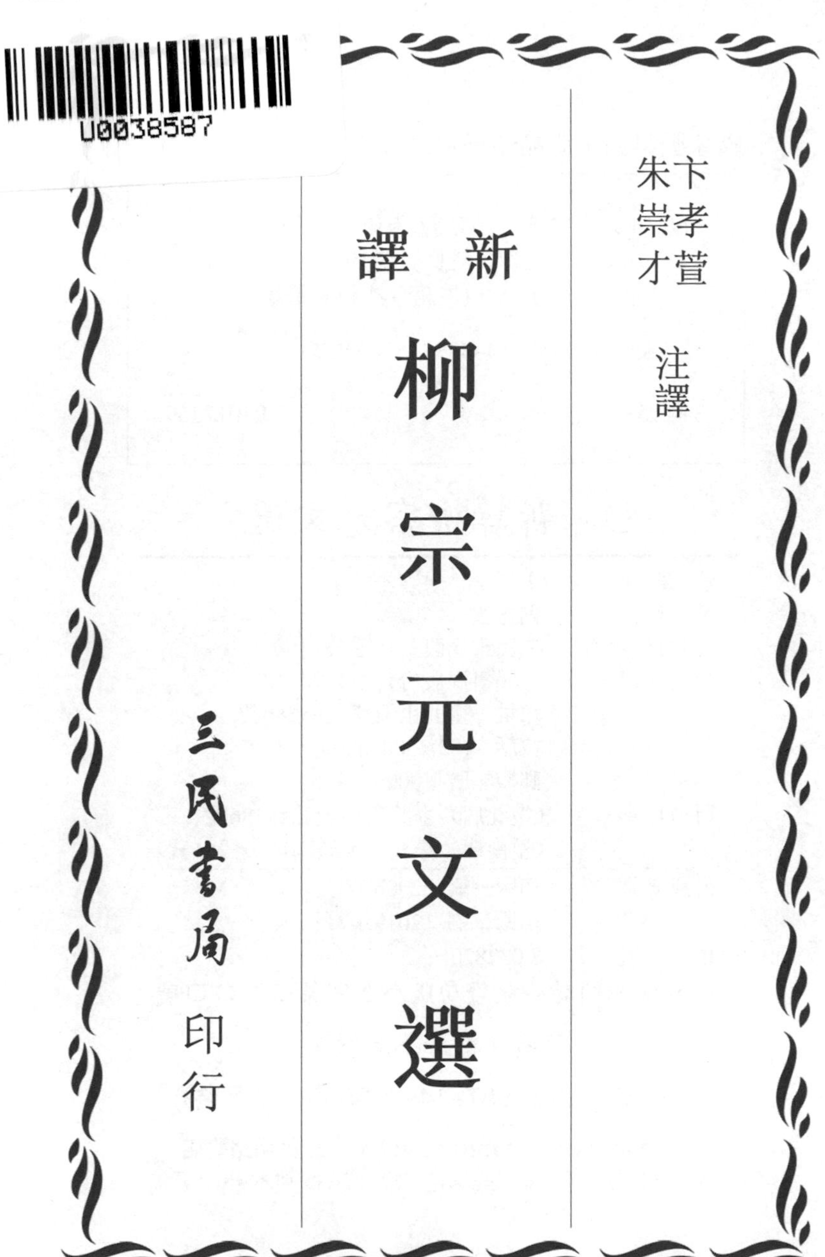

卞孝萱
朱崇才 注譯

新譯柳宗元文選

三民書局 印行

國家圖書館出版品預行編目資料

新譯柳宗元文選／卞孝萱,朱崇才注譯.——初版
二刷.——臺北市：三民，2019
冊；　公分.——(古籍今注新譯叢書)

ISBN 978-957-14-4335-5　(平裝)

844.15　　94017369

© 新譯柳宗元文選

注譯者　卞孝萱　朱崇才
發行人　劉振強
著作財產權人　三民書局股份有限公司
發行所　三民書局股份有限公司
地址　臺北市復興北路386號
電話　(02)25006600
郵撥帳號　0009998-5
門市部　(復北店) 臺北市復興北路386號
(重南店) 臺北市重慶南路一段61號
出版日期　初版一刷　2006年3月
初版二刷　2019年7月
編號　S 032820
行政院新聞局登記證局版臺業字第〇二〇〇號

ISBN　978-957-14-4335-5　(平裝)

http://www.sanmin.com.tw　三民網路書店

刊印古籍今注新譯叢書緣起

劉振強

人類歷史發展，每至偏執一端，往而不返的關頭，總有一股新興的反本運動繼起，要求回顧過往的源頭，從中汲取新生的創造力量。孔子所謂的述而不作，溫故知新，以及西方文藝復興所強調的再生精神，都體現了創造源頭這股日新不竭的力量。古典之所以重要，古籍之所以不可不讀，正在這層尋本與啟示的意義上。處於現代世界而倡言讀古書，並不是迷信傳統，更不是故步自封；而是當我們愈懂得聆聽來自根源的聲音，我們就愈懂得如何向歷史追問，也就愈能夠清醒正對當世的苦厄。要擴大心量，冥契古今心靈，會通宇宙精神，不能不由學會讀古書這一層根本的工夫做起。

基於這樣的想法，本局自草創以來，即懷著注譯傳統重要典籍的理想，由第一部的四書做起，希望藉由文字障礙的掃除，幫助有心的讀者，打開禁錮於古老話語中的豐沛寶藏。我們工作的原則是「兼取諸家，直注明解」。一方面熔鑄眾說，擇善而從；一方面也力求明白可喻，達到學術普及化的要求。叢書自陸續出刊以來，頗受各界的喜愛，使我們得到很大的鼓勵，也有信心繼續推廣這項工作。隨著海峽兩岸的交流，我們注譯的成員，也由臺灣各大學的教授，擴及大陸各有專長的學者。陣容的充實，使我們有更多的資源，整理更多樣化的古籍。兼採經、史、子、集四部的要典，重拾對通才器識的重視，將是我們進一步工作的目標。

古籍的注譯，固然是一件繁難的工作，但其實也只是整個工作的開端而已，最後的完成與意義的賦予，全賴讀者的閱讀與自得自證。我們期望這項工作能有助於為世界文化的未來匯流，注入一股源頭活水；也希望各界博雅君子不吝指正，讓我們的步伐能夠更堅穩地走下去。

新譯柳宗元文選 目次

導讀

柳宗元，字子厚，祖籍唐蒲州解縣（縣治在今山西運城西南解州鎮附近）人。生於代宗大曆八年（西元七七三年），卒於憲宗元和十四年（西元八一九年）。蒲州古為河東郡，唐天寶、至德年間曾一度恢復「河東郡」這一名稱。後人因而尊稱柳宗元為「柳河東」。柳宗元晚年曾任柳州刺史，後人因又稱其為「柳柳州」。

柳宗元是中國歷史上著名的政治家、哲學家和文學家。有《柳河東集》四十五卷傳世。《全唐文》錄存其文二十五卷，《全唐詩》錄存其詩一六三首。他的政治思想、哲學思想和文學成就，主要體現在他的散文、辭賦和詩歌中。本書即選取柳宗元的六十餘篇文章。為了更好地理解這些文章，有必要對柳宗元的政治活動和思想歷程作一些介紹。

作為政治家，柳宗元不但提出了「興堯舜孔子之道，利安元元」（柳宗元〈寄京兆許孟容書〉）等政治思想，還實際參與了王叔文集團的「永貞革新」活動，並提出了一系列的政治改革主張。柳宗元政治抱負的形成，是和他的家世分不開的。柳宗元是在京城長安出生的。父親柳鎮，明經出身，曾任長安主簿、太常博士、宣城令，官至殿中侍御史。（見柳宗元〈先侍御史府君神道表〉）這些都是六、七品的小官。河東柳氏向為門閥貴族，自北朝以來，「世相重侯」（柳宗元〈故大理評事柳君墓誌〉），是唐王朝藉以立國的「關隴集團」成員之一。但到武則天當政以後，情況發生了很大變化：「吾宗……在高宗朝，並居尚書省二十二人。遭諸武，以故衰耗。武氏敗，猶不能興。為尚書吏者，間十數歲乃一人。」（柳宗元〈送澥序〉）從統治集團的核心成員，衰落為一般的下層官宦人家。雖然士族的名頭還在，但實際上已經和一般的庶族沒有多少區別了。不過，祖先的顯赫，對於胸存大志的柳宗元來說，不僅僅是一種光榮的回憶，柳宗元非常希望能像祖先那樣，在現實政治上能有一番大的作為。

柳宗元所處的時代，唐王朝正處於一個特殊的歷史時期。這一時期，政局的動蕩與「中興」的希望並存。一方面，「安史之亂」已平定了十餘年，從上層統治者到下層百姓，普遍地要求安定和平，人心思治。大動亂中人口的大量南遷，也促進了淮河以南地區經濟的發展，這一地區成為朝廷新興的經濟財賦基地。唐王朝在逐步地恢復元氣。另一方面，唐王朝仍然面臨著嚴重的危機。在外，由安史之亂演變而來的藩鎮割據局面，有愈演愈烈之勢；在內，宦官領兵專權，朝中大臣多半因循守舊，或結為朋黨，或依附藩鎮宦官，形成了錯綜複雜的政治局面。這樣的一個時代，需要振興，需要改革。柳宗元的政治思想，就形成於這樣的時代背景中。

德宗建中元年（西元七八一年），柳宗元九歲時，爆發了歷時四年之久的「建中之亂」。長安一度陷於叛兵之手。柳宗元親身經歷了戰火，對藩鎮割據所造成的國家殘破、骨肉分離、民眾流離失所的悲慘景象，有著深切的體驗。柳宗元反對割據，要求改革的政治主張，與這一段生活經歷是分不開的。

柳宗元在貞元九年（西元七九三年）中進士第，這一年，他才二十一歲。唐代科舉，最重進士一科，錄取人數很少，同榜中進士的，只有三十二人。能考取進士，本來就很不容易，能在二十歲左右考中，就更不容易了。更難得的是，柳宗元此時已經引起了朝廷甚至皇上的注意。據柳宗元〈先侍御史府君神道表〉一文記載說：「宗元得進士第。上問有司曰：『得無以朝士子冒進者乎？』有司以聞。上曰：『是故抗奸臣竇參者耶！吾知其不為子求舉矣。』」可見柳宗元確實是以自己的才華得第，以至有司將其作為「典型」向皇上回報。而皇上亦因為柳鎮的關係，對柳宗元另眼相看。少年得意的柳宗元，這時可說是躊躇滿志。不幸的是，就在這年五月，父親柳鎮病逝。柳宗元在家守制三年。柳宗元曾用這段時間，到邠州邊防考察。二十年後，柳宗元在永州貶所寫的〈段太尉逸事狀〉，其內容即來自這次考察。柳宗元後來被貶邊遠之地，對下層社會生活實際有了更深入的了解和體驗。深入考察社會實際，是柳宗元政治思想和哲學思想的又一個重要來源。

貞元十四年，柳宗元中博學宏詞科，授集賢殿書院正字。這雖然只是個「從九品上」的小官，職責也只是校理經籍圖書，卻是一個「清顯」的美差，一個登上朝廷要職的「捷徑」。按唐代敘官的慣例，進士出身者，經一系列的銓選考核，或經過博學宏詞科等考試，可授校書、正字等清職，然後外派到京畿出任縣令或縣尉，歷練數年，再回到臺省為郎官，就算是進入了朝廷的領導機關，從而為今後進一步進入翰林近侍之列，打下一個良好的基礎。果不其然，三年任期居滿，柳宗元即調任藍田縣尉。藍田在長安東南不遠，屬京兆府，正是所謂「畿縣」。但上司並沒有讓他到縣，而是將他留在京兆府，幫助處理政務。（見柳宗元〈與楊晦之第二書〉）貞元十九年，柳宗元升任監察御史裏行。從中進士第到此時，已經在京城從政十餘年的柳宗元，以其才華橫溢的文章詩賦，「踔厲風發」的人格風采，在長安的政壇文壇中「名聲大振，一時皆慕與之交」（見韓愈〈柳子厚墓誌銘〉）。其中就包括與王叔文和韓愈的交往。這兩位政治立場完全不同的朋友，對他的政治前途和思想發展，影響最大。

監察御史裏行，是中央中樞機關即所謂「臺省」之一的「御史臺」的屬官。「裏行」，是「見習」之意。御史臺的長官為御史中丞，主要屬官為監察御史。監察御史雖然品秩不高（正八品上），卻是由皇上親自任命的「供奉官」，具有「分察百僚，巡按郡縣，糾視刑獄，嚴整朝儀」（《唐六典》卷一三〈御史臺〉）的職權，並享有分期分批參見皇上的榮耀。柳宗元的這次升遷，和當時的政治形勢有很大關係。韓愈《順宗實錄》說：「（叔文）因為上（順宗）言，某可為將，某可為相。幸異日用之。密結韋執誼，並有當時名欲僥倖而速進者陸質、呂溫、李景儉、韓曄、韓泰、陳諫、劉禹錫、柳宗元等十數人，定為死交，而凌準、程异等又因其黨而進。交遊蹤跡詭秘，莫有知其端者。」這一段敘述代表當時官方的觀點，從這裏可以看出，柳宗元升任監察御史裏行，不僅僅是一般的循例升職，而有著一定的政治背景。

三十出頭的柳宗元，此時雖然官位並不高，但實際上已經有了參與朝廷政治的權力和資格。我們這本書中所選的〈守道論〉、〈時令論〉、〈斷刑論〉、〈六逆論〉、〈䄍說〉等文章，可能就寫於這一時期。柳宗元後來回憶說，他升職後「年少好事，進而不能止」（柳宗元〈與裴塤書〉）。從這裏也可以看出，柳宗元對朝政充滿了熱情，對自己的政治才能和政治前途，充滿了信心。

貞元二十一年（西元八〇五年）正月，德宗病崩。王叔文等革新派人物經過劇烈的宮庭權力鬥爭，依計畫擁立太子李誦繼位，是為順宗。柳宗元積極參與王叔文集團的這一鬥爭及其後的政治革新活動。這年的四月，柳宗元升任禮部員外郎，位居正六品上。兩年的時間，升了兩品，屬於越次升遷。儘管柳宗元只是一個「員外郎」，但與此時升任屯田員外郎的劉禹錫一樣，已屬「超取顯美」（語見柳宗元〈與蕭翰林俛書〉），更重要的是，他們都是王叔文政治集團的核心成員，參與了太子登基前後的宮庭鬥爭，並在其後的政治革新活動中，起著重要的作用。柳宗元後來認為這段時間自己是「暴起領事」（柳宗元〈寄許京兆孟容書〉），後人也有「二王劉柳」（即王叔文及其政治集團中的核心成員王伾、劉禹錫、柳宗元）的並稱，可見他在這個政治集團中的地位。柳宗元「獨好為文章，始用此以進，終用此以退」（柳宗元〈上李中丞獻所著文啟〉），可知柳宗元在這一集團中，主要是負責起草詔命制誥等工作。柳宗元現存有〈禮部為文武百僚請聽政表〉，就是其中的一篇。王叔文集團政治改革的主要內容，是「罷進奉、宮市、五坊小兒，貶李實，召陸贄、陽城，以范希朝、韓泰奪宦官之兵柄，革德宗末年之亂政」（清王夫之《讀通鑑論》卷二五），其矛頭，是指向握有兵權的宦官集團和朝中守舊派大臣。但是，由於這一改革集團的成員本身資歷名望很淺，所依靠的順宗皇上，又是一個中風失語的病人，他們的激進改革措施，並沒有得到廣泛的理解和支持，更重要的是，由於權力鬥爭，他們得罪了受到宦官集團和守舊派大臣支持的太子李純，從而為柳宗元等改革派核心成員終身的悲劇命運，埋下了伏筆。

這年七月，順宗被迫內禪，皇太子李純即位，是為憲宗。王叔文集團的革新運動徹底失敗，改革派成員遭到殘酷迫害。九月，柳宗元被貶為邵州刺史，赴貶所途中，又加貶為永州（今屬湖南）司馬。

唐代的永州，在今天湖南、廣西交界處，是一個偏僻荒涼的地方。柳宗元永州司馬這一「職務」的全稱，是「永州司馬員外置同正員」，這是一個閒職，按規定不得干預政務，甚至連宿舍也沒有，實際上等同於被拘繫在永州這個地方待罪。柳宗元從朝廷臺省的「領事」郎官，一下子變成了遠貶荒僻的罪人，其心境之悲憤，可想而知。在赴永州的途中，柳宗元寫下了〈懲咎賦〉，表達了對於理想追求的堅定信念，和對於天命無常的無可奈何：「配大中以為偶兮，諒天命之謂何！」

柳宗元在永州度過了生命中漫長的十年。在這十年中，朝廷多次點名重申柳宗元、劉禹錫等人「縱逢恩赦，不在量移之限」（《舊唐書》卷一四〈憲宗紀〉），就是說，凡有大赦，這幾人都不在赦免之列，不得「量移」（酌情調動到距京城較近或條件較好的地方）。柳宗元的政治理想徹底破滅，再也無緣於他曾傾注了滿腔熱忱的朝廷政治。在這巨大的挫折面前，柳宗元有過悲傷感嘆，也有過灰心失意，但他沒有就此消沉不起。他勇敢地面對現實，在艱難的困境中，堅持自己的理想信念。他將滿腔的政治熱情，轉化為對於政治理論的建設、哲學理論的建構和文學藝術的創作。

憲宗元和九年（西元八一四年）十二月，在柳宗元等人被貶十年後，朝廷終於下詔徵召他們進京，準備重新敘用。次年正月，柳宗元回到久別的京城長安。但是，由於劉禹錫、柳宗元等人並沒有任何悔罪的表示，相反，劉禹錫還寫了〈贈看花諸君子〉等譏刺時政、表達對十年前那場處罰極度不滿的詩歌。而對於十年前那次你死我活的政治鬥爭，當今皇上和朝中當政大臣仍然是耿耿於懷，於是，劉柳等人再次被貶遠州。柳宗元被任命為柳州（今屬廣西）刺史。

唐代的柳州，相對於京城長安及中原地區來說，是一個非常遙遠荒僻的地方。柳宗元的官位表面上是提升了，但派到這遙遠的荒瘴之地為官，仍然是一種很嚴厲的處罰。儘管命運再一次對柳宗元顯示了極不公平極為殘酷的一面，但柳宗元仍然沒有氣餒，仍在自己力所能及的範圍內，懷著對政治理想始終不渝的追求，對民眾的真忱熱愛，在柳州任上，作出了自己的努力，並取得了可觀的成績。柳宗元任上較為突出的政績有：發展農業生產，植樹造林，興修水利，解放奴婢，普及文化教育，在提倡儒學的同時，也提倡儒佛道三教合流。通過柳宗元的努力，柳州在短短幾年內發生了巨大的變化。事實證明，柳宗元不但有政治理想，還善於將這些理想付諸實施，具有很高的政治才幹。

邊遠地區的長期貶謫生活，嚴重地損害了柳宗元的身體健康。元和十四年十一月，柳宗元因病去世，年僅四十七歲。當地百姓對於這位為柳州作出巨大貢獻的長官表現出了由衷的愛戴。長慶二年（西元八二二年），即柳宗元逝世後僅僅三年，當地百姓建成了紀念柳宗元的羅池廟，將其奉為羅池之神，給予最隆重的祭祀和膜拜。韓愈還寫了〈柳州羅池廟碑〉，這也從一個側面體現了柳宗元政治活動和政治思想的不同尋常的意義。

柳宗元留給後人的，不僅僅是優異的政績，百姓近乎虔誠的讚譽崇拜，官方正史的微辭，還有豐富的政治理念、精深的哲學思想和輝煌的文學成就。

除了在早期所秉持的政治改革理念，柳宗元在政治理論建設方面的思想，概括地說，就是柳宗元在他的文章中所反覆闡述推揚的「大中之道」。這是柳宗元政治思想的核心和靈魂。這一大中之道不僅是堯、舜、周公、孔子、孟子所開闢的道路，而且有著柳宗元自己的獨特的政治理想和不同於流俗的政治觀點，以及實現這一理想的政治路線及具體途徑和措施。柳宗元將這一理想的政治目標及路線，名之曰「大中之道」。要實現這一「大中之道」，就必須堅持以「道」為最高原則。例如，〈守道論〉提出了「守道」比「守官」更為重要的觀點，這對於以官為本位的中國古代社會，有著現實的批判意義。這一「大中之道」的具體內容非常豐富，據我們看來，主要有如下幾點：

一是反對諸侯割據，堅持國家統一，反對宦官專權，堅持國家政令的正常化。柳宗元最重要的政治理論文章，是〈封建論〉。該文從中國歷史實際出發，針對中唐以來藩鎮割據的現實，對於中國政治制度的發展走向，提出了自己的見解和建議。柳宗元在這篇文章中所提出的意見，直到今天，仍然有重要的借鑑意義。柳宗元在〈晉文公問守原議〉等多篇文章中，或用直接表述的方式，或用旁敲側擊的方式，分析宦官干政的危害，表明其堅決反對的態度。

一是重視「生人」的民本思想。「生人」，即生民、民眾，唐代避太宗李世民諱，將民改作人。柳宗元認為，民眾是國之本，應該關心民眾疾苦，為民眾謀取利益。在〈全義縣復北門記〉一文中，柳宗元提出：「賢者之作，思利乎人（民）」。柳宗元在永州所寫的〈捕蛇者說〉，表現了對苛政的譴責，對於民眾的深切同情。〈送薛存義序〉，提出了「吏為民役」的著名觀點，認為為官吏者不應役民而應該為民所役。這是孟子民本思想的進一步發展補充，已經初步具有了類似於現代公務員制度的「公僕」思想的萌芽。

一是提出了一系列或不同於既往看法，或不同於常人的政治見解。這些觀點看法，並不僅僅是簡單的翻案文章，也不僅僅是故意標新立異，而是有著積極的政治理論建設方面的探索意義。柳宗元對於所論對象，或有深切的親身體驗，或對歷史現象有深刻的見解，或對社會現象有獨到的觀察。例如，〈非國語〉是柳宗元在這一時期所寫的系列政論文。這些文章反映了柳宗元不同流俗的政治見解。其具體內容，亦請參看本書有關文章之後的注釋和研析。

柳宗元的哲學思想，概括言之，主要有如下數端：

一是天人相分的思想。天人關係是中國古代哲學的重要命題。就天人關係而言，中國古代思想界占主流地位的哲學思想是「天人相與」的觀點。這一觀點的較有價值的一面，是強調天與人，即主體與客體、人與自然的統一和諧；其應該揚棄的一面，是錯誤地強調天與人之間某些非本質的聯繫，甚至認為天有意志，能夠影響到人事，而人在天面前，就無能為力，甚至安心地成為天命的奴隸。柳宗元在〈天問〉、〈天說〉等一系列論述天人關係的文章中，針對「天人相與」學說中的這些錯誤觀點，大力強調了「天人相分」的思想。柳宗元堅決地認為，天是天，人是人，天沒有意志，天命是不存在的，人間的事之所以發生，之所以發展成這樣而不是那樣，應當從人間本身去尋找原因，而不能推諉到天的頭上。「天人相與」中的天命思想，君權神授思想，天人感應學說，歷來是統治階級之所以具備統治資格的理論基礎。皇帝是天的兒子，是代表天來統治下民的。柳宗元所提倡的「天人相分」思想，客觀上動搖了歷代統治階級統治下民的理論基礎，人們就有可能從「天人相分」的理論出發，對這種統治的合理性和合法性，提出懷疑和挑戰。所以，柳宗元的這一思想，受到了歷代統治秩序的維護者及其理論家一致的指責甚或攻擊謾罵。當然，「天人相與」理論中的天命思想、天人感應學說，也有束縛乃至規範最高統治者的正面作用，在一定程度上，可以使其不敢過於胡作非為，否則必遭天譴。而柳宗元所提倡的「天人相分」思想，也有片面強調人定勝天，片面強調人與自然的分離的缺陷。但是總的說來，「天人相分」的哲學思想，更接近於現代的科學理性精神。同時，柳宗元強調「天人相分」，並不意味著柳宗元不重視自然客觀規律。在〈種樹郭橐駝傳〉一文中，柳宗元就強調了「順木之天，以致其性」，強調必須遵循客觀的自然規律，而不能片面強調人事的作用。這是我們在閱讀柳宗元〈貞符〉〈天對〉、〈天問〉

等相關文章時，應該有所注意的。

一是通時達變的事物發展觀。事物的發展變化，是中國古代哲學的又一重要課題。柳宗元在〈貞符〉、〈封建論〉等文章中，對於人類社會的歷史發展，提出了基本符合事實的看法。柳宗元認為，萬事萬物，包括人類社會，都是發展變化的；同時，社會的發展，是人類歷史發展本身所決定的，它既不是「天命」、「天意」，也不是「聖人之意」，而是人類社會內部各客觀因素所引起的必然結果，而其中「生人之意」也有一定的作用。對於事物發展變化的一般規律，柳宗元也進行了一定的探討。在〈斷刑論〉（下）、〈桐葉封弟辯〉等文章中，柳宗元論述了「經」（原則）與「權」（變通）的關係問題。柳宗元認為，「經」與「權」既是相對立又是相統一的，兩者配合得好，便達到了「當」（適當）這一理想狀態。

受到禪宗思想的影響，柳宗元通過〈曹溪第六祖賜謚大鑒禪師碑〉等文章，對「無為」與「有為」、「空」與「實」、「性善」與「性惡」的辯證關係，也有所闡述。

柳宗元提出了「大中之道」的政治理想，但他從事朝廷政治活動的時間並不長，僅有「永貞革新」的幾個月時間。他在地方從政，本來可以有更廣闊的空間和更大的政績，但因為他的病逝，他只有在柳州刺史任上的四年實踐。柳宗元提倡「天人相分」的哲學思想，反對董仲舒以來的天命觀，也引起了後人的許多指責。如果說，柳宗元是一個不成功的政治家，或者是一個未來得及成功的政治家，是一個歷來存在爭議的哲學家，那麼，柳宗元就是一個極為成功的、古往今來一致推崇的大文學家。可以這樣說，殘酷的命運給柳宗元帶來無盡的痛苦，同時也使他將這些不公和痛苦化為文學創作的動力，使他成為一個偉大的文學家。

柳宗元的文學成就是多方面的。在詩歌、散文、辭賦，及文學理論等方面，柳宗元都有很高的成就。

柳宗元的詩歌，在唐代自成一家。在詩歌創作實踐上，他既吸取了陶、謝、王、孟的自然清新，空靈雋永，又具有自己特有的奇峭明淨，悲憤沉鬱。在放情山水及寓言託物上都有所創新，有所發展。宋代蘇軾評其能「漱滌萬物，牢籠百態，而無所避之」（〈東坡題跋〉），「發纖穠於簡古，寄至味於淡泊」（〈書黃子思詩集後〉）。在詩歌理論上，他提倡要有「抑揚諷諭」的社會效果和「麗則清越」的藝術美感。柳宗元的詩歌創作實踐和詩歌理論，對於他的散文創作，有一定的關聯。

柳宗元的散文具有很高的藝術成就。後人有「唐宋八大家」的說法，柳宗元即是其中的一大家。《舊唐書》卷一六〇評論柳宗元「巧麗淵博，屬辭比事，誠一代之宏才」。他和韓愈同為唐代「古文運動」的倡導者，他們通過「古文」這種文體的創作實踐，在散文創作的文體、風格、語言、意境等各方面，都有創造性的成就，開創了中國散文史的新局面，而以「韓柳」為代表的這種「古文」文體，以及相應的風格、語言傾向，從此在中國古代散文史上占據了統治地位，直到近代「五四」之後，白話文興起，才告一段落。柳宗元散文的特色，韓愈評為「雄深雅健，似司馬子長」（見劉禹錫〈唐故尚書禮部員外郎柳君集紀〉）。其批判時政之作，筆鋒銳利，形象生動；其山水遊記，刻劃細緻，寄託深遠；其贈序記事之作，一往情深，體貼入微；其牢騷渲泄之作，借景抒情，託物寓言，嘻笑怒罵，皆成文章。柳宗元散文之所以能取得如此高的成就，有許多主觀的和客觀的原因。除了文學天賦，家學淵源，刻苦學習，志向遠大等因素外，主要與其生平遭遇有關。《新唐書》本傳說他「即竄斥，地又荒癘，因自放山澤間，其堙厄感鬱，寓諸文」。

柳宗元散文具有多種多樣的形式。其中主要有論說、議辯、碑銘、墓誌、墓表、傳狀、記敘、贈序、書啟等等。在本書篇目的遴選中，我們儘量地照顧到每一種文體，以求在文體形式方面能更全面準確地反映柳宗元散文的全貌。另外，我們還想對於柳宗元文集中的「賦」這種文體，作一個特別的說明。賦，是一種特殊的文體。這是一種既入韻，又具有散行特點的文體，從文體形式上來說，介於詩歌與散文之間，和現代的「散文詩」有類似之處。從這一點來說，「賦」也可以算作是廣義的「散文」。柳宗元繼承了屈原辭賦的傳統，寫有多篇情文並茂的「賦」，柳集中即收有九篇「古賦」。柳宗元的賦同樣具有很高的藝術性。宋代詩學家嚴羽《滄浪詩話》即認為，「唐人惟柳子厚深得騷學」。所以，本書也酌情選了二篇賦，其主要目的，是為了使讀者通過本書，對柳宗元的散文，能有一個比較全面的認識。

柳宗元既是散文創作的大家，同時也對散文創作論、文體論、風格論，有深刻獨到的見解。在〈楊評事文集後序〉、〈答韋中立論師道書〉等文章中，柳宗元提出了「文以明道」的觀點，提出了文章可分為「本乎著述」和「本乎比興」的觀點，並以這兩個觀點為核心，提出了一系列關於散文創作的原則和具體途徑方法，闡明了散文這一文體的特徵及美學風格。

這兩篇文章，我們也選在了本書中，讀者如希望能對柳宗元的散文理論有進一步的了解，可參看這兩篇文章。

我們結合其生平遭遇，大致介紹了柳宗元散文的一些情況，以及這些文章所體現的政治理念、哲學思想和文學成就。需要說明的是，儘管我們希望能夠比較全面地深入地介紹柳宗元散文的方方面面，但是，由於柳宗元散文的淵博深邃，同時也由於文學作品的接受，實在是一個「見仁見智」的事情，因而，我們的介紹，只是我們自己的一點體會，並不能也沒有必要去代替讀者自己的閱讀和思考。因此，說是「交流心得」尚可，說是「導讀」，就有些愧不敢當了。好在柳宗元的文章具在，柳宗元散文的具體情況，我們在本書各篇所選文章所附的注釋及研析部分，也已分別作了介紹或說明，讀者可自行參看。

柳宗元的散文，約有四十餘卷四百餘篇。本書選取了其中的六十餘篇。我們的選取原則，是兼顧代表性、藝術性、思想性和歷史傳統。就是說，對於柳宗元散文的各種體裁、各種題材，具有不同風格特色的，寫作於各個不同時期的，我們都選取若干篇目，以使我們的這個選本具有更大的代表性；同時，我們也注重入選作品的藝術性和思想性，注意將那些我們認為是具有相當美學價值和思想價值的作品，選取出來。另外，我們也參考了自宋代以來的柳文選本，對於那些傳統名篇，則優先選取。然而，由於篇幅的限制，許多優秀的文章，也只能割愛了。

本書各篇文章的文本，以中華書局一九七九年版《柳宗元集》為底本，並參考其他的柳集版本。為節省篇幅，對其中的異文，擇善而從，除了特殊情況外，未作校記。對其中的異體字，我們也儘量保留，以存原貌。本書各篇文章的編排敘次，亦以中華書局本所據的傳統次序為準。

本書的體例，是在原文之後，附有注釋、語譯、研析。本書的注釋，力求簡明易懂，盡量直接注出原文的含義，對原文辭語的出處，除有特殊含義，或對於理解原文有很大幫助，一般不作介紹。對於本書的語譯工作，我們注意盡可能地站在原文作者的立場及語境中，設身處地揣摩原作者的心情和想法，力圖向現在的讀者傳達作者的原意。但是由於時代、環境、語言的種種差異，我們的語譯，與作者的原意，可能會有一定的距離。本書的研析，則更是我們的一家之言。我們的研析，只是從一個個小小的側面，去說說我們自己的感受。這些感受不能也不必代表對於原文的全面說明或闡釋。讀者完全可以站在自己的角度，通過對原文的閱讀，產生出豐富多彩的種種感受或感知。如果我們的研析能給予讀者一點小小的啟發，我們也就心滿意足了。另外，對於注釋、語譯、研析中的不妥之處，我們也誠懇地希望讀者諸君能給予批評指正。

本書由卞孝萱規劃，朱崇才執筆。

貞符 并序

負罪臣❶宗元惶恐❷言：

臣所貶州流人❸吳武陵❹為臣言：「董仲舒❺對❻三代❼受命之符❽，誠然非耶❾？」臣曰：「非也。何獨仲舒爾，自司馬相如❿、劉向、揚雄、班彪、彪子固，皆沿襲嗤嗤⓫，推⓬古瑞物⓭以配受命⓮，其言類淫巫⓯瞽史⓰，誑亂⓱後代，不足以知聖人立極之本⓲，顯至德⓳，揚大功，甚失厥⓴趣㉑。」

臣為尚書郎㉒時，嘗著〈貞符〉㉓，言唐家㉔正德㉕受命於生人㉖之意，累積厚久，宜享年無極㉗之義，本末閎闊㉘。會㉙貶逐中輟㉚，不克㉛備究㉜。武陵即叩頭邀㉝臣：「此大事，不宜以辱故㉞休缺㉟，使聖王㊱之典㊲不立，無以抑㊳詭類㊴，拔㊵正道㊶，表覈㊷萬代。」臣不勝奮激，即具[43]為書。念終泯沒[44]蠻夷[45]，不聞於時，猶不為[46]也。苟[47]一明[48]大道[49]，施於人世[50]，死無所憾，用是自決[51]。

臣宗元稽首拜手[52]以聞[53]。曰：孰稱古初朴蒙[54]空侗[55]而無爭，厥流以訛[56]，越[57]乃奮敚[58]鬥怒震動，專[59]肆[60]為淫威[61]？曰：是不知道[62]。惟[63]人之初，總總[64]而生，林林[65]而群。雪霜風雨雷雹暴[66]其外，於是乃知架巢空穴[67]，挽[68]草木，取皮革。飢渴牝牡之欲[69]驅[70]其內，於是乃知噬[71]禽獸，咀[72]果穀，合偶[73]而居。交[74]焉而爭，睽[75]焉而鬥。力大者搏，齒利者嚙[76]，爪剛者決，群眾[77]者軋[78]，兵良[79]者殺。披披藉藉[80]，草野塗血。然後強有力者出而治之，往往為曹[81]於險阻[82]，用號令起[83]，而君臣什伍[84]之法立。德紹[85]者嗣[86]，道怠[87]者奪[88]。於是有聖人焉曰黃帝[89]，遊其兵車，交貫[90]乎其內[91]，一統類[92]、齊制量[93]，然猶大公之道不克建。於是有聖人焉曰堯，置[94]州牧[95]四岳[96]，持而綱之[97]，立有德有功有能者，參而維之[98]，運臂率指，屈伸把握[99]，莫不統率。堯年老，舉聖人而禪[100]

焉，大公乃克建。由是觀之，厥初罔匪[101]極亂，而後稍可為[102]也，非德不樹。故仲尼[103]敘[104]《書》[105]，於堯曰「克明俊德[106]」，於舜曰「濬哲文明[107]」，於禹曰「文命祇承於帝[108]」，於湯曰「克寬克仁，彰信兆民[109]」，於武王[110]曰「有道曾孫[111]」。稽揆[112]典誓[113]，貞哉！惟茲德實受命之符，以奠永祀[114]。

後之妖淫囂昏[115]好怪之徒，乃始陳[116]「大電[117]」、「大虹[118]」、「玄鳥[119]」、「巨跡[120]」、「白狼[121]」、「白魚」、「流火之烏」[122]以為符，斯皆詭譎[123]闊誕[124]，其可羞也，而莫知本[125]於厥貞。

漢用大度[126]，克懷於有氓[127]，登[128]賢庸[129]能，濯痍煦寒[130]，以瘳以熙[131]，茲其為符也。而其妄臣[132]，乃下取虺蛇，上引天光[133]，推類號休[134]，用夸[135]誣[136]於無知之氓。增以騶虞[137]、神鼎[138]，脅驅縱臾，俾東之泰山石閭[139]，作大號[140]，謂之封禪[141]，皆《尚書》所無有。莽、述承效[142]，卒奮鷙逆[143]。其後有賢帝曰光武[144]，克綏[145]天下，復承舊物[146]，猶崇「赤伏[147]」，以玷厥德[148]。魏晉而下，尨[149]亂鉤裂，厥符不貞，邦用不靖[150]，亦罔[151]克久，駁[152]

乎無以議為也。積大亂至於隋氏[153]，環四海以為鼎，跨九垠[154]以為鑪，爨[155]以毒燎[156]，煽以虐焰[157]，其人[158]沸湧灼爛，號呼騰蹈，莫有救止[159]。

於是大聖[160]乃起，丕[161]降霖雨，濬滌盪沃[162]，蒸為清氛，疏為泠風[163]。人乃漻然休然[164]，相睎[165]以生，相持以成，相彌[166]以寧。琢[167]斮[168]屠剔[169]，膏流[170]節離[171]之禍不作，而人乃克完平舒愉，尸其肌膚[172]，以達於夷途[173]；焚坼抵掎[174]，奔走轉死之害不起，而人乃克鳩[175]類集族，歌舞悅懌[176]。用祗於元德[177]，徒奮袒呼[178]，犒[179]迎義旅，歡動六合[180]，至於麾[181]下。大盜豪據[182]，阻命遏德[183]，義威殄戮[184]，咸墜厥緒[185]，無劉於虐[186]。人乃並受休嘉[187]，去隋氏，克歸於唐，躑躅[188]謳歌，灝灝和寧[189]。帝庸威栗[190]，惟人之為[191]，敬奠厥賦[192]，積藏於下[193]，是謂豐國。鄉為義廩[194]，斂發[195]謹飭[196]，歲丁大侵[197]，人以有年[198]。簡[199]於厥形[200]，不殘而懲[201]，是謂嚴威。小屬而支[202]，大生而孥[203]，愷悌[204]祗敬，用底於治[205]。凡其所欲，不謁[206]而獲；凡其所惡，不祈而息[207]。四夷[208]稽服[209]，不作[210]兵革[211]，不竭貨力[212]。

不揚於後嗣[213]，用垂於帝式[214]。十聖[215]濟厥治[216]，孝仁平寬，惟祖之則[217]。澤久而逾深，仁增而益高。人之戴[218]唐，永永無窮。

是故受命不於天，於其人；休符不於祥[219]，於其仁。惟人之仁，匪祥於天。匪祥於天，茲惟貞符哉！未有喪仁而久者也，未有恃祥而壽者也。商之王以桑穀昌[220]，以雉雊大[221]，宋之君以法星壽[222]，鄭以龍衰[223]，魯以麟弱[224]，白雉亡漢[225]，黃犀死莽[226]，惡在其為符也？不勝[227]唐德之代，光紹明濬，深鴻厖大，保人斯無疆。宜薦[228]於郊廟[229]，文之雅詩[230]，祗告於德之休。

帝曰：「諶哉[231]！」乃黜休祥之奏，究貞符之奧[232]，思德之所未大，求仁之所未備，以極於邦治，以敬於人事[233]。

其詩曰：

於[234]穆[235]敬德，黎人皇[236]之。

惟貞厥符，浩浩[237]將[238]之。

仁函[239]於膚，刃莫畢[240]屠。
澤熯於爨[241]，沸炎以澣[242]。
殄厥凶德，乃驅乃夷[243]。
懿其休風[244]，是喣是吹。
父子熙熙，相寧以嬉[245]。
賦徹[246]而藏，厚我糗[247]糧。
刑輕以清，我肌靡[248]傷。
貽[249]我子孫，百代是康。
十聖嗣於治，仁后[250]之子。
子思孝父，易患於己[251]。
拱[252]之戴之，神具爾宜[253]。
載揚於雅[254]，承天之嘏[255]。
天之誠[256]神，宜鑒於仁[257]。

神之曷[258]依？宜仁之歸[259]。
濮沿[260]於北[261]，祝栗[262]於南。
幅員西東，祗一乃心[263]：
祝唐之紀[264]，後天罔墜。
祝皇之壽，與地咸[265]久。
曷徒祝之，心誠篤[266]之。
神協人同，道以告之[267]。
俾[268]彌億萬年，不震不危。
我代[269]之延，永永毗[270]之。
仁增以崇[271]，曷不爾思[272]？
有號[273]於天，僉[274]曰：「嗚呼！
咨[275]爾皇靈，無替厥符[276]！」

【注釋】❶負罪臣 有罪的臣子。官吏上書皇帝時自稱「臣」，作者當時被貶永州，因此這樣自稱。❷惶恐 誠惶誠恐，心意誠懇而恐懼不安。這是上書所用的套語。❸流人 被流放的人，這裏指被貶斥到遠處的官員。❹吳武陵 柳宗元的朋友，當時也被貶永州。❺董仲舒 西漢儒家的代表人物，繼承發揚孔孟學說，提出「天不變，道亦不變」、「三綱五常」等思想觀點，成為古代中國占統治地位的思想理論。❻對 指對策。君主向臣子諮詢，稱「策問」；臣子針對問題陳述意見稱「對策」，簡稱「對」。❼三代 指夏、商、周。❽受命之符 董仲舒在回答漢武帝的策問時，認為夏、商、周三代君主的權力均受命於天。❾誠然非耶 果真是錯的嗎？柳宗元在此之前非議過此事，因此吳就此一問題提出討論。❿司馬相如 與下文的劉向、揚雄、班彪、班固等人都是漢朝人，他們贊成「天人感應」、「君權神授」的說法。⓫嗤嗤 惑亂貌。⓬推 推論。⓭古瑞物 古代吉祥的事物。⓮以配受命 指吉祥物的出現與帝王受命於天的預兆是相匹配的。⓯淫巫 有邪術的巫師。淫，不正；過分。⓰瞽史 上古時代曾以盲人充當樂師和史官，此指是非不明的史官。瞽，盲人。⓱誑亂 誑，欺騙。亂，混淆是非。⓲立極之本 之所以為君的根據。極，君位。本，根本；根據。⓳至德 最完善的道德。⓴厥 它的。㉑趣 旨趣；意義。㉒尚書郎 唐朝中央政府設立吏、戶、禮、兵、刑、工六部，每部的主管稱尚書，尚書郎指尚書官署的下屬官員，柳宗元曾任尚書禮部員外郎。㉓貞符 真正的符命。貞，正，正確的；真正的。符，符號；象徵，此指符命。吉祥物象徵君主受命於天，因稱為「符命」。㉔唐家 唐朝。㉕正德 純正之德。古代認為，一個朝代之所以能夠成立延續，其自身一定具有某些特殊的因素，如天意所屬、仁厚有德、五行輪迴等等。這些因素就稱為「德」。㉖生人 即生民；百姓。唐太宗諱世民，唐人自太宗以來，稱「民」為「人」。㉗享年無極 指唐朝的統治世代相傳，沒有止境。享，指「享國」，即統治國家。㉘本末閎闊 指〈貞符〉這篇文章的內容重要而且豐富。本，指文章的根本論點，末，指文章的具體材料，細節。㉙會 正好碰上。㉚中輟 中間停頓，指這篇文章沒寫完就停下來了。㉛克 能夠。㉜備究 全面而深入地探究。㉝邀 要求；請求。㉞以辱故 為了受辱（遭貶）的緣故。㉟休缺 休，中斷。缺，不全。㊱聖王 聖明的帝王。㊲典 法則。㊳抑壓抑。(39)詭類　種種謬論。(40)拔　提倡；樹立。(41)正道　正確的道理。(42)表覈　表率。這裏作動詞用，指做……的表率。(43)具　完備。用作動詞用，完成。(44)泯沒　泯滅埋沒。(45)蠻夷　指當時比較荒僻的永州一帶地方。(46)猶不為　如同不寫。(47)苟　如果。(48)明　闡明。(49)大道　重大而正確的道理。(50)世　一作代，原當避太宗諱作代，宋本已改作世。(51)用是自決　因此自己下了決心（寫完並呈上）。(52)稽首拜手　古代表示敬意的叩頭、跪拜兩種禮節。這是給皇帝上書時所用的套語。(53)聞　陳述。(54)朴蒙　質樸蒙昧。(55)空侗　無知貌。(56)厥流以訛　這種情況發展下去就變壞了。厥，其。流，流傳；發展。訛，變壞。(57)越　句首虛詞，無實義。(58)奮敓　奮力爭奪。(59)專　專門；一味；只是。(60)肆　任意。(61)淫威　濫用威力。(62)知道　懂得道理。(63)惟　句首發語詞，表強調。(64)總總　紛亂貌。(65)林林　眾多貌。(66)暴　侵襲。(67)空穴　挖洞。空，用作動詞，使其空。(68)挽　牽引；拔；拖。(69)牝牡之欲　指男女方面的情慾。牝，雌性，牡，雄性。(70)驅　驅使；驅動。(71)噬　咬。(72)咀　細嚼。(73)合偶　男女兩兩相配。(74)交　打交道；互相干擾。(75)睽　怒目相視。(76)嚙　咬。(77)群眾　一群中人數眾多。(78)軋傾軋；欺壓。(79)兵良　武器好。(80)披披藉藉　散亂交錯貌。(81)為曹　設立官署、關卡。(82)險阻　地勢險要之處。(83)用號令起　因此各種號令就產生了。(84)什伍　古代軍隊編制，十人為什，五人為伍。此指群臣的組織。(85)紹繼續，指持有。(86)嗣　繼承。(87)怠　鬆懈；敗壞。(88)奪　失去；被剝奪。(89)黃帝　與下文的堯、舜，據傳是上古部落聯盟的首領。(90)交貫　縱橫穿過。(91)內　指海內，天下之內。(92)一統類　統一政策法令。一，用作動詞，使之統一；統類，指政策法令。荀子在〈非十二子〉中曾提出「齊言行，一統類」的主張。(93)齊制量　統一度量衡。齊，用作動詞。(94)置　設置。(95)州牧　傳說唐堯時天下分為九州。州的長官叫州牧。(96)四岳　傳說唐堯時四方諸侯的首領。(97)持而綱之　掌管治理。(98)參而維之　參加維護治理。(99)運臂率指二句　這兩句是說，堯治理天下像揮動手臂帶動手指抓東西一樣，無不聽從指揮。(100)禪　禪讓。傳說堯把帝位讓給舜，舜後來又把帝位讓給禹，這就是所謂禪讓。(101)罔匪　無不是。匪，同「非」。不；不是。(102)可為　可以治理（好）。(103)仲尼孔子名丘，字仲尼。(104)敘　編輯而使之有序。(105)書　即《尚書》，相傳為孔子所整理編定，是記載堯、舜、夏、商、周時代的歷史文件彙編，後又稱《書經》。(106)克明俊德　引自《尚書・堯典》。意思是能夠發揚崇高的道德。克，能夠。明，發揚。俊，同「峻」。高大的意思。(107)濬哲文明　引自《尚書・舜典》。意思是智慧深沉，光明而有文采。濬，深。哲，智慧。文，文采。(108)文命祇承於帝　引自《尚書・大禹謨》，意思是說在政治措施方面恭敬地繼承堯、舜。文命，文德教命，指政治措施。一說，「文命」是夏禹的名字。祇，敬。帝，指堯、舜二帝。(109)克寬克仁二句　引自《尚書・仲虺之誥》。意思是說，（湯）能寬厚仁慈，對萬民講信用。湯是商代的第一個帝王。彰，彰明；昭著。信，信用。兆，百萬叫做兆，這裏指眾多。(110)武王　指周武王。(111)有道曾孫　引自《尚書・武成》，意思是，周武王是有道之君，不愧是古公亶父的曾孫。周部族是在古公亶父的時期開始強大起來的。(112)稽撰　考查研究。(113)典誓　《尚書》中的兩種文體，如〈堯典〉、〈泰誓〉等。此泛指《尚書》和古代經籍。(114)以奠永祀　用「德」來奠定國家長期統治的基礎。奠，奠定。永祀，永年；長久。(115)妖淫嚚昏　奸邪淫亂，愚頑昏庸。嚚，愚蠢。(116)陳　陳述，宣揚。(117)大電　與下文的「大虹」等等，都是古代的所謂「符命」。據《河圖》記載，少典（古代帝王名）的妃子附寶看到有很大的電光繞著北斗星，受到了「感應」，後來生下了黃帝。(118)大虹　據《帝王世紀》記載，舜母握登見到天上的大虹，後來生下了舜。(119)玄鳥　據《史記》等書記載，簡狄吞吃了鳥卵，因而懷孕生下了商人的祖先契。(120)巨跡　據《詩・大雅・生民》和《史記》記載，姜嫄因踩到神靈的巨大腳印而懷孕生下了周代的祖先稷。(121)白狼　據《帝王世紀》記載，商湯時，有一位神仙，牽著嘴裏銜鉤的白狼來到朝廷。(122)白魚流火之烏　據傳說，周武王伐紂，在渡黃河時，有一條白魚跳到了他的船上。又有一團大火從天而降，落到他的屋頂，變成一隻火紅色的烏鴉。(123)詭譎　神秘詭詐。(124)闊誕　迂闊荒誕。(125)本　指受命治國之本。(126)漢用大度　漢朝開國初期，對百姓實行比較寬鬆大度的政策。(127)克懷於有氓　能夠安撫老百姓。懷，關懷；安撫。氓，指百姓。有，助詞，用作詞頭，無義。(128)登　提拔。(129)庸　同「用」。(130)濯痍煦寒　治好創傷，使貧寒的人得到溫暖。濯，洗，引申為解除。痍，創傷；病痛。煦，使動詞，使……溫暖。寒，貧寒。(131)以瘳以熙　治理好國家，使人民安樂。瘳，病癒，指治理好。熙，安樂。(132)妄臣　妄言亂語的臣子。

133下取虺蛇二句　《史記・高祖本紀》記載，劉邦夜晚走路，有一條白蛇擋路，便拔劍將白蛇殺死。後來有人從這個地方經過，見到一個老太婆哭訴說：「我的兒子白帝子，化成白蛇擋路，被赤帝子殺了。」又記載劉邦進入函谷關，見到五顆星聚集在東井（星宿名）。虺，一種毒蛇。134推類號休　以同類事物加以推論，把它們說成是吉慶的。類，同類事物。號，號稱；說成是。休，吉慶。135夸　誇張。136誣　欺騙。137騶虞　傳說中的一種仁獸，可預兆祥瑞。138神鼎　鼎，古代祭祀一種器具，周有九鼎，為鎮國之寶。傳說漢武帝曾在汾水上得到一個神鼎。139俾東之泰山石閭　太初三年（西元前一〇二年）夏四月，漢武帝到泰山石閭封禪。俾，使。東之，東行到。泰山石閭，在泰山南面，又稱「仙人閭」，歷代帝王多到此祭祀天地。140作大號　起了一個莊嚴的名字。141封禪　封是祭天，禪是祭地。142莽述承效　王莽、公孫述繼承和倣法用符瑞騙人的作法。王莽，西漢末年人，曾被封為安漢公，後篡漢稱帝，改國號為「新」。《漢書・王莽傳》說，有人淘井得到一塊上圓下方的石頭，上面有紅字「告安漢公莽為皇帝」。述，公孫述，王莽篡漢時自立為蜀王，後自稱天子，說有龍出現在他府殿裏，以證明他應做皇帝。143卒奮驁逆　終於起來叛亂。卒，終於。奮，奮起。驁，不馴服。逆，叛逆。144光武　東漢第一個皇帝，名劉秀。145綏　綏靖；安撫。146復承舊物　指劉秀恢復了漢朝的政權。147赤伏　赤伏符。《後漢書・光武帝紀》記載，建武元年（西元二五年），劉秀在長安時，有人送給他「赤伏符」，上面寫有「劉秀發兵捕不道，四夷雲集龍鬥野，四七之際火為主」，他的部下說這是「受命之符」，劉秀因此即位稱帝。148玷厥德　玷污了他的德行。149尨　雜色；雜亂。150邦用不靖　國家因此不安定。用，因此。靖，安定。151罔　不；無。152駁　駁雜，這裏是混亂的意思。153隋氏　隋朝。154九垠　中國上古時分為九州，九垠即指九州，代表中國。垠，邊界。155爨　用火煮東西，這裏是燒的意思。156燎　大火。157虐焰　暴虐的烈焰。158其人　即其民，指老百姓。159莫有救止　沒法解救。止，停止。160大聖　這裏指唐高祖李淵、唐太宗李世民。161丕　大。162濬滌盪沃　疏導沖洗，滌除灌溉。163疎為泠風　散發為清涼和風。泠風，清涼的和風。164漻然休然　指百姓的生活安定美好。漻，水清深的樣子，引申為環境安定。休，美好。165睎　看望；照顧。166彌　彌合；融洽。167琢　與下文的斮、屠、剔都是古代的肉刑。琢，即宮刑，割去男性生殖器。168斮　砍、削。169剔　分解骨肉。170膏流　腦漿、血液流出來。膏，指人的腦漿、血液等東西。171節離　骨節分離。172尸其肌膚　能支配自己的肉體。尸，古代祭鬼神儀式上扮演神靈的人。此引申為主宰、支配。173夷途　平安的道路。夷，平。174焚坼抵掎　焚，燒。坼，裂開。抵掎，推拉。175鳩　聚集。176懌　歡喜。177用祇於元德　因此，(百姓便)敬奉這種大德。用，因此。祇，敬。元德，大德。178徒奮袒呼　赤足露胸，振奮高呼。徒，赤足。袒，露胸。179犒　用牛、羊、酒、飯慰勞軍隊。180六合　上、下、東、西、南、北。181麾　大將的旗幟。182大盜豪據　指隋末唐初各據一方的政治勢力。其中有農民起義軍，有地方豪強，也有隋朝官僚軍閥。豪據，以武力割據。183阻命遏德　抗拒命令，阻止德政。184義威殄戮　指李淵、李世民領導的軍事力量消滅了武裝割據的勢力。義威，正義的威力。殄，滅絕。戮，殺。185咸墜厥緒　全部消滅了他們的殘餘力量。墜，使動詞，使之墜。186無劉於虐　不被暴虐的勢力殺害。劉，殺。虐，暴虐的勢力。187休嘉　吉慶幸福。188躑躅　徘徊不進，這裏指跳舞。189灝灝和寧　到處都是和平安寧的景象。灝灝，平坦空曠貌。190帝庸威栗　皇帝慎重地使用自己的權威。庸，使用。威，權威；威力。栗，即「慄」，引申為謹慎。191惟人之為　只是為了民眾。192敬奠厥賦　謹慎地規定賦稅。193積藏於下　把糧食積累儲藏在民間。下，指下民。194義廩　義倉，備荒的公共糧倉。在荒年時可開倉濟民。195斂發　收集發放。196謹飭　謹慎小心。197歲丁大侵　遇到災荒的年頭。丁，遇到。大侵，五穀不熟。198人以有年　人們仍能得到豐年一樣的生活。有年，五穀皆熟。199簡　減輕。200形　同「刑」。201不殘而懲　用不著殘酷的刑罰，人民就能得到懲戒。殘，指殘酷的刑罰。202小屬而支　小罪不斷斷犯人的四肢。小，指小罪。屬，連接。而，通「爾」。你，即犯人。這裏是代皇上立言，故使用第二人稱代詞。支，通「肢」。肢體。203大生而孥　大罪也會讓你的妻兒存活。生，使動詞，使之生存。孥，妻子兒女。204愷悌　相互融洽。205用底於治　因此達到了天下大治。底，達到。206謁　謁請。207不祈而息　不用祈禱就消除了。208四夷　泛指四方的邊地民族。209稽服　歸服。210作　興起。211兵革　武器、甲衣，這裏指戰爭。212貨力　物力人力。213丕揚於後嗣　這些都傳揚到後代。丕，顯。(214)用垂於帝式　流傳下來成為稱帝立國的榜樣。垂，流傳。帝式，稱帝立國的榜樣。(215)十聖　指唐朝憲宗以前的十個皇帝：高祖、太宗、高宗、中宗、睿宗、玄宗、肅宗、代宗、德宗、順宗。(216)濟厥治　完成他們的德政。濟，完成；到達。(217)惟祖之則　都按照祖先的準則。(218)戴　擁戴。(219)祥　祥瑞。(220)以桑穀昌　《史記・殷本紀》載，商王太戊時有一棵桑樹和一棵穀樹在朝廷前長出來，一夜之間長得很大並連成拱門的樣子，這本是不太吉祥的，但後來商還是昌盛起來。穀，楮樹。(221)以雉雊大　《史記・殷本紀》載，殷高宗祭祀祖先成湯時，飛來一隻野雞在鼎耳上叫，按「天人感應」的說法，這是不祥的，但後來殷還是強大了。雉，野雞。雊，叫。大，強大。(222)以法星壽　《史記・宋世家》記載，宋景公三十七年，火星逼近心宿（星座名），而心宿被認為是與宋國位置相應的天域，因此被看作不祥之兆，但宋景公享位六十四年。法星，火星。(223)鄭以龍衰　《左傳》記載，魯昭公十九年，鄭國發生大水，龍在時門（城門名）外相鬥，按「天人感應」說法這是吉祥的，但鄭後來還是衰弱下去了。(224)魯以麟弱　《左傳》記載，魯哀公十四年春，狩獵獲得一隻麒麟，麟本是仁獸，但後來魯國卻衰弱了。(225)白雉亡漢　《漢書》記載，漢平帝元始元年春正月，越裳氏獻白雉一隻、黑雉二隻給漢朝，這本是吉祥的，但不久王莽就篡了西漢。(226)黃犀死莽　《漢書》記載，漢平帝元始二年，黃支國獻犀牛，王莽認為是自己當皇帝的符命，但王莽篡漢後不久就垮臺了。(227)不勝　無窮無盡。(228)薦　祭祀；供奉。(229)郊廟　古代在郊外祭祀天地，在廟中祭祀祖先。(230)文之雅詩　寫成讚美的詩歌。文，使之成文；寫作。雅詩，《詩經》中一種詩體，大多是貴族歌功頌德的詩。(231)諶哉　正確呵。(232)奧　奧妙。(233)以敬於人事　以慎重的態度管理政事。(234)於　感嘆詞。(235)穆　美好。(236)皇　動詞，以之為皇。皇，大；美。(237)浩浩　廣大貌。(238)將　扶持。動詞。(239)函　包含。(240)畢　皆；都。(241)澤熛於爨　把灶裏的火氣撲滅。澤，澆溼。熛，火氣。爨，灶。(242)瀵炎以澣　用水沖滅烈焰。沸炎，烈焰。澣，用水沖刷。以上兩句形容撲滅戰火，治好戰爭創傷。(243)乃驅乃夷　驅逐平定兇惡殘暴的勢力。(244)懿其休風　美好的和風吹拂著。(245)嬉　遊樂。(246)賦徹　繳納賦稅。徹，周代交納賦稅，十分賦一，是一種輕稅。此指稅輕。(247)糗　乾糧。(248)靡　不。(249)貽　留給。(250)后　君主；帝王。(251)易患

於己　把可能的禍患轉移到自己身上。易，轉移。252拱　雙手作揖，指恭敬。253神具爾宜　神明讓你如願以償。具，具備，使之滿足。宜，適宜，引申為想得到的。254載揚於雅　用雅詩來頌揚。載，助詞，無意義。雅，雅詩。255嘏　福。256誠　誠然；果真。257宜鑒於仁　應當看到仁德的重要。258曷　何。259宜仁之歸　應當把仁德作為根本。歸，根本。260濮沿　傳說是我國南方的地名。261於北　以北。262祝栗　傳說是我國北方的地名。263祇一乃心　只一心忠於唐王朝。一，動詞，使之一齊；一心。乃心，「乃心王室」的略語。264紀　年代，這裏指統治的時間。265咸　都；同。266篤　誠懇；真心實意。267道以告之　用「道」來禱告。268俾　使。269我代　我們大唐的時代。270毗　連接；延續。271仁增以崇　仁德不斷增高。崇，高。272曷不爾思　怎麼不這樣呢？思，語尾助詞。一說，怎能不思念您的恩德？273號　呼號。274僉　皆；都。275咨　感嘆詞。276無替厥符　不要讓唐代的統治衰敗下去。替，陵替；衰落。

【語　譯】有罪的臣子柳宗元惶恐不安地呈報：

在我降職所到的永州，有一個流放在此地叫吳武陵的人對我說：「董仲舒關於夏、商、周三代接受上天符命的對策，果真是錯誤的嗎？」我回答說：「當然是錯誤的。哪裏只是董仲舒一個人這樣說呢？從司馬相如、劉向、揚雄、班彪、班彪的兒子班固，都是沿襲那些荒唐無知的舊說，他們用古代的吉祥物加以推論，把它說成是上天賦予統治權力的預兆，這種說法就像邪濫的巫師和是非不明的史官，瞎說一氣，欺騙迷惑後人，根本不懂得聖人為君的根本原則，不能顯現高尚的品德，不能表彰偉大的功績，完全失去了它的本來意義。」

我在尚書員外郎任上時，曾經寫過一篇〈貞符〉，闡述我們唐朝所秉承的純正之德，是受命於民眾的，我朝的純正之德積累得深厚而又長久，應該世代相傳，沒有止境等等道理，這篇文章的規模和內容都很宏偉博大。因我被貶流放而中途停下筆來，沒能全部寫完。吳武陵當即叩頭請求我，說：「這是大事，不應該因為受到屈辱就而停下筆來，以致聖明君主的法則不能樹立，種種謬論不能抑制，作為千秋萬代的標準的正道不能伸張。」我聽了非常興奮激動，就把它全部寫了出來。我曾想到自己終生埋沒在蠻夷地區，不被當代所了解，寫了就等於不寫一樣。可是又想到，如果我所闡明的正道有一天能夠在社會上施行，那麼即使是死，我也沒有什麼遺憾了。因此，我就下了決心把它寫出來。

臣柳宗元叩頭跪拜向皇上陳述：誰說古代原始階段純樸蒙昧而沒有爭鬥，到了後世才變壞，才奮力搶奪，激怒爭鬥，一味放肆地濫用威力？我說：這樣說是不懂得社會發展的規律。在人類社會的原始階段，人們紛紛亂亂地生長，一夥一夥成群而居。雪、霜、風、雨、雷、雹從外面襲擊，於是才知道架窩巢、挖地洞來住，才懂得拔草伐木蓋房子，剝獸皮做衣服來防寒。飢餓、乾渴和男女情慾，從內部刺激肉體，於是才知道吃禽獸的肉、咀嚼果實和穀物，互相配偶而居。彼此相交就會有爭奪，眼睛一瞪就會格鬥起來。力氣大的就徒手搏鬥，牙齒尖利的就咬，手爪硬的就抓，人數多的群體就會欺壓別人，武器好的就要砍殺別人。屍體橫七豎八，遍野染上血跡。然後，強有力的人就出來治理，在地形險要的地方設立官署關卡，因此，各種號令就產生了，而且君臣等級、軍事制度也建立起來了。有德有道者就能繼續統治，德道有欠缺的就被剝奪權力。於是有位聖人叫做黃帝，驅使他的兵車，來往巡迴全國，統一政綱和法令，統一度量衡。即使這樣，大公之道仍然不能建立。於是，又有位聖人叫做堯，設立各級地方官和諸侯掌管四方、統治天下，提拔有德行、有功勞、有才能的人參與維持政權，治理天下就像揮動手臂帶動手指去抓東西一樣，沒有不聽指揮的。堯的年紀大了，推舉另一位聖人而把政權讓給他，大公之道才得建立。由此看來，人類原始階段是非常混亂的，後來才逐漸可以治理，可見沒有德行是不能建立起大公之道的。所以孔子編定《尚書》的時候，對堯的評價是「能夠發掘崇高的道德」，對舜的評價是「智慧深厚，光明而有文采」，對禹的評價是「政治制度敬承堯舜」，對湯的評價是「有德行的曾孫」，考察研究《尚書》的文獻證明，這是多麼正確呀！只有這種德行才真正是承受統治權的符命，並把它作為奠定國家長治久安的基礎。

後來，那些奸邪愚蠢的、糊塗的、喜歡荒唐古怪的人們，才開始編造出什麼「大電」、「大虹」、「玄鳥」、「巨跡」、「白狼」、「白魚」、「流火之烏」之類的東西作為符命。這些說法神秘詭詐，是非常可恥的，他們根本不知道，符命的根本，就在於純正。

漢高祖劉邦採用寬宏的制度，能夠安撫人民，選拔和任用有智慧有才能的人，使人民的創傷得以醫治，貧窮的得到溫暖安樂，這才是真正的符命。但是，漢代那些胡言亂語的臣子，卻造出地上「虺蛇」的傳說，引述天空中「天光」的預兆，用同類的事物加以推論，把它們說成是吉祥之物，用這些來誇張渲染，欺騙無知的老百姓。又增加上所謂「騶虞」、「神鼎」這些荒誕的事情，驅使慫恿漢武帝到泰山的石閭去祭祀天地，還給這一舉動起了一個莊嚴的名字叫做「封禪」。這些都是《尚書》所沒有記載過的。西漢末期的王莽、公孫述就繼承、倣法這一套，後來終於起來造反叛亂。後來，有個賢明的帝王叫光武帝，能夠安定天下，復興繼承漢朝的事業。但是，他還是崇尚「赤伏符」這類東西，因此玷污了他的德行。魏晉以來，天下紛亂，四分五裂，他們的符命不純正，國家因此不安定，統治也就不能長久，這樣亂七八糟的社會，沒有什麼議論的必要。天下大亂到了隋朝，四海之內變成了一只大鼎，整個九州變成了一個大爐子，燒起惡毒的大火，煽起暴虐的烈焰，老百姓受到熬煎，被燒得皮焦肉爛，號叫奔逃，沒法解救。

於是大聖人在這時出現了。他廣泛地散播霖雨，洗淨和澆灌大地，蒸發為清新的氣氛，散佈為清涼的和風。人民才得以安居樂業，互相照顧而生存，互相扶持而成長，彼此融洽而過著安寧的生活。而琢、斮、屠、剔各種殘酷肉刑不再使用，流血慘殺的災禍不再發生，這樣人民才能平安愉快地生活，能夠保全身體，走上平坦的生活道路；燒殺搶掠，東西奔走，流浪而死的災禍不再發生，人民才能聚集同族，一起歌舞歡樂。因此，人民敬奉這種大德，大家赤足露胸，振奮高呼，用酒食慰勞迎接正義的軍隊，歡呼聲震動天地，來到聖人的大旗之下。可是，那些大盜割據勢力，獨霸一方，抗拒命令，阻止德政，於是聖人就用正義的威力，把他們全部消滅，使人民不被暴虐的傢伙所殺害。人民這才都享受到了美好幸福的生活，從而拋棄隋朝，歸附唐朝，呈現一片歌舞昇平、歡樂安寧的景象。皇帝慎重地使用自己的權威，一切只是為了老百姓。皇帝謹慎地規定了很輕的賦稅，使糧食能夠積累起來收藏在民間，這就叫做國家富足。在鄉里建立義倉，收藏發放都要嚴加管理，如果遇到荒年，人民也能像豐年一樣過日子。減省刑罰，做到不用酷刑，百姓也能得到應得的懲戒，這就叫「威嚴」。罪小的不砍斷他的手腳，罪大的也不連累他的妻子兒女，老百姓都快樂地生活，和睦恭敬，因此達到了社會安定。凡是人們希望得到的，不拜求上天就可以獲得；凡是人民所厭惡的，不用祈禱就可以消除。四方歸服，不動刀槍，不耗費財力人力。這些都要流傳給子孫後代，發揚光大，流傳下去成為帝王治國的榜樣。唐朝的十代君主都是這樣相繼施行德政的，孝順、仁愛、寬厚、和平，都依據祖先的準則。恩澤長久流傳而更加深厚，仁義由於不斷積累而越來越高尚。人民擁護唐朝，那將是永遠不盡的。

因此，受命不在天，而是在於民；好的符命不在於吉祥的預兆，而在於帝王的德行。只能靠德行，不能靠天降吉祥。不靠天降吉祥，這才是真正的符命呀！從來沒有喪失仁德而能長久統治的，沒有僅依靠吉祥的預兆而能延長統治的。商的國君雖有桑樹、穀樹生在朝廷前這種似乎是不祥的徵兆，卻仍能強大起來；殷高宗祭祀祖先時，雖有野雞飛到鼎耳上鳴叫這種不吉的預兆，卻照樣強盛；宋國的國君雖然遇到火星侵犯心宿這種異常的天文現象卻能長壽；鄭國出現了群龍互鬥這種吉祥徵兆反而衰亡；魯國獵獲一隻麒麟反而衰弱；那吉祥的白野雞獻給西漢皇帝，西漢反而滅亡了；王莽把外國進獻的犀牛當作他陰謀篡位的好兆頭，但他反而很快就死了。國家的興衰治亂，怎麼能說是在於這種符命呢？唐代德政無窮無盡，超過了前代，光輝燦爛，深厚宏大，將保持萬代千秋。這些應該在祭天和祭祖宗時，寫成讚美的頌歌，頌揚唐家德行的美好。

皇上看了這篇文章，一定會說：「的確是這樣啊！」於是就禁止關於祥瑞的奏章，研究真正符命的深刻道理，考慮哪些地方德行還不夠大，尋求哪些地方仁德還不完備，以便把國家治理好，以慎重的態度管理政事。

獻上我的頌詩：

美好啊，那莊重崇高的功德，黎民百姓全都擁護讚頌。
信奉那純正的符命吧，千家萬戶人人有了依靠。
仁德像鎧甲，護衛著肌肉皮膚，刀劍也休想將我的肉身砍動。
恩澤澆滅那燃燒戰火的爐灶，用那清水澆滅炎炎毒焰。

把那些殘暴的傢伙殺死，驅逐邪惡，鏟除元凶！
讓人間大地處處吹遍，和煦的德政春風，
讓家人父子高高興興，安寧團聚，和樂融融。
賦稅輕微家家有餘糧，收藏豐厚糧食多多。
刑罰輕微政治清明，我們子民的身體不枉受殘傷。
願這幸福留給子孫長享，百代啊永遠富足安康。
十位聖皇相承施行德治，每位都是仁德之君。
兒子一心孝順父母，禍患來臨，全都擔在自己身上。
擁護您呀愛戴您，就是神明也會讓您如願以償。
寫成那讚美的雅頌之詩，願您承受上天的賜福。
如果說上天真有神靈，那它就應該看到仁德的力量。
神靈到底依憑什麼？當然只有仁德才是根本。
從南方的濮沿向北，從北方的祝栗向南，
在遼闊的國土四方，只有一個忠於唐王朝的心聲：
衷心祝願唐家天下，世世代代永遠興盛不衰。
祝願我皇長壽，與天地一樣久長。
這不僅是口頭祝福，內心確實非常虔誠。
神靈輔助啊百姓同心，用那道德的力量禱告，用不著祭品。

願我大唐江山，億萬年沒有震動沒有危險。祝我大唐世世代代，永永遠遠延續。仁德越積越崇高，怎能不是這樣？

百姓們向著蒼天，一起真誠地呼告：

「啊，皇天，神靈！千萬不要改變這種符命！」

【研　析】這篇文章作於被貶永州時期。其時，柳宗元作為一個安置在遠州的一個閒員，形同罪囚，已經沒有了議政的資格。不在其位而謀其政，柳宗元憑著自己的一顆赤誠之心，還是給皇上獻上了這篇談論有關王朝政治的文章。

在這篇文章中，柳宗元對於國家制度的產生和發展，提出了完全不同於傳統的觀點和看法。漢代董仲舒在儒家國家制度學說的基礎上，提出了系統的「天人感應」、「君權神授」的一套嚴密理論。這套理論解釋君主權力的產生說：君主的統治權是上天授予的，因此，這一權力是不容置疑的。但人們仍然會有這樣的疑問：你說上天已把統治權力授給了你這位君主，有何憑證？上天是看不見摸不著的，誰聽見過上天的說話和行為？漢代的儒生方士們闡釋說，上天要把統治權交付給某位「真命天子」時，就會降下各種象徵吉祥的「符號物」，這就叫「符命」。符命應在誰身上，誰就是真命天子。柳宗元根據許多上古的傳說和文獻記載，通過對於人類歷史和國家政權產生的推測，批判了這種「貞符」說。柳宗元大膽提出，君主不是受命於天，而是受命於人，只有得到人的擁戴，才是真正的「符命」。他引用《尚書》中的話來證明「非德不樹」，認為只有依靠仁義德行，統治才具有合法性。

柳宗元所提出的問題以及對於這一問題的闡釋，觸及到君主統治的法理和文化基礎這一根本性的問題。在這一問題上，不管多麼賢明的君主，也不會接受。平民百姓遇到了困難，尚且要祈求上蒼，何況是身負萬幾重任的君主。有了上天的符命幫忙，總比沒有要好。不管是仁德的賢君，還是荒淫的昏君，在這一點上可以說是完全一致的。不過，柳宗元的這篇文章，也揭示了這樣一個顯而易見的道理：上天的符命是靠不住的，要想天下太平，只有靠「仁德」。對於這一點，其實君主也是心知肚明，只不過要真正實行起來，卻並不那麼容易。統治集團與被統治的民眾間，總會存在一些利益矛盾，要實行德政，就意味著犧牲掉統治集團的某些既得利益，以君主為代表的這一既得利益集團，能否從整個國家的長遠利益出發，以自身的一些眼前利益作為代價，以換取長治久安呢？看來很難。包括「永貞革新」在內的歷代歷次「改革」、「革新」、「新政」、「變法」，無不以失敗而告終，就是一個明證。

牛賦

若❶知牛乎？牛之為物❷，魁形❸巨首。垂耳抱角❹，毛革疏厚❺。牟然❻而鳴，黃鐘❼滿脰❽。抵觸❾隆曦❿，日耕百畝。往來修直⓫，植⓬乃⓭禾黍。自種⓮自斂⓯，服箱⓰以走。輸入官倉，己不適⓱口。富⓲窮飽饑，功用不有⓳。陷泥蹙塊⓴，常在草野。人不慚愧，利滿天下。皮角見㉑用，肩㉒尻㉓莫保㉔。或穿緘縢㉕，或實㉖俎豆㉗。由是㉘觀之，物無逾㉙者。

不如羸㉚驢，服逐㉛駑馬㉜。曲意隨勢㉝，不擇處所。不耕不駕，藿㉞菽㉟自與㊱。騰踏康莊㊲，出入輕舉㊳。喜則齊鼻㊴，怒則奮躑㊵。當道㊶長鳴，聞者驚辟㊷。善識門戶，終身不惕㊸。

牛雖有功，於己何益？命㊹有好醜，非若㊺能力。慎勿怨尤，以受多福。

【注釋】❶若　第二人稱代詞，你。❷牛之為物　牛作為動物。❸魁形　巨大的形體。❹抱角　兩角彎曲環抱。❺毛革疏厚　體毛稀疏，皮膚很厚。❻牟然　牛叫貌。牟，象牛鳴聲。❼黃鐘　中國古代音樂有「十二律」，黃鐘為第一律，聲音低沉而渾厚。此形容牛鳴音聲之美。❽脰　項頸；脖子，引申為喉嚨。❾抵觸　頂著。❿隆曦烈日。隆，大；強大；厲害。⓫往來修直　在田裏來往耕地，翻出的溝壟又長又直。修，長。⓬植　種植，動詞。⓭乃　你的。⓮自種　與下文自斂，皆指獨立承擔耕種收穫之責，而無其他牲力使用。⓯斂　收拾；收集，此指牛可以用於收穫莊稼。⓰服箱　拉車。《詩經．大東》：「睆彼牽牛，不以服箱。」服，駕御；拉車。箱，車廂，車上方形可盛物之器。⓱適　往；到，動詞。⓲富　使之富，與下文的「飽」均作使動詞用。⓳功用不有　指牛雖有功用，而自己無所享有。有，獲得。⓴蹙塊　踏土塊。蹙，通「蹴」。踏；踩。㉑見　用於謂語動詞之前，表被動語態。㉒肩　指家畜頭以下，腰以上，前腿以上部分。㉓尻　指家畜腰以下，後腿以上的後半身。這裏用肩尻代表全身。㉔莫保　不能保全，此指牛之皮角可用外，全身亦被利用。動物死後回歸自然，是為保全，而牛卻為人所用，故曰莫保。㉕緘縢　皮繩。㉖實　充實。㉗俎豆　祭祀時用以盛放祭品的兩種禮器。㉘是　這。㉙逾　超過。㉚羸　瘦弱。㉛服逐　追隨。㉜駑馬　劣馬。㉝曲意隨勢　違背自己的心意，趨炎附勢。㉞藿　豆葉。與下文的菽均泛指糧草飼料。㉟菽　豆類。㊱與　給與。㊲康莊　據《爾雅》，五達謂之康，六達謂之莊，此泛指大道。㊳輕舉　形容羸驢得意忘形，輕狂跳躍之貌。㊴齊鼻　噴鼻，指驢之鳴叫。㊵奮躑　用力撩蹄。㊶當道　站在路中。㊷驚辟　嚇得避開了。辟，同「避」。㊸惕　怕；怯。㊹命　這裏指遭遇。㊺若　第二人稱代詞，此指動物。

【語譯】你知道牛嗎？牛作為一種動物，體形魁梧，頭兒巨大，兩耳下垂，兩角彎曲，毛稀皮厚，

「牟牟」地大叫，喉嚨發出像黃鐘般低沉渾厚的聲音。牠頂著烈日，一天可耕地百畝，來往耕的地壟又長又直，正適合種植禾黍這些莊稼。不需要其他牲畜，牠可以獨自完成種植和收割莊稼的任務。牠駕著車拉上糧食，運進官倉裏，自己卻吃不到口。使窮的富了餓的飽了，牠自己卻沒有得到什麼好處。陷泥濘踏土塊，牛經常在草野裏奔波。人類毫不慚愧地使用著牛，使牠給天下帶來了利益。牛死之後，皮和角都被人利用，連肢體也不能保存，或者用作皮繩，或者充當祭品。由此看來，沒有任何其他動物的功績能夠超過牛。

牛不像瘦驢。瘦驢追隨劣馬，服服貼貼地追隨著牠的主子，違背自己的心意，趨炎附勢，隨便什麼地方都可以去投靠。不耕地不駕車，卻自有好飼料吃。在平坦大道上奔跑，出入舉動輕浮。高興時就揚鼻噴氣，發怒時就使勁蹬踢。站在路上長叫，聽到的人都嚇得躲開。牠善於鑽營、投靠高門大戶，終身不用擔驚受怕。

牛雖然有功於人，但對自己有什麼好處！命運有好有壞，並不是你的能力所能決定的。因此；千萬不要怨天尤人，只等待著上天的福佑吧。

【研　析】這篇賦可能作於永州貶所。在這篇賦裏，柳宗元藉牛、驢喻人，歌頌了像牛那樣辛辛苦苦、任勞任怨，有功於民、利滿天下的人，諷刺了像「羸驢」那樣趨炎附勢、投機鑽營的小人。

牛勤勤懇懇，腳踏實地，能耕田，能運輸，糧食收上來了，自己卻不能享用；勞累一生，死後連皮、角都有所用。這樣有功於百姓，有利於天下的動物，卻得不到好報；而那沒有什麼本領的瘦驢，只會在路上亂叫，不勞無功，無益於世，卻因為善於投機鑽營而得到重用，橫行當路，一生不用辛苦。通過這兩種形象的強烈對比，柳宗元憤怒地抨擊了這個不合理的社會現實。

為什麼會出現這種不合理的現象呢？作者沒有直接說出來。但是，我們從文章中可以看到，這一現象的直接原因，正是那些當道者提供了可供鑽營的「門戶」，瘦驢們有了「曲意隨勢」的機會，這一現象才得以產生。

本來，牛和驢、馬都是人役使的動物，牠們對於人類的貢獻也都是一樣的，柳宗元之所以要牛和驢對立起來寫，是為了方便地渲洩對於社會現實的不滿。辛勞而無好報的牛，也正是他個人遭遇的生動寫照。柳宗元因參與「永貞革新」，失敗後被貶邵州刺史，途中再貶永州司馬。這對柳宗元是一個沉重的打擊。

這篇賦不但是柳宗元個人遭遇的寫照，也是整個社會現實的一個縮影。當時的唐代社會，正值安史亂後，藩鎮割據，中央政府軟弱無能，天下百姓正如賦中所描述的勞苦之牛，一天也得不到休息。而「當道」小人之輕狂蠻橫，正如那頭鑽營不已的瘦驢，有權有勢者則好比那把持天下的「門戶」。因此，這篇賦就有了更廣泛的現實意義和歷史意義。宋代的蘇軾對這篇賦情有獨鍾，曾寫過〈書柳子厚牛賦後〉一文。文中敘述，海南富者生病，不去看醫生，卻「殺牛為禱」。蘇軾對此深感憂慮，因此，寫下了這篇〈書後〉，贈送瓊州的僧道人士，希望他們能夠作些宣傳工作，以糾正這種陋習。同時，蘇軾寫這篇文章，也有「譏切當世用事者」的用意（何焯《義門讀書記》卷三五）。由此可見柳宗元這篇賦的影響。

懲咎賦

懲[1]咎愆[2]以本始[3]兮，孰[4]非余心之所求[5]？處卑汙[6]以閔世[7]兮，固前志[8]之為尤[9]。始[10]余學而觀古[11]兮，怪[12]今昔之異謀[13]。惟聰明為可考兮，追駿步而遐遊[14]。潔誠[15]之既信直[16]兮，仁友[17]譪[18]而萃[19]之。日施陳[20]以繫縻[21]兮，邀[22]堯、舜與之為師[23]。上[24]睢盱[25]而混茫[26]兮，下[27]駁[28]詭[29]而懷私[30]。旁[31]羅列[32]以交貫[33]兮，求大中[34]之所宜。曰道[35]有象[36]兮，而無其形[37]。推變[38]乘時[39]兮，與志相迎[40]。不及[41]則殆[42]兮，過[43]則失貞[44]。謹守而中兮[45]，與時偕行[46]。萬類[47]芸芸[48]兮，率由以寧[49]。剛柔[50]弛張[51]兮，出入綸經[52]。登能抑枉[53]兮，白黑濁清[54]。蹈乎大方[55]兮，物莫能嬰[56]。

奉[57]訏謨[58]以植內[59]兮，欣[60]余[61]志之有獲[62]。再徵[63]信[64]乎策書[65]兮，謂炯然[66]而不惑[67]。愚者[68]果於自用[69]兮，惟[70]懼夫誠之不一[71]。不顧慮[72]

以周圖[73]兮，專茲[74]道以為服[75]。讒妬構而不戒[76]兮，猶斷斷[77]於所執[78]。哀吾黨[79]之不淑[80]兮，遭任[81]遇之卒迫[82]。勢危疑[83]而多詐兮，逢天地之否隔[84]。欲圖[85]退而保己兮，悼乖[86]期[87]乎曩昔[88]。欲操術[89]以致忠[90]兮，眾[91]呀然[92]而互[93]嚇[94]。進與退吾無歸[95]兮，甘脂潤[96]乎鼎鑊[97]。幸[98]皇鑒[99]之明宥[100]兮，纍[101]郡印而南適[102]。惟罪大而寵厚[103]兮，宜夫重仍乎禍讁[104]。既明[105]懼乎天討[106]兮，又幽[107]慄[108]乎鬼責[109]。惶惶[110]乎夜寤[111]而晝駭[112]兮，類[113]麏[114]麚[115]之不息[116]。

凌[117]洞庭[118]之洋洋[119]兮，泝[120]湘[121]流之沄沄[122]。飄風[123]擊以揚波[124]兮，舟摧抑[125]而迴邅[126]。日[127]霾曀[128]以昧幽[129]兮，黝雲[130]湧而上屯[131]。暮屑窣[132]以淫雨[133]兮，聽嗷嗷之哀猨。眾烏萃[134]而啾號兮，沸[135]洲渚[136]以連[137]山。漂遙逐[138]其詎止[139]兮，逝莫屬余之形魂[140]。攢巒[141]奔以紆委[142]兮，束[143]洶湧之崩湍[144]。畔尺進而尋退兮[145]，蕩洄汩[146]乎淪漣[147]。際[148]窮冬[149]而止居兮，羈纍棼[150]以縈纏[151]。

哀吾生之孔艱兮，循〈凱風〉之悲詩[152]。罪通天而降酷兮[153]，不亟死[154]而生為[155]！逾再歲[156]之寒暑兮，猶貿貿[157]而自持[158]。將[159]沉淵[160]而殞命[161]兮，詎[162]蔽罪[163]以塞禍[164]！惟[165]滅身[166]而無後[167]兮，顧[168]前志[169]猶未可[170]。進路呀[171]以劃絕[172]兮，退[173]伏匿[174]又不果[175]。為孤囚[176]以終世[177]兮，長拘攣[178]而轗軻[179]。曩余志之修蹇[180]兮，今何為[181]此戾[182]也？夫豈貪食[183]而盜名兮，不混同於世也。將顯身[184]以直遂[185]兮，眾[186]之所宜蔽[187]也。不擇言[188]以危肆[189]兮，固群禍[190]之際[191]也。御長轅之無橈[192]兮，行九折[193]之峨峨[194]。卻驚棹[195]以橫江[196]兮，泝凌天之騰波[197]。幸[198]余死之已緩兮，完形軀[199]之既多[200]。苟余齒[201]之有懲[202]兮，蹈[203]前烈[204]而不頗[205]。死蠻夷[206]固[207]吾所[208]兮，雖顯寵[209]其焉加[210]？配大中以為偶[211]兮，諒[212]天命之謂何[213]！

【注　釋】❶懲　懲戒，因遭受失敗或打擊等而引起警戒或引為教訓。❷咎愆　錯誤；罪過。❸本始　追尋事物的本原和開始。❹孰　為何。❺非余心之所求　並不是我本心所追求的。此言永貞革新之演變及結局，出乎意料。❻卑污　地勢低窪而潮溼骯髒，此指自己身處卑下低賤之地位。❼閔世　憐憫時世。❽固前志　固守向來的理想志願。❾為尤　遭受怨恨。❿始　開始之時，指昔日，當初。⓫觀古　觀察探究古代的史實。⓬怪疑怪，以之為奇怪。⓭異謀　思想謀略不同。⓮惟聰明二句　言經過考查檢驗，不論古今，只有聰明才智之士能夠追隨駿馬的步伐而遠遊。意即具有遠大的目標和志向。惟，只有。聰明，聽力好，目力佳，引申為富於才智之人。可考，可經考檢查驗者。駿步，駿馬的步伐，借指聖哲之所行。遐，遠。⓯潔誠　清白誠信。⓰信直取信於正直之士。⓱仁友　仁義之友，指志同道合者。⓲藹　草木茂盛，借指同志眾多貌。⓳萃　聚集。此句言眾多志同道合的友人聚集在一起。⓴施陳　安排措施，謀劃大政。㉑繫縻　聯繫；聯絡。繫，通「羈」。此句言政治上的同道們經常在一起研討問題。㉒邀　請；尊。㉓與之為師　尊許堯、舜為師。與，稱許。㉔上　上古；遠古。㉕睢盱　天地未開，混沌荒忽之貌。《文選》揚雄〈劇秦美新〉：「天地未袪，睢睢盱盱。」㉖混茫混沌，天地初開之狀。此句言遠古時代混沌蒙昧不可考信。㉗下　指上古之後的時代。㉘駁　馬毛色不純，借指混雜不純、是非混淆。㉙詭　詭詐。㉚懷私　夾懷私心。㉛旁　位於其旁，指面對某事或某物。㉜羅列　排開；一一陳列。㉝交貫　交錯貫穿。㉞大中　即偉大的中庸之道，是柳宗元提出的關於天地、倫理、政治等各方面的最高規律或原則。㉟道　即大中之道。在柳宗元的哲學思想中，它指事物的規律和政治原則。所以它「有象（可以在抽象思維中加以擬想）」而「無形（沒有具體的現實形態）」。㊱有象　指有一定跡象，如有規律，或可抽象，或可擬想。㊲無其形　沒有具體形狀，指形而上之物。㊳推變　哲學術語，指推測變化，尋求規律。㊴乘時　順應時勢。㊵與志相迎　與自己的志向相合。迎，合。㊶不及　不能跟上時勢的發展變化。㊷殆　危險。㊸過　超越了時勢的發展變化。㊹貞　哲學術語。占卜，引申為占卜所得之吉兆，再引申為吉，正，根本。《易・乾》：「乾：元，亨，利，貞。」孔穎達《正義》引《子夏傳》云：「元，始也；亨，通也；利，和也；貞，正也。」《乾・文言》：「貞者，事之幹也。」幹，樹木之根幹，引申為事物之根本。㊺謹守句　意為謹慎地堅守大中之道，與時勢同步發展，就會出現下述好的結果。中，用作動詞，遵從中正之道。㊻與時偕行　與歷史的發展變化同步而行。《周易・乾・文言》：「終日乾乾，與時偕行。」㊼萬類　萬物，此指生物。㊽芸芸花葉茂盛貌，泛指眾多而盛。㊾率由以寧　順應事物的發展變化以得到安寧。率由，跟從；沿著。㊿剛柔　哲學術語，表述事物陽剛陰柔性質的一對範疇。事物陽性的一面，具有堅硬、剛直、乾燥、明朗等屬性，統稱之為「剛」；事物陰性的一面，具有鬆軟、柔曲、潮溼、晦暗等屬性，統稱之為「柔」。剛柔二句，意為堅守大中之道，就會剛柔相濟，各得所宜，具備治國的才能，進出朝廷。剛柔弛張，意即文武之道，一張一弛。綸經，整理絲縷，比喻治理國事。51弛張　《禮記・雜記下》：「一張一弛，文武之道也。」弛，鬆弛弓弦。張，拉緊弓弦。引申為事物運行，有鬆有緊，以適應時勢之變化。52綸經　整理絲縷以利於織，比喻治理紛繁國事。綸，粗絲，引申為治理。經，織物之縱線。53登能抑枉　使才能之士得登上位，使枉法邪行之人得以壓制。登，升。抑，遏止、壓制，均用為使動詞。枉，彎曲，指違法；不合正道。54白黑濁清　均用為使動詞，使其黑白清濁不相混淆，比喻是非分明。55蹈乎大方　遵大中之道而行。蹈，行走，引申為行事。大方，大道，即大中之道。56嬰　通「攖」。抵擋；干擾。57奉　接受。58訏謨　宏大的謀劃。此指有關重大國事之決策。訏，大。謨，謀劃。59植內　建立朝政方針。植，樹立，動詞。內，宮內；朝內。此言王叔文、柳宗元等人在順宗的支持下確定永貞新政之方針政策。60欣　高興；欣慰。61欣余句　意為使我感到欣慰的是自己的政治理想有了實現的希望。62有獲　有所收穫，指新政得以實行。63再徵二句　意為在策書中一再提出確實可行的改革主張，自以為心懷坦白沒有可猶疑的地方。64信　徵信；驗證確實。65策書　簡策書牘，指朝廷的詔命。66炯然　分明貌，此指心懷坦白。67惑　疑惑；猶豫。68愚者　自謙自得之詞。69果於自用　指堅守目標，勇往直前，絕不徘徊猶疑。果，果敢；堅毅。70惟　惟有；只是。71誠之不一　在誠心方面不專一。72顧慮　詳加思考。顧，回頭。慮，思考。73周圖　周密地圖謀。74專茲句　意為一心一意以實現革新主張為事。茲道，即大中之道。服，事。75服　從事，此用為名詞，指所從之事。76讒妬句　意為嫉妒讒佞之人設計陷害而不知戒備。讒，進讒。妬，嫉妒。構，設計陷害。77斷斷　決斷，指專心誠篤。78於所執　所執行之事。所執，指他們所推行的革新事業。79吾黨　指王叔文、柳宗元等永貞革新團體。80不淑　不善。此兼指內外。就內而言，革新團體之首領出身低微，聲望不佳；就外而言，朝中贊同者少詆毀構陷者眾。81任　通「壬」。指王人；奸佞之人。82卒迫　倉猝急迫。卒，通「猝」。句言突然遭到姦佞之人的迫害。83勢危疑　指政治形勢充滿危機。84天地之否隔　《周易・否》：「否之匪人，不利，君子貞；大往小來。」〈彖〉解釋這一卦辭說：「則是天地不交而萬物不通也，上下不交而天下無邦也。內陰而外陽，內柔而外剛，內小人而外君子：小人道長，君子道消也。」否之卦象，為下坤上乾，是為天向上而地向下，故天地相背而不得交合，象徵君臣乖隔而不成邦國，小人得志在朝，而君子失意在野。此處指順宗有疾，反對革新的太子李純監國，使革新集團處境艱難。85圖　圖謀；打算。86乖違背。87期　期望。88曩昔　昔日；往日。89操術　運用戰略謀術。90致忠　獻出忠君報國之心。91眾　眾人，指反對革新的之人眾多。92呀然　吃驚張口貌。93互　交互；競相。94嚇　怒喝。95無歸　沒有歸宿，指進退失據。96甘脂潤　甘願用自己的油脂去滋潤。97鼎鑊　烹煮之食器。此指古代的酷刑，把人放在鼎鑊裏烹煮。98幸　幸虧。99鑒　鑑別；觀察。100明宥　英明地寬恕（了我的罪過）。101纍　絲繩，此指繫官印的絲帶，用為動詞。102南適　往南赴貶所。永貞元年九月，柳宗元初貶為邵州（治所在今湖南邵陽）刺史。103寵厚　恩寵深厚。104重仍乎禍謫　永貞元年十一月，柳宗元在赴邵州途中追貶為永州（治所在今湖南永州）司馬。重仍，重複；再一次。105明　陽間，指活著。106天討　上天的懲罰，此處指朝廷的懲辦。唐以五等刑（唐一般以笞、杖、徒、流、死為五刑）懲治有罪之人。107幽　陰間，指死去。108慄　害怕；恐懼。109鬼責　鬼的責罰。《莊子・天道》：「故知天樂者，無天怨，無人非，無物累，無鬼責。」110惶惶　驚恐不安貌。111夜寤　夜間睡眠中被驚醒。112晝駭　白日裏心驚肉跳。113類　類似。114麏　即「麞」。115麃　公鹿。116不息　不得安息。麏、麃等鹿類動物受食肉目天敵威脅，常作惕惕警戒狀，故云不息。117凌　越過；渡。118洞庭　湖名，中國五大湖泊之一，唐時位於江南西道岳州境，其南有潭、邵、永等州。自京赴邵可渡此湖南下。119洋洋　水盛大貌。120泝逆流而上。121湘　湘江，發源於桂州（今廣西桂林），向北流經永、衡、潭、岳等州入洞庭湖。122沄沄　水流浩蕩貌。123飄風　旋風；暴風。124揚波　揚起波浪。125摧抑　指船行因風浪而受阻。126迴邅　徘徊不進貌。127日整日；整天。128霾曀　因風雨而天色昏闇。霾，因風而沙霾，今稱沙塵暴，引申為昏闇。曀，天陰且有風。129昧幽　昏闇不明。130黕雲　黑雲。131屯　屯積；聚集。132屑窣　象聲詞，形容雨聲。133淫雨　久雨。淫，濫；過分。134萃　聚集，指成群的烏鴉聚集在一起。135沸　水沸騰，借指喧譁。136洲渚　水中或水邊沙洲。137以　以及；和；同。並列連詞。138漂遙逐　船隻在水面上向遠方迅速地漂蕩前行。139詎止　豈能停止。140逝莫句　意為船在水上行進時，似乎覺得身體和靈魂也在漂逝，不再屬於自己。141攢巒　重疊聚集的山巒。142紆委　曲折；迂迴。143束　指山巒將洶湧的江流束縛在山谷中。144崩湍　奔騰而下的水流。145畔尺句　意為船隻沿江畔而上，頂風逆浪，前進一尺，又會後退八尺。尋，長度單位，八尺。146洄汩　迴旋的急流。147淪漣　一圈圈的水波。淪，水平。漣，水動。148際　遭遇，適逢。149窮冬　冬天將盡的時候。150羈縶棼　羈絆束縛於紛亂之中。151縈纏　縈繞；糾纏。152哀吾二句　意為我悲嘆自己處境艱難，獲罪遭貶，不能盡到做兒子的責任。孔，甚；大。循，遵循；如同。凱風之悲詩，《詩經・邶風》篇名，傳為讚美孝子之篇。作者赴邵、永貶所，係奉母親盧氏以行。153罪通句　自責罪大通天，上天因降下嚴酷的懲罰。憲宗元和元年（西元八〇六年），作者的母親盧氏不幸卒於永州。154殛死　誅殺。此處指自殺。155生為　還活著做什麼。為，疑問詞，表感嘆。156逾再歲　度過了兩年。157瞀瞀　昏昏沉沉貌，此指精神狀態。158自持　指陷於昏昧中不能自拔。159將　打算。160沉淵　投水，指做法屈原投江自盡。161殞命　死亡。162詎　怎麼能。163蔽罪　掩飾罪過。164塞禍　意即以一死斷絕一切災禍。165惟　思；想；打算。166滅身　指死亡。167無後　沒有後代。168顧　念；考慮。169前志　當初的理想。170未可　未能滿意，指沒有實現。171呀　空谷。用為動詞，有空谷擋路的意思。172劃絕　橫絕不通。173退　隱退。174伏匿　隱藏。175果　實現。176孤囚　孤獨的囚犯。177終世　終此一生。178拘攣　束縛。179轗軻　舊注「坎可二音」，道路不平，指境遇艱難。180修蹇　美好而忠直。修，長；大；美。蹇，猶「謇謇」，忠直貌。181何為　為什麼遭受。182戾　罪。183貪食　貪食祿。指戀棧，不肯隱退。184顯身　指出仕，相對於隱退而言。185直遂　直進；一直向前。指仕途順利。遂，進。186眾　世俗之人。187宜蔽　應該阻擋。188不擇言　講話不選擇字眼，直言無畏。

189 危肆　直言而無所畏忌。190 群禍　許多災禍。191 際　來到。192 御長轅之無橈　車轅前端彎曲以駕馬，如直而無曲則不好駕馭。比喻前途莫測。橈，彎曲。193 九折　路徑曲折。九，言其多。194 峨峨　山高路峻。195 卻驚棹　去掉船槳。卻，去掉。196 橫江　橫渡江水。197 淩天之騰波　形容波浪濤天，騰湧而起。198 幸　慶幸。199 完形軀　保全身軀，指尚未受刑罰。200 多　指超過預料。201 余齒　余一作「餘」，義較佳。指殘餘的生命。齒，年齡。202 有懲　指從失敗中得到懲戒。203 蹈　踏。204 前烈　前代的志士仁人。205 不頗　不偏斜。206 蠻夷　蠻夷之地，此指永州。207 固　固然是。用作動詞。208 所　處所，此指歸宿。209 顯寵　受恩寵的顯貴，指當權在位者。210 焉加　怎麼能加罪於我。加，淩駕；欺侮；誣枉。《論語》：「我不欲人之加諸我也，吾亦欲無加諸人。」211 配大中以為偶　與大中之道為伍，即始終遵循大中之道的意思。212 諒　料想。213 謂何　算什麼；能奈我何。

【語　譯】遭受了失敗或打擊要引起警戒，就應該追尋事情的本原和開始。但為什麼這本原並不是我本心所追求的？我身處卑下低賤之地位而憐憫時世，固守向來的理想志願到卻遭到怨恨。當初我學習觀察探究古代的史實，疑怪今天和往昔思想謀略的不同。只有富於才智之人，才經得起考檢查驗，才能夠追隨聖哲駿馬般的步伐而邁向遠大的目標。我清白誠信而取信於正直之士，志同道合的人像草木那樣，茂盛眾多地聚集在一起。我們每日在一起謀劃大政，研討問題，尊許堯、舜而以之為師。遠古時天地未開，混沌荒忽，遠古之後的時代，混雜不純，各懷私心。在這各種事物交錯羅列的複雜局面中，必須探求恰到好處的大中之道。這種大中之道有著一定的規律跡象，卻沒有具體可見的形象。推測事物的變化以尋求規律，要順應時勢，且與自己的志向相合。不能跟上時勢的發展變化，就會有危險；但超越了時勢的發展變化，就失去了吉利。謹慎地堅守大中之道，要與事物的發展變化同步而行。世間萬物眾多而盛，順應事物的發展變化就能得到安寧。

堅守那大中之道，就可剛柔相濟，張弛有道，出入朝廷，治理紛繁的國事。使才能之士得登上位，使枉法邪行之人受到壓制；使黑白清濁不相混淆。遵大中之道而行，無論什麼事物都不能阻擋干擾。

宏大的謀劃終被接受，朝政方針得以建立。自己的政治理想有了實現的希望，我感到十分的欣慰。為了所嚮往的美政能得以實行，我在策書中一再提出確實可行的改革主張，自以為心懷坦白沒有可猶疑的地方。愚者堅守目標，勇往直前，絕不徘徊猶疑，只害怕在誠心方面尚不夠專一。沒有詳加思考，周密圖謀，只一心一意希望實現那大中之道。嫉妒讒佞之人設計陷害而不知戒備，仍然專心誠意地推行革新主張。可嘆我們這一革新團體不夠美善，在倉猝之間承擔重任。當時政治形勢充滿了危機和詭詐，又正遇到君臣上下有了「否隔」之象。想要謀求退避來保全自己，可使我傷心的是這樣就違背了自己當初的政治追求。想要運用戰略謀術，獻出忠君報國之心，眾多反對革新的人都吃驚地張大嘴巴，競相地發出怒喝的聲音。進與退都沒有了歸宿，我甘願領罪，用自己的油脂去滋潤那鼎鑊。幸虧皇上明鑑，英明地寬恕了我的罪過，授予我南方郡州的官印。我的罪行重大而皇上的恩寵卻很深厚，應該再次遭受貶謫。活著時害怕朝廷的懲辦，死去了又害怕鬼的責罰。驚恐不安，夜間常被驚醒，白天心驚肉跳，好似小鹿，害怕被猛獸吃掉，日夜不得安寧。

渡過洞庭湖的洋洋大水，沿著浩蕩湘江逆流而上。暴風揚起波浪，船行受阻，徘徊不進。天氣整日昏闇不明，黑雲湧上，在天邊聚集。傍晚的窸窣小雨，下個不停，又聽到猿猴的嗷嗷哀叫聲。成群的烏鴉聚集在一起，呱呱的叫聲從沙洲到山嶺鬧成一片。船隻在水面上向遠方迅速地漂蕩前行豈能停止，似乎覺得身體和靈魂也像船兒一般漂逝。兩崖是曲折連綿的山巒，把洶湧奔騰的江流束縛在山谷之中。船兒沿江畔而上，頂風逆浪，前進一尺後退八尺，迴旋的急流蕩起一圈圈的水波。適逢冬天將盡之時，我終於來到貶所，羈絆束縛在這紛亂之中。

我悲嘆自己處境艱難，獲罪遭貶，不能盡到做兒子的責任，遵循讚美孝子的〈凱風〉悲詩，侍奉母親一同前行。我真是罪大通天，使朝廷降下嚴酷的懲罰，母親盧氏不幸卒於永州貶所，不自殺以謝罪，還活著做什麼！度過了兩年寒暑時光，仍然昏昏沉沉，陷於昏昧中不能自拔。我打算倣法屈原投江自盡，但這怎能掩飾罪責，杜塞災禍。我希望死去但顧慮沒有後代，顧慮當初的理想沒能實現。我想前行，空谷橫絕不通，我想隱退也不能實現。作一個孤獨的囚犯而終此一生，就只能長久地陷於這艱難坎坷之中。過去我有著美好遠大而又忠直無私的理想，現在為什麼如此遭罪！我豈是那貪戀食祿盜取功名之人，我只是不想與這個世道同流合污而已。我希望出仕而一帆風順，那些世俗之人當然會百般阻擋。我直言無畏，當然會招來許多災禍。我駕馭著直而無曲的車輈，走過這曲曲折折高山險路。這好比是掉了船槳，卻要橫渡波浪濤天的江水。慶幸我總算還未死去，受了刑罰還能保全身軀，這真是超出了我的預料。希望我殘餘的生命能從失敗中得到懲戒，踏著前代志士仁人的足跡再無偏無頗。死在這蠻夷之地固然是我的歸宿，那些正受恩寵的顯貴又怎能再加罪於我？與大中之道為伍，料想天命又能奈我何！

【研　析】根據文章中「適再歲之寒暑」這句話來推算，這篇賦可能作於柳宗元貶於永州的第三年，即元和三年（西元八〇八年）。柳宗元被貶永州，雖然有「司馬」這一官位，但在永州這些偏遠小州，司馬只是安排有罪官員的虛職，他不但沒有管事的權利，甚至連官舍也沒有，只能借住在寺廟中。在這段投閒置散的日子裏，柳宗元對於自己的人生道路，特別是永貞革新前後的思想和行為進行了總結。這篇賦就是他的反思成果。

這篇賦題目叫〈懲咎賦〉，《新唐書》卷一六八本傳評論此賦說：「宗元不得召，內憫悼，悔念往咎，作賦自儆。」近代林紓的《柳文研究法》也說：「讀〈懲咎〉一賦，不期嗟嘆，若柳州者，真不失為改過之君子哉！」這種觀點並不符合這篇賦的實際。細讀全文，我們可以感受到作者在「懲咎」之下的真實用意。柳宗元並不認為自己的思想及行為有什麼罪責。相反，他在賦中滿懷深情、滿懷激憤地回憶了自己堅守大中之道，參與朝政革新，而遭到奸佞構陷的前前後後，認為自己光明磊落，沒有什麼需要悔過的地方。如果說有什麼「錯誤」的話，那就是感嘆自己和革新同仁們還年輕，缺乏政治鬥爭經驗，未能駕馭住複雜的政治局面，而支持革新的皇上生病不能視事，這也許就是上天的懲戒？在賦的結尾，柳宗元堅定地表示，寧可死，絕不屈服！

封建[1]論

天地[2]果[3]無初[4]乎？吾[5]不得而知[6]之也。生人[7]果有初乎？吾不得而知之也。然則[8]孰[9]為近[10]？曰[11]：有初為近。孰[12]明[13]之[14]？由封建而明之也。彼[15]封建者，更[16]古聖王[17]堯、舜[18]、禹[19]、湯[20]、文、武[21]而莫能[22]去[23]之。蓋[24]非不欲去之也，勢[25]不可[26]也。勢之來[27]，其[28]生人之初乎？不初[29]，無以有封建。封建，非聖人意[30]也。

彼[31]其初與萬物皆[32]生，草木榛榛[33]，鹿豕[34]狉狉[35]。人不能搏[36]噬[37]，而且無毛羽，莫克[38]自奉[39]自衛。荀卿[40]有言[41]：必將假物[42]以為用者也。夫[43]假物者必爭，爭而不已[44]，必就[45]其[46]能斷[47]曲直[48]者而聽命[49]焉[50]。其智而明者，所伏[51]必眾；告之[52]以直[53]而不改，必痛[54]之而後畏；由是[55]君長[56]刑[57]政[58]生焉。故[59]近者聚而為群。群之分，其爭必大，大而後有兵[60]有德[61]。又有大者[62]，眾群之長[63]又就而聽命焉，以安其屬[64]。於是有諸侯[65]之列[66]，則其爭又有大者焉。德又大者[67]，諸侯之列又就而聽命焉，以安其封[68]。於是有方伯[69]、連帥[70]之類，則其爭又有大者焉。德又大者，方伯、連帥之類又就而聽命焉，以安其人[71]，然後天下會於一[72]。是故有里胥[73]而後有縣大夫[74]，有縣大夫而後有諸侯，有諸侯而後有方伯、連帥，有方伯、連帥而後有天子。自天子至於里胥，其德在人者[75]，死必求其嗣[76]而奉之[77]。故封建，非聖人意也，勢也[78]。

夫堯、舜、禹、湯之事遠矣，及有周[79]而甚詳。周有[80]天下，裂土田而瓜分之[81]，設五等[82]，邦[83]群后[84]，布[85]履[86]星羅[87]，四周[88]於天下，輪運[89]而輻集[90]。合為朝覲[91]會同[92]，離為守臣[93]扞城[94]。然而降於[95]夷王[96]，害禮傷尊[97]，下堂而迎覲者[98]。歷於宣王[99]，挾[100]中興[101]復古[102]之德[103]，雄[104]南征北伐[105]之威，卒[106]不能定魯侯之嗣[107]。陵夷[108]迄[109]於幽[110]、平[111]，王室東徙[112]，而自列為諸侯[113]矣。厥後[114]，問鼎之輕重[115]者有之，射王中肩[116]

者有之，伐[117]凡伯[118]、誅[119]萇弘[120]者有之。天下乖盭[121]，無君君[122]之心。余[123]以為周之喪久矣，徒建[124]空名於公侯之上耳[125]，得非[126]諸侯之盛強[127]，末大不掉[128]之咎[129]歟？遂[130]判[131]為十二[132]，合為七國[133]，威[134]分於陪臣[135]之邦，國殄[136]於後封之秦[137]，則周之敗端[138]，其[139]在乎此矣。

秦有天下，裂[140]都會[141]而為之郡邑[142]，廢[143]侯衛[144]而為之守宰[145]，據[146]天下之雄圖[147]，都[148]六合[149]之上游[150]，攝制[151]四海[152]，運於掌握[153]之內，此其所以為得[154]也。不數載而天下大壞[155]，其有由[156]矣。亟[157]役[158]萬人，暴[159]其威刑，竭[160]其貨賄[161]。負[162]鋤梃[163]謫戍之徒[164]，圜視[165]而合從[166]，大呼而成群。時則有叛人而無叛吏，人怨於下而吏畏於上。天下相合[167]，殺守劫[168]令而並起[169]。咎在人怨，非郡邑之制失[170]也。

漢有天下，矯[171]秦之枉[172]，徇[173]周之制，剖[174]海內[175]而立宗子[176]，封功臣[177]。數年之間，奔命[178]扶傷[179]之不暇[180]。困平城[181]，病流矢[182]，陵遲[183]不救[184]者三代[185]。後乃謀臣獻畫[186]，而離削[187]自守矣。然而封建之始，郡邑居半[188]，時則有叛國而無叛郡。秦制之得，亦以[189]明[190]矣。繼漢而帝者，雖百代可知也。

唐興，制[191]州邑[192]，立守宰，此其所以為宜[193]也。然猶桀猾[194]時起，虐害方域[195]者，失[196]不在於州而在於兵[197]。時則有叛將而無叛州。州縣之設，固[198]不可革[199]也。

或[200]者曰：「封建者，必私[201]其土，子[202]其人，適[203]其俗[204]，修[205]其理[206]，施[207]化[208]易也。守宰者，苟[209]其心，思遷[210]其秩[211]而已，何能理乎？」余又非[212]之。

周之事跡，斷[213]可見矣。列侯驕盈[214]，黷[215]貨[216]事[217]戎[218]。大凡[219]亂國多，理國寡[220]。侯伯[221]不得變其政，天子不得變其君[222]。私土子人者，百不有一。失在於制[223]，不在於政。周事然也。

秦之事跡，亦斷可見矣。有理人之制，而不委[224]郡邑，是矣[225]；有理人之臣[226]，而不使[227]守宰，是矣。郡邑不得正[228]其制，守宰不得行[229]其理。酷刑苦役，而萬人側目[230]。失在於政，不在於制。秦事然也。

漢興，天子之政[231]行[232]於郡，不行於國[233]；制[234]其守宰，不制其侯王。侯王雖亂，不可變也。國人雖病[235]，不可除也。及夫[236]大逆不道[237]，然後掩捕[238]而遷[239]之，勒兵[240]而夷[241]之耳。大逆未彰[242]，姦利[243]浚[244]財，怙勢[245]作威。大刻[246]於民者，無如之何[247]。及夫郡邑，可謂理且安矣。何以言之？且漢知孟舒於田叔[248]，得魏尚於馮唐[249]，聞黃霸之明審[250]，睹汲黯之簡靖[251]，拜[252]之可也，復其位[253]可也，臥而委之[254]以輯[255]一方可也。有罪得以黜[256]，有能得以賞，朝[257]拜而不道[258]，夕[259]斥[260]之矣；夕受[261]而不法[262]，朝斥之矣。設使[263]漢室盡[264]城邑而侯王[265]之，縱令[266]其亂人[267]，戚[268]之而已。孟舒、魏尚之術[269]，莫得而施[270]；黃霸、汲黯之化[271]，莫得而行。明譴[272]而導[273]之，拜受[274]而退[275]已違[276]矣。下令而削之，締交[277]合縱[278]之謀，周於[279]同列[280]，則相顧裂眦[281]，勃然[282]而起[283]。幸而不起，則削其半，削其半，民猶瘁[284]矣，曷若[285]舉[286]而移[287]之以全[288]其人乎？漢事然也。

今國家盡制郡邑[289]，連置[290]守宰，其不可變也固矣。善制兵[291]，謹[292]擇守[293]，則理平[294]矣。

或者又曰：「夏、商、周、漢封建而延[295]，秦郡邑而促[296]。」尤[297]非所謂知理者也。魏[298]之承[299]漢也，封爵[300]猶建；晉[301]之承魏也，因循不革[302]。而二姓[303]陵替[304]，不聞延祚[305]。今矯而變之，垂[306]二百祀[307]，大業[308]彌固[309]。何繫[310]於諸侯哉？

或者又以為：「殷[311]、周，聖王也，而不革其制，固不當復議也。」是[312]大不然[313]。夫殷、周之不革者，是不得已也。蓋以諸侯歸殷者三千焉，資[314]以黜夏[315]，湯不得而廢；歸周者八百焉，資以勝殷，武王不得而易。徇[316]之以為安，仍[317]之以為俗[318]，湯、武之所不得已也。夫不得已，非公[319]之大者也，私其力於己也，私[320]其衛[321]於子孫也。秦之所以革之者，其為制，公之大者也；其情[322]，私也，私其一己之威[323]也，私其盡臣畜[324]於我也。然而公天下[325]之端自秦始。

夫天下之道[326]，理安[327]，斯得人[328]者也。使賢者居上，不肖[329]者居下，而後可以理安。今夫封建者，繼世[330]而理。繼世而理者，上果賢乎？下果不肖乎？則生人之理亂[331]，未可知也。將欲利其社稷[332]，以一[333]其人之視聽[334]，則又有世大夫[335]世食祿邑[336]，以盡其封略[337]。聖賢生於其時，亦無以立[338]於天下，封建者為之也。豈聖人之制使至於是[339]乎？吾固[340]曰：「非聖人之意也，勢也。」

【注釋】❶封建　天子將土地和爵位封給親戚、功臣等貴族，受封的貴族在自己的封地裏建立諸侯國，諸侯對土地和爵位有世襲權。這一「封國土、建諸侯」的分封制度，稱「封建」。有的歷史學家將西歐的農奴制和東方的地主制也稱為「封建制」，但這是三種有所不同的政治制度。❷天地　指自然界。❸果　果然；果真。❹初　開初，這裏指自然的原始演化階段，下文的初，指人類社會的原始階段。❺吾　我。❻不得而知　沒有辦法知道。而，連詞。❼生人　即生民，指人類。古代臣民不可直呼和寫出皇上的名字，需要用到這些字時要用意義相近的字代替，叫「避諱」。唐太宗名世民，太宗以後的唐代人不能寫「民」字，因此作者在這篇文章用「人」字來代替。本文還有兩個「民」字，可能是後來的人改的。❽然則　既然這樣，那麼……。❾孰　誰；哪一個；哪一種（情況）。❿近　接近（實際情況）。⓫曰　說，（我）認為。⓬孰　什麼；用什麼。⓭明　使明白；證明。⓮之　指有初為近這一說法。⓯彼　那種；那個。⓰更　經歷。⓱聖王　聖賢的帝王。⓲堯舜　傳說中原始時代部落聯盟的首領。⑲禹　夏禹，夏朝的第一個王。⑳湯　商湯，曾滅掉夏朝，確立商朝在天下的統治地位，是商朝的第一個王。㉑文武　指周文王、周武王父子。他們滅掉商朝，確立了周朝在天下的統治地位。㉒莫能　不能。㉓去　去掉，指廢除。㉔蓋　發語詞，用於句首。㉕勢　趨勢；形勢。指當時的總的形勢和發展趨勢。㉖不可　不允許；不許可。㉗來　由來；開始。㉘其　表示猜測的詞氣詞，有「大概」，「可能」的意思。㉙不初　沒有人類原始階段那種情況，這是假設之辭。㉚意　原意；本意。㉛彼　他；他們。指人類。㉜皆一起。㉝榛榛　花草樹木雜亂叢生貌。㉞豕　野豬。㉟狉狉　野獸成群奔走貌。㊱搏　用爪抓；搏鬥。㊲噬咬，指搏鬥。㊳莫克　不能。㊴自奉　自己養活自己。奉，供奉。㊵荀卿　荀況，戰國時儒家代表人物之一。卿，對男子的一種敬稱。㊶有言　有這樣的言論。㊷假物　借助外物。㊸夫　發語詞，用於句首。㊹已　停止。㊺就　就近；靠近。㊻其　指示代詞，那些。㊼斷　判斷。㊽曲直　指爭論雙方的理由的少與多。㊾聽命　聽從判斷裁決。㊿焉　語氣詞，用於句尾時表肯定。(51)所伏　服從他的人。(52)之　指爭論的某一方。(53)直　指正確的道理。(54)痛　痛苦。作使動用，使（之）痛苦。(55)由是　由於這樣。(56)君長　首領。(57)刑　刑法。(58)政政令。(59)故　所以。(60)兵　武器，指武力。(61)德　恩德；德行。(62)又有大者　指群與群之間又出現更大的爭執。(63)眾群之長　各群體的首領。(64)屬　部屬。(65)諸侯　這裏指眾群之長所聽命或推選的首領。這是作者借用周朝及周朝以後的名稱來推論上古社會的各級首領。下文的「方伯」「連帥」「里胥」「縣大夫」也是這樣的用法。(66)之列　之類，表示多而並列。(67)德又大者　（諸侯中）德行威望更高的人。(68)安其封　安定諸侯各自的封地。(69)方伯　一方眾諸侯的首領。伯，大；霸。(70)連帥　多方諸侯的首領。(71)人　人民，百姓。(72)會於一　統一於天子一個人。(73)里胥　里的長官。(74)縣大夫　縣的長官。(75)其德在人者　其恩德布施在人民之間的。(76)嗣　後嗣；繼承人。(77)奉之　擁護他（做首領）。(78)故封建三句　這幾句是說，分封制的產生並非是聖人的本意，而是形勢所決定的。(79)有周　即周朝。有，助詞，無義，起到補充音節的作用，一般用在朝代的前面。(80)有　占有（統治地位）。(81)裂土田而瓜分之　周天子把土地割裂成許多塊，像分瓜那樣封給諸侯。(82)五等　周代諸侯有公、侯、伯、子、男五個等級。(83)邦　邦國。用為動詞，作「分封」講。(84)后　君長，這裏指諸侯。(85)布　遍佈。(86)履　足跡。(87)星羅　繁星羅列，形容眾多。(88)四周　四面圍住。(89)輪運　車輪轉動。(90)輻集　像車輪的輻條那樣朝著軸心集湊。(91)朝覲　拜見天子。春天拜見叫「朝」，秋天拜見叫「覲」。(92)會同　天子召見諸侯或諸侯聚會。(93)守臣　守衛疆土的臣下。(94)扞城　同「干城」。干，盾牌。城，城牆。借指守土衛國者。(95)降於　下傳到。(96)夷王　周夷王，名燮，周朝第九代君主。(97)害禮傷尊　破壞損害了本朝的禮制和尊嚴。(98)下堂而迎覲者　古代的宮室，前面的大廳稱為「堂」，後面的房間稱為「室」。下堂，走下廳前的臺階。為了顯示天子的權威和尊嚴，按禮制，天子在諸侯朝見時並不下堂，但到了周夷王時，諸侯的勢力強大，夷王不得不親自走下堂前臺階接見朝拜的諸侯，所以說這是「害禮傷尊」。(99)歷於宣王　到了宣王。周宣王，名靜，周朝第十一代君主。(100)挾　憑著；倚仗。(101)中興　扭轉衰落的趨勢，重新興盛。(102)復古　指周宣王恢復了周初的強盛。(103)德　威望；國勢。(104)雄　顯示雄威。(105)南征北伐　周宣王時曾大舉進攻北方和南方的部族。(106)卒　最後；結果。(107)不能定魯侯之嗣　無法決定魯侯的繼承人。西元前八一七年，魯武公帶著他的兩個兒子括和戲去朝見周宣王，周宣王決定立戲為武公的繼承人，但在武公死後，魯人卻殺死戲而立括為國君。(108)陵夷　山丘成為平地，指衰落。(109)迄　到。(110)幽　周幽王，名宮涅，周朝第十二代君主。(111)平　周平王，名宜臼，幽王的兒子。(112)徙　遷移。周朝京城在幽王時被西方犬戎部族攻破，幽王被殺。周平王為了避開西方部族的威脅，把都城從鎬京（今陝西西安西南）遷移到洛邑（今河南洛陽）。遷都前的周朝，史稱西周，遷都後史稱東周。(113)自列為諸侯　實際上已經被迫把自己降到了諸侯的行列。(114)厥後　從那以後。厥，其；那。(115)問鼎之輕重　鼎，指九鼎，相傳為夏禹所鑄，是夏、商、周三代的傳國之寶，象徵王朝政權。西元前六〇六年（周定王元年），楚莊王攻打陸渾之戎，順道在天子京城的邊境舉行軍事演習，向周王朝示威，周定王於是趕快派大夫王孫滿去慰勞。楚莊王問王孫滿九鼎的輕重，以表示楚國的實力和取代周天子的野心。(116)射王中肩　西元前七〇七年，周桓王帶兵攻打鄭國，鄭莊公出兵抵抗，把桓王軍隊打得大敗，並射傷了桓王的肩膀。(117)伐　攻伐。(118)凡伯　周桓王的大臣。西元前七一六年，凡伯出使魯國，回來時在楚丘地方被戎人俘走。[119]誅　殺死。[120]萇弘　周朝大夫。周敬王時晉國內亂，貴族范吉射與趙鞅相攻，萇弘支持范氏，後來范氏失敗，趙鞅責問王朝，周敬王只好殺死了萇弘。[121]乖盭　反常；違反常規。乖，乖違。盭，不祥。[122]君君　把國君尊為國君。前一個「君」字作動詞用。[123]余　我。[124]徒建　白白地保留。建，建立，此指保留。[125]耳　句末語氣詞，相當於「而已」、「罷了」。[126]得非　豈不是。[127]盛強　太強。[128]末大不掉　古有「末大必折，尾大不掉」的成語，意思是，樹梢過大必然會壓折樹枝，尾巴過長過大必然難以搖擺。此指諸侯力量太強，周天子對於他們已經失去了權威。[129]咎　過失；錯處。[130]遂　於是；就。[131]判　分。[132]十二　春秋時期有魯、齊、晉、秦、楚、宋、衛、陳、蔡、曹、鄭、燕等十二個主要諸侯國，此泛指眾多諸侯國。[133]七國　指戰國時秦、齊、楚、燕、韓、趙、魏七個最大的諸侯國。[134]威　權威。[135]陪臣　相對於主上的主上而言。例如，周天子的臣子是諸侯，諸侯的臣子是大夫。大夫對周天子來說，是臣子的臣子，所以稱為陪臣。陪臣之邦是指由大夫所建立的韓、趙、魏、齊四國。西元前四〇三年晉國大夫韓虔、趙籍、魏斯三家分晉，自立為諸侯。齊國本來是姜太公呂尚的封國，西元前三八六年大夫田和奪取政權，自立為諸侯。[136]殄　滅絕。[137]後封之秦　秦原是周朝的附庸，平王東遷後才正式受封為諸侯，受封時間比其他主要諸侯國晚，所以稱「後封之秦」。[138]端　開端；起因。[139]其　表揣測語氣，意為「大概」。[140]裂　分裂，此指取消。[141]都會　指諸侯的都城。[142]郡邑　指郡縣。郡和縣戰國時原是秦國的兩級行政單位，秦始皇統一中國後，在全國推廣郡縣制，分全國為三十六郡，官吏統一由中央任命，結束了數百年之久的封建制。[143]廢　廢除。[144]侯衛　侯服和衛服。周朝把王畿（京城附近的王朝直轄地）以外地區依遠近分為九服。服，有服侍天子的意思。「侯」、「衛」是其中的二服，這裏泛指諸侯。[145]守宰　地方長官。郡的長官叫守，縣的長官叫宰或令。[146]據　占據。[147]雄圖　指形勢險要的地方。[148]都　用為動詞，在……建都。[149]六合　原指上、下和東、南、西、北四方，引申為天下。[150]上游　秦在咸陽（今陝西咸陽）建都，地勢居高臨下，在黃河中上游，所以稱為上游。[151]攝制　統攝；控制。[152]四海　古人認為中國四面有海，故以四海代指天下。[153]掌握　手掌。手伸開為掌，握起為握。[154]得　得當；

正確。155大壞　崩潰。156由　原因。157亟　緊急；多次。158役　役使。秦始皇曾徵發大批百姓為自己修築驪山墓、阿房宮等。159暴　用作動詞，殘暴（地使用）。160竭　竭盡；耗盡。161貨賄　物資；錢財。162負　背著。163梃　木棍。164謫戍之徒　被責罰去防守邊境的人們。秦二世元年（前二〇九年）七月，被徵發去防守漁陽（今北京市密雲縣西南）的九百餘人，在陳勝、吳廣等領導下起事。165圜視　轉視四面，指觀察形勢。166合從　合群，即聯合起來。167相合　響應。168劫　劫持。169並起　同時起事。170失　確失；錯誤。171矯　矯正。172枉彎曲，引伸為錯誤。173徇　沿用。174剖　分割。175海內　四海之內，指天下。176宗子　泛指同宗子弟。立宗子，封同姓子弟為王。177封功臣　漢高祖劉邦曾封異姓功臣為諸侯王。如封韓信為齊王、英布為淮南王等。178奔命疲於奔命，指經常發生緊急情況而前往處理。179扶傷　扶救傷員，此指處理叛亂等事件。180暇　空閒。181困平城　韓王信背叛漢朝投降匈奴，高祖劉邦率軍征討，在平城（今山西大同東）被匈奴圍困了七天。182病流矢西元前一九六年（漢高祖十一年）淮南王英布反叛，劉邦領兵前往鎮壓，被飛箭射中。病，受傷。183陵遲　逐漸衰落。184不救　不振興。185三代　指漢高祖以後惠帝、文帝、景帝三代。這三代中常有諸侯謀反作亂。186畫計劃；計策。漢文帝時，賈誼曾建議將一個諸侯國分成幾個小國；漢景帝時，鼂錯獻策削減吳、楚七國封地；漢武帝時，主父偃曾建議強令各諸侯王將封地再分給兄弟和兒子。這些措施都將分散、削弱諸侯王的勢力。187離削　使分散削弱。188郡邑居半　漢初，分封制與郡縣制並行，全國約有半數地區實行郡縣制。189以　同「已」。已經。190明　明白；可以證明。191制　設置。192州邑　州縣，唐朝改郡為州。193宜　適宜。194桀猾　兇惡狡猾者，此指反叛朝廷的藩鎮勢力。195方域　地方；各地。196失　過失。197兵　軍隊，這裏指藩鎮。當時藩鎮擁有獨立的兵權。198固　確實。199革　改變；廢除。200或　不定代詞，有人。201私　用作動詞，當作自己的。202子作動詞用，當作自己的子女，即愛撫的意思。203適　適應。204俗　風俗。205修　修整而使其良好。206理　治理，本可用「治」字，因避唐高宗李治諱，所以用「理」字。下文的「理」字都可作「治」字來講。207施　實行。208化　教化。用統治階級認可的思想向百姓灌輸。209苟　苟且；得過且過。210遷　古時調動官職叫遷，一般指升官。211秩　官階；品級。212非　用作動詞，非難，以……為非。213斷　斷然；確實。214驕盈　非常驕橫。驕，驕傲；放縱。盈，滿；極度。215黷　貪污。216貨　財貨。217事　從事。218戎　戰爭。219大凡　大都。220寡　少。221侯伯　諸侯的首領。222君　指諸侯國的國君。223制　制度。224委　委託；交給。225是矣　對了。是，正確。226臣　指官吏。227使　讓；交給。228正　用作動詞，改變；修正。229行　行使。230側目　斜著眼睛看，形容怨恨憤怒貌。231政　政令。232行　通行；被執行。233不行於國　不能施行於諸侯國。國，指諸侯國。234制　控制。235病　以之為病，指受害；受苦。236及夫　至於；等到。237大逆不道　指諸侯王叛亂。漢初曾有吳楚七國之亂。238掩捕　乘其不備加以捕獲。239遷　遷徙；流放。240勒兵　率領軍隊。241夷　平定。242彰　明顯；暴露。243姦利　非法取利。244浚　深挖；搜刮。245怙勢　依仗權勢。246刻　苛刻。247無如之何　無可奈何；沒有辦法。248漢知孟舒於田叔　漢高祖時，孟舒任雲中郡（今山西西北部和內蒙古西南部一帶）太守，後被免官。漢文帝即位後，對漢中郡（今陝西西南部及湖北西北部一帶）太守田叔說：「你知道誰有才幹能治理好一個地方嗎？」田叔便推薦了孟舒，文帝即起用孟舒為雲中郡太守。249得魏尚於馮唐　漢文帝時，魏尚曾為雲中郡太守，抗擊匈奴，屢立戰功。某次向上報功時，多報了六顆敵人的首級，因而被免官。後來馮唐在文帝面前替他辯明功過，文帝又恢復了魏尚的官職。250聞黃霸之明審　黃霸，字次公，漢代陽夏（今河南太康）人，漢宣帝劉詢時任潁川郡（今河南中部一帶）太守，處理事情細緻精明，朝廷認為他治理得好，後來官至丞相。251睹汲黯之簡靖　汲黯，漢代漢陽（今山東鄄城）人。漢武帝劉徹時任東海郡（今山東、江蘇交界的沿海地方）太守，當時官吏執法偏嚴，他則主張「簡易安靜」，得到朝廷的讚賞。後來，漢武帝又派他任淮陽太守，他以病推辭。漢武帝對他說：「淮陽地方官民關係不好，我只是借重你的威望，有病不要緊，躺在牀上辦事就可以了。」252拜　任命。253復其位　恢復他的官位，指孟舒、魏尚之事。254臥而委之　指漢武帝讓汲黯去做淮陽太守的事。255輯　和睦、安撫的意思。256黜　免除；貶斥。罷官或降職的意思。257朝　早晨。258不道　無道；不行正道。259夕　晚上。260斥　斥退；罷免。261受　接受任命。262不法　不守法紀。263設使　假使。264盡　用盡；使用全部。265侯王　用作動詞，指封侯封王，實行分封制。(266)縱令　即使。(267)亂人　為害人民。(268)戚　憂愁。(269)術　指治理的方法。(270)莫得而施　無法施行。(271)化　教化。(272)明譴　公開責備。(273)導　勸導。(274)拜受　當面接受。(275)退　退朝。(276)違違反。(277)締交　結交。(278)合縱　聯合起來。(279)周於　普遍地存在於。(280)同列　指地位相當的各諸侯國。(281)裂眥　眼睛瞪得眼眶都要裂開了，形容非常憤怒。眥，眼眶。(282)勃然　盛然貌。(283)而起　起事；叛亂。(284)瘁　疾病，這裏指受害。諸侯地削一半，但所費不減，該地百姓因此更加困苦。(285)曷若　何如；倒不如。(286)舉　全部。(287)移　移動；變動。此指廢除。(288)全　保全。(289)盡制郡邑　全部實行郡縣制度。(290)連置　不斷地設置、任命。(291)制兵　控制；掌握軍隊。(292)謹　慎重。(293)擇守　選擇地方官吏。(294)平　太平。(295)延　延續；長久。實際上，漢朝初期，郡縣制和封建制並行，漢景帝平定吳楚七國之亂以後，基本上實行郡縣制。(296)促　短促。(297)尤　更加。(298)魏　三國時，曹丕篡漢而建魏國。(299)承　繼承。(300)封爵　分封貴族的等級，這裏指分封制。魏雖然分封了許多諸侯王，但並不給這些諸侯王管理地方的實權，魏實際上是實行郡縣制的。(301)晉　西晉王朝。(302)因循不革　沿襲不改。(303)二姓　指魏和晉。(304)陵替　衰落。(305)祚　帝位。魏傳五帝，僅四十六年；西晉傳四帝，僅五十二年。(306)垂　將近。(307)祀　年。古代每年祭祀天地一次，所以一祀等於說一年。(308)大業　國家基業。(309)彌固　越來越鞏固。(310)何繫　有什麼聯繫。(311)殷　即商朝。商族原住商丘（在今河南商丘附近）一帶，商王盤庚遷都殷（今河南安陽）地後，又稱殷或殷商。(312)是　這，指這一看法。(313)大不然　很不對；非常錯誤。(314)資　憑藉；利用。(315)黜夏　滅掉夏朝。(316)徇　遷就。(317)仍　動詞，仍其舊；沿襲。(318)俗　習俗；慣例。(319)公　公心；為公。(320)私　私心，作動詞用，意思是商湯、周武王出於保護子孫的私心。(321)衛　保衛；維護。(322)情　動機。(323)威　權威。(324)臣畜　作為臣子和牲畜一樣順從。(325)公天下　廢除分封的私土，使天下歸公眾治理。(326)道　指治理之道。(327)理安　治理得好，社會安定。(328)得人　獲得人才。(329)不肖　與上一輩不相像。引申為沒有才德的人。(330)繼世　一代傳一代。(331)理亂　太平或是動亂。(332)社稷　土地神廟稱社，五穀神廟稱稷。社稷是國家祭祀的場所，是一國的象徵，故將「社稷」當作國家的代稱。(333)一　動詞，統一。(334)視聽　看到和聽到的，這裏指思想。(335)世大夫　實行封建制的諸侯國，其大夫一般也是父子相承的，所以稱為世大夫。336祿邑　分給世大夫封地及其出產。337封略　疆界，這裏指國土。338無以立　無法立足。339至於是　造成這樣。340固　肯定地。

【語譯】天地自然果真沒有初始階段嗎？我無法知道。人類果真有過初始階段嗎？我也無法知道。那麼，有初始階段或沒有初始階段這兩種說法，哪一種說法比較接近實際情況呢？我認為，有初始階段的說法比較接近實際。從哪裏可以證明這一點呢？從封建這一制度可以證明。這一制度，經歷了古代賢明帝王唐堯、虞舜、夏禹、商湯、周文王、周武王，都不能廢除它。並不是不想廢除它，而是形勢不許可。形勢的產生，大概是在人類的初始階段吧？沒有人類初始階段的特殊情況，就不會有封建制。封建制的產生，並不是聖人的本意。

人類在初始階段是與萬物相互依存的。那時草木叢生，野鹿野豬等野獸成群地四處奔走。人不能像野獸那樣用爪牙搏鬥，而且身上又沒有羽毛防寒，自己不能養活自己和保衛自己。荀子曾經說過：人類一定要借助外物作為求生的工具。借助外物就必然引起爭奪，爭奪不停，就需要找那些能判斷是非的人，並聽從他的命令。那些又有智慧又明白事理的人，服從他的人一定很多；他把正確的道理告訴爭執著的那些人，如果他們仍然不肯改正，一定要給他們吃點苦頭才能使他們害怕；這樣，首領和刑法、政令就產生了。居住相近的人會聚集起來成為一群一群的。分成許多群以後，群與群之間爭奪的規模必然擴大，爭奪擴大，就需要用武力彈壓和恩德安撫。後來又出現了更大的爭執，各群的首領又會去靠攏更大的首領並接受他的命令，以此安定他的部屬。於是形成了許多諸侯，有了諸侯，他們之間的爭奪規模就更大了。於是就會有比諸侯威望更高的人，各諸侯又去靠攏他並聽從他的命令，以此安定他們所管轄的範圍。於是就有了「方伯」、「連帥」這類諸侯中的領袖，他們爭奪的規模也就更大了。以後又出現了比「方伯」、「連帥」威望更高的人，「方伯」、「連帥」之類又去靠攏他並服從他的命令，以此安定他們的百姓。這樣，天下就逐步統一於天子。因此，先有鄉里的長官，然後有縣級的長官，有縣級的長官然後有了諸侯，有了諸侯然後有「方伯」、「連帥」，有「方伯」、「連帥」然後有天子。從天子到鄉里的長官，那些對百姓有恩德的人死後，人們會去尋求他的後代並擁護他做首領。所以，封建制的產生並不是聖人的本意，而是形勢發展的結果。

堯、舜、禹、湯的事跡距離我們太遙遠了，對於周朝的情況我們了解得很詳細。周朝取得天下以後，像剖瓜一樣分割全國土地，設立公、侯、伯、子、男五等爵位，分封了許多諸侯。這些諸侯國像繁星羅列，佈滿天下，就好像車輪轉動時集中在車轂上的輻條那樣，環繞在天子的周圍。他們聚合起來是去朝見天子或互相聚會，分散開來就是守衛疆土的得力臣子。但是，下傳到夷王時，周朝禮制和天子尊嚴去受到了損害——夷王走下堂來迎接朝見的諸侯。傳到宣王，雖然憑著中興國勢的功德，顯示了南征北伐的威風，結果仍然無法決定魯侯的繼承人。周的衰落一直延續到幽王和平王，遷都到洛邑後，周天子實際上已降落到諸侯的地位。從那以後，詢問周朝傳國之寶九鼎輕重的事出現了，射傷周定王肩膀的事出現了，攻擊凡伯、殺死萇弘的事也出現了，天下一反常規，沒有人再尊重天子了。我認為，周朝喪失天子的權威已經很久了，只不過白白保留一個在諸侯之上的空名罷了。這豈不是因為諸侯的力量太強大，以至產生天子指揮不動諸侯的弊端嗎？於是周朝天下就分裂為十二個諸侯國，後來又合併為七國。權威分散到了陪臣所控制諸侯國，周朝最終被後來才受封的秦國滅掉。可見周朝衰敗的根由，就在於實行封建制。

秦朝統一了中國，取消了封建制，實行郡縣制，廢除了諸侯，由中央直接任命郡縣的地方長官，國家占據了全國的險要地方，建都於居高臨下的咸陽，以控制天下，把全國都掌握在自己手裏，這是秦朝做得對的地方。至於後來沒幾年秦朝的天下就崩潰了，這是另有原因的。屢次徵發數以萬計的老百姓去服勞役，刑法越來越嚴酷，國家的財力被消耗光了。那些扛著鋤頭棍棒被流放去防守邊境的人們，看看四周圍，互相示眼色，就聯合起來，大聲叫喊著，成群結隊地起來造反。但是，在當時只有造反的百姓，而沒有叛變的官吏。下面的老百姓怨恨秦王朝，而上面的官吏還是怕朝廷的。天下百姓響應配合，殺死郡守、劫持縣令的事到處發生。過錯在於秦朝的暴政引起了人們的怨恨，而不是郡縣制的過失。

漢朝取得天下以後，想糾正秦朝的弊端，於是沿用周朝的封建制，分割全國的許多地方，封自己的子弟和功臣為諸侯王。結果，幾年之間，就為平息諸侯王叛亂，弄得到處奔波，救死扶傷都來不及。漢高祖劉邦曾被匈奴圍困在平城，又在鎮壓淮南王英布叛亂時被飛箭射中。就這樣，漢朝衰落不振達三代之久。後來還是謀臣獻策，使諸侯王的勢力遭到分散削弱，他們才安分守己一些。但是，漢朝恢復封建制的初期，還有一半地區仍然實行郡縣制。因此，當時只有叛變的諸侯，卻沒有叛變的郡縣。秦朝郡縣制的正確，又由此得到證明。繼漢朝以後稱帝的，就是再過一百代，也可以推知，實行郡縣制一定比實行封建制好。

唐朝建國後，設州置縣，任命了州縣的長官，這是做得對的地方。但仍然有兇暴狡猾的藩鎮時常起事叛亂，禍害地方，這一過失不在於州縣制，而在於藩鎮擁有兵權，因此當時只有叛亂的藩鎮將領，而沒有叛亂的州縣長官。可見州縣制的建立，肯定是不可廢除的。

或許有的人會說：「受封建國的人，一定會把分封的地方當作自己的土地盡心治理，把那裏的人民當作自己的子女一樣愛護，適應當地的風俗，整頓好那裏的政治，這對施行教化就比較容易。可實行郡縣制的州縣地方官就不同。他們會抱著得過且過的心理，只想著自己升官，哪裏能治理好地方呢？」我認為這種看法也是不對的。

從周朝的情況，就可以看得很清楚。那些諸侯都非常驕橫，貪財好戰。大致說來，亂糟糟的諸侯國多，治理較好的諸侯國卻很少。諸侯的領袖也無法改變各諸侯國的政治，天子也不能撤換各諸侯國的國君。真正愛護自己的地方和人民的諸侯，一百個裏面也沒有一個。這一過錯在於封建制本身，而不在於治理得怎樣。周朝的情況就是這樣。

從秦朝的情況，也可以看得很清楚。朝廷有管理人民的制度，不把制定制度的權力交給郡縣，這樣做是正確的。朝廷有執政的官員，不讓地方官吏自行其是，這樣做也是正確的。郡縣不能改變中央的政治制度，地方官不能擅自處理重大的問題。至於刑罰過嚴，勞役繁重，使人民側目憤恨，其過錯在於政事處理得不好，而不在於郡縣制本身。秦朝的情況就是這樣。

漢朝建立以後，天子的政令只能在郡縣施行，而不能施行於諸侯國；只能控制郡守縣令，卻不能控制諸侯。諸侯國的政治雖然很亂，朝廷也不能改變它。諸侯國的人民雖然痛苦，朝廷也沒有辦法解脫。等到諸侯王發動叛亂，然後才逮捕、流放他們，或出兵平定他們。在他們叛逆還沒有暴露的時候，儘管他們非法取利，搜刮民財，依仗權勢，作威作福，嚴重地危害人民，朝廷也無可奈何。至於當時實行郡縣制的地方，可以說治理得很好而且是安定的。為什麼這樣說呢？漢文帝從田叔那裏了解到孟舒的才能，從馮唐那裏知道魏尚的功勞，漢宣帝聽到黃霸辦事精明而且慎重，漢武帝很賞識汲黯能夠採取辦法使社會安定，就提升他們的官職，恢復他們的職位，甚至有病的也特准躺在牀上辦事，要他去安撫一個地區。有罪的地方官可以罷免，有功的可以獎勵。早上任命的官吏，如果不行正道，晚上就可撤他的職；晚上任命的官吏，如果不遵守法紀，早上就可以撤他的職。假使漢朝當初把全部地方都分封給了諸侯王，那麼諸侯王為害人民，朝廷也只能空自憂愁。雖有孟舒、魏尚那樣好的治理方法，也無法施行；雖有黃霸、汲黯的教化，也無法施行。朝廷公開譴責、勸導他們吧，他們當面接受，轉身後就違反了。下令削減他們的封地吧，他們就密謀勾結，串通各個諸侯國，對朝廷怒目而視，氣勢洶洶地起來造反。幸而不起來叛亂的，雖能設法削減他們一半的封地，但另一半封地上的老百姓卻更是受苦，倒不如將封侯建國的制度完全廢除，以保全那裏的百姓。漢朝的情況就是這樣。

現在，國家全部實行郡縣制，一直都設置郡守縣令，這個制度的不可改變是肯定的。朝廷只要善於掌握軍權，慎重地選擇郡縣長官，那麼國家就可以治理得好。

又有人說：「夏、商、周、漢四代實行封建制，他們統治的時間都很長久。而秦朝實行郡縣制，統治的時間卻很短促。」這更是不懂得怎樣治理國家的人的說法。魏朝繼承漢代的體制，仍然實行封建制，西晉繼承魏，封建制沿襲不改。但魏、晉兩朝很快就衰亡了，統治的時間並沒有多久。現在我朝改變了漢代以來的封建制而實行郡縣制，從開國到現在已將近二百年了，國家的基業越來越鞏固，這與封建制又有什麼聯繫呢？

又有人認為：「商湯和周武王都是聖王，他們都沒有改變封建制，那麼，封建制本來就不應該再議論。」這種說法是非常錯誤的。商湯和周武王沒有改變封建制，那是不得已的。因為在商朝建國的時候，有三千個諸侯投靠了商朝，商朝靠了他們的力量才滅掉了夏朝，所以商湯不能廢掉他們。周朝建國的時候，投靠他的諸侯有八百個，周朝是借助他們的力量才戰勝了商朝的，所以周武王也不能廢掉他們。沿襲封建制以安定國家，保留這個制度作為一種慣例，這是商湯、周武王不得不這樣做的。這種不得已，並不是出於大公無私的動機，而是出於私心，要諸侯為自己賣力，借諸侯的力量來維持自己的子孫後代的世襲地位。秦朝所以要廢除封建制，實行郡縣制，從制度本身來說是大公無私的，只是從動機上看是出於私心。他的私心就在於要鞏固個人的權威，就在於要使天下的人們都像奴僕那樣服從他的統治。但實行大公無私的制度，卻正是從秦朝開始的。

天下的常理，國家治理得好，才能夠得民心。使賢能的人居於上位，德才不及的人居於下位，這樣才可以把國家治理得好。實行封建制度，世代相傳地進行統治，在這種世襲制度下，居上位的果真賢明嗎？居下位的果真無德無才嗎？在這種情況下，人民究竟是得到安寧還是遭到禍害，就無法知道了。諸侯想採取對自己的封國有利的措施，想統一人民的思想，於是又把土地封給自己的大夫，而大夫也同樣是世襲的，這樣，整個諸侯國最後就全是大夫的世襲領地了。即使有聖人賢人生在那個時代，也無法立足於天下，這就是封建制所造成的惡果。難道這是古代聖人所發明的制度，竟會造成這樣的後果嗎？所以我肯定地說：「這並不是聖人的本意，而是由形勢發展所決定的。」

【研　析】中國古代的政體，有兩種可能的選擇：一是「封建制」，即封侯建邦的制度，將中央王朝不能直接控制的地方，分封給天子的親戚、功臣、親信，希望這些諸侯能作為王朝的羽翼屏障，平時向王朝定期進貢，王朝有事時，可發兵「勤王」；一是「郡縣制」，就是將國土分成郡（秦以後演變成州、道、路、省）和縣兩級，由中央選拔委派官員前去治理。應該說，這兩種制度，作為政治設計，各有利弊，本無優劣高下之分。但是，現實情況卻不一定符合設計者的原意。郡縣制的長官，因為是暫時的，必然會有所謂「短期行為」，急於做出政績，而不顧長期的可持續的發展。不過，雖然郡縣有此缺陷，但並不會危及天下。而封建制賦予諸侯太大的而且是世襲的權力，發展到後來，這些諸侯尾大不掉，便不再聽從中央號令，甚至相互攻伐，最後必然是天下大亂，生靈塗炭。因此，相較之下，郡縣制度應該是更好的選擇。

柳宗元之所以寫作〈封建論〉，是針對當時藩鎮割據的嚴峻現實而發的。唐代有所謂「節度使」的官，主管一個地方的兵權，安史之亂以後，節度使取得了一地的行政、監察、經濟、司法、軍事、教育等各種權力，形成了軍閥割據，國家分裂，混戰不已的嚴重局面。在輿論上，藩鎮們曾公開宣揚「合縱連横，救災恤患，《春秋》之義也」（見《舊唐書》卷一四一〈田悅傳〉），「救災恤患」是假，想效法春秋時候的諸侯，「合縱連横」，成為霸主，取代唐王朝，才是真的。當時，甚至連朝廷重臣，實際起到幾代皇上「軍師」作用的李泌，也曾有「疏爵土以賞功臣」的主張（見《資治通鑑》卷二一九），雖然李泌只是作為權宜之計，並不一定是主張恢復封建制，但也可見當時的形勢，確實有討論封建與郡縣的必要。

主張實行封建制度者的理由，一是認為，這一制度是古代聖人所制定的，二是夏、商、周都實行封建制但延續時間都很長，秦朝實行郡縣制，年代卻很短。柳宗元在文章中指出，實行封建制並非是聖人的本意，而是當時的社會政治經濟形勢所決定的，現在形勢變了，制度也不能不變。秦朝的短命，並不是實行了封建制，而是因為橫徵暴斂的殘酷統治。柳宗元這篇文章以大量的歷史事實為據，論據充分，說理透闢，宋蘇軾在《東坡志林・論古》中對此有高度評價：「宗元之論出，而諸子之論廢矣。雖聖人復起，不能易（改變）也。」

另外值得注意的是，在這篇文章中，柳宗元雖然沒有直接否定「聖意」，但他提出要根據現實形勢的發展而不是根據「聖意」來決策，這就超越了討論制度的範圍，而具有了思想上的重大意義。在一個凡事都要「徵聖（遵循聖人）」的國度，提出形勢發展具有決定意義的思想，無疑具有巨大的價值。「聖意」即便真的無比英明偉大正確，但並非就是什麼放之四海而皆準的東西，任何有價值的思想，都有一定的適用範圍，一個地方能用，另一個地方並不一定能用；歷史發展了，情況變化了，「聖意」也有過時的時候。中國數千年來，大吃「聖意」苦頭的，真是數不勝數。但鮮血和生命似乎並未使人們徹底地從「聖意」的陰影中走出來，一幕幕的悲劇仍在不斷地上演。我們讀柳宗元的這篇文章，真感到意義深遠。

天爵[1]論

柳子[2]曰：仁義忠信，先儒名以為天爵，未之盡也[3]。夫天之貴斯人也[4]，則付[5]剛健、純粹[6]於其躬[7]，倬[8]為至靈[9]，大者聖神[10]，其次賢能，所謂貴也。剛健之氣[11]，鍾[12]於人也為志[13]，得之者[14]，運行[15]而可大[16]，悠久而不息[17]，拳拳於得善[18]，孜孜[19]於嗜學，則志者其一端耳[20]。純粹之氣，注[21]於人也為明[22]，得之者，爽達[23]而先覺[24]，鑑照[25]而無隱[26]，盹盹[27]於獨見[28]，淵淵[29]於默識[30]，則明者又其一端耳。明離[31]為天之用[32]，恒久為天之道[33]，舉斯二者[34]，人倫[35]之要[36]盡是焉[37]。故善言天爵者，不必[38]在道德忠信，明與志而已[39]矣。

道德之於人，猶[40]陰陽[41]之於天也；仁義忠信，猶春秋冬夏也。舉明離之用，運恒久之道，所以成四時[42]而行陰陽也。宣[43]無隱之明，著[44]

不息之志，所以備[45]四美[46]而富道德也。故人有好學不倦而迷其道[47]、撓其志[48]者，明之不至耳[49]；有照物[50]無遺而蕩其性[51]、脫其守[52]者，志之不至耳。明以鑑[53]之，志以取之，役用[54]其道德之本[55]，舒布[56]其五常[57]之質[58]，充[59]之而彌[60]六合[61]，播[62]之而奮[63]百代，聖賢之事也。

然則聖賢之異愚[64]也，職[65]此而已。使[66]仲尼[67]之志之明可得而奪[68]，則庸夫[69]矣；授[70]之於庸夫，則仲尼矣[71]。若乃[72]明之遠邇[73]，志之恒久，庸[74]非天爵之有級[75]哉？故聖人曰「敏以求之」[76]，明之謂[77]也；「為之不厭」[78]，志之謂也。道德與五常，存乎人者也[79]；克明[80]而有恒，受於天者也。嗚呼！後之學者，盡力於斯所及焉。

或曰[81]：「子[82]所謂[83]天付之[84]者，若開府庫[85]焉，量[86]而與之耶？」曰：否。其各合乎氣者也[87]。莊周[88]言天曰自然，吾取[89]之。

【注釋】❶天爵　上天所授的名位，相對於人爵而言。《孟子．告子》：「仁義忠信，樂善不倦，此天爵也；公卿大夫，此人爵也。」❷柳子　柳宗元自稱。❸未之盡也　意思是沒有把天爵的道理說透。未，沒有。盡，詳盡；透徹。❹夫天之貴斯人也　上天要使這些人高貴。夫，發語詞。貴，使動詞，使高貴。斯，這些。❺付給予。❻剛健純粹　即後文所云剛健之氣、純粹之氣，作者認為是自然界賦予人的。剛健，剛毅堅強。純粹，純正不雜，盡善盡美。絲無蕪雜謂之純，米無蕪雜謂之粹。❼躬　身體；自身。❽倬　顯著地。❾至靈　最高明。❿聖神　聖人、神人。⓫氣　中國古代哲學的元概念之一，構成精神與物質的基本元素。⓬鍾　聚集；落實。⓭志　意志；志向。⓮得之者　指得到剛健之氣的人。⓯運行　運用實行。⓰可大　就能發揚光大。⓱息停止。⓲拳拳於得善　堅持不懈地追求善這種美德。拳拳，堅持不懈貌。⓳孜孜　勤奮不倦貌。⓴志者其一端耳　指此志此意是剛健純粹之氣鍾於斯人而在這一方面的表現。一端，指某一個方面。㉑注　集中，與上文「鍾」同義。㉒明　聰明；明達。㉓爽達　明白通曉。㉔先覺　先於別人領會各種道理。㉕鑑照　像鏡子照耀一樣。鑑，鏡子。㉖無隱　無所隱藏。㉗肫肫　誠懇鑽研貌。㉘獨見　獨到的見解。㉙淵淵　深廣貌。㉚默識　內心牢記各種知識。㉛明離　光明。離，明亮。㉜天之用　天的功用。㉝恒久為天之道　永久運行是天的規律。道，規律。㉞舉斯二者　列舉（志和明）這兩樣事物。㉟人倫　做人的道理、規範。㊱要　要點。㊲盡是焉　全部在這裏了。㊳不必　不一定。㊴已　停止；足夠。㊵猶　好像。㊶陰陽　中國古代哲學的一對範疇，指事物相對立而又相統一的兩個方面。㊷四時　指春夏秋冬。㊸宣　發揚。㊹著　動詞，顯明；光大。㊺備　具備。㊻四美　指上文仁義忠信四者。㊼迷其道　迷失了方向道路。㊽撓其志　擾亂了意志。㊾明之不至耳　這是沒有達到「明」的緣故。㊿照物　洞察事物。(51)蕩其性　意志動搖。蕩，動搖。(52)脫其守　脫離其操守。守，操守；做人的準則。(53)鑑　鑑別。(54)役用　使用。(55)本　根本。(56)舒布　舒展佈置，指發揮。(57)五常　指仁義禮智信。(58)質　本質。(59)充　填塞。(60)瀰　充滿。(61)六合　指天、地、東、西、南、北。(62)播　傳播。(63)奮　奮發。(64)異愚　不同於愚蠢的人。(65)職　惟；只。(66)使　假若。(67)仲尼　孔子名丘，字仲尼。(68)可得而奪　可以得到並去除。(69)庸夫　平常的人。(70)授　給予。(71)則仲尼矣　就成仲尼了。(72)若乃　至於。(73)邇　近。(74)庸　豈；難道。(75)級　等級。(76)敏以求之　勤勉地去追求它。語出《論語・述而》。(77)明之謂　說的就是「明」。之，結構助詞，表賓語提前。(78)為之不厭　做起事來不厭倦。語出《論語・述而》。(79)存乎人者也　存在於人的身上。(80)克明　能夠做到「明」。(81)或曰　有人認為，表假設。(82)子　柳子，指柳宗元。(83)所謂　所說的。(84)之　代詞，指代上文所說的剛健、純粹之氣。(85)府庫　收藏文書、財物之所。(86)量　稱量。保管倉庫者必量數而給，故云。(87)各合乎氣者也　指剛健純粹之氣原本各自包括在每個人的氣質之中。(88)莊周　莊子名周，先秦道家學派代表人物。(89)取　贊同，採取（這種觀點）。

【語　譯】柳先生說：仁、義、忠、信，先前的儒家將其稱為「天爵」，意思就是「上天所授的名位」。這並沒有把天爵的道理說清楚。上天要使這些人高貴，就賦予他們剛健純粹之氣。那顯著而最高明的，首先是聖人和神人，其次是賢人和能人，就是我們平常所說的「貴」。剛健之氣聚集在人身，就成為意志，得到這種剛健之氣的人，運用實行這種氣，就能將其發揚光大，歷經悠久而不停息，堅持不懈地追求善這種美德，勤奮不倦地努力學習，此志此意正是剛健純粹之氣鍾於這些人而在此一方面的表現。純粹之氣，集中在人身，使他們聰慧明達，得到這種純粹之氣的人，明白通曉而又先於別人領會各種道理，像鏡子照耀一樣而無所隱藏。誠誠懇懇地鑽研，有深刻獨到的見解，內心牢記各種知識，正是剛健純粹之氣集中在這些人身上在某一個方面的又一個表現。光明是天的功用，永久運行是天的規律。列舉「志」和「明」這兩樣事物，做人的道理及規範的要點全都在這裏了。因此，善於解說「天爵」的人，不一定全去解說道德忠信，只要解說「明」和「志」就足夠了。

道德對於人的作用，好象是陰陽之對於天；仁、義、忠、信，猶如是天的春、秋、冬、夏。發揮上天的光明功用，運用上天恆久運行的規律，於是就形成了春、夏、秋、冬四時，而陰陽的規律就得以運行。發揚那使一切無所隱藏的光明，光大那永不停息的意志，於是就具備了仁、義、忠、信這四種美德，從而也就成為富於道德的人。因此，人有好學不倦卻迷失了方向道路、擾亂了意志的，這是沒有達到「明」的緣故。有洞察事物沒有遺漏卻意志動搖、脫離其操守的，這是沒有達及「志」的緣故。「明」可以有所鑑別，「志」可以有所獲取，充分地使用「明」和「志」，才是「道德」的根本。發揮仁、義、禮、智、信這五常的實質，讓其充滿天、地、東、西、南、北六合，使其傳播天下而奮發百代，正是聖賢所做的事。

聖賢之所以不同於愚蠢的人，只是因為如此而已。假若孔仲尼的「志」和「明」可以去除，那他就成了平凡的人；假如將他的「志」和「明」授予平凡之人，他也可以成為孔子那樣的聖賢。至於「明」的遠近，「志」的恆久，難道不是因為「天爵」是有等級的嗎？因此，聖人說「勤勉地去追求它」，說的就是「明」；又說「做起事來不厭倦」，說的就是「志」。道德和五常，存在於人的身上；能夠做到「明」而持久，那就是從上天所接受的了。唉呀！後來的學者，就在這兩方面所涉及的範圍，盡力而為就可以了。

假如有人認為：「您所說的上天賦予剛健純粹之氣，好像是開了一間收藏文書、財物的倉庫，難道這種氣能夠像交付庫藏物品那樣稱量著給予嗎？」我可以這樣回答：「不是這樣的。剛健純粹之氣，原本就各自包括在每個人的氣質之中。」莊周先生認為「天」就是「自然」，我十分贊同這一觀點。

【研　析】這篇文章可能是柳宗元早年居長安時的作品。這是作者一系列論述「天人關係」論文中的一篇。文章圍繞道德、智慧的來源問題，提出了不同於傳統的看法。先儒孟子認為，仁、義、忠、信，愛好行善，是上天所授，相對於官卿爵位這種「人爵」，可稱之為「天爵」，這就是「性本善論」。對於孟子這一說法，柳宗元觀點鮮明地表示了不同意見。他以莊子「天即自然」的觀點立論，認為道德和智慧的獲得，除了要秉持自然的本性，主要還是要依靠後天的努力，靠堅持不懈地追求，勤奮不倦地學習，誠誠懇懇地鑽研，深刻獨到地思考，達到「志」和「明」的境界。因此，道德和智慧並非像人主授官那樣是上天所授予的「天爵」，而是天性和人為相互為用的結果。

孟子號稱「亞聖」，公開地批評孟子，並提出自己的不同意見，在當時是需要一定勇氣的。值得注意的是，柳宗元在強調後天修養學習的同時，並沒有否定天賦的作用。他指出，道德智慧之對於人，就像陰陽二氣之對於天一樣，是大自然剛健純粹之氣鍾於人身，並在此基礎之上，通過努力追求而得到的。應該說，這樣認識問題，是比較全面，也是比較中肯的。

守道論

或問[1]曰：「守道不如守官[2]，何如[3]？」對[4]曰：是非聖人[5]之言，傳之者[6]誤也。官也者，道之器[7]也，離[8]之非也。未有守官而失道，守道而失官之事者也。是固[9]非聖人之言，乃傳之者誤也。

夫皮冠[10]者，是[11]虞人[12]之物[13]也。物者，道之準[14]也。守其物，由[15]其準，而後其道存焉。苟[16]舍之[17]，是失道也。凡聖人之所以為經紀[18]，為名物[19]，無非道者。命[20]之曰官，官是以行吾道云爾[21]。是故立[22]之君臣、官府、衣裳、輿馬、章綬[23]之數[24]，會朝[25]、表著[26]、周旋[27]、行列[28]之等[29]，是道之所存也。則又示[30]之典命[31]、書制、符璽[32]、奏復[33]之文，參伍、殷輔[34]、陪臺[35]之役[36]，是道之所由[37]也。則又勸[38]之以爵祿[39]、慶賞[40]之美，懲[41]之以黜遠[42]、鞭扑[43]、梏拲[44]、斬殺之慘，是道之所行[45]也。

故自天子至於庶人，咸[46]守其經分[47]，而無有失道者，和[48]之至[49]也。失其物，去其準，道從而喪矣。易[50]其小者，而大者亦從而喪矣。古者居其位思死其官[51]，可易而失之哉？《禮記》[52]曰：「道合則服從[53]，不可則去[54]。」孟子曰：「有官守者，不得其職則去。」然則失其道而居其官者，古之人不與[55]也。是故[56]在上不為抗[57]，在下不為損[58]，矢人[59]者不為不仁，函人[60]者不為仁，率其職[61]，司其局，交相[62]致以全其工[63]也。易位而處[64]，各安其分，而道達[65]於天下矣。

且夫[66]官所以行道[67]也，而曰守道不如守官，蓋亦喪其本[68]矣。未有守官而失道，守道而失官者也。是非聖人之言，傳之者誤也，果[69]矣。

【注釋】❶或問　有人問，為設問之辭。❷守道不如守官　《左傳》昭公二十年：「十二月，齊侯田（打獵）於沛。招虞人以弓，不進。公使執（抓住）之，辭曰：『昔我先君之田也，旃以招大夫，弓以招士，皮冠以招虞人。臣不見皮冠，故不敢進。』乃捨之。仲尼曰：『守道不如守官。』君子韙（贊同）之。」又《孟子・滕文公下》：「昔齊景公田，招虞人以旌，不至，將殺之。志士不忘在溝壑，勇士不忘喪其元，孔子奚取焉哉？取非其招不往也。」守道，恪守法則。守官，恪守為官之職責。❸何如　怎麼樣，詢問這種說法是否有道理。

❹對　回答。❺聖人　指孔子、孟子。❻傳之者　傳播繼承或解釋孔子、孟子言論的人。❼器　器物，此指「道」的載體，「道」的表達形式。❽離　將其分離開。❾固　肯定。❿皮冠　畋獵時所服之冠。⓫是　這(是)。⓬虞人　為君主守護山林的人。⓭物　指虞人為之信物者。⓮準　準則；憑證。⓯由　順由；根據。⓰苟　苟如；假如。假設之辭。⓱舍之　指捨棄此信物，不再以皮冠為田獵的符信。⓲經紀　法度；準則；綱常。⓳為名物　指事物，合形式與內容兩方面言之。其稱為名，其實為物。⓴命　命名。㉑云爾　助詞，表敘述、肯定等語氣。㉒立　建立；創製。㉓章綬　指官階。章，禮服上表等級地位的圖文。綬，用以繫官印的絲帶，常以不同顏色表等級地位。㉔數　指既定的、不可更改的等級地位。㉕會朝　君主接見臣下，諮詢議事。㉖表著　朝會時卿士大夫依等級貴賤各有應列之位，謂之表著。表，標幟。著，門屏之間。㉗周旋　常會時百官的進退行止。㉘行列　常會時百官依班肅立，成行成列，故稱。㉙等　等級；地位。㉚示　表現。㉛典命　與下文的書制，皆為君主頒示臣下的不同體製格式的文書。㉜符璽　印信。㉝奏復　君臣間議事的文書。㉞參伍殷輔　《周禮》：「設其參，傅其伍，陳其殷，置其輔。」參，天子有卿三人。伍，天子有大夫五人。參伍泛指上卿大夫。殷，多，指百官眾士。輔，官府中輔助主官的次官、小吏等。㉟陪臺　指較低級的臣下。㊱役　服役，指為君主服務。㊲由　延續。㊳勸　勉勵；激勵。㊴爵祿　爵位與俸祿。㊵慶賞　賞賜。㊶懲　警戒。㊷黜遠　貶黜到遠方。㊸鞭扑　施以鞭、杖等刑。扑，敲打。㊹梏拲　以械、枷等鎖住人犯。拲，兩手共械。㊺行　施行。㊻咸　全；都。㊼經分　等級；本分。㊽和　和諧，指政治上的協調。㊾至　極至；最高境界。㊿易　忽視；輕視。(51)死其官　為盡其職責而死。(52)禮記　儒家經典之一，記述先秦儒家之理想禮制。(53)道合則服從　如果「道」相合，臣下就會為君上服務。(54)去　離開，指辭去官職。(55)不與　不參與，指不理會，不考慮，意為古代不可能出現上述情況。(56)是故　由於這個原因；因此。(57)在上不為抗　意為居於上位者是其本位，並不能算是高高在上。(58)在下不為損　意為居於下位者亦是其本位，不能算是損害了他。(59)矢人　造箭之人。與下文「函人」，均見《周禮・考工記》。又《孟子・公孫丑上》「矢人豈不仁於函人哉？矢人惟恐不傷人，函人惟恐傷人。」此

處即針對此說而發。⑥⓪函人　製甲的工匠。⑥①率其職　謹守其職責。下文司其局與此義近。⑥②交相　指相對立的各方自守其責。⑥③全其工　使各自的職責全都能履行。⑥④易位而處　言如若各盡職責，即便交換職位，也是同樣結果。⑥⑤達　得以施行。⑥⑥且夫　發語詞，兼表遞進關係。⑥⑦官所以行道　為官就是施行「道」的。⑥⑧本根本。⑥⑨果　果然；一定是（這樣的）。

【語　譯】有人問：「恪守法則不如恪守為官之職責，這種說法是否有道理？」我可以這樣回答：這並非是聖人如孔子、孟子等人所說的，而是傳播、繼承或解釋孔子、孟子言論者的誤傳。為什麼這樣說呢？官位職責，是法則的一種表達形式，將「官」與「道」分開，是錯誤的。從來沒有因恪守為官之職責而偏離法則的事情發生，也沒有因恪守法則而不能履行為官之職責的。所以，這肯定不是聖人的言論，而是傳播、繼承或解釋孔子、孟子言論者的誤傳。

那畋獵時所用的皮冠，是守護山林者作為「虞人」的符信物。而信物，則是法則得以履行的憑證。恪守這一信物，根據這一信物所象徵的準則來行事，那法則才能存在。假如捨棄此一信物，不再以皮冠作為畋獵的符信，那就是背離法則了。凡是聖人用來作為法度的，用來命名事物的，無非就是一個「道」字。把某種職責命名為「官」，就是要讓這個「官」來遵循這個「道」的。因此，聖人就創製了君臣、官府、衣裳、輿馬、章綬等等標誌著等級地位的東西，創製了君主接見臣下、諮詢議事時的行為規則，朝會時卿士大夫依等級貴賤就有了一定的標誌，文武百官朝會時的進退行止、行列隊伍也就有了一定的規矩。「道」就存在於這些規則和標誌之中。聖人又頒示各種文書詔命的格式，建立象徵權力的印信制度，建立君臣間議事的公文制度，建立各級官府中由主官、次官、小吏以及為君主和這些機構服務的僕役等等所組成的等級機構。「道」就依靠這些格式、制度和機構而得以延續。聖人還用爵位、俸祿、賞賜等好處來激勵人們，用貶黜到遠方、施以鞭杖枷鎖甚至斬殺等慘酷的刑罰來懲戒人們。「道」就依靠這些來得以施行。因此，上自天子，下至平民百姓，全都各守本分而不拋棄法則，這才是「和諧」的最高境界。丟失了信物，偏離了準則，「道」也就喪失了。忽視那小的方面，大的方面也就丟失了。在古時候，在各自職位上的人都願意為了盡其職責而死，怎麼會因輕視小者而喪失大者呢？《禮記》說：「如果道相合，臣下就會為君上服務，不相合，就應該辭去官職。」孟子也說：「有官位職守的人，不能履行職責的，就應該辭去官職。」既然如此，丟失了法則卻還守著官位，這種情況在古代是不可能出現的。由於這個原因，居於上位者是其本位，並不能算是高高在上；居於下位者亦是其本位，不能算是損害了他們。造箭的人不能說是不仁，製甲的工匠也不能算是仁，都只是謹守其職位，履行其責任，相對立的各方自守其責，使得各自的職責全能得以履行罷了。如若各盡職責，即便交換職位，也會有同樣的結果。所以，如果能各自安守自己的本分，那「道」就可以在全天下得以施行了。

況且為官本來就是施行「道」的，現在說「恪守法則不如恪守為官的職責」，那是喪失了為官的根本。因此，從來沒有因恪守為官之職責而偏離法則的事情發生，也沒有因恪守法則而不能履行為官職責的。所以，這肯定不是聖人的言論，而是傳播、繼承或解釋孔子、孟子言論者的誤傳。一定是這樣的！

【研　析】這篇文章論述一個比較普遍的問題：如果原則與職責發生矛盾，應該如何取捨？《左傳》昭公二十年記載了這樣一個故事：這年十二月，齊侯來到沛這個地方打獵。在當時，公家的山林並不是隨便什麼人都能來打獵的，必須要到「虞人」，即山林的看守官員那兒出示約定的符信物，履行一定的手續，然後，虞人作為當地的頭兒，當然就會來陪同侍候君主。但這位齊侯並沒有按照規矩行事，而是隨便地舉了舉手上的弓，算作是對山林官打了招呼。這位講原則的「虞人」不理這一套，不肯上前答理。齊侯大怒，便派人將他抓了來。虞人辯解說：「過去，我們先君來打獵，用旗子來招喚大夫，用弓來招喚武士，用皮冠來招喚虞人。現在，下臣沒有見到皮冠，因此不敢上前。」齊侯自知理虧，只好釋放了虞人。孔子聽說了這件事，就評論說：「恪守法則，不如恪守為官的職責。」孔子的這一觀點，得到了《左傳》作者的贊同。但柳宗元對此有不同的看法，這篇文章就是闡述這一不同意見的。

孔子說「守道不如守官」，並非是說道可不守，而可能是認為，作為「虞人」，還配不上談什麼道。道是君子所守的，下民做好本職工作就行了。況且，孔子是十分講究「時中」的，就是主張在堅持大原則的前提下，還要根據實際情況，作必要的靈活處理。而柳宗元則認為，道與官應是統一的，但道是不可變易的原則，萬一在現實中兩者有了矛盾，就應該為了「道」而辭去官職。不能行道，這官不當也罷。

柳宗元寫這篇文章，並非是要故意地去反對孔子的一個觀點，而是針對唐代的政治現實，有感而發的。他說「失其道而居其官者，古之人不與」，言下之意，是說當今這類尸位素餐的人多的是，他們借孔子、孟子之言，違道而居官，貪戀爵祿，什麼事也不能做，卻賴在官位上不肯下來。因此，柳宗元寫了這篇文章來諷刺他們。

當守官與守道發生矛盾時，應該怎麼辦？這一問題不但在孔子和柳宗元的時代有重要的現實意義，在每個歷史時期，都是一個值得關注的問題。過去時代的人們，尚且知道「當官不為民作主，不如回家賣紅薯」，現在是講民主、講法制的時代，法應該大於官，不管這官有多大，只要違反了原則，或不能履行職責，或是當履行職責就會危及根本大法的時候，那就應該按程序下臺，最好按一定的規則主動辭職。

時令論（上）

《呂氏春秋[1]．十二紀》，漢儒論[2]以為〈月令〉[3]，措諸《禮》[4]以為大法焉[5]。其言[6]有十二月[7]七十有二候[8]。迎日步氣[9]，以追[10]寒暑之序[11]，類其物宜[12]而逆[13]為之備[14]，聖人之作也。然而聖人之道，不窮異以為神[15]，不引天以為高[16]，利於人，備於事，如斯[17]而已矣。觀〈月令〉之說，苟[18]以合[19]五事[20]，配五行[21]，而施其政令，離聖人之道，不亦遠乎？

凡政令之作，有俟[22]時而行之者，有不俟時而行之者。是故[23]孟春[24]修封疆[25]，端徑術[26]，相土宜[27]，無聚大眾[28]。季春利[29]堤防，達溝瀆[30]，止田獵[31]，備蠶器[32]，合牛馬[33]，百工[34]無悖於時[35]。孟夏無起土功[36]，無發[37]大眾，勸農勉人[38]。仲夏班[39]馬政[40]，聚百藥[41]。季夏行水殺草[42]，糞田疇(43)，美土疆(44)，土功、兵事(45)不作。孟秋納材葦(46)。仲秋勸人種麥。季秋休百工，人皆入室，具(47)衣裘(48)，舉五穀之要(49)，合秩芻(50)，養犧牲(51)，趨人收斂(52)，務(53)蓄菜(54)，伐薪為炭(55)。孟冬築城郭(56)，穿竇窖(57)，修囷倉(58)，謹蓋藏(59)，勞(60)農以休息(61)之，收水澤之賦(62)。仲冬伐木，取竹箭(63)。季冬講武(64)，習射御(65)；出五穀種(66)，計(67)耦耕(68)，具田器(69)；合諸侯(70)，制百縣輕重之法(71)，貢職之數(72)。斯固俟時而行之，所謂敬授人時(73)者也。其餘郊廟百祀(74)，亦古之遺典(75)，不可以廢。

誠使(76)古之為政者，非春無以布德和令(77)，行慶施惠(78)，養幼少，省(79)囹圄(80)，賜貧窮，禮賢者；非夏無以贊傑俊(81)，遂賢良(82)，舉長大(83)，行爵出祿(84)，斷薄刑(85)，決小罪(86)，節嗜慾(87)，靜百官(88)；非秋無以選士厲兵(89)，任有功(90)，誅暴慢(91)，明好惡，修法制(92)，養衰老，申嚴百刑(93)，斬殺必當(94)；非冬無以賞死事(95)，恤孤寡，舉阿黨(96)，易關市(97)，來商旅(98)，審門閭(99)，正(100)貴戚(101)近習(102)，罷官之無事者(103)，去器之無用者。則其闕政亦以繁矣[104]，斯固不俟時而行之者也。變天之道，絕地之理，亂人之紀[105]，舍孟春則可以有事乎[106]？作淫巧以蕩上心[107]，舍季春則可以為之者乎[108]？夫如是，內不可以納於君心[109]，外不可以施於人事[110]，勿書之可也[111]。

又曰：「反時令[112]，則有飄風[113]、暴雨、霜雪、水潦[114]、大旱、沉陰[115]、氛霧[116]、寒暖之氣，大疫[117]、風欬[118]、鼽嚏[119]、瘧寒[120]、疥癘[121]之疾，螟蝗[122]、五穀瓜瓠[123]果實不成、蓬蒿、藜莠[124]並興之異[125]，女災[126]、胎夭傷[127]、水火之訛[128]，寇戎來入相掠[129]、兵革並起[130]、道路不通、邊境不寧、土地分裂、四鄙入堡[131]、流亡遷徙[132]之變。」若是者，特[133]瞽史[134]之語，非出於聖人者也；然則夏后[135]、周公[136]之典[137]逸[138]矣。

【注釋】❶呂氏春秋　又稱《呂覽》，戰國末期秦國呂不韋集合門客共同編寫，全書二十六卷，分八覽、六論、十二紀，共一百六十篇。其書試圖融合諸子百家，內容龐雜，故稱「雜家」，是先秦思想學術的一個嘗試性的總結。❷論　編輯。❸月令　儒家經典《禮記》的第三篇。《呂氏春秋．十二紀》中，每紀首篇記述了一年十二個月的時令及其所宜政事，漢代儒生馬融等人據以鈔撮而成此篇。❹措諸禮 把〈月令〉安置在《禮記》中。措，安置。諸，相當於「之於」。禮，指《禮記》。❺以為大法焉 把〈月令〉當作治理國家的根本大法。❻其言 〈月令〉的內容。❼有十二月 疑應為「十有二月」。有，又，數詞中表零頭的助詞。❽七十有二候 五天為一候，每月六候，故一年共有七十二候。❾迎日步氣 推算時令節氣，天文曆法術語。迎，推測。步，推步；推算；測算。❿追 追隨；順應。⓫序 順序；更替。⓬類其物宜 對萬事萬物按節氣之所宜，進行適當分類。⓭逆 預先。⓮備 準備。⓯不窮異以為神 不把盡力搜羅奇異當做神奇莫測。窮，窮盡。⓰不引天以為高 不援引上天而故作高深。⓱斯 此。⓲苟 故且，勉強；假如。⓳以合 「以之合」的省略，用節氣配合。合，配合。⓴五事 人的五種活動，即貌、言、視、聽、思，泛指人的各種活動。㉑五行 指水、火、木、金、土，古人認為五行是天地萬物的基本元素或性質。㉒俟 等待。㉓是故 因此。㉔孟春 指正月。古代以孟、仲、季為次序，孟春即春季的第一個月。㉕修封疆 修治地界。㉖端徑術 修整田間埂道溝壟。端，動詞，使端正，有修整的意思。徑，田間小道。術，同「遂」。田間小溝。㉗相土宜 觀察土地適宜（種植那一類作物）。㉘無聚大眾 不要集中大眾（做其他事）。㉙利 此指修理。㉚達溝瀆 疏通溝渠。達，使動詞，使之通達。㉛止田獵 停止打獵。田，像網形，打獵的工具，指打獵，後寫作「畋」。㉜備蠶器 準備養蠶的器具。㉝合牛馬 使牛馬等牲畜配種。合，交合；交配，用作使動詞，使之合。㉞百工 各種手藝工匠。百，泛指多。㉟無悖於時 不要違背時令。悖，違背；違反。㊱無起土功 不要從事土木建築工程。㊲發 徵發；役使。㊳勸農勉人 鼓勵人從事農業。勸，鼓勵。㊴班 同「頒」。頒佈，此指施行。㊵馬政 政府對官用馬匹的牧養、訓練、使用和採購等事的行政管理制度。馬的飼養、使用涉及戰爭、農耕、運輸等國家大事，故將馬政作為一種政府行為。㊶聚百藥 收集各種草藥。㊷行水殺草 二種農事活動。將輪休田或荒地中的雜草，在五月割掉，六月在田裏放火燒成灰，灌上水以滅草肥田。㊸糞田疇 給田地施肥。糞，用作動詞，施肥。疇，田地。㊹美土疆 進一步完善修整田埂。㊺兵事 戰爭之事。㊻納材葦 徵收蒲葦等編織材料。葦，淺水生植物，是編織器物、修葺房屋的重要材料。㊼具　做；準備。㊽衣裘　泛指衣服。裘，皮衣。㊾舉五穀之要　辦理有關五穀的重要事情。這裏泛指核對糧食產量、徵收賦稅等事。舉，辦理。五穀，據漢代以來的記載，有兩種說法，一以稻、黍（性黏，可釀酒，俗稱黃米子）、稷（穀子，俗稱小米）、麥、菽（豆類，特指大豆）為五穀，一以麻（大麻子）、黍、稷、麥、菽。㊿合秩芻　（按常規）收集飼草。合，集合；收集。秩，常規。芻，飼草。(51)犧牲　祭祀用的牛、羊、豬等家牲。(52)趣人收斂　督促人們收穫莊稼，屯斂糧草，做好過冬準備。趣，同「促」。(53)務　從事。(54)蓄菜　儲藏菜蔬。(55)伐薪為炭　砍伐薪柴燒製成木炭。(56)城郭　內城和外城的合稱，泛指城牆。(57)穿竇窖　挖地窖。圓為竇，方為窖。(58)囷倉　糧倉。圓為囷，方為倉。(59)謹蓋藏　將越冬的各種物資收藏好。(60)勞　慰勞。(61)休息　用作使動詞，使農民休息。(62)水澤之賦　水泊池澤的賦稅。(63)竹箭　可以做箭的小竹。(64)講武　講論練習武藝。(65)習射御　練習射箭和駕馭戰馬戰車。(66)出五穀種　選出各種作物的種子。(67)計　計劃；準備。(68)耦耕　一種古代的耕作方法，二人相助而耕。泛指耕種田地。(69)具田器　準備農具。(70)合諸侯　召集諸侯（會議）。(71)制百縣輕重之法　制定各縣納糧、繳稅數的條文。(72)貢職之數　納貢、服役的數目。(73)敬授人時　嚴肅地對待給予人時令的自然界。敬，莊敬；嚴肅。(74)郊廟百祀　泛指各種祭祀活動。郊，祭天地。廟，祭祖先。(75)遺典　遺留下來的典制。(76)誠使　假如真的使……。(77)非春無以布德和令　不是春季便不發佈德惠寬和的政令。(78)行慶施惠　給予賞賜，施予恩惠。(79)省　視察。(80)囹圄　監獄，轉指案件。(81)贊傑俊　表彰才能出眾的人。(82)遂賢良　推舉能力強、品德高的人。(83)舉長大　推薦年長而德高望重的人。(84)行爵出祿　封爵位，定俸祿。(85)斷薄刑　判決輕案。(86)決小罪　處理罪小的案件。(87)節嗜慾　節制過度的嗜好和欲望。(88)靜百官　使百官在這一時期得以相對安靜。(89)選士厲兵　徵選士兵，磨利兵器。(90)任有功　任用執行朝廷政令有功的人。(91)誅暴慢　誅殺對朝廷政令怠慢不從的人。(92)修法制　修訂法令制度。(93)申嚴百刑　重申並嚴格執行各種刑法制度。(94)斬殺必當　處決人犯所適用的法律必須恰當。(95)賞死事　賞賜為國事死亡的家屬。(96)舉阿黨　檢舉審查阿附包庇的私黨。(97)易關市　減輕關稅。關市，與邊外通商的場所。(98)來商旅　招徠商人。(99)審門閭　嚴查宮門出入。100正　整頓而使其行為端正。101貴戚　皇親國戚。102近習　皇帝所親近寵愛的人。103罷官之無事者　罷免沒有職事的冗官。104則其闕政亦以繁矣　那麼他在執政時的缺點錯誤也就太多了。105變天之道三句　〈月令〉中規定，孟春不能做「變天之道，絕地之理，亂人之紀」的事情。106舍孟春則可以有事乎　那麼，除了孟春這個月，就可以做這一類事情嗎？107作淫巧以蕩上心　工匠製作過分新奇巧妙的器物，動搖天子的簡古之心。〈月令〉中規定，季春不能「作淫巧以蕩上心」。淫，過分的。巧，奇巧；新穎。蕩，動搖。108舍季春則可以為之者乎　那麼，除了季春這個月就可以做這樣的事嗎？109內不可以納於君心　對內不能使君主接納這些事情。110外不可以施於人事　對外不能將這些事情在民眾中實行。111勿書之可也　不把（它）寫在〈月令〉中也是可以的。112反時令　違反時令節氣。113飄風　旋風；疾風。114水潦　水澇災害。115沉陰　連陰天。116氛霧　濃霧；大霧。117大疫　嚴重的疫情。118風欬　嚴重的傷風咳嗽。119鼽嚏　噴嚏。120瘧寒　瘧疾。患者發熱惡寒，故稱。121疥癘　疥瘡。122螟蝗　泛指害蟲成災。螟，一種蛀食稻麥等作物的害蟲。蝗，蝗蟲，常暴發成災。123瓜瓠　泛指菜蔬瓜果。瓠，葫蘆的一種，長形，為常見蔬菜。124蓬蒿藜莠　泛指危害莊稼蔬菜的野草野菜。蓬，飛蓬草。蒿，野蒿。藜，灰條菜。莠，一種田間雜草。125異　反常現象。126女災　女寵干政所引起的災難。127胎夭傷　泛指流產、早殀、受傷等災禍。128訛　指野火、洪水等災害。129寇戎來入相掠　敵國軍隊侵入掠奪。戎，軍隊。130兵革並起　戰事一起發生。兵革，兵器鎧甲，引伸為戰事。131四鄙入堡　四周的邊境居民（因受敵人威脅而）躲入城堡。鄙，邊境。132徙　遷移。133特　只是。134瞽史　周朝兩官名。瞽，負責掌管音樂、占卜吉凶等事。史，太史，掌管記載歷史、禮儀祭祀等事。135夏后　夏朝的王，指夏禹。136周公　即姬旦。周文王子，輔佐武王滅殷，建周王朝。武王薨，成王年幼，周公攝政。相傳曾制定周朝的禮樂制度。137典　典籍；傳統，此指有關時令方面的典籍或傳統。138逸　散失。

【語　譯】《呂氏春秋》有〈十二紀〉，每紀首篇記述了一年十二個月的時令及其所宜政事，漢代儒生馬融等將它改編為〈月令〉，並把這篇文章安置在《禮記》中，當作治理國家的根本大法。〈月令〉的內容，涉及到十二月、七十二候，並推算時令節氣，以順應寒暑更替的順序，對萬事萬物按節氣之所宜，進行適當分類，而預先作好準備。這正是聖人所要做的工作。但聖人的法則是，不把盡力搜羅奇異當做神奇莫測，不援引上天而故作高深；能對於人民有利，對於事業考慮周備——事情不過如此。現在看看〈月令〉的說法：〈月令〉勉強以節氣來配合人類的貌、言、視、聽、思五種活動，配合水、火、木、金、土這「五行」，從而施行政策法令。這離開聖人之道不是太遠了嗎？

大凡政策法令的推行，有的應該等待適當的時機才能施行，也有不必等待時機就可以施行的。因此，在春季的第一個月份，應該修治地界，修整田間埂道溝壟，觀察土地適宜種植那一類作物，不應該集中民眾做其他事情。春天的第三個月，應該修理堤防，疏通溝渠使之通達，停止打獵，準備養蠶的器具，使牛馬等牲畜配種，各種手藝工匠不要違背時令。夏天的第一個月，不要從事土木建築工程，不要徵發民眾服役，而應鼓勵人們從事農業生產。夏天的第二個月，應頒佈施行牧養、訓練、使用、採購馬匹等事項的行政管理制度，收集各種草藥。夏天的第三個月，應將輪休田或荒地中的雜草割掉，然後在放火燒灰，灌上水以滅草肥田，並給田地施肥，進一步完善修整田埂；而土木等工程、戰爭之事，在這時候不應該去做。到了秋天的第一個月，就應徵收蒲葦等編織材料，第二個月應勉勵農民播種麥子，第三個月停止一切其他工作，人們都應回到室內，準備冬衣，並辦理核對糧食產量、徵收賦稅等有關五穀之事，按常規收集飼草，飼養好祭祀用的牛、羊、豬等家畜，並督促人們收穫莊稼，屯斂糧草，還應儲藏菜蔬，砍伐薪柴燒製成木炭，做好過冬的各種準備工作。到了冬天的第一個月，則應修城牆，挖地窖，修糧倉，將越冬的各種物資收藏好。並慰勞農民，使他們好好休息。另外還應徵收水泊池澤的賦稅。在冬天的第二個月，要砍伐樹木，伐取做箭的小竹子。第三個月，則應切磋武藝，練習射箭和駕馭戰馬戰車；揀選各種作物的種子，準備來年的春耕，準備農具；召集諸侯開會，並制定各地納糧、繳稅數額，納貢、服役數目的條文。這些工作當然應該按適當的時機施行，這就是我們所說的「嚴肅地對待給予人時機節令的自然界」。其餘如各種祭祀活動，是從古就遺留下來的典制，也是不可以廢除的。

假如古代主持國政的君主，不到春季便不發佈德惠寬和的政令，對應該賞賜者給予賞賜，施予恩惠，撫養關心年幼的孩子，審察案件，救濟貧窮，禮賢下士；不到夏天就不去表彰才能出眾的人，推舉能力強、品德高的人，推薦年長而德高望重的人，分封爵位，確定俸祿，判決輕案，處理罪小的案件，節制過度的嗜好和欲望，使百官在這一時期得以相對安靜；不到秋天就不去徵選士兵，練習武藝，任用執行朝廷政令有功的人，誅殺對朝廷政令怠慢不從的人，分清好壞，修訂法令制度，扶養衰老之人，重申並嚴格執行各種刑法制度，運用恰當的法律處決人犯；不到冬天就不去賞賜為國事死亡的家屬，撫恤孤寡之人，檢舉審查阿附包庇的私黨，減輕關稅，招徠商旅，嚴查宮門出入者，整頓皇親國戚和親近寵愛之人而使其行為端正，罷免沒有職事的冗官，去掉器物中那些沒有價值的東西；那麼，他在執政時的缺點錯誤也就太多了，更不要說那些不按時機行事的主政者了。〈月令〉中說，孟春不能做改變上天的運行規律，違背自然界的常理，敗壞人間的倫理道德之類的事情，那麼，除了孟春這個月，就可以做這一類事情了嗎？〈月令〉中又說，季春不能製作過分新奇巧妙的器物去動搖天子的簡古樸素之心，那麼，除了季春這個月就可以做這樣的事嗎？如果對內不能使君主去做這些事情，對外不能將這些事情在民眾中實行，那麼，不把這些寫在〈月令〉中也是可以的。

〈月令〉中又說：「違反時令節氣，就會有旋風、暴雨、霜雪、水潦、大旱、連陰、濃霧、冷暖不適等災害天氣，就會有嚴重的瘟疫、傷風咳嗽、打噴嚏、瘧疾、疥瘡等疾病，就會螟蝗成災、五穀菜蔬沒有收成、蓬蒿藜莠等野草野菜危害莊稼；還會產生許多反常現象，如女寵干政，流產早夭受傷、水火之災、敵國軍隊侵入掠奪、戰事接連發生、道路不通、邊境不寧、土地分裂、邊境居民受敵威脅躲入城堡、流亡遷徙等等災變。」這些話，其實只是周朝負責掌管音樂占卜吉凶等事的「瞽史」和掌管記載歷史、禮儀祭祀等事的「太史」所說的，而並不是聖人所說。所以，我認為，夏禹、周公有關時令方面的典籍，實際上已經散逸了。

【研　析】關於《禮記．月令》篇的真偽，前人一直有不同看法。柳宗元在本篇文章中認為是偽作，是漢儒從《呂氏春秋》中抄襲而來，並對〈月令〉拘泥時令的觀點進行了批判。

自從周的始祖后稷發揚光大農業生產之後，中國就成了一個典型的農業社會。農業社會講究農時節令，什麼時候適宜做什麼事，如果違背時令，就沒有好收成。但是，《禮記．月令》篇卻過分強調了時令的作用，把一些與時令節氣無關或者並無本質聯繫的東西，例如人的貌、言、視、聽、思五種活動，水、火、木、金、土「五行」等等關聯在一起，甚至認為某些偶然發生的自然災害也與違背時令有關，這就有些牽強附會了。柳宗元這篇文章，就是為了批駁〈月令〉的這些錯誤說法而寫的。

作者在文章中堅持「利於人，備於事」的原則，認為制定政令自然要遵守時令，不違農時，但有些日常性的工作，如發佈寬和的政令，賞賜施恩，撫幼濟貧，禮賢下士，確定俸祿，判決罪案，徵選士兵，練習武藝，撫卹孤寡，審查私黨，減輕關稅，招徠商旅，嚴查宮門，端正親寵，罷免冗官等等，不一定要到特定的時候才能去做，只要有必要，就應該隨時去做。

天人關係是中國古代哲學的一大課題。逆天行事當然是不可取的，但如果像〈月令〉那樣，凡事都要和「天時」聯繫起來，就顯得有些迂腐固執了。實事求是，具體情況具體分析處理，這才是處理人與自然的關係的一個準則。

斷刑論（下）

余既❶為〈斷刑論〉❷，或者❸以〈釋刑〉復❹於余，其辭云云❺。余不得已而為之一言焉。

夫聖人之為賞罰者非他，所以懲❻勸❼者也。賞務❽速而後有勸，罰務速而後有懲。必曰賞以春夏而刑以秋冬❾，而謂之至理❿者，偽⓫也。使⓬秋冬為善者，必俟⓭春夏而後賞，則為善者必怠⓮；春夏為不善者，必俟秋冬而後罰，則為不善者必懈⓯。為善者怠，為不善者懈，是驅⓰天下之人而入於罪也。驅天下之人入於罪，又緩而慢之，以滋⓱其懈怠，此刑之所以不措⓲也。必使為善者不越月逾⓳時⓴而得其賞，則人勇而有勸焉；為不善者不越月逾時而得其罰，則人懼而有懲焉。為善者日以有勸，為不善者月以有懲，是驅天下之人而從善遠罪㉑也。驅天下之人而從善遠罪，是刑之所以措而化㉒之所以成㉓也。

或者務㉔言天而不言人，是惑於道㉕者也。胡㉖不謀㉗之人心，以熟㉘吾㉙道？吾道之盡，而人化㉚矣。是知蒼蒼者㉛焉能㉜與㉝吾事，而暇㉞知之㉟哉？果以為天時㊱之可得順，大和㊲之可得致㊳，則全㊴吾道而得之矣。全吾道而不得者，非所謂天也，非所謂大和也，是亦必無而已矣。又何必枉㊵吾之道，曲順㊶其時，以諂㊷是物㊸哉？吾固㊹知順時之得天，不如順人順道之得天也。何也？使犯死者自春而窮其辭㊺，欲死不可得，貫三木㊻、加連鎖㊼，而致㊽之獄，更㊾大暑者數月，癢不得搔，痺㊿不得搖，痛不得摩，饑不得時而食，渴不得時而飲，目不得瞑(51)，支(52)不得舒(53)，怨(54)號(55)之聲，聞於里人(56)。如是而大和之不傷，天時之不逆，是亦必無而已矣。彼其所宜(57)得者，死而已也，又若是焉，何哉？

或者乃以為：「雪霜者，天之經(58)也；雷霆者，天之權(59)也。非常之罪，不時(60)可以殺，人之權也；當刑者，必順時而殺，人之經也。」

是又不然。夫雷霆雪霜者，特[61]一氣[62]耳，非有心於物者也，聖人有心於物者也。春夏之有雷霆也，或發而震，破巨石，裂大木[63]。木石豈為[64]非常之罪也哉？秋冬之有霜雪也，舉[65]草木而殘之，草木豈有非常之罪也哉？彼豈有懲於物也哉？彼無所懲，則效[66]之者惑也。果以為仁必知經，智必知權[67]，是又未盡於經權之道也。何也？經也者，常也；權也者，達經者也。皆仁智之事也，離之，滋[68]惑矣。經非權則泥[69]，權非經則悖[70]。是二者，強[71]名也，曰「當[72]」，斯盡之矣。當也者，大中之道[73]也；離而為名者，大中之器用[74]也。知經而不知權，不知經者也；知權而不知經，不知權者也。偏知[75]而謂之智，不智者也；偏守[76]而謂之仁，不仁者也。知經者，不以異物害[77]吾道；知權者，不以常人咈[78]吾慮[79]。合之於一而不疑者，信於道而已者也。且古之所以言天者，蓋以愚[80]蚩蚩[81]者耳，非為聰明睿[82]智者設也。或者之未達[83]，不思之甚[84]也。

【注釋】❶既　既然已經。❷斷刑論　指〈斷刑論〉上篇。這篇文章已經佚失，沒有流傳下來。斷刑，判罪；行刑。❸或者　有人。❹復　答覆，這裏有反駁的意思。❺云云　此處表省略，有「如此如此」的意思。❻懲懲戒。❼勸　鼓勵；表揚。❽務　必定。❾賞以春夏而刑以秋冬　儒家認為：春夏萬物生長，這是上天對人間的獎賞；秋冬萬物凋零，這是上天對人間的處罰。因而，人間在實行賞罰時也須符合天意，獎賞要在春夏季節進行，處罰要在秋冬季節進行，否則天就要降災。❿至理　最高的道理；真理。⓫偽　假的；荒謬的。⓬使假使；如果。⓭俟　等待。⓮怠　怠惰；消極。⓯懈　鬆懈，指顧忌之心有所放鬆。⓰驅　趕；促使。⓱滋助長。⓲措　擱置；放棄。⓳逾　逾越；超過。⓴時　時節。㉑從善遠罪　跟著做好事而遠離犯罪的道路。㉒化教化。㉓成　成功。㉔務　務必；非要。用作副詞。㉕惑於道　在道理方面有所迷惑。㉖胡　何；為什麼。㉗謀考慮。㉘孰　動詞。完成；完善。㉙吾　此為第一人稱泛指。㉚化　教化成功。㉛蒼蒼者　指天，天色蒼。㉜焉能　哪能；怎能。㉝與　參與；干預。㉞暇　空閒。此用作副詞。㉟之　它，指天。㊱天時　指春、夏、秋、冬四個季節。㊲大和　人事與天意完全相諧和。㊳致　達到。㊴全　全部實現。㊵枉　歪曲。㊶曲順　曲意順從。㊷諂　諂媚；討好。㊸是物　這個東西，指天。㊹固　本來；從來；一貫。㊺窮其辭　交代完了他的口供。㊻貫三木　古代的一種刑罰，給人頸上、手上、腳上都套上枷鎖。㊼連鎖　鎖鏈。㊽致　送；投。㊾更　經歷。㊿痹　痲木。(51)瞑　閉眼。此指睡覺。(52)支　同「肢」。指四肢。(53)舒　伸展。(54)怨　怨；怨恨。(55)號　大聲哭喊。(56)里人　鄰里之民，此指監獄附近的居民。唐代以一百戶為一里。(57)宜　應當。(58)經　經常的；常規的；原則性的。(59)權　特殊的；權宜的；變化的。(60)不時　不一定按時，指隨時。(61)特　只；僅僅。(62)氣　古代哲學中的元概念，之所以形成天地萬物之物。(63)木　樹木。(64)為　做；有。(65)舉　全部；凡是。(66)效　倣法。(67)仁必知經二句　指仁者必然知曉常規的原則，智者必然知曉臨時的權變。(68)滋　滋生；產生。(69)泥　拘泥死板，不會變通。(70)悖　違反；背理。這裏指違背原則。(71)強　勉強。(72)當　適當；得當。(73)大中之道　偉大的中庸之道。柳文中又稱「中道」、「大中」。(74)器用　具體運用。(75)偏知　僅懂得某一個方面。(76)偏守　片面地固守某一個道理。77害　損害。78悖　悖；違反；妨礙。79慮　思考。80愚　愚弄。81蚩蚩　愚蠢無知貌。82睿　看得深遠。83達　接近真理。84甚　太；很。

【語　譯】我寫了〈斷刑論〉之後，有人寫了一篇〈釋刑〉來答覆我，如此如此地指責了一番。我不得不針對這篇文章再說一些話。

聖人制訂賞罰制度不是為了別的，而是用來懲戒幹壞事的人和鼓勵做好事的人。獎賞必須及時，然後才能起到鼓勵的作用；刑罰也必須及時，然後才能起到懲戒的作用。硬說在春夏才能獎賞，秋冬才能處刑，並且還把這說成是最高的道理，這是荒謬的。假使在秋冬做了好事，一定要等到第二年春夏才給予獎賞，那麼做好事的人一定會消極灰心；在春夏做了壞事，一定要等到秋冬才給予處罰，那麼做壞事的人一定少了顧忌，繼續做壞事。做好事的人思想消極，做壞事的人少了顧忌，這就會驅使天下更多的人走上犯罪道路。驅使天下人走上犯罪道路，又不及時實行懲罰，就會助長他們的怠慢之心，這是刑法之所以不能放棄的原因。必須使做好事者不超過一個月或一個季度就得到獎賞，那麼人們就勇於做好事，這樣就達到了鼓勵的目的；必須使幹壞事的人不超過一個月或一個季度就得到處罰，那麼人們就不敢做壞事，這樣就達到了懲戒的目的。做好事的人每天都得到鼓勵，幹壞事的人每月都得到懲戒，這就會促使天下的人都去做好事而遠離犯罪的道路。促使天下的人都去做好事而遠離犯罪的道路，這就是刑法之所以能夠備而不用，教化之所以能夠成功的原因。

有的人一味只講天意而不講人事，這是在大道理上有所迷惑的人。為什麼不從人的內心方面去考慮，從而完善我們的「道」呢？我們的「道」如果能夠完全實現，那麼人民就都被教化了。由此可知，蒼天怎能干預我們人間的事，我們又哪有閒暇去理解天意呢？如果真的認為有天時能夠順從，有天人和諧的境界能夠達到，那麼，完全實現了我們的「道」，就能順從天時，達到天人和諧的境界了。如果完全實現了我們的「道」而仍然不能順從天時並達到天人和諧，那就說明本無所謂天時，也並無所謂天人和諧的境界。在這種情況下，這兩者也一定是不存在的。既然這樣，為什麼一定要委曲我們的「道」去遷就天時，討好老天呢？我們知道，順從天時固然符合天意，卻不如順從人事和順從「道」更符合天意。為什麼呢？假使犯死罪的人，在春天就交代完了他的口供，這時他想死卻不得死，還要在頸上、手腳上套上刑具，戴上大枷，並把他投到監獄裏，再經歷幾個月的酷暑天氣，身上癢了不能抓，麻木了不能活動，痛了不能撫摸，餓了不能及時吃東西，渴了不能及時喝水，眼睛不能閉上休息，四肢不能伸展，怨恨、哭喊的聲音監獄周圍的人都能聽得到，發生如此這般的事，而所謂天人和諧還不被傷害，天時還不算違反，那只能說明所謂天人和諧、天時這些東西肯定是不存在的。那些罪犯所應得的，不過是死罷了，現在這樣折磨他們，這是為什麼呢？

有的人認為：「霜雪是天實行懲罰的經常現象；雷霆是天實行懲罰的變通現象。對於犯了特別嚴重罪行的人，不按『在秋冬行刑』的規定而及時處決，這是執法者採取的變通辦法；而對於一般應行刑的犯人，則一定要按『在秋冬行刑』的規定執行，這是執法者應守的常規。」這種說法也是不對的。雷、霆、霜、雪這類東西，只不過是一種自然現象，並不是它們對什麼事物有什麼特別的用心，而聖人制訂賞罰制度卻是有一定用意的。春夏季節常有雷霆出現，有時發生雷擊，劈碎了大石，擊斷了大樹，樹木和石頭難道是犯了什麼特別嚴重的罪行嗎？秋冬季節常有霜雪出現，它們將全部草木都摧殘殆盡，難道草木也犯了什麼特別嚴重的罪行嗎？雷、霆、霜、雪難道是要對這些事物有所懲戒嗎？既然它們對事物並沒有懲戒，那麼傚法它們的人就是愚蠢的了。如果真的認為仁者才懂得「經」，智者才懂得「權」，這是還沒有完全掌握「經」和「權」的道理。為什麼這樣說呢？所謂「經」，就是常規性的原則；所謂「權」，就是實現「經」的手段。這都是仁者智者應該懂得的事情。把「經」和「權」兩者割裂開來，這只能使人更加糊塗。只強調「經」而忽視「權」就會死板拘泥，只強調「權」而忽視「經」就會違反原則。這兩者，如果要概括它們，勉強可以用「當」這個概念。這一概念可以將兩者的所指概括殆盡。所謂「當」，就是「大中之道」。把它分為「經」和「權」兩個概念，是大中之道的具體運用。只懂得「經」而不懂得「權」，不是真正懂得「經」；只懂得「權」而不懂得「經」，也不是真正懂得「權」。片面地理解「權」的道理而說是智，不是真正的智；片面地固守「經」的道理而說是仁，也不是真正的仁。真正懂得「經」的人，不因異常的事物而妨礙我們的「道」；真正懂得「權」的人，也不因一般人的議論而干擾我們的思考。把「經」和「權」統一起來理解並深信不疑的，唯有堅信「道」的人。況且前人之所以講天意，只是用來愚弄老實的百姓罷了，並不是針對聰明智慧的人講的。有的人至今還不明白這個道理，這是太不動腦筋了。

【研　析】柳宗元曾寫過一篇〈斷刑論〉，文章傳出後，有人寫了一篇〈釋刑〉，提出了一些不同意見，柳宗元因而又寫了一篇〈斷刑論〉作為答覆。前一篇〈斷刑論〉已佚，後一篇通稱〈斷刑論〉（下）。

中國古代社會，講究「天人合一」，認為大自然與人類社會是一個整體，人必須與自然和諧相處，人要順應自然規律，這些當然是有一定道理的，在今天也有一定的現實意義。但也必須看到，過分誇大這一天人相合的一面，而忽視了天與人也有相分的一面，也是不正確的。相對於自然界，人類社會有自己的特殊性。例如說，這篇文章所提出的一個問題，即人類社會執行刑法，是否要根據一定的季節才能執行呢？在古代的司法實踐中，一般都實行秋冬行刑的原則。如果說，這是為了能夠給案件的覆核留下一定的緩衝時間，那也是有一定道理的，但要說天有什麼意志，那就是荒謬的了。甚麼季節行刑，應該依照司法本身的需要進行，犯罪、司法、行刑，與季節實在沒有什麼本質的聯繫。如果人類做什麼不做什麼都必須按天意來進行，就會給統治者欺騙老百姓提供方便，或者給違法亂紀的人和事留下一個藉口。

辯侵伐論

《春秋》❶之說❷曰：「凡師❸有鍾鼓❹曰伐，無曰侵。」《周禮・大司馬》❺「九伐之法❻」曰：「賊賢❼害人❽，則伐之；負固❾不服，則侵之。」

然則❿所謂伐之者，聲其惡於天下也⓫。聲其惡於天下，必有以厭於天下之心⓬，夫然後得行焉。古之守臣⓭有朘⓮人之財，危人之生而又害賢人者，內必棄於其人⓯，外必棄於諸侯。從而後加伐焉，動必克⓰矣。然猶校德而後舉⓱，量力而後會⓲，備⓳三有餘⓴，而以用其人㉑。一曰義有餘㉒；二曰人力有餘；三曰貨食有餘㉓。是三者大備，則又立其禮㉔，正其名㉕，修其辭㉖。其害物也小㉗，則誥誓徼令㉘不過㉙其鄰㉚；雖大，不出所暴㉛；非有逆天地橫四海㉜者，不以動天下之師。故師不踰時㉝而功成焉。斯為人之舉也㉞，故公㉟之。公之，而鍾鼓作焉。

夫所謂侵之者，獨以其負固不服而壅㊱王命也。內以保其人㊲，外不犯於諸侯，其過惡㊳不足暴㊴於天下，致文告㊵、修文德㊶，而又不變㊷，然後以師問㊸焉。是為制命㊹之舉，非為人之舉也，故私之㊺。私之，故鍾鼓不作。斯聖人之所志㊻也。

周道既壞㊼，兵車之軌交於天下㊽，而罕知侵伐之端㊾焉。是故以無道而正㊿無道者有之，以無道而正有道者有之，不增德而以遂威(51)者又有之，故世日亂。一變而至於戰國，而生人耗(52)矣。是以(53)有其力無其財，君子不以動眾；有其力有其財無其義(54)，君子不以帥師(55)。合是三者(56)而明其公私之說(57)，而後可焉。

嗚呼！後之用師者，有能觀(58)乎侵伐之端，則善矣(59)。

【注釋】❶春秋　書名，傳為孔子著，是春秋時魯國的編年史綱要。❷說　解說，指解說《春秋》的《左傳》。下面的這段話見《左傳》莊公二十九年。❸師　出征的軍隊。❹鍾鼓　古代出兵征伐時，鳴鐘擊鼓以聲張威勢，聲討被伐追的罪行。❺周禮大司馬　《周禮》篇名。《周禮》，儒家經典之一，傳為周公所作，又傳為戰國或西漢人所作或編纂。記述先秦社會、政治、經濟、文化等各方面禮法制度。這些記述有的是當時的社會實際，有的是作者的設想。通行有《十三經注疏》本。大司馬，古代最高的軍事長官。❻九伐之法　據《周禮・夏官・大司馬》記載，周朝的大司馬共掌握九種征伐之法，下文所說的是其中的兩種。❼賊賢　殘害賢良。❽害人　殘害人民。❾負固　倚恃險固。❿然則　然而，表轉折。⓫聲其惡於天下也　向天下公佈他的罪惡。聲，聲張；公佈。⓬必有以厭於天下之心　必然能夠滿足天下人的心願。厭，滿足。⓭守臣　守土之臣，這裏指諸侯。⓮朘　聚斂；剝奪。⓯內必棄於其人　在其封地之內必然被自己的百姓所唾棄。⓰克　打敗。⓱然猶校德而後舉　然而還要反覆考慮是否有充分理由，以後才能有所行動。校，核對；查校。德，此指政治上的得失。舉，舉動。⓲會　會集軍隊。⓳備　具備。⓴有餘　充分而有所剩餘。㉑而以用其人　才能使用軍隊。㉒義有餘　在道義上有充分的理由。㉓貨食有餘　有充分的糧草等物資保證。㉔立其禮　指征伐行動已建立在符合禮法基礎之上。㉕正其名　使出兵名正言順。㉖修其辭　意為使出兵的理由非常充分。古人出兵，必佈告天下，故需「修其辭」。㉗害物也小　對生命財產的危害較小。㉘誥誓徵令　此指軍事文書中的幾種體裁。誥，訓誡勉勵的文告。誓，告誡將士的言辭。徵令，征伐之令。㉙過　指達到。㉚鄰　指與被征伐者鄰近的諸侯國。㉛不出所暴　不超出被伐諸侯所虐亂的範圍。㉜逆天地橫四海　違背天地萬物之義理，橫行不法於天下四方。逆，違背。橫，橫行霸道。㉝不踰時　不超過時限。㉞斯為人之舉也　這是為了民眾而採取的舉動。㉟公　公佈。㊱壅　阻塞，此指抗拒。㊲內以保其人　在封地內部尚能使民眾安生。㊳過惡　罪惡。㊴暴　暴露；公佈。㊵致文告　以文告的方式予以告誡。㊶修文德　天子修治文德（以使諸侯歸順服從）。㊷不變　指不改變「負固不服而壅王命」的錯誤。㊸以師問　興師問罪。㊹制命　推行王命。㊺私之　不公開，意為不鳴鐘擊鼓，不大事聲張。㊻志　意志；思想。㊼周道既壞　周朝的禮樂制度和政治秩序既然已被破壞。㊽兵車之軌交於天下　形容天下大亂，到處都是戰爭。軌，指車輪滾過後留下的痕跡。交，交錯。㊾端　端緒；理由；原因。這裏指侵與伐的本意。㊿正糾正，指攻伐。㊿遂威　肆意以武力橫行。遂，肆意。威，威風，指武力。52耗　損耗；減少。53是以　因為這個（緣故）。54義　道義；正義。55帥師　率領軍隊，指出兵。56是三者　這三個方面，指上文所說的人、財、義。57公私之說　指上文所說侵伐與公私相對應的道理。58覲　看到；認識到。59則善矣　那就好啦。

【語　譯】解釋《春秋》的《左傳》說：「凡是出征的軍隊，鳴鐘擊鼓以張聲勢的，叫做『伐』，如果不這樣做，就叫做『侵』。」《周禮・大司馬》記載，周朝的大司馬共掌握九種征伐之法，其中的兩種是：「殘害賢良、殘害百姓的，就要討伐它；倚恃險固，不服從天子的，就要侵襲它。」

但是，所謂征伐，是要向天下公佈他的罪惡；向天下公佈他的罪惡，必須能夠滿足天下人的心願，這樣做了之後，才能去實行征伐。古代為天子守衛國土地的諸侯，有聚斂剝奪老百姓財物，危害人民生存而又殘害賢良的，在其封地之內必然被自己的百姓所唾棄，在封地之外必然被諸侯所唾棄。出現這種情況之後再加以征伐，一旦行動就必然能打敗它。然而，還要反覆考慮是否有充分理由，政治上得失如何，要衡量一下征伐的力量之後再會集軍隊，具備了「三有餘」，而後才能動用軍隊。（什麼是「三有餘」呢？）一是在道義上有充分的理由，二是在人力上有充分的力量，三是在糧草物資的供應方面有充分的保證。這三方面準備齊全了，再將征伐行動建立在符合禮法的基礎上，使出兵名正言順，理直氣壯，還要用妥善的言辭將侵伐的理由佈告天下。如果希望對生命財產的危害儘量地小，所發佈的侵伐文告就不應影響被征伐者鄰近的諸侯國；即使生命財產的損失較大，也不應超出被伐諸侯所虐亂的範圍。除非是違背天地萬物的義理，橫行不法於天下四方的，就不要動用全國的軍隊。因此，軍事行動不超過一定的時限，而能夠成功地達到目的，這才是為了民眾的利益而採取的舉動。既是為了天下百姓的利益，就可將征伐行動昭告於天下。

昭告於天下，所以要鳴鐘擊鼓大事張揚。

而所謂「侵」的對象，只是因為其憑藉險固，不服甚至抗拒王命。但在封地之內尚能使民眾安生，對也並不侵犯諸侯，其罪惡尚不足以公佈於天下，天子以文告的方式予以告誡，而天子自身也能修治文德以使諸侯歸順服從，在這樣的情況下，如果他仍然堅持負固不服抗拒王命的錯誤，然後才能興師問罪。這是推行王命的舉動，並不是為民眾著想的舉動，因此不必公開張揚。不公開張揚，因此不必要鳴鐘擊鼓。這是聖人的意志。

周朝的禮樂制度和政治秩序既然已被破壞，天下到處都是戰車留下的痕跡，卻很少有人知道「侵」和「伐」的本意。這樣，天下就有以無道攻伐無道的，以無道攻伐有道的，更有那不積累自身的德行而專以武力肆意橫行的。因此，這世道就一天天地壞亂下去了。這種變亂一直到戰國時期，使得民眾一天天減少。正因為這個緣故，雖然有人力但無財力，君子就不會動用民眾；有了人力財力但沒有道義上的理由，君子就不會動用軍隊。綜合考慮這三個方面，明瞭侵伐與公私相對應的道理，然後才可以考慮行動。

啊呀！後世想動用軍隊的人，如果能認識到「侵」和「伐」的本來含義，那就好啦！

【研　析】對於那些在外欺負弱鄰，在內殘害人民的邪惡諸侯，天子或諸侯聯盟是否有權討伐？如果出兵，應該怎樣最大限度地保護無辜的民眾，使生命財產的損失降到最低限度？柳宗元在這篇文章中作了充分的論述。他認為，實施討伐邪惡的軍事行動，必須十分的慎重。首先要具備一定的前提條件。這就是「三有餘」——理有餘、力有餘、物有餘。如果在這三方面沒有充分有餘的條件或準備，就談不上是否採取軍事行動。如果具備了三有餘的條件，在採取軍事行動的時候，也應謹慎行事。這些行動必須符合「禮」和「法」，即天下公認的諸侯間的關係準則；必須公開地、理直氣壯地向全天下充分闡述不得不出兵的理由，並在適當的場合，以適當的形式及言辭表述出來。在實行軍事行動的時候，必須嚴格限制在一定範圍之內，要儘量不傷及無辜，特別是對於邪惡諸侯的鄰居，更應注意保護。

對於那些在內尚能善待民眾，在外也不惹事生非，只是不太聽話的諸侯，那就另當別論了。雖然天子有權討伐這些不聽話者，但並沒有什麼充分的理由而大張旗鼓地去征討，則不過是天子一己的私意，因此只能是悄悄地進行，只能算是「侵」而不能算是「征」。如果天子或聯盟長自身就行為不端，那就是以無道侵無道，甚至是以無道侵有道，那就是赤裸裸的侵略。

「安史之亂」以後，藩鎮割據日益猖獗，唐王朝岌岌可危。德宗貞元十五年（西元七九九年），淮西節度使吳少誠發動叛亂。柳宗元這篇文章，可能就是這時候寫的。此時柳宗元可能仍在朝任集賢殿正字，雖然這只是個「從九品上」的小官，卻是一個「清流之選」，是進士出身的士人們晉升的一個重要臺階。因此，柳宗元躊躇滿志，借評論《春秋》、《周禮》中的有關說法，寫下了這篇「方針大計」性質的文章。

柳宗元在文章中提出的有關「軍事打擊」的一系列方針策略，雖然已經過去了一千多年，這些方針策略仍有其現實意義。現在的世界上，確實存在著必須加以征伐的邪惡勢力，但同時也存在著傷及無辜，出兵不合禮法，軍事打擊超過限度，形成以暴抗暴等等一系列的嚴重問題。邪惡勢力是必須打擊的，但怎樣具體操作，由誰來操作，這種操作會帶來什麼樣的危險？如果能聽聽一千年前這位中國古代哲人的意見，也許對地球村的各路勢力都有益處。如藉口征討邪惡來達到一己的私利，那就不是「征」而只能算是「侵」，當然要對其加以必要的限制和揭露。

六逆[1]論

《春秋左氏》[2]言衛州吁之事[3]，因載[4]六逆之說，曰「賤妨[5]貴、少陵[6]長、遠間[7]親、新間舊、小加[8]大、淫破義[9]」，六者亂之本也。余謂少陵長、小加大、淫破義，是三者固[10]誠[11]為亂矣；然其所謂賤妨貴、遠間親、新間舊，雖[12]為理之本可也，何必曰亂？

夫所謂賤妨貴者，蓋斥言[13]擇嗣之道[14]，子以母為貴[15]者也。若貴而愚，賤而聖且賢，以是而妨之，其為理本大矣，而可捨之以從[16]斯言[17]乎？此其不可固[18]也。

夫所謂遠間親、新間舊者，蓋言任用之道[19]也。使[20]親而舊者愚，遠而新者聖且賢，以是而間之，其為理本亦大矣。又可捨之以從斯言乎？必從斯言而亂天下，謂之師古訓[21]，可乎？此又不可者也。嗚呼！

是三者，擇君置[22]臣之道，天下理亂之大本[23]也。為書者[24]執斯言，著一定之論，以遺後代，上智之人[25]固不惑於是矣；自中人而降[26]，守是為大[27]據[28]，而以致敗亂者，固不乏[29]焉。晉厲死而悼公入[30]，乃理；宋襄嗣而子魚退[31]，乃亂。貴不足尚[32]也。秦用張祿[33]而黜[34]穰侯[35]，乃安；魏相[36]成[37]、璜[38]而疏[39]吳起[40]，乃危。親不足與[41]也。苻氏[42]進[43]王猛而殺樊世，乃與；胡亥[44]任趙高而族李斯[45]，乃滅。舊不足恃也。顧[46]所信何如耳。然則斯言殆[47]可以廢矣。

噫！古之言理者，罕能盡其說。建一言，立一辭，則臲卼[48]而不安。謂之是，可也；謂之非，亦可也。混然而已。教於後世，莫知其所以去就[49]。明者慨然將定其是非，則拘儒瞽生[50]相與[51]群而咻[52]之，以為狂為怪，而欲世之多有知者，可乎？

夫中人可以及化[53]者，天下為不少矣。然而罕有知聖人之道，則固為書者之罪也。

【注 釋】❶逆 不順；違反正道。❷春秋左氏 《春秋》是一部記載春秋時期歷史綱要的書，相傳為孔子所作。左氏，即左丘明，他將《春秋》所記載的史實詳細地寫出來，書名《左傳》，又叫《春秋左氏傳》。❸衛州吁之事 衛，春秋時諸侯國名。州吁，衛莊公妾生子。州吁驕奢好武，莊公疼愛他，不加禁止。大臣石碏以為不妥，便提出「六逆」的說法加以勸諫。❹載 記載。❺妨 妨礙。❻陵 欺壓。❼間 離間；排擠。❽加 淩駕。❾淫破義 行為過分而破壞了中庸之義。❿固 固然；肯定地。⓫誠 確實。⓬雖 即使。⓭斥言 指出。⓮擇嗣之道 選擇繼承人的原則。⓯子以母為貴 兒子憑著母親的身分而尊貴。古代禮制，以正妻所生子為貴，稱嫡子，有繼承爵位的權利。⓰從 此指遷就。⓱斯言 這種論調。⓲固 執著。⓳任用之道 任用官員的原則。⓴使 假使；如果。㉑師古訓 師，學習；遵守。古訓，古代的典章制度。㉒置 安排；任用。㉓大本 根本的事。㉔為書者 著書立說的人。㉕上智之人 聰明的人。㉖中人而降 智力中等者及以下。㉗大大道理。㉘據 依據；遵守。㉙乏 缺少。㉚晉厲死而悼公入 春秋時晉厲公荒淫殘暴，臣屬把他殺死了，迎回晉悼公繼位。悼公雖不是嫡子，但把晉國治理得很好。入，指由別國返回本國，繼承王位。㉛宋襄嗣而子魚退 春秋時，宋國公子子魚很有才幹，但不是嫡子。宋桓公時曾有人主張由子魚繼位，子魚退讓辭謝。桓公死後，嫡子繼位，是為襄公。襄公空談仁義，與楚國交戰，失敗受傷而死，宋國自此一蹶不振。㉜尚 推崇。㉝張祿 即范睢，戰國魏人，縱橫家，在魏國犯了罪，化名張祿，逃入秦國。㉞黜 罷免。㉟穰侯 秦昭王的舅舅魏冉封穰侯。魏冉依仗太后的勢力，專權跋扈。昭王重用范睢，罷免魏冉，秦國逐步強大。㊱相 用作動詞，以之為相。㊲成 戰國時魏文侯的弟弟魏成。㊳璜 翟璜，魏文侯時的上卿。㊴疏 疏遠。㊵吳起 吳起，戰國名將，為魏國屢立戰功。魏文侯時，用魏成為相，逐漸疏遠了吳起。吳起離開了魏國。魏國此後逐步衰落。㊶與 參與；加入。此指任用。㊷苻氏 指前秦苻堅。他起用王猛，舊臣樊世不服。苻堅殺了樊世，專任王猛，前秦日益強大。㊸進 起用。㊹胡亥 秦二世。㊺任趙高而族李斯 趙高和李斯都是秦始皇的舊臣。胡亥即位後，聽信趙高讒言，族滅李斯。族，滅族。㊻顧 要看。㊼殆 大概。㊽臲卼 動搖不定的樣子，指模稜兩可。

㊾去就　去，離開；反對。就，靠近；贊成。㊿拘儒瞽生　頑固盲從的儒生。瞽，盲。51相與　互相串通。52咻吵鬧；大聲指責。53可以及化　可以接受教育，知曉道理。

【語　譯】左丘明在《春秋左氏傳》中說到衛國州吁的事情時，記載了關於「六逆」的說法。他說：「卑賤的妨礙了尊貴的、年少的欺壓年長的、疏遠的排擠了親近的、新臣子排擠了舊臣子、地位低的觸犯了地位高的、過分的行為破壞了中庸之道」，這六者是造成天下禍亂的根源。我認為，「少陵長、小加大、淫破義」這三者當然是亂的根源，但是他所說的「賤妨貴、遠間親、新間舊」，即便當成是治理國家的根本方針也是可以的，為什麼非要說成是致亂的根源呢？

所謂「賤妨貴」，是提出選擇繼承人的原則：繼位的人必須是正妻的長子。但是如果正妻的長子愚笨，雖然不是正妻的長子，卻有道德才能，因此而讓賤者當繼承人，雖然是「賤妨貴」，卻正是把國家治理好的根本。難道能拋棄有德有才的賤者而盲從這種論調嗎？肯定是不能的。

所謂「遠間親、新間舊」，是說關於用人的原則。如果親近或舊有的臣子愚笨無能，遠來或新進的臣子有德有才，因任用遠者、新者而排斥了親者、舊者，這也是治理好國家的根本方針。又怎麼能拋棄遠者新者而去盲從這種論調呢？

一定要盲從這種論調卻亂了天下，還說這是遵從古人的教訓，行嗎？這也是不行的。哎！這三個問題是選立君主和任用臣子的原則，是關係到國家治理得好壞的根本大事。寫書的人堅持這些論調，拿這些觀點來留給後人，聰明的人固然不會受它的迷惑；中等才智以下的人，卻會堅信它就是大道理，根據它辦事而招致敗亂的就一定少不了。晉厲公死後，悼公上臺，晉國就治理好；

宋襄公上臺，子魚失權，宋國就敗亂。可見地位尊貴的人不一定值得尊崇。秦昭王起用范雎罷免了魏冉，秦國就安定；魏文侯封魏成做丞相，重用翟璜而疏遠了吳起，魏國就處於危險境地。可見任人唯親是不值得贊同的。苻堅起用王猛，殺了樊世，前秦就強盛；胡亥任用趙高，族滅了李斯，秦國就滅亡。可見任用舊臣不是一定可靠的。總之，要看所任用的人到底是怎麼樣的。由此看來，這種任人唯親唯舊的論調大概可以取消了。

唉！古代論說道理的人，很少能把要說的說清楚。提出一個主張，發一段議論，總是猶豫不決。說它正確，似乎可以，說它錯誤，似乎也可以，糊裏糊塗罷了。拿來教導後代人，真叫人無所適從。明白的人毅然要判斷它的是非，但那些頑固盲從的讀書人又一起吵鬧不休，認為是狂言怪論。如此一來，想要世上有許多真正有知識的人，能辨得到嗎？

天下的人群中，可以教化好的人，本來是不少的。但是現在很少人能弄通聖人的道理，這實在是著書人的罪過啊。

【研　析】這篇文章主要討論「賤妨貴、遠間親、新間舊」這三個互有聯繫的問題，約寫於元和四年（西元八〇九年）前後，時柳宗元仍在永州貶所。

據《左傳》隱公三年記述，春秋時期，衛莊公寵妾生子州吁，長大後喜兵好武，莊公疼愛他，不加禁止。莊公夫人莊姜擔憂州吁若被立為太子，將大大地威脅到她的養子公子完的地位。大臣石碏也認為，州吁得寵必驕，驕而好武，必然會引起與其他公子的矛盾，從而引發禍亂，因而便提出「賤妨貴、少陵長、遠間親、新間舊、小加大、淫破義」這「六逆」來勸諫莊公有所警醒。

所謂「賤、少、遠、新、小、淫」，是指州吁及其行為、地位，而「貴、長、親、舊、大、義」，則是指公子完及其所處的地位。這本來是一件一千多年前的一個小小的歷史事件，柳宗元提出這一事件加以論述，並非是要為州吁翻案，而是想借題目發揮，來為「永貞革新」事件辯護。

「永貞革新」是一場為時只有幾個月，試圖對現行政治格局進行一定革新的進步事件。因為侵犯了既得利益者如宦官、守舊大臣、世家大族的地位和實際利益，因而很快就失敗了。革新的領導人是出身低賤、身為順宗近臣的王叔文和王伾，其骨幹人物，則是柳宗元、劉禹錫等地位較低的青年才俊。革新失敗後，二王被貶遠州司馬、司戶，柳宗元、劉禹錫等八人被貶遠州刺史，半途中再貶為遠州司馬。史稱「二王八司馬」事件。這些人在革新活動的當時，就被人看作是一群「賤、少、遠、新、小、淫」人物，革新失敗後，朝野上下對於他們有種種的攻擊、議論、譏刺乃至污衊。甚至連柳宗元、劉禹錫等人的親朋好友，對他們的行為也有微辭。在這種情況下，柳宗元便借州吁之事來表達自己堅持原則、絕不動搖、絕不認罪的態度。

柳宗元列舉了大量的歷史事實，反復闡明，「賤妨貴、遠間親、新間舊」，不僅僅不是禍亂的根源，反而應該是治理國家的根本方針。由此可見，柳宗元對於自己所參與的「永貞革新」，並不像某些論者所說，有什麼「悔吝」之意，相反，柳宗元堅持認為自己做的並沒有錯，如果時勢能夠再給他一次機會，可以肯定柳宗元仍然會參加乃至發起同樣的革新運動。

晉文公[1]問守原[2]議[3]

晉文公既受原於王[4]，難其守[5]。問寺人[6]勃鞮[7]，以畀趙衰[8]。

余謂：守原，政之大者也，所以承天子[9]，樹霸功[10]，致命諸侯[11]，不宜謀及媟近[12]，以忝[13]王命。而晉君擇大任[14]，不公議於朝[15]，而私議於宮，不博謀[16]於卿相，而獨謀於寺人。雖或衰之賢足以守[17]，國之政不為敗，而賊賢失政[18]之端[19]，由是滋[20]矣。況當其時不乏言議之臣乎！狐偃[21]為謀臣，先軫[22]將[23]中軍[24]，晉君疏而不咨[25]，外而不求[26]，乃卒定於內豎[27]，其可以為法乎[28]？且晉君將襲齊桓[29]之業，以翼天子[30]，乃大志也。然而齊桓任管仲[31]以興，進豎刁[32]以敗。則獲原啟疆[33]，適其始政[34]，所以觀示諸侯[35]也，而乃背其所以興[36]，跡其所以敗[37]。然而能霸諸侯[38]者，以土則大[39]，以力則強，以義則天子之冊[40]也。誠畏之[41]矣，烏能得其心服哉42！其後景監43得以相44衛鞅45，弘、石46得以殺望之47，誤之者，晉文公也。

嗚呼！得賢臣以守大邑48，則問非失舉49也，蓋50失問51也。然猶羞當時52、陷後代53若此54，況於問與舉又兩失者55，其何以救之哉？余故著56晉君之罪，以附《春秋》許世子止、趙盾之義57。

【注釋】❶晉文公　春秋時晉國國君，西元前六三六年至前六二八年在位。姓姬，名重耳，獻公諸子。獻公寵驪姬，殺太子申生，諸公子出奔。重耳流亡十九年，以秦穆公之力歸晉即位。後為諸侯盟主，春秋五霸之一。❷原　地名，在今河南濟原西北。原為周王朝的屬地。周襄王為其弟王子帶所攻，出奔鄭國。晉文公出兵打敗王子帶，襄王遂將原等地賞賜給文公。❸議　一種文體，可用於評論是非得失。❹受原於王　從周王那裏得到原這個地方。❺難其守　難以挑選原地的守官。❻寺人　宦官，男性被閹割後，在王宮或王府充當服役者。❼教鞮　人名，又稱寺人披。披為教鞮的合音。❽以畀趙衰　（教鞮建議）任命趙衰為原地守官。畀，給予。趙衰，字子餘，從重耳出亡，為其重要謀臣，立有大功。後為卿、原大夫，輔佐文公成霸業。卒諡成子，子孫世為晉卿。❾承天子　事奉天子。❿樹霸功　建立霸主的功業。⓫致命諸侯　向諸侯發佈號令。⓬嬖近　指身邊的宦官。嬖，親近而不莊重。⓭忝　辱；玷污。⓮擇大任　選擇承擔重要的任命的人選。⓯公議於朝　在朝廷上公開商議。⓰博謀　廣泛徵求意見。⓱雖或衰之賢足以守　雖然趙衰的賢能也許可以擔任原地的守官。⓲賊賢失政　傷害賢臣，禍亂國政。⓳端　端緒；開始；起點。⓴滋　滋生蔓延。㉑狐偃　字子犯，重耳舅，隨之出亡十九年。重耳回國即位，多賴其謀。後曾任上軍之佐，助晉文公改革內政，建立霸業。㉒先軫　又稱原軫，晉大夫，時為中軍統帥。㉓將　統帥。㉔中軍　春秋時制度，分全軍為上、中、下三軍，而中軍為主力。㉕疏而不咨　疏遠謀臣主將，不詢問他們的意見。㉖外而不求　以謀臣主將等人為外人，不徵求他們的看法。㉗卒定於內豎　最後和宦官商定。內豎，宮內小臣，漢以來，轉以稱宦官。豎，小人。㉘其可以為法乎　這種做法可以作為效法的準則嗎？㉙齊桓　齊桓公，春秋時齊國國君，西元前六八五至前六四二年在位。名小白，任用管仲為相，修政富國，後為春秋時期第一位霸主。㉚以翼天子　輔助天子。翼，翅膀，引申為輔佐。㉛管仲　名夷吾，春秋初期政治家。相齊桓公，改革政治，提倡耕戰，齊國很快富強。桓公尊其為「仲父」。㉜豎刁　齊桓公的宦官，深受桓公寵信。管仲卒後，與易牙、開方三人皆為桓公聽用，後來造成齊國大亂。㉝啟疆　擴大了疆土。㉞適其始政　正是晉文公開始當政創立霸業的時候。㉟觀示諸侯　樹立榜樣給諸侯看看。㊱背其所以興　背棄使齊桓公興盛的正路。㊲跡其所以敗　沿著造成齊桓公敗亂的邪道走下去。跡，腳印，引申為跟隨。㊳霸諸侯　稱霸於諸侯。㊴以土則大　以土地來說則是疆域廣大。㊵冊　冊封。㊶誠畏之　實際上只是害怕他罷了。㊷烏能得其心服哉　怎麼能使諸侯內心服從呢。烏，何；怎麼。㊸景監　戰國時秦孝公的一個太監。㊹相　使之為相國。㊺衛鞅　戰國時法家代表人物。公孫氏，衛國諸公子，因景監推薦而成為秦之相國，倡導變法有功，封於商，史稱商鞅。㊻弘石　弘恭、石顯，西漢元帝宦官，出入中樞，掌管機要，擅權犯姦。㊼望之　蕭望之，漢元帝的老師，曾為相。上書以不合古制為由，主張裁抑宦官，因而得罪弘恭、石顯，被逮下獄，後自殺。㊽得賢臣以守大邑　得到賢良的臣子來鎮守大的地方。㊾問非失舉　回答諮詢而推舉的人並不錯。㊿蓋　表承接上文的關聯詞。(51)失問　諮詢方式及對象有缺失。(52)羞當時　蒙羞於當時。(53)陷後代　坑害後代。(54)若此　到如此地步。(55)問與舉又兩失者　諮詢的對象和推舉的對象都錯了。(56)著　使之顯著；暴露。(57)以附春秋許世子止趙盾之義　來比附《春秋》這部書上，對許世子止和趙盾的貶斥之意。許世子止，春秋時許國悼公的兒子，名止。據《左傳》昭公十九年記載，西元前五二三年，許悼公生病，服用許世子止所進藥而死。《春秋》即記載「許世子止弒其君」。趙盾，即趙宣子，春秋時晉國的執政大夫。據《左傳》宣公二年記載，晉靈公荒淫無道，西元前六〇七年，趙盾為躲避靈公的迫害而出走，尚未出境，其族人趙穿殺死靈公，趙盾返朝，未聲討趙穿，《春秋》因而記載說：「趙盾弒其君。」

【語　譯】晉文公從周王那裏得到「原」這個地方以後，覺得難以挑選原地的長官，便詢問一個叫教鞮的宦官。教鞮建議任命趙衰為原地守官。

我認為：守衛原這個地方，是晉國政治上的一件大事，任命原地長官，關係到事奉天子，建立霸業，向諸侯發佈號令等等問題，並不適宜向親近的身邊宦官諮詢，以免玷污天子的信任。但現在晉國的君主選擇承擔重要任命的人選，不是在朝廷上公開討論，而是在宮內私下商議，不是向朝臣廣泛地徵求意見，而是單獨地問詢宦官。雖然趙衰的賢能也許可以擔任原地的守官，晉的國政不會因此而衰敗，但傷害賢臣、禍亂國政的苗頭，卻會由於這一事件而滋生蔓延。況且當時並不缺乏進言諮議的大臣。狐偃作為晉文公的謀臣，先軫作為中軍統帥，文公疏遠謀臣主將，不詢問他們的意見，以謀臣主將為外人，不徵求他們的看法，最後卻和宦官商定此事，這種做法難道可以作為效法的準則嗎？況且晉文公是想繼承齊桓公霸主之業以輔助天子的，這當然是偉大的志向。但齊桓公正因任命賢臣管仲而興盛，因進用宦官豎刁而敗壞了國政。現在晉文公獲得原這一地方，擴大了疆土，這是文公開始創立霸業的時機，所以應該樹立點榜樣給諸侯看看，現在卻背棄使齊桓公興盛的正路，沿著造成齊桓公敗亂的邪道走下去。然而，那些能稱霸於諸侯的君主，從土地方面來說是疆域廣大，從力量方面來說是國力強大，從道義方面來說則是天子所冊立，實際上諸侯只是害怕霸主罷了，怎麼能使諸侯內心服從呢！後來，秦孝公的太監景能夠推薦衛鞅為相國，漢元帝的宦官弘恭、石顯就能有機會殺害相國蕭望之。這一失誤正是從晉文公聽用近宦開始的。

唉唉！得到賢良的臣子來鎮守大的地方，雖然回答諮詢而推舉的人並不錯，只是諮詢的方式及對象有所缺失。但即便如此，卻已蒙羞於當時、坑害後人到了如此的地步，更何況那些諮詢和推舉的對象都錯了的，又怎麼能夠加以補救呢？因此，我特地指出晉國君主的罪過，來比附《春秋》這部書對許世子止和趙盾的貶斥。

【研　析】這篇文章作於柳宗元被貶永州期間。晉文公在確定「原」這個地方的守官人選時，不在朝廷上公開討論，而在宮廷內單獨和宦官私下議定。雖然宦官所推薦的人選並沒有什麼不妥，但這件事的做法，卻違反了選官的原則。此例一開，後患無窮。柳宗元重議這一歷史事件，是有其現實意義的。唐自德宗以來，左右神策、天威等軍，皆以宦官主領，從此唐王朝在藩鎮、邊患之外，又多了一個宦官之禍。柳宗元藉晉文公問守原一事，對宦官權力的是否合乎禮法提出了異議，提出應限制皇上的親近特別是宦官的權力。柳宗元在文章中提出了「決策主體」和「決策程序」這兩個相互關聯的問題。這兩個問題不論是古代還是現在，都具有普遍性的意義。柳宗元提出，國家大事，應在朝廷上公開討論，而不應由皇上與身邊的個別人「內定」。即使這種「內定」的內容是正確的或最優的，也應該加以堅決反對。柳宗元還以許世子止和趙盾的故事為例，認為許世子和趙盾雖然把事辦好了，但方法、程序不對，這給後代人帶來了違反原則的藉口。當程序與內容發生衝突時，程序應是最高原則，任何違反程序的做法，都會在原則的提防上打開一個缺口，從而給後人一個不好的榜樣，一個幹壞事的藉口。中國的傳統文化，一向不注重程序，而只注重實際內容。柳宗元對此提出的不同看法，不但超越了他的同時代人，對今天也很有啟發作用。

駁復讎議❶

臣伏❷見天后❸時，有同州❹下邽❺人徐元慶者，父爽為縣吏趙師韞❻所殺，卒❼能手刃❽父讎，束身歸罪❾。當時諫臣陳子昂❿建議⓫誅之⓬而旌其閭⓭，且請編之於令⓮，永為國典⓯。臣竊⓰獨過之⓱。

臣聞禮之大本⓲，以防亂也，若曰無為賊虐⓳，凡為子者殺無赦⓴；刑之大本，亦以防亂也，若曰無為賊虐，凡為理者殺無赦㉑。其本則合㉒，其用則異㉓，旌與誅莫得而並焉㉔。誅其可旌，茲謂濫㉕；黷刑甚矣㉖。旌其可誅，茲謂僭㉗；壞禮甚矣。果以是示於天下，傳於後代，趨義者㉘不知所以向㉙，違害者㉚不知所以立㉛，以是為典，可乎？

蓋㉜聖人之制，窮理㉝以定賞罰，本情㉞以正褒貶，統於一而已矣。

嚮使㉟刺讞㊱其誠偽㊲，考正其曲直㊳，原始㊴而求其端㊵，則刑禮之用，判然離矣[41]。何者[42]？若元慶之父，不陷於公罪[43]，師韞之誅，獨以其私怨[44]，奮其吏氣[45]，虐於非辜[46]，州牧[47]不知罪[48]，刑官[49]不知問[50]，上下矇冒[51]，籲號[52]不聞；而元慶能以戴天[53]為大恥，枕戈[54]為得禮[55]，處心積慮，以衝[56]讎人之胸，介然[57]自克[58]，即死無憾，是守禮而行義也。執事者[59]宜[60]有慚色，將謝之不暇[61]，而又何誅焉？

其或[62]元慶之父，不免於罪，師韞之誅，不愆[63]於法，是非死於吏[64]也，是死於法也。法其[65]可讎乎？讎天子之法，而戕[66]奉法之吏，是悖驁[67]而凌[68]上也。執[69]而誅之，所以正邦典[70]，而又何旌焉？

且其議[71]曰：「人必[72]有子，子必有親，親親[73]相讎，其亂誰救？」是惑[74]於禮也甚矣。禮之所謂讎者，蓋以冤抑[75]沉痛，而號無告[76]也；非謂抵罪[77]觸法[78]，陷於大戮[79]。而曰「彼殺之，我乃殺之」，不議曲直，暴寡脅弱[80]而已。其非經背聖[81]，不以[82]甚哉！

《周禮》[83]：「調人[84]掌司[85]萬人之讎[86]。凡殺人而義[87]者，令勿讎；

讎之則死(88)。有反殺者，邦國交讎之(89)。」又安得(90)親親相讎也？《春秋公羊傳》(91)曰：「父不受誅(92)，子復讎，可也。父受誅，子復讎，此推刃(93)之道，復讎不除害(94)。」今若取此(95)以斷(96)兩下相殺(97)，則合於禮矣。且夫不忘讎，孝也；不愛死(98)，義也。元慶能不越於禮，服孝死義(99)，是必達理而聞道(100)者也。夫達理聞道之人，豈其以王法為敵讎者哉？議者反以為戮(101)，黷刑壞禮，其不可以為典，明矣(102)。

請下臣議(103)，附於令(104)，有斷斯獄(105)者，不宜以前議(106)從事(107)。謹議(108)。

【注釋】❶復讎議　唐陳子昂（西元六六一年—七〇二年）〈復讎議狀〉之簡稱。❷伏　古時臣下對皇帝上呈奏議時的恭敬用語。❸天后　指武則天（西元六二四—七〇五年），唐利州（今四川廣元）人，為高宗后，後稱帝。❹同州　治所在今陝西大荔。❺下邽　今陝西渭南。唐朝時下邽屬同州。❻趙師韞　當時是下邽縣尉。縣尉掌監獄捕盜之事。❼卒　最終。❽手刃　親手殺死。❾束身歸罪　把自己捆綁起來投案認罪。❿陳子昂　字伯玉，唐梓州射洪（今屬四川）人。有《陳伯玉集》。武則天時曾任右拾遺，後解職回鄉。⓫建議　提出動議。⓬誅之　殺掉他。⓭旌其閭　在他的家鄉用立牌坊或賜匾額等方式進行表揚。旌，旗幟，引申為表揚。閭，里巷的大門。⓮編之於令　將這一建議作為典則編於法令中。⓯國典　國家的法典。⓰竊　私下裏，用以表示個人意見的謙詞。⓱獨過之　個人認為這樣做是過分的。⓲禮之大本　禮制最大的根本。⓳無為賊虐　意為不讓壞人逞凶。[20]凡為子者殺無赦　意為凡是做兒子殺人而報父仇者，應判死罪，不能饒恕。[21]凡為理者殺無赦　凡治理民眾的官吏不按刑法殺了不該殺的人，也應判死罪，不能饒恕。[22]其本則合　禮與刑在根本上是一致的。[23]其用則異　但它們的用法則有所不同。[24]莫得而並焉　不能夠同時並用。[25]茲謂濫　這叫做濫殺。[26]黷刑甚矣　濫用刑法也太過分了。[27]僭　超越，指越出禮所規定的常軌。[28]趨義者　趨向尋求正義的人。[29]所以向　向何處走。[30]違害者　躲避危害的人。[31]所以立　指作事為人所遵循的準則。[32]蓋　發語詞，表語段的開始。[33]窮理　探究道理。窮，窮盡；推究到盡頭。[34]本情　根據實際情況。[35]嚮使　假使。[36]刺讞　刺探考查以定罪。讞，推究；訊問；定罪。[37]誠偽　真假。[38]曲直　是非。[39]原始　考查事情的始末。[40]求其端　弄清事情的原因。端，端緒；脈絡。[41]判然離矣　十分清楚地分開了。[42]何者　為什麼這樣說呢？[43]陷於公罪　觸犯國家法律而有罪。[44]以其私怨　因為私人恩怨。[45]奮其吏氣　意為依倚他做官的權勢氣焰。奮，發作；施展。[46]虐於非辜　虐害無罪的人。辜，罪過。[47]州牧　州的長官。古時比治民為牧畜，漢以州之長官為州牧，唐人沿用古稱。[48]不知罪　不知道去治他的罪。罪，用為動詞，治罪。[49]刑官　主官刑罰的官員。[50]問　問罪。[51]曚冒　蒙蔽欺騙。[52]籲號　大聲呼冤。籲，呼籲。號，大叫。[53]戴天　（和仇人生活）在同一個天幕之下。[54]枕戈　睡覺時頭枕著兵器，形容念念不忘報仇。[55]得禮　符合禮教。《禮記・檀弓上》說：「子夏問於孔子曰：『居父母之仇，如之何？』夫子曰：『寢苦，枕干，不仕，弗與共天下也，遇諸市朝，不反兵而鬥。』」[56]衝　衝擊；刺殺。[57]介然　憤激而堅定貌。[58]自克　指勇敢上前戰鬥。克，戰勝。[59]執事者　執法管事的人，指上文的州牧、刑官。[60]宜　應當。[61]謝之不暇　來不及向他道歉，指應該趕快肯定表揚他的行為。[62]其或　或者，表另外一種情況。[63]愆　違犯。[64]是非死於吏　這並不能算是死在執法的官吏手中。[65]其　句中語氣詞，表詰問，相當於「怎麼」。[66]戕　戕害；殺害。[67]悖驁　違逆藐視（朝廷）。悖，違背。驁，輕視傲慢貌。[68]凌　凌犯；衝撞。[69]執　捉拿；捆縛。即逮捕。[70]所以正邦典　是用來維護國家法律。正，完整；正常。此用作使動詞，使之正。邦，國。[71]其議　指陳子昂〈復讎議狀〉。下文所引，即其文。[72]必　必然；一定。[73]親親　前一「親」

字用作動詞，以之為親，親密，熱愛；後一「親」字，用為名詞，此指父親。74惑　迷惑；局限。這裏指不懂得。75冤抑　冤屈。76號無告　呼冤但無處說理。77抵罪　觸法犯罪。78觸法　觸犯刑法。79大戮　死刑。泛指特別嚴重的罪行。80暴寡脅弱　欺壓孤寡，威脅弱者。暴，施暴。81非經背聖　違背經典和聖人之教。非，違。82以　通「已」。83周禮　儒家經典之一，傳為周公所作，又傳為戰國或西漢人所作或編纂。記述先秦社會、政治、經濟、文化等各方面禮法制度。這些記述有的是當時的社會實際，有的是作者的設想。通行有《十三經注疏》本。84調人　周代官名，主司法調解等事。85掌司　掌管；負責。86萬人之讎　指天下人與人之間的仇怨。87義　正義；符合道理。88讎之則死　如果復仇殺人，就應判處死罪。89交讎之　全把他當做仇人看待。90安得　怎麼能夠。91春秋公羊傳　書名，簡稱《公羊傳》。以簡要文字，解釋《春秋》經文的微言大義。一般認為，該書的內容由孔子的弟子子夏傳其弟子公羊高，漢景帝時由公羊高玄孫公羊壽寫定。與《春秋左氏傳》、《春秋穀梁傳》合稱「春秋三傳」。92不受誅　不應該被殺。93推刃　往來相殺。94復讎不除害　雖然能夠復仇，但並不能去除往來相殺之害。95取此　根據《公羊傳》的這段話。96斷　判斷定案。97兩下相殺　指徐元慶一案。98不愛死　不愛惜死；不怕死。99服孝死義　為父親盡孝，不惜一死以申正義。100達理而聞道　明白通曉情理和聖人之道。101以為戮　認為當殺。102明矣　這是明顯的（道理）。103下臣議　批覆為臣的奏議。104附於令　附在法令之後。105斯獄　這一類案子。106前議　指陳子昂所議。107從事　處理。108謹議　這是奏議結尾所用的謙詞。

【語譯】我瞭解到在則天皇后時，有同州下邽縣人徐元慶，父親徐爽被縣尉趙師韞殺了，他最後親手殺掉殺害他父親的仇人，然後捆縛自己，投案自首。當時，諫官陳子昂建議處死他，但在他的家鄉加以表彰。並且請求將這種處理方式「編入法令，永遠作為國家的典則」。臣下個人認為，這樣做是錯誤的。

我聽說，禮制的最大根本是為了防亂，倘若說不要讓殺人者逞兇，那麼凡是作兒子的因報父仇而殺人，都應當處死而不能赦免。刑法的根本也是為了防亂，倘若說不要讓殺人者逞兇，那麼凡是作官的，不按刑法殺了不該殺的人，也都應當處死而不赦免。他們的出發點雖是一致的，但採取的手段卻不同，因此，表彰與誅殺是不能夠同時並行的。殺掉應當表彰的人，叫作亂殺，這是濫用刑法。表彰應當殺掉的人，叫作過失，這樣就把禮制破壞得太嚴重了。果真要用這些來示範天下，傳給後代，那麼，追求正義的人就會迷失方向，躲避禍害的人就會不知道怎樣立身行事。以此作為典則，行嗎？

大凡聖人的原則，是深究事理來規定賞罰，推原事實來確定褒貶，無非是把「禮」和「刑」結合在一起罷了。當初若能調查、審定這個案情的真實情況，研究、確定它的是非，推究案子的發端，進而追查原因，那麼刑和禮的作用就顯出了明確的區別。為什麼這樣說呢？如果徐元慶的父親不構成法律所規定的犯罪，那麼趙師韞殺人，就只是由於他個人的怨仇，發洩他作官的蠻橫氣焰，對無罪者施加暴虐。州一級的長官不去治趙師韞的罪，執法的官員也不去過問這件事，上上下下都互相蒙騙包庇，對喊冤叫屈的呼聲聽而不聞。然而徐元慶把容忍殺父之仇視作奇恥大辱，而把時刻不忘復仇看作是合乎禮，處心積慮，伺機戳穿仇人的胸膛，憤激而堅定勇敢地上前戰鬥，雖死無憾，這正是遵守禮而實行義的表現。執政的官員對此本應當感到慚愧，去道歉都怕來不及，又有什麼理由要將他處死呢？

若是徐元慶的父親真的犯了死罪，趙師韞殺死他，並不違反法律，這就不是死於官吏的私怨，而是死於犯法。法律難道是可以被仇視的嗎？仇視皇帝的法令，而且殺害執法的官員，這是悖逆犯上的行為。應該抓起來處死他，以此來維護國法，為什麼還要表彰他呢？

而且陳子昂在奏議中說：「人必有兒子，兒子必有父母，如果各愛其親人，為親人而相互仇殺，這種混亂靠誰來解救呢？」這是對禮的意義太不理解了。禮所說的「仇」，指的是由於蒙冤受屈，悲痛難忍，而且哭訴無門，並不是指觸犯法律，以身抵罪而被判處死刑這種情況。如果說他殺了人，我就要把他殺掉，這是不論是非曲直，威脅欺負弱者。這種做法違反經典，背離聖人，豈不是太過分了嗎？

《周禮》說：「調人負責調解眾人的怨仇。凡合乎義的殺人，規定不許報仇，報仇者要判處死刑。如果有反過來殺人的，全國都把他作為仇敵。」這樣，又怎麼會發生各人由於愛自己的親人而互相仇殺的現象呢？《春秋公羊傳》說：「父親不應當被處死而被處死了，兒子復仇是可以的。父親應當處死而被處死了，兒子復仇，這就會變成一來一往的仇殺。這種復仇不能免除彼此仇殺下去的禍害。」現在如果用這一說法來判定徐元慶和趙師韞雙方相殺這件事，那就會合乎禮了。而且，不忘記父仇，這是孝；不吝惜生命，這是義。徐元慶能夠不越出禮的範圍，遵從孝的做法，為義而死，他一定是一位通曉事理而明白道義的人。通曉事理、明白道義的人，難道會把王法作為仇視的對象嗎？可是，上奏議的人反而認為應當處以死刑。這種濫用刑法、敗壞禮義的意見，不可以作為典則，是很清楚的了。

請把我的意見，附在法令後面頒發下去，凡是審理這類案件的人，不應當再按照從前的意見處理。謹對此發表以上意見。

【研　析】〈駁復讎議〉一文是柳宗元針對初唐陳子昂的〈復讎議〉而作的奏議。對徐元慶為報殺父之仇而殺死縣尉一事，陳子昂認為，報殺父之仇是孝，合乎禮義，而殺人則違犯法律，所以既要判處死刑又要給以表彰，並且要將這種做法「編之於令，永為國典」。柳宗元卻認為，禮和法之間是不矛盾的，關鍵在於要辨明報仇殺人的是非曲直。因此，他分析當事者的行為，引經據典，全面駁斥了陳子昂的觀點。他指出，如果徐元慶的做法是合乎禮的，因此就合乎法。主張對其賞罰要明確，不能既表彰又處刑。這實質上是用「孝」與「義」來論證禮教和法律的統一性。

對於今天來說，時代不同了，法制社會要求法律高於一切，離開法律採取私人報仇的方式，顯然是不應提倡的。調節、處理人與人之間的關係，特別是涉及嚴重的刑事關係的，訴諸法律是唯一的選擇。因此，我們認為，就建議的普適性及歷史意義來說，陳子昂的意見，似乎要更勝出一籌。

桐葉❶封弟辯❷

古之傳者❸有言❹，成王❺以桐葉❻與小弱弟❼，戲❽曰：「以封汝❾。」周公❿入賀，王曰：「戲也。」周公曰：「天子不可戲。」乃封小弱弟於唐⓫。

吾意不然⓬。王之弟當封耶，周公宜以時⓭言於王，不待其戲而賀以成之也⓮；不當封耶，周公乃成其不中⓯之戲，以地以人與小弱者為之主⓰，其得為聖乎⓱？且周公以王之言，不可苟⓲焉而已，必從而成之耶？設有不幸⓳，王以桐葉戲婦寺⓴，亦將舉而從之乎㉑？凡王者之德，在行之何若㉒。設未得其當㉓，雖十易之㉔不為病㉕；要於其當㉖，不可使易也，而況以其戲乎！若戲而必行之，是周公教王遂過㉗也。

吾意㉘周公輔成王，宜以道㉙，從容優樂㉚，要歸之大中㉛而已，必不逢其失而為之辭㉜。又不當束縛之，馳驟之㉝，使若牛馬然。急則敗矣。且家人父子尚不能以此自克㉞，況號為君臣者耶？是直小丈夫缺缺者之事㉟，非周公所宜用，故不可信。

或曰㊱：封唐叔，史佚成之㊲。

【注釋】❶桐葉　梧桐樹葉。❷辯　一種文體。辨別是非真偽而以大義斷之。古無此體，自韓愈、柳宗元始創。❸傳者　記載事情的人；寫史書的人。此指《呂氏春秋》和《說苑》等對此事有所記載的書籍的作者。傳，記載。❹有言　有這樣的記載。❺成王　名誦，周武王之子，十三歲繼位。❻以桐葉　拿桐葉作為珪。珪是一種玉製禮器，用作帝王的憑信物。❼小弱弟　幼小的弟弟，指武王幼子叔虞。❽戲　開玩笑。❾以封汝　用（這個來）封你。汝，第二人稱代詞，你。❿周公　名旦，武王弟，成王年幼而立，由周公攝政。制定一系列禮樂制度，對周文化產生了巨大影響。⓫唐　周初小國名，在今山西翼城附近，為成王所滅，此時成為其弟叔虞的封地。後叔虞子燮成為晉侯。⓬吾意不然　我認為事情不是這樣的。⓭以時　及時；在適當的時候。⓮賀以成之也　前去祝賀而促成這件事。成，使之成；完成。⓯不中　不適當的。⓰以地以人與小弱者為之主　把土地和民眾封給小弱弟，使他成為這塊土地和民眾的君主。⓱其得為聖乎　這樣能稱為聖人嗎？⓲苟　苟且；隨意；馬虎。⓳設有不幸　假如有這樣不幸的情況。⓴婦寺　宮內的婦人和宦官。㉑亦將舉而從之乎　（周公）也將會聽從戲言，對婦寺封賞提拔嗎？舉，推舉；提拔。㉒在行之何若　在於政令施行的結果如何。㉓設未得其當　假設他的政令未能得當。㉔十易之　屢次改變它。十，極言多。易，改易；改變。㉕病　過錯。㉖要於其當　關鍵在於得當。㉗遂過　堅持錯誤。遂，順著，指堅持不改。㉘意　意想；認為。㉙宜以道　應該用道。

㉚從容優樂　從容而愉快地（進行）。㉛要歸之大中　關鍵的要點，是應歸結於大中之道。大中，即大中之道，是柳宗元心目中的核心哲學概念，是有關政治和倫理等各領域中最高的道理或原則等。㉜必不逢其失而為之辭　一定不要逢迎他的錯誤而為他找出掩飾之辭。㉝馳驟之　鞭策而使之快跑，此指催促。㉞自克　自相約束。㉟是直小丈夫缺缺者之事　這個傳說只不過是小人物耍小聰明的事。是，指上述成王以桐葉戲弟的傳說。直，只不過。缺缺，小聰小慧之貌。㊱或曰　有人認為。此指《史記·晉世家》的有關記載。㊲史佚成之　（周朝的）太史官史佚促成成王履行其戲言。

【語譯】古書上有記載說，周成王拿桐樹葉子與年幼的弟弟開玩笑，說：「我用這個作為憑信，要封給你土地。」周公聽說，便進入祝賀，成王解釋說：「我這是開玩笑的。」周公說：「天子不可以開玩笑。」於是成王就把唐這塊地方封給了年幼的弟弟。

我想這件事不會是這樣的。如果成王的弟弟應當受封，那麼周公就應當及時地告訴成王，而不應該等到成王開玩笑的時候，才趁機用祝賀的方式來促成它。如果成王的弟弟不應當受封，而周公竟然促成他那不合情理的玩笑，使成王把土地和人民封給了年幼的弟弟，讓年幼的弟弟作為這裏的土地和民眾的主人，周公這樣作，能算是聖人嗎？況且周公只是認為君王的言談不可輕率罷了，難道一定要順從和促成君王的玩笑言談嗎？假設成王不幸拿桐樹葉與親近的婦人、宦官開玩笑，周公難道也將按照成王的言談去推舉他們嗎？凡是帝王的恩德，在於推行得怎麼樣。假如推行得不適當，那麼即使反覆地改變也沒有關係；關鍵在於是否適當，適當，就不能讓它改變，何況是用它來開玩笑的呢！如果開玩笑時說的話也一定要執行，這樣做就是周公教唆成王鑄成過錯啊。

我想周公輔佐成王，應當按照大中之道去誘導他，使他舉止行動以至嬉戲、娛樂，都要合乎中道。周公一定不會去逢迎成王的過失，為他巧言文飾，又不應當對成王管束太嚴，像對待牛馬那樣鞭策著讓他快跑，要是太急躁，就會壞事。而且，即使是作為一家人的父子，尚且不能用這種方法來約束，更何況名分上有君臣之別的人啊！急急忙忙促成桐葉封地，這只能是耍小聰明的小丈夫幹的事情，絕不會是周公所應該採用的做法，因此不可相信。

又有的古書記載說：封唐叔的事情，是太史佚促成的。

【研　析】《呂氏春秋．重言》和劉向《說苑．君道篇》等文獻中，記載了周成王「桐葉封弟」的故事。古代有「天子之言不可變」、「天子無戲言」的傳統，即使是說錯了、做錯了，也要將錯就錯。這一傳統，對於約束那些比較賢明的君主，使其謹言慎行，無疑是有一定作用的。但事情也有另外的一面。如果這一錯誤嚴重危害到國家和民眾，還應該堅持下去嗎？如果這是一個昏君，根本就不怕犯什麼「錯誤」，那還應該鼓勵他將錯就錯嗎？柳宗元這篇文章，就提出了這一尖銳而現實的問題。他認為，「天子」的言行未必都適當。對於不適當的言行，不要說改正一次，哪怕就是改正十次，亦未嘗不可。柳宗元強調指出，輔臣對於天子的錯誤言行，不應迎合遷就，更不應推波助瀾。針對唐王朝宦官專權、皇帝昏庸的政治現實，柳宗元影射說，假如成王拿著桐葉向女寵、宦官開玩笑，難道也可以將一個重要的地方封給他們嗎？

這篇政論文結構嚴謹，技巧高超。文章的前半篇主要是「破」，下半篇主要是「立」，破立結合，相得益彰。清吳楚材、吳調侯《古文觀止》卷九云：「前幅連設數層翻駁，後幅連下數層斷案，俱以理勝，非尚口舌便便也。讀之反覆重疊不厭，如眺層巒，但見蒼翠。」

唐故[1]特進[2]贈開府儀同三司揚州大都督[3]南府君[4]睢陽[5]廟碑 并序

急病讓夷，義之先[6]；圖國忘死，貞之大[7]。利合而動[8]，乃市賈之相求[9]；恩加而感[10]，則報施之常道[11]。睢陽所以不階王命[12]，橫絕[13]凶威[14]，超千祀而挺生，奮百代而特立[15]者也。

時惟南公[16]，天與拳勇[17]，神資機智[18]，藝窮百中[19]，豪出千人[20]。不遇[21]興詞[22]，鬱尨眉之都尉[23]；數奇見惜[24]，挫猨臂之將軍[25]。天寶[26]末，寇劇憑陵[27]，隳突[28]河、華[29]。天旋虧斗極之位[30]，地圮積狐狸之穴[31]。親賢在庭[32]，子駿[33]陳謨[34]以佐命[35]；元老[36]用武[37]，夷甫[38]委師[39]而勸進[40]。惟公與南陽張公巡[41]、高陽許公遠[42]，義氣懸合[43]，訏謀大同[44]，誓鳩武旅[45]，以遏橫潰[46]。裂裳[47]而千里來應[48]，左袒[49]而一呼皆至。柱厲[50]不知[51]而死難[52]，狼瞫[53]見黜[54]而奔師[55]。忠謀[56]朗然[57]，萬夫齊力。公以推讓[58]，且專奮擊[59]，為馬軍兵馬使[60]。出戰則群校[61]同強，入守[62]而百雉[63]齊固[64]。初據雍丘[65]，謂非要害[66]；將保江、淮之臣庶[67]，通南北之奏復[68]，拔我義類[69]，扼於睢陽[70]。前後捕斬要遮[71]，凶氣[72]連沮[73]。漢兵已絕，守疏勒而彌堅[74]；虜騎雖強，頓盱眙而不進[75]。

賊徒乃棄疾於我[76]，悉眾合圍[77]。技雖窮於九攻[78]，志益專[79]於三板[80]。偪陽懸布之勁[81]，汧城鑿穴之奇[82]。息意牽羊，羞鄭師之大臨[83]；甘心易子，鄙宋臣之病告[84]。諸侯環顧而莫救[85]，國命阻絕而無歸[86]。以有盡[87]之疲人，敵無已[88]之強寇。公乃躍馬潰圍[89]，馳出萬眾[90]，抵賀蘭進明乞師[91]。進明乃張樂[92]侑食[93]，以好聘[94]待之。公曰：「弊邑[95]父子相食[96]，而君辱以燕禮[97]，獨何心歟[98]？」乃自噬[99]其指曰：「啗[100]此足矣！」遂慟哭而返，即死[101]孤城。首碎秦庭，終懵〈無衣〉之賦[102]；身離楚野，徒傷帶劍之辭[103]。至德二年[104]十月，城陷遇害。無傅燮之嘆息[105]，有周苛之慷慨[106]。聞義能徙[107]，果其初心[108]。烈士抗詞，痛臧洪之同日[109]；直臣致憤，惜蔡恭於累句[110]。

朝廷加贈特進揚州大都督，定功為第一等，與張氏、許氏並立廟睢陽，歲時致祭[111]。男在襁褓[112]，皆受顯秩[113]，賜之土田。葬刻鮑信之形，陵圖龐德之狀[114]。納官其子，見勾踐之心[115]；羽林字孤，知孝武之志[116]。舉門關於周典[117]，徵印綬於漢儀[118]。王猷以光[119]，寵錫斯備[120]。

於戲[121]！睢陽之事，不唯以能死為勇[122]，善守為功；所以出奇以恥敵[123]，立懦以怒寇[124]，俾其專力於東南，而去備於西北[125]，力專則堅城必陷，備去則天討[126]可行。是故即城陷之辰[127]，為剋敵之日。世徒知力保於江、淮[128]，而不知功靖乎醜虜[129]，論者或未之思[130]歟！

公諱[131]霽雲，字某[132]，范陽[133]人。有子曰承嗣，七歲為婺州[134]別駕[135]，賜緋魚袋[136]，歷刺施、涪二州[137]。服忠思孝[138]，無替負荷[139]，懼祠宇久遠，德音不形[140]，願斵堅石[141]，假辭紀美[142]。惟[143]公信以許其友[144]，剛以固其志[145]，仁以殘其肌[146]，勇以振其氣[147]，忠以摧其敵[148]，烈以死其事[149]，出乎內者合於貞[150]，行乎外者貫於義[151]，是其所以[152]奮百代而超千祀者矣。其志[153]不亦宜乎！廟貌斯存[154]，碑表攸託[155]。洛陽城下，思鄉之夢儻來[156]；麒麟閣中，即圖之詞可繼[157]。銘[158]曰：

貞以圖國，義惟急病。臨難忘身，見危致命[159]。漢寵死事，周崇死政[160]。烈烈[161]南公，忠出其性[162]。控扼地利[163]，奮揚兵柄[164]。東護吳、楚[165]，西臨周、鄭[166]。婪婪[167]群凶，害氣[168]瀰[169]盛。長蛇封豕[170]，踊躍不定[171]。屹彼睢陽[172]，制其要領[173]。橫潰不流[174]，疾風斯勁[175]。梯衝[176]外舞[177]，缶穴中偵[178]。鈐馬非艱，析骸猶競[179]。浩浩列士[180]，不聞濟師[181]。兵食殲焉[182]，守逾三時[183]。公奮其勇，單車載馳[184]。投軀[185]無告[186]，噬指而歸。力窮就執[187]，猶抗其辭[188]。圭璧可碎[189]，堅貞不虧。寇力東盡，兇威西恧[190]。孤城既拔[191]，渠魁受戮[192]。雷霆之誅[193]，由我而速[194]。巢穴[195]之固，由我而覆[196]。江、漢、淮、湖[197]，群生咸育[198]。倬焉勳烈，孰與齊躅[199]。天子震悼[200]，陟是元功[201]。旌褒有加，命秩斯崇[202]。位尊九牧，禮視三公[203]。建茲祠宇，式是形容[204]。牲牢伊碩，黍稷伊豐[205]。虔虔[206]孝嗣[207]，望慕[208]無窮。刊[209]碑河滸[210]，萬古英風。

【注釋】❶故　已去世的。❷特進　原為官職名，後為加官階名。唐時為文散官第二階正二品。❸贈開府儀同三司揚州大都督　南霽雲被害後，初贈開府儀同三司，再贈揚州大都督。贈官，對已故貴戚或功臣所贈送的虛銜、爵位或名號。開府儀同三司，官名。開府，意為可建辦公府第，選備僚屬。儀同三司，意為其排場待遇可同於三公（即司徒、司寇、司空）。後漸成為虛號。唐時為文散官第一階從一品。都督，原為地方軍政長官，唐中期以後，僅存名號，作為加官或贈官使用。❹府君　一般用於子孫對先世的敬稱，此文係應南霽雲子承嗣所請而作，故云。❺睢陽　唐郡名，治所在今河南商丘南，扼守中原要衝，是運送江淮後方戰略物資至兩京及前線的必經之地，向為戰略重鎮。至德二載（七五七）正月，安史叛軍以十三萬之眾圍困睢陽，張巡、許遠、南霽雲等人在內無糧草、外無救兵的危難中，堅守睢陽。十月，糧盡城陷，張、許、南等被害。❻急病讓夷二句　解救國家或他人的危難而推讓平安順利，這是首要的「義」。急病，以別人的危難為急。急，意動詞，以之為急。夷，平；平安順利。❼圖國忘死二句　為國家謀劃而不顧生死，這是最大的「貞」。❽利合而動　有利可圖才有所行動。❾市賈之相求　這是集市商人所追求的。❿恩加而感　受到恩惠而要感激報答。⓫報施之常道　報答恩惠的一般道理。⓬不階王命　不是憑藉皇帝的命令，而是自發起兵抗擊安史叛軍的。階，由；憑藉。⓭橫絕　橫截；阻擊。⓮凶威　指安史叛軍。⓯超千祀而挺生二句　即使超越千年仍挺拔如生，振奮百代而巍然屹立。形容其正氣長存，永遠激勵後人。千祀，千年，每年一祀，故稱。特，突出；超過一般。二句互文見義。

⑯時惟南公　當時只有南霽雲。⑰天與拳勇　上天賦予他強大的力量和勇氣。拳，大力大勇為拳。《詩經・小雅・巧言》：「無拳無勇。」〈傳〉：「拳，力也。」《國語・齊語》：「有拳勇股肱之力。」注曰：「大勇為拳。」⑱神資機智　神賦予他機敏和智慧。資，資助；給予。⑲藝窮百中　（射箭）的武藝達到百發百中的境地。窮，到達頂點。⑳豪出千人　英雄豪氣超出千人之上。㉑不遇　未遇到機會，指不得志，不被重用。㉒興詞　發出感嘆。㉓鬱尨眉之都尉　像尨眉都尉那樣抑鬱不得志。尨眉，眉毛花白，指年老。都尉，武官名。《漢武故事》云：漢武帝在郎署，遇一老者，自陳文帝時即為郎，但經歷三朝都不得重用：文帝好文而自己好武，景帝偏愛年長者而自己還年輕，現在皇上喜歡年少而自己卻已經老了。武帝就提升他為會稽都尉。㉔數奇見惜　運數不好，讓人惋惜。數，命運。命運有定數，故稱。奇，偏離常軌，此指不好，很差。見，助詞，用於動詞謂語前表被動語態。㉕挫猨臂之將軍　像李廣那樣，屢屢遭受挫折。猿臂將軍，西漢將軍李廣，善射，手臂像猿猴那樣長。李廣與匈奴作戰，多次立下戰功，但因種種原因，一直不得封侯，因此被認為是命運不好。猨，猿的異體。㉖天寶　唐玄宗李隆基年號，自西元七四一年迄七五六年。㉗寇劇憑陵　叛軍兇惡地蹂躪。寇，指安史叛軍。劇，劇烈；嚴重；厲害。憑陵，強加；踐踏；凌辱。天寶十四載（西元七五五年），安史之亂爆發。㉘隳突　破壞搔擾，橫衝直撞。隳，毀滅。突，衝撞。㉙河華　指黃河中游和華山一帶廣大地區。河，黃河。華，華山。㉚天旋虧斗極之位　天空旋轉傾覆以至北斗星座和北極星的天極地位都受到損害。暗指玄宗奔蜀離位，並形容安史之亂對社會秩序的破壞程度。斗極，指北斗星座和北極星。斗極在天之極北，是天旋轉的中軸點，因此常被作為處北面南的帝位及天地秩序的象徵。㉛地圮積狐狸之穴　大地崩塌毀壞，遍地是狐狸的巢穴。指廣大地區已淪陷於叛軍之手。圮，塌壞。積，累積；佈滿。㉜親賢在庭　那些王公大臣們仍然在朝廷為官，指他們紛紛投降了安祿山。親，皇親國戚。賢，賢臣。在庭，在朝。叛軍陷京，親賢本應殺身成仁，至少亦應追隨皇上出奔，云其「在庭」，是對他們的諷刺。㉝子駿　西漢末劉歆字。劉歆，西漢楚元王交五世孫，向子，王莽篡漢，他為之出謀劃策，拜京兆尹，官至國師。後謀誅王莽，事洩自殺。㉞陳謨　獻上計劃謀略。㉟佐命　輔佐應天

命者創立帝業。㊱元老　指朝廷中年輩長，資望高大臣。㊲用武　使用武力。「用武」一作「用老」，意為倚老賣老。㊳夷甫　西晉王衍，字夷甫，時為中書令。率軍與羯酋石勒戰，兵潰被俘，曾勸石勒稱帝，以圖苟活。㊴委師　拋棄自己的軍隊，指戰敗。㊵勸進　勸人稱帝。㊶南陽張公巡　張巡，鄧州南陽（今河南鄧縣）人，安史之亂起，以真源令起兵抗敵。至德二載，率部將南霽雲，與太守許遠堅守睢陽。城陷被俘，不屈而死。㊷高陽許公遠　許遠，杭州鹽官（今浙江海寧西南）人，祖籍高陽（今河北高陽）。以太守助張巡守睢陽，城破被俘，不屈被害。㊸義氣懸合　正義之氣遙相投合。懸，遙遙地聯繫在一起。㊹訏謀大同　遠大的志向謀略完全一致。訏，遠大。大同，完全相同。㊺誓鳩武旅　發誓要集結軍隊。鳩，聚集。㊻以遏橫潰　以遏止唐王朝軍隊的潰敗。遏，阻止。橫潰，大規模的潰退。㊼裂裳　把衣襟撕下作為起兵的旗幟。《晉書》卷五：「脫耒為兵，裂裳為旗。」㊽千里來應　從千里之外起兵響應。㊾左袒　脫下上衣，露出左臂。漢初呂后死後，劉呂爭權，大將周勃對將士們說，擁護呂氏的右袒，擁護劉氏的左袒。經此一呼，軍中都左袒擁護劉氏，因誅殺諸呂，立漢文帝。見《史記．呂太后本紀》。㊿杜厲　即杜厲叔，春秋時莒國人。曾侍奉莒敖公，因覺得自己不被了解重用而離開，後莒敖公有難，杜厲叔又回來為他而死。見《列子．說符》。51不知　不見知；不被知曉。52死難　死於危難。53狼瞫　春秋時晉國勇士。因勇武而被任命為戎右（主帥車右的近衛）。後為中軍主帥先軫疏遠。與秦軍戰，狼瞫衝鋒陷陣，勇敢戰死。54見黜　被黜退，被降職。55奔師　向敵軍衝鋒。56忠謀　忠誠為國謀劃。57朗然　光明磊落貌。58公以推讓　南霽雲出於謙讓。59且專奮擊　而且為了集中精力衝鋒陷陣。60馬軍兵馬使　中下級武官名。這裏是說，本來南霽雲可以擔任更高的職務，只是出於上述兩個原因，才出任此職。61群校　眾校尉校，指各位將士。校尉，下級武官。62入守　指回城守禦。入，相對於上文「出」而言。63百雉　指城牆。城高一丈、長三丈為一雉。64齊固　都很堅固。65雍丘　地名，在今河南杞縣。天寶十五載（西元七五六年），張巡起兵抗敵，占據雍丘。66要害　戰略要地。67臣庶　官員百姓。68通南北之奏復　保證南北上下之間聯繫的暢通。時肅宗在北，而朝廷軍隊的給養則主要取自江淮，南北溝通至為重要。奏復，群臣的上書和朝廷的批覆。(69)拔我義類　開拔我們的正義之師。(70)扼於睢陽　扼守在睢陽。(71)要遮　中途阻擊攔截。要，攔腰攻擊。遮，攔截。(72)凶氣　指安史叛軍的兇橫氣焰。(73)連沮　接連地低落。沮，敗壞。(74)漢兵已絕二句　言睢陽雖孤立無援，糧草斷絕，但仍像東漢班超守衛疏勒那樣堅持戰鬥，士氣越來越旺。漢永平十八年（西元七五年），焉耆、龜茲等圍攻疏勒，班超以很少的士兵堅守一年有餘。後終獲援，遂平定此亂。疏勒，漢時西域的一個少數民族地方政權，在今新疆喀什一帶。彌，更加。(75)頓盱眙而不進　敵人像北魏軍隊攻打盱眙那樣，傷亡慘重，困頓不前。盱眙，地名，今屬江蘇。宋文帝元嘉二十八年（西元四五一年），輔國將軍臧質守盱眙，北魏來攻，死傷萬人，屍與城平，月餘不下，魏兵遂退。事見《南史・臧燾傳附臧質傳》。(76)棄疾於我　放棄與我速戰速決的企圖。(77)悉眾合圍　用全部兵力四面圍困睢陽。悉，全。(78)九攻　指敵人的多次進攻。《墨子・公輸》：「公輸般九設攻城之機變，子墨子九距之。公輸般之攻械盡，子墨子守圉有餘。」(79)益專　更加集中專一。(80)三板　據《戰國策・趙策》記載，西元前四五四年，晉大夫智伯與韓、魏兩家圍困趙氏晉陽城，引晉水灌城，晉陽城墻沒有被水淹沒的，只有三板的高度了，但守軍仍堅持戰鬥。此事又見於《史記・趙世家》。板，古代築城工具，高二尺。城牆高度因以板數度量。(81)偪陽懸布之勁　據《左傳》襄公十年記載，西元前六五三年，晉伐偪陽，偪陽守軍自城上懸下麻布以引誘晉軍。晉軍順著麻布往上爬，快到城上時，守軍把布割斷，使他們都摔了下來。勁，幹勁；勇氣。一作「巧」，亦通。偪陽，春秋時小國，在今山東棗莊。睢陽戰役中，敵軍以雲梯攻城，守軍以木桿頂開雲梯，又投下火把焚燒，多次打敗敵人的進攻。(82)汧城鑿穴之奇　西晉元康六年（西元二九六年），氐羌人進攻汧城，從四面向城裏射箭，晉守將下令開鑿坑道躲避。汧城，在今陝西中部。(83)息意牽羊二句　據《左傳》記載，魯宣公十二年（西元前五九七年），楚伐鄭，鄭人不能抵抗，聚集在祖廟大哭。城破後，鄭伯光著上身牽著羊，到楚王面前投降請罪。息意，打消這一念頭，不作此想。牽羊，古時戰敗者常牽羊出降，表示順服和犒勞對方。羞，以之為羞。臨，大哭，此指睢陽守軍以鄭國軍隊那樣畏敵如虎為恥辱，堅決進行戰鬥。(84)甘心易子二句　意思是甘心忍受像宋國那樣的困難，但鄙視宋國那種向敵人求情哀告的做法，絕不妥協動搖。據《左傳》宣公十五年記載，西元前五九四年，楚軍圍困宋國，宋國派華元到楚軍主帥子反處求告說：「敝邑易子而食，析骸以爨。雖然，城下之盟，有以國斃，不能從也。」意思是說，城裏已經斷糧斷柴，人們交換著吃自己的孩子，拿骨頭當柴燒。但如果我們投降，那國家就等於滅亡了，因此也不能答應。病告，以困苦之情相告。據《新唐書・張巡傳》等記載，睢陽被圍數月，糧草斷絕，張巡許遠曾殺愛妾奴僕給士卒充飢。(85)諸侯環顧而莫救　四面的藩鎮軍隊觀望不進，沒有人發兵救援。諸侯，指藩鎮，如下文提到的賀蘭進明等。環顧，圍在四周圍看著（而沒有行動）。此句暗用《史記・項羽本紀》典故：「諸侯軍救鉅鹿下者十餘壁，莫敢縱兵。及楚擊秦，諸將皆從壁上觀。」(86)國命阻絕而無歸　朝廷的命令被阻絕在重圍之外，城內的守軍沒有了退路。國命，朝廷的命令。(87)有盡　有限，指城中守卒日漸減少。(88)無已　指不斷增加。已，停止。(89)潰圍　突破重圍。(90)萬眾　成萬人的包圍。(91)抵賀蘭進明乞師　到賀蘭進明那裏請求救兵。賀蘭進明，御史大夫，河南節度使，時駐軍臨淮一帶，觀望不肯救援。(92)張樂　設置音樂。(93)侑食　助興勸食。侑，勸。(94)好聘　上好的禮節。聘，古代諸侯間相互問侯的禮節儀式。(95)弊邑　困頓破敗的城邑，此指睢陽。(96)父子相食　極言糧食斷絕的慘狀。(97)辱以燕禮　承蒙您以歡樂的宴會之禮待我。燕禮，宴會上所用的禮節。《儀禮・燕禮》疏：「諸侯無事，若卿大夫有勤勞之功，與群臣燕飲以樂之。」(98)獨何心歟　可是我現在是什麼樣的心情？言其於心何忍。獨，表強調語氣。一說，是質問對方是何居心，似不確。(99)噬　咬下。(100)啗　吃下。(101)死　死於；為……而死。(102)首碎秦庭二句　據《左傳》定公四年記載，西元前五〇六年，吳國攻打楚國，楚大夫「申包胥如秦乞師……立，依於墻而哭。日夜不絕聲，勺飲不入口七日。秦哀公為之賦〈無衣〉，九頓首而坐。秦師乃出」。首碎，形容頭都磕破了。懵，無知貌。〈無衣〉，《詩經・國風・秦風》中的一首詩，歌頌戰士們同仇敵愾的戰鬥情誼。這句的意思是，南霽雲雖然也曾像申包胥那樣懇切地請求支援，但賀蘭進明卻一直無動於衷，沒有表示任何共同戰鬥的願望。(103)身離楚野二句　在戰場上身首分離，讓後人悲傷地吟誦〈國殤〉中的詩句。屈原《九歌・國殤》：「帶長劍兮挾秦弓（秦地所產良弓），首身離兮心不懲（後悔）」。」(104)至德二年　西元七五七年。至德，唐肅宗李亨年號，自西元七五六年迄七五八年。據史載，唐天寶三載正月，改年為載；至德三載二月，仍以載為年，則至德二年應稱載。柳宗元在這裏是用習慣的說法。(105)傳燮之嘆息　傳燮，東漢漢陽太守。據《後漢書・傳燮傳》記載，韓遂圍攻漢陽，有人要護送他逃歸鄉里，他嘆息說，我能往哪裏去？我必須戰死在這裏。(106)周苛之慷慨　周苛，劉邦部將。據《史記・項羽本紀》，周苛守滎陽，城陷被俘。項羽許以上將軍，萬戶侯，苛慷慨痛罵，被項羽煮死。(107)聞義能徙　知道正義何在便能趨向正義。語出《論語・述而》：「聞義不能徙，不善不能改，是吾憂也。」徙，遷移；赴往；趨向。(108)果其初心　實現了他起先所立下的志願。果，果然；實現。(109)烈士抗詞二句　據《後漢書・臧洪傳》記載，臧洪為袁紹所殺，洪邑人陳容指責袁紹說：「你說要為天下除暴，為什麼專殺忠義之士？我寧願和臧洪同日死，不願與你同日生。」袁紹就殺了陳容。知道這件事的人都說：「怎麼一天之內就殺了兩個烈士！」烈士，剛烈之士。抗詞，剛直不屈的言辭。(110)直臣致憤二句　據劉璠《梁典》記載，梁武帝天監三年（西元五〇四年），北魏圍攻梁義陽，司州刺史蔡道恭領兵堅守百餘日。道恭病死，武帝命郢州刺史曹景宗救援。景宗觀望不進，致義陽陷落。梁御史中丞任昉上書，憤怒地彈劾曹景宗說：「蔡道恭雖然死了，義陽城還堅守累旬；曹景宗雖還活著，卻擁兵不進，一天也沒有投入戰鬥。」直臣，正直的大臣，指任昉。蔡恭，即蔡道恭，因駢句音節的需要而省稱。(111)歲時致祭　每年按時祭祀。(112)襁褓　嬰兒的包被，指孩子年齡很小。(113)顯秩　顯要的秩銜。(114)葬刻鮑信之形二句　鮑信，東漢末將領，與黃巾軍力戰而死，因找不到屍體，便用木頭刻成他的形象供人祭奠。見《三國志・魏書・武帝紀》。陵，陵墓，帝王的墳墓，此指陵墓所附屬的陵廟。圖，畫；繪。龐德，三國時魏將，與關羽作戰，被俘身死。另一魏將于禁同時被俘，投降關羽，後被放回。魏文帝讓于禁去謁高陵，事先在陵廟中畫上龐德不屈和于禁投降的場面來羞辱他。見《三國志・魏書・于禁傳》。此二句言雕刻南霽雲等人的肖像在葬禮上供人瞻仰，陵廟裏繪飾著他們在城破被俘不屈而死的形象。(115)納宦其子二句　據《國語・越語》記載，春秋末年，越王勾踐為吳國所敗。為發展人口，增加勞力和兵源，復興國家，下令官府收養戰死者子弟、孤兒及寡婦貧病者之子。這裏指唐王朝對南等人的子女的撫養。納宦，納於官府，由官府接納。116羽林字孤二句　據《漢書・百官表》記載，漢武帝時規定，從軍戰死者子孫，由羽林軍收養，教以武藝，號「羽林孤兒」，少壯即令從軍。羽林，即羽林軍，武帝時設立建章營騎，後改稱羽林軍，負責禁衛皇宮。字，養育。孝武，即漢武帝。二句的意思是，南霽雲等人的後代受到朝廷的照顧，可知皇上對死難之士是怎樣的懷念。117舉門關於周典　意思是仿傚周朝的典章，用稅收來供養遇難將領的親屬。舉門關，設置關卡，沒收犯禁的財物。據《周禮・地官司徒・司門職》記載，凡犯禁財物，門關應予沒收，以供養死於國事者的父母子女。舉，舉事；設置。周典，指《周禮》。118徵印綬於漢儀　意思是參照漢朝的制度，對南霽雲等追封官爵。徵，參照。印綬，拴印的絲帶，以不同顏色區分官階。儀，禮儀制度。漢代以來，功臣死後多追增官爵。119王猷以光　帝王的事業得以發揚光大。猷，謀略；遠圖，引申為事業。120寵錫斯備　皇上的恩寵賞賜十分完備。錫，同「賜」。121於戲　感嘆詞，後多寫作「嗚呼」。122不唯以能死為勇　不僅僅因能慷慨就死而為勇敢。123出奇以恥敵　出動奇兵打擊敵人，使敵人感到恥辱。恥，用為使動詞，使……感到恥辱。124立懻以怒寇　樹立勇氣，激怒敵寇。懻，勇氣。怒，用為使動詞，使……憤怒。125俾其專力於東南二句　（因睢陽戰役，）迫使叛軍集結兵力於東南一線，從而削弱了西北方面的防備。俾，使。126天討　天兵討伐，指唐王朝軍隊討伐安史叛軍。127辰　時刻。128世徒知力保於江淮　世上的人們僅僅知道睢陽保衛戰全力保衛了江淮。129而不知功靖乎醜虜　而不知道這一戰役對平定整個安史之亂的功勞。靖，平定。醜虜，指安史叛軍。130未之思　未思之，未能深入思考。否定句中代詞作賓語時，可提前以加強語氣。131諱　對已故尊長稱名時，應說「諱某」，以表示其名應有所忌諱，不得隨便言稱。132字某　按碑文的一般格式要求，需要記載其字，但因未能考知，故僅言「某」。133范陽　今河北涿縣。134婺州　州治在今浙江金華。135別駕　官名，唐代是州的長官刺史的助手。按這是授予虛職，用以撫卹死難功臣之後，並不到任。136賜緋魚袋　唐代官員，五品服淺緋，四品服深緋，五品及以上得佩魚符。服色及魚符用以表示身分地位及憑信。魚符，雕木或鑄銅為魚形，剖而分執，以驗而為符信。後又有「隨身魚符」，以金、銀、銅為之，賜親王及五品以上官員。魚符以袋盛之，官服則繫於帶而垂於後。開元中，百官賜緋、紫例兼魚袋。緋，紅色。137歷刺施涪二州　先後做施州和涪州的刺史。刺，動詞，做……州刺史。施州，治所在今湖北施恩。涪州，治所在今四川涪陵。138服忠思孝　懷著忠心，思盡孝道。139無替負荷　不辜負朝廷的重望和前輩的事業。替，陵替；廢棄；辜負。負荷，揹負肩荷，挑起擔子，指肩負著朝廷的厚望和繼承先輩事業的重擔。140懼祠宇久遠二句　擔心如僅立祠廟，時間久遠，其功業事跡就不清楚了。德音，美好的音容。形，用為動詞，彰顯形狀，指清楚了解。141願斲堅石　希望能開鑿堅硬的石頭，指樹碑立傳。斲，砍削；刻鑿。指鑿碑刻文。142假辭紀美　借文辭來記載其美德。143惟　句首語氣詞，表強調。144信以許其友　南霽雲講誠信而一直稱許他的朋友張巡。許，讚許；心服。145剛以固其志　剛強而不改變自己的志向。146仁以殘其肌　講仁愛但不顧自己的身體。147勇以振其氣　英勇而志氣振奮。148忠以摧其敵　對王朝忠誠而狠狠地打擊了敵人。149烈以死其事　剛烈而為國家死難。150出乎內者合於貞　就其內心來說，其思想意志合於「圖國忘死」的貞。151行乎外者貫於義　表現在外在行為上，則貫串著「急病讓夷」的義。152是其所以　這就是……的原因。153志　記載。154廟貌斯存　祠廟保存了南霽雲等人的形貌。斯，助詞，相當於「所」。155碑表攸託　碑文記錄了他們的事跡。碑表，即石碑，碑以表志其人事跡，故曰表。攸，助詞，與上文「斯」同。託，寄託，指記錄其事跡。156洛陽城下二句　據《後漢書．溫序傳》記載，東漢初年，護羌校尉溫序為隗囂部將所執，不屈而死。漢光武帝命人送葬至洛陽附近。後其子夢見父親思鄉，遂上書遷葬回鄉。儻來，不時而來。157麒麟閣中二句　漢宣帝時，大將趙充國死後，因其抵抗匈奴、平定西羌有功，便與其他功臣一起，在未央宮的麒麟閣上為他們畫像紀念。漢成帝時，西羌再反，皇上因懷念趙充國，便命揚雄就畫像作詩賦歌頌他。這裏是希望承嗣能繼承父業。即圖，就著圖像；照著圖像。158銘　一種文體。多刻於器物，其文或歌功頌德，或警鑑誡戒。後亦用於碑文之中。該碑文即由序、文、銘三部分組成。159致命　付出生命。160漢寵死事二句　周代和漢代都尊崇敬重為國事死難的將領，關心照顧他們的家屬。寵，此指尊重、愛護。二句互文見義。161烈烈　剛正威武。162忠出其性　忠誠是出於他的天性。163控扼地利　控制扼守睢陽這一有利地勢。164奮揚兵柄　組織指揮軍隊。

奮揚，奮起，發揚。兵柄，兵權。(165)東護吳楚　在東面保護著江淮兩湖地區。吳楚，春秋時吳國和楚國所處的江淮與兩湖一帶。(166)周鄭　指周王朝直接管轄的陝西和春秋時鄭國所處的河南一帶，當時為叛軍占領。(167)婪婪　極為貪婪貌。(168)害氣　指叛軍的囂張氣焰。(169)彌　更加。(170)長蛇封豕　比喻貪婪殘暴的叛軍。封豕，大野豬。(171)踊躍不定　形容張牙舞爪之貌。(172)屹彼睢陽　那睢陽巍然屹立。(173)制其要領　控制著戰略要地。(174)橫潰不流　潰決的局面得以控制。指唐王朝幾乎崩潰的軍事形勢因睢陽的堅守而得以扭轉。(175)疾風斯勁　疾風中才見出勁草的可貴。此喻南霽雲等人的如同疾風中的勁草。(176)梯衝　雲梯和衝車，兩種攻城的器械。(177)外舞　在外面舞動，指敵人借助器具攻城。(178)缶穴中偵　指守軍預先在城上挖好小洞，以察看敵人攻城的情況並應戰。缶穴，口小裏大的洞。缶，一種大腹小口的陶器。(179)鈐馬非艱二句　指雖然糧草斷絕，以至將馬嘴鉗住，拿骨頭當柴燒，但南霽雲等人仍鬥志昂揚，不以為艱，仍爭著去戰鬥。鈐馬，因糧草不夠，只好將馬口用木棒鉗住，使其進食減少。鈐，通「鉗」。典出《公羊傳》宣公十五年：「鉗馬而秣之。」(180)浩浩列士　形容各路軍隊很多。(181)不聞濟師　沒聽說有人救援。時江淮一帶有多支唐王朝軍隊，但都觀望不前。(182)兵食殲焉　兵力耗盡，軍糧吃光。殲，盡；絕。(183)守逾三時　堅守了九個多月。逾，超過。三時，三季。自正德二載正月叛軍圍困睢陽，到十月城陷，計九個多月。(184)單車載馳　指南霽雲單騎突出重圍尋求救兵。載，語助詞。(185)投軀　投入身軀，指拼了性命。(186)無告　沒有得到出兵救援的允諾。(187)就執　被俘。就，表被動。(188)猶抗其辭　仍然慷慨陳辭，怒斥敵人。(189)圭璧可碎　圭，璧，兩種玉器，質地堅硬，可碎而不能彎曲，因以此比喻南霽雲等人堅貞不屈的品質。(190)寇力東盡二句　即上文「專力於東南，而去備於西北」的意思。恧，慚愧。(191)拔　(被)攻陷。(192)渠魁受戮　渠魁，敵軍的首領，指安祿山。渠，那，指示代詞。魁，首要的；領頭的。正德二載，安祿山被他的兒子安慶緒殺死。(193)雷霆之誅　指唐王朝對叛軍的征討。雷霆，形容王朝軍隊的強大與聲威。(194)由我而速　因為我的原因而加速。指由於南霽雲等人堅守睢陽所贏得的時間及其強大的精神力量而加速了打敗叛軍的進程。我，指南霽雲，這是從南霽雲的視角來說的。下文的「我」，用法相同。(195)巢穴　指叛軍所盤踞之地。(196)覆　顛覆；傾覆；

滅亡。197江漢淮湖　長江、漢水、淮河、洞庭湖，泛指王朝的廣大地區。198群生咸育　廣大的老百姓就都生長在這裏。咸，都；全。程度副詞。199偉焉勳烈二句　功勳業績偉大卓絕，誰能比得上。偉，偉大；顯著；卓絕。勳烈，功勳業績。躅，足跡。200震悼　震動；悲悼。201陟是元功　定功為第一等。陟，昇；提拔；進用。元功，頭等的大功。202旌褒有加二句　給予很多的表揚獎勵，封贈很高的官職。旌，旗幟，引申為表揚。褒，讚美；誇獎。命，任命；封贈。秩，官職或爵位的品級。203位尊九牧二句　職位像州牧那樣尊貴，禮節上享受三公的待遇。指南霽雲被追封為揚州大都督，贈「開府儀同三司」事。九牧，相傳堯時天下分為九州，州置牧，此指州一級的最高長官。三公，各代所指不一，漢時以太尉、司徒、司空合稱三公，又稱三司。後世借指相當於宰相的高級官職。204式是形容　塑造南霽雲等人的容貌形象。式，模式；樣子，用作動詞，指按式塑造。形容，形狀容貌。205牲牢伊碩二句　言祭品非常豐厚。牲牢，供祭祀用的牲畜。伊，語助詞。碩，碩大；豐富。黍稷，兩種糧食作物，這裏指祭祀的食品。206虔虔　恭敬虔誠貌。207孝嗣　孝順的後嗣，此指南承嗣。208望慕　瞻望敬慕。209刊　刊刻。210河滸　黃河邊。睢陽離黃河不遠。

【語　譯】以解救國家急難為務而把平安讓給別人，這是正義的首要內容；為國家打算把個人生死置之度外，這是貞烈的最高表現。有利可圖才有所行動，那是集市上的商人所追求的；受到恩惠才要感激報答，那是報答恩惠的一般做法。而那堅守睢陽的南霽雲，並不是憑藉皇帝的命令，而是自發起兵抗擊安史叛軍，滅了敵人威風的。他將享祀千年而挺拔如生，振奮百代而巍然屹立。

那時的南公，具有非凡的力量和勇氣，超群的機敏和智慧，射箭百發百中，英勇豪邁的氣概超出千人之上。但沒有人推薦提拔他，像漢代的老郎顏駟三代得不到重用那樣憂鬱；他遭遇不好而令人惋惜，就像漢代名將李廣屢建奇功而遭到屈辱一樣。

天寶末年，安史叛軍瘋狂侵淩各地，騷擾、破壞黃河流域。上天如同傾覆旋轉，北斗星因受到虧損而移位，大地崩塌，到處都是狐狸的洞穴。朝廷所親信的一些所謂賢能的人，都像漢朝的劉歆那樣輔佐叛逆，為安祿山出謀劃策；一些所謂年老有威望的人帶兵打仗，也都像晉朝王衍那樣投降敵寇，並為敵寇獻計，勸其稱王稱帝。只有南霽雲和南陽張巡、高陽許遠，義氣投合，遠大的謀略完全相同，發誓集結軍隊，以阻止叛軍的橫衝直撞。他們撕下衣裳作為旗幟，千里以外的軍民都來響應；袒露左臂，一聲號召，四面八方的軍民都集聚到他們那兒。南霽雲等人，像《列子》中所說的杜厲叔那樣，平日不為君主所知，但君主一旦有難，便慷慨赴死；像狼瞫那樣，雖然被朝廷黜退，但仍然為君死難。他們忠誠為國謀劃彰明顯著，從而使萬眾齊心合力，抗擊叛軍。南霽雲因能謙讓，又善於衝鋒陷陣，作了馬軍兵馬使。出擊時眾將校勇猛頑強，防衛時全城都能得到固守。起初南霽雲等據守雍丘，後來認為不是要害之地；為了保衛江淮一帶的臣民，並使朝廷能和南方各地保持聯繫，便率領所屬的正義之師，扼守睢陽。前後追擊捕殺堵截，使氣焰囂張的叛軍不斷地遭到挫敗。像漢代班超那樣，援兵雖然斷絕，但睢陽城卻和班超防守的疏勒城一樣很堅固；叛軍雖然兇頑，但在睢陽城下也和當年拓跋燾的軍隊被阻止在盱眙城下一樣死傷慘重而困頓不前。

叛軍只好放棄了迅速攻下睢陽城的企圖，用全部兵力來圍困睢陽。叛軍像公輸般攻宋那樣用盡各種進攻手段，而守城軍民的鬥志卻像趙襄子守晉陽城一樣更加堅強。睢陽軍民，像當年防守偪陽的軍民那樣，用懸下麻布引誘敵人的巧妙辦法，打退了敵人；又像當年防守洴城的軍民那樣，用挖地道的辦法，出奇制勝。南霽雲等人沒有任何屈服的念頭，認為當年鄭軍在敵人進攻面前大哭和鄭襄公牽著羊卑躬屈節地投降敵人，實在都是可恥的事情；他們沒有糧食，甘願把自己的子女交換著吃，認為當年宋國的華元把自己國家的困苦情況告訴楚軍以求講和，也實在是可鄙的行為。在這種困難情況下，周圍的藩鎮持觀望態度而不去救援，朝廷的命令被隔絕而無法收到，他們只能用有限而疲憊的兵力，抗擊有著不斷援兵的強敵。南霽雲躍馬突圍，從萬人中衝殺出來，到賀蘭進明那裏去請求救兵。賀蘭進明奏起音樂請他吃飯，並用隆重的禮節接待他。南霽雲說：「困頓的睢陽城裏已經出現了父子相食的情況，而你卻以燕禮的規格款待我，我於心何忍。」便咬斷自己一個指頭說：「吃這個就足夠了！」沒有請到救兵，南霽雲極度悲傷地回來，決心死守孤城。就像當年申包胥在秦國請求救兵那樣，南霽雲叩頭碰破了前額，而賀蘭進明卻沒有像當年的秦哀公那樣朗誦〈無衣〉詩篇表示共同對敵；他們像〈國殤〉中所歌頌的，在楚國原野上戰死的將士那樣，壯烈地犧牲，令人徒然悲傷地懷念著他們。至德二年十月，睢陽城失陷，南霽雲被殺害。他守城時沒有像東漢傅燮守漢陽城戰鬥前那樣嘆息；城破被俘，卻像西漢周苛一樣痛斥叛軍，慷慨就義。能為正義事業獻身，實現了他當初的心願。南霽雲等人剛直不屈，痛斥敵人，慘遭殺害，就像當年臧洪、陳容同日被袁紹殺害那樣使人悲痛；正直的大臣們，就像當年任昉痛斥曹景宗見死不救，而惋惜死於王事的蔡道恭那樣，對賀蘭進明之流非常憤慨，對堅守睢陽而戰死的南霽雲等人表示悼念。

朝廷追贈南霽雲為特進揚州大都督，定為一等功，和張巡、許遠同時在睢陽建廟，每年按時祭祀。南霽雲的兒子雖然年齡幼小，也得到顯貴的官職，並賜給土地。像當年對鮑信那樣刻形埋葬，也像對龐德那樣，在陵廟裏畫上他們被俘後堅貞不屈的形象。把他們的兒子收容於官府加以撫育教養，就像當年勾踐的用心一樣，關懷烈士的後代；也像漢武帝劉徹當年設置羽林軍撫養那些有功於國家的死難者的子孫一樣。仿傚周朝的典章制度，用關稅收入來供養死難將領的家屬，參照漢朝的禮儀制度，對南霽雲等追封官爵。皇帝的事業得以發揚光大，對臣下的恩寵賞賜可說是完美無缺。

嗚呼！保衛睢陽之戰，不僅在於以不怕死為勇敢，善於堅守為有功；而且在於南霽雲等出奇兵使敵人蒙受恥辱，屹立奮勇而激怒賊寇，使敵人集中兵力於東南，而失掉進攻西北的準備；敵寇兵力集中，則堅守的睢陽就一定會被攻陷；敵人沒有進攻西北的準備，則朝廷的討伐才能順利進行。因此，睢陽城陷落之時，也就是敵人將被消滅之日。一般人只知道睢陽軍民用全力保衛了江淮一帶，而不知道他們在平定整個安史叛亂中的功績，他們也許沒有想到這一點吧！

南公名霽雲，字某，范陽人。他的兒子名叫承嗣，七歲因父親的功勞被封為婺州別駕，皇帝賜給他緋紅色的官服和魚袋，先後做過施州、涪州的刺史。他心懷忠君之念、思盡孝親之道，沒有廢棄先人的勳業。他擔心如果僅有廟宇，年代久了，好名聲就不會顯現，希望能刻鑿石碑，借助文辭記載父親的美德。南霽雲以誠信對待朋友，因為剛強所以有不動搖的意志，講仁愛才不惜傷殘自己的身軀，英勇果敢而更加鬥志昂揚，忠於國家才能夠挫敗敵人，由於剛烈才為國死難，出自內心的為國打算，合乎忠貞，表現在行動上則是忠於朝廷，通於道義，這就是他所以能夠振奮百代、傳揚千年的原因。這種情況豈不是很合乎南霽雲的志向嗎？廟宇裏保存著南霽雲的塑像，對他的功勞業績，則用碑文永作寄託。南承嗣懷念親人，就像漢代溫壽那樣常常夢見父親，他的心願得以實現，可以使漢代在麒麟閣中為功臣畫像賦詩歌頌的傳統得以繼承。碑銘上這樣寫著：

貞是為了國家而圖謀，義是為了拯救國家的危難。面臨危難不顧個人的安危，看到國家危難不惜付出生命。漢代尊崇為國死難的烈士，周代重視撫養死難烈士子弟的制度。剛烈的南霽雲啊，忠於國家出自本性。他扼守睢陽這一有利地點，激勵將士奮起殺敵，東邊保護了吳楚地區，西邊牽制著妄圖進逼中原的敵兵。貪得無厭的敵寇，氣焰更加囂張兇猛；他們像蟒蛇和大野豬一樣，到處直撞橫衝。睢陽城巍然屹立，控制著南北的要衝；叛軍不能任意橫行，南霽雲像疾風中的勁草一樣堅定。敵人用雲梯、衝車攻城，守城將士已挖好洞穴伺機打退敵人的進攻。不以糧草斷絕為艱苦，劈開骨頭當柴燒也堅持和敵人鬥爭。睢陽周圍有眾多的朝廷駐軍，但聽不到有誰前來援救。城裏的武器糧草雖然斷絕，卻仍然堅守了九個多月。南霽雲振奮勇氣，衝出重圍去求救兵，他得不到應允，咬斷指頭憤慨而歸。力盡被俘，仍然痛斥敵人。寧肯玉碎，氣節不損。叛軍在東邊耗盡兵力，在西邊就有所收斂。孤立無援的睢陽城雖被攻陷，叛軍頭子卻已被斬。唐王朝如雷霆般地平定叛亂，由於南霽雲的堅守而加速。叛軍的巢穴雖然堅固，也因南霽雲的堅守而傾覆。長江、漢水、淮河、兩湖一帶廣大百姓，都得到生存撫育。這樣卓越的功勳業績，誰能和他並駕齊驅？皇帝對南霽雲等人的壯烈犧牲震驚悲痛，晉升頭等功勞；給以表揚獎勵，追贈顯貴的官階；地位被尊為州的長官，禮儀如同對待三公一樣。修建了這所祠廟，塑造他的形貌。祭祀的牛羊肥美，祭獻的食物豐盛。虔誠孝敬的兒子，對父親無限仰慕尊敬；建廟立碑在睢河邊上，南霽雲的英名、精神將千秋萬代永遠傳揚。

【研　析】南霽雲，是睢陽守將張巡的部將。睢陽是唐代的一個郡，郡治在今河南商丘附近。睢陽城扼守河北、河南諸郡通向江淮的要道，其戰略位置十分重要。至德二載（西元七五七年）正月，安史叛軍以十三萬軍隊圍困睢陽，張巡、許遠率南霽雲等部將固守，十月城陷，張巡等三十餘人遇害。叛亂平定後，朝廷在睢陽建立祠廟紀念他們。柳宗元應南霽雲兒子的請求，為南霽雲寫了這篇碑文。

在這篇文章中，作者歌頌了南霽雲為國死難的英勇精神，歌頌了南霽雲等人堅守睢陽的歷史功績。睢陽保衛戰對於平定安史之亂有著重大的戰略意義。當時，西京長安失守，河北、河南諸郡淪陷，他們堅守睢陽將近一年，不但保證了江淮之地免遭叛軍侵掠，使江淮的財賦糧草得以源源不斷經由江漢二水運往當時的朝廷所在地扶風郡，還為最終平定安史之亂贏得了寶貴的時間。完全可以說，沒有睢陽保衛戰，就不會有後來安史之亂的平定。因此，張巡、許遠、南霽雲等人的殊死抗戰，於國於民，功莫大焉。為他們樹碑立傳，是完全應該的。

和許多碑文一樣，這篇文章採取了駢散結合的寫作方法，對偶工整，辭藻典贍，並大量運用典故，特別是有關戰爭和殺身成仁的典故。這一方面是文章體裁的需要，同時，在歌頌主人公的英勇事跡時，也可以起到莊重典雅的特殊效果。

曹溪[1]第六祖[2]賜諡大鑒禪師碑

扶風公[3]廉問[4]嶺南三年，以佛氏第六祖未有稱號，疏聞於上[5]。詔諡「大鑒禪師」，塔曰「靈照之塔」。元和十年十月十三日下尚書祠部[6]，符[7]到都府[8]。公命部吏洎[9]州司功掾[10]，告於其祠[11]。幢蓋[12]鐘鼓，增山盈谷[13]，萬人咸[14]會，若聞鬼神。其時學者千有餘人，莫不欣踴奮厲[15]，如師[16]復生；則又感悼涕慕，如師始亡。因言曰：自有生物，則好鬥奪相賊[17]殺，喪其本實[18]，誖[19]乖[20]淫[21]流[22]，莫克[23]返於初[24]。孔子無大位，沒[25]以餘言[26]持世[27]，更[28]楊[29]、墨[30]、黃[31]、老[32]益雜[33]，其術分裂[34]，而吾浮圖說[35]後出，推離還源[36]，合[37]所謂生而靜者[38]。梁氏好作有為，師達摩譏之[39]，空術[40]益顯。六傳至大鑒[41]。大鑒始以能勞苦服役，一聽其言，言希以究[42]，師用感動，遂受信具[43]。遁隱南海[44]上，人無聞知。又十六年，度[45]其可行，乃居曹溪，為人師，會[46]學[47]去來嘗數千人。其道以無為為有[48]，以空洞為實，以廣大不蕩為歸。其教人，始以性善，終以性善，不假耘鋤[49]，本其靜[50]矣。中宗[51]聞名，使幸臣[52]再徵[53]，不能致[54]，取其言以為心術[55]。其說具在，今布[56]天下，凡言禪皆本[57]曹溪。大鑒去世百有六年，凡治[58]廣部[59]而以名聞者以十數，莫能揭其號[60]。乃今始告天子，得大謚，豐佐[61]吾道，其可無辭[62]。

公[63]始立朝[64]，以儒重[65]。刺[66]虔州[67]，都護安南[68]，由海中大蠻夷，連身毒之西[69]，浮舶聽命[70]，咸被公德[71]。受旂纛節戟[72]，來蒞南海[73]，屬國如林[74]。不殺不怒，人畏無噩[75]，允[76]克[77]光於有仁[78]。昭列[79]大鑒，莫如公宜[80]。其徒之老[81]，乃易石於宇下，使來謁[82]辭。其辭曰：

達摩乾乾[83]，傳佛語心[84]。六承其授，大鑒是臨[85]。勞勤專默，終揖於深[86]。抱其信器[87]，行海之陰[88]。其道爰[89]施[90]，在溪之曹。厖合猥附[91]，不夷[92]其高。傳告咸陳[93]，惟道之褒。生而性善[94]，在物而具[95]。荒流奔軼(96)，乃萬其趣(97)。匪思愈亂，匪覺滋誤(98)。由師內鑒，咸獲於素(99)。不植乎根，不耘乎苗(100)。中一外融(101)，有粹(102)孔昭(103)。在帝中宗，聘言於朝(104)。陰(105)翊(106)王度(107)，俾(108)人逍遙(109)。越(110)百有六祀，號諡不紀(111)。由扶風公告今天子，尚書既復，大行(112)乃誄(113)。光於南土(114)，其法再起。厥(115)徒萬億，同悼齊喜。惟師教所被(116)，洎扶風公所履(117)，咸戴(118)天子。天子休命(119)，嘉公德美。溢於海夷，浮圖是視(120)。師以仁傳，公以仁理(121)。謁辭圖堅(122)，永胤(123)不已。

【注釋】❶曹溪　地名，在韶州（今廣東韶關）。慧能咸亨（西元六七〇—六七四年）末曾住曹溪寶林寺。❷第六祖　即慧能（西元六三八—七一三年），唐代高僧。禪宗第六代祖師，南宗的創始人。俗姓盧，范陽人，生於新州（治所在今廣東新興）。初為樵夫，有慧根，得五祖弘忍秘授禪法。不識文字。逝於新州國恩寺。弟子法海等輯其言論為《六祖壇經》。❸扶風公　即馬摠，扶風人，元和八年（西元八一三年）十二月，以桂管觀察使為嶺南節度使。❹廉問　主政的美稱。❺疏聞於上　上了一道奏疏使皇上知道這件事。❻下尚書祠部　下文給尚書省祠部司。尚書，指尚書省，王朝中央政府的執行機構。祠部，尚書省的一個部門，主管祭祀、宗教等事務。❼符　指賜諡的公文。❽都府　指嶺南節度使的官府。❾洎　到；至；會同。❿州司功掾　本州衙門司功部門的主官。司功，主考課、禮樂、祭祀、學校、選舉、喪葬等事，漢時長官稱掾，唐時稱參軍。這裏是沿用古代稱呼。⑪告於其祠　在祠廟中舉行儀式，將朝廷賜諡名塔等事告訴慧能之靈。⑫幢蓋　佛家用以做佛事的一種傘狀遮蓋物。⑬增山盈谷　使山增大，使山谷填滿。極言告祠儀式上來人之多。⑭咸　全；都。⑮欣踴奮厲　形容學者激動之貌。⑯師　指已故大禪師。⑰賊　殘害。⑱本實　本來的性情。⑲誖　錯亂。⑳乖　乖訛；謬誤。㉑淫　不正當；過分。㉒流　放任自流。㉓克　能夠。㉔初　本初，即上文所說的「本實」。㉕沒沒世；去世。㉖餘言　指《論語》等記載孔子的言論的書。㉗持世　保留使用於世。㉘更　更有；更加。㉙楊楊朱，先秦諸子之一，主張「為我」。㉚墨　墨子，先秦諸子之一，主張兼愛、非攻、節儉。㉛黃　指黃帝學說，傳說黃帝主張清靜無為。㉜老　老子，先秦諸子之一，主張「自然」、「無為」。㉝益離　更加龐雜。㉞其術分裂　指諸子百家眾說紛紜。㉟浮圖說　佛家的學說。浮圖，佛的梵語音譯。㊱推離還源　推動早已離開本實的人性又返回到自有生物之初。㊲合　正；恰好。㊳生而靜者　人生下來，天性是清靜的。《禮記》：「人生而靜，天之性也。」㊴梁氏好作有為二句　據《高僧傳》等記載，北魏太和十年（西元四八六年），某天竺王子以護國出家，法號達摩。入南海，得禪宗妙法。自稱從釋迦相傳衣缽。後浮海至梁，詣武帝。帝問以有為之事，達摩不悅，乃之魏，隱於嵩山少林寺，遇毒而卒，是為初祖。有為，指塵世之俗事。㊵空術　佛法。佛家以空色為最基本的理論要素，故稱。㊶六傳至大鑒　達摩以其法傳慧可，是為二祖。慧可傳璨，璨傳道信，道信傳弘忍，忍傳慧能，是為六祖。㊷言希以究　其言論高深不可探究。希，無；無從。㊸信具　憑證，指世代相傳之衣缽。㊹南海　唐一稱漲海，即今之南中國海。㊺度　揣度；猜測；考慮。㊻會　前來相會者。㊼學　前來修學者。㊽以無為有　以「無為」作為「有」。㊾不假耘鋤　不借助於灌輸、批評等外在方式去除私心雜念。假，借助。耘鋤，指借助外力以去除世俗雜念。㊿本其靜　以靜為根本。指上文「生而靜者」。(51)中宗　西元七〇五—七一〇年在位。(52)幸臣　近臣。(53)再徵　兩次徵召。再，兩次。(54)致　召致。(55)心術　內心體會修煉之術。(56)布　公佈於。(57)本　以之為本源、根據。(58)治　治理，指為官。(59)廣部　指兩廣一帶。秦置南海郡，三國吳置廣州。唐先後置廣州總管府、嶺南道。(60)揭其號　不能定其諡號。(61)豐佐　豐富；充實。(62)其可無辭怎麼可以沒有記載此事的文辭。(63)公　即上文扶風公馬摠。(64)始立朝　開始在朝廷為官。(65)以儒重　因為精通儒學而名重。(66)刺　用作動詞，做刺史。(67)虔州　治所在今江西贛州。(68)都護安南　在安南都護府做都護的官職。都護府，唐代邊遠地區設置，長官稱都護。安南都護府，治所在今越南河內，其地包括今廣西及越南北部地區。元和五年七月，馬摠自虔州刺史為安南都護。(69)由海中大蠻夷二句　從海島上很大的蠻夷部落，一直到身毒國的西境。身毒，國名，又譯天竺，今印度。(70)浮舶聽命　漂浮在海上的船舶也都聽命於安南都護。(71)咸被公德　都受到扶風公德行的恩惠。(72)旂纛節戟　指嶺南節度使的儀仗。節戟一作節鉞。節鉞，符節和斧鉞，古時拜將所授，用以象徵其權力。作「節鉞」較佳。(73)來蒞南海　來到廣州上任。蒞，蒞臨；來到。南海，即廣州，時為嶺南節度使之治所。(74)屬國如林　下屬的州府及藩國很多。(75)人畏無噩　民眾知有所畏，很少有訴訟發生。噩，聚訟；濫訟。(76)允　的確；確實。(77)克　能夠。(78)光於有仁　政績光明，是因為節度使有仁愛之心。(79)昭列　指上文疏聞及告祠等事。(80)莫如公宜　沒有比扶風公更適宜的人選了。(81)老　長者。(82)謁　參拜。(83)乾乾　勤謹不息之貌。(84)傳佛語心　承傳佛祖之道，表述佛家之心。(85)大鑒是臨　傳到了大鑒禪師。(86)終揖於深　最終因謙退而悟得深奧的禪學。揖，謙退。(87)信器　憑證信物，指歷代相傳的祖師衣缽。(88)海之陰　指南海一帶。(89)爰　於是；在這裏。(90)施　施行；實施。(91)厖合猥附　指龐雜之說紛紛前來猥附。(92)夷　平；使之平。(93)傳告咸陳　傳頌相告，紛紛而來，指大師之道，在民眾中廣泛傳揚。咸，都；一齊。陳，陳列；出現。(94)生而性善　指生生萬物之初，性本良善。(95)在物而具　善良之性具體表現於有形之萬物。(96)荒流奔軼　指離開本實之善，而四散奔流於謬誤之道。即上文所說的「誖乖淫流」。(97)乃萬其趣　於是才有各式各樣的歸向。(98)匪思愈亂二句　指俗人離開本靜之道，愈是思考，愈是自以為覺醒，就愈加混亂，愈加謬誤。匪，指代詞，彼；那個。滋，滋長；更加。(99)由師內鑒二句　言大師從內心自我觀察，其心得全從素樸的本性而來。(100)不植乎根二句　即上文「不假耘鋤，本其靜矣」之意，言生命萬物不必借助外力如根苗花實、形體、言語、文字等等，惟內鑑本實即可成佛。(101)中一外融　言內外融合，即上文「以無為為有，以空洞為實，以廣大不蕩為歸」，生物內心本性，是「無為」、「空洞」、「廣大不蕩」，與外界之「有」、「實」、「歸」融合為一，即南宗之精粹所在。102有粹 精粹。有，語助詞，作詞頭用。103孔昭 非常光明顯著。孔，很；大；非常，程度副詞。昭，光明；顯著。104聘言於朝 徵召到朝。即上文「使倖臣再徵，不能致」事。言，語助詞。105陰 暗中。106翊 輔佐；幫助。107王度 王者的品德、政教。語出《左傳》昭公十二年：「思我王度，式如玉，式如金。」108俾 裨益；幫助；使得。109逍遙 自由自在，指不受塵世束縛的生活。以上二句，即上文「取其言以為心術」之意。110越 過了。111號謚不紀 指尚未有謚號一事。112大行 偉大的德行。113誄 敘述並紀念死者的功德。114南土 泛指南方廣大地區。115厥 指示代詞，那個。116被 覆蓋；沾溉。117所履 所到之處。118戴 擁戴；感戴。119休命 美好的命令。休，美好。120浮圖是視 看到的只是浮圖，極言佛法廣被海夷。在這一句式中，「是」為指示代詞，復指浮圖；「浮圖」，賓語前置。121理 得以治理。122謁辭圖堅 碑銘文結尾時的一個常用辭語，意為將感念之辭勒石以求永久。123胤 後嗣，引申為紀念。

【語 譯】扶風公馬揔主政嶺南三年，因為佛氏禪宗第六祖還沒有謚號，便上了一道奏疏使皇上知道這件事。皇上下詔，賜謚號為「大鑒禪師」，賜其塔名為「靈照之塔」。元和十年十月十三日，就此事下文給尚書省祠部司。賜謚的公文到了嶺南節度使的官府後，扶風公命令部吏會同本州衙門司功部門的主官，在祠廟中舉行儀式，將朝廷賜謚名塔等事告訴慧能之靈。在這個儀式上，華蓋輝煌，鐘鼓齊鳴，來賓填滿山谷，萬人齊集，其聲勢好像是驚動了鬼神。當時，參加儀式的學者有一千餘人，大家無不歡欣踴躍，萬分激動，好像是見到了禪師復生；又因悼念感動，追慕泣涕，好像是禪師剛剛逝世。因而作此碑序說：自從天地間有了生物，這些生物就喜好相互鬥爭，自相殘殺，喪失了他們善良的本性，錯亂乖訛，過分地放任自流，不能返回的本來的初始狀態。

孔子並沒有很高的官位，去世後以他遺留下的言論一直使用於世，更有楊朱、墨子、黃帝、老子等學說，益加龐雜。諸子百家已是眾說紛紜，我們浮圖之說雖然後出，但可推動早已離開本實的人性又返回到自有生物之初，正好符合所謂人生下來天性就是清靜的說法。梁武帝喜好有所作為等塵俗之事，受到達摩大師的譏刺，於是空色色空之說益加顯現。從達摩大師，經過六代，傳到大鑒禪師。大鑒開始時以能幹勞苦之事而服役，後來一聽到他的言論，卻是高深珍貴，不可探究，祖師因此深受感動，於是就將象徵著禪宗祖師地位的衣缽傳授給他。大鑒禪師接受衣缽後，逃到南海一帶隱藏，不為人所知曉。又過了十六年，他揣度自己可以有所行動了，就移居到曹溪這個地方，做了傳授佛法的禪師，前來相會修學、來來去去的學者曾有數千人。大鑒禪師的理論，以「無為」作為「有為」，以「空洞」作為「實在」，以「廣大不蕩」作為「歸宿」。大鑒禪師用以教導大眾的，是人之初性本善、人之終性亦善，因而不必借助於灌輸、批評等外在方式去除私心雜念，而以「生而清靜」作為根本。中宗皇上聽說大師的大名，便派親近的臣下兩次前來徵召，但都沒有召致，於是聽取大師的言論作為內心體會修煉之術。這一學說到今日仍都存在，早已公佈於天下，凡是說到禪理的，都是以曹溪大鑒禪師的學說作為本源根據的。大鑒禪師去世到現在已經有一百零六年了，凡在兩廣一帶為官而有一定名聲的，有數十人，但都不能為他定個諡號。直到今天，才上報天子，獲得了這一偉大諡號，這正可豐富充實我禪宗之道，我怎麼可以沒有記載此事的文辭呢？

扶風公開始在朝廷為官，因為精通儒學而名重一時，後來做了虔州刺史，又到安南都護府做都護，其號令影響，從海上很大的蠻夷部落，一直到身毒國的西境，漂浮在海上的船舶也都聽命於安南都護，都受到扶風公德行的恩惠。扶風公現在又接受嶺南節度使一職，蒞臨廣州上任。嶺南下屬的州府及藩國很多。扶風公對有罪之人不好殺，對民眾不好發怒，但民眾卻知道有所畏懼，很少有訴訟發生。扶風公的確能做到政績光明，那是因為他有了仁愛之心。上疏為大鑒禪師請諡，沒有比扶風公更適宜的人選了。大鑒禪師的長徒，將碑石移到屋檐下，以方便人們前來謁拜碑文。碑文寫道：

始祖達摩，勤謹不息，承傳佛祖之道，表述佛家之心。經過六次承傳授予，傳到了大鑒禪師。他勤勞、專一、沉默，最終因謙退而深於禪學。抱負著作為憑證信物的佛祖衣缽來到南海水濱。他的學說得以施行，是在曹溪這個地方。龐雜之說紛紛前來附和，並不會降低大師學說的高深；民眾傳頌相告，都是對大師之道的褒揚。生生萬物之初，性本良善；良善之性，具體表現於有形之萬物。離開本實之善，四散奔流於謬誤之道，於是就有了各式各樣的歸向；俗人們離開本靜之道，愈是思考，愈是自以為覺醒，從而也就愈加混亂，愈加謬誤。大師從內心自我觀察，其心得體會，全從素樸的本性而來。生命萬物，其實不必借助外力如根苗花實、形體、言語、文字之類，只需向內觀照本心，即可成佛。內心與外界融合為一，精粹即可大放光明。我中宗皇帝，徵召大師來朝，大師雖未赴召，暗中仍對君王政教有所輔佐，對民眾的逍遙自由有所裨益。因經過一百零六年，大師尚未有諡，即由扶風公上疏當今天子。天子詔書一朝下達，大師那偉大的德行即得以敘述，得以紀念。大師之光，照耀南方廣大地區，他所闡揚的佛法，再次興起。他的信徒，成萬成億，一同悲悼，一同歡喜。凡我大鑒禪師之教化所能覆蓋之地，以及我扶風公政令所及之處，無不感戴天子的恩澤。天子下達了美好的詔令，嘉獎扶風公的美德。那廣被南海內外的，是我偉大的浮圖佛法。大鑒禪師的美名因其仁愛而流傳，扶風公因其仁愛而使嶺南得以治理。為大師樹碑，將感念之辭刻在石上以求堅固久遠，使後來的人們得以永遠紀念。

【研析】佛教作為一種信仰，本身是一種高尚的精神活動。不論我們自己信仰與否，柳宗元在這篇文章中所表現出來的對於佛教信仰的堅貞，都應該得到我們的尊重。作為一種廣泛普及的社會活動，佛教對於社會及思想的影響有其雙重性。一方面，佛教學說對於傳統的儒家思想，特別是對於儒家的天命、等級、禮樂、忠孝節義、修齊治平等思想產生了一定的衝擊作用；同時，大量的勞動力投身於不事生產或較少從事生產的佛寺中，佛教活動需占用一定的自然和社會資源，這也在一定程度上增加了社會和民眾的負擔。因此，抱有傳統儒家思想的人，如韓愈等，對佛教就採取了不以為然的態度，對皇上的信仰佛法，則採取竭力反對的態度。韓愈還因上表反對憲宗迎接佛骨，差點丟了性命。佛教對於社會雖有一定的危害，但佛教特別是禪宗，也有穩定社會、淨化人心的積極作用。佛教確實是一種鴉片，但作為治病的藥物，鴉片卻是很有用處的東西。柳宗元在這篇碑文中，高度評價了扶風公馬揔從仁愛之心出發，提倡佛學，弘揚佛教，上表為六祖請諡的功績，同時指出，正因為馬揔為官也施行德政，才能使其仁政和大鑒禪師的佛法相得益彰。可見柳宗元仍然是從民眾的幸福來考慮問題的，他對扶風公的讚美，對禪宗功用的讚美，出發點都是怎樣維護民眾的利益。對於佛教在中國歷史上的作用，必須全面地給予評價。過分肯定柳宗元的讚佛，過分肯定韓愈的闢佛，都是片面的。如果僅僅就為大鑒禪師請諡立碑一事來說，這對於維繫邊疆人心，穩定社會，還是有一定作用的。

禪宗是中國佛教中影響最大的一個教派。六祖慧能，俗姓盧，本范陽人，出生於嶺南新州。慧能不識字，五祖之所以要傳位給他，還有一個曲折離奇的故事。據《景德傳燈錄》卷三等文獻記載，慧能從新州來參謁五祖弘忍大師。弘忍問：「你從何而來？」慧能回答：「嶺南。」大師問：「想做什麼？」慧能回答：「只求作佛。」大師說：「嶺南人無佛性，怎麼能成佛？」慧能說：「人有南北，佛性難道也分南北？」大師一聽，知道他是個異人，就呵叱說：「到後邊磨坊幹活去吧！」慧能禮貌地告退，來到後磨坊，晝夜舂米服役。過了八個月，大師知道傳授的時機已到，便告訴眾僧說：「正法很難解釋，你們不要只是記著我的話。現在大家各自隨意作一偈，要是作得好，暗合正法，迦裟和金鉢就傳授給他。」當時，弘忍以下有七百餘僧，大弟子上座神秀，學通內外，大家都推稱神秀，認為除了他，誰還敢爭這個位置。神秀也知道大家都推戴他，也不細細思考，就在廊壁上書寫一偈說：「身是菩提樹，心如明鏡臺。時時勤拂拭，莫遣有塵埃。」大師正好從那經過，看到此偈，知道是神秀所作，便讚嘆說：「後代的人按照這首偈修行，亦能得到勝果。」慧能當時還在磨坊，忽然聽到有人朗誦神秀這首偈，過了好久才說：「美則美矣，了則未了。」同學們立即呵叱他說：「你這做雜活的懂什麼，不要口出狂言。」慧能說：「你們不相信，我也可以作一偈。」同學們不再答理他，只是相視而笑。到了夜裏，慧能偷偷地叫一個小孩，來到廊下，慧能舉著蠟燭，叫那小孩子在神秀那首偈的旁邊，寫上一偈說：「菩提本非樹，心鏡亦非臺。本來無一物，何假拂塵埃。」大師後來看到慧能此偈，便隨口說：「此是誰作，亦未見性。」到了夜裏，大師偷偷派人到磨坊將慧能召來，授予法寶、袈裟，正式傳位給他。並囑咐他到外地躲藏。慧能逃到南海，在南方創立了禪宗的「南宗」。

南宗後來成為中國佛教各派特別是禪宗的主流。南宗的旨趣，柳宗元在這篇碑文中有生動的概括，這就是所謂「由師內鑒，咸獲於素。不植乎根，不耘乎苗。中一外融，有粹孔昭」。這種不立文字，不求形式，訴諸內心，講求頓悟的學佛方法，極大地便利了普通民眾，他們不必出家，也不必苦苦修煉，甚至不必了解佛法，只要一心向佛，即可成正果。這正是其所以風靡天下的原因。根、苗都是外在的東西，只要回到「本實」，回到「本靜」，即可成佛。「本來無一物」，又何需植耘之功夫，本自有根，何需出苗！

南宗在南方的影響當然更大。柳宗元南貶後，受到南宗的影響，究心佛法，很有心得體會。這篇碑文就是他在柳州刺史任上寫的。從碑文中可以看出，柳宗元對佛學的造詣已經達到了很高的層次。宋代與柳宗元有相似遭遇的蘇軾，就深有體會地說：「子厚南遷，始究佛法，作曹溪、南嶽諸碑，絕妙古今。」蘇軾後來還鄭重地為人書寫了這篇〈六祖大鑒禪師碑〉，此事成為佛學史和書法史上的值得一書的佳話。

段太尉[1]逸事狀[2]

太尉始為涇州[3]刺史[4]時，汾陽王[5]以副元帥居蒲[6]。王子晞[7]為尚書[8]，領行營節度使[9]，寓軍[10]邠州[11]，縱[12]士卒無賴[13]。邠人偷嗜暴惡者[14]，率以貨竄名軍伍中[15]，則肆志[16]，吏不得問[17]。日群行[18]丐取[19]於市，不嗛[20]，輒[21]奮擊[22]折人手足，椎[23]釜鬲甕盎[24]盈道上，袒臂[25]徐去[26]，至[27]撞殺[28]孕婦人。邠寧節度使[29]白孝德以王故[30]，戚[31]不敢言。

太尉自州以狀白府[32]，願計事[33]。至則曰：「天子以生人[34]付公理[35]，公見人被暴害[36]，因[37]恬然[38]，且[39]大亂，若何[40]？」孝德曰：「願奉教[41]。」太尉曰：「某[42]為[43]涇州，甚適[44]，少事，今不忍人無寇暴死[45]，以亂天子邊事[46]。公[47]誠[48]以都虞候[49]命某[50]者，能為公已亂[51]，使公之人不得害[52]。」孝德曰：「幸甚[53]！」如太尉請[54]。既署[55]一月，晞軍士十七人入市取酒[56]，又以刃刺酒翁[57]，壞釀器，酒流溝中。太尉列卒[58]取[59]十七人，皆斷頭注[60]槊[61]上，植[62]市門[63]外。晞一營大譟[64]，盡甲[65]，孝德震恐，召太尉曰：「將奈何？」太尉曰：「無傷[66]也，請辭於軍[67]。」孝德使數十人從[68]太尉，太尉盡辭去，解佩刀，選老躄者[69]一人持馬[70]，至晞門下[71]。甲者[72]出，太尉笑且入[73]，曰：「殺一老卒[74]，何甲也？吾戴[75]吾頭來矣。」甲者愕[76]。因諭[77]曰：「尚書固[78]負[79]若屬[80]耶？副元帥固負若屬耶？奈何欲以亂敗郭氏[81]？為白尚書，出聽我言。」晞出，見太尉，太尉曰：「副元帥勳塞天地[82]，當務始終[83]，今尚書恣卒為暴[84]，暴且亂，亂天子邊，欲誰歸罪[85]？罪且及[86]副元帥。今邠人惡子弟以貨竄名軍籍中，殺害人[87]，如是不止，幾日不大亂[88]？大亂由尚書出，人皆曰：『尚書倚[89]副元帥，不戢士[90]。然則郭氏功名，其與存者幾何[91]？』」言未畢，晞再拜[92]曰：「公幸教晞以道，恩甚大，願奉軍以從[93]。」顧叱[94]左右曰：「皆解甲，散還火伍[95]中，敢譁者死[96]！」太尉曰：「吾未晡食[97]，請假設[98]草具[99]。」既食，曰：「吾疾作[100]，願留宿門下。」命持馬者去，旦日[101]來。遂臥軍中。晞不解衣，戒[102]候卒[103]擊柝[104]衛太尉。旦，俱至孝德所，謝不能[105]，請改過[106]。邠州由是無禍。

先是[107]，太尉在涇州，為營田官[108]。涇大將焦令諶取人田，自占數十頃，給與農[109]，曰：「且熟，歸我半[110]。」是歲大旱，野無草，農以告諶。諶曰：「我知入數[111]而已，不知旱也。」督責[112]益急[113]，農且饑死，無以償，即告太尉[114]。太尉判狀[115]，辭甚巽[116]，使人求諭諶[117]。諶盛怒，召農者曰：「我畏段某耶？何敢言我[118]？」取判[119]鋪背上，以大杖擊二十，垂死，輿來庭中[120]。太尉大泣曰：「乃我困汝[121]！」即自取水洗去血，裂裳衣瘡[122]，手注善藥[123]，旦夕自哺農者[124]，然後食。取騎馬賣，市[125]穀代償，使勿知。淮西寓軍帥[126]尹少榮，剛直士也，入見諶，大罵曰：「汝誠人耶[127]？涇州野如赭[128]，人且饑死，而[129]必得穀，又用大杖擊無罪者。段公，仁信大人[130]也，而汝不知敬。今段公唯一馬，賤賣市穀入汝[131]，汝又取不恥(132)；凡為人(133)，傲(134)天災，犯(135)大人，擊無罪者，又取仁者穀，使主人(136)出無馬(137)，汝將何以視天地(138)，尚不愧奴隸耶(139)！」諶雖暴抗(140)，然聞言則大愧流汗，不能食，曰：「吾終不可以見段公。」一夕，自恨死(141)。

及太尉自涇州以司農徵(142)，戒其族(143)：「過岐(144)，朱泚(145)幸(146)致貨幣(147)，慎勿納。」及過，泚固致(148)大綾(149)三百匹，太尉婿韋晤堅拒，不得命(150)。至都，太尉怒曰：「果不用吾言！」晤謝曰：「處賤(151)，無以拒(152)也。」太尉曰：「然終不以在吾第(153)。」以如(154)司農治事堂(155)，棲(156)之梁木上。泚反(157)，太尉終(158)。吏以告泚，泚取視，其故封識具存(159)。

太尉逸事如右(160)。

元和(161)九年月日(162)，永州司馬員外置同正員(163)柳宗元謹上史館(164)。今之稱太尉大節者出入(165)，以為武人一時奮不慮死，以取名天下，不知太尉之所立(166)如是。宗元嘗出入(167)岐、周、邠、斄間(168)，過真定(169)，北上馬嶺[170]，歷[171]亭障堡戍[172]，竊好問[173]老校退卒[174]，能言其事。太尉為人姁姁[175]，常低首拱手行步，言氣卑弱[176]，未嘗以色待物[177]，人視之，儒者也。遇不可[178]，必達其志[179]，決非偶然者[180]。會[181]州刺史崔公[182]來，言信行直[183]，備得[184]太尉遺事，復校無疑[185]，或恐尚逸墜[186]，未集太史氏[187]，敢以狀私於執事[188]。謹狀[189]。

【注釋】❶段太尉　即段秀實，字成公。唐代汧陽（今陝西千陽）人。因軍功官至涇原、鄭潁節度使，後入朝為司農卿。唐德宗建中四年（西元七八三年），朱泚作亂稱帝，占據長安，召段秀實議事。段以笏猛擊朱泚面額並大罵狂賊，因而被害。後追贈為太尉，諡「忠烈」。❷逸事狀　一種文體。是行狀的一個變體，不詳細記載死者生平，而專記散逸之事。佚事，散失未經記載的事跡。狀，行狀，是一種記敘死者生平事跡的文體。❸涇州　治所在今甘肅涇川。❹刺史　州的最高行政長官。大曆十二年（西元七七七年），邠寧節度使白孝德薦段秀實為涇州刺史。❺汾陽王　即郭子儀。因平定安史之亂有功，封汾陽郡王。❻以副元帥居蒲　以副元帥的身分駐紮在蒲州。郭子儀時任關內、河東副元帥，河中節度使，鎮守河中。蒲，蒲州，唐時曾改名為河中府，治所在今山西永濟。❼王子晞　郭子儀第三子郭晞。長於騎射，隨父征戰有功，官至御史中丞，卒後追贈兵部尚書。❽為尚書　時郭晞為左常侍，言「為尚書」恐誤。❾領行營節度使　代理河中節度使。領，代理。行營，出征時的軍營。時郭子儀奉命入朝，故由郭晞代理節度使之職。❿寓軍　在轄區以外的地方駐軍。寓，寄居。⓫邠州　治所在今陝西彬縣。時吐蕃進逼邠州，郭晞率兵前往援救。⓬縱　放縱；放任不管。⓭無賴　橫行不法。

⑭邠人偷嗜暴惡者　邠州人中那些懶惰、貪婪、兇殘、邪惡的壞人。偷，苟且。⑮率以貨竄名軍伍中　都用財物進行賄賂，混入軍隊之中。率，大都。貨，財物，此指賄賂。竄，混入。⑯肆志　任意妄為。⑰問　過問；干涉。⑱群行　成群結隊地亂走。⑲丐取　這裏指強行索取，敲詐勒索。⑳嗛　通「慊」。滿足；快意。㉑輒每每；總是。㉒奮擊　猛力地擊打。㉓椎　敲擊；砸。㉔釜鬲甕盎　泛指集市上的日用商品。釜，鍋子。鬲，有三足的鍋，似鼎而小。甕，罈子。盎，瓦盆。㉕袒臂　裸露著臂膀。㉖徐去　慢慢地離開。㉗至　甚至於。㉘撞殺　撞死。㉙邠寧節度使　邠寧，邠州和寧州。寧州治所在今甘肅寧縣。邠寧節度使治邠州，下屬邠、寧、慶（今甘肅慶陽）三州，受郭子儀節制。㉚以王故　因為汾陽王的緣故。㉛戚　憂慮。㉜自州以狀白府　從涇州以文書稟告邠寧節度使衙門。狀，一種陳述事實的官府文書。白，陳述；稟告。府，指邠寧節度使的官府。㉝願計事　希望（和您）商議公事。㉞生人　生民；老百姓。人，即民，因避唐太宗李世民諱而改。㉟付公理交給您治理。理，治，因避唐高宗李治諱改用「理」。㊱暴害　殘害。㊲因　因循；仍舊。㊳恬然　安然自適；無動於衷貌。㊴且　將要。㊵若何　如何；怎麼辦。㊶奉教　聽您的教誨。㊷某　段秀實自謙之稱。㊸為　主持；治理。㊹適　安閒。㊺無寇暴死　沒有敵人的擾亂而慘死。㊻邊事　邊地事務。㊼公　對白孝德的敬稱。㊽誠　假如果真。㊾都虞候　軍中的執法官。唐中葉以後，地方多設此官，負責懲治不法軍士。㊿命某　任命我。51已亂　制止暴亂。已，使停止。52不得害　不受害。53幸甚　好得很。54如太尉請　按照段秀實的請求（任命他作都虞候）。如，依照；遵從。55署　代理，此指代理都虞候的官職。56取酒　搶酒；不給錢而取酒。57酒翁　酒工，釀酒的技工。翁，「工」的借字。58列卒　佈置士兵。59取　捕獲。60注　放，此指懸掛。61槊一種兵器，即長矛。62植　豎立。63市門　市場的門。64譟　吵嚷。65盡甲　都披上了鎧甲。甲，此作動詞用。66無傷　無妨；沒關係。67請辭於軍　請讓我到軍中去解說一下。辭，動詞，解釋；說理。68從　跟從。69老躄者　年老而跛腳的人。躄，兩隻腳有病。一隻腳有病稱跛。70持馬　牽馬。71門下　指軍門之前。72甲者披甲的士兵。73笑且入　一邊笑著一邊走進去。74老卒　老兵，段秀實自稱。75戴　頂著。76愕　驚訝。77諭

告知；開導。78 固　嘗；曾經。79 負　虧待。80 若屬　汝輩；你們。81 以亂敗郭氏　用騷亂來敗壞郭家。82 勳塞天地　功勳充滿天地之間。形容功勞之大。83 當務始終　應當力求有始有終。務，力求。84 恣卒為暴　放縱士卒胡作非為。為暴，作惡。85 欲誰歸罪　要歸罪於誰呢？86 且及　將會牽連到。87 殺害人　殺人害人。88 幾日不大亂　不發生大亂還能有幾天？意思是說不久就要發生大亂。89 倚　倚仗。90 戢士　管束士兵。戢，收斂；約束。91 與存者幾何　還能保存多少呢？其，表示反問語氣。與，語氣助詞。92 再拜　拜了兩次。93 奉軍以從　帶領軍隊跟從您，意即聽從您的意見，管好軍隊。94 顧叱　回頭呵叱。95 火伍　指各自所屬的隊伍。古代兵制，五人為伍，十人為伙。火，通「伙」。96 敢譁者死　敢於喧譁的人要處死。97 晡食　晚飯。晡，申時，即下午三時至五時。98 假設　借用；代辦。99 草具　指粗劣的食品。100 作　發作。101 旦日　明天。102 戒　申戒；（嚴厲地）命令。103 候卒　負責警衛的士兵。104 擊柝　敲木梆打更。105 謝不能　道歉說自己沒有治軍的才能。謝，謝罪。不能，無能。106 請改過　請允許改正錯誤。107 先是　在此以前。108 營田官　即營田副使。據《新唐書．百官志》，諸軍萬人以上置營田副使一人，掌管軍隊屯墾事務。109 給與農　交給農民去耕種。110 歸我半　把一半給我。111 入數　應收進的（穀子）數量。112 督責　指催逼。113 益急　更急迫。114 即告太尉　向太尉告狀。115 判狀　批示狀文。116 巽　溫和；委婉。117 求諭諶　向焦令諶求情，並勸告他。諭，使明白；勸告。118 言我　說我的壞話。119 判　段秀實批示的狀文。120 輿來庭中　抬到官府的庭院中。輿，載；抬。121 乃我困汝　是我害了你。122 裂裳衣瘡　撕下（自己）衣服，（為農民）包紮傷口。衣，用如動詞，包紮。123 手注善藥　親手敷上好藥。注，敷。124 旦夕自哺農者　早晚親自餵那個農民。125 市　買。126 淮西寓軍帥　駐紮在涇州的淮西軍統帥。淮西，指淮西鎮，在今河南許昌、信陽一帶。因當時吐蕃連年侵擾，故調別處的軍隊在西北一線駐防。127 汝誠人耶　你還算個人嗎？128 野如赭　田野像赤土。指乾旱嚴重，草木不生。赭，赤土。129 而　同「爾」，第二人稱代詞，你。130 大人　有德之人。131 入汝　入於汝；交給你。入，納。132 不恥　不以為恥。133 凡為人　總之你的為人。134 傲視；不顧。135 犯　冒犯。136 主人　指段秀實，他是當地的地方官，故稱。137 出無馬　出行沒有馬騎。138 視天地指仰視天，俯視地，意即活在人世間。(139)尚不愧奴隸耶　還不愧對奴隸嗎？意即在奴隸面前也應該有愧，人格連下賤的奴隸都不如。(140)暴抗　兇暴強橫。(141)自恨死　自己惱恨而死。按，此一記載與事實有異，可能是作者根據傳聞誤記。(142)以司農徵　以司農卿之職被徵召。司農卿，主管全國糧食儲備的官。徵，召進京城為官。(143)戒其族　告誡他的親族。(144)岐　州名，在今陝西岐山。(145)朱泚　昌平（今北京昌平）人，原任盧龍節度使，此時鎮守岐州。(146)幸　如果；或許。(147)致貨幣　贈送物品錢幣。(148)固致　硬要送給。(149)綾　一種絲織品。(150)不得命　得不到允許，即推辭不掉。(151)處賤　處在卑下的地位。(152)無以拒　無法拒絕。(153)然終不以在吾第　但是無論如何不能把這些東西放在我家裏。終，終究；無論如何。第，住宅。(154)以如　一作「以綾如」，較通順。以綾如，將綾送到……。如，到；送到。動詞。(155)治事堂　辦公的廳堂。(156)棲　止息，此指安放。(157)泚反　唐德宗建中四年（西元七八三年）十月，涇原節度使姚令言所部作亂京師，德宗出奔，朱泚被叛軍擁立為大秦皇帝，不久改國號為「漢」。朱泚召段秀實議事，段秀實以所執手板擊朱泚額，朱泚逃脫，段秀實被害。(158)終　去世。(159)其故封識具存　原來封存的標記都在。識，標誌。(160)如右　漢字文書自右至左直行書寫，先寫的部分在右邊。(161)元和　唐憲宗李純年號。(162)月日　某月某日。文章起草時一般不具月日，待定稿後填寫。可能因本文是上史館請求採錄的，故不定稿以示謙虛。(163)永州司馬員外置同正員　此為當時柳宗元貶於永州待罪的官職。員外置，定員以外設置的官，一般是虛職，並無職事。同正員，地位待遇與正員相同。(164)史館　國家修史的機關。(165)出入　不外乎；往往。不出某個範圍的意思。(166)所立　立身處事的品德、表現。(167)嘗出入　曾經來往於。(168)岐周邠斄間　泛指今陝西西部岐山、邠縣、武功一帶。周，即周代的周原，在今陝西東北岐山下。斄，同「邰」，在今陝西武功西。(169)真定　地名，方位不詳。(170)馬嶺　即馬嶺山，在今甘肅慶陽西北。(171)歷　經過。(172)亭障堡戍　崗亭、工事、堡壘、哨所。(173)竊好問　私下裏喜歡問。(174)老校退卒　年老的軍官和退伍的士兵。(175)姁姁　和善貌。(176)言氣卑弱　說話的態度謙恭溫和。(177)以色待物　用疾言厲色待人接物。色，顏色；神色。物，指人。(178)遇不可　遇到不合理的事。(179)必達其志　一定要實現自己的主張。(180)決非偶然者　此針對上文「一時奮不慮死」而言。181會　適逢；碰巧。182崔公　崔能，元和九年任永州刺史。183言信行直　指崔能言語可信，行為正直。184備得　詳盡地獲得。185復校無疑　反覆核對，沒有疑點。186或恐尚逸墜　又恐怕（這些事跡）遺失散落。187未集太史氏　沒有收集到史官那裏。太史氏，史官。188敢以狀私於執事　冒昧地把這份逸事狀呈送給您。敢，表謙副詞。私，用如動詞，私下送交，指並非是官府指定的任務。執事，不直接稱呼對方，而稱對方手下辦事的人，表示尊敬。189謹狀　恭敬地呈獻此狀。狀，作動詞用。

【語　譯】段秀實太尉起先做涇州刺史時，汾陽王郭子儀以副元帥的身分駐紮在蒲州。汾陽王的兒子郭晞，當時官為尚書，因他父親有事入朝，由他代理河中節度使的職務。他在轄區外的邠州駐軍時，放縱手下的士兵橫行不法。邠州那些懶惰、貪婪、兇殘、邪惡的壞人，都用財物進行賄賂，混入軍隊之中。這些無賴任意妄為，地方官吏不敢過問。他們大白天成群結隊地亂竄，在集市上敲詐勒索，稍有不滿足，就大打出手，打折人的手腳，砸壞集市上的鍋甕瓦盆，打壞了的東西堆滿了道路，然後晃著光膀子，揚長而去。他們甚至還撞死了一個懷孕的婦女。邠寧節度使白孝德因為他們是汾陽王的屬下，雖是滿懷憂慮，卻不敢說什麼。

段秀實太尉知道此事後，便從涇州以文書稟告邠寧節度使衙門，說：「希望和您商議公事。」來到節度使衙門後，段秀實對白孝德說：「天子將老百姓交給您治理，您眼看著民眾被殘害，卻仍舊安然自適，無動於衷。這樣一定會發生大亂子，您打算怎麼辦？」白孝德說：「我願意聽從您的教誨。」段秀實說：「在下治理涇州，很是安閒無事，我不忍心老百姓沒有敵人擾亂卻慘死，壞了天子的邊防事務。如果任命我當您的軍中執法官，我就能為您制止暴亂，使您的百姓不再受害。」白孝德說：「那真是太好了！」便按照段秀實的請求，任命他為代理都虞候。這樣過了一個月。這一天，郭晞的十七名軍士，到街上搶酒不給錢，還拿刀去刺釀酒的技工，打壞了許多釀酒的罈子，酒都流到了溝中。段秀實派士兵捕獲了這十七人，全部砍下他們的頭，懸掛在長矛上，豎在市場大門外。聽到這一消息，郭晞全營大聲吵嚷起來，全都披上了鎧甲。白孝德非常震動恐懼，召來段秀實說：「這可怎麼辦？」段秀實說：「沒關係，請讓我到他們的軍營中解釋一下。」白孝德派幾十人個隨從跟著，段秀實一個也不要，反而解下佩刀，只選了一個年老跛腳的隨從，牽著馬，來到郭晞軍門之下。那些披甲的士兵出來，段秀實一邊笑著一邊走進門去，說：「殺我一個老兵，哪裏用得著披上鎧甲？我已把我的頭拿來了。」披甲的士兵都很驚訝。段秀實於是開導士兵們說：「郭尚書曾經虧待過你們嗎？還是副元帥曾經虧待過你們？為什麼要製造騷亂，敗壞郭家呢？去告訴你們尚書，出來聽我說話。」郭晞出來會段秀實，段秀實說：「副元帥的功勳充滿天地之間，應當力求有始有終，現在尚書您放縱士卒胡作非為，將要引起動亂，壞了皇上的邊防事務，到頭來是誰的罪過？你們犯罪，將會牽連到副元帥。現在邠州的不良子弟用賄賂的手段混進軍隊，殺人害人，如果這樣下去不制止，過不了幾天就會出大亂子。大亂是因為尚書而發生的，人們都會說：『尚書倚仗副元帥，不好好管束士兵。這樣一來，郭家的功名，還能保存多少？』」段秀實話未說完，郭晞就兩次下拜，說：「幸虧有您用道理來教導郭晞，這恩情太大了，我願意聽從您的意見，管好軍隊。」於是郭晞便回頭呵叱左右說：「全都脫下鎧甲，解散回營！敢喧譁鬧事的，立即處死！」段秀實說：「我還未吃晚飯，請您代辦些粗食來。」吃了飯，段秀實說：「我的老毛病犯了，想留在您的軍營中過宿。」隨即命令牽馬的老兵回去，明早再來。於是段秀實便在郭軍中睡下。郭晞一夜不敢解衣就寢，嚴令警衛士兵敲梆打更，保衛段秀實。第二天一早，郭晞和段秀實一起來到白孝德的官所，道歉說，自己沒有治軍的才能，請允許自己改正錯誤。邠州從此再也沒有發生類似的禍患。

在此之前，段秀實在涇州為營田副使時，涇州的大將焦令諶強取民田，自己占了數十頃，租給農民去耕種，說：「莊稼熟了，給我一半。」這一年遇到大旱，田野裏連草都旱死了，農民將災情報告焦令諶。焦令諶竟然說：「我只知道應該收進多少穀子，不知道什麼旱情。」催糧逼租更加急迫。農民餓得要死，沒有糧食交租，便向段秀實告狀。段秀實批示狀文，言辭很是溫和委婉，派人向焦令諶求情，並勸他開恩。焦令諶大怒，召來農民說：「難道我還害怕段某不成？竟敢說我的壞話！」便取來段秀實批示的狀文，鋪在農民的背上，用大杖打了二十下，將農民打得快死了，抬到段秀實官府的庭院中。段秀實大哭說：「是我害了你呀！」立即親自取水為老農民洗去血跡，撕下自己的衣服，為農民包紮傷口，親手敷上好藥，早晚親自餵那個農民，然後才自己吃飯。段秀實將自己所騎的馬賣掉，買來穀子，為農民交了租穀，還設法不讓焦令諶知道。駐紮在涇州的淮西軍統帥尹少榮，是一個剛直的人，他去見焦令諶，大罵他說：「你還算是個人嗎？涇州田野乾旱嚴重，草木不生，人都要餓死了，你卻非要穀子，又用大杖擊打無罪的農民。段秀實是講仁義講信用的有德之人，你卻不知敬重。現在段公只有一匹馬，賤賣了買穀子交給你，你就這麼拿過去，真是恬不知恥！你的為人，輕慢天災，冒犯大人，擊打無罪之人，又取了仁者的穀子，使父母官出行沒有馬騎，你怎麼還好意思活在人間，你真是連下賤的奴隸都不如！」焦令諶雖然兇暴強橫，但聽了這番話，慚愧得流下大汗，飯也不能吃了，說：「我最後也沒有臉去見段公。」一天晚上，焦令諶便自己惱恨而死。

後來，段秀實在涇州任上被徵召進京做司農卿，臨行時，告誡他的親族說：「經過岐州時，朱泚如果贈送物品錢幣，不要接受。」到了經過那兒時，朱泚硬要送給大綾三百匹，段秀實的女婿韋晤堅決拒絕，卻推辭不掉。到了京都，段秀實生氣地說：「果然不聽我的話！」韋晤謝罪說：「我們處在卑下的地位，實在無法拒絕。」段秀實說：「但無論如何，不能把這些東西放在我家裏。」於是將大綾送到司農卿辦公的廳堂，安放在大梁上。後來，朱泚謀反，段秀實被害。段的屬吏將此事告訴朱泚。朱泚將大綾取下一看，原先封存的標記還都在。

段太尉的逸事如上所述。

元和九年某月某日，永州司馬員外置同正員柳宗元謹將這一史料上交史館。現在稱頌段太尉大節的，往往認為是武夫一時勇敢不怕死，為的是名揚天下，卻不知道太尉平日立身處事的品德和表現。我曾經來往於岐、周、邠、斄一帶，經過真定，北上馬嶺，走過許多崗亭、工事、堡壘和哨所，私下裏喜歡和年老的軍官和退伍的士兵交談，他們都能講述有關段太尉的事情。太尉為人和善，經常低著頭拱著手走路，說話態度謙恭溫和，從未用疾言厲色待人接物。大家都把他看作是一個儒者。遇到不合理的事，他便一定要實現自己的主張，這絕不是偶然的。適逢永州刺史崔公來訪，他言語可信，行為正直；他詳盡地獲得了太尉的遺事，經反覆核對，沒有疑點。恐怕這些事跡遺失散落，沒有收集到史官那裏，因此，我冒昧地把這份逸事狀呈送給您。現恭敬地呈獻此狀。

【研　析】本文作於元和九年（西元八一四年）永州司馬任上。狀，即行狀，是一種人物傳記的體裁樣式。段太尉，名秀實，字成公，唐代汧陽（今陝西千陽）人，唐代宗廣德二年（西元七六四年）任涇州刺史，德宗建中元年（西元七八〇年），召為司農卿。建中四年（西元七八三年），朱泚謀反稱帝，強令其做官，段伺機用笏板擊朱泚，遂遇害。德宗興元元年（西元七八四年）追贈太尉，故文中稱其為太尉。對於段秀實的行事，柳宗元早有了解。貞元九年（西元七九三年）五月，柳宗元的父親柳鎮病逝，柳宗元服父喪。其間，他曾到邠州看望在邠寧節度使幕府任職的某叔父（可能是柳縝），有機會走訪了相當於今天陝西省岐山、彬、武功等縣地方，一直北到馬嶺（在今甘肅慶陽西北），從老校退卒口中了解到段秀實的為人和行事。時過二十年之後，柳宗元又從永州刺史崔能口中「具得太尉實跡」，這些事跡深深打動了柳宗元。他認為，應該將這些事上報國史館，載入史冊，使後人永遠記住段秀實的光輝事跡。經二人反覆核實材料，柳宗元寫下了這篇傳記。

這篇人物傳記從段秀實的一生中，精選了三件逸事，突出地表現了他不畏強暴、執法嚴明、剛正廉潔和同情百姓的優秀品質。文章將人物置於廣闊的社會背景之下，從側面揭露了當時藩鎮和豪強暴虐無道、殘民以逞的現實。在選材上，本文精心剪裁，選取富有典型意義、能表現人物本質的事件。所選三事，亦詳略得當，恰到好處。例如，邠州除暴是濃墨重寫，而途中拒賄則比較簡略。作者善於在富於戲劇性的尖銳衝突中刻劃人物。如走訪郭晞一段，著力描寫了段秀實在緊張驚險的場合中從容自如的言談舉止，他那勇敢而機智的形象，通過對話等具體細節的描述，躍然紙上。

人物傳記文章，最重要的是其真實性。特別是這種記載「逸事」的文章，最忌道聽塗說。而這篇文章所記載的逸事，是柳宗元親自走訪得來，且又經過不同事實來源的驗證，因此，柳宗元在〈與史官韓愈致段秀實太尉逸事書〉中，對於其真實可靠性自信地說：「竊自以為信且著。」對於文中的細節描述，柳宗元在〈書〉中也自豪地說：「比畫工傳容貌尚差勝。」就是說，柳宗元自認為文中的細節描寫，比畫家的人物畫還要更勝一籌。應該說，這一自我評價並不過分。讀了這篇文章，我們就會感受到一個活生生的段太尉，機智勇敢，仁愛忠誠，站立在我們面前。這篇文章之所以能把段太尉寫得栩栩如生，除了他的事跡本身確實能夠打動我們外，柳宗元高超的寫人敘事技巧，也是一個不可忽略的因素。

覃季子墓銘

覃季子，其人生①愛書，貧甚，尤介特②，不苟③受施④。讀經傳⑤，言其說數家⑥，推⑦太史公⑧、班固⑨書下到今，橫豎鉤貫⑩，又且數十家，通為書⑪，號《覃子史纂》。又取《鬻》⑫、《老》⑬、《管》⑭、《莊》⑮、《子思》⑯、《晏》⑰、《孟》⑱下到今，其術自儒、墨、名、法⑲，至於狗彘草木，凡有益於世者，為《子纂》。又百有若干家。篤⑳於聞㉑，不以仕為事㉒。黜陟使㉓取其書以氏名聞㉔，除㉕太子校書㉖。某年月日死永州祁陽縣㉗某鄉。將死，歎曰：「寧有聞而窮乎，將無聞而豐乎㉘？寧介而躓㉙乎，將溷㉚而遂㉛乎？」葬其鄉㉜。後若干年，柳先生來永州，戚其文不大於世㉝，求其墓以石銘。銘曰：困其獨，豐其辱㉞。

【注釋】①生 平生。②介特 剛介獨特。③苟 隨便。④受施 接受施與。⑤經傳 經典及解說。⑥言其說數家 講述了好多家關於經傳的說法。⑦推 推究；探索。⑧太史公 西漢司馬遷曾為太史令，作有《史記》。

❾班固　東漢人，作有《漢書》。❿橫豎鉤貫　指將數家學說融會貫通。⓫通為書　指將前後數十家學說貫通後，形成了將自己的學說，寫了一本書。⓬鬻　指《鬻子》，傳說為西周初鬻熊所作。《漢書・藝文志》有《鬻子》二十二篇，今佚。⓭老　《老子》，又稱《德道經》、《道德經》，為春秋時老聃所作。⓮管　《管子》，傳為春秋時齊相管仲所作。⓯莊　《莊子》，戰國時莊周所著。⓰子思　孔子孫，傳有《子思之書》，或曰《子思》、《子思子》，《漢書・藝文志》有《子思》二十三篇，其書久佚，今郭店出土有楚簡書，其中若干篇或即其書。⓱晏　《晏子春秋》，傳為春秋時齊相晏嬰所著。⓲孟　《孟子》，戰國時孟軻所作。⓳儒墨名法　泛指先秦諸子百家。儒，孔子所創，後為子思、荀子、孟子等繼承發揚。墨，墨翟所創，主張兼愛、非攻，秦以後漸衰。名，戰國時所創學派，注重分析名詞概念的異同，故稱。代表人物有惠施、公孫龍子等。法，戰國時所創學派，注重法、術、勢的研究運用。代表人物有商鞅、韓非。⓴篤　堅定（地追求）。㉑聞　出名。或疑「聞」當作「文」。㉒不以仕為事　不以出仕做官為事業。㉓黜陟使　官名，主分巡各地，考查官吏，不常置。建中元年（西元七八〇年）二月，遣黜陟使十一人分巡天下。㉔聞　聞於上，以其名向朝廷推薦。㉕除　授予。㉖太子校書　官名，東宮屬官，多為虛職。㉗祁陽縣　今屬湖南。㉘寧有聞而窮乎二句　是寧願有名氣而窮困呢，還是情願沒有名氣而富有呢？寧……將……，選擇複句，表「寧願……還是……呢？」㉙躓　困頓。㉚溷　渾濁，指同流合污。㉛遂　遂心如意，指順利。㉜葬其鄉　葬於所死之鄉。㉝大於世　大聞於世。㉞困其獨二句　意為困頓潦倒與剛介獨特相表裏，富裕和恥辱相伴隨。

【語　譯】覃季子，平生喜愛讀書。雖然非常貧困，但性格剛介獨特，絕不隨便接受別人的施與。他讀了許多經典及其解說，能夠講述好多家關於經傳的說法。他推究司馬遷、班固以來直到現在的一些歷史著作，將數十家的歷史學說融會貫通，形成了自己的看法，寫了一本書，叫做《覃子史纂》。又取自《鬻子》、《老子》、《管子》、《莊子》、《子思子》、《晏子春秋》、《孟子》等書直到如今，其學術從儒、墨、名、法等諸子百家直到家畜草木，凡是對當世有益的，編了本《子纂》，其中包含了一百多家的學說。他堅定不移地追求文名，不以出仕做官為事業。分巡各地考查官吏的黜陟使，以他的書向朝廷推薦他，朝廷授予他「太子校書」的職銜。某年某月某日，逝世於永州祁陽縣某鄉。臨死時，他嘆息說：「是寧願有名氣而窮困呢，還是情願沒有名氣而富有呢？是寧願清高而困頓呢，還是寧願同流合污而遂心如意呢？」死後，他被葬在本鄉。若干年後，柳宗元先生來到了永州，擔心其文章不能聞名於世，便訪求其墓，給他立了一塊石銘。銘文中說：「困頓正和剛介相表裏，富貴多與恥辱相伴隨。」

【研析】這篇文章是在永州寫的。文中描述了世間人常有的一種困惑：清高獨特、有思想的人常常困頓貧窮；而隨波逐流，庸碌平凡的人往往既富而貴，或既貴而富。應該說，柳宗元自己也有這一困惑。他是那個時代的「介特」者，他有思想，有稜角，絕不屈服於時俗，但他一生都在貧窮困頓中度過，甚至連累老母親跟著受苦。而許多庸庸碌碌之人，卻一帆風順地升官發財。柳宗元在永州了解到覃季子的事跡，心有所感，便尋找到覃季子的墳墓，為這個已在黃泉的「知音」立了塊「石銘」。在石銘中，柳宗元表達了自己對這一問題的看法：耿介獨特本來就是和困頓貧窮相聯繫的，希望保持這份耿介獨特，就不要害怕貧困；而富裕則多與恥辱相伴隨，這富貴不要也罷。有了這一「銘」，覃季子地下有知，也可安心了。

設[1]漁者對[2]智伯[3]

智氏既滅范、中行[4]。志益大，合韓、魏圍趙，水晉陽[5]。智伯瑤乘舟以臨[6]趙，且又往來觀水之所自[7]，務速取焉[8]。

群漁者有一人坐漁[9]，智伯怪之[10]，問焉。曰：「若[11]漁幾何？」曰：「臣始漁於河[12]中，今漁於海。今主大茲水[13]，臣是以[14]來。」曰：「若之漁何如？」曰：「臣幼而好漁。始臣之漁於河，有魦、鱮、鱣、鰋[15]者，不能自食[16]，以好臣之餌[17]，日收者百焉。臣以為小，去[18]而之龍門[19]之下，伺[20]大鮪[21]焉。夫鮪之來也，從[22]魴鯉數萬，垂涎流沫[23]，後者得食[24]焉。然其饑也，亦返吞其後[25]。愈肆其力[26]，逆流而上，慕為螭龍[27]。及夫抵大石，亂飛濤[28]，折鰭禿翼[29]，顛倒頓踣[30]，順流而下，宛委[31]冒懵[32]，環[33]坻溆[34]而不能出。嚮[35]之從魚之大者，幸而啄食之，臣亦徒手得焉。猶以為小。聞古之漁有任公子者，其得益大㊱。於是去而之㊲海上，北浮於碣石㊳，求大鯨㊴焉。臣之具㊵未及施㊶，見大鯨驅群鮫，逐肥魚㊷於渤澥㊸之尾，震動大海，簸掉㊹巨鳥，一啜㊺而食若舟者㊻數十，勇而未已，貪而不能止，北蹙㊼於碣石，槁㊽焉。鄉之以為食者，反相與食之，臣亦徒手得焉。猶以為小。聞古之漁有太公者㊾，其得益大，釣而得文王。於是舍而來。」

智伯曰：「今若遇我也，如何？」漁者曰：「鄉者臣已言其端㊿矣。始晉之修家(51)，若欒氏、祁氏、郤氏、羊舌氏(52)以十數，不能自保，以貪晉國之利而不見其害，主之家(53)與五卿(54)，嘗裂而食之矣(55)，是無異鯊、鱮、鱣、鰋也。腦流骨腐於主之故鼎(56)，可以懲(57)矣，然而猶不肯寤(58)。又有大者焉，若范氏、中行氏，貪人之土田，侵人之勢力，慕為諸侯而不見其害。主與三卿(59)又裂而食之矣。脫其鱗，鱠(60)其肉，刳(61)其腸，斷其首而棄之，鯤鮞遺胤(62)，莫不備俎豆(63)，是無異夫大鮪也。可以懲矣，然而猶不肯寤。又有大者焉，吞范、中行以益其肥，猶以為不足，力愈大而求夫愈無饜[64]，驅韓、魏以為群鮫，以逐趙之肥魚，而不見其害。貪肥之勢，將不止於趙，臣見韓、魏懼其將及[65]也，亦幸[66]主之蹙於晉陽[67]。其目動矣[68]，而主乃傲然[69]，以為咸在機俎之上，方磨其舌[70]。抑臣有恐焉，今輔果捨族而退，不肯同禍[71]；段規深怨而造謀[72]。主之不寤，臣恐主為大鯨，首解[73]於邯鄲[74]，鬣[75]摧於安邑[76]，胸披於上黨[77]，尾斷於中山[78]之外，而腸流於大陸[79]，為鱻、薧[80]，以充三家子孫之腹。臣所以大懼。不然，主之勇力強大，於文王何有[81]？」

智伯不悅，然終以不寤。於是韓、魏與趙合滅智氏，其地三分[82]。

【注釋】❶設　假設。意為本篇文章所述是虛擬的。❷對　相互對話。❸智伯　即智襄子，名瑤，智文子躒之孫。晉執政大夫。❹滅范中行　周貞定王十一年（西元前四五八年），智伯帥韓、趙、魏三家兵伐范、中行氏，滅之，共分其地。范，范昭子吉射。中行，中行文子荀寅。智、韓、趙、魏、范、中行六氏均世為晉國強族。❺合韓魏圍趙水晉陽　周貞定王十六年（西元前四五三年），智伯約魏桓子、韓康子圍趙襄子於晉陽，掘晉水堤灌城。❻臨　從上向下觀察。❼水之所自　水從何而來。❽務速取焉　力求迅速取勝。❾坐漁　坐著打漁。❿怪

之　對……感到奇怪。⑪若　第二人稱代詞，你。⑫河　黃河。⑬大茲水　使河水增大。⑭是以　因此。⑮鯋鰿鱣鰋　四種體形較小的淡水魚類。⑯自食　自己取食。⑰餌　誘餌。引誘魚上鉤或進網的食物。⑱去　離開。⑲龍門　山名，在同、絳二州之間，即今陝西韓城與山西河津之間，黃河穿山而下。據《三秦記》說，龍門水險不通，魚鱉之屬莫能上。江海大魚薄（迫近）集龍門下數千，不得上，上則為龍也。⑳伺　觀察；等候。㉑鮪　一種大形魚類，形似鱣而青黑，大者有七八尺之巨。㉒從　跟從著。㉓垂涎流沫　形容大鮪鼓足力氣準備跳龍門貌。㉔後者得食　指魴、鯉可取食大鮪的涎沫。㉕返吞其後　返回頭吞食小魚。㉖肆其力　盡其氣力。㉗螭龍　泛指龍類。螭，龍之無角者。㉘亂飛濤　在飛濤中亂游亂跳。㉙折鰭禿翼　折斷了鰭，禿了尾巴。㉚顛倒頓踣　指大鮪因跳龍門而受傷，不能保持平衡，甚至不能動彈。頓，停頓，引申為不動。踣，跌倒。㉛宛委　軟癱不動。㉜冒憒　昏迷。㉝環　環繞。㉞坻潊　水中或水邊小高地。坻，水中高地。潊，水邊。㉟嚮　從前，此指上文所云。㊱古之漁有任公子者二句　據《莊子‧外物》說，有任公子者，用巨鉤大繩，以五十頭牛為餌，蹲乎會稽，投竿東海，已而大魚食之，牽巨鉤，汩沒而下，白波若山，海水震動。㊲之　到；往。㊳碣石　山名，在唐平州盧龍縣（今屬河北）。碣然而立海旁，故名。因海岸東延，現離海已有相當距離。㊴鯨　海中哺乳動物，是現存最大的動物。㊵具　漁具。㊶施　施行；設置。㊷驅群鮫逐肥魚　驅趕群鮫，追逐肥魚。鮫，傳說中的海中動物。㊸渤澥　渤海。㊹簸掉　顛簸翻轉。㊺啜　嘗；少吃一點。㊻若舟者　像船那樣（大）。㊼蹙　窘迫，指擱淺。㊽槁　枯槁，指生命力枯萎。㊾古之漁有太公者　據《史記》記載，太公望呂尚，釣於渭水之陽。周西伯出獵，遇太公，與語大悅，載與之歸，立為師。遂助西伯滅殷興周，是為文王。㊿端　端緒；端倪；苗頭。(51)侈家　豪侈貪婪之家。(52)欒氏祁氏郤氏羊舌氏　春秋時晉國的世家大族。(53)主之家　指智氏。(54)五卿　即晉國的五家范、中行、韓、趙、魏卿大夫。(55)裂而食之矣　據《史記‧趙世家》等記載，晉頃公十二年（西元前五一四年），六卿以法誅公族祁氏、羊舌氏，分其邑為十縣，各令其族為之大夫。裂，裂土，分割土地。食，以之為食邑，取食。此為雙關語，亦指如同大鮪等因貪而被分食，故下文有「腦流骨腐於主之故鼎」、「脫其鱗，鱠其肉，刳其腸，斷其首」等文字。56腦流骨腐於主之故鼎　指祁氏、羊舌氏為智氏所滅事。57懲　懲戒；教訓。58寤　醒來。59三卿　即韓、趙、魏三家。60鱠　細切肉，用作動詞。61刳　剖開。62鯤鮞遺胤　魚子，指子孫後代。63備俎豆　被放在砧板上、放在食器中。備，充實。俎，砧板。豆，豆形的食器，多用作祭祀。64饜　吃飽；滿足。65懼其將及　害怕禍事將要降臨到自己頭上。66幸　幸災樂禍；希望。67蹩於晉陽　像鯨魚擱淺於碣石山那樣蹩於晉陽。68其目動矣　指韓、魏因心中害怕而另有圖謀，故外現於目。典出《左傳》：「目動而言肆，懼我也。」69慠然　倨傲不恭貌。70以為咸在機俎之上二句　認為韓、魏都已經在機阱中待捕，在砧板上待宰了，還在那裏亂說。機，機關，捕鳥獸的機械裝置。71輔果捨族而退二句　據《國語》記載，智宣子要立智瑤為繼承人，智果勸諫說：「智瑤不如智宵。」宣子不聽，智果就在太史那兒從智氏中別立出來為「輔氏」，後來，韓、趙、魏攻滅智氏之族，輔果因為改了氏，而得以保全。72段規深怨而造謀　據《國語》記載，智襄子伐鄭，自衛還，韓、趙、魏三卿宴於藍臺。智襄子戲弄韓康子，又侮辱了韓康子的家臣段規。後來智襄子率韓魏攻打趙氏，趙氏暗中聯絡韓、魏，段規首先發難，在軍營中殺死智伯。於是三家攻滅智氏，瓜分其地。73解　被分解。下文摧、披、斷、流與此意思相近。74邯鄲　趙氏都城，今屬河北。75鬣　魚類頷旁小鰭。76安邑　晉地名，今山西夏縣。77上黨　趙地，今屬河北。78尾斷於中山　中山，春秋時國名，後為趙地。79大陸　澤名，故址在今河北鉅鹿、隆堯之間。80鱻薨　鮮魚和魚乾。鱻，鮮魚。薨，乾貨，指乾魚。81主之勇力強大二句　意為即使您像現在這樣強大，如果您不聽我這漁者的忠告，仍然貪得無厭，就絕不會像周文王那樣得天下。82其地三分　周威烈王二十三年（西元前四〇三年），智襄子向韓康子索取土地，韓康子只好給了他一萬戶人家的土地；又向魏桓子索取土地，魏桓子也只好給了他同樣多的土地；又向趙襄子索取蔡皐狼這塊地方，趙襄子不答應。智襄子大怒，率領韓、魏軍隊攻打趙襄子，包圍了趙氏晉陽，決堤灌城。趙襄子派張孟談偷偷出城，會見韓、魏兩家，說：「唇亡齒寒，趙氏滅亡了，下面就輪到韓、魏了。」韓魏兩家就暗中與趙結盟，約定日期，打敗智襄子，將其殺死，並瓜分了智氏的土地，在原先的晉國形成了韓趙魏三國。

【語　譯】智伯瑤滅掉范氏和中行氏之後，志向更大，又約魏桓子、韓康子在晉陽包圍了趙襄子，扒開晉水大堤淹灌晉陽城。智伯瑤坐著船從高高的甲板上向下觀察著趙國，又來來回回地觀察大水從何而來，希望能迅速取勝。

河水上有一群漁民，其中有一個人坐著打漁。智伯對此感到奇怪，就問他：「你打到了多少魚？」這位漁民回答說：「臣開始時在黃河裏打漁，如今在海上打漁。現在主上讓這兒發了大水，臣因此就到這兒來了。」智伯問：「這又怎麼樣？」漁人回答說：「臣下自小就愛好打漁。開始時臣下在黃河裏打漁，有魦、鱮、鱣、鰋四種小魚，不能自己找食，喜歡吃臣下的誘餌，因此，一天可打到百餘條。臣下嫌它們太小，便離開那兒，來到龍門的下面，等候大鮪。那大鮪來時，跟從著成千上萬的魴魚、鯉魚。大鮪鼓足力氣，流著唾沫，後面的魴、鯉就可以吃到大鮪的涎沫；不過，當大鮪餓了，也會掉頭吞食這些小魚。這些大鮪吃了小魚後，更盡其氣力，逆著水流而上，一心想成螭成龍。等到衝到那塊大石旁，在飛濤中亂游亂跳，折斷了鰭，碰禿了尾巴，受傷後東倒西歪，甚至不能動彈。它們順著水流漂下，軟癱昏迷，環繞著水中的小高地轉圈，再也無力游出去。此前那些跟隨大鮪的小魚，都有幸能啄食大鮪，而臣下空手也能捕到這些大魚。但臣下仍然嫌這些魚太小。聽說古代打漁人中有一個叫做任公子的，他捕到的魚，那才算是大的。於是臣下便離開龍門到了大海，向北到了碣石，想捕得大鯨魚。臣下的漁具尚未設置好，就看見大鯨魚在渤海灣驅趕著群群鮫魚和肥魚，大鯨震動了大海，顛簸翻轉著巨島，一口就吃掉數十隻像船那樣大的魚，勇猛無比，貪婪不能停止，結果向北在碣石擱淺，枯槁而死。剛才那些只能充作鯨魚食物的小魚們，反過來爭相吃大鯨的肉，臣下也可空手捕得。這還算是小的。聽說古代的漁人中有一位姜太公，捕到的魚更大，一竿子就釣得了周文王。臣下於是離開了渤海，到了這裏。」

智伯說：「現在你遇到了我，又想怎樣？」打漁人說：「剛才臣下已經說了個開端。以前晉國的豪侈貪婪之家，例如欒氏、祁氏、郤氏、羊舌氏有幾十家，都不能保全自己，那是因為貪圖晉國的利益而看不到其中的害處，而您家和范、中行、韓、趙、魏五家卿大夫，曾經分割公族祁氏、羊舌氏的土地以為食邑，這和那些貪吃魚餌的魦、鱮、鱣、鰋沒有什麼兩樣。他們的腦漿流在您家的食鼎中，骨頭腐爛在您家的食鼎中，這可以算是個教訓了吧，但仍然不肯醒悟。還有更大的事情呢。比如范氏、中行氏，貪圖別人的土地，侵掠別人的勢力，羨慕成為諸侯卻看不到其害處。您與韓、趙、魏三家，又分割了他們的土地作為食邑。扒去他們的鱗，將他們切成細肉，剖開他們的肚腸，砍下他們的頭扔掉，他們的子孫後代，全都被放在砧板上、放到食器中，作為祭祀品，這樣的下場，和大鮪沒有什麼兩樣。這可以算作是個教訓了吧，但您仍然不肯醒悟。還有更大的例子呢。吞下了范氏、中行氏族，您是吃得更肥了，這還不滿足，勢力愈大而貪心愈不能滿足，驅逐韓、魏把他們作為一群鮫魚，來追逐趙這隻肥魚，卻看不到這其中的害處。貪圖肥魚的趨勢，並不會吃了趙氏之後就停止。臣下看到韓氏、魏氏害怕同樣的禍事將要降臨到自己頭上，亦幸災樂禍地希望您像鯨魚擱淺在碣石山那樣擱淺於晉陽。這從他們的眼睛中就可以看出來。而您仍然倨傲不恭，認為韓、魏都已經在陷阱中待捕，在砧板上待宰了，還在那裏亂說。這並非只是臣下才有這樣的擔心，現在智果一家已經退出『智氏』而別立為『輔氏』，以避免同智氏一同遭到災禍；韓康子的家臣段規因怨恨曾受到智襄子的戲弄侮辱，正在有所圖謀。您仍然不醒悟，臣下恐怕您也像大鯨一樣，頭在邯鄲砍下，小鰭在安邑割下，胸在上黨剖開，尾巴在中山斷掉，而陽子在大陸這個地方流出來，成了鮮魚醬和大魚乾，作為韓、趙、魏三家子孫的充飢之物。臣下所以非常恐懼。即使您像現在這樣強大，如果您不聽我這漁者的忠告，仍然貪得無厭，絕不會像周文王那樣得天下。」

智伯聽了很不高興，但最終仍然不醒悟。後來，韓、魏與趙三家果然聯合起來，攻滅了智氏，將他的土地按三份瓜分了。

【研 析】動物只有本能，一般不會攫取超過需要的東西，而人有智慧機巧，有永無止境的貪心。財物土地是有限的，以無限的貪心，爭奪有限的財物土地，必然要訴諸武力，其中的一方，必然是家破人亡。老百姓只求溫飽，當然沒有資格去「貪得無饜」，因此，這篇文章可以說是專門針對那些有權有勢的「大人物」們而寫的。古今中外的這些大人物們，大多不滿足於手中的財富、權力或名聲，為了自己的貪欲，他們瘋狂地盤剝百姓，甚至不惜發動戰爭，儘管他們大多已是位高權重，或擁有許許多多的金錢、土地、美女，但他們永遠沒有滿足的時候。貪心的人最終必將為貪所害。柳宗元的時代，藩鎮割據愈演愈烈。這些藩鎮才真正叫利令智昏，慾壑難填。柳宗元的這篇文章，假借一個歷史人物與一個虛構的漁翁的虛擬對話，對這些野心家提出了警告。柳宗元還有一篇寓言〈蝜蝂傳〉，也是諷刺這些貪心者的，可與本篇相參看。

文章的第一段述歷史事實，第二段就是柳宗元的假設之辭。智伯的「事跡」見於《史記》，言其貪得無饜，最終家敗身死。這篇文章即從這歷史事實出發，虛擬了一段故事，來說明「無饜必敗」的道理。文章的結構，用「從小到大」、「從輕到重」的遞進法，一層層一步步地描繪「事實」、闡述主題。這一層層遞進的寫作方法，來自《莊子・逍遙遊》和《戰國策・楚策》中「莊辛說楚襄王」一段，有興趣的讀者，可將這些材料與本文相參看。

愚溪[1]對[2]

柳子名[3]愚溪而居。五日，溪之神夜見夢[4]曰：「子何辱予[5]，使予為[6]愚耶？有其實者，名固從之[7]。今予固若是耶？予聞閩[8]有水，生毒霧厲氣[9]。中之者[10]，溫屯[11]嘔泄[12]。藏石[13]走[14]瀨[15]，連艫[16]糜解[17]。有魚[18]焉，鋸齒鋒尾而獸蹄。是食人，必斷[19]而躍之，乃仰[20]噬焉。故其名曰惡溪。西海[21]有水，散渙而無力，不能負芥[22]。投之則委靡[23]墊沒[24]，及底而後止。故其名曰弱水。秦[25]有水，掎汩泥淖[26]，撓混沙礫。視之分寸，眙若睨壁[27]。淺深險易，昧昧不覿[28]。乃合清渭[29]，以自彰穢跡[30]。故其名曰濁涇。雍[31]之西有水，幽險若漆，不知其所出。故其名曰黑水[32]。夫惡、弱，六極[33]也；濁、黑，賤名也。彼得之而不辭，窮[34]萬世而不變者，有其實也。

今予甚清與美，為予所喜。而又功可以及圃畦㉟，力可以載方舟㊱，朝夕者濟㊲焉。子幸擇而居予，而辱以無實之名以為『愚』。卒不見德㊳而肆其誣，豈終不可革㊴耶？」

柳子對曰：「汝誠㊵無其實，然以吾之愚而獨㊶好汝，汝惡得㊷避是名耶？且汝不見貪泉㊸乎？有飲而南者㊹，見交趾寶貨之多，光溢㊺於目，思以兩手左右攫㊻而懷㊼之。豈泉之實耶？過而往貪焉㊽，猶以為名。今汝獨招愚者居焉，久留而不去。雖欲革其名不可得矣。夫明王㊾之時，智者用，愚者伏㊿。用者(51)宜邇(52)，伏者宜遠。今汝之託(53)也，遠王都三千餘里，側僻迴隱(54)，蒸鬱(55)之與曹(56)，螺蚌之與居。唯觸罪(57)擯辱(58)愚陋(59)黜伏(60)者，日侵侵(61)以遊汝，闖闖(62)以守汝。汝欲為智乎？胡不呼今之聰明皎厲(63)、握天子有司之柄(64)以生育天下者(65)，使一經(66)於汝，而唯我獨處？汝既不能得彼而見獲於我(67)，是則汝之實也。當汝為愚而猶以為誣，寧(68)有說耶？」

曰：「是則然矣(69)。敢問(70)子之愚何如而可以及我(71)？」

柳子曰：「汝欲窮我之愚說(72)耶？雖極汝之所往，不足以申吾喙(73)，涸(74)汝之所流，不足以濡(75)吾翰(76)。姑(77)示子其略(78)：吾茫洋(79)乎無知，冰雪之交，眾裘(80)我絺(81)；溽暑之鑠(82)，眾從之風(83)，而我從之火。吾盪(84)而趨(85)，不知太行(86)之異乎九衢(87)，以敗(88)吾車。吾放而游，不知呂梁(89)之異乎安流(90)，以沒吾舟。吾足蹈坎井(91)，頭抵(92)木石，衝冒(93)榛棘(94)，僵仆虺蜴(95)，而不知怵惕(96)。何喪何得？進不為盈(97)，退不為抑(98)。荒涼昏默，卒不自克(99)。此其大凡(100)者也。願以是汙(101)汝可乎？」

於是溪神深思而嘆曰：「嘻！有餘矣，其及我也。」因俯而羞，仰而吁(102)，涕泣交流，舉手而辭。一晦一明(103)，覺(104)而莫知所之(105)。遂書其對。

【注釋】❶愚溪　溪水名，在永州。原名冉溪，作者貶官永州，居住在冉溪邊，便把它改名「愚溪」。❷對　一種文體，以對話辯難為主。❸名　用作動詞，起名。❹夜見夢　溪神晚上出現在夢裏。見，同「現」。❺子

何辱予　先生為什麼要侮辱我。❻為　變成。❼名固從之　名稱當然要和實際相符合。❽閩　地名，在今福建大部地區。今福建省簡稱「閩」。❾厲氣　惡氣。❿中之者　受到這種惡氣侵襲的人。⑪溫屯　渾身不舒服。⑫嘔泄　嘔吐腹瀉。⑬藏石　暗礁。⑭走　跑，此指急速地流淌。⑮瀨　流得很急的水。⑯連艫　相連接的船。艫，大船。在大江大河中，常將船與船連接起來，以抗禦風浪。⑰糜解　稀爛。⑱魚　從下文的描述來看，可能是指鱷魚。⑲斷　判斷；看準。⑳仰　仰頭。㉑西海　傳說中的西方湖泊名。㉒芥　一種小草。㉓委靡　無力。㉔墊沒　沉沒。㉕秦　今陝西一帶。㉖掎汩泥淖　水流中夾帶著大量泥巴。掎，牽引；夾帶。汩，水流的樣子。泥淖，泥巴。㉗眙若睨壁　好像看牆壁一樣。眙，直看。睨，斜看。㉘昧昧不覿　看不清楚。昧，昏闇；不清楚。覿，看見。㉙清渭　黃河一條支流的名稱。㉚自彰穢跡　指涇渭合流後，因為渭水很清，相形之下，更顯得這條河的污濁。彰，使動詞，使……明顯。㉛雍　古地名，指雍州，在今陝西、甘肅一帶。㉜黑水　古代河流名稱，發源於今甘肅張掖。㉝六極　古稱「疾、憂、貧、惡、弱、凶」為六極。即六種極度不好的東西。㉞窮　盡。㉟可以及圃畦　可以灌溉果園和菜地。㊱方舟　大船。㊲濟　渡河。㊳德　恩惠。㊴革　改變。㊵誠　誠然；確實。㊶獨　唯獨；偏偏。㊷惡得　怎麼能。㊸貪泉　傳說中的泉名。據說喝了泉水的人便生出貪心。㊹飲而南者　喝了它的水往南去的人。㊺溢　滿。㊻攫　用手抓取。㊼懷　用作動詞，放在懷裏。㊽過而往貪焉　經過這裏（貪泉）到別處去的人起了貪心。㊾明王　開明的君王。㊿伏　竄伏；貶斥。(51)用者　得到重用的人。(52)邇　近，這裏是說靠近京都。(53)託　寄託；託身。(54)側僻迴隱　偏僻冷落，沒有人來遊玩。側僻，偏僻。迴，迂曲。隱，不顯露。(55)蒸鬱　指悶熱的空氣。(56)與曹　成為伙伴。(57)觸罪　犯罪。(58)擯辱　遭受到拋棄和侮辱。(59)愚陋　愚蠢；醜陋。(60)黜伏　得不到任用。(61)侵侵　同「駸駸」。馬快跑貌。這裏是說恣意地。(62)闖闖　馬出門貌。這裏指高興貌。(63)皎厲　漂亮；威猛。(64)握天子有司之柄　掌管著朝廷各部門的權力。(65)生育天下者　對全國負有教養職責的人。(66)一經　經過一次。(67)見獲於我　被我獲得。(68)寧　難道。(69)是則然矣　這就對了。(70)敢問　一種客氣的口吻。(71)可以及我　可以牽累到我。(72)愚說　愚蠢的議論。(73)申吾喙　使我的嘴巴伸長，意思是說得更多。喙，鳥的嘴巴。74涸　用作動詞，使水乾。75濡　溼。76翰　筆。77姑　姑且；暫且。78略　大概。79茫洋　懵懂；不清醒。80裘　穿著皮衣。與下文的「絺」，均用作動詞。81絺　葛布衣，較清涼。82溽暑之鑠　指天氣炎熱潮溼使人似乎要融化掉。83眾從之風　大家跟著風走。84盪　搖盪。85趨　小步跑。86太行　太行山。這裏指太行山的崎嶇小路。87九衢　四通八達的大路。88敗　撞壞。89呂梁　河名。據傳呂梁河的水位高達三十仞（一仞等於八尺），大水沖出的泡沫直瀉四十里。90安流　平穩的河流。91坎井　陷阱。92抵　撞。93衝冒　衝擊冒犯。94榛棘　荊棘。95僵仆虺蜴　跌倒在毒蛇窩裏。虺，毒蛇。蜴，蜥蜴。96怵惕　害怕；警惕。97盈　滿足；自滿。98抑　壓抑，指氣餒。99克　克制。100大凡　大概情況。101汙　玷污。102吁　嘆氣。103一晦一明　指由天黑到天明。104覺　醒。105之　動詞，往；去。

【語　譯】柳先生在冉溪邊住下來，為它改個名字叫「愚溪」。

過了五天，溪神在夢中現身，對我說：「先生，你為什麼要侮辱我，把我的名字改為『愚』呢？如果有那樣的實際，才會有那樣的名稱。可是現在，我真的愚蠢嗎？我聽說閩地有一條河，河面上瀰漫著毒霧和惡氣。中了毒氣的人，就會生病，嘔吐腹瀉。它水下藏著礁石，水流湍急，大船隊都被撞得稀爛。河裏還有一種魚，牙像鋸齒，尾如尖刀，腳似獸蹄。它吃人的時候，一定先看準了，然後一躍而起，把人拖下來，最後仰著肚皮在水裏咬嚼。所以，這條水就叫做惡溪。有一條流入西海的溪水，渙散無力，連一根小草也承載不起。如果把小草丟下去，就會慢慢地沉下去，一直沉到水底。所以，它的名字就叫弱水。秦地有一條河，水中夾帶著泥漿，混雜著沙石。貼近看著水面，簡直像看牆壁似的。河牀中哪裏深淺，哪裏危險，哪裏可以行船，朦朧不可捉摸。等到它與清清的渭水匯合在一起，就更加顯出自己的混濁來。所以，這條河就叫做濁涇。雍州西部有一條河，幽闇險峻，河水漆黑，不知是從哪裏發源的。所以，這條河叫黑水。惡和弱都是屬於『六極』中的兩種；濁和黑都是不好聽的名稱。它們得到這樣的壞名稱而不能推辭，經過千年萬代也不能改變，那是因為它的實際情況和名稱相符合。而現在，我清澈秀美，正是先生所喜歡的。而且，論功勞我在灌溉田園，論能力我可以浮起大船，便於人們早晚從這裏渡過。先生有幸選擇在我這裏住下來，卻不顧實際，把我叫做『愚溪』。先生不但不感謝我，反而對我大肆污衊。我這名字難道一輩子也不能改變了嗎？」

我回答說：「你確實不愚，但是，像我這樣的愚人偏偏喜歡上了你，你哪裏還能逃避得了這個名稱呢？而且你沒有看見貪泉嗎？有人喝了它的水，然後往南方去，看見交趾有很多奇珍異寶，光彩奪目，便想伸出雙手抓到自己懷裏藏起來。這難道是泉水的罪過嗎？因為有人經過那裏，飲了這泉水，後來貪了別人的東西，這泉水尚且得了『貪泉』這個名稱。現在，你只招引我這樣的愚人在這裏長久居住，你想改掉這個名字，那是辦不到的。如今是聖明的君王當政的時候，聰明的人得到任用，愚蠢的人受到貶逐。得到任用的，適宜在京城或者附近做官；受到貶斥的，就應該到邊遠的地方。現在你所處的這個地方，遠離京都三千多里，偏僻荒涼，溼熱的空氣是你的伙伴，螺蚌是你的鄰居。那些犯罪、卑賤、愚蠢、醜陋、被貶斥的人，每天恣意在你周圍閒遊，高興地守著你。你想得到聰明的稱號嗎？為什麼不叫現在有力量的、掌管著朝廷各部門的權力、對全國負有教養職責的人，到你這裏來一趟呢？現在怎麼只有我孤伶伶地住在這裏呢？你既然不能叫他們來，只能得到我的喜歡，這就是你的實際情況。把你叫做愚溪，還認為冤枉你，難道還有什麼更好的名稱嗎？」

溪神說：「那麼，就算我是愚蠢的吧。不過，我還要冒昧地問問先生，你究竟愚到什麼地步，以至要連累到我呢？」

我說：「你想追根究底我是多麼愚蠢嗎？恐怕你這條溪從頭到尾，也沒有我要說的話那麼長；把你的水當墨，蘸乾了也寫不完我的蠢事。現在，暫且大概地告訴你吧，我這個人很懵懂，什麼都不知道。冰天雪地，大家都穿皮襖了，我還穿麻布衣；汗流浹背的大熱天，大家都追著涼風跑，我卻向著熱火而去。我搖搖擺擺一路小跑，卻不知道太行山的崎嶇小路，和那平坦大道完全不同，我的車子因此撞壞了；我放肆無忌地坐上了船，卻不知道呂梁河的急流一瀉千里，與那風平浪靜的江面完全不同，我的船因而沉沒了。我腳踏陷阱，頭抵大樹石塊，衝進荊棘叢中，跌倒在毒蛇蜥蜴窩裏，卻不知道害怕和警惕。丟掉什麼，得到什麼，我都不計較。提拔升官了，並不覺得自滿；遭受斥退，也不氣餒。如今，我心裏雖然淒涼沉悶，但始終不能克制我那激憤的心情。這就是我之所以愚蠢的大概情況。我想以自己的愚蠢，玷污你的清名，行嗎？」

於是，溪神想了許久，嘆口氣說：「哎！這確是愚蠢極了，真的可以連累到我了。」受到我這番話的影響，溪神低下頭有些羞愧，抬起頭又是長吁短嘆，涕淚交流。他舉手與我告別而去。黑夜過去，天亮了，我從朦朧中醒來，溪神已無影無蹤。於是，我便記下了這篇對話。

【研　析】本文作於元和五年（西元八一〇年）或稍後。柳宗元到永州後沒有官舍，起初借住在龍興寺，後來遷到法華寺。元和五年，柳宗元在冉溪購地築室，準備長住。他將冉溪改名愚溪，一首有很長詩序的〈八愚詩〉，刻在溪邊石頭上。同時又寫這篇〈愚溪對〉。這篇文章與〈八愚詩序〉

〈即本書後面所選的〈愚溪詩序〉〉題材相同，寫作時間可能也在同一時期，可相互參看。

〈愚溪詩序〉主要寫愚溪及周邊的「八愚」景物改名得名的由來，而這篇文章則假設與愚溪神的對話，大大地發了一通牢騷。柳宗元自認為「愚」，是要表明自己堅持理想、堅守大中之道，絕不取容阿世，投機取巧，隨波逐流。古人有云，「大智若愚」。最大的智慧，不是小聰明，也不是大聰明，而是「若愚」。柳宗元就是這樣的一位「若愚」的大智者。他的詩賦文章，閃耀著智慧的光輝，千百年來，人們從中獲得教益，直到一千多年後的今天，柳宗元的許多見解、主張、思想，仍然有值得借鑑之處。

對賀者

柳子以罪貶永州[1]，有自京師來者，既見，曰：「余聞子坐[2]事斥逐，余適[3]將唁[4]子。今余視子之貌浩浩然[5]也，能是達[6]矣，余無以唁矣，敢更[7]以為賀。」柳子曰：「子誠以貌乎則可也[8]，然吾豈若是而無志者耶？姑以戚戚[9]為無益乎道，故若是而已耳。吾之罪大，會主上方以寬理人，用和天下，故吾得在此。凡吾之貶斥，幸[10]矣，而又戚戚焉何哉？夫為天子尚書郎[11]，謀畫無所陳[12]，而群比[13]以為名，蒙恥遇僇[14]，以待不測[15]之誅。苟人爾，有不汗栗危厲[16]偲偲然[17]者哉！吾嘗靜處以思，獨行[18]以求，自以[19]上不得自列於聖朝，下無以奉宗祀[20]、近丘墓[21]，徒欲苟生幸存，庶幾[22]似續[23]之不廢。是以儻蕩[24]其心，倡佯[25]其形，茫乎若昇高以望，潰[26]乎若乘海[27]而無所往，故其容貌如是。子誠以浩浩而賀我，其孰承之乎㉘？嘻笑之怒，甚乎裂眥㉙；長歌之哀，過乎慟哭。庸詎㉚知吾之浩浩非戚戚之尤者乎？子休矣。」

【注　釋】❶以罪貶永州　永貞元年（即貞元二十一年。是年八月，改元永貞）九月，柳宗元自禮部員外郎貶邵州刺史，未及貶所，十一月又貶永州司馬。❷坐　坐罪，因犯……罪。❸適　正好。❹唁　安慰。安慰生者曰唁，安慰死者曰弔。後混用不分。❺浩浩然　胸懷寬大，悠然自得貌。❻達　達觀；樂觀。❼更　更改。❽子誠以貌乎則可也　您真的是根據面貌來祝賀我，那是可以的。❾戚戚　憂心忡忡貌。❿幸　幸運。⓫尚書郎　尚書省的郎官。禮部屬尚書省，柳宗元前為禮部員外郎，故稱。⓬陳　陳述；貢獻。⓭群比　結為朋黨。比，相交為黨。⓮僇　羞辱。⓯不測　意想不到。⓰汗栗危厲　形容極為恐懼。汗，流汗。栗，戰慄；發抖。危厲，害怕。⓱偲偲然　自責貌。⓲獨行　獨自往來。⓳自以　自己認為。⓴無以奉宗祀　因貶斥在外，不得自由，故不能回鄉祭祀祖先。㉑近丘墓　接近墳墓，指靠近先人所葬之地，便於祭掃。㉒庶幾　差不多；似乎是。㉓似續　繼承；後嗣。似，通「嗣」。《詩經．小雅．斯干》：「似續妣祖，築室百堵。」㉔儻蕩　坦蕩；心無牽掛貌。㉕倡佯　連綿詞，又寫作「徜徉」，自由自在往來行走貌。㉖潰　水決堤，形容奔走不定。㉗乘海　航海。㉘其孰承之乎　誰能承擔得起呢？㉙裂眥　因憤怒而瞪裂了眼眶。㉚庸詎　豈能；怎麼能夠。

【語　譯】柳先生因獲罪而被貶到永州，有一位從京師來的人，相見之後，說：「聽說你犯了罪被罷免趕出了京城，我正應該安慰安慰你。現在我看到你卻是悠然自得的樣子，既然這樣快樂，我就用不著安慰你了，是不是要改成祝賀你才對。」柳先生說：「您若真的是根據表面的樣子來祝賀我，那也可以。但我難道真的就是這樣而沒有心底的志向嗎？憂心忡忡對我所追求的『道』並沒有什麼好處，因此我才像這樣悠然自得。我的罪過太大，正逢主上以寬厚治理萬民，用仁和治理天下，所以我還能活著到了這裏。我被貶斥，算是幸運，又怎能憂心忡忡呢？當我還是天子的尚書省禮部員外郎的時候，出謀劃策而沒有什麼貢獻，卻獲得了結為朋黨的罪名，蒙受恥辱，只能等待那不知何時到來的死罪。只要是人，哪有不害怕得流汗戰慄，惶然自責的！我曾經獨處一室，靜靜地思過，又獨自來來回回地思索，自認為於上不能進入聖明朝廷的行列，在下不能回鄉祭祀祖先，實在是離墳墓不遠了，徒勞地想要苟且偷生，勉強地使祖先的香火不斷。因此，我坦坦蕩蕩心無牽掛，自由自在往來行走，茫茫然像是登高遠望，急忙忙奔走好像是要出海航行卻又不知到什麼地方去，所以才有這樣的容貌。您若真的因為看到我悠然自得而祝賀我，那誰能承擔得起呢？嘻笑之下的憤怒，比瞪裂了眼眶的憤怒要更厲害；長歌之中的哀傷，比慟哭的哀傷更厲害。您怎麼知道我的悠然自得不是那種更厲害的憂心呢？您還是算了吧。」

【研　析】柳宗元被貶永州，這是一個十分嚴厲的處罰。他參加政治革新的本意，是想為皇上效力，為億萬生民請命，並無一己之私心。但他們卻不幸地捲入了皇家內部的紛爭，在這場紛爭中失敗，主謀者最終被處死，柳宗元等「附逆」者被貶斥到邊遠之地軟禁起來。這是柳宗元等人在當初萬萬沒有想到的結局。遇到了這樣的事情，「長歌當哭」四字，也許正是他們的悲苦心情的最佳寫照。這樣的歌，這樣的哭，是極度的悲憤，是極度的哀傷。柳宗元用這篇文章，毫不隱諱地揭示了自己此時此地的心情和面貌，表達了他對於自己曾經從事的事業的堅強信念。「嘻笑之怒，甚乎裂眥；長歌之哀，過乎慟哭」，嘻笑長歌之下的悲傷與憤怒，比哭泣沉默表達了更強烈的情緒。

天對[1]

問曰[2]：遂古[3]之初[4]，誰傳道之[5]？上下[6]未形[7]，何由[8]考[9]之？冥[10]昭[11]瞢闇[12]，誰能極[13]之？馮翼惟像[14]，何以識之？明明[15]闇闇[16]，惟時何為？

對曰[17]：本始[18]之茫[19]，誕者[20]傳焉。鴻靈[21]幽紛[22]，曷[23]可言焉！曶黑[24]晰眇[25]，往來[26]屯屯[27]，厖昧[28]革化[29]，惟[30]元氣[31]存，而何為焉！

問：陰陽三合[32]，何本[33]何化[34]？

對：合焉者三，一[35]以統同[36]。吁[37]炎[38]吹[39]冷[40]，交錯[41]而功[42]。

問：圜[43]則[44]九重[45]，孰[46]營度[47]之？

對：無營以成，沓[48]陽[49]而九[50]。轉輠渾淪，蒙以圜號[51]。

問：惟茲[52]何功[53]，孰初作[54]之？

對：冥(55)凝(56)玄釐(57)，無功無作。

問：斡(58)維(59)焉繫(60)，天極(61)焉加(62)？

對：烏(63)傒(64)繫維，乃(65)縻(66)身(67)位(68)！無極(69)之極，漭瀰(70)非垠(71)。或(72)形之加，孰(73)取大焉！

問：八柱(74)何當(75)？東南何虧(76)？

對：皇(77)熙(78)亹亹(79)，胡棟(80)胡宇(81)！宏(82)離(83)不屬(84)，焉恃(85)夫八柱！

問：九天(86)之際(87)，安(88)放(89)安屬(90)？

對：無青無黃，無赤無黑(91)，無中無旁(92)，烏際(93)乎(94)天則(95)！

問：隅(96)隈(97)多有(98)，誰知其數？

對：巧欺淫(99)誑(100)，幽(101)陽(102)以別(103)。無隈無隅，曷(104)懵(105)厥(106)列(107)！

問：天何所沓(108)？十二(109)焉分？

對：折篿剡筳(110)，午施旁豎(111)，鞠明究曛(112)，自取十二。非余(113)之為(114)，焉以告汝(115)！

問：日月安屬？列星[116]安陳[117]？

對：規燬[118]魄淵[119]，太虛[120]是屬。棋布[121]萬熒[122]，咸[123]是焉托。

問：出自湯谷[124]，次[125]於蒙汜[126]。

對：輻[127]旋[128]南晝[129]，軸[130]奠[131]於北。孰彼[132]有出次[133]，惟汝方[134]之側[135]。平施旁運[136]，惡[137]有谷、汜！

問：自明及[138]晦[139]，所行幾里？

對：當[140]焉為明，不逮[141]為晦。度引[142]久窮[143]，不可以里[144]。

問：夜光[145]何德[146]，死則又育[147]？

對：燬炎[148]莫儷[149]，淵[150]迫[151]而魄[152]，遐違[153]乃專[154]，何以死育！

問：厥利[155]維[156]何，而顧菟[157]在腹？

對：玄陰[158]多缺[159]，爰[160]感[161]厥兔。不形之形[162]，惟神是類[163]。

問：女歧[164]無合[165]，夫焉取[166]九子？

對：陽[167]健[168]陰[169]淫[170]，降施蒸摩[171]，歧靈[172]而子，焉以夫為[173]！

問：伯強[174]何處？惠氣[175]安在？

對：怪瀰[176]冥更[177]，伯強乃陽[178]；順和調度[179]，惠氣出行[180]。時屆[181]時縮[182]，何有處鄉[183]！

問：何闔[184]而晦？何開[185]而明？

對：明焉非闢[186]，晦焉非藏。

問：角宿[187]未旦[188]，曜靈[189]安藏？

對：孰旦孰幽[190]，繆躔[191]於經[192]。蒼龍[193]之寓[194]，而廷[195]彼角亢。

【章　旨】以上第一段，言天文。

【注　釋】❶天對　戰國楚屈原作有〈天問〉，藉問天以發洩憤懣。柳宗元針對〈天問〉所提出的問題，作了自己的對答，故曰〈天對〉。❷問曰　問曰以下，是屈原〈天問〉原文。❸遂古　往古；遠古。遂，往。❹初　始初，開始。指宇宙的起源。❺誰傳道之　是誰代代相傳而說出遂古之初的情況。指宇宙之初，生物未生，誰能傳道。❻上下　指天地。「上下」言空間，下文「冥昭」言時間。兩者即為宇宙萬物。❼未形　尚未成形。❽何由　根據什麼。❾考　考察（而知）。❿冥　昏闇；指夜晚。⓫昭　明亮，指白天。⓬瞢闇　模糊不清。⓭極　追究到盡頭。⓮馮翼惟像　混沌無形之象。惟，語助詞。像，形象。《淮南子・精神訓》：「古未有天地之時，惟像無形。」⓯明明　指白天。⓰闇闇　指黑夜。⓱對曰　「對曰」以下的文字，是柳宗元針對屈原的設問而作出的回答。⓲本始　天地形成以前。⓳茫　茫然；模糊；恍惚。⓴誕者　荒誕的人；言辭不可靠之人。㉑鴻

靈　傳說中開闢天地的巨神，指天地之開闢。㉒幽紛　昏暗紊亂貌。㉓曷　何，疑問詞。㉔曶黑　昏暗不明。曶，黎明。㉕晰眇　微明。㉖往來　指晝夜明暗往來交替。㉗屯屯　叢聚貌。㉘厖昧　混亂不清，明暗不分。厖，多而雜亂。㉙革化　發展變化。革，革替；替代。㉚惟　只是。㉛元氣　古代哲學元概念之一，宇宙萬物之所以生者也。㉜三合　指陰、陽、天三者的結合。《穀梁傳》莊公三年：「獨陰不生，獨陽不生，獨天不生，三合然後生。」㉝本　根源。㉞化　化育；出生。㉟一　指元氣。㊱統同　指陰、陽、天三者的結合。㊲吁　慢慢地呼氣。㊳炎　熱。㊴吹　快速地呼氣。㊵冷　通「泠」。清涼。㊶交錯　交替；錯綜。㊷功　功用，指促使萬物化生發展的作用力。㊸圜　圓，指天。古人認為天圓地方。㊹則　關係連詞，表判斷。㊺九重　九層，傳說天有九重。㊻孰　誰。㊼營度　營建；度量。㊽沓　重疊；聚集。㊾陽　陽氣。㊿九　古代哲學以奇數為陽，偶數為陰，九為陽之極，稱「老陽」。陽氣極盛，沓疊而為九重。(51)轉輠渾淪二句　言陽氣像車輪一樣轉動，渾然一體，所以為其加上「圜」的稱號。輠，車輪。渾淪，渾然一體。蒙，加上。(52)茲　此，指天有九重這個情況。(53)功　功績。(54)初作　創建。(55)冥　不可知之物，即上文所說之「陽」。下文「玄」同義。(56)凝　聚集。(57)釐　整理；化合。(58)斡　樞紐，引申為旋轉。(59)維　綱維；繩子。(60)繫　扣繫；繫結。此句問上天如同車輪轉動，其樞軸怎樣繫住。(61)天極　天之極軸，即北斗星。(62)加　加上；放上；架。(63)烏　何。(64)傒　等待。(65)乃　副詞，這裏作「才」講。(66)縻　繫。(67)身　指天體。(68)位　指天體所在的位置。(69)無極　沒有盡頭。(70)漭瀰　浩浩廣大貌。(71)垠　邊際。(72)或　如果。(73)孰　怎麼。(74)八柱　上古傳說有八座大山為天之支柱。(75)何當　怎樣當值。(76)何虧　為什麼缺損。《淮南子．天文訓》：「昔者共工與顓頊爭為帝，怒而觸不周之山，天柱折，地維絕。天傾西北，故日月星辰移焉；地不滿東南，故水潦塵埃歸焉。」(77)皇　大。(78)熙　廣。(79)亹亹　運動不停。(80)棟　棟梁。(81)宇　屋檐。(82)宏　寬闊。(83)離　分散；互不相連。(84)屬　連綴；依附。(85)恃　憑藉；依仗。(86)九天　指天的中央和八方。《淮南子．天文訓》中說，中央曰鈞天，東方曰蒼天，東北曰變天，北方曰玄天，西北曰幽天，西方曰顥天，西南曰朱天，南方曰炎天，東南曰陽天。(87)際　邊際；疆界。(88)安　疑問詞，哪裏；

怎麼。89放　置。90屬　連綴。91無青無黃二句　戰國時陰陽五行家以五色屬配中央四方。東方屬木，色青；西方屬金，色白；南方屬火，色赤；北方屬水，色黑；中央屬土，色黃。92無中無旁　言九天渾沌未分，無所謂中央四方。中，中央。旁，東西南北四方。93際　劃分邊際，用作動詞。94乎　語助詞，一般置於句末，此置中以加強語氣。95則　平均劃分。《說文》：「則，等分物也。」96隅　角落。《淮南子・天文訓》說，天有九野，計九千九百九十九隅。97隈　深曲隱蔽之處。98多有　有很多。99淫　邪；不正；過分。100誕　說謊。101幽　指幽天，指西北方天。102陽　陽天，指東南方天。103別　區別。104曷　為什麼。105懵　糊塗；無知。106厥　指示代詞，相當於「其」。107列　序列。108沓　會合。天覆蓋於地，因有會合之處。109十二　十二辰，即子、丑、寅、卯、辰、巳、午、未、申、酉、戌、亥。用於太陽在黃道運行一周天的十二等分。110折篿剡筳　指占卜。屈原〈離騷〉：「索藑茅以筳篿兮，命靈氛為余占之。」篿，與下文「筳」，疑為兩種竹子或竹子的兩種加工品，可用於占卜。按，篿、筳，歷來解釋不一。一般認為，篿為楚人折竹占卦之法；筳為占卜用小竹片，或以為葦莖。據本文「折篿剡筳」及〈離騷〉「藑茅以筳篿」，均為並列結構，可知「藑茅筳篿」皆為占卜之具。剡，削；刮。111午施旁豎　指天文、占卦運算時算籌縱橫交錯貌。午，交叉。施，平放。旁，放在一旁。豎，豎放。上古算術，以算籌為工具，稱「籌算」，後發展為算盤。天文、曆法、占卦的演算極為繁複，故有「午施旁豎」的情景。112鞫明究曛　考查研究太陽的出沒。鞫，考查；追究。曛，日沒時的餘光。113余　第一人稱代詞，我，指天。此處為作者藉天的口氣來回答問題。114為　規定；製造。動詞。115汝　你，指屈原。116列星　眾星。117陳　陳列；排列。118規燬　烈日。119魄淵　明月。120太虛　天空浩渺，故稱太虛。121棋布　像棋子一樣分佈。棋，名詞作副詞用。122萬熒　指發光的群星。123咸　全；都。124湯谷　傳說中太陽昇起之處，即《尚書・堯典》所云「暘谷」。125次　抵達；止宿。126蒙汜　傳說中的蒙水之涯，為太陽止息之處，在西天之極，即《尚書・堯典》所云「昧谷」。汜，水之涯。127輻　連接車輪和車軸的輻條。128旋　轉動。129南晝　在偏南一側運轉。晝，劃；運行。130軸　輪軸。限於古代的天文學知識，古人認為，從地球的角度看，眾多天體圍繞北極星旋轉，可想像有一「天軸」，則北極星位於天軸的一端，包括太陽在內的眾天體繞此軸旋轉。131奠　定；放置。132彼　指太陽。133出次　指太陽的昇起落下。134方　方位。135側　傾斜；偏移。指太陽相對於觀察者的位置的移動。136平施旁運　指太陽相對於大地的運行。施，移動。柳宗元如何認識太陽的運行，難以索考。或疑平施指太陽在一天內自東向西之運行，旁移指一年內太陽在天空南北的位移；或疑平施旁運為互文見義，兩者並無區別；或疑平施指太陽在白天的運行，旁運指太陽在夜晚的運行。137惡　同「烏」。疑問詞。哪；何。138及到。139晦　昏闇不明，指天黑。140當　當面，指對著太陽。141不逮　不及，指太陽照不到。142度引　測量距離。引，長度單位，十丈為一引。143窮　盡。144以里　用里數來計算。145夜光　指月亮。146德　素質；德能；本領。147育　生。古人將月亮的盈虧變化比喻為生死。《孫子・虛實篇》：「月有死生。」148爍炎　指太陽的光焰。149莫儷　無比。儷，伴侶；匹配。150淵　指月亮。151迫　迫近；接近。152魄　指月殘而無光。153遐違　遠離。154專滿，指滿月。155利　通「黎」、「黧」。月中黑影。156維　語助詞。157顧菟　兔子，傳說月中有兔，後衍變為玉兔搗藥的故事。顧，回頭看，兔性多疑，行走時左右顧盼，因名「顧菟」。又傳月中有蟾蜍、蚌蛤，與顧菟或為一音之轉。158玄陰　指月亮。日屬陽，月屬陰。159缺　缺損，指月亮表面多有暗影。160爰　於是。161感　感生。指因感應而生。162不形之形　沒有真實形體的形象。163惟神是類　只是內在的神態相似。神，內在的精神、神態，與外在的「形」相對應。惟……是……，只是……這樣。164女歧　即女媸，媸歧一音之轉。傳說為天上星宿，沒有丈夫而生九子，俗稱九子母。165合　交合。166取　取得；生出。167陽　陽氣。168健　剛健。169陰　陰氣。170淫　充分；大。171降施蒸摩　言陽氣自上降臨施播，陰氣自下蒸騰上升，兩者相摩相蕩，化育生物。施，施予；給予。蒸，氣上升。摩，摩擦。172靈　指陰陽感應而有靈孕。173焉以夫為　怎麼用得著丈夫。174伯強即癘風之神禺彊，人面鳥身。《呂氏春秋・有始覽》：「西北曰厲風。」所至傳播癘疫，壞屋毀舍。175惠氣　祥和之氣。176怪瀰　陰陽不協所形成的癘氣。177冥更　充滿；瀰漫。178陽　強大；產生。179順和調度　指陰陽協調和順。180出行　產生；流行。181屆　屆臨；出現。182縮　收縮；收斂；退隱。183處鄉　固定的場合。184闔指天關閉。(185)開 指天打開。(186)闢 打開。(187)角宿 二十八宿之一，屬東方蒼龍七宿，有二星，夜間出於東方。《晉書・天文志》說：「角二星為天關，其間天門也，其內天庭也。」(188)旦 明。(189)曜靈 太陽的別稱。(190)幽闇，指夜晚。(191)繆躔 太陽的運行。(192)經 軌道，指從地球角度所觀察到的太陽所運行的黃道。(193)蒼龍 即東方蒼龍七宿。二十八宿依方位分為四組，蒼龍為其中之一。包括角、亢、氐、房、心、尾、箕七星宿。(194)寓 住所。傳說蒼龍為天的東宮，角為天門，角之內為天庭，亢為廟廷。(195)廷 用作動詞，以之為廷。

【語譯】問：那遠古時代開初的情景，是靠誰流傳下來的？天地還未成形之際，根據什麼來考察它？白天黑夜模糊不清之時，誰能弄個明白？那混沌無形之像，怎樣才能識別？晝夜明暗交替，這是為什麼？

對：開天闢地之前恍惚茫然，傳說中的那些情景全都荒誕不經。開闢天地的鴻靈巨神，混亂不明，哪有什麼事跡可講！晝夜交替一明一暗，萬物從蒙昧混沌中化生而來，本原惟有「元氣」，並沒有什麼「為什麼」。

問：陰、陽、天三者的結合，哪一個是本原，又是怎樣從這本原化生萬物？

對：陰、陽、天三者結合，是受「元氣」支配。元氣緩慢地吹，天氣就炎熱，迅疾地吹，天氣就會寒冷，寒暑交替而動，才促使萬物發展變化。

問：天有九層，是誰營造？

對：九天不是由誰營造而成，而是陽氣層層積聚的結果。渾沌的陽氣像車輪般地轉動渾然一體，因此被加上「圜」的稱號。

問：這是何人的功績，是誰最初營建？

對：陽氣自然地積聚自然地調整，沒有誰為此建過功績，做過工作。

問：繫在天樞上的繩子，另一頭拴在何處？北斗星作為天的極軸，天樞上的繩子是怎樣繫上去的？

對：哪裏需要用繩子繫住，才能固定天的位置？天無邊無際沒有盡頭，它廣大無邊。如果天也有什麼邊界，又怎麼稱得上大！

問：支天的八根柱子支在什麼地方？東南方為什麼缺損？

對：天既然廣大無邊，運動不止，哪裏有什麼「上棟下宇」式的天宮！大天寬闊而分散，它不依附於什麼，哪裏需要八根柱子支撐？

問：九天間的邊界在哪裏？它們之間怎樣連接？

對：天既沒有青、黃、赤、黑等等顏色，也無所謂中央和八方，怎麼能劃出天的邊界呢？

問：天的角落彎曲很多很多，誰能知道它的數目？

對：只是在巧妙的欺騙和彌天大謊中，才會有所謂「幽天」和「陽天」的區別。天沒有拐彎抹角的地方，為什麼要被那些數字弄得糊裏胡塗！

問：天在哪裏同地會合？十二辰怎樣劃分？

對：從事占卜和研究天文曆數之人，通過計算研究而劃分了十二辰。這並不是上天所定，上天又怎能回答你呢！

問：太陽和月亮依託在何處？眾星又陳列在什麼地方？

對：太陽和月亮，都依託於太虛之天。眾星像棋子一樣佈滿天空，也都依託於這太虛之天。

問：為什麼太陽從暘谷昇起，走到蒙汜即落下休息？

對：就像車輻在偏南的方位旋轉，輪軸就處在它的北方。太陽哪裏有什麼昇起落下，不過是太陽與觀察者之間位置的移動。太陽在不停地平移不停地旋轉，哪有什麼暘谷和蒙汜！

問：從天亮到天黑，它一天中走了多少里路程？

對：向著太陽的一面是白天，背著太陽的地方就是黑夜。要問太陽一天能走多少里路，哪裏能用里數來測量計算。

問：月亮有什麼本領，能夠死而復生？

對：陽光照射強烈，月亮迫近它時人們就看不到月光，遠離它時便見到月光滿盈，月亮哪裏能有什麼死和生！

問：月中的黑影是什麼東西？是不是兔子在它的腹中？

對：月亮多有不圓的時候，使人感到像是兔子的形象。這不是兔子的形象，只是內在的神態有些像是兔子罷了。

問：女歧並沒有與人交合，怎麼能生出九個兒子？

對：陽氣剛健，陰氣盛多，陽氣下降，陰氣升騰，擴散摩擦，女歧就這樣感應而孕生了兒子，哪裏用得著丈夫！

問：風神伯強究竟在什麼地方？祥和的惠氣又停留在哪裏？

對：陰陽乖戾擴散，瘟疫就會發生；二氣協調適度，祥和之氣自然產生。它時而顯現，時而收斂，哪有一定的場所！

問：天門關閉時天為什麼黑？天門打開時天為什麼亮？

對：天亮並不是因為天門打開，天黑也不是因為太陽藏起。

問：東方未亮角宿還在時，太陽又藏在哪裏？

對：晝夜的形成，不過是太陽在黃道上運行的結果。太陽將蒼龍七宿作為東宮寓所，而把角、亢兩座星宿作為院庭。

問：不任[1]汩[2]鴻[3]，師[4]何以尚[5]之？僉[6]答何憂，何不課而行之[7]？

對：惟鮌譊譊[8]，鄰聖[9]而孽[10]。恒[11]師厖蒙[12]，乃尚其圮[13]。后[14]惟師之難[15]，瞚頞[16]使試。

問：鴟龜[17]曳銜[18]，鮌何聽[19]焉？順欲[20]成功，帝[21]何刑[22]焉？永[23]遏[24]在羽山[25]，夫何三年不施[26]？

對：盜堙[27]息壤[28]，招帝震怒。賦刑[29]在下[30]，而投棄[31]於羽。方[32]陟[33]元子[34]，以胤[35]功[36]定地[37]。胡[38]離[39]厥考[40]，而鴟龜肆喙[41]！

問：伯禹[42]腹鮌[43]，夫何以變化[44]？纂就[45]前緒[46]，遂成考功[47]。何續初繼業[48]，而厥[49]謀[50]不同？

對：氣孽[51]宜害[52]，而嗣續得聖[53]，汙塗而蕖[54]，夫固不可以類[55]。胝[56]躬[57]躄[58]步，橋楯[59]勩[60]踣[61]。厥十有三載[62]，乃蓋[63]考醜[64]。宜儀刑九疇[65]，受是玄寶[66]。昏[67]成厥孽，昭[68]生於德，惟氏之繼[69]，夫孰謀之式[70]？

問：洪泉[71]極深，何以寘[72]之？

對：行鴻[73]下隤[74]，厥丘乃降[75]。焉填絕淵[76]，然後夷[77]於土！

問：地方九州[78]，何以墳[79]之？

對：從[80]民之宜[81]，乃九於野[82]，墳厥貢[83]藝[84]，而有上中下[85]。

問：應龍何畫[86]？河海何歷[87]？

對：胡聖為不足，反謀龍智[88]？畚鍤[89]究勤[90]，而欺[91]畫厥尾！

問：鮌何所營[92]？禹何所成[93]？康回[94]馮[95]怒，地何故以東南傾[96]？

對：圜燾[97]廓大[98]，厥立不植[99]。地之東南，亦已[100]西北。彼回[101]小子，胡顛隕[102]爾力！夫誰駭[103]汝為此，而以恩[104]天極[105]？

問：九州安錯[106]？川谷[107]何洿[108]？

對：州錯富媼[109]，爰定[110]於趾[111]。躁川[112]靜谷[113]，形有高庳[114]。

問：東流不溢[115]，孰知其故？

對：東窮歸墟[116]，又環[117]西盈[118]。脈穴[119]土區[120]，而濁濁清清[121]。墳[122]壚[123]燥疏[124]，滲[125]渴[126]而升。充融[127]有餘，泄漏復行。器[128]運浟浟[129]，又何溢為！

問：東西南北，其修[130]孰多？

對：東西南北，其極[131]無方[132]。夫何澒洞[133]，而課校[134]修長！

問：南北[135]順橢[136]，其衍[137]幾何？

對：茫忽[138]不準[139]，孰衍孰窮[140]！

問：崑崙[141]縣圃[142]，其凥[143]安在？

對：積高於乾[144]，崑崙攸居[145]。蓬首虎齒[146]，爰[147]穴[148]爰都[149]。

問：增城[150]九重[151]，其高幾里？

對：增城之高，萬有三千。

問：四方之門[152]，其誰從[153]焉？

對：清溫燠寒[154]，迭[155]出於時[156]。時之丕革[157]，由是而門[158]。

問：西北[159]辟啟[160]，何氣通焉？

對：辟啟以通，茲氣之元[161]。

問：日安不到[162]，燭龍[163]何照？

對：修龍[164]口燎[165]，爰北其首[166]；九陰[167]極冥[168]，厥朔[169]以炳[170]。

問：羲和[171]之未揚[172]，若華[173]何光？

對：惟若之華[174]，稟[175]羲[176]以耀。

問：何所[177]冬暖？何所夏寒？

對：狂山[178]凝凝[179]，冰於北至[180]；爰有炎洲[181]，司寒[182]不得以試[183]。

問：焉有石林[184]？何獸能言？

對：石胡不林[185]？往視西極[186]！獸言嘐嘐[187]，人名是達[188]。

問：焉有虬龍[189]，負[190]熊以遊？

對：有虬螻蛇[191]，不角不鱗，嬉[192]夫玄[193]熊，相待以神。

問：雄虺[194]九首[195]？儵忽[196]焉在？

對：南有怪虺，羅首[197]以噬[198]。儵、忽之居，帝南、北海[199]。

問：何所不死[200]？長人[201]何守？

對：員丘[202]之國，身民後死[203]。封、嵎[204]之守，其橫[205]九里[206]。

問：靡萍[207]九衢[208]，枲華[209]安居？

對：有萍九歧[210]，厥圖[211]以詭[212]。浮山[213]孰產？赤華伊[214]枲。

問：一蛇吞象[215]，厥大何如？

對：巴蛇腹[216]象，足覿[217]厥大。三歲遺[218]骨，其修已號[219]。

問：黑水[220]、玄趾[221]、三危[222]安在？

對：黑水淫淫[223]，窮[224]於不姜[225]。玄趾則北，三危則南。

問：延[226]年不死，壽何所止？

對：僊者幽幽[227]，壽焉孰慕！短長不齊，咸各有止。胡紛華[228]漫汗[229]，而潛[230]謂不死！

問：鯪魚[231]何所？鬿堆[232]焉處？

對：鯪魚人貌，邇[233]列姑射[234]。鬿雀峙[235]北號[236]，惟人是食。

【章旨】以上第二段，言地理。

【注釋】❶不任　不勝任；做不好。❷汩　治理（水患）。❸鴻　通「洪」。指洪水。❹師　眾人。❺尚　推舉。❻僉　眾人。❼何不課而行之　何不讓他試驗一下呢？課，試驗。上四句言鮌治水失敗事。鮌為禹之父，堯時洪水，眾人推舉鮌治水，歷九年而未果，被放逐並死於羽山。❽譊譊　吵鬧不休。❾鄰聖　親近聖人，與聖人有親戚關係。聖，指堯。據《史記・五帝本紀》及〈夏本紀〉記載，堯為黃帝四世孫，鮌為三世孫。鄰聖，即指鮌、堯為叔侄關係。❿孽　宗族的旁支。⓫恒　久；堅持。此為狀語提前，表強調。⓬厖蒙　蒙昧；不明白事理。⓭圮　毀壞，此指不堪使用之人。《尚書・堯典》說「方命圮族」，即違抗命令，敗壞善類。⓮后　君主，指堯。⓯惟師之難　只是因為眾人的堅持。⓰矉頞　為難貌。矉，遺憾地睜著眼。頞，皺眉。⓱鴟龜　傳說中的神龜，其原形或為今之所謂鷹嘴龜。《山海經・南山經》：「杻陽之山……多玄龜，其狀如龜而鳥首虺尾，其名曰旋龜。」鴟，貓頭鷹。⓲曳銜　指鴟龜欲有所云之形態。曳，搖尾巴。銜，用嘴叼。⓳聽　聽從；根據。鴟龜與鮌的關係若何，歷來解說不一。或云鮌殛於羽山，鴟龜曳銜而食其屍；或云鮌睹其曳銜，因模仿其狀而築長堤；或云聽從鴟龜之計，竊天帝息壤以堵洪水。⓴順欲　順著鮌的本來願望。㉑帝　指帝堯。㉒刑　誅罰。

㉓永　永遠。㉔遏　禁閉，此指殺死。㉕羽山　神話中的山名，或云在今江蘇贛榆，或云在山東蓬萊。㉖施施行。疑指舉行埋葬儀式。據《山海經‧海內經》郭璞注等文獻記述，鯀死於羽山，屍體三年不腐。㉗堙　堵塞。㉘息壤　據《山海經‧海內經》載：「鯀竊帝之息壤以堙洪水。」相傳息壤可自增自長。㉙賦刑　用刑。㉚下　臣下。㉛投棄　流放。㉜方　正；才。㉝陟　提拔；任用。㉞元子　嫡妻所生長子，此指禹。㉟胤　繼續。㊱功　工程。㊲定地　確定疆域。據《尚書‧禹貢》記載，禹在治理洪水後，又確定了九州的疆域。㊳胡疑問詞，何；為什麼。㊴離　棄置。㊵考　稱已故的父親。㊶肆喙　肆，用作動詞，任意。喙，鳥獸的嘴。㊷伯禹　即大禹。大禹禪位前被封為夏伯，所以稱為伯禹。㊸腹鯀　《山海經‧海內經》郭璞注云，鯀死於羽山，屍體三年不腐，有人用刀剖開鯀腹，禹才降生。腹，指生於肚腹。《廣雅‧釋詁》：「腹，生也。」㊹變化　變生化育。指鯀腹變化出禹之事。㊺纂就　繼承。㊻緒　緒餘，指遺志。㊼考功　指鯀的治水事業。㊽業　事業，指治理洪水的事業。㊾厥　其；他們。㊿謀　謀劃；辦法。(51)氣孽　氣質兇惡。(52)宜害　應該有禍害。(53)嗣續得聖　後代成為聖人。(54)汙塗而蕖　污泥中長出了荷花。汙塗，污泥。蕖，即芙蕖，荷花。(55)類　類同；等同。(56)胝　老繭。(57)躬　身；自身；親自。(58)躄　瘸。(59)橋楯　在艱難道路上行走時所用的兩種輔助工具，指路途艱難。橋，通「轎」。走山路的工具。楯，通「輴」。走泥路的工具，疑即「橇」。《史記‧夏本紀》：「禹陸行載車，水行載舟，泥行蹈毳（通橇），山行即橋。」(60)勩　勞苦。(61)踣　跌倒。(62)十有三載　十三年。據《史記‧夏本紀》記載，禹治水共經過十三年。(63)蓋　掩蓋。(64)醜　可恥，指鯀治水不成事。(65)儀刑九疇　制定了九類法令。儀刑，（制定）法令，用作動詞。疇，類別。據《尚書‧洪範》記載，禹在治理好洪水後，制定了關於治理天下的九類法令。(66)受是玄寶　接受了（舜賜予的）玄寶。玄寶，即玄圭，一種上圓下方，用於祭祀，象徵權力的青色玉器。(67)昏　昏庸。指鯀。(68)昭　明哲；聰明。(69)惟氏之繼　只是繼承了鯀的姓氏。(70)式　法則。(71)洪泉　洪水洶湧。(72)窴　同「填」。填塞。(73)行鴻　疏通洪水使之流出。(74)隤　水自高處流向低處。(75)厥丘乃降　指土丘隨著洪水的下洩而被盪平。(76)絕淵　極深的水。(77)夷　平。(78)地方九州　把土地劃分為九州。

傳說禹治水時，將天下劃分為九州，並確定其不同等級而據以賦稅。79墳　區別等第。80從　遵從。81宜　適當，指適於從事某種生產。82九於野　指禹把全國土地分為九等。九，作動詞用。83貢　貢獻，指賦稅。84藝　種植，指農業生產。85上中下　據《尚書・禹貢》及《史記・夏本紀》記載，禹根據各地的生產條件，把全國的土地和田賦分為九等即上上、上中、上下、中上、中中、中下、下上、下中、下下。86應龍何畫　傳說禹治水有「應龍以尾劃地」，指示疏通的路徑。應龍，傳說是有翅膀的龍。87歷　經歷；經過。88反謀龍智　反過來要借助應龍的智慧。謀，謀之於……。89畚鍤　兩種治土工具。畚，盛土器。鍤，挖土器。90究勤　非常勤勞。究，極其。91欺　超過；勝過。92營　經營。93成　成就。94康回　傳為共工氏之名。95馮　大；盛。96傾　傾斜，指陷下去。上古有共工氏頭觸不周山的傳說，據《列子・湯問》及《淮南子・天文訓》，共工和顓頊爭當領袖，共工發怒，頭撞不周山，碰斷了支天的柱子和繫地的繩子，因此，西北方的天塌了，日月星辰低了下來；東南方的地陷了，江河湖泊的水都往東南方流去。這是用神話對中國地勢西北高、東南低的一個解釋。97圜燾　指天體。圜，圓。98廓大　廣大。99植　依靠。100已　同「以」、「似」。101回　即康回。102顛隕　顛倒傾斜。103駭　恐嚇。104愍　憂愁。105極　高遠的盡頭。106錯　同「措」。措置；規劃。107川谷　兩山之間的水流處。川、谷義近。或云谷較川小，地勢較平。108洿　深水。109富媼　大地。〈郊祀歌〉稱大地為「富媼」，見《漢書・禮樂志》。110定　指劃定九州。111趾　腳。112躁川　指川的水勢較大流得較快。113靜谷　指谷的水勢較小，流得較慢。114庳　地勢低下。115溢　泛濫。116歸墟　據《列子・湯問》云：渤海之東，有巨壑曰「歸墟」，天下之水歸焉，然其水不增不減。117環　環行；圍繞。118西盈　充盈了西方。119脈穴　孔洞。120土區　土地的縫隙。121濁濁清清　指水的混濁和清澈。122墳　高地。123壚　黑色而堅硬的泥土。124墋疏　土質乾燥而疏鬆。125滲　水透入地中。126渴　形容土需要分水。127充融　充足。128器　容器，這裏指百川。129湫湫　水流動貌。130修　長。131極　邊際。132無方　沒有止境。133澒洞　無邊無際，指天地沒有盡頭。134課校　考核計量。135南北　指南北方向的長度。136順橢　指圓形順延而成為橢圓。137衍　多出，指南北與東西之間長度之差。138茫忽　蒼茫恍惚貌。139準　指度量的準確性。140窮　盡頭。141崑崙　山名，在西北方。傳說為宇宙元氣所出之地。142縣圃　崑崙山頂，上通於天之處。143尻　清戴震《屈原賦注》認為，尻應為「尻」。尻，尾。144乾　此指西北方。《周易・說卦傳》：「乾，西北之卦也。」145攸居　所在。146蓬首虎齒　據《山海經・西山經》云：西王母，其狀如人，豹尾虎齒而善嘯，蓬首戴勝（首飾）。住崑崙山。147爰　乃。148穴　用作動詞，穴居。149都　用作動詞，居處。150增城　據《淮南子・墜形訓》記載，崑崙山上有增城九重，其高一萬一千餘里。增，通「層」。151九重　九層。152四方之門　傳說天之四方各有一門，帝閽守之，可調節寒暑。153從　指進出。154清溫燠寒　指四季氣溫的變化。清，涼。燠，熱。155迭　交替。156時　時令；季節。157丕革　巨大的變化。丕，宏大。158門　用作動詞，以……為門。159西北　指西北方的大門。160辟啟　打開。161元　指元氣。162日安不到　日光為什麼照不到。163燭龍　傳說中的神龍名。據《山海經・大荒北經》、《淮南子・墜形訓》記載：燭龍，人面蛇身，色赤，長千里，目發巨光。西北方日照不到，燭龍銜燭而照之。164修龍　長龍，指燭龍。165口燎　指口中發光，並非銜燭。燎，因火而明亮。166北其首　頭在北。167九陰　指陰氣極盛。168冥　昏闇。169朔　北方。170炳　光亮。171羲和　傳說是為太陽趕車之神。172揚　舉起，這裏指舉鞭。173若華　若木花。《山海經・大荒北經》：「大荒之中，有衡石山，九陰山，灰野之山，上有赤樹，青葉赤華，名曰若木。」郭璞注：「生崑崙山西，附西極，其華赤，下照地。」是說若木的花能照亮大地。174惟若之華　若木花兒。175稟　接受；承受。176羲　羲和，指太陽。177何所　什麼地方。178狂山　傳說中山名。《山海經・北山經》：「狂山，無草木。是山也，冬夏有雪。」179凝凝　指冰多而厚。180北至　指夏至，一年中最熱的時節。181炎洲　《十洲記》：「炎洲在南海中，地方二千里。」182司寒　神名，相傳是掌管寒冷的北方之神。183試　用；管轄。184石林　石樹成林。185石胡不林　石頭為什麼不能成林。《山海經・海內西經》列舉有視肉、珠對、文玉樹、玗琪樹、不死樹等石樹。186西極　西方邊遠的地方。187嘐嘐　鳥鳴聲，此指猩猩的叫聲。188人名是達　據《山海經・海內南經》記載，猩猩能夠知道人的姓名。達，通「曉」。189虬龍　沒有犄角的神龍。有角曰龍，無角曰虬。190負　揹負。191螻蛇　龍蛇彎曲遊動貌。連綿詞，又寫作「逶迤」。192嬉　嬉鬧；玩耍。193玄　黑色。194虺　傳說為一種大形毒蛇。195九首　九個腦袋。196儵忽　往來迅速貌。《楚辭・招魂》：「南方之害，雄虺九首，往來儵忽，吞人以益其心些。」又指儵、忽二帝，《莊子・應帝王》：「南海之帝為儵，北海之帝為忽。」又以為電光，王逸〈天問〉注：「儵忽，電光也。」或因其往來迅速如同電光，而有數解。197羅首　指怪虺排列著九個頭。198噬　咬。199帝南北海　在南北海為帝。帝，用作動詞。200不死　長生不死。據《山海經・海外南經》，不死民在交脛國東，其人黑色，壽不死。201長人　指防風氏。相傳防風氏身長數丈。傳說夏禹大會諸侯，防風氏後至，遂命其守封、嵎二山。202員丘　山名。《山海經・海外南經》載：交脛國東，有不死之民。郭璞注云：因當地有員丘山，山上有不死樹，人食其果，能長壽。203後死　指長壽。204封嵎　二山名。205橫　指橫臥。206九里　據《穀梁傳》文公十一年載，長狄「身橫九畝」。長狄為防風氏後裔。207靡萍　傳說中的一種浮萍。208九衢　指靡萍枝叉眾多，四處漫延至於九叉路口。衢，道路的交叉口。209枲華　枲麻的花。枲，《爾雅》：「麻有子曰枲。」210九歧　九個分叉。211圖　圖畫。指屈原在寫作〈天問〉時所根據的圖畫。212詭　欺騙。此言該圖畫中靡萍漫延九衢，實際只是分叉較多罷了。213浮山　山名。據《山海經・西山經》，浮山上有草名薰草，麻葉，方莖，紅花黑子，是為枲華。214伊　指示代詞，那；那個。215一蛇吞象　指巴蛇吞象的故事。據《山海經・海內南經》及郭璞注，南方有巴蛇，長千尋（一尋八尺），吞象，三年後始排泄其骨。216腹　用作動詞，吞入腹中。217覿　看見。218遺　排泄。219號　稱號，引申為可觀。220黑水　水名。《山海經・西山經》：「崑崙之丘……黑水出焉。」221玄趾　言黑水染黑涉者足趾。玄，黑色。一說，為山名，在西方。222三危　山名。《尚書・禹貢》載，禹「導黑水，至於三危，入於南海」。223淫淫　水向遠處流。224窮　盡。225不姜　山名。《山海經・大荒南經》：「大荒之中，有不姜之山，黑水窮焉。」可知不姜山是黑水的源頭。226延　長。227幽幽　渺茫。228紛華　雜多。229漫汗　無邊無際，指任意誇張，不著邊際。230潛　當作「僭」。僭，虛假地。231鯪魚　即陵魚，傳說中的一種怪魚。《山海經・海內北（一本作東）經》：「陵魚，人面，手足，魚身，在海中。」232鬿堆　即鬿雀，一種怪鳥。《山海經・東山經》：

「有鳥焉，其狀如雞而白首，鼠足而虎爪，其名曰鬿雀，亦食人。」[233]邇　靠近。[234]列姑射　傳說中的山名。《山海經・海內北（一本作東）經》：「列姑射在海河洲中。」[235]峙　站立。[236]北號　傳說中的山名。

【語　譯】問：鮌並不勝任治理洪水的任務，眾人為什麼還要推舉他？大家都說「何必擔憂」，為什麼不讓他試一試就加以任用？

對：鮌好和人爭吵，雖然跟堯關係親近，卻只是宗族的旁支。大家長久都不了解他，於是推舉了這個足以壞事的人。堯因為眾人的推舉，才皺著眉頭捏著鼻勉強派他一試。

問：那鷹嘴龜搖著尾巴呶著嘴說了些什麼，鮌為什麼聽從牠的話？按照鮌的本來計畫，治水就要成功，帝堯為什麼要對他加以刑罰？鮌永遠地死在了羽山，為什麼三年了還不埋葬？

對：鮌盜竊了天帝的「息壤」堵塞洪水，引起堯的大怒。對鮌施加刑罰，把他流放到羽山。當時正任用鮌的長子禹繼續治理洪水，確定九州疆域，為什麼放棄他的父親，為什麼要讓鷹嘴龜去多嘴多舌？

問：禹是鮌破腹而生的兒子，為什麼父子如此不一樣？禹繼承父親的遺志，終於完成了鮌所沒有完成的事業。為什麼禹繼續鮌所創始的事業，但他的治水辦法卻和鮌大不相同？

對：鮌氣質兇惡，應該遭受禍害，可是他的兒子卻很聖明。這好比污泥裏生長荷花，本來就不可以等同起來。禹治水時，身上長滿了老繭，腿也瘸了，他依靠「轎」和「輴」這兩種山行用具，在山路和泥道上奔波，勞累至於跌倒。辛苦了十三年，才治好洪水，掩蓋了他父親的醜名。由於禹的功績，讓他制定九種法式，並接受了舜賜給他的玄圭。鮌的兇惡品質使他愚昧，禹的好品德使他明哲。禹只是繼承了鮌的姓氏，為什麼非得倣法鮌的治水辦法不可呢？

問：洪水特別深，禹是怎樣填塞的？

對：禹疏通河道，洪水向低處流去，土丘隨著洪峰降落而被蕩平。哪裏需要填平深淵，才能使大地平坦呢？

問：禹把土地定為九等，究竟如何劃分？

對：禹順從民眾的願望，把全國土地劃分為九州，把全國的田賦按出產分為上中下九等。

問：應龍是怎樣用尾巴在地上劃出路線？河水是怎樣順著應龍所劃的路線而流入大海？

對：難道像禹這樣能幹的人還不足以治理好洪水，反而要靠應龍的智慧？治好洪水是人們用畚、鍤勤奮勞動的結果，這樣解釋要勝過應龍用尾劃地的傳說。

問：鮌做了什麼？禹有什麼成就？為什麼共工大怒，地就向東南方傾斜？

對：上天寥廓廣大，並不需要天柱支撐。東南地勢較低，同西北較高一樣，都是自然形成的。共工那小子，哪有這樣大的力氣使天傾地陷！是什麼使您害怕而提出這樣的問題，來替上天擔憂？

問：九州地勢複雜，禹是怎樣安排劃定的？川谷為什麼積水很深？

對：九州的土地劃分，是禹到各地考查後確定的。水流得有急有慢，是因為地形有高有低。

問：江河全都東流不泛濫，有誰知道這是什麼緣故？

對：水向東流入「歸墟」，又循環流回，充盈於西方。水從孔穴和泥縫裏滲透，變得有清有濁。高地的黑土乾燥疏鬆（容易吸水），土壤被水分浸透，水位逐漸升高，土壤含水充足飽和，餘下的水分洩漏繼續流淌，百川就這樣流動起來，還怎麼泛濫起來呢？

問：大地的東西和南北，哪一邊更長？

對：大地的東西和南北，它們的邊際沒有止境。天地無邊無際，怎麼能計算出它的長度。

問：大地從南到北延長成為橢圓的形狀，它比東西向的直徑長出多少？

對：大地茫茫不定，怎樣測量距離，哪裏才是盡頭？

問：通向天極的崑崙山，坐落在什麼地方？

對：堆積得很高的西北方，就是崑崙山的所在。蓬頭亂髮、長著虎牙的西王母，就住在這裏的山洞中。

問：山上的九層增城，它的高度是多少里？

對：九層增城的高度，計是一萬三千餘里。

問：四方的天門，是誰在那裏進進出出？

對：寒冷溫熱，在不同季節中交替出現。由於四季氣候的變化，就產生了「四方之門」的想像。

問：打開西北方的大門，是什麼樣的大氣吹過？

對：從這打開了的「門」裏進出的，就是這個「元氣」。

問：太陽為什麼有照射不到的地方，何必要燭龍來照耀？

對：長長的巨龍，口中發光，腦袋朝北；牠使極其陰暗的北方，照耀得亮亮堂堂。

問：架著日車的羲和還沒舉鞭，若木的花兒為什麼就能發光？

對：那若木花兒，受到太陽的照射才發出光亮。

問：什麼地方冬天溫暖？什麼地方夏日嚴寒？

對：狂山到處是冰，夏至時也會結冰。南海中有個炎洲，「司寒」之神不可能在那裏發揮作用。

問：哪裏有石頭的樹木成林？什麼動物能說人話？

對：石頭怎麼不能成林？你可以到西方邊遠的地方去看一下。猩猩能嘐嘐地說話，還能知道人的姓名。

問：哪裏有無角虬龍，馱著熊到處玩耍？

對：不長犄角不生鱗的虬龍，彎彎曲曲地在遊動，黑熊在遊戲，人們把這兩件事聯繫在一塊當作神奇。

問：為什麼那種叫「雄虺」的大毒蛇有九個腦袋？「儵」和「忽」是什麼東西，都在哪裏？

對：南方有怪蛇，排列著九個腦袋在咬人。儵和忽住在他們稱帝的南海和北海。

問：什麼地方的人長生不死？高高的長人守衛在什麼地方？

對：住在員丘山國的人，他們長壽不死。身橫九里的長人，守衛在封、嵎二山。

問：蔓延多叉的浮萍和枲麻，都出產在哪裏？

對：長有九個分叉的浮萍，那是您所看到的圖畫在騙人。開著紅花那種枲麻，就產在浮山。

問：傳說蛇能吞象，牠究竟能有多大呢？

對：巴蛇能夠吞下大象，可見牠很大很大；三年才排泄出象骨，可見牠的長度很長很長。

問：黑水、玄趾、三危這三個地方，究竟是在哪裏？

對：黑水流向遠方，不姜山是它的源頭。玄趾在北，三危在南。

問：仙人長壽不死，他們能活上多久？

對：仙人渺茫難憑，長壽哪裏值得羨慕！人的壽命雖然長短不齊，但遲早都會死亡。為什麼亂七八糟不著邊際，胡謅會有長生不死的仙人！

問：鯪魚出產在什麼地方？鬿雀棲息在什麼地方？

對：長著人臉的鯪魚，出產在列姑射山附近。鬿雀站立在北號山上，專門吃人。

問：羿❶焉彃❷日？烏❸焉解羽❹？

對：焉有十日，其❺火❻百物！羿宜炭赫❼厥體❽，胡庸❾以枝屈❿！大澤千里，群鳥是解⓫。

問：禹之力⓬獻⓭功⓮，降⓯省⓰下土四方⓱。焉得彼嵞山⓲女，而通⓳之於台桑⓴？閔㉑妃㉒配合㉓，厥身是繼㉔。胡為嗜欲㉕不同味㉖，而快㉗鼂飽㉘？

對：禹懲於續㉙，嵞婦亟合㉚。胈離厥膚㉛，三門㉜以不眡㉝。呱呱㉞之不盡㉟，而孰圖厥味！卒燥於野㊱，民攸字攸暨㊲。

問：啟[38]代益[39]作后[40]，卒然[41]離蠥[42]。

對：彼呱[43]克臧[44]，俾[45]姒[46]作夏[47]。獻后益於帝[48]，諄諄[49]以不命[50]。

復為叟耆[51]，曷戚曷孽[52]！

問：何啟惟憂，而能拘是達[53]？皆歸射鞫[54]，而無害厥躬[55]。

對：呱勤於德，民以乳活[56]。扈仇厥正[57]，帝[58]授柄[59]以撻[60]兇窮[61]。

聖庸[62]夫孰克害[63]！

問：何后益作革[64]，而禹播降[65]？

對：益革[66]民艱[67]，咸粲厥粒[68]。惟禹授以土[69]，爰稼萬億[70]。違溺[71]

踐垍[72]，休居以康食[73]。姑不失聖[74]，夫胡往不道[75]！

問：啟棘[76]賓[77]商[78]，〈九辯〉、〈九歌〉[79]？

對：啟達[80]厥聲[81]，堪輿[82]以呻[83]；辨[84]同容[85]之序，帝以賀[86]嬪。

問：何勤子[87]屠[88]母，而死分竟地[89]？

對：禹母產聖，何疈[90]厥旅[91]！彼淫言亂噣[92]，聰聝[93]以不處[94]。

問：帝[95]降[96]夷羿[97]，革[98]孽[99]夏民。

對：夷羿滔[100]荒[101]，割[102]更[103]夏相。夫孰作厥孽，而誣帝以降！

問：胡羿射夫河伯[104]，而妻[105]彼雒嬪[106]？

對：震鰝[107]厥鱗[108]，集矢於睆[109]。肆叫帝[110]不諶[111]，失位滋嫚[112]。有洛之嫮[113]，焉妻於狡[114]！

問：馮[115]珧[116]利[117]決[118]，封豨[119]是射；何獻蒸[120]肉之膏[121]，而后帝不若[122]？

對：夸夫[123]快[124]殺[125]，鼎[126]豨以慮[127]飽。馨[128]膏腴[129]帝，叛德[130]恣[131]力；胡肥台[132]舌喉，而濫[133]厥福！

問：浞[134]娶純狐[135]，眩[136]妻爰謀[137]；何羿之射革[138]，而交[139]吞[140]揆[141]之？

對：寒讒婦謀，后夷[142]卒戕[143]；荒棄於野[144]，俾奸民[145]是臧[146]。舉土[147]作仇，徒[148]怙[149]身[150]弧[151]！

問：阻窮[152]西征[153]，巖[154]何越焉？化為黃熊[155]，巫[156]何活[157]焉？

對：鮌殛[158]羽巖，化黃[159]而淵[160]。

問：咸[161]播秬黍[162]，莆[163]雚[164]是營[165]。

對：子[166]宜[167]播稙[168]穉[169]，於丘於川。維[170]莞[171]維蒲，維菰維蘆。丕徹[172]以圖[173]，民以讙[174]以都[175]。

問：何由[176]并投[177]，而鮌疾[178]修盈[179]？

對：堯酷[180]厥父，厥子激以功[181]，克碩[182]厥祀[183]，後世[184]是郊[185]。

問：白蜺[186]嬰[187]茀[188]，胡為此堂[189]？安得夫良藥[190]，不能固臧[191]？天式[192]從橫[193]，陽[194]離爰死。大鳥[195]何鳴，夫焉喪厥體？

對：王子[196]怪駭[197]，蜺形茀裳[198]。文[199]褫[200]操[201]戈，猶懵夫藥良[202]。終鳥號[203]以游[204]，奮[205]厥篚筐[206]。曶漠[207]莫謀[208]，形[209]胡在胡亡[210]。

問：萍[211]號[212]起雨，何以興[213]之？

對：幽陽潛爕[214]，陰蒸[215]而雨；萍馮[216]以興，厥號爰所[217]。

問：撰體協脅[218]，鹿何膺之[219]？

對：氣怪(220)以神(221)，爰有奇軀。脅屬(222)支(223)偶(224)，尸(225)帝(226)之隅(227)。

問：鼇(228)戴(229)山抃(230)，何以安之？

對：宅靈之丘(231)，掉(232)焉不危，鼇厥首而恒(233)以恬夷(234)。

問：釋舟(235)陵行(236)，何以遷(237)之？

對：要釋而陵，殆(238)或謫(239)之；龍伯負骨(240)，帝尚窄之(241)！

【章旨】以上第三段，言人事。主要問對羿、鮌、禹、啟等夏代之前及夏初聖王之事跡。

【注釋】❶羿　人名，傳說為有窮氏之君，善於射箭。❷彈　當作「彃」。彃，射。❸烏　烏鴉。傳說日中有烏。❹解羽　羽毛散落。《淮南子．本經訓》云，堯時十日齊出，草木焦枯，堯因命羿射落九日。❺其　指十個太陽。❻火　用作動詞，燃燒。❼炭赫　火紅的炭，此用作動詞，烤成明亮的炭。赫，明亮；明紅色。❽體　身體。❾庸　用；能。❿枝屈　指彎身射箭。枝，同「肢」。四肢。屈，屈身。⓫解　解羽，指羽毛脫落。⓬力　努力。⓭獻　致力於……；貢獻給……。⓮功　事業，此指治水事業。⓯降　降臨。⓰省　省視；察看。⓱下土四方　指天下之地。⓲嵞山　古國名。嵞，通「塗」。⓳通　相通；男女相配。⓴台桑　地名。㉑閔　愛憐；疼愛。㉒妃　配偶，指嵞山女。㉓配合　匹配交合。㉔繼　指接續後代。㉕嗜欲　男女方面的愛好。㉖不同味　不能始終如一地愛好。味，隱指性關係方面的口味。傳說禹通塗山女，數日後即離去。㉗快　貪圖快感。㉘鼂飽　指一時之滿足。鼂，通「朝」。早晨。「朝飽」與「朝飢」、「朝食」義近，為男女交合的隱語。㉙懲於續　擔心沒有後代。懲，警惕；擔憂。續，後嗣。㉚亟合　趕快結合。㉛胈離厥膚　汗毛離開了他的皮膚。胈，（小腿上的）汗毛。據《莊子．天下》記載，禹治水辛勞，小腿的汗毛都磨光了。㉜三門　三過家門。據《孟子．

滕文公上》載，禹治水時，曾三過家門而不入。門，用作動詞。㉝眂　同「睇」或「眡」。看視。㉞呱呱　指嬰兒的哭聲。據《尚書・益稷》記載，禹治水時路過家門，聽到兒子啟的哭聲，卻沒有進門。㉟盡　疼惜；傷痛。㊱卒燥於野　終於使洪水退去，大地乾燥。卒，終於。野，指大地。㊲攸字攸曁　得以繁衍安居。攸……攸……，語助結構，表又……又……。字，生殖；繁衍。曁，修養生息。㊳啟　禹與嵞山女的兒子。㊴益　禹的一個大臣。㊵后　君主。㊶卒然　猝然；忽然。㊷離蠥　遭受禍亂。離，罹；遭受。蠥，通「孽」。災禍。據汲冢《竹書紀年》記載：益繼禹位，拘啟禁之，啟反殺益。㊸呱　呱呱（哭的嬰兒）。此指啟。㊹克臧　能（做）好事。克，能夠。臧，好；善。㊺俾　使。㊻姒　啟的姓氏。㊼作夏　建立夏王朝。㊽獻后益於帝　言啟向禹推薦益繼位為帝。據《史記・夏本紀》等記載：禹死後，益繼帝位，三年後，啟為禹守喪期滿，益就把帝位讓給啟。獻，敬獻；推舉。后益，益曾為帝，故曰后益。帝，指禹。㊾諄諄　誠懇貌。㊿不命　指不願為帝。(51)復為叟者　又回復為一個普通老人。叟者，老年人。指益讓出帝位後，重又成為一般的老人。(52)曷戚曷蠥　有什麼憂愁災禍。戚，憂戚。(53)能拘是達　能夠在拘禁中順利逃出。拘，禁。達，順利。(54)皆歸射鞫　或指啟拘囚中所受之刑。射，射耳；貫耳之刑。鞫，義不明，或為竹枷之刑。按此段文意，漢以來即聚訟紛紜，難以定論。或以為啟與益之爭，或以為啟與有扈氏之爭。(55)而無害厥躬　指啟的身體竟沒有受到傷害，因有此一問。(56)乳活　養活。(57)扈仇厥正　有扈氏仇視啟的正大。扈，有扈氏，夏后啟時代的一個部落，曾叛啟。正，正道。按柳宗元認為「能拘是達」係指啟與有扈氏之爭。而據〈天問〉上下文，此段似仍指啟益之爭。(58)帝　指帝啟。(59)授柄　授柄，派出軍隊。柄，據《說文》段玉裁注，「柄之本義，專訓斧柯。」此指武器、軍隊。(60)撻　鞭撻，指討伐。(61)兇窮　兇惡到極點，指有扈氏。(62)聖庸　指啟。(63)夫孰克害　誰能傷害他。(64)作革　變更，指代禹為帝，有所變革。(65)播降　遺留，指大禹治水理國有功，遺愛人間，益雖「作革」，而民眾思禹，故啟能代益為帝。(66)革　革除。(67)民艱　民生疾苦。(68)咸粲厥粒　疑為大量種植稻米。粲，一般釋為餐、食。然「粲」從米，其本義或為稻米鮮明茂盛。《史記・夏本紀》亦載，禹治洪水，命益將稻種分發民眾。厥粒，指稻米。(69)禹授以土大禹將土地分給民眾。70爰稼萬億　於是種植了無數的莊稼。71違溺　離開泥水之地。違，離去；去掉。72踐埴　踏上了硬土。埴，硬土，指洪水已退，土地乾燥。73休居以康食　安居而有食。休，美好。康，安康。74姑不失聖　不失為聖賢。75胡往不道　言始終合乎正道。76棘　陳；獻。77賓　通「嬪」。美女。78商　疑為「帝」之形近而訛。帝，天帝。《山海經．大荒西經》：啟「上三嬪於天，得〈九辯〉、〈九歌〉以下。」79九辯九歌皆天樂名。80達　通「曉」。81厥聲　指音樂。82堪輿　天地之道。83呻　呻吟，指歌唱。84辨　整理。85同容　情感相近的樂曲。容，音樂所表達的感情。86賀　交換。87勤子　勤勞的兒子，指禹。88屠　裂剝。89死分竟地　《太平御覽》卷八二引《帝王世紀》載：禹母修己生禹時難產，裂開了胸才生出禹。王逸〈天問〉注則云，禹母裂背而生禹。竟，拋棄；落下。按，一說，禹化熊以開道，塗山女慚而化為石。石裂而生啟。90鼂裂。91旅　「膂」之本字，脊背。92亂囑　亂說。93聰職　指聰明人。職，耳朵。94處　容納。95帝　天帝。96降　派遣。97夷羿　東夷族諸侯，擅長射箭，奪取夏后相（啟子）帝位，自立為君，後被寒浞殺死。98革變更。99孽　為禍患。100滔　傲慢。101荒　荒淫放蕩。102割　奪取。103更　代。104河伯　水神。王逸〈天問〉注云，河伯化為白龍，被羿射瞎左眼。105妻　用作動詞，以……為妻。106彼雒嬪　雒嬪，即宓妃，相傳為洛水女神，河伯妻。雒，通「洛」。水名。107震皜　其義不詳。皜，通「皓」。明亮。108厥鱗　指河伯。厥，其。鱗，鱗片。109睆　明亮，指眼睛。110肆叫帝　言河伯訴羿於帝。肆，盡力地。叫帝，叫於帝。111不諶　不誠實。112滋嫚　指災禍滋長蔓延。113嫮　美好；美女，指洛妃。114狡　狂狡，指羿。115馮　憑藉；帶著。116珧　兩頭裝飾有貝殼的弓。117利　利用。118決　即「扳指」，套在大拇指上鉤弦放箭的玉器。119封狶　大野豬。120獻蒸　向上天獻祭。121膏　肥肉。122不若　不順；不高興。123夸夫　狂夫，指羿。124快　以……為快。125殺　指殺戮野獸。126鼎　祭祀及宴會時用以裝盛食物的器具。此用作動詞，即用鼎烹飪野豬肉。127慮　思；求。128馨　香美，此用作動詞，以祭品之馨香上達於天。129腴　肥胖，引伸為諂媚。130叛德　背叛應守的道德。131恣　放肆。132肥台　以肥膏取悅。台，「怡」之本字。133濫　過度；非分。134浞　即寒浞。135純狐　氏族名，此指純狐氏之女，寒浞妻。一說，本為羿妻，與浞通謀。(136)眩　為……迷惑。(137)謀　謀劃。《左傳》襄公四年云，寒浞善讒，羿用為相。後寒浞殺羿，自立為君。(138)射革　傳說羿善射，可穿七層皮革。(139)交　同心協力。(140)吞　吞滅。(141)揆謀算。(142)后夷　即夷羿，因曾為君，故稱后夷。(143)戕　(被)殺害。(144)荒棄於野　荒廢國政是因為去野外打獵。(145)奸民　干擾民生。奸，干；擾。(146)臧　善，指喜歡。(147)舉土　全國。(148)徒　徒然。(149)怙　依靠。(150)身　自己。(151)弧　弓。(152)阻窮　形容路途艱險。阻，險阻。窮，艱難。(153)西征　指堯流放鮌至東方羽山，鮌東行有翻越山嶺之險。(154)巖　山嶺。(155)化為黃熊　《左傳》昭公七年載：鮌死於羽山，其魄化為黃熊，入於羽山之淵。(156)巫巫師。(157)活　用作使動，使……復活。(158)殛　誅罰，此指流放。(159)黃　黃熊。(160)淵　用作動詞，入於淵。(161)咸都；全。(162)秬黍　黑黍。(163)莆　即「蒲」。水生植物。(164)雚　草名。(165)營　耕種。(166)子　指禹。(167)宜　適合；適時。(168)穜　早熟作物。(169)穉　晚熟作物。(170)維　語助詞。(171)莞　與下文蒲、菰、蘆，均為生長在淺水中的草本植物。(172)丕徹　全面徹底。(173)圖　規劃。(174)讙　歡喜。(175)都　讚美。(176)由　原因。(177)并投　投棄，這裏指流放。并，通「屏」。屏棄。(178)疾　罪惡。(179)修盈　充滿。(180)酷　嚴厲處罰。(181)激以功　努力而成就功業。激，通「繳」。絲織品，引申為用功。(182)碩　用作使動，使之大。(183)祀　祭祀。(184)後世　後代。(185)郊　祭天。(186)白蜺　形似白雲而有色的龍。(187)嬰　環繞。(188)茀　曲折似蛇的白雲。(189)堂　祠堂，即屈原所見的楚國公卿祠堂。(190)安得夫良藥　據王逸〈天問〉注及《漢書‧郊祀志上》應劭注引古本《列仙傳》云，崔文子學仙於王子僑。子僑化為白蜺，持仙藥與文子。文子驚怪，引戈擊蜺，中之，蜺及藥因墮地。俯而視之，乃子僑之屍。一說，此問言后羿妻嫦娥竊不死藥而奔月故事。未知孰是。(191)臧　善。(192)天式　天的法式。(193)從橫　即縱橫，指陰陽縱衡變化之道。(194)陽　陽氣。(195)大鳥　據王逸注，崔文子以筐覆屍，須臾，化為大鳥而鳴，開筐而視，大鳥翻飛而去。(196)王子　王子僑。(197)怪駭　奇形怪狀，令人驚怕。(198)蜺形茀裳　具有蜺的身體，白雲纏繞而以為裳。(199)文　指崔文子。(200)褫　剝去衣服。指崔文子赤身露體。(201)操　拿起。(202)懵夫藥良　言雖有良藥，但文子不識。懵，糊塗。(203)鳥號　像鳥一樣鳴叫。鳥，用作副詞狀語。(204)游　指飛。(205)奮　奮起。(206)篚筐　泛指竹器，方曰篚，圓曰筐。207罶漠　昏闇。208莫謀　弄不清。209形　指王子僑的身體。210胡在胡亡　是存在還是已經消亡。211蓱　即蓱翳，雨師名。或風雨欲來時蓱有所動，因以蓱為雨神。212號　呼號。213興　興起。214幽陽潛爨　被壓抑的陽氣暗暗上升。爨，火上升，此指陽氣上升。215蒸　蒸發。216馮　憑藉。217爰所　在那裏。218撰體協脅　具有拼合的形體。撰，具有。協，合。脅，身體。219鹿何膺之　這個怪鹿為何具有如此形體。鹿，即飛廉，傳說中的風伯。鹿身、雀頭、有角、蛇尾、豹文。能致風雨。膺，接受；獲得。220氣怪　陰陽二氣相衝突。怪，乖戾；不協調。221神　神奇。222屬　連屬；連綴。223支　同「肢」。224偶　成對。225尸　陳列。226帝　天帝。227隅　邊隅。據《文選・蜀都賦》五臣注引《南中志》，兩頭鹿出於雲南邊地。228鼇　海中大龜。229戴　頂著。230抃　拍手，指舞動。《列子・湯問》載：東海之中有岱輿、員嶠、方壺、瀛洲、蓬萊五座仙山，常隨波擺動。天帝命禺彊以十五隻巨鼇揹負，五山屹立不動。231宅靈之丘　居住著神靈的山丘。宅，以之為宅。232掉　搖，指海中仙山飄動。233恒　經常。234恬夷　平安。235釋舟　離開船，指離開大海。釋，捨去；離開。236陵行　在陸地行走。237遷　移動。238殆　或許。239謫　懲罰。240龍伯負骨　據《列子・湯問》載，龍伯之國有巨人，數步即至五仙山，釣起六鼇而背回。241帝尚窄之　據《列子・湯問》載，龍伯國巨人釣走六鼇後，天帝大怒，削減龍伯的國土使它狹隘，縮短龍伯國人的身軀使之矮小。

【語　譯】問：羿怎樣射落太陽？太陽中的烏鴉怎麼會掉下來？

對：哪能有十個太陽，將萬物烤焦！（若真有這樣的事，）羿的身體燒得該像火紅的炭一樣，哪還能彎弓射箭！群烏只是在千里大澤中脫毛換羽。

問：大禹將全力獻給治水事業，到下面去視察各地情況。怎麼會得到那個塗山女子，並在台桑這個地方與她交合？他喜歡那個女人而和她交合，是不是為了後繼有人？為什麼大禹耽於情慾卻不能始終如一，而那樣貪圖一朝一夕的男女之歡？

對：大禹擔心沒有後嗣，才急著和塗山的女人交合。他為治理洪水，勞累得腿上汗毛都已磨光，三次經過家門都無暇進去看望。連呱呱墜地的兒子也不顧惜，還貪圖什麼情慾！終於治理了洪水，使得民眾能在乾爽的土地上建房造屋，過上安定的生活。

問：啟取代益成了帝王，為什麼突然遭到憂患？

對：啟能行善事，才使姒姓建立起夏王朝。啟雖然向禹推薦了益繼位，但是益卻很誠懇地辭去帝位，又成為普通的老叟，並沒有什麼憂患。

問：為什麼啟遇到憂患災禍，卻能夠從拘禁的地方順利逃出？為什麼啟遭受了刑罰，身體卻沒有受到傷害？

對：由於啟努力施行德政，人們才得以生活下去。啟能行正道卻遭到有扈氏的敵視，啟便興兵討伐有扈氏。啟這樣英明，誰能加害於他呢？

問：為什麼益在位時能夠有所變革，而大禹卻為啟播下了勝利的種子？

對：益消除了民眾的疾苦，使大家都能有飯吃。而大禹把土地分給人們，才能種上成萬成億的莊稼。人們擺脫了洪水的威脅，才能在陸地上安居樂業。禹沒有任何過失，所行都合乎正道。

問：啟為什麼急於把三名美女獻給天帝，取來〈九辯〉、〈九歌〉的樂曲？

對：啟通曉聲律，按照天地之道來制定音樂以使歌唱；把感情相近的樂曲加以整理編排，成為〈九辯〉、〈九歌〉，因此，才有從上帝那裏用美女換來樂曲的說法。

問：勤勞的禹為什麼裂開母背而生，而將裂開的屍體棄置於地？

對：禹母生禹的時候，怎麼會裂開她的背脊生出來呢！那些胡言亂語，聰明的人是不會聽信的。

問：天帝派羿出世，是不是為解除夏民的災難？

對：羿傲慢放蕩，奪取了相的帝位。作了這些罪孽，卻胡說是天帝派他來的！

問：羿為什麼要射瞎河伯，並霸占洛神為妻？

對：羿所射傷的只是一條龍，那箭都射在牠的眼睛上。羿射傷的並不是河伯，所以河伯向天帝控訴的傳說是不真實的。龍離開了牠應處的深水，因而災禍滋長蔓延。洛水的美女，哪裏會做狂夫的妻子呢！

問：羿帶著弓箭，套上扳指，射死了大野豬；為什麼羿用肥厚的豬肉獻祭，而天帝仍然不高興？

對：狂夫羿迷戀於打獵，用鼎烹野豬肉想飽餐一頓。他用香美的肥肉來諂媚天帝，卻背離道德，憑著武力胡作非為。這樣地向天帝進獻美食，哪裏能夠非分地得福呢！

問：寒浞娶了純狐，跟這個迷人的女人設謀劃策；為什麼像羿那樣能射透七層皮革的大力士，會被寒浞等一伙合力吞滅？

對：善於進讒言的寒浞和他的妻子合謀，羿終於被其謀害；羿荒廢國政迷戀狩獵，以干擾民生作為快樂。天下都在以羿為仇，單靠他自己能射箭有什麼用處。

問：鯀被流放到險遠的羽山，高大的山嶺是怎樣越過的？鯀死後化為黃熊，巫師如何能使他復活？

對：鯀被流放到羽山而死，才有了化為黃熊入於深淵的傳說。

問：鯀治理水土使原來生長蒲蘆的土地，成為播種黑黍的良田。

對：是禹在丘陵水畔，適時播種早熟晚熟農作物。徹底剗鋤莞、蒲、菇、蘆，經營規劃，因此受到人們的歡迎和讚美。

問：鯀為什麼還要被流放，人們為什麼這樣恨他？

對：堯嚴酷地處分了他的父親鯀，更激勵了禹努力做出成績。從而發揚光大了他父親的業績，使鯀得到後代的郊祭。

問：白蜺被舒卷的雲朵環繞，這祠堂裏為什麼要畫著這樣的壁畫？為什麼王子僑獲得良藥（送給崔文子），卻不能有好結果？天象運行是自然的規律，陽氣離開人的軀體，人就要死亡。大鳥為什麼長鳴飛去？崔文子怎能使王子僑的身體喪亡呢？

對：王子僑的形狀和服飾奇特使人害怕，正像是白蜺被舒卷的雲朵所環繞。崔文子光著身子操起戈來刺他，是因為不識得這仙藥的好處。後來一隻大鳥鳴號奮飛而去，掀翻了地上的竹器，在昏黑中也辨認不清王子僑的身體是留著還是消失了。

問：雨師蓱翳呼號行雨，它怎樣才能興雲作雨？

對：陽氣潛伏在下面，就會促使熱氣上升，陰氣蒸發，就會下雨；蓱翳就憑藉這些興雲作雨，並在那裏呼號起來。

問：風伯飛廉是鹿的身軀和其他動物拼合而成，為什麼會有這樣奇怪的形狀？

對：這種鹿由於稟受自然的乖戾之氣，於是有了奇異的軀體。這種拼合的身體產在天帝統治區域的邊境。

問：巨鰲馱著五座仙山舞蹈嬉戲，怎麼能使仙山安穩？

對：神仙所居的仙山，飄動而無危險，巨鰲故能永遠保持平穩。

問：巨人把六鰲釣到陸地上，又是怎樣搬走的？

對：巨鰲被釣到陸地上來，或許是天帝在懲罰牠吧；那麼為什麼釣鰲上陸的龍伯國巨人，也遭到天帝削縮身軀的處罰呢？

問：惟澆❶在戶❷，何求於嫂❸？何少康❹逐犬，而顛隕厥首❺？

對：澆嫪❻以力，兄麀聚之❼。康假❽於田❾，肆❿克⓫宇⓬之。

問：女歧⓭縫裳，而館同⓮爰止⓯。何顛易厥首⓰，而親以逢殆⓱？

對：既裳既舍，宜⓲咸墜厥首⓳。

問：湯⓴謀易旅㉑，何以厚㉒之？

對：湯奮㉓癸㉔旅，爰以偃拊㉕；載㉖厥德於葛㉗，以詰㉘仇餉㉙。

問：覆舟斟尋㉚，何道取之？

對：康㉛復舊物㉜，尋焉保之㉝？覆舟喻易，尚或艱之㉞！

問：桀[35]伐蒙山[36]，何所得焉？妹嬉何肆[37]，湯何殛[38]焉？

對：惟桀嗜色，戎[39]得蒙妹[40]；淫處暴娛，以大啟[41]厥伐。

問：舜[42]閔[43]在家，父[44]何以鰥[45]？堯不姚告[46]，二女何親[47]？

對：瞽父仇舜，鰥以不儷[48]。堯專以女[49]，茲俾亂[50]厥世。惟蒸蒸[51]翼翼[52]，于嬀[53]之汭[54]。

問：厥萌[55]在初，何所意[56]焉？璜臺[57]十成[58]，誰所極[59]焉？

對：紂臺[60]於璜，箕[61]克[62]兆[63]之。

問：登立[64]為帝[65]，孰道尚[66]之？

對：惟德登帝，師以首[67]之。

問：女媧[68]有體，孰制匠[69]之？

對：媧軀虺號[70]，占[71]以類[72]之。胡曰日化七十[73]，工獲[74]詭[75]之！

問：舜服厥弟[76]，終然為害[77]。何肆[78]犬體[79]，而厥身不危敗？

對：舜弟眡[80]厥仇，畢[81]屠[82]水火[83]。夫固優遊[84]以聖，而孰殆[85]厥禍！犬斷[86]於德[87]，終不克以噬。昆庸[88]致愛，邑鼻[89]以賦富[90]。

問：吳[91]獲[92]迄[93]古[94]，南嶽[95]是止[96]；孰期[97]去斯[98]，得兩男子[99]？

對：嗟[100]伯[101]之仁，遜季[102]旅[103]嶽[104]；雍[105]同度[106]厥義[107]，以嘉[108]吳國。

問：緣鵠飾玉[109]，后帝是饗[110]；何承謀夏[111]，桀終以滅喪？

對：空桑[112]鼎殷[113]，諂[114]羹厥鵠，惟軻知言[115]，瞯[116]焉以為不[117]。仁易愚危[118]，夫曷揆曷謀[119]。咸逃叢淵[120]，虐后[121]以劉[122]。

問：帝[123]乃降觀[124]，下逢伊摯[125]；何條放致罰[126]，而黎伏[127]大說[128]？

對：降厥觀於下，匪摯孰承[129]！條伐巢放[130]，民用[131]潰[132]厥疣[133]，以夷[134]於膚，夫曷不謠[135]！

問：簡狄在臺[136]，嚳[137]何宜[138]？玄鳥[139]放貽[140]，女何喜[141]？

對：嚳、狄禱禖[142]，契形於胞[143]；胡乙鷇[144]之食，而怪焉以嘉！

問：該[145]秉[146]季[147]德[148]，厥父是臧[149]；胡終弊[150]於有扈[151]，牧夫牛羊？

對：該德胤[152]考，蓐收[153]於西。爪虎手鉞[154]，尸[155]刑以司慝[156]。牧正[157]

矜矜[158]，澆扈爰[159]踣[160]。

問：干[161]協[162]時[163]舞，何以懷之[164]？

對：階干以娛[165]，苗[166]革[167]而格[168]；不迫以死，夫胡狃[169]厥賊[170]！

問：平脅[171]曼膚[172]，何以肥[173]之？

對：辛后[174]騃[175]狂，無憂以肥。肆蕩弛[176]厥體，而充膏[177]于肌。嗇寶[178]被躬[179]，焚以旗[180]之。

問：有扈牧豎[181]，云何而逢[182]？擊牀先出[183]，其命何從[184]？

對：扈釋[185]于牧，力使后之[186]，民讎焉寓[187]，啟牀以斮[188]。

問：恒[189]秉[190]季[191]德，焉得夫朴牛[192]？何往營班祿[193]，不但[194]還來[195]？

對：殷武踵德[196]，奚[197]獲牛之朴！夫唯陋民[198]是冒[199]，而丕[200]號以瑞[201]。卒[202]營而班，民心是市[203]。

問：昏微循跡，有狄不寧[204]。何繁鳥萃棘[205]，負子肆情[206]？

對：解父狄淫[207]，遭愨[208]以赧[209]；彼中之不目[210]，而徒以色視[211]。

問：眩弟並淫(212)，危害厥兄；何變化(213)以作詐，後嗣而逢長(214)？

對：象不兄龔(215)，而奮(216)以謀蓋(217)；聖(218)孰凶怒，嗣用紹(219)厥愛(220)。

問：成湯(221)東巡，有莘(222)爰極(223)。何乞彼小臣(224)，而吉妃是得(225)？

對：莘有玉女(226)，湯巡爰獲。既內克厥合(227)，而外弼(228)於德。伊知非妃(229)，伊之知臣，曷以不識(230)！

問：水濱之木(231)，得彼小子(232)；夫何惡(233)之，媵(234)有莘之婦？

對：胡木化於母(235)，以蝎(236)厥聖(237)！喙鳴(238)不良，謾以詭正(239)。盡邑以墊(240)，孰譯(241)彼夢！

問：湯出(242)重泉(243)，夫何罪尤(244)？不勝心(245)伐帝(246)，夫誰使挑(247)之？

對：湯行(248)不類(249)，重泉是囚；違(250)虐立辟(251)，實罪(252)德(253)之由(254)。師(255)憑怒(256)以割(257)，癸挑而讎(258)。

【章旨】以上第四段，續言人事。主要問對夏、商二代事跡。

【注釋】❶澆　寒浞之子，力大而殘忍。❷在戶　指在家。❸何求於嫂　傳說澆淫亂其嫂。❹少康　夏朝君主相的兒子。❺顛隕厥首　砍掉澆的頭。相為澆所殺，後少康趁打獵放犬逐獸之機襲殺澆，恢復夏朝。詳見《竹書紀年》帝相附注。❻嫪　不正當的戀情。❼兄麀聚之　傳說麀鹿聚淫，借指兄弟共妻，兩性關係混亂。❽假　假借。❾田　打獵。❿肆　遂意。⓫克　取勝。⓬宇　居住；占據。⓭女歧　即澆嫂。⓮館同　在同舍而居。⓯止　止宿；居住。⓰顛易厥首　殺錯了頭。傳說澆和女歧共舍而宿，少康夜襲，殺了女歧的頭，誤以為殺了澆，所以說「易首」。⓱殆　危險。⓲宜　適合。⓳咸墜厥首　都被砍了頭。⓴湯　成湯，商朝的第一代王。㉑易旅　變易眾人(的態度)。指湯滅夏之後，希望能變更夏民對商的態度。㉒厚　厚待。一說，上文湯當作「康」，所問為少康復國事。據《左傳》等文獻記載，寒浞攻夏后相，相逃依斟灌、斟尋。浞使子澆滅灌尋，殺相。相妃有孕，逃歸有仍氏，生子少康。長為有虞氏庖正，僅有田一成，有眾一旅，而有德有謀，故終能殺滅浞澆，厚聚民眾，變易一旅主長為天下之主。㉓奮　用作動詞，使奮發。夏民亡國，精神不振，湯欲奮之。一說，奮，奮伐；討伐。㉔癸　夏桀名。㉕傴拊　愛撫。㉖載　施行。㉗葛　古國名。據《孟子・滕文公下》載：湯居亳，與葛為鄰，葛伯放縱無道，不祀祖先。湯派人送他祭祀所用的食物。葛伯殺掉來使，奪去食物。於是湯征伐葛。㉘詰　責問；討伐。㉙仇餉　把贈送食物的人當作仇敵。㉚覆舟斟尋　據《竹書紀年》帝相二十七年記載，澆伐斟尋，覆其舟而滅之。㉛康　夏少康。㉜舊物　指夏朝。㉝尋焉保之　斟尋如何能保全。保，保住。㉞覆舟喻易二句　言比喻為覆舟顯得太容易，可能比這要艱難得多。㉟桀　夏代最後一個君主。㊱蒙山　古國名。傳說桀伐蒙山，得美女妹喜，遂肆情荒淫。商湯誅滅之。又據《竹書紀年》及《太平御覽》卷一三五所引《國語》載，桀伐岷山，得二美女琬、琰，疏遠元妃妹嬉氏，妹喜遂交結湯臣伊尹，共同圖夏。㊲肆　放蕩。㊳殛　誅罰。㊴戎　興兵。㊵蒙妹　即妹嬉。㊶啟　導致。㊷舜　古帝名，受帝堯禪位為君，號有虞氏，史稱虞舜。㊸閔　憂愁。㊹父　通「甫」。男子之美稱。㊺鰥　男子成年而久未得妻。㊻堯不姚告　帝堯不向舜的父親提親。姚，舜的姓，指舜的父親瞽叟。據《孟子・萬章上》載：舜娶堯的兩個女兒娥皇、女英，事先沒有稟告父母。㊼親　親近，指結合。㊽儷　配偶。㊾女　用作動詞，以女嫁人。㊿胤　接續後代。(51)烝烝　形容孝順。(52)翼翼　恭敬貌。(53)嬀　水名。(54)汭　河汊彎曲處。此句言舜取妻後之居處。(55)萌　萌芽，指事物的開端。(56)意　預料。據《韓非子・喻老》及《韓非子・說林上》載，紂使用象牙筷子，殷臣箕子嘆息說，用了象牙筷子，便會用玉杯喝酒，吃貴重的豹胎，穿華麗的錦衣，住高臺廣室，從而一發不可收拾。(57)璜臺　建築名，位於殷都朝歌西南，殷紂用以藏聚珠寶美女。又名廩臺、鹿臺、南單之臺、旋室。(58)十成　十重。(59)極　言建築極盡豪奢。(60)臺　用作動詞，作臺。(61)箕　箕子。(62)克　能。(63)兆　徵兆，用作動詞，預料。(64)登立　登上帝位。(65)帝　下文言女媧，此疑指伏羲。傳說伏羲為帝王之始，曾畫八卦，修道德，萬民登以為帝。一說，此亦言女媧，下文為補敘之辭。(66)尚　推舉；擁戴；以之為尚。(67)首　君主。(68)女媧　傳說為人首蛇身，一天七十變，以泥土造人。又傳與伏羲以兄妹結為夫婦。(69)制匠　設計。(70)媧軀虺號　女媧號稱有大蛇的身軀。虺，大蛇。(71)占　推測。(72)類　形象。(73)日化七十　每天有七十次變化。(74)工獲　得以。(75)詭　怪異。(76)舜服厥弟　據《孟子・萬章上》、《史記・五帝本紀》等記述：舜父瞽叟，在舜的母親死後，又娶一妻，生子象。瞽叟偏愛象，與其後妻及象屢次謀害舜。在舜修倉庫時，放火燒倉，在舜掏井時，把井堵死，但舜都逃脫了這些災難。服，服事；順從。弟，名象。(77)害　謀害。(78)肆　恣意。(79)犬體　形容象像狗一樣兇惡。(80)眡　仇視。(81)畢　全；都。(82)厝　謀害。(83)水火　以水火謀害，指堵井、燒倉等事。(84)優遊　從容。(85)殆　受害。(86)犬齗　比喻像狗一樣呲牙裂嘴，形容象很兇暴。齗，齒根。(87)德　有德行的人，指舜。(88)昆庸　兄長，指舜。(89)邑鼻　據《史記・五帝本紀》「正義」：舜不計前嫌，封弟在有鼻。邑，以之為邑。(90)以賦富　以賦稅而致富。賦，收納貢稅。(91)吳　古代南方諸侯國名。(92)獲　得到。(93)迄　至於。(94)古　人名，即古公亶父，吳太伯的父親。(95)南嶽　南方的大山，泛指南方。(96)止　居住的地方。《史記・吳太伯世家》記述，古公亶父想把君位傳給小兒子王季，季的兄長太伯和虞仲就出走跑到吳地。吳人擁戴太伯為君主，太伯死後，又立虞仲為君主。(97)期　預料。(98)去斯　離開這個地方。(99)兩男子　指太伯、虞仲。(100)嗟　讚嘆。(101)伯　指太伯。(102)遜季　讓位給王季。(103)旅　旅居。(104)嶽　泛指南方之地。(105)雍　仲雍，即虞仲。(106)度　理解；推測。(107)義　道理，指太伯、仲雍讓位給王季一事所表現的品德。

(108)嘉　嘉惠，使之興盛。(109)緣鵠飾玉　傳說伊尹善烹調，以裝飾著鵠、玉的食器盛放著美味，進獻給商王湯。湯以之為賢，用為相。伊尹遂助湯謀劃滅夏。緣，裝飾。鵠，即天鵝，此指鼎、俎等食器上的裝飾性花紋。一說，鵠指鵠羹，緣鵠指伊尹借助鵠羹接近湯。(110)饗　享用美食。(111)謀夏　謀劃滅夏。(112)空桑　指伊尹生於空桑事，代指伊尹。傳說伊尹母親懷孕後，遇伊水泛濫，遂化為空心桑樹。後有莘氏女採桑，在空桑中得到一個嬰兒，就是伊尹。(113)鼎殷　指伊尹借助烹調技術接近湯。(114)諂　諂媚。(115)惟軻知言　只有孟子知道這件事的真假。孟子名軻。知言，孟軻曾自稱「知言」，見《孟子・公孫丑上》。意思是說自己能夠辨別出說話人的目的。據《孟子・萬章上》記述：萬章問孟軻，有人說伊尹曾以善於烹調而求得湯的任用，究竟有沒有這件事？孟軻回答，沒有這回事，伊尹是以堯舜之道獲得湯的信任的。(116)瞷　觀察。(117)不　同「否」。(118)仁易愚危　以仁德代替愚蠢和禍害。易，替換。(119)夫曷揆曷謀　哪裏用得著算計謀劃。揆，計算；謀，謀劃。(120)咸逃叢淵　人們都因逃避桀的暴政而歸向湯，就像鳥逃歸樹叢，魚逃歸水淵一樣。(121)虐后　暴虐的君主，指桀。(122)劉　殺害。(123)帝　指湯。(124)觀　觀察，指觀察民情風俗。(125)伊摯　伊尹名摯。(126)條放致罰　指湯擊敗夏桀，桀逃奔於鳴條之野。條，即鳴條，地名。(127)黎伏　荊楚方言，黎民百姓。見揚雄《方言》。(128)說　同「悅」。喜悅。(129)匪摯孰承　言除了伊摯誰還能承受湯的青睞。匪，非。(130)條伐巢放　言湯敗桀於鳴條，遂將其放逐到南巢。巢，南巢，地名。(131)用因此。(132)潰　決破，指疣瘤潰破。(133)疣　皮膚上的贅生物。(134)夷　平。(135)謠　歌謠，用作動詞，歌唱。(136)簡狄在臺　《詩經・商頌・玄鳥》云：「天命玄鳥，降而生商。」又《呂氏春秋・音初篇》說，簡狄居於九成（九層）的高臺上，帝嚳派燕看視，留下兩枚燕卵。又《史記・殷本紀》記述，簡狄在河中沐浴，見燕遺留一卵，吞而懷孕生契。契即殷商始祖。簡狄，有娀氏之女，帝嚳妃。(137)嚳　古帝名，號高辛氏。(138)宜　指宜室宜家，適宜為后妃。(139)玄鳥　黑色的鳥，即燕子。玄，黑色。(140)放貽　贈送；遺留。放，一作「致」。(141)喜　喜事，指懷孕。「喜」一作「嘉」，義同。(142)禱禖　祈禱於禖神以求子。遠古風俗，仲春有高禖儀式，大會男女，奔者不禁。(143)契形於胞　指胎兒契在胞中孕形。(144)乙觳　燕卵。乙，燕子，似為燕之象形。觳，鳥卵。(145)該　即王亥，殷人遠祖，世系在契之後。146秉　秉承；繼承。147季　即王季，又稱冥，亥的父親。148德　德業。149臧善；榜樣。150弊　敗，這裏指敗於；被殺害。151有扈　應作有易，古代部落名。經後人據甲骨卜辭及《山海經・大荒東經》和郭璞注引《竹書紀年》等材料的記述考證，亥游牧至有易部落，因淫有易君主之妻，為有易君主綿臣殺死，奪其牛羊。152胤　繼承。153蓐收　據《國語・晉語・二》、《禮記・月令》等記述，蓐收為西方孟秋之神，主刑殺。《左傳》昭公二十九年記述，該為少昊氏蓐收，世代不失職。154爪虎手鉞　手拿大斧，凶猛如同老虎。鉞，大斧，一種兵器。據《國語》：虢公夢在廟，有神人面白毛，虎爪執鉞，立於西阿。公覺，召史嚚占之。史嚚曰：如君之言，則蓐收也，天之刑神也。155尸　在職；主持。156司慝　處理邪惡之事。157牧正　主管畜牧的官，這裏指少康。158矜矜　堅強貌。159爰　乃。160蹈　跌倒；僵臥。此指死亡。161干　盾牌。162協協調，指配合。163時　是。164何以懷之　用什麼使（有苗）歸順。據《尚書・大禹謨》載：舜時，有苗氏叛亂，舜伐之，不服，於是收兵修文德，由萬人執干羽舞於兩階，過了七旬，有苗歸順。懷，招徠；使之歸順。165階干以娛　在臺階上舞動盾牌以娛樂。166苗　有苗氏，南方部落。167革　改變。168格　至；來，指有苗來歸順。169狃　習慣而不知改變。170賊　害。171平脅　豐滿的胸部，指殷紂王。傳說紂王肥胖。172曼膚　光澤的皮膚。173肥　用作動詞，使之肥。174辛后　紂辛，即紂。175騃　痴呆；愚蠢。176蕩弛　放縱；追求享樂。177膏　脂肪。178嗇寶　吝嗇財寶。指捨不得體卹賞賜士卒。179被躬　身上披著寶玉衣。被，通「披」。躬，自身；自己的身體。180旗　作動詞用，懸掛在旗竿上。《史記・殷本紀》載：周武王伐紂，紂兵敗，遂衣其寶玉衣，赴火而死。武王斬紂頭，懸之大白之旗。181有扈牧豎　傳說有扈本是牧豎之人，後來成為諸侯。一說，有扈即有易，此問言王亥曾在有易放牧，被有易之君殺害等事。見《山海經・大荒東經》等。牧豎指王亥。但下文柳宗元認為是問有扈與啟相爭事。未詳孰是。182逢　遇，此指遇上好運。183擊牀先出　傳說有扈與啟相爭，被啟擊殺於牀。先出事未詳。184其命何從　這個命運又是出於什麼原因？命，命運。何從，出於什麼。185釋　解脫。186力使后之力量強大使他成為君主。后，用作使動，使之成為后。187民讎焉寓　民眾的仇恨集中在這裏。焉寓，寓於此，倒裝結構。焉，這。(188)牀以斲　在牀上殺了他。牀，名詞作狀語用。斲，斬殺。(189)恒　即王恒，殷先世之一，王亥之弟。(190)秉　繼承。(191)季　王季。(192)得夫朴牛　此問言王恒奪回被有易搶走的朴牛事。朴，壯，大。(193)往營班祿　似是言王恒奪回牛羊後，普賜有功之人。營，經營；運作。班，頒賜；普遍分賜。祿，財物。(194)但僅。(195)還來　似是言王恒「往營班祿」後，即吸引許多民眾前來歸順。還，不久。來，即「徠」。招徠；使之來歸。(196)殷武踵德　湯王繼承先輩的功德。殷武，即商湯王。據《史記・殷本紀》，湯號曰武王。踵，腳踵；跟隨，引申為繼承。按，漢王逸〈天問〉注，誤以為「恒秉季德」一節是說湯王出獵，獲得大牛，後人以為祥瑞等事。柳宗元本節所對，即根據王注而言。(197)奚　何。(198)陋民　少見多怪的民眾。(199)是冒　被蒙蔽。(200)丕　大；美。(201)瑞　祥瑞。(202)卒　最後；終於。(203)民心是市　只是收買民心。市，買。(204)昏微循跡二句　此言上甲微遵循先人的遺志，打敗有易。據《竹書紀年》記載，王亥被有易殺害後，亥子上甲微即位，借河伯之兵，攻有易，殺其君綿臣。即〈天問〉的本事。昏微，應即上甲微，王亥子。昏字義不詳。循，遵循。跡，道路；路線。有狄，即有易。狄、易雙聲，為一音之轉。(205)繁鳥萃棘　許多鳥集中在荊棘叢中。按此為起興，所興之事與上甲微有關，但具體所指何事有待考證。繁，繁多。萃，聚集。棘，荊棘；帶刺的灌木。(206)負子肆情　當是上甲微事跡，其義不詳。(207)解父狄淫　據《列女傳・陳辯女傳》載，春秋時晉大夫解居父使宋，路經陳國，調戲路邊一採桑女。該女引《詩經》中「墓門有棘，有鴞萃止」加以斥責。其大意是說，雖然附近如同墓地一樣人跡罕至，但荊棘上聚集著鴞鳥，你難道不慚愧？按，上文屈原所問「昏微循跡，有狄不寧」，自漢代以來，其義已不為世人所知，後多據王逸所注，理解為：解居父行事暗微昏昧，為淫泆夷狄之事。過陳國墓門之地，見婦人負子採桑，思肆其情慾，為婦人所拒。柳宗元所對，即依王注。解父，即解居父。狄淫，淫佚；放縱。(208)慤　忠貞；誠實。(209)赧　因羞恥而臉紅。(210)彼中之不目　看不到陳女內在的美德。中，內在（美德）。之，結構助詞，作用是將否定句中賓語「彼中」提前。目，看見。(211)而徒以色視　只是看到她外在的美色。徒，只。(212)眩弟並淫　此言舜弟象迷惑其父，與父母一起謀害舜。眩，迷惑。並淫，即《書・皋陶謨》所言之「朋淫」。皆指共同策劃。淫，指邪惡之行。[213]變化　言象變換花樣害舜。[214]後嗣而逢長　言舜後來不計前嫌，仍封象於有鼻，其後嗣長為諸侯。逢，通「豐」。廣大；豐富。[215]象不兄龔　象對他的兄長不恭敬。兄龔，兄為賓語，龔為動詞謂語，在否定句中賓語前置。龔，同「恭」。[216]奮　強制；下決心。[217]蓋　指蓋井事。據《孟子·萬章上》記載，舜浚井時，象和瞽叟將井堵死，欲謀害舜。象以為舜必死，自誇設謀蓋井都是他的功勞。[218]聖　指舜。[219]紹　繼續。[220]厥愛　指舜對象的兄弟友愛之情。[221]成湯　即商湯王。[222]有莘　古代諸侯國名，在今河南陳留附近。[223]極　盡頭，指到達。[224]乞彼小臣　請求得到那個小臣。小臣，指伊尹。[225]吉妃是得　據《呂氏春秋·本味》等記載：伊尹為有侁（「侁」通「莘」）小臣，湯知其賢，遂向有侁索要伊尹，有侁不允，湯於是請求娶有侁之女，有侁很高興，便將伊尹作為陪嫁的奴隸給了湯。吉妃，賢德的妃子。據《列女傳》等記載，有侁氏之女為妃，統領內宮，咸無嫉妒。[226]玉女　美女。[227]合　和睦。[228]弼　輔助。[229]伊知非妃　伊尹被湯所知，並非是由於有莘氏之女的緣故。知，為……所賞識。[230]伊之知臣二句　言伊尹本為智慧之臣，湯怎麼能不賞識他。[231]水濱之木　指水邊的空心桑樹。[232]得彼小子　據《呂氏春秋·本味》記載：伊尹的母親住在伊水邊上，懷孕時夢見神女告訴她，如發現石臼裏生水，就趕快逃走不要回頭。大水衝來時，她回頭看到整個村莊都被淹沒，自己也被淹死，化成了一棵空心桑樹。後來有莘人即從空桑中得到伊尹。[233]惡　憎惡。[234]媵　陪嫁。[235]木化於母　指伊尹母親化為空桑的傳說。[236]蝎　木中蠹蟲，用作動詞，蠹害誣衊。[237]聖　指伊尹。[238]喙鳴　鳥叫聲，引伸為七嘴八舌。喙，鳥嘴。[239]謾以詭正　隨意地歪曲事實。詭，欺詐；歪曲。正，正道；真相。[240]墊　沉溺，指被水淹沒。[241]譯傳說。[242]出　釋放。[243]重泉　地名。據《史記·夏本紀》載：夏桀暴虐，囚湯於夏臺。重泉當即夏臺所在之地。後來湯送上財物，桀便釋放了湯。[244]尤　罪過。[245]不勝心　心中不能忍受。[246]帝　指夏桀。[247]挑　挑動。[248]行行為。[249]不類　不同（於桀）。[250]違　背離正道。[251]辟　嚴酷的刑法。[252]罪　用作動詞，加之罪。[253]德　有德之人，指湯。[254]由　原由；原因。[255]師　眾人。[256]憑怒　盛怒。憑，大；盛。[257]割　刻剝，指桀所施的虐政。[258]癸挑而讎　是桀自己挑起了眾人的仇恨。癸，夏王桀的名字。

【語譯】問：澆來到嫂子的住處，對嫂子有什麼要求？少康為什麼趁著打獵的機會，把澆殺掉？

對：澆貪色而有勇力，和嫂子通姦。少康藉口打獵，就消滅了澆，恢復夏朝。

問：女歧給澆縫衣裳，還在一起同居，為什麼被誤殺，使她遭到意外？

對：女歧既為澆縫衣裳，和他同居，活該都把腦袋丟掉。

問：湯想使夏桀的部眾擁護自己，到底是怎樣厚待他們的？

對：湯爭取夏桀的部眾，施用的是愛撫手段；湯施德於葛伯，送給他祭祀所用的食品，卻遭到葛伯的仇視，湯詰責葛伯的「仇餉」罪狀，所以能得人心。

問：弄翻斟尋的船，消滅了他，究竟靠著什麼方法？

對：少康恢復夏朝，斟尋怎能抵禦？用「覆舟」比喻它輕而易舉，實際上，湯滅夏桀或許要比「覆舟」事件艱鉅得多吧。

問：夏桀討伐蒙山國，得到了什麼？妹嬉為什麼放蕩，湯為什麼要討伐桀呢？

對：夏桀貪好女色，興兵伐蒙，得到蒙的妹嬉；桀荒淫無道，招致了商湯的討伐。

問：舜為家事操勞，父親為什麼讓他鰥居？為什麼堯不告訴瞽叟，就把兩個女兒嫁給了舜？

對：瞽叟恨舜，使舜成年不得娶妻。堯特意把女兒嫁給舜，是為了讓他接續後代。舜孝順恭敬，住在嬀水的河汊旁邊。

問：事情在開始萌芽的時候，誰能夠預料到它的後果？十層的璜臺，是誰建造得如此之高？

對：紂用玉石築臺，箕子從他使用象牙筷子這件事，就能看出它的苗頭。

問：伏羲稱帝，是誰推舉、擁護的？

對：只是有德的人才能登上帝位，眾人推他作為君主。

問：女媧變化多端的奇怪形體，是誰能有如此設計？

對：女媧號稱蛇身，是後人根據推測造出的形象。為什麼女媧能夠一日七十變，不過是畫工對人們的欺騙。

問：舜很順從他的兄弟象，還是受到象的陷害。為什麼象如同狗一樣兇惡，舜最終並沒有危險喪敗？

對：象把舜看成仇人，用盡了水淹火燒的手段。舜本來從容而又明智，哪會因這些災禍而被害呢！象雖然如同惡狗一樣張牙舞爪對著舜，但一直不能傷害他。而舜對象仍很友愛，把有鼻作為象的封邑，讓他徵賦享福。

問：吳國獲得了從古公亶父那裏來的太伯和仲雍，他們來到南方居住；誰料到他們離開了原來的地方，卻使吳國得到了兩個男子漢？

對：太伯是多麼仁慈啊！為了讓位於季歷而遠去南嶽；仲雍同樣懂得這番道理，他們使吳國大大地興旺起來。

問：伊尹用飾著美玉的鼎做了鵠羹，借助獻食的機會接近湯；湯是怎樣接受伊尹的計謀，終於滅掉了夏桀？

對：空桑中出生的伊尹身負鼎俎到湯那裏，借鵠羹討好於湯。只有孟軻能夠「知言」，據他觀察判斷給以否定。以仁德的湯取代昏庸的桀，哪裏用得著處心積慮需要詭計。民眾都離開桀到湯那裏，暴君桀就這樣垮臺瓦解。

問：湯到下邊觀察民情風俗，遇到伊尹。為什麼湯滅夏后放逐夏桀，使他受到懲罰，民眾都非常高興？

對：湯到下邊訪求賢才，除了伊尹誰能承擔重任！湯在鳴條打敗桀把他放逐到南巢，百姓們像除掉了身上的贅疣，使皮膚平復，哪能不歌頌呢！

問：簡狄住在九成臺上，怎麼成了帝嚳的配偶？燕子贈卵，簡狄為什麼歡喜？

對：帝嚳和簡狄曾向禖神祈禱求子，但契是正常懷孕誕生；哪有吞食燕卵而生的事，並把它當作神蹟來讚揚！

問：為什麼王亥能繼承父親王季的品德，以他父親為榜樣？為什麼在有扈被殺害，還失掉了奴僕和牛羊？

對：王亥繼承了父親的品德，在西方當蓐收之官。手像虎爪抓著大斧，他主管刑罰，懲治邪惡。做牧正的少康很堅強，澆和有扈氏都被他滅掉。

問：象徵和平的干羽舞，為什麼能使有苗歸順？

對：舜派人在兩階舞干羽以為娛樂，有苗改變態度就歸順了；既然不用死亡來威脅他們，他們為什麼一定繼續堅持為害而不改變呢！

問：紂王身體豐滿，皮膚光澤，他怎麼養得這樣肥胖？

對：紂王愚狂，無憂無慮，所以發胖。他一味地放浪形骸，因而肌膚充滿了脂肪。他捨不得財寶賞給士兵，卻披著寶玉衣投火自焚，頭被砍下來掛在旗竿頂上。

問：有扈氏本來是牧豎，交了什麼好運當上了諸侯？被殺死在牀上，又是出於什麼命運？

對：有扈氏放棄牧豎工作，憑霸力使自己成為君主；民眾的仇恨集中於有扈氏，夏啟便把他殺死在牀上。

問：王恒怎樣秉承先人的品德，怎樣奪回被有易搶走的大牛群？王恒奪回牛群，怎樣將財物分賜給有功之人？各地百姓為什麼紛紛前來歸順？

對：湯繼承他祖先的品德，獵獲大牛算得了什麼！只有見識淺陋的人才受蒙蔽，大吹大擂地把獲牛之事稱為祥瑞。湯把獵物分給大家，是為了收攏人心。

問：上甲微遵循王亥的路線，有易部落不得安寧；群鳥棲集在荊棘叢裏，那背著孩子的女子，為什麼這樣放肆自己的情慾？

對：是晉國的解居父調戲陳國的婦女，遭到她正言拒絕，因而才感到羞愧。他看不到陳女內在的美德，只是貪圖她外在的美貌。

問：奸詐的象和他父母共同策劃邪惡的勾當，謀害他哥哥舜；為什麼象如此變化無常，後代反而得到興旺而長久？

對：象不但對他的哥哥舜不恭敬，並決計把舜蓋在井下；可是舜哪能為此懷恨在心，出於舜的友愛，象的後代才長久繼續下來。

問：成湯巡視東方，來到了有莘國；為什麼想要索取伊尹，卻得到一位好妃子？

對：有莘氏有一個美好的女子，湯因東巡而獲得。她在宮內既能和睦相處，對外又助成德政。伊尹懂得湯不是為了娶妃，像伊尹這樣有智謀的臣子，商湯哪能不賞識呢？

問：從伊水邊的空桑中，是怎樣生出了伊尹？人們為什麼不喜歡他，把他充作有莘氏女兒的陪嫁奴隸？

對：為什麼要用伊尹母親化為空桑的說法，來誣衊伊尹呢？七嘴八舌都不懷好意，是用謊言歪曲事實。既然整邑的人都被大水淹死了，那麼還有誰來傳述伊尹母親作夢的故事呢？

問：湯囚禁在重泉，後來才被釋放，他究竟犯了什麼罪？湯忍無可忍起兵攻桀，到底是誰在挑動？

對：湯的行為和桀不一樣，所以桀把他囚禁在重泉；桀立法苛刻不公，這就是加罪於湯的原因。眾人因桀的殘暴而憤怒，是桀自己挑起了眾人的仇恨。

問：會鼂爭盟[1]，何踐吾期[2]？蒼鳥群飛[3]，孰使萃[4]之？

對：膠鬲比[5]漦[6]，雨行踐期；捧盎[7]救灼[8]，仁[9]與以[10]畢[11]隨[12]。鷹之咸[13]同[14]，得使萃之。

問：到擊紂躬[15]，叔旦[16]不嘉[17]；何親揆[18]發[19]，足[20]周之命[21]以咨嗟[22]？

對：頸紂黃鉞[23]，旦孰喜之！民父[24]有釐[25]，嗟以美之。

問：授殷天下[26]，其位安施[27]？反成乃亡[28]，其罪伊何[29]？

對：位庸庇民[30]，仁克[31]蒞[32]之。紂淫以害，師[33]殛[34]圮[35]之。

問：爭遣[36]伐器[37]，何以行之？並驅[38]擊翼[39]，何以將[40]之？

對：咸逭[41]厥死，爭徂[42]器[43]之。翼鼓顛禦[44]，讙舞靡之[45]。

問：昭后成遊[46]，南土[47]爰[48]底[49]。厥利惟何[50]，而逢彼白雉[51]？

對：水濱翫[52]昭，荊陷[53]弒[54]之；繆[55]迓[56]越裳[57]，疇[58]肯雉[59]之！

問：穆王[60]巧挴[61]，夫何為周流[62]？環理[63]天下，夫何索求。

對：穆[64]懵[65]〈祈招〉[66]，猖洋[67]以游；輪行[68]九野[69]，惟怪之謀[70]。胡紿[71]娛載勝之獸[72]，觴[73]瑤池[74]以迭謠[75]！

問：妖夫曳衒[76]，何號[77]乎市？周幽誰誅？焉得夫褒姒？

對：孺賊厥誂[78]，爰檿[79]其弧。幽禍挐以夸[80]，憚[81]褒[82]以漁[83]。淫嗜[84]蔑殺[85]，諫尸謗屠[86]。孰鱗漦以徵[87]，而化黿是辜[88]！

問：天命反側[89]，何罰何佑？

對：天邈以蒙[90]，人么以離[91]。胡克合厥道[92]，而詰[93]彼[94]尤違[95]？

問：齊桓[96]九會[97]，卒然身殺[98]？

對：桓號[99]其大，任屬以傲[100]。幸良[101]以九合，逮[102]孽[103]而壞。

問：彼王紂之躬，孰使亂惑[104]？何惡[105]輔弼[106]，讒[107]諂[108]是服[109]？

對：紂無誰使惑，惟志[110]為首[111]。逆圖[112]倒視[113]，輔[114]讒以僇寵[115]。

問：比干[116]何逆[117]，而抑沉[118]之？雷開[119]何順，而賜封之？

對：干異[120]召[121]死，雷濟[122]克后。

問：何聖人[123]之一德[124]，卒其異方[125]？梅伯[126]受醢[127]，箕子[128]佯狂[129]？

對：文[130]德邁以被[131]，芮[132]鞫[133]順道[134]。醢梅奴箕，忠咸喪以醜厚[135]。

問：稷維元子[136]，帝[137]何篤[138]之？投之於冰上，鳥何燠[139]之？

對：棄靈[140]而功[141]，篤胡爽[142]焉。翼[143]冰以炎[144]，盍[145]崇長焉！

問：何馮弓挾矢[146]，殊能[147]將[148]之？既驚帝切激[149]，何逢[150]長之？

對：既岐既嶷[151]，宜庸[152]將焉。紂凶以啟[153]，武[154]紹尚[155]焉。

問：伯昌[156]號衰[157]，秉鞭作牧[158]。何令徹彼岐社[159]，命有殷之國？

對：伯鞭於西，化江、漢滸[160]。易岐社以太[161]，國之命[162]以祚[163]武。

問：遷藏[164]就岐[165]，何能依[166]？

對：逾[167]梁[168]，橐囊[169]，羶仁蟻萃[170]。

問：殷有惑婦[171]，何所譏[172]？

對：妲滅淫商，痡民以亟去[173]。

問：受賜茲醢[174]，西伯上告[175]。何親就上帝罰[176]，殷之命以不救？

對：肉梅[177]以頒[178]，烏不台訴[179]！孰盈[180]癸[181]惡，兵躬[182]殄祀[183]！

問：師望[184]在肆[185]，昌何識[186]？鼓刀[187]揚聲[188]，后[189]何喜？

對：牙伏牛漁[190]，積內以外萌[191]。岐[192]目[193]厥心[194]，瞭[195]眡[196]顯光[197]。奮刀屠國，以髀髖厥商[198]。

問：武發[199]殺殷[200]，何所悒[201]？載尸集戰[202]，何所急[203]？

對：發殺曷逞[204]，寒[205]民於烹[206]。惟栗[207]厥文考[208]，而虔子[209]以徂征[210]。

問：伯林雉經[211]，維其何故？何感天抑墬[212]，夫誰畏懼？

對：中譖不列[213]，恭君以雉[214]。胡蠙訟蟯賊[215]，而以變天地！

問：皇天[216]集命[217]，惟何戒之[218]？受禮天下[219]，又使至代之[220]？

對：天集厥命，惟德受之[221]。胤[222]怠[223]以棄，天又佑之。

問：初湯臣摯[224]，後茲承輔[225]。何卒官湯[226]，尊食[227]宗緒[228]？

對：湯、摯之合，祚以久食[229]。昧始以昭末[230]，克庸成績[231]。

問：勳闔、夢生[232]，少離散亡[233]。何壯[234]武厲[235]，能流[236]厥嚴[237]？

對：光[238]徵[239]夢祖，憾[240]離以厲[241]。彷徨[242]激覆[243]，而勇益[244]德邁[245]。

【章旨】以上第五段，仍續言人事。歷數夏、商、周各代淫佚亡身亡國之教訓。

【注釋】❶會鼂爭盟　在早晨會合盟誓。據《呂氏春秋．貴因篇》記載，紂王昏亂，百姓不敢言。周武王與諸侯「朝要（約定）甲子之期，而紂為禽（擒）」。又《史記．周本紀》記載：武王伐紂，諸侯齊集盟津會師。鼂，同「朝」。一說，朝指朝歌，殷的首都。武王伐紂，曾在朝歌郊外會盟諸侯。爭，其義未詳。❷何踐吾期　為何要履行我們的期約？據《呂氏春秋．貴因篇》記載，武王率兵伐紂，紂王派膠鬲到武王軍中探察。膠鬲問武王何時可到何地，武王據實回答說，甲子日兵到殷都。但後來天雨難行，軍士請求休息，武王說，儻不如期趕到，紂會以為膠鬲說謊，一定會殺害他。為了使膠鬲免於一死，我們不能休息。結果仍在甲子日早晨到達殷都郊外。踐，踐約。❸蒼鳥群飛　據《汲冢周書》記載，武王伐紂，感嘆說，自發生六十年，飛鴻滿野，天不享殷。意思是說，自從我姬發出生這六十年來，飛鴻遍野，這是上天不再保佑殷的預兆啊。漢揚雄《方言》云，南楚謂鴻雁為蒼鵝。蒼鳥即蒼鵝。按，鴻雁叫聲淒厲，古人以為是不祥的預兆。《詩經・小雅・鴻雁》：「鴻雁於飛，哀鳴嗷嗷。」後世因有「哀鴻遍野」的成語。下文柳宗元所對依王逸舊注，認為是比喻武王部下將士勇猛眾多如蒼鷹群飛。似不確。❹萃　集合。❺比　接近；將要。❻黎　疑通「剺」、「釐」。殺。與上下文「期」、「飛」、「之」、「期」、「隨」、「之」押韻。❼盎　盛水瓦器。❽救灼　救火。指救膠鬲。灼，火燒。❾仁　仁者，指周武王。❿以　因而。⓫畢　全。⓬隨　跟隨。⓭咸　都。⓮同　指同心同德。⓯到擊紂躬　指周武王攻殺紂之事。到，一作「列」，其義不詳。紂躬，紂王的身體。⓰叔旦　即周公，名旦，周武王的弟弟。⓱不嘉　不贊成。因此舉違背了「仁」，所以周公不贊成。⓲揆　謀劃。⓳發　武王姓姬名發。⓴足　成功，用作使動。㉑命　天命，指受天之命而代殷。㉒咨嗟　讚美嘆息。㉓頸紂黃鉞　據《史記・周本紀》載，武王的軍隊用黃鉞斬下紂頭，掛在大白旗上示眾。鉞，大斧，一種兵器。㉔民父　指武王。㉕釐　福祉。指武王平定天下，鏟除暴政。㉖授殷天下　上天授予殷天下。授，給予，指天授。㉗其位安施　殷在這一君位上施行了什麼樣的美政呢？此問指殷商的開國君主湯王所施的善政。㉘反成乃亡　位已成及滅亡。㉙其罪伊何　這是誰的罪過？此問指紂王暴虐失國。伊，語助詞。㉚位庸庇民　君位是用來保護民眾的。庸，用。庇，庇護。㉛克　能。㉜蒞　蒞臨；君臨。㉝師　民眾。㉞殛　殺死。㉟圮　毀壞，指推翻。㊱爭遣　爭先向前。遣，先遣；前進。㊲伐器　作戰武器，指攻伐之軍。㊳並驅　指三軍齊並進。㊴翼　兩側的軍隊。㊵將　率領；指揮。㊶逭　逃避。㊷徂　往；到。㊸器　用作動詞，拿起武器。㊹翼鼓顛禦　側翼的軍隊擊起鼓，衝破敵人的防禦。㊺讙舞靡之　歡呼鼓舞，打敗了敵人。讙，歡呼。舞，舞動。靡，披靡；打敗。㊻昭后成遊　據《竹書紀年》、《左傳》僖公四年、《史記・周本紀》「正義」引《帝王世紀》等記載：昭王南征，渡漢水時，船夫用膠水粘合的船給他，至中流膠溶船解，昭王被淹死。昭后，周昭王。成，通「盛」。㊼南土　南方大地。㊽爰　語助詞，相當於「乃」、「就」。㊾底　到達的目的地。㊿厥利惟何　是（貪圖）什麼利益。(51)逢彼白雉　據《竹書紀年》記載，昭王末年，荊楚人上言，願獻白雉，而密使漢濱之人，膠船以待。雉，野雞。白雉罕見，故以為祥瑞之物。(52)翫　同「玩」。

戲弄。53荊陷　陷沒於楚國。荊，楚國的別稱。54弒　下殺上，如臣殺君、子殺父稱弒。55繆　同「謬」。荒唐。56迓　迎接。57越裳　傳說周公攝正時，南方越裳氏曾進白雉。此指進獻白雉之事。58疇　誰。59雉　用作動詞，獻雉。60穆王　周穆王，昭王子。61巧挴　巧趾捷足，指善於行走。挴，同「拇」。腳趾。62周流　周遊。據《竹書紀年》、《左傳》昭公十二年等記載，周穆王喜好遊玩，欲周遊天下，曾北征犬戎，西至崑崙。63環理　四方周遊。64穆　指周穆王。65懵　糊塗，不理解。66祈招　詩篇名。《左傳》昭公十二年記載：周穆王周遊廢政，祭文公作〈祈招〉詩，勸穆王要有所節制。67猖洋　連緜詞，又寫作「徜徉」，自由漫行，放縱而遊。68輪行　乘車而行。69九野　泛指天下。70惟怪之謀　一心謀求怪異物事。71紿　欺騙。72戴勝之獸　戴著首飾的野獸，指西王母。據《山海經·大荒西經》載：西王母虎齒，豹尾，穴處，善嘯。據《穆天子傳》，穆王曾西至崑崙，會西王母。西王母宴於瑤池，為穆王歌，穆王和之。載，戴；佩帶。勝，勝兒。頭、髮上的裝飾品。73觴　酒杯，用作動詞，以杯飲酒。74瑤池　傳說為西王母的住處。75迭謠　輪流歌唱。76妖夫曳衒　據《國語·鄭語》、《史記·周本紀》等記載：夏朝末，有二神龍降於庭，自稱褒之二君。龍去而遺漦（涎液），夏人藏於櫝（木匣）。夏亡，歷殷至周，莫敢發（開啟）。後周厲王（幽王祖父）發而觀之，漦流於庭，化為玄黿（似鱉而大），入後宮，遇宮女而孕。至宣王（幽王父親）時生一女，因無夫而孕，懼而棄之。時有童謠曰：「檿弧（山桑所制的弓）箕服（箕木所做的箭袋），實亡周國。」有夫婦叫賣檿弧箕服於市，宣王執而欲戮之。夫婦夜逃，路遇棄嬰，哀而收之，遂奔褒。後幽王伐褒，褒人獻該女以贖罪，名褒姒。幽王愛其美貌，不理政事，戲弄諸侯，犬戎入侵，幽王身死，西周滅亡。妖夫，妖人，指叫賣弧服的夫婦。曳衒，指舉負貨物而衒示叫賣。77號　喊叫。78孺賊厥詵　兒童的歌謠實在害人。孺，嬰孩，指謠歌之童。賊，害。詵，亂說。79檿　山桑；一種桑樹，木質堅韌。80幽禍挐以夸　幽王的禍敗在於奢侈誇飾。禍挐，禍亂。夸，誇飾；奢侈。81憚　用作使動，恐嚇；使害怕。82褒　指褒國。83漁　侵漁；侵奪。84淫嗜　過分的嗜好。85蔑殺　滅殺。86諫尸謗屠　聽不進勸諫，殺害議論朝政者。尸，祭祀儀式上所扮演的祭祀對象，此指「尸位」，在其職而不謀其事。謗，背後議論。(87)徵　徵兆。(88)化黿是辜　惟以龍漦化黿的故事作為周亡的藉口。辜，罪過。(89)反側　反覆無常。(90)天邈以蒙　上天遙遠而又蒙昧。邈，遠。蒙，蒙昧無知。(91)人么以離　人類渺小而與上天相分離。么，小。離，指人事與天命相分。(92)胡克合厥道　怎麼能合乎那個天道呢？克，能夠。厥道，指天道。(93)詰　責問。(94)彼　那，指天命與人事間的關係。(95)尤違　不合常理，違背正道。(96)齊桓　齊桓公，西元前六八五年至前六四二年在位。(97)九會　九次會合諸侯。(98)卒然身殺　忽然被殺身亡。據《史記・齊太公世家》、《管子・小稱》、《韓非子・十過》等記載：齊桓公任用賢臣管仲，國家強盛，曾九合諸侯，一匡天下，成春秋五霸之首。管仲死後，信用易牙、豎刁等奸臣，釀成內亂，被圍困在宮中飢渴而死。(99)號　號稱；自誇。(100)任屬以傲　輕率地任用臣屬。傲，輕率。(101)良　良臣，指管仲。(102)逮　及。(103)孽　指奸臣。(104)亂惑　昏亂迷惑。(105)惡　憎惡。(106)輔弼　輔佐幫助，指賢臣。(107)讒　進讒；說（賢臣的）壞話。(108)諂　諂媚；奉承。(109)服　用。(110)志　自身的主觀意志。(111)首　首要的。(112)逆圖　違背正理。逆，違背。(113)倒視　顛倒黑白。(114)輔　輔佐，指忠臣。(115)僇寵　指奸邪寵近之臣。諸本多無「僇」字。(116)比干　紂的叔父，因諫紂而被殺剖心。(117)逆　違背，指違背紂的心意。(118)抑沉　處罰。(119)雷開　紂的佞臣。(120)異　不一致。(121)召　招致。(122)濟　輔助。(123)聖人　指周文王。(124)一德　德行純一。(125)卒其異方　天下各方最終歸順於周。(126)梅伯　殷臣，因屢次直諫，為紂所殺。(127)受醢　被剁成肉醬。(128)箕子　殷臣，紂的叔父。(129)佯狂　裝瘋。紂殺比干，箕子說，知其不用而言，是愚昧，殺身而彰君惡，是不忠。因披髮裝瘋，亡而為奴。(130)文　指周文王。(131)邁以被　指文王的德行流播很遠，施及眾人。邁，遠。被，廣被；承受（恩惠）。(132)芮　古國名。據《史記・周本紀》載：西伯（即文王生前的封號）有德，虞、芮兩國之君爭田，入周尋求調解，見周人謙讓，慚愧而回。這個消息傳開後，歸附周的有四十多個諸侯。(133)鞫　勘問案件。(134)順道　遵循正道。(135)醜厚　醜行增加發展。(136)稷維元子　據《詩經・大雅・生民》、《史記・周本紀》等記載：帝嚳元妃姜嫄，在高禖祈子儀式上，踐循巨人足跡，孕而生稷，以為不祥，棄之冰上，有大鳥飛來，以翅暖護。因收而養之，名棄。稍長，善於田藝種植，後因號后稷。是為周之先祖。維，語助詞，表判斷語氣。

元子，嫡妻所生長子。137帝　指帝嚳。138篤　厚；看重。139燠　溫暖。140靈　靈驗，指投冰鳥燠等事跡。141功　指后稷善田藝等事。142爽　明白。143翼　翅膀，用作動詞，以翅膀覆蓋。144炎　熱；溫暖。145盍　何；多麼。146馮弓挾矢　佩戴弓箭。據《禮記・月令》記載，仲春二月，后率嬪妃，佩弓矢，行高禖儀式。此指姜嫄高禖而孕事。馮，持；挾。147殊能　特殊的才能。指棄在種植方面的才能。148將　持；握。149驚帝切激　指棄無父而生，使帝嚳非常吃驚。切激，激烈。150逢　遇，引伸為獲得，指棄後來成為周之先祖，長受祭祀事。151既岐既嶷　疑指棄自小聰明靈異。岐，山名，為姬周發祥之地。嶷，小時聰明。152庸　用，引申為適當。153啟　開啟；促使。指紂之兇暴，促使周之代殷。154武　周武王。155紹尚　繼承並發揚光大。156伯昌　西伯昌，即周文王。紂時為西方諸侯之長，號西伯，周代殷，尊為文王。157號衰　發號施令於殷朝衰敗之時。158秉鞭作牧　指號令百姓諸侯。秉，執；持；握。作牧，古代將管理百姓視為放牧牛羊。159何令徹彼岐社　為何下令撤掉岐社而建立太社。徹，同「撤」。毀壞。岐社，周建於岐地的社廟。社廟，供奉祖先牌位以祭祀的廟宇。古時建國必立社，周原為西方諸侯，故社廟設在岐山。後武王推翻殷朝，遂命毀去岐社而新建太社，以表示新王朝已有天下。160化江漢滸　教化達於長江、漢水一帶。滸，水邊。161太　太社。據《禮記・祭法》云，王為群姓所立之社稱太社，表示天下為公，非一姓之天下。162國之命　一國發佈命令之權，即統治權。163祚　賜。164藏　寶藏；財物。165岐　地名，岐山。166依　依附，指百姓依附於太王，跟他一同遷居。據《史記・周本紀》記載，周太王古公亶父原居邠，因狄人威脅，遂率族人遷居於岐山之下。167逾　跨越。168梁　梁山，在邠地與岐地之間。169橐囊　泛指口袋，大者曰囊，小者曰橐。170羶仁蟻萃　羊肉味美，招致螞蟻聚集。羶仁，羊肉的美味。萃，聚集。171惑婦　迷惑人的婦女，指妲己。據《史記・殷本紀》載：殷紂王寵愛妲己，暴虐無道，以致亡國。172譏諷刺；勸諫。173痛民以亟去　痛苦的民眾因而急速地離開。痛，病痛。以，因此。亟，急忙。174受賜茲醢　據《呂氏春秋・行論篇》等記載，紂殺了梅伯後，將其剁成肉醬，分賜諸侯。受，紂又稱辛受。醢，肉醬。175上告　向上天匯報。176親就上帝罰　紂王自己的行為遭致上帝的懲罰。177梅　指梅伯。178頒　分送；分賜。179烏

不台訴　怎麼能不告訴我。烏不，何不。台，我，第一人稱代詞，這裏是藉託上天的口吻。180盈　滿。181癸夏桀，疑癸當作辛，指紂王。182兵躬　身體被兵器所斬殺。183殄祀　祭祀斷絕，指國家滅亡。殄，消滅。184師望　即呂望，姓姜，其祖先封於呂，以為姓氏，又稱呂尚，字子牙。後為周太師，故稱師望，又稱姜太公。185肆店鋪。186昌何識　文王為什麼會賞識他。昌，周文王名。據《韓詩外傳》及注，呂望在店鋪為屠夫，文王向他請教，他說：「下屠屠牛，上屠屠國。」文王知他是個人才，便將他用車子載回來，加以重用。187鼓刀　揮刀。188揚聲　大聲地說話。189后　指文王。190牙伏牛漁　據《韓詩外傳》及其注和《史記・齊太公世家》及其「索隱」等記載：呂望隱於市，為屠牛漁釣之業。牙，指姜子牙。伏，隱伏。191積內以外萌　在內積累了許多品德學識，在外便如草木萌芽一樣顯露出來。萌，草木發芽。192岐　岐山，周建國於岐，這裏指周文王。193目　看到。194心　內心，指才幹。195瞭　眼睛明亮。196眡　通「視」。197顯光　光明。198以髀髖厥商　像砍割牛腿骨一樣消滅了殷商。髀髖，用作動詞，以髀髖處分之。髀，大腿骨。髖，大腿上部寬大的骨。199武發　周武王名發。200殷　指殷紂王。201何所悒　為什麼憂鬱不安。按，傳說武王因以臣弒君，故有所不樂。悒，憂鬱不安貌。202載尸集戰　據《史記・周本紀》記載，文王死後，武王載文王木主，稱太子發，討伐殷紂。尸，先人去世後，以木製成牌位或木人，以為象徵。集戰，會戰。203何所急　有什麼事這樣急不可待。204逞　快意。205寒　用作使動，使涼快。206烹　煮，指紂對民眾的迫害。207栗　栗木，古人常用栗木做神主，此用為動詞。208考　先父。209虔子　虔誠地繼承父志的兒子，指武王。210徂征　前往征伐。211伯林雉經　據《左傳》僖公四年、《國語・晉語》等記載：晉獻公寵愛驪姬。驪姬誣告太子申生謀反，申生認為，辯解和逃亡都會彰顯父惡，便自縊於先人之廟。伯林，不詳，或以為申生字，或以為地名。雉經，縊死。縊死者屈頸閉氣如雉，故曰雉經。雉，野雞。經，繩索。212感天抑墬　感動天地。墬，同「地」。213中譖不列　對來自宮中的讒言不作辯解。譖，讒言。列，論列理由；分辯。214恭君以雉　用雉經的方式來表示對君父的恭順。君，指晉獻公。215蠙訟蟯賊　指驪姬的誣告。蠙，蟲之側行者。蟯，蟲之在人腹者。216皇天　指天帝。皇，偉大；光明。217集命　集天命於某姓，使之君臨天下。(218)惟何戒之　言王者雖受命於天，但為何不畏戒警惕。(219)受禮天下　受天命之禮而有天下。(220)使至代之　使他姓替代為君。(221)惟德受之　只有德之人才能承受天命。(222)胤　後代。(223)怠　懈怠。(224)初湯臣摯　起初湯王將伊尹看作是小臣。摯，伊尹名。(225)承輔　指做輔佐的大臣。(226)何卒官湯　為何最終還是成為湯的大臣。據《史記》等記載，伊尹曾離開湯到夏朝，因夏桀無道，便又回到湯這兒。(227)尊食　即廟食，在宗廟中受到祭祀。(228)宗緒　指祭湯的宗廟。(229)祚以久食　長期享受到祭祀。祚，通「胙」。祭祀時用的肉。(230)昧始以昭末　開始不了解，最後才明白。指湯對伊尹的態度和認識。昧，昏闇。以，並列連詞，而。昭，光明。(231)克庸成績　最後終於成就功業。績，功業。(232)勳闔夢生　吳國的功業是從闔、夢二王開始壯大的。勳，功勳。闔，指吳王闔廬，春秋末期即西元前五一四年至前四九六年在位。夢，指吳王壽夢，闔廬的祖父。據《史記・吳太伯世家》等記載，壽夢時吳國興起，至闔廬時，吳國已成為大國。(233)少離散亡　小時就遭遇到流亡的不幸。離，罹；遭遇。據《史記・吳太伯世家》載，諸樊為壽夢太子，繼壽夢為王。諸樊死，其弟余祭、夷末相繼為王。夷末死，季弟季札不願為王，於是立夷末子僚為王。闔廬為諸樊長子，自小流居在外。他認為自己應該繼承王位，後派勇士專諸刺殺吳王僚，自立為吳王。他任用伍子胥、孫武等人為將，打敗楚國，成為春秋霸主之一。(234)壯　強壯。(235)武厲　勇武奮發。(236)流　流播；傳播。(237)嚴　威嚴。(238)光　闔廬名，稱王前名公子光。(239)徵　證驗，此用作動詞，指效法繼承。(240)憾　遺憾；不滿。(241)厲　勸勉；自勵。(242)彷徨　徬徨不安，指到處流亡。(243)激覆　奮發不息。(244)益　增加。(245)邁　遠，指德行遠長。

【語　譯】問：為什麼各地諸侯爭先恐後地於清晨趕到盟津，參加盟誓，遵守周武王規定的約期呢？士兵多得像蒼鳥一樣成群地飛，是誰使他們集合起來的？

對：由於膠鬲接近死亡，武王冒雨行軍，實踐約定的日期以保全他。武王伐紂是正義戰爭，如同捧了盆水去救火一樣，所以大家都跟隨他。勇猛如鷹的將士都同心同德，這就能使他們集合在一起。

問：武王砍擊紂的屍體，周公為什麼表示不贊成？為什麼周公為武王出謀劃策，又讚嘆周族受命於天？

對：武王用大斧砍掉紂的腦袋，周公哪裏會高興呢！但對武王平定天下，當然應該感嘆讚美。

問：天帝把天下授給殷，是殷施行了哪些德政？成功了又滅亡，它的罪過又是什麼？

對：王位是用來保護民眾的，有仁德的人才能勝任它；紂荒淫無道，殘害百姓，所以眾人把他推翻消滅。

問：武王是怎樣鼓動民眾，使大家踴躍地拿起武器？周軍齊驅並進，衝擊敵人的兩翼，武王是如何指揮這場戰鬥的呢？

對：大家為了擺脫死亡的絕境，爭先恐後地拿起了武器；紂軍兩翼擂鼓抵禦，伐紂的義軍鼓噪向前打敗了紂軍。

問：周昭王出巡，為什麼要到南方？他究竟貪圖什麼，是不是想得到越裳國的白雉？

對：楚國人在漢水邊戲弄昭王，這是存心要殺掉他；昭王妄想迎取越裳氏的禮物，但當時周已衰落，有誰肯來送他白雉呢！

問：周穆王為什麼巧趾捷足，喜好四處遊玩？他周遊天下，希望得到什麼？

對：穆王不聽〈祈招〉詩作者祭文公的勸告，無節制地遠遊；穆王周遊天下，一心追求怪異事物。為什麼編造穆王和西王母這種怪獸在一起娛樂，在瑤池飲酒並輪流歌唱的故事騙人呢！

問：傳說中的那對行蹤詭秘的夫婦，為什麼要牽挽而行，在街市上喊叫？周幽王被誰誅殺？

怎麼會得到褒姒？

對：那不過是小孩子亂說害人，謠傳什麼「山桑弓箕木袋，周國滅亡快」。周幽王遭到誅殺之禍是因為他昏亂和奢侈，攻略褒國，又大肆掠奪；極端好殺，直言勸告或表示不滿的人都被處死。怎麼能把龍沫作為徵兆，而把周的滅亡歸罪於所謂龍沫化漦呢！

問：天命反覆無常，根據什麼進行懲罰和保佑？

對：天高高在上昏昧無知，人渺小而與天無關；怎麼能用人事附會天道，去責問上天賞罰不當呢？

問：齊桓公是多次會盟的霸主，為什麼忽然被殺？

對：齊桓公自恃強大，輕率地任用僚屬。幸而得到良臣，才能九合諸侯，遇到奸臣就敗壞國事了。

問：殷紂王這個糊塗蟲，是誰在教唆他倒行逆施？他為什麼憎惡賢臣，信用奸臣？

對：並沒有誰教唆紂倒行逆施，主要是由他自己的意志決定的；他考慮問題和觀察事物全都顛倒了是非，所以殺戮忠臣，信用奸臣。

問：比干為什麼觸犯了紂王而被處死？雷開為什麼順從紂王而得到賞賜和封爵？

對：比干因為和紂的意見不同而招致死亡，雷開因幫助紂幹壞事而被封為諸侯。

問：為什麼文王能具有高尚的純粹道德，終於使各地諸侯歸順？為什麼梅伯直諫被紂王剁成肉醬，而箕子卻裝瘋逃亡？

對：文王的德政遠播，虞、芮兩國的爭端，也合理地解決了。紂把梅伯剁成肉醬，又迫使箕子為奴後，忠良之臣都喪失了，醜惡行為因此變本加厲。

問：后稷是帝嚳的嫡長子，帝嚳為什麼對他那樣看重呢？姜嫄把后稷扔到冰上，飛鳥為什麼用翅膀來溫暖他？

對：棄雖有靈異而自己更有勞績，所謂天帝對他厚待有何明徵？鳥的翅膀遮蔽著冰上的棄來取暖，哪能算是有意保護他的成長呢？

問：姜嫄怎樣背著弓挾著箭，在那高禖儀式上無夫而孕？棄的特殊才能是怎樣獲得的？既然棄的降生和靈異使帝嚳非常吃驚，為什麼棄後來能夠成為周的先祖，長受祭祀？

對：后稷從小聰明懂事，長大之後便適合充當將領。紂的兇暴促使了周的興起；周武王繼承了祖先后稷的事業才使統治久長。

問：周文王當殷衰落之時，發號施令為西方諸侯之長；為什麼命令毀掉岐社，代替殷來統治全國？

對：周文王在西方做諸侯之長，他的品德使江漢一帶都受到感化，終於用太社代替岐社，全國的統治權也落到了周武王手中。

問：太王帶著寶藏遷到岐山之下，老百姓為什麼都會跟著他？

對：周人從邠地帶著大小包裹越過梁山遷居到岐山之下，他們聚集在太王的周圍就像螞蟻聚集在羶羊肉上一般。

問：殷紂王寵愛迷人的妲己，有什麼可勸諫的呢？

對：妲己使荒淫的紂王滅亡，痛苦不堪的老百姓都急急離去。

問：文王接過紂王頒賜的梅伯肉醬，便向天帝控告；為什麼紂王會親受天帝的懲罰，殷朝的命運為什麼無法挽救？

對：紂把梅伯剁成肉醬分賜給諸侯，文王怎能不向天帝控訴！誰幹盡了像夏桀一樣的壞事，就會落得身死國滅的下場！

問：呂望在店鋪裏當屠夫，周文王怎能看出他的才幹？聽到他操刀砍肉聲，文王為什麼高興？

對：姜子牙隱伏在屠牛釣魚的行業中，他的才能從內部顯露到外邊來；周文王看出了姜子牙的內心，頓覺眼明心亮。姜子牙執掌大權後，更把屠牛的本領用到圖謀國家上來，從而瓦解了商朝。

問：武王姬發滅殷之前，到底憂鬱的是什麼？車載著木主前去會戰，為什麼這樣著急呢？

對：周武王殺紂哪裏是圖個人的快意，而是為了把民眾從水深火熱中拯救出來；虔誠的武王只有奉著文王的木主，去討伐商紂王。

問：申生上吊自殺，是什麼原因呢？他無罪而死冤氣感動天地，他到底怕的是誰呢？

對：申生受了驪姬的讒害也不分辯，為了順從國君自縊而死；哪裏是由於驪姬那種害蟲般的坑人勾當，引起翻天覆地的變化。

問：既然天帝降命把天下賜給某一個姓氏，怎樣才能保住天下不丟失？某姓既受天命而有天下，又為什麼異姓能夠取而代之？

對：天帝降命，只是有德行的人才能承受統治天下的權力；他的後代如果荒廢政事就會丟掉統治權，天又哪裏會保佑他呢！

問：湯開始時只把伊尹當作一般臣僚，後來為什麼升他為輔？為什麼伊尹最終還是成為湯的大臣，死後還能配食湯廟？

對：由於湯和伊尹的遇合，因而死後在宗廟裏長期受到祭祀；湯開始不了解伊尹，後來認識了他的才能，能夠加以重用，便取得了成功。

問：有功的闔廬是壽夢的子孫，少年時代就遭遇流離逃亡；他長大後怎麼能奮發勇武，威震遠方？

對：闔廬以為自己應該繼承壽夢的事業，對自己流亡的遭遇感到不滿；徬徨不安中反覆激勵自己，因此勇氣增長而威德遠播。

問：彭鏗❶斟雉❷，帝❸何饗❹？受壽永多❺，夫何久長？

對：鏗羹❻於帝，聖❼孰嗜味！夫死自暮❽，而誰饗以俾❾壽！

問：中央❿共牧⓫，后何怒⓬？蠭⓭蟻微命⓮，力何固？

對：螝⓯齧己毒，不以外肆⓰。細腰⓱群螫⓲，夫何足病！

問：驚女采薇⓳，鹿何祐⓴？北至回水㉑，萃㉒何喜？

對：萃回偶㉓昌㉔，鹿曷祐以女㉕！

問：兄㉖有噬犬㉗，弟㉘何欲？易㉙之以百兩㉚，卒無祿㉛？

對：鍼欲兄愛，以快㉜侈富。愈多厥車，卒逐以旅㉝！

問：薄暮㉞雷電，歸何憂？厥嚴㉟不奉㊱，帝何求㊲？伏匿穴處㊳，爰何云㊴？荊勳㊵作師㊶，夫何長？悟過改更，我又何言？

對：咨㊷吟於野，胡若之很㊸？嚴墜誼殄㊹，丁厥任㊺，合行違匿㊻，固若所㊼。呥嚘㊽忿毒㊾，意誰與㊿？醜齊(51)徂秦(52)，啗(53)厥詐(54)，讒登狡庸(55)咈以施(56)。甘恬禍凶(57)，亟鋤夷(58)，愎不可化(59)，徒(60)若罷(61)。

問：吳光(62)爭國(63)，久余是勝(64)。

對：闔綽(65)厥武，滋以侈頹(66)。

問：何環穿自閭社丘陵(67)，爰出子文(68)？

對：於菟(69)不可以作(70)，怠(71)焉庸歸(72)！

問：吾告堵敖(73)以不長(74)。

對：欸(75)吾敖(76)之閼以旅尸(77)。

問：何試上自予78，忠名彌彰79？

對：誠若名不尚80，曷極而辭81？

【章旨】以上第六段，主要就楚國之現實而問對。

【注釋】❶彭鏗　即彭祖，名鏗，傳說為帝堯時人，有八百歲的長壽。❷斟雉　調製野雞作羹湯。斟，烹調。雉，野雞。傳說彭祖善於烹調。❸帝　指帝堯。❹饗　食用。❺受壽永多　指堯食用了雞羹後享年很長。永，長久。傳說堯活了一百一十七歲。❻羹　用作動詞，進羹。❼聖　指堯。❽暮　晚，指年歲大。❾俾　使。❿中央　中原，指中國。⓫共牧　指九州一統。⓬怒　惱怒。九州既然一統，君主因何怒而爭鬥如同蜂蟻。⓭蠭　同「蜂」。⓮微命　微小的生命。⓯螝　同「虺」。一種毒蛇。《韓非子·說林下》載：螝一身而兩口，爭食時兩口相咬。據漢王逸〈天問〉注，上文屈原所問「中央共牧」的意思是，中央之州，有草名牧。有歧首之蛇，各首爭食牧草，自相殘殺。屈原因以喻春秋戰國列過紛爭之事。柳宗元此對，即依王逸注而言。⓰肆　放肆。指害。⓱細腰　蜂名。⓲螫　蟲類用嘴咬或針刺。⓳驚女采薇　傳說古時有一女子採薇，受驚而走，往北至水灣處，獲得一鹿，其家從此興旺。薇，一種野菜，可食。⓴祐　保佑；福佑。㉑回水　河水流至彎曲之處而迴旋，故河灣曰回水。㉒萃　停止；停留。㉓偶　偶然。㉔昌　興旺。㉕曷祐以女　為何要保佑那個女子。㉖兄　指春秋時秦國君主秦景公。㉗噬犬　猛犬。㉘弟　指秦景公的同母弟鍼。㉙易　交換。㉚百兩　一百輛車。㉛祿　爵祿。據王逸注，秦景公有隻猛犬，鍼情願以百兩金（從下文所對來看，當釋為「百輛車」）交換，秦景公不但不答應，還逼他逃奔晉國，取消了他的爵祿。㉜快　快意；稱心。㉝旅　流亡；出走。㉞薄暮　黃昏。㉟嚴　威嚴，指天以雷電所顯示的威嚴。㊱奉　尊奉。㊲帝何求　天帝將有何誅求。據王逸注，此二句是屈原在壁上寫完〈天問〉，黃昏將回去時遇到大雷雨，觸景生情而寫的寬慰自己的話。柳宗元下文所對，即依王注。另清蔣驥《山帶閣注楚辭》卷三，疑此二句或與成王夜迎周公故事有關。據《尚書・金縢》記載，周成王誤信讒言，懷疑周公於己不利。周公遂出京居東。二年，天大雷電以風，秋禾盡偃，大木斯拔，邦人大恐。又據《越絕書》，成王知周公忠賢，涕泣以行，夜迎周公而歸。二句言天雖震怒，周公已歸，有何憂懼；若成王不奉天威，天帝將有不測之責罰。可備一說。(38)伏匿穴處　隱居洞穴。伏匿，隱藏。穴處，處於洞穴，指住在山洞。據王逸注，以下數句是屈原自言被放逐後，隱居江濱，無話可說。而楚軍無端興兵，怎能長久。若楚王能改過更張，則何需己之多言。下文柳宗元所對，即依王注。另據清蔣驥《山帶閣注楚辭》卷三，此是敘楚國先祖開國時伏匿穴處，備極艱難。而楚武王興師開邊，楚國始大，故能長久。(39)爰何云　還有什麼話可說。(40)荊勳　楚國的功業。一說，指楚武王荊尸。武王有功，故曰荊勳。(41)作師　興兵。(42)咨　嗟嘆。(43)胡若之很　什麼是你的遺憾。若，你，指屈原。很，通「恨」。遺憾。(44)嚴墜誼殄　威嚴墜落，仁義消亡。誼，同「義」。殄，消亡。(45)丁厥任　正逢他在任之時。丁，遭遇。厥，其，指屈原。(46)合行違匿　理想與君王相合就出任，不相合就隱退。(47)固若所　是你當然的歸宿。指理所當然應當這樣做。(48)咿嚘　嘆息聲。(49)忿毒　憤怒怨恨。(50)意誰與　其意在誰，指嘆息憤怒對誰而來。(51)醜齊　醜於齊，指與齊國絕交。(52)徂秦　到秦國去。(53)啗　吞食；嚥下。(54)厥詐　指受秦國的欺騙。據《史記・屈原列傳》載，楚國原與齊國「合縱」，秦欲離間，派張儀遊說楚懷王，願獻商於之地六百里，換取楚與齊絕交。懷王貪利，與齊絕交。然張儀賴約，說原只答應給楚六里地。懷王大怒，發兵擊秦，大敗。後秦昭王約楚懷王往秦會面。屈原勸阻，懷王不聽，到秦國後即被扣留，後來死在秦國。(55)讒登狡庸　讒言之徒登上高位，狡詐之輩得以任用。庸，用。(56)咈以施　違背常理卻得以施行。咈，違背。(57)甘恬禍凶　甘願遭受禍凶。恬，安。(58)亟鋤夷　急於鏟除（忠直之士）。亟，急於。夷，削平。(59)愎不可化　頑固不化。愎，固執；不聽勸告。(60)徒　徒然。(61)罷　通「疲」。指勸告者疲乏不堪。(62)吳光　吳公子光，即闔廬。(63)爭國　指前文所云闔廬刺殺吳王僚，自立為吳王等事。(64)久余是勝　長期地戰勝我們楚國。余，我，指楚國。(65)綽　寬綽，用作使動，使之擴充。(66)滋以侈頹　楚國卻因奢侈而衰頹。滋，同「茲」。這；此，指楚國。頹，衰落。

❻❼環穿自閭社丘陵　在閭社丘陵間環繞穿梭。據《左傳》宣公四年記載，子文的父親鬬伯比住在鄖地，與鄖公之女私通而生子文。環穿閭社丘陵，是描述鄖女急切私會鬬伯比情形。閭社，古時二十五家為閭，閭建有祭祀用的「社」。❻❽爰出子文　生出了子文。子文，後為楚賢令尹，輔佐楚成王。❻❾於菟　指令尹子文。據《左傳》宣公四年記載，子文無父而生，被棄於郊野，有老虎給他餵乳。楚人稱「乳」為「穀」，謂「虎」為「於菟」，因名其為「鬬穀於菟」。❼⓪不可以作　不會再有。❼❶怠　懶惰；鬆懈。❼❷庸歸　（楚國）出路何在。❼❸堵敖　楚文王子。文王死，堵敖繼為楚王。其弟成王殺而代之。此代指楚懷王。❼❹不長　指楚國如此下去，國君生命不長，國運不長。❼❺欸　嘆息。❼❻吾敖　我們楚王。敖，堵敖。柳宗元自注：「楚人謂未成君而死曰『敖』。堵敖，楚文王（當作楚成王）兄也。今哀懷王將如堵敖不長而死，以此告之。」❼❼闕以旅尸　受騙而客死他鄉。闕，壅塞，此指受蒙蔽。旅，作客。尸，死。❼❽試上自予　試探君上而給予自己（忠名）。❼❾彌彰　更加顯著。❽⓪誠若名不尚　你如確實不求高名。誠，的確。若，你，指屈原。尚，崇尚。❽❶曷極而辭　為何要極盡所能來寫你的這篇〈天問〉呢？極，窮盡。而辭，你的言辭，指〈天問〉。

【語　譯】問：彭祖調製的雉羹，堯為什麼喜歡吃？堯食用了雉羹因而壽命很長，是什麼緣故？

對：彭鏗燒雉羹獻給堯，但堯這樣的聖人哪裏會嗜好美食！堯自己死得很晚，哪裏是因為誰替他調製美食才使他長壽！

問：全中國天下一統，為什麼國君們仍然激烈地相爭？蜂蟻那樣渺小的生物，爭鬥起來為什麼那麼頑強？

對：蝿的兩張口互咬自取滅亡，害不了別人；群蜂互相螫刺，有什麼值得擔憂！

問：採薇的女子受了驚，鹿為什麼要對她加以保佑？她向北跑到水灣旁，停留在那裏有了什麼喜事？

對：那個女子在水灣旁邊遇到一隻鹿，從此就偶然地家業興旺，哪裏是鹿在保佑她。

問：秦景公有隻猛犬，他弟弟公子鍼為什麼想要牠？用車百輛去交換，為什麼最後連爵祿都喪失了？

對：公子鍼想得到秦景公的愛犬，為的是滿足自己的奢侈欲望；車輛越多，越引起疑忌，終於被驅逐而流亡在外。

問：黃昏時雷鳴電閃，回家吧，我為什麼憂愁？上天的威嚴不能尊奉，又能向天帝訴求什麼？我只能隱居在山洞裏，還能說些什麼？楚王屢屢興兵，能夠堅持多久？如能改過自新，我還有什麼話說？

對：屈原在曠野上嗟嘆行吟，為什麼他會如此憤激？正當楚國威望衰落、道義淪喪之時，你出而任事，合則留下不合則去，原是你的本分，悲憤嘆息想得到誰的同情？楚懷王和齊絕交而跑到秦國去，中了奸計，讒諂你的人登上了高位，狡猾的人得到重用，一切都是倒行逆施。楚懷王甘願使楚國遭受衰亡，打擊排斥好人，剛愎自用不肯改悔，你的忠告和憂嘆豈不是白費唇舌。

問：吳公子光是和王僚爭國得位的人，為什麼經常戰勝我們楚國？

對：闔廬在不斷地擴充武力，而楚國卻驕侈無度。

問：子文的母親往來於閭社丘陵間，和鬬伯比私通，怎能生出有才幹的令尹子文？

對：像令尹子文這樣的賢才不可復生，當權者都怠於政事，楚國還能有什麼出路？

問：我是不是早就說過，堵敖為王長久不了？

對：唉，那短命的懷王呀，受了蒙蔽，客死在秦國。

問：我何必試探君主，為自己打算，更加顯露忠直的名聲？

對：如果你確實不追求忠直的高名，為何要極盡所能來寫你的這篇〈天問〉呢？

【研 析】〈天問〉是戰國後期楚國偉大詩人屈原的作品。屈原（約西元前三四〇—前二七八年），名平，楚大夫。被王放逐而流浪各地。〈天問〉這篇作品，相傳就是屈原流放期間所作。魯迅先生認為，〈天問〉「懷疑處遂古之初，直到百物之瑣末，放言無憚，為前人所不敢言。」（〈摩羅詩力說〉，《魯迅全集》第一卷第六二頁）

在〈天問〉產生的時代，由於歷史記載不像後來那樣完整準確，人們對於自然和人類的歷史不甚了了。但好奇是人類的天性，兒童尤其如此。遠古時代相當於人類的少年時期，這一時代的人們對於他所面對的天地自然及人類社會本身更有著一種強烈的好奇心理。因此，人們對於宇宙的發生與演化，對人類及人類社會的歷史，就有種種的傳說和猜想。這些傳說，有的是人類從遠古時代口耳相傳而來的，有的在傳承過程中已經發生了很大的「變異」，離開事實已有相當的距離；這些猜想，有的合乎自然的規律，有一定的科學性，也有的雖然和天地自然的本相有很大的距離，沒有什麼科學性可言，但這些奇思異想，卻是人類獨有的思維之花，是宗教、哲學和藝術的源泉。屈原是一個偉大的詩人，他正是人類思維之花的代表者。他針對這些傳說和和猜想，一連提出了一百七十多個「疑問」。這些疑問都是「千古難題」，從〈天問〉到唐代的一千餘年間，沒有人能夠給予準確的回答，甚至也沒有人敢於去嘗試回答。柳宗元以其豐富的學識和大膽的探索精神，寫了這篇〈天對〉，對這些問題一一作了回答和解釋，雖然不一定完全正確，但這些回答和解釋仍然代表了從屈原以來的這一千多年間中國人對於這些問題的思考及認識水平的最高成就。

〈天對〉作於柳宗元被貶永州期間。在〈天對〉中，柳宗元認為，天地萬物是由「元氣」所構成的，雖然人也是天地的產物，但天地與人類畢竟有所區別，人有意志，而天地沒有。天並不能賞功罰過，歷史上的朝代更替，是因為亡國之君荒淫無道，而並不在於上天。社會現象是人為的，不是天地風雲的變化所引起的。在此同時，柳宗元還描繪了一幅簡單的宇宙圖景模式。他認為，宇宙是無限的，天是無邊無際的，沒有中心。大地是運動的，太陽的升起和落下，是大地圍繞太陽運轉給觀察者的感覺。

屈原的〈天問〉，原文比較艱深，在流傳過程中，可能又產生了訛竄、錯簡（如大禹的事跡又列於后羿之後等），這更增加了閱讀理解的困難。歷代學者對〈天問〉的注釋，也常有不同的看法。最早為〈天問〉作注釋的，是東漢人王逸。柳宗元的這篇〈天對〉，基本上是根據王逸的注解來理解並據以回答的。當然，王逸的一些解釋和觀點，不一定合乎屈原的本意，也不一定符合科學道理或歷史事實，因此，我們在注釋和語譯的時候，個別地方就離開了王氏的解釋，而用我們自己認為是比較合理的解釋代替之。但這樣一來，在個別地方，柳宗元的〈天對〉與屈原的〈天問〉就對不上號了，出現了「所問非所答」的現象。這是要提醒讀者稍加注意的。

答問

有問柳先生者曰：「先生貌類學古者，然遭有道[1]不能奮厥志[2]，獨被罪辜[3]，廢斥伏匿[4]。交遊解散[5]，羞與為戚[6]，生平嚮慕[7]，毀書滅跡[8]。他人有惡，指誘增益[9]，身居下流，為謗藪澤[10]。罵先生者不忌，陵[11]先生者無謫。遇揖目動[12]，聞言心惕[13]，時行草野，不知何適[14]。獨何劣耶？觀今之賢智，莫不舒翹揚英[15]，推類援朋[16]，疊足天庭[17]，魁壘恢張[18]，群驅連行。奇謀高論，左右抗聲[19]，出入翕忽[20]，擁門填扃[21]，一言出口，流光垂榮。豈非偉耶？先生雖讀古人書，自謂知理道，識事機[22]，而其施為若是其悖[23]也！狼狽擯僇[24]。何以自表[25]於今之世乎？」

先生答曰：「敬聞命[26]。然客[27]言僕知理道、識事機，過[28]矣。僕懵[29]夫屈伸去就[30]，觸罪受辱，幸得聯支體[31]、完肌膚[32]，猶食人之食，衣[33]

人之衣，用人之貨，無耕織居販㉞，然而活給㉟羞愧恐慄之不暇㊱，今客又推當世賢智以深致誚責㊲。吾縲囚㊳也，逃山林入江海無路，其何以容吾軀乎？願客少假聲氣㊴，使得詳其心㊵次其論㊶。」

客曰：「何取？」

先生曰：「僕少嘗學問㊷，不根㊸師說，心信古書，以為凡事皆易，不折㊹之以當世急務，徒知開口而言，閉目而息，挺而行，躓㊺而伏，不窮㊻喜怒，不究曲直，衝羅陷穽㊼，不知顛踣㊽，愚惷狂悖，若是甚矣。又何以恭客之教而承厚德㊾哉？今之世工拙不欺，賢不肖明白。其顯進者，語其德，則皆茫洋深閎㊿，端貞鯁亮(51)，苞并涵養(52)，與道俱往。而僕乃蹇淺窄僻(53)，跳浮(54)嚄唶(55)，抵瑕陷厄(56)，固不足以趑趄批捩(57)而追其跡(58)。舉其理，則皆謨明(59)淵沉(60)，剖微窮深(61)，校度(62)古今。而僕乃緘鉗默塞(63)，耗眊窒惑(64)，抉(65)異探怪，起幽作匿(66)，攸攸恤恤(67)，卒自毀賊(68)，固不足以睢盱(69)激昂而效其則(70)。言其學，則皆總攬羅絡(71)，橫竪雜博，天旋地縮，鬼神交錯。而僕乃單庸撇莩(72)，離疏(73)空虛，竊聽道塗(74)，顓嚚蒙愚(75)，不知所如(76)，固不足以抗顏(77)搖舌而與之俱。稱其文，則皆汗漫(78)輝煌，呼噓陰陽(79)，轇轕三光(80)，陶鎔帝皇(81)。而僕乃朴鄙艱澀，培塿潗湁(82)，毫聯縷緝(83)，塵出坱入(84)，固不足以攄摛踊躍(85)而涉其級(86)。茲四者懸判(87)，雖庸童小女，皆知其不及，而又褢以罪惡(88)，纏以羈縶，客從而擠之，不亦忍(89)乎？且夫白羲、騄耳(90)之得康莊(91)也，逐奔星，先飄風，而跛驢不出泥滓。黃鐘、元間(92)之登清廟也，鏗天地，動神祇；而嗚嗚咬哇(93)，不入里耳(94)。西子、毛嬙(95)之蹈(96)後宮也，皦朝日(97)，煥浮雲(98)，而無鹽(99)逐於鄉里。蛟龍之騰(100)於天淵也，彌六合(101)，澤萬物，而蝦與蛭不離尺水。卓詭(102)倜儻(103)之士之遇明世也，用智能，顯功烈，而麼眇(104)連蹇(105)，顛頓披靡，固其所也(106)。客又何怪哉？且夫一涉險阨懲(107)而不再者，烈士之志也；知其不可而速已(108)者，君子之事也。吾將竊取之以沒吾世，不亦可乎？」

乃歌曰：「堯、舜之修[109]兮，禹、益之憂兮，能者任而愚者休兮。躚躚[110]蓬藋[111]，樂吾囚兮。文墨之彬彬，足以舒吾愁兮。已乎已乎，曷之求乎。」客乃笑而去。

【注釋】❶遭有道　生活在有道明君的時代。遭，遭遇；遇到。❷奮厥志　實現自己的志向。奮，奮發。厥，那；那個，此為自指。❸被罪辜　犯罪而遭受處罰。被，遭到。辜，罪。❹廢斥伏匿　解除官職，貶斥遠方，戴罪隱居。❺交遊解散　指朋友散去，不敢再交往。交遊，交往遊處者。解散，解體散去。❻羞與為戚　以親近您這罪人為羞恥。❼嚮慕　嚮往崇慕者。❽毀書滅跡　毀去與柳宗元所通信，滅掉交往的痕跡。❾指誘增益　（被指責）引誘助長了（惡行）。❿為謗藪澤　成為被毀謗的對象。藪澤，水淺而草木茂盛之處，引申為人或事物集中的地方，此指謗言集中到自己身上。⓫陵　欺壓。⓬遇揖目動　遇到有人作揖，就會有所懷疑而目動。⓭惕　警惕；驚懼。⓮適　往。⓯舒翹揚英　形容趾高氣揚。翹，高。⓰推類援朋　結為朋黨，相互援引。⓱壘足天庭　指都在朝廷為官。⓲魁壘恢張　強壯不可一世。《漢書．鮑宣傳》：「朝臣無有大儒魁壘之士。」魁壘，壯大貌。恢張，恢宏張大。⓳抗聲　高聲。⓴翕忽　收縮和放開。指進進出出於朝廷。㉑擁門填扃　指擁擠填塞在朝廷各衙門之中。扃，門戶。㉒事機　事物及其發展。㉓悖　背時；不走運。㉔擯僇　被排斥羞辱。擯，排斥。僇，羞辱。㉕表　表白。㉖敬聞命　謙辭。表示已恭敬地聽取了對方的意見。㉗客　指上文「問柳先生者」。㉘過　過分。㉙懵　不明白。㉚屈伸去就　指仕途進退。㉛聯支體　四肢還連在身體上，指四肢尚在，沒有受砍去手足的刑罰。㉜完肌膚　肌肉皮膚尚完好。㉝衣　用作動詞，穿衣。㉞無耕織居販　指無需像百姓那樣種地織布做生意。㉟活給　活著。㊱暇　閒暇。㊲誚責　譏誚責怪。㊳縲囚　被縛的囚犯。㊴少假聲氣稍稍低下聲氣。假，借；忍讓；停止。(40)詳其心　詳細地表白心意。(41)次其論　整理表述言論。次，整理次序。(42)學問　用為動詞。(43)根　根據；信從。(44)折　折取，與……相結合而通盤考慮。(45)躓　跌倒。(46)窮　窮盡；講究。(47)衝羅陷穽　衝進羅網，跌入陷阱。(48)顛踣　跌倒，指挫折。(49)恭客之教而承厚德　恭承您的教誨和美意。(50)茫洋深閎　像大海一樣深廣。(51)端貞鯁亮　端方貞節鯁直。(52)苞并涵養　修養深厚。(53)蹇淺窄僻　指性格學問乖僻淺薄。(54)跳浮　浮躁不安貌。(55)嘵咁　聲高而言多。指牢騷滿腹。(56)抵瑕陷厄　遭遇坎坷。(57)趑趄批捩　行而不進貌。(58)追其跡　指追隨上文所說「今之賢智」的足跡。(59)謨明　非常明晰。謨，大。(60)淵沉深厚。(61)剖微窮深　形容對事理分析透徹。(62)校度　考校衡量。(63)緘鉗默塞　形容沉默閉塞。(64)耗眊窒惑　形容精神頹廢，雙目無光。眊，目中無光。(65)抉　抉擇；挑選。(66)起幽作匿　探索幽隱藏匿的事物。起、作，指探討。(67)攸攸恤恤　憂心忡忡貌。攸，懸危貌。恤，憂患。(68)猷賊　禍害。猷，同「禍」。(69)睢盱　張目而視貌。睢，仰目。盱，張目。(70)則　榜樣。(71)總攬羅絡　與下文「橫豎雜博」等四句，皆言其學問淵博，融會貫通。(72)單庸撇莩　簡單平庸，微不足道。莩，蘆葦管內的薄膜，指微不足道的事物。(73)離疏　破碎空疏。離，支離。(74)竊聽道塗　指道聽塗說的一點知識。(75)顓囂蒙愚　愚頑蒙昧。囂，愚頑奸詐。(76)如　往。(77)抗顏　厚著顏面。(78)汗漫　富於文采貌。(79)呼噓陰陽　呼吸陰陽之元氣，形容文氣充足而深刻。古人為文，講究富有文氣而合於陰陽之道。(80)轇轕三光　形容文采如同日月星辰光芒萬丈。轇轕，長遠縱橫貌。三光，指日月星。(81)陶鎔帝皇　形容文采如同精心陶冶鎔煉的瓷器和銅器那樣光亮。帝皇，大；明。(82)培塿潗湁　形容文采貧乏且不協調。培塿，荒墳。潗湁，即湁潗，水湧起貌。荒墳中湧水，疑指文思不相協調。(83)毫聯縷絹　形容文章氣勢很小。毫，小毛。縷，小絲。絹，兩縷相絞。(84)塵出坱入　形容文章灰頭土臉，沒有光彩。坱，塵埃。(85)攎擒踊躍　躍躍欲試貌。(86)涉其級　到了臺階。指自己的文采只及「今之賢智」的門口。(87)懸判　懸殊顯然。判，判然；顯然。(88)裹以罪惡　將罪名加於其身。下文「纏以羈縶」意同。(89)忍　忍心。(90)白義駼耳　皆駿馬名。傳說為周穆王所御八駿之二。(91)康莊　大道。(92)黃鐘元間　即黃鐘大呂。黃鐘，大呂，皆音律中的「正聲」，用於祭祀等典禮場合。大呂之律稱元間。此形容文章之美。(93)嗚嗚咬哇　指土俗之音，與上文黃鐘大呂相對。咬哇，邪聲。(94)里耳　鄉里人之耳。(95)西子毛嬙　春秋時代的兩個著名美女。西子，即西施，越國美女。毛嬙，越王寵姬。(96)蹈　指得寵。(97)曒朝日　燦爛如同早晨的陽光。(98)煥浮雲　光彩煥發如同彩雲。(99)無鹽　人名。據《列女傳》等記載，無鹽為戰國時齊國醜女，以賢惠而為齊王后，佐齊王治國有功。(100)騰　升騰。(101)六合　上下四方。(102)卓詭　卓越聰明。(103)倜儻　瀟灑不羈。(104)麼眇　細小。(105)連蹇　命運不好。下文「顛頓披靡」意同。(106)固其所也　理所當然。(107)懲　懲戒。(108)已　停止；中止。(109)修　長；美；好。(110)躚躚　得意而舞貌。(111)蓬藋　兩種野草。藋，堇草。

【語　譯】 有位客人問柳宗元先生說：「您的樣子看起來好像是學習古代的人，然而，您生活在有道明君的時代，卻不能實現自己的志向，反而因犯罪而遭受處罰，被解除官職，貶斥遠方，戴罪隱居；朋友散去，以親近您這罪人而感到羞恥，那些平生嚮往崇慕您的人，也毀去與您的通信，滅掉交往的痕跡；別人有了過惡，總是要指責您引誘助長了他們的惡行。您現在身處惡行匯集的卑下之所，成為被毀謗的對象。罵您的人一點都沒有什麼顧忌，欺壓您的人也不會受到譴責。遇到有人作揖，您反而會有所懷疑而目動，聽到人家說什麼話，您也驚懼不已。您不時地在荒郊野外行走，卻不知道去往何方。您怎麼獨獨落到這般田地？請看現在的那些賢智之人，沒有一個不是趾高氣揚，結為朋黨，相互援引，一個個都插足朝廷當官，強橫不可一世。他們成群結隊，把臂而行。他們個個似乎都有奇異的計謀和高深的理論，一聲聲地高談闊論，在朝廷上下進進出出，擁擠填塞在朝廷各個衙門之中。一句話說出來，連唾沫也是珠光寶氣。他們難道不算是大人物嗎？您雖然讀了那麼多古人的書，自稱能知曉道理，預測先機，但您的遭遇卻是這樣的背時不走運！

您狼狽不堪，遭受排斥羞辱，怎麼才能向世人自我表白呢？」

柳宗元先生回答說：「我已恭聽了您的意見。不過，您說我能夠知曉道理、預測先機，這有些過分了。在下不明白仕途進退的訣竅，現在得罪受辱，幸而四肢還連在身上，肌肉皮膚也還完好，還能吃到別人供給的食物，穿上別人織就縫好的衣服，使用別人製造的貨物，無需像老百姓那樣種地織布做生意。我雖然還活著，卻整天羞愧恐懼，戰戰兢兢，一刻也不得安寧。現在，您又推舉讚揚當今世上的賢人智士，來深切地譏誚責怪我。我不過是個被縛的囚犯，不論是逃到山林還是遁入江海，都無路可走，天下哪裏有我的容身之地呢？希望您能暫時忍耐一會，使我能夠詳細地表白心意，整理我的言論。」

客人答應說：「要說什麼請說。」

柳宗元先生說：「在下年輕時學習思考，不聽從老師的教導，只相信古書，以為事情都很容易，思考問題也不結合當前急務而通盤考慮，只知道張開嘴就說話，閉上眼睛就休息，站立著就向前走，跌倒了就趴在地上，無所謂高興和憤怒，不講究是非曲直，衝進羅網，跌入陷阱，也不覺得是挫折。愚惷狂妄，違背事理，真是太過分了。又怎麼承受得起您的教誨和美意呢？當今的世界上，不論你是精明還是笨拙，都不會受到欺騙；你的賢良與否，也會得到公正的評價。那些出了名升了官的人，論其德行，都像大海一樣深廣，端方貞節鯁直，學識修養深厚，和『大道』同來同往。而我呢，性格乖僻，學問淺薄，浮躁不安，牢騷滿腹，遭遇坎坷，路途不順，當然沒辦法追隨當今的那些賢人智士。若論那些出名升官者的理論修養，都十分明晰深厚，分析透徹，明辨是非，能夠考校衡量古今之事。而我呢，沉默閉塞，精神頹廢，雙目無光，只是挑選怪異，探索幽隱藏匿之事，整天憂心忡忡，終將禍害自己，即使我睜大眼睛，慷慨激昂，也不可能效法他們的榜樣。若論那些出名升官者的學問，則都學問淵博，融會貫通，能使天旋地縮，鬼神交錯。而我的學問，卻是簡單平庸，微不足道，破碎空疏，道聽塗說，愚頑蒙昧，不知要走什麼道路，我就是厚著臉皮，搖唇鼓舌也不可能與之並駕齊驅。若論那些出名升官者的文章，則都文采輝煌，呼吸陰陽元氣，文氣充足而深刻，如同日月星辰光芒萬丈，又如精心陶冶鎔煉的瓷器和銅器那樣光亮。而我卻鄙陋艱澀，文采貧乏，文思不通，氣勢局促，灰頭土臉。我即便躍躍欲試，跟隨著來到臺階之下，也進不了他們的大門。這四方面，懸殊明顯，即便是小跟班小丫鬟，都明白我遠遠不如他們，何況又有罪名加在身上，行動受到限制，現在又遭到您排擠打擊。這難道不是太忍心了嗎？再說『白羲』、『騄耳』這二匹駿馬若是到了康莊大道，就可以追逐飛奔的星辰，領先於飛快的飄風，而瘸了腿的驢子，卻很難走出泥潭；黃鐘、大呂在清廟奏響，即可感動天地神祇，而嗚嗚土俗邪聲，連鄉里之人也聽不進去；西子、毛嬙這兩個著名美女得寵於後宮，燦爛如同早晨的陽光，光彩煥發如同彩雲，而無鹽這樣的醜女在鄉里就被驅逐；蛟龍在天空飛升，在深淵中翻騰，恩被上下四方，潤澤天地萬物，而小蝦、小螞蟥卻一刻也離不開小水窪。那些卓越聰明、瀟灑不羈之士，遇到清明時代，就可以使用他們的智慧能力，顯示轟轟烈烈的功業，而我這樣的小人物，命運不好，不順不利，也是理所當然。您又何必奇怪呢？況且，涉及到一次危險或懲戒就不再嘗試第二次，這是剛烈之士的志氣；知道了事不可為而迅速地停止，這正是君子應做之事。我想學學這些烈士君子，沒沒無聞地度此一生，不是也可以嗎？」

於是柳先生唱歌道：「堯舜美好啊，禹益憂心，能者任職啊愚者休息。像蓬草菫草一樣蹁躚起舞啊，為我因禁而樂。文章啊彬彬光彩，足以舒緩我的憂愁。也罷也罷，我又何求！」客人於是笑著離開。

【研　析】這是一篇頗有氣勢、意味深長的「離騷型」文章。柳宗元被貶永州之後，心中憤憤不平但又無可奈何。他想到自己滿腔抱負，滿腹才華，原想為朝廷做些事情，卻因宮庭的權力鬥爭，而被人指責為急躁冒進，連從前的好友對他也頗有微辭，他被趕出京城，遠貶窮鄉僻壤，仕途從此不再光明。柳宗元此時的悲涼可想而知。他看到了朝中那些庸碌之人正因政治上的得勢而洋洋得意，作者反話正說，明裏推揚那些「顯進者」的德行、修養、學問、文章，實際上是譏諷他們不過是道貌岸然的偽君子，是十足的小人得志。在此同時，作者將自己與那些「顯進者」進行了對比，通過這些對比，將自己的困難處境和不幸遭遇進行了形象的描述，發洩了對於當道者深切的不滿情緒。

作者將滿腹的牢騷、尖刻的諷刺、憤怒的控訴、痛快的宣洩融為一體，結構上多用排比句式，行文雖較為繁復，但犀利有力。其幽怨鬱勃之情，與一千多年前屈原的〈離騷〉有異曲同工之妙。柳宗元在總結自己寫作文章的經驗時，認為應「參之〈離騷〉以致其幽」（柳宗元〈答韋中立論師道書〉），而這篇〈答問〉，正是在永州「投跡山水地，放情詠〈離騷〉」（柳宗元〈遊南亭夜還敘志七十韻〉詩句）的產物，是作者有意識地向屈原學習的一篇代表性文章。

天說[1]

韓愈[2]謂[3]柳子[4]曰：「若[5]知天之說[6]乎？吾為子[7]言天之說。今夫人有疾痛、倦辱[8]、饑寒甚者，因仰而呼天曰：『殘[9]民者昌，佑民者殃！』又仰而呼天曰：『何為使至此極戾[10]也？』若是者，舉[11]不能知天。

「夫果蓏[12]飲食既壞，蟲生之。人之血氣敗逆[13]壅底[14]，為癰瘍[15]、疣贅[16]、瘻痔[17]，蟲生之。木朽而蝎中[18]，草腐而螢飛[19]。是豈不以壞而後出耶？物壞，蟲由之生；元氣[20]、陰陽[21]之壞，人由之生。蟲之生而物益壞，食齧[22]之，攻穴[23]之，蟲之禍物也滋甚[24]。其有能去之[25]者，有功於物者也；繁[26]而息[27]之者，物之讎也。

「人之壞元氣、陰陽也亦滋甚：墾原田，伐山林，鑿泉以井飲[28]，竅墓㉙以送死㉚，而又穴為偃溲㉛，築為牆垣㉜、城郭㉝、臺榭㉞、觀㉟遊㊱，疏為川瀆㊲、溝洫㊳、陂池㊴，燧㊵木以燔㊶，革㊷金以鎔㊸，陶甄㊹琢磨㊺，悴然㊻使天地萬物不得其情㊼，倖倖衝衝㊽，攻殘敗撓㊾而未嘗息㊿。其為禍元氣、陰陽也，不甚於蟲之所為乎？吾意(51)有能殘(52)斯人使日薄歲削(53)，禍元氣、陰陽者滋少，是則有功於天地者也。繁而息之者，天地之讎也。

「今夫人舉不能知天，故為是呼且怨也。吾意天聞其呼且怨，則有功者(54)受賞必大矣，其禍焉者受罰亦大矣。子以吾言為何如？」

柳子曰：「子誠有激(55)而為是耶？則信辯且美(56)矣！吾能終(57)其說。彼上而玄(58)者，世謂之天；下而黃者，世謂之地；渾然(59)而中處者(60)，世謂之元氣；寒而暑者，世謂之陰陽。是雖大，無異果蓏、癰痔、草木也。假而有能去其攻穴者，是物也，其能有報(61)乎？繁而息之者，其能有怒乎？天地，大果蓏也；元氣，大癰痔也；陰陽，大草木也。其烏能賞功而罰禍乎？功者自功，禍者自禍。欲望其賞罰者，大謬(62)。呼而怨，欲望其哀(63)且仁(64)者，愈大謬矣。子而(65)信子之義(66)以遊其內(67)，生而死爾(68)，烏置存亡得喪於果蓏、癰痔、草木耶？」

【注釋】❶天說　天，指自然界。說，論說。❷韓愈　西元七六八年—八二四年，字退之，河陽（今河南孟縣）人。唐德宗李適貞元八年（西元七九二年）進士，官至禮部侍郎。柳宗元友人。與柳宗元同為唐代古文運動之倡導者。著名散文家、詩人。著有《韓昌黎集》。❸謂　告訴。❹柳子　柳宗元自稱。❺若　你。❻說　說法；道理。❼子　您。對人的尊稱。❽倦辱　困苦；屈辱。❾殘　殘害。❿戾　反常，這裏指困苦。⓫舉　都；全。⓬果蓏　即瓜果。古代稱樹木的果實為果；瓜類的果實為蓏。⓭敗逆　敗壞而倒行。⓮壅底　阻塞；下沉。⓯癰瘍　毒瘡和潰瘍。⓰疣贅　腫瘤、贅肉等。⓱瘻痔　瘻管、痔瘡。⓲蝎中　蟲生在木頭裏面。蝎，木中蛀蟲。中，動詞，生於中。⓳草腐而螢飛　古人誤認為螢生於腐草。⓴元氣　古代哲學家認為構成天地萬物的原始物質。㉑陰陽　古代哲學中表示互相對立統一的概念，用以解釋自然界兩種對立的勢力互為依存，互為消長。㉒食齧　吃；咬。㉓攻穴　挖洞。㉔滋甚　更加厲害。㉕去之　除掉它。㉖繁　繁殖。㉗息　生息；增多。㉘鑿泉以井飲　挖井取水飲用。㉙窾墓　挖坑築墳。㉚送死　葬送死者。㉛偃溲　指廁所。㉜垣　矮牆。㉝郭　外牆。㉞榭　臺上面的小屋。㉟觀　寺廟。㊱遊　名詞，遊樂場所。㊲川瀆　河溝。㊳溝洫　田間的水渠。㊴陂池　池塘。㊵燧　古代取火的器具。㊶燔　燒，這裏指鑽木取火。㊷革　改變。㊸鎔　鎔煉，這裏指冶煉金屬。㊹陶甄　製作陶瓦。㊺琢磨　雕刻玉器、石器。㊻悴然　勞累憔悴貌。㊼情　指自然物的本來情態。㊽倖倖衝衝　怒氣沖沖，不顧一切地。倖倖，同「悻悻」。很不高興貌。㊾攻殘敗撓　摧殘破壞。㊿息　停止。

[51]意　料想，動詞。[52]殘　摧殘；懲罰。[53]日薄歲削　一天天一年年地減少，使人類日漸減少。[54]有功者　即上文所說對天有功的人。[55]激　激發；觸發。[56]信辯且美　確實善辯而言辭巧妙。[57]終　窮盡；了結。[58]玄青色，指天的顏色。[59]渾然　混雜不清貌。[60]中處者　處於中間的東西。這裏指充滿天地之間的物質。[61]報報答。[62]大謬　大錯特錯。[63]哀　憐憫；可憐。[64]仁　恩惠。[65]而　如果。[66]義　信念；主張。[67]遊其內　生活在天地之間。[68]生而死爾　活著也如同死了一樣罷了。

【語　譯】韓愈曾對柳宗元說：「你知道關於天的道理嗎？讓我來對你談一談天的道理吧。現在，人們在病痛、勞苦、屈辱、飢寒很嚴重的時候，就往往仰天呼喊：『天哪！殘害百姓的人反而得勢，保護百姓的人反而遭殃！』又仰天叫喊：『天啊！為什麼叫我遭受這樣的大苦大難呢？』像這樣的人，都是不懂得天道。

「瓜果和飲食壞了，就會生蟲。人的血氣敗壞阻塞，就會得癰、瘍、疣、痔等疾病，人體上的蟲也是這樣產生的。樹木枯朽了，蛀蟲就在裏面生長。草腐爛了，螢火蟲從那裏飛出來。這些蟲難道不是因為物先壞了然後才生長出來的嗎？物壞了，蟲就會生出來；同樣道理，元氣、陰陽壞了，人類就會產生。蟲生出來後，物就受到更大的損壞。你看那些蟲吃呀、啃呀、挖洞呀，對於物的危害越來越嚴重。所以，如果誰能除掉蟲害，那他對物就有功勞；誰讓蟲害繁殖增多，他就是物的仇敵。

「人對元氣、陰陽的破壞也是越來越嚴重了：他們開墾田地，採伐山林，鑿井取水，挖坑築墳，修建廁所，建造圍牆、城郭、亭臺、寺廟和遊樂場所，疏通河溝，挖掘水道池塘，鑽木取火，冶煉金屬，燒製陶器瓦器，雕刻玉器石器，總之，筋疲力竭地把天地萬物搞得不得安生。他們怒氣沖沖，不顧一切地進行摧殘和破壞，老是不肯罷休。他們對於天地、元氣、陰陽的危害，不是比蟲子更厲害嗎？我想，如果有誰能懲罰這些人類，使他們一天天、一年年地減少，使危害元氣、陰陽的人越來越少，那麼，他對天地就有功。相反地，那些讓危害元氣、陰陽的人增多的，就是天地的仇敵。

「現在，人們完全不懂得天意，所以才說出這些呼天怨地的話來。我想，如果天聽到他們的呼怨，那麼，這些殘害百姓而對天地有功的人一定要受重賞；那些對天有害的人一定要受嚴厲的懲罰。你認為我所說的怎麼樣？」

柳宗元先生回答說：「你一定是有所感觸而說出這番話的吧？言辭真是善辯而又美妙。我可以把你的話補充完整。那高高在上，呈現深青色的，世上的人把它叫做天；那處在下面，呈現黃色的，世上的人把它叫做地；混雜不清、充滿在天地之間的，世上的人把它叫做元氣；形成寒暑變化的，世上的人把它叫做陰陽。這些東西雖然很大，但它和沒有意志的瓜果、癰痔、草木等自然物並沒有什麼不同。假使誰能除掉挖洞的蟲子，這些瓜果草木等等自然物能夠報答他嗎？如果誰能使蟲子繁殖增多，那些自然物能對他發怒嗎？天地就像大瓜果，元氣就像大癰痔，陰陽就像大草木，它們哪能獎賞對它們有功的人，又哪能懲罰禍害它們的人呢？有功的只管自己立功，為禍的只管自己為禍；希望天分別給予賞罰，那是很荒謬的。呼天怨地，希望老天發慈悲，施恩惠，那更是大錯特錯。你如果堅持自己的信念，寄生於天地之間，（面對自然無所作為，）那活著也就和死去一樣了，又何必把生死得失的原因歸結到瓜果、癰痔、草木等沒有意志的東西上面呢？」

【研 析】韓愈與柳宗元同為古文運動的領袖，兩人的私交也很好。他以繼承孔子、孟子的「道統」為己任，是漢代董仲舒以來的儒家代表人物。他在政治上反對以王叔文為首的改革派，和參與這一改革的柳宗元有完全不同的看法。在哲學上，韓愈贊成董仲舒「天人相與」觀點；而柳宗元則贊成「天人相分」的觀點，因而，柳宗元便寫了這篇文章來和韓愈辯論。

古代將很多會走的叫做「蟲」，老虎稱「大蟲」，人也可稱為蟲，是天地之蟲。人對自然界的瘋狂破壞，有目共睹。從這一意義上說，人確實是自然的仇敵。自高自大的人類，將自己看成是宇宙的最高和最終的目的，這一極為錯誤的認識，必然會、實際上已經遭到了自然的報復。韓愈看到了人類對自然的破壞，這是他的高明之處，但他認為人類必然會受到天的懲罰，降災於人類，使其逐步減少，這當然有些過分，有些不切實際。人不能選擇自己的產生與否，地球上已經有很多的人口，並不是他們自己的過錯，要去掉他們，顯然是不公平的。人類對自身以及人和自然的關係，是逐步認識的，當人類已經認識到問題的所在，但當政者或為了一己的私利，或愚昧狂妄無知，不敢或不願對人本身進行必要的限制，應該懲罰的是那些決策失誤的統治者，而不是全體人類。

柳宗元一方面對韓愈的義憤表示了贊同，另一方面也對他的偏激提出了不同意見，並對相關問題進行了分析。柳宗元認為，人類對自然的改變，在一程度上是不可避免的，這種改變對大自然和人類本身來說，有「功」的一面，也有「禍」的一面。但是，天並沒有意志，人類即便禍害了自然，這種禍害反過來也將禍及人類自己，但人類不可能指望上天會自覺地懲罰人類，執行這一任務的，只能是人類自己。應該說，韓愈和柳宗元的觀點各有道理，正可以相輔相成或相反相成，通過辯論，可使人們更深入一步地理解人類與自然的關係問題。

捕蛇者說

永州之野產異蛇，黑質而白章❶；觸草木，盡死；以齧❷人，無禦❸之者。然得而腊❹之以為餌❺，可以已❻大風❼、攣踠❽、瘻❾、癘❿，去死肌⓫，殺三蟲⓬。其始，太醫以王命聚之，歲賦⓭其二⓮。募有能捕之者，當⓯其租入⓰。永之人爭奔走焉⓱。

有蔣氏者，專其利⓲三世矣。問之，則曰：「吾祖死於是⓳，吾父死於是。今吾嗣⓴為之十二年，幾死㉑者數㉒矣。」言之，貌若甚戚㉓者。余悲之，且曰：「若㉔毒㉕之乎？余將告於蒞事者㉖，更㉗若役，復㉘若賦，則何如？」

蔣氏大戚，汪然出涕㉙曰：「君將哀㉚而生㉛之乎？則吾斯役㉜之不幸，未若復吾賦不幸之甚也。嚮㉝吾不為斯役，則久已病㉞矣。自吾氏三世居是鄉，積於今六十歲矣，而鄉鄰之生[35]日蹙[36]。殫[37]其地之出[38]，竭其廬之入[39]，號呼[40]而轉徙[41]，飢渴而頓踣[42]，觸[43]風雨，犯[44]寒暑，呼噓[45]毒癘[46]，往往而死者相藉[47]也。曩[48]與吾祖居者，今其室[49]十無一焉；與吾父居者，今其室十無二三焉；與吾居十二年者，今其室十無四五焉。非死則徙爾。而吾以捕蛇獨存。悍吏[50]之來吾鄉，叫囂乎東西[51]，隳突乎南北[52]，譁[53]然而駭[54]者，雖雞狗不得寧焉。吾恂恂[55]而起，視其缶[56]，而吾蛇尚存，則弛然[57]而臥。謹食[58]之，時而獻焉[59]。退[60]而甘食[61]其土之有[62]，以盡吾齒[63]。蓋一歲之犯死[64]者二焉，其餘，則熙熙[65]而樂；豈若吾鄉鄰之旦旦[66]有是哉！今雖死乎此[67]，比吾鄉鄰之死則已後矣[68]，又安[69]敢毒耶？」

余聞而愈悲。孔子曰：「苛政猛於虎也[70]。」吾嘗疑乎是[71]。今以蔣氏觀之[72]，猶信[73]。嗚乎！孰知賦斂之毒，有甚是蛇者乎！故為之說[74]，以俟夫觀人風[75]者得[76]焉。

【注釋】❶黑質而白章　黑色的身體長著白色的花紋。質，指身體。章，同「彰」。花紋。❷齧　咬。❸禦　抵擋。❹腊　乾肉。用作動詞，曬成肉乾。❺餌　指藥物。❻已　停止，引申為治好。❼大風　痲瘋一類的病。❽攣踠　手足彎曲不能伸直的一種病。❾瘻　頸腫病。❿癘　惡瘡。⓫去死肌　去掉失去機能的肌肉。⓬三蟲　指「三尸之蟲」，此泛指人體內的寄生蟲。道家認為人體內有尸蟲，有上中下三尸。⓭賦　賦稅。用作動詞，徵收。⓮其二　兩次。⓯當　抵充。⓰租入　應交的賦稅。⓱爭奔走焉　爭著去幹這件事。⓲專其利　得到專幹捕蛇抵稅這種活的好處。⓳是　指捕蛇這件事。⓴嗣　繼承。㉑幾死　差一點死去。㉒數　屢次；多次。㉓戚　悲傷。㉔若　你。㉕毒　怨恨。㉖蒞事者　管這件事的官吏。㉗更　更換。㉘復　恢復。㉙汪然出涕　大滴地流下眼淚。㉚哀　哀憐；同情。㉛生　使動詞，使……活下去。㉜斯役　這個差事。㉝嚮　如果。㉞病　指貧苦困頓。㉟生　生計。㊱日蹙　一天比一天緊迫貧困。㊲殫　用盡。㊳其地之出　土地上的出產。㊴竭其廬之入　用盡家裏的收入。㊵號呼　大聲哭喊。㊶轉徙　遷移他鄉。㊷頓踣　不能站立；跌倒。㊸觸　頂著。㊹犯　冒著。㊺呼噓　呼吸。㊻毒癘　瘴氣。㊼相藉　互相壓著。㊽曩　從前。㊾室　家裏。㊿悍吏　兇暴蠻橫的差吏。(51)叫囂乎東西　到處叫喊。(52)隳突乎南北　到處橫衝直撞。(53)譁　喧譁。(54)駭　驚恐。(55)恂恂　小心謹慎地。(56)缶　一種肚大口小的瓦罐。(57)弛然　放心貌。(58)食　飼養。(59)時而獻焉　到徵收賦稅時（把蛇）獻上。(60)退　回來。(61)甘食　香甜地吃著。(62)其土之有　自己土地上所出產的東西。(63)以盡吾齒　這樣來度過我的歲月。齒，年齡，引伸為歲月。(64)犯死　冒著生命危險。(65)熙熙　歡欣貌。(66)旦旦　天天。(67)死乎此　指被蛇咬死。(68)則已後矣　就已經在後面了。(69)安　怎麼。(70)苛政猛於虎也　出自《禮記・檀弓下》，意思是：苛刻的賦稅比老虎還要兇暴厲害。(71)疑乎是　懷疑這個說法。(72)以蔣氏觀之　從蔣氏的遭遇來看。(73)信　確實。(74)故為之說　因此為這件事寫了這篇文章。(75)人風　民情風俗。(76)得　有所收穫。

【語　譯】永州郊外生長著一種奇異的蛇，黑色的身子上長著白色的花紋；牠的毒液碰著草木，草木都會死去；如果咬了人，誰也無法醫治好。但是，如果把牠捉到，風成臘肉乾，當作藥物，就能治好麻瘋、痙攣、頸腫、惡瘡等疾病，能去掉死去的肌肉長出新肉，能殺死人體內的寄生蟲。起初，太醫奉皇帝的命令收集這種蛇，每年徵收兩次。廣泛招募能捕這種蛇的人，規定可以用這種蛇來抵充應交的賦稅。永州的百姓爭著去幹這件事。

有個姓蔣的人，專門捕蛇抵稅，獲得這一好處已經三代人了。詢問他具體情況，他說：「我的祖父因為捕蛇而死，我的父親也因為捕蛇而死。現在我接著他們幹這件事已經十二年了，幾次差一點被蛇咬死。」說完，臉上顯出非常悲傷的神情。

我很同情他，就說：「你怨恨捕蛇這件事吧？我可以轉告負責徵稅的官吏，不要你再捕蛇了，恢復你的賦稅，怎麼樣？」

姓蔣的人聽了更加悲傷，眼淚汪汪地說：「你是可憐我，想讓我活下去嗎？可是，捕蛇的不幸，還沒有交納賦稅那麼厲害呢。要是我不捕蛇，那就更貧困了。我家三代住在這裏，算來已有六十年了。鄉鄰們的生計一天比一天窮困。他們土地上出產的東西交完了，家裏的收穫也繳盡了，只好大聲哭喊著遷移到別處去。他們又飢又渴，累倒在地；他們頂著風雨，冒著嚴寒酷暑，吸著瘴氣，死去的人，往往屍體相壓成了堆啊！從前和我祖父同住在這裏的人，現在十家不剩一家了；和我父親同住在這裏的人，現在十家不剩二三家了；十二年來和我同住在這裏的，現在十家剩下的也不到四五家了。不是死了就是搬走了。而我卻因為捕蛇得以僥倖地活下來。每當兇暴橫蠻的差吏來到我們鄉下，到處橫衝直撞，亂喊亂叫嚇得人們心驚膽顫，就連雞狗也不得安寧。這時，我就小心謹慎地爬起來，看看裝蛇的瓦罐，要是蛇還在，便放心地睡了。我小心餵養牠，好到規定的時間把牠交上去。回來後便可以香甜地吃著自己土地上出產的東西，這樣來度過我的歲月。一年當中只要冒兩次生命危險去捕蛇，其餘時間，就算是過著安樂的日子了；哪裏像我的鄉鄰們，每天都有死亡的威脅呢！現在即使是被蛇咬死，比起我的鄉鄰來，也是死在後面了，又怎麼敢怨恨這件事呢？」

我聽了這番話，心裏更加悲痛。孔子曾經說：「苛刻的賦稅比老虎還要兇暴厲害呀！」我曾經懷疑過這句話，現在從蔣氏的遭遇來看，完全可以相信是真的。唉！誰知苛刻的賦稅比毒蛇還要厲害啊！因此，我寫了這篇文章，讓那些考察民情的人從這裏得到一點啟發吧。

【研 析】「苛政猛於虎」，統治者的橫徵暴斂，真的比老虎還要兇殘。這篇文章通過一個捕蛇世家的不幸遭遇，控訴了統治者的罪行：賦稅畸重，老百姓願意冒著被毒蛇咬死的危險，也要去捕蛇抵稅。本文亦作於作者貶謫永州時期。題目中的「說」，是一種文體的名稱。明吳訥《文章辨體序說》解釋說：「說，釋也，述也，解釋義理而以己意述之也……迨柳子厚及宋室諸大老出，因各即事即理而為之說，以曉當世，以開悟後學。」本文就是「即事為之說」，即就「苛稅猛於毒蛇」一事加以述說論理的範例。

柳宗元來到永州之後，有機會能夠真正地接近最底層的老百姓，他看到了底層社會的真實情況，了解到當時的嚴峻的社會現實，從而對這些現實有了親身體驗。唐王朝在「安史之亂」之後，割據的藩鎮不再向中央輸送賦稅，唐王朝對外要應付回紇、吐蕃的不斷侵擾，對內要對付割據的藩鎮，連年的戰亂極大地增加了人民的財稅負擔，而這些負擔只能向日益縮小的中央政府所直接控制的地區攤派，因而，包括永州在內的兩湖地區，逐漸成為朝廷財賦的主要來源地之一。林雲銘《古文析義》初編卷五在談及這一情況時說：「元和年間，李吉甫撰國計簿，上之憲宗。除藩鎮諸道外，稅戶比天寶四分減三；天下兵仰給者，比天寶五分增一，大率二戶資一兵。其水旱所傷，非時調發，不在此數。是民間之重斂，難堪可知。而子厚之謫永州，正當其時也。」柳宗元來到永州後，看到永州因賦稅誅求過度，導致民戶逃亡，經濟凋敝，情況非常嚴重，雖然他已經不再是具有「話語權」的朝廷官員了，但出於一個讀書人的政治責任感，他還是寫出了〈捕蛇者說〉這樣具體而深刻的政論文。

這篇文章並沒有從正面譴責苛稅，而是從一個特殊的側面反映了賦役之害。文章抓住了某一村莊中蔣姓三代人以捕蛇代賦稅的典型事例，突出了賦斂之害甚於毒蛇的嚴峻現實，深刻地反映了天寶以後唐王朝的統治危機。吳楚材、吳調侯《古文觀止》卷九評論此文說：「此小文耳，卻有許大議論。必先得孔子『苛政猛於虎』一句，然後有一篇之意。前後起伏抑揚，含無限悲傷悽惋之態。若轉以上聞，所謂言之者無罪，聞之者足以為戒，真有用之文。」

䄍[1]說

柳子為御史[2]，主祀事。將䄍，進[3]有司[4]以問䄍之說，則曰：「合[5]百神於南郊[6]，以為歲報[7]者也。先有事[8]必質[9]於戶部[10]。戶部之詞曰：旱於某、水於某、蟲蝗於某、癘疫[11]於某，則黜[12]其方守之神[13]，不及以祭[14]。」

余嘗學禮[15]，蓋思而得之，則曰：「順成[16]之方，其䄍乃通[17]。」若是，古矣[18]。繼而嘆曰：「神之貌乎，吾不可得而見也；祭之饗[19]乎，吾不可得而知也。是其誕漫[20]惝怳[21]、冥冥[22]焉不可執取[23]者。夫聖人之為心[24]也，必有道[25]而已矣。非於神也，蓋於人也。以其誕漫惝怳、冥冥焉不可執取，而猶誅削[26]若此，況其貌言動作之塊然[27]者乎？是設乎彼，而戒乎此者也，其旨[28]大矣！」

或曰：「若子之言，則旱乎、水乎、蟲蝗乎、癘疫乎，未有黜其吏者，而神黜焉。而曰蓋於人者，何也？」予曰：「若子之云，旱乎、水乎、蟲蝗乎、癘疫乎，豈人之為耶？故其黜在神；暴㉙乎、眊㉚乎、沓貪㉛乎、罷弱㉜乎，非神之為也，故其罰在人。今夫在人之道，則吾不知也；不明斯之道，而存乎古之數㉝，其名㉞則存，而教㉟之實㊱則隱。以為非聖人之意，故歎而云也。」

曰：「然則致雨反風㊲、蝗不為災㊳、虎負子而趨㊴，是非人之為，則何以㊵？」余曰：「子欲知其以㊶乎？所謂偶然者，信㊷矣。必若人之為，則十年九潦㊸、八年七旱㊹者，獨㊺何如人㊻哉？其黜之也，苟明乎教之道，雖去㊼古之數可矣。反是，則誕漫之說勝㊽，而名實之事㊾喪，亦足悲乎！」

【注釋】❶蜡　通「臘」。年終時的祭神儀式。❷御史　官名。當時柳宗元在朝廷任監察御史裏行。❸進　使動詞，使之進，指召集。❹有司　有關部門的官吏。❺合　會合；聚集。❻南郊　城南郊外。古時祭天地要到城南郊外舉行。❼歲報　年終時對神的酬報。❽先有事　先於有事時，指祭祀之前。古代認為祭祀和戰爭是國家的頭等大事，因而稱祭祀為「有事」。事，古代最重大的事件才稱為「事」。❾質　質詢；諮詢。❿戶部　朝廷中掌管戶口、錢糧、稅收等事的機構。⓫癘疫　瘟疫，大規模的嚴重傳染病。⓬黜　責罰。⓭方守之神　專管某一方位的神。⓮不及以祭　不去祭祀。⓯禮　古代有《禮記》、《儀禮》、《周禮》，合稱「三禮」，是記載禮制的經典文獻。下文「順成之方……」云云，即引自《禮記》。⓰順成　風調雨順，獲得好收成。⓱通　指實行。⓲若是古矣　像這樣的做法，是古已有之的。⓳饗　指鬼神享用祭品。⓴誕漫　虛誕渺茫。㉑惝怳　迷糊；不清楚。㉒冥冥　昏闇。㉓執取　捉摸。㉔為心　指祭祀的用心。㉕道　道理。㉖誅削　誅，責罰。削，削減。指上文所說的不及以祭。㉗塊然　有形有體；清楚可見貌。㉘旨　用意；意義。㉙暴　暴虐。㉚眊　昏庸；不明事理。㉛沓貪　貪污舞弊。㉜罷弱　精神不振。罷，同「疲」。㉝數　禮數，指祭祀等儀式。㉞名　名義；概念。指形式。㉟教　古代以神道設教，如以祭祀等儀式來實行教化。㊱實　實質。指內容。㊲致雨反風　據《尚書‧金縢》說，周成王時，天氣異常，打響雷、刮大風，莊稼被風吹倒了，人們非常恐慌。周成王便到郊外祭祀上天，天便降雨，風也變了方向，禾苗又都起來了。㊳蝗不為災　傳說東漢宋均為九江（今江西九江）太守時，為政有德，當時鄰近州縣鬧蝗災，但蝗蟲一飛到九江地面就分散飛去，並不為害。㊴虎負子而趨　據傳說，東漢時弘農（在今河南靈寶）常有老虎出沒，殘害群眾。劉昆來此為太守三年，實行德政，連老虎也感動得背著小虎渡河遠去。趨，快步走。㊵何以　什麼原因。㊶以　原因。㊷信　確實。㊸十年九潦　傳說唐堯時十年有九年鬧水災。㊹八年七旱　傳說商湯時八年有七年鬧旱災。㊺獨　語氣詞，表示加重語氣。㊻何如人　是怎樣的人。唐堯和商湯是公認的聖王。㊼去　離開。指拋棄。㊽勝　占優勢，指盛行。㊾名實之事　形式與內容相協調。

【語　譯】柳先生充任御史，主管祭祀之事。朝廷將要舉行䄍祭，便召集有關官吏詢問有關事宜。

他們說：「這一祭祀，是在城南郊外，聚集百神祭祀，以酬答他們一年來的保佑。在舉行禮祭之前，要先問一下戶部。戶部說出某地有旱災、某地有水災、某地有蟲蝗之災、某地有瘟疫，於是就要責罰那些地方的主管神，不再祭祀他們。」

我曾經學過「三禮」等書，思考一下，記得《禮記》裏面說過：「風調雨順收成好的地方，那個方位的神靈才能享受祭禮。」可見這規矩在很古的時候就有了。接著又感嘆說：「神是什麼樣子呢？我沒有見過；他真的會來享用祭品嗎？我也不知道。這是虛誕渺茫、看不見摸不著的東西。可是聖人設立年終祭祀儀式的用心，必定有他的道理。這事並不是針對神的，而是針對著人的。像這樣虛誕渺茫、看不見摸不著的神，還要這樣處罰它，何況對那些相貌言行明白可見的人呢？因此它名義上說是針對神靈的，而實際上是告誡人的，意義是很大的呀！」

也許有人會說：「照你這麼說，那些發生旱災、水災、蟲災、蝗災、瘟疫的地方，卻並未處罰那些地方官吏，處罰的是地方的神靈。而你卻說這是針對人的，這是為什麼？」我可以這樣回答：「像你所說的，旱災、水災、蟲災、蝗災、瘟疫，難道是人造成的嗎？因此，應該受到處罰的是神。至於暴虐、昏庸不明、貪污舞弊、疲沓不稱職等等，這總不是神幹的吧？因此，就應該處罰人。現在，對於處理人的原則是怎樣的，我並不知道；如果不明白其中的道理，卻要保存禮祭這種古代的儀式，禮祭在名義上雖然保存下來，而它的實際含義卻消失了。我認為這並不符合古代聖人的本意，因此才感嘆地說了這番話。」

或許會有人說：「那麼周成王祭天時，曾感動上天下了大雨，風也轉了向；宋均感動了蝗蟲不在他管轄的地區鬧災；劉昆感動得老虎背著小虎遠走，不在他當官的地方作惡，如果這不是人的善行影響了自然，那又是什麼原因呢？」我回答說：「你想知道這其中的原因嗎？這的確是所謂偶然的現象。如果一定要說成是人的行為的影響，那麼，唐堯時十年有九年鬧水災，商湯時八年有七年鬧旱災，唐堯、商湯成了什麼人呢？難道是上天要處罰唐堯、商湯嗎？假如弄清了䄍祭的教化意義，即使廢除了這種古代的䄍祭儀式也是可以的。否則，虛誕渺茫的言論盛行，而名副其實的事情卻不見了，這是很可悲的啊！」

【研析】〈䄍說〉是貞元十九年（西元八〇三年）柳宗元在朝廷任監察御史裏行（見習御史）時所寫的論文。

中國古代「以神道設教」，認為最高統治者的統治權是由上天賦予的，因而，君王是上天的兒子，叫做「天子」，天意與人事息息相關，為了使上天保佑天下太平，風調雨順，對上天的祭祀必須是虔誠而按時的；而地面上的人也必須遵守自己所應遵守的規範，否則也會觸怒上天，降下災難，如果有暴虐、昏庸、貪污、疲沓等人間的惡事發生，上天就會震怒，這叫做「天譴」。而且天下很大，不可能每一地在同一個時候都能平安無事，各地的氣候也有很大差異，不可能在同一時期內都能風調雨順，因此，神道思想解釋說，每一方有每一方的神靈，各有所司，某一個地方發生了天災，不應該由整個上天負責，而只應該由主管那個地方的「地方性神靈」來負責就行了。

這一套關於天與人關係的學說，叫做「天人感應」或「天人相與」，意思是，天與人密切相關，能夠傳遞信息，人的意志和想法，能夠影響到天，天的意志和精神，也能影響到人。

天人相與的思想觀念，既有科學的、正確的一面，也有迷信的、錯誤的一面。大自然與人類，本處於同一個世界，可以說是息息相關，人類是大自然的一員，必須按自然規律辦事。但人類仗著自己是大自然中惟一能夠思考，有「改造自然」能力的高等動物，總是自以為是，做了許多傷害自然的蠢事，受到了自然的報復。天人相與思想提倡人與大自然和諧相處，認為人類不應該以自然為敵，更不應該不分清紅皂白地去「改造自然」，這些思想當然是正確的；但中國古代的天人相與思想，又認為上天也有意志，並且人類可以通過祭祀等活動來影響上天的這種意志，這就是一種迷信了。實際上，正如柳宗元在這篇文章中所指出的那樣，一個地方如果發生了自然災害，那就要抗擊這種災害，乞求神靈是沒有多大用處的，古代的聖賢之所以有祭祀的儀式，其本意也是針對人，警告人類自己的。至於暴虐、昏庸、貪污等人為的災禍，這本來就是要人類自己負責，特別是要人類中的統治集團負責的，不管是否祭祀地方神靈，都是起不到什麼作用的。在這一點上，柳宗元主張「天人相分」是正確的。當然，如果認為天與人在任何情況下都是相分的，人可以不顧自然規律，一味地蠻幹，甚至去破壞自然，那也是不對的。我們在評價柳宗元「天人相分」的思想觀念時，也應該看到這一點。

謫❶龍說

扶風❷馬孺子❸言：年十五六時，在澤州❹，與群兒戲郊亭❺上，頃然❻，有奇女墜地，有光曄然❼，被緅裘白紋之裏❽，首❾步搖❿之冠。貴游少年⓫駭⓬且悅之，稍狎⓭焉。奇女頩爾⓮怒曰：「不可，吾故居鈞天帝宮⓯，下上星辰⓰，呼噓陰陽⓱，薄蓬萊⓲，羞崑崙⓳，而不即者⓴。帝以吾心侈大㉑，怒而謫來，七日當復㉒。今吾雖辱塵土中㉓，非若㉔儷㉕也，吾復，且害若。」眾恐而退。遂入居佛寺講室㉖焉。及期㉗，進取杯水飲之，噓成雲氣，五色翛翛㉘也，固取裘反之㉙，化為白龍，徊翔登天，莫知其所終㉚，亦怪甚矣。

嗚呼！非其類而狎其謫㉛，不可哉。孺子不妄㉜人也，故記其說。

【注釋】❶謫　貶降。❷扶風　唐縣名，今陝西扶風。❸馬孺子　指馬宇，王叔文政治革新集團的外圍人物。孺子，兒童；少年。❹澤州　唐州名，今山西晉城。❺郊亭　城外亭子。❻頃然　不一會。❼曄然　光亮耀眼。

❽被緅裘白紋之裏　披著淺紅色面子，白花紋裏子的皮衣。被，同「披」。緅，淺紅色。裘，皮衣。❾首　頭，用作動詞，戴在頭上。❿步搖　女子首飾之一種，綴有垂珠，步行時搖動不已，故曰步搖。⓫貴游少年　貴族子弟。⓬駭　驚奇。⓭稍狎　漸漸地調戲（她）。⓮頩爾　莊重嚴肅貌。頩，色冷。⓯鈞天帝宮　傳說中的天上的一個宮殿名。鈞天，天的中央。帝宮，天帝的宮殿。⓰下上星辰　上下來往於星辰之間。上下，用作動詞。⓱呼噓陰陽　呼吸著陰陽元氣。⓲薄蓬萊　以蓬萊為薄，輕視蓬萊。薄，用作意動，以之為薄；輕視。蓬萊，傳說中的東方海上三神山之一。⓳羞崑崙　以崑崙為羞。羞，用作意動詞，以之為羞；羞辱。崑崙，傳說中的西方神山。⓴不即者　不願意到（蓬萊、崑崙）。即，靠近；接近。㉑侈大　過分；傲慢。㉒復　返回。㉓塵土中　紅塵世間。㉔若　你。㉕儷　配偶，此指狎玩的對象。㉖講室　講經念佛的房間。㉗及期　到了特定的日期。㉘翛翛　自由飄蕩貌。㉙反之　反穿上皮衣。㉚所終　最後到了哪兒。㉛非其類而狎其謫　不是同類，因其被貶而去欺辱他。㉜妄　欺騙。

【語　譯】扶風縣一個姓馬的少年說：他在十五六歲時，在澤州和一群兒童在城外亭子上玩耍時，忽然有一個奇怪的女子從天上落下來，落時光亮耀眼，她身上披著淺紅色面子、白花紋裏子的皮衣，頭上戴一頂綴著步搖的頭冠。那些貴族子弟們感到很驚奇，又很喜歡她，漸漸地就想調戲她。這個奇怪女子莊重嚴肅，冷冷地發怒說：「不行！我一直住在鈞天帝宮中，上下來往於星辰之間，呼吸著陰陽元氣，蓬萊仙島對我來說不算什麼，崑崙神山我也看不上，所以不願意到蓬萊、崑崙去。天帝因為我心高氣傲，一怒之下將我貶謫到這個地方，七天後就該返回天宮了。現在雖然我屈辱地來但這紅塵世間，卻並不是你們調戲的狎玩的對象。否則，等我回到天宮，就會加害你們。」這些少年害怕而退。這個天上的女子於是就來到佛寺裏，在一個講經念佛的房間住下。到了特定的日期，拿了一杯水喝了下去，從嘴裏吐出一片雲氣，五彩斑斕，自由自在地飄蕩著，然後反穿上皮衣，化成一條白龍，繞了一圈，飛翔著登天而去，沒有人知道她最後到了哪兒。真是太奇怪了。

啊呀！本來不是同類，卻因其被貶而去欺辱調戲她，這當然不可以。小孩子不會騙人，所以我記下了他所說的這個故事。

【研　析】高傲的小龍女因觸怒天帝而被貶人間，竟遭到輕薄少年的調戲。小龍女冷冷地告訴這些世間的貴家子弟：自己是天上的仙女，雖然一時被貶，但終究要返回天宮，你們趁早老實一點，否則到時候有你們好看！

柳宗元也有同樣的遭遇。他也像小龍女那樣原在「鈞天帝宮」，現在被貶到這蠻荒之地，那些輕薄之人想趁機羞辱他。柳宗元自稱從馬宇處聽到了這個故事，也可能是自己創作了這個故事，他想借用這個故事告訴天下的人們：龍女永遠是龍女，她絕不會低下高傲的頭；柳宗元永遠是柳宗元，絕不會任憑別人的擺佈侮辱。

當然，這不過是一個寓言。柳宗元認為自己是清白的，就像那那清高孤傲的小龍女，在這個小龍女的形象中，同時也寄託了柳宗元的理想和幻想。他幻想能夠有一天像小龍女那樣回到京城一展抱負。但後來的事實證明，這只是不切實際的幻想。因為柳宗元所參與的革新涉及到宮廷的權力鬥爭，儘管柳宗元心懷坦蕩，認為自己是一心為朝廷和百姓做一點事，但那位正在臺上的「天帝」和「天帝」周圍的大臣們卻並不這麼想。他們把個人權力和面子看得比什麼都重要，不管柳宗元所參加的改革對唐王朝和老百姓是否有利，他們只關心他們一己的私利，因此，任何「平反」之類的想法都不會被允許，一次次的大赦，都特意地指明柳宗元等永貞革新參與者除外。柳宗元在這一點上確實像小龍女那樣太天真了。

復吳子❶松說❷

子❸之疑木膚❹有怪文❺，與❻人之賢不肖❼、壽夭❽、貴賤，果氣之寓歟❾？為物者❿裁而為之⓫歟？余固以為寓也。子不見夫雲之始作⓬乎？勃怒衝湧⓭，擊石薄⓮木，而肆⓯乎空中。偃然為人⓰，拳然為禽⓱，敷舒⓲為林木，嵑嶭⓳為宮室，誰其搏⓴而斲㉑之者？風出洞窟，流離㉒百物，經清觸濁㉓，呼召竅穴㉔，與夫草木之儷偶㉕紛羅㉖，雕葩㉗剡芒㉘，臭朽馨香㉙，采色之赤碧白黃，皆寓也。無裁而為之者，又何獨疑茲膚㉚之奇詭㉛，與人之賢不肖、壽夭、貴賤，參差不齊者哉？是固無情㉜，不足窮㉝也。

然有可恨㉞者，人或權褒貶黜陟㉟為天子求士者㊱，皆學於聖人之道，皆又以仁義為的㊲，皆曰：「我知人，我知人。」披辭㊳窺貌㊴，逐其聲㊵

而覈其所蹈㊶者，以升而降㊷。其所升，常多蒙瞀禍㊸賊僻邪㊹，罔㊺人以自利者；其所降，率㊻恒多清明沖淳㊼不為害者。彼非無情物也，非不欲得其升降㊽也，然猶反戾㊾若此，逾千百年，乃一二人幸不出於此者。徵之㊿，猶無以為告(51)。今子不是病(52)，而木膚之問為物者有無之疑(53)，子胡(54)橫訊過詰(55)擾擾(56)焉如此哉？

【注釋】❶吳子　即吳武陵，信州（今江西上饒）人，西元八〇八年被貶永州，與柳宗元結為好友。❷松說　關於對松樹表皮紋理的論說。❸子　第二人稱敬詞，您，指吳武陵。❹木膚　樹木的皮膚，指樹皮。❺文　花紋；紋理。❻與　和。❼賢不肖　賢和不賢。❽壽夭　長壽和早死。❾果氣之寓歟　果真是「元氣」所寄存的嗎？果，果然。寓，寄託；依存。❿為物者　造物主；造化。指天帝。⓫裁而為之　製作而成。裁，製作。⓬始作　開始形成和運動。⓭勃怒衝湧　猛烈翻騰如同憤怒的水流。⓮薄　迫近。⓯肆　放肆；無拘無束。⓰偃然為人　雲彩停息下來時樣子像人。偃，停息。⓱拳然為禽　團起來像是鳥貌。⓲敷舒　散開；舒展。⓳嵑巑　山石高峻貌。形容雲彩高大重疊。⓴搏　搏取；捕捉。㉑斲削　砍。指建造宮室。㉒流離　流落離散，此用作使動，使之流離。㉓經清觸濁　經過太空，接觸大地。清，上氣為清，指天空。濁，下土為濁，指大地。㉔呼召竅穴　指風經過岩洞時，發出呼嘯聲。㉕儷偶　成對出現。草木枝葉多對稱，故稱。㉖紛羅　披紛分佈。草木枝葉多叢生，故曰。㉗雕葩　美麗如同雕刻的花朵。㉘剡芒　尖利的芒刺。㉙臭朽馨香　腐臭和芳香。㉚茲膚　這些皮膚，此指鬆樹皮。㉛奇詭　奇怪異常。㉜是固無情　這些事物本來就是沒有情志的。㉝窮　追根問底。㉞恨　遺憾。㉟人或權褒貶黜陟　有掌管官員賞罰升降的人。權，用作動詞。黜，黜退；降職。陟，上升；昇職。㊱為天子求士者　為天子尋求有才之士的人。㊲的　目的；目標。㊳披辭　披閱文章。㊴窺貌　察看面貌。㊵逐其聲　考查他的言辭。㊶覈其所蹈　據其言而覈查他的行為。覈，仔細查對。蹈，頓足踏地，藉指行動。㊷以升而降　以此（決定）升和降。㊸蒙瞀禍　被禍亂所蒙蔽。蒙，蒙受；遭到。瞀，不明；昏庸。㊹賊僻邪　被邪惡所殘害。賊，殘害，用為動詞。僻邪，不正；邪惡。㊺罔　誣陷。㊻率　大率；大都。㊼清明沖淳　清廉正直，謙和厚道。沖，謙和。淳，淳樸敦厚。㊽得其升降　把升降的事處理得當。得，合適；得當。㊾反戾　荒謬；違反事理。㊿徵之　考查這一事實。徵，徵問。(51)無以為告　沒有結果告訴。(52)今子不是病　現在你不以此為病害。(53)木膚之問為物者有無之疑　因樹皮有奇怪的紋理而問造物者的有無。(54)胡　為什麼。(55)橫訊過詰　橫加追問，過分追究。(56)擾擾　紛亂貌。

【語　譯】您在〈松說〉這篇文章中懷疑松樹皮上的奇怪紋理，和人的賢良與否、壽命的長短、富貴還是貧賤都是「元氣」寄託於此的呢，還是造物主製作而成的呢？我堅定地認為，這不過是元氣寄寓於此罷了。您是否看到，天上的雲彩是怎樣形成的？它形成時猛烈翻騰如同憤怒的水流，衝擊岸石，迫近樹木，在天空中無拘無束；但當雲彩停息下來時卻像是個安靜的人，團起來又像是一隻鳥，舒展散開就像是叢林樹木。像高峻的累累山石，重疊為宮殿，是誰人營建？像是風出洞窟，吹落離散百物，經過太空，拂過大地，發出呼嘯之聲。這是元氣寄寓的結果。花草樹木枝葉對稱而生，披紛分佈為叢，花朵美麗如同雕刻，有的還有尖利的芒刺，有的腐臭，有的芳香，有著紅碧白黃等等各種顏色，這也都是元氣寄寓的結果，並沒有什麼造化裁成。那您為什麼獨獨懷疑這些松樹皮之所以奇怪異常，和人的賢良與否、壽命長短、富貴貧賤有關係呢？這些事物本來就沒有什麼感情意志的，不需要去追根問底。

然而，使人遺憾的是，那些掌管官員賞罰升降的人，為皇上尋求有才之士的人，都是學習聖人之道的，又都以仁義為目標，都會說：「我識得人才，我識得人才。」他們披閱文章，察看面貌，聽辨言辭，根據其言而核查他的行為，以此決定官員的升降。可是，他們所提升的，常常是些昏庸不明、邪惡不正、誣陷他人而謀取私利的人；被他們所降職的，大都是清廉正直、謙和厚道的人。他們並非像草木那樣沒有情感意志，也並不是不想把升降的事處理得當，但他們辦事仍然如此荒謬，千百年來，只有極少的一二個人有幸不像這樣違反常理。若是想考究這一事實，卻又沒什麼結果。現在您不是以此為病，卻因樹皮上的奇怪紋理而詢問造物者的有無，為什麼您要如此追問不休呢？

【研　析】這篇文章寫於元和三年（西元八〇八年），當時柳宗元在永州貶所。吳武陵是柳宗元的老朋友了，早在長安時期，柳宗元就和他相識。這一年，吳武陵也因事被貶到永州來。二人同病相憐，更加深了友誼。吳武陵此時寫了一篇〈松說〉，提出了這樣一個奇怪的問題：樹皮上的怪紋，是自然生成的呢，還是造物者的本意？這樣的問題，對於柳宗元這樣有一定哲學造詣的人來說，似乎有些可笑，但既然是老朋友了，也不妨討論一下。於是，柳宗元就寫了這篇文章來和朋友商榷。柳宗元首先肯定地認為，松樹皮上的花紋，不過是「元氣」即物質的基本元素的自然結構，和人間的事情沒什麼關係，也不是造物主要通過樹皮來表達什麼微言大義。接著，柳宗元用浮雲和花草作為比喻，來說明「元氣寄寓」這個道理。

在文章的結尾，柳宗元還借題發揮，順便諷刺了當政者在用人方面的昏庸——浮雲草木本無情志，不過是隨物賦形，生成什麼樣就什麼樣，比如，松樹皮長有什麼紋理，雲彩變成什麼形狀，花草是香還是有刺，你說有什麼道理可言？可笑的是，那些昏聵的當權者，空長著腦袋眼睛，卻連浮雲草木都不如。樹皮沒有情感意志尚成紋理，那些情志俱全的人卻顛倒黑白，荒謬得可以。

羆❶說

鹿畏貙❷，貙畏虎，虎畏羆。羆之狀，被髮❸人立❹，絕有力❺而甚害人焉。楚之南有獵者，能吹竹為百獸之音❻。昔云❼，持弓矢罌火❽，而即❾之山。為鹿鳴以感其類❿，伺⓫其至，發火⓬而射之。貙聞其鹿也，趨⓭而至，其人恐，因為虎而駭之⓮，貙走而虎至，愈恐，則又為羆，虎亦亡去⓯。羆聞而求其類，至則人也，捽搏挽裂⓰而食之。

今夫不善內⓱而恃外⓲者，未有不為羆之食也。

【注釋】❶羆　即人熊，熊的一種。❷貙　一種野獸，形狀像狗，花紋像貓。❸被髮　披著毛髮。❹人立　像人一樣站立。人，用作動詞的狀語。❺絕有力　特別有力氣。❻能吹竹為百獸之音　能用竹管作的樂器吹出很多種野獸的叫聲。❼昔云　過去傳說。❽罌火　火藥罐，代指火藥武器。❾即　來到。❿感其類　召喚引誘同類使其有所感。⓫伺　等待。⓬發火　點火。⓭趨　快步走。⓮因為虎而駭之　因而吹出老虎的叫聲而恐嚇貙。⓯亡去　逃走。⓰捽搏挽裂　抓住撕裂。捽，揪住頭髮。挽，拉。⓱不善內　沒有內在的修養和實際本領。⓲恃外　依仗外在的小技。

【語　譯】鹿怕貙，貙怕虎，虎怕羆。羆的樣子，身上披著長毛，能夠像人一樣站立，非常有力氣，能對人造成很大的傷害。楚地的南部有一個獵人，善於用竹管吹出各種野獸的叫聲。傳說有一天，他帶上弓箭和裝著火藥的罐子，趕到山裏去。他模仿鹿的叫聲來引誘鹿，準備等鹿來後，便用火槍射它。沒想到，貙聽到鹿的叫聲，很快就跑來了。獵人害怕了，於是又學著老虎的叫聲來嚇唬它。貙逃走了，但是老虎卻跑來了，獵人更加害怕，就又模仿羆的叫聲，老虎也嚇得逃跑了。羆聽見叫聲，便來尋找它的同類，跑來一看，原來是個人，便立即揪住獵人，把他撕成碎片吃掉了。

如果不重視加強自身的力量，只是依靠外力，就會像這個獵人，被羆吃掉。

【研　析】這是柳宗元所寫的一篇寓言，可能也作於永州期間。文中寫了一個獵人，這獵人沒什麼真本領，只靠小聰明，就想有所收穫，最終卻被自己的小聰明所引來的羆吃掉。

這個故事給我們教益是，做事情要靠真本事，不能只靠小聰明。聰明可以作為技巧來使用，但不能特意地投機取巧。所謂「大智若愚」、「大巧若拙」，做事要老老實實地做，這才是最大的智、最大的巧。

至於這篇文章究竟因何而發，是否有社會政治方面的寓意，現在已經很難知道了。安史之亂以來，唐王朝因自身的力量有限，常常向外族借兵，結果是引狼入室，借來的兵對王朝及老百姓的危害也很大。柳宗元這篇文章，或許是針對此事而發的。

觀八駿圖[1]說

古之書[2]有記周穆王馳八駿升崑崙之墟[3]者。後之好事者為之圖[4]，宋、齊[5]以下傳之。觀其狀甚怪，咸[6]若騫[7]、若翔，若龍、鳳、麒麟，若螳螂然[8]。其書尤不經[9]，世多有，然不足采[10]。世聞其駿也，因以異形[11]求之。則其言聖人者，亦類是矣。故傳伏羲[12]曰牛首，女媧[13]曰其形類蛇，孔子如倛頭[14]。若是者甚眾。

孟子曰：「何以異於人哉？堯、舜與人同耳。」今夫馬者，駕而乘之，或[15]一里而汗[16]，或十里而汗，或千百里而不汗者。視之，毛物[17]尾鬣[18]，四足而蹄，齕[19]草飲水，一也[20]。推是[21]而至於駿，亦類也。今夫人，有不足為[22]負販[23]者，有不足為吏[24]者，有不足為士大夫[25]者，有足為者。視之，圓首橫目，食穀而飽肉[26]，絺[27]而清[28]，裘[29]而燠[30]，一也。

推是而至於聖，亦類也。然則伏羲氏、女媧氏、孔子氏，是亦人而已矣。驊騮、白羲、山子㉛之類，若果有之，是亦馬而已矣。又烏得㉜為牛，為蛇，為倛頭，為龍、鳳、麒麟、螳蜋然也哉？

然而，世之慕駿者，不求之馬，而必是圖之似㉝，故終不能有得於駿㉞也；慕聖人者，不求之人，而必若牛、若蛇、若倛頭之問㉟，故終不能有得於聖人也。誠使天下有是圖者舉而焚之，則駿馬與聖人出矣。

【注　釋】❶八駿圖　古代的一幅名畫，內容為周穆王出遊的情景。因用八匹駿馬拉車，故有此名。周穆王，姓姬，名滿，喜歡出遊。❷古之書　八駿故事在《穆天子傳》、《列子》等書中都有記載，而以《穆》記述最為詳盡。❸墟　高地。❹為之圖　把它畫成圖畫。❺宋齊　南朝時的兩個朝代。❻咸　都。❼騫　騰空飛馳。❽然　像……貌。❾不經　荒誕。❿采　採信。⓫異形　特別的形狀。⓬伏羲　傳說為古代的一個半人半神的部族首領。⓭女媧　傳說為伏羲的妹妹。⓮倛頭　用野獸皮做的面具。⓯或　有的馬。⓰汗　用作動詞，出汗。⓱毛物　指毛色。⓲鬣　馬鬃毛。⓳齕　咬；吃。⓴一也　一樣。㉑推是　推廣這個道理。㉒不足為　做不得。㉓負販　挑提的小商販。㉔吏　指小差役。㉕士大夫　指上層官吏。㉖飽肉　長身體。㉗絺　葛麻織的布，此用作動詞，穿上葛布。㉘清　涼快。㉙裘　獸皮製成的衣服。㉚燠　暖和。㉛驊騮白羲山子　相傳是八駿中三匹馬的名字。㉜又烏得　又怎麼能是。㉝必是圖之似　一定要照那張圖裏的樣子去找。㉞有得於駿　得到駿馬。㉟之問「問之」的倒裝。

【語譯】古書上曾記載周穆王乘一輛用八匹駿馬拉著的車子，登上了崑崙山頂。後來好事的人把它畫成圖畫，宋、齊以來一直流傳著。看畫裏的馬，形狀很奇怪，一匹匹都像要騰空飛馳，像龍、鳳、麒麟，又像螳螂。那些古書上的記述就更荒誕了。世上這些書很多，但並不可信。世上的人聽說畫裏的馬是駿馬，便按照這種特別的形狀作為選擇駿馬的標準。世上的人談起聖人來，也和這差不多。所以傳說伏羲的頭像牛，女媧的身體像蛇，孔子的頭像是用野獸皮做的面具。類似的這種說法很多。

孟子說：「聖人哪裏與常人不同呢？堯、舜也和平常人一個樣子。」現在就說馬吧，駕著車跑，有的跑一里就出汗了，有的跑十里才出汗，有的跑千百里也不出汗。但看它們毛的顏色，尾巴和鬃毛，四隻腳和蹄，吃草飲水，都是一樣的。把這個道理推論到駿馬，也同樣如此。如果說到人，有的連小商販也不能做，有的不能做差役，有的當不好大官，但也有人能夠做得來。但看起來他們的頭都是圓的，眼睛都是橫的，吃飯就長肉，穿麻衣就涼快，穿皮衣就暖和，個個都是一樣。把這個道理推論到聖人，也應該如此。所以，伏羲、女媧、孔丘也不過是人罷了。那八駿中叫做驊騮、白義、山子之類的，如果真有的話，也不過是馬罷了。怎麼會有牛頭蛇身，頭像野獸皮面具的聖人，像龍、鳳、麒麟、螳螂的駿馬呢？

可是，現在世上渴望得到駿馬的人，不從馬裏去找，而一定要照那圖畫裏的樣子去找，，所以最終並不能獲得駿馬；仰慕聖人，不從常人裏去找，而一定要問像不像牛頭、蛇身、面具，因而最終也不能找到聖人。顯然，如果天下凡是有這張圖的人都把它燒掉，那麼，駿馬和聖人就會出現了。

【研　析】這篇文章的寫作年代，歷來有不同的說法，筆者認為，以作於長安時期的可能性較大。〈八駿圖〉是從六朝起就很流行的一幅畫，畫的是周穆王遊崑崙山時拉車的八匹良馬。這一故事自戰國以來一直就有流傳，但在柳宗元的時代，人們對八駿故事的興趣忽然大了起來，有許多著名的作者、詩人寫作了不少有關〈八駿圖〉的詩文，其中著名的有白居易的〈新樂府・八駿圖〉、元稹的五言古詩〈八駿圖〉、李觀的〈周穆王八駿圖序〉等。這一現象可能與唐德宗有匹「望雲騅」有些關係。興元元年（西元七八四）三月，因李懷光發動叛亂，唐德宗到梁州避難，到七月才返回京城。元稹〈望雲騅馬歌〉序云：「德宗皇帝以八馬幸蜀，七馬道斃，唯望雲騅來往不頓。貞元中，老死天廄。」李肇《國史補》上卷也敘及此事，說望雲騅馬「後老死飛龍廄中，貴戚多圖寫之」。

這些有關〈八駿圖〉的詩文，都沿襲《穆天子傳》等古書的描述，把「八駿」描繪成異於凡馬的神物，這當然是藝術的誇張和想像。柳宗元在這篇文章中，沒有從文學藝術的角度出發，而是從現實的可能性出發，認為這「八駿」其實應和普通馬一樣是「四足而蹄，齕草飲水」的動物。柳宗元當然不是不知道藝術與現實的區別，而是想藉這「八駿」這件事來闡述這樣一個用一般方式不方便說出的觀點：正如神駿凡馬都是馬一樣，聖人和凡人都是人，他們不但在外表上沒什麼大的區別，在本質上也沒有根本的區別。聖人是從普通人中產生的，要尋找聖人，不能從神仙鬼怪中找，而只能從人類中去找。這一觀點無疑是極為大膽的。為了支持自己的這一離經叛道的觀點，柳宗元還讓孟子這位聖人「現身說法」，說明堯舜本來就和常人一個樣子。柳宗元的這一命題有兩方面的含義：一，聖人既然與常人無異，則人人可為聖賢，大家都以聖賢為榜樣，社會自然安定祥和；二，聖賢既與常人無異，則尋找聖人就成為一個問題，即發現人才，使用人才這一問題。現在的當政者，只從那些表面「神奇」的群體中尋找賢才，那豈不是緣木求魚。

宋清傳

宋清，長安❶西部藥市人❷也。居善藥❸。有自山澤❹來者，必歸宋清氏❺，清優主之❻。長安醫工❼得清藥輔其方❽，輒❾易讎❿，咸⓫譽⓬清。疾病疕瘍⓭者，亦皆樂就⓮清求藥，冀速已⓯。清皆樂然響應⓰，雖不持錢者，皆與⓱善藥⓲，積券⓳如山，未嘗詣取直⓴。或不識㉑遙與券㉒，清不為辭㉓。歲終，度不能報㉔，輒焚券㉕，終不復言。市人㉖以其異，皆笑之，曰：「清，蚩妄人㉗也。」或曰：「清其㉘有道㉙者歟？」清聞之曰：「清逐利㉚以活妻子㉛耳，非有道也，然謂我蚩妄者亦謬㉜。」

清居藥㉝四十年，所焚券者百數十人㉞。或至大官，或連數州㉟，受俸博㊱，其餽遺㊲清者，相屬於戶㊳。雖不能立報㊴，而以賒死者千百㊵，不害㊶清之為富也。清之取利㊷遠㊸，遠故大㊹。豈若小市人㊺哉，一不得直，則怫然[46]怒，再[47]則罵而仇[48]耳。彼[49]之為利，不亦翦翦[50]乎！吾見蚩之有在也[51]。清誠[52]以是[53]得大利，又不為妄[54]，執其道[55]不廢，卒[56]以富。求者益眾，其應[57]益廣。或斥棄沉廢[58]，親與交[59]；視之落然[60]者，清不以怠[61]。遇其人，必與善藥如故。一旦復柄用[62]，益厚報清。其遠取利，皆類此。

吾觀今之交乎人[63]者，炎而附[64]，寒而棄[65]，鮮[66]有能類清之為者。世之言，徒[67]曰「市道交」[68]。嗚呼！清，市人也，今之交有能望報如清之遠者乎？幸而庶幾[69]，則天下之窮困廢辱得不死亡者眾矣，「市道交」豈可少耶？或曰：「清，非市道人也。」柳先生曰：「清居市[70]不為市之道，然而居朝廷、居官府、居庠塾[71]鄉黨[72]以士大夫自名[73]者，反爭為之不已[74]，悲夫！然則清非獨異於市人也。」

【注釋】❶長安　唐代都城，今陝西西安。❷藥市人　藥市的商人。❸居善藥　囤積上好藥材。居，收購；儲存。❹山澤　山區和湖澤。❺必歸宋清氏　一定會來到宋清的藥店求售。❻優主之　以主人的身分優待他們。

⑦醫工　醫生。⑧輔其方　配他們的藥方。⑨輒　每；總是。⑩讎　出售。⑪咸　全；都。⑫譽　稱讚。⑬疕瘍　泛指癰瘡。疕，頭瘡。瘍，瘡。⑭就　到。⑮冀速已　希望迅速治癒。⑯樂然響應　很高興地滿足顧客的要求。⑰與　給。⑱善藥　上好的藥。⑲積券　積累的欠債憑證。⑳詣取直　上門索要藥錢。詣，往；到。直，同「值」。㉑或不識　有些不認識的人。㉒遙與券　從遙遠的地方寄給他賒藥的票據。㉓不為辭　不拒絕。㉔度不能報　估計不能付賬。㉕焚券　燒掉欠賬的票據。㉖市人　藥市上的人。㉗蚩妄人　愚蠢的人。㉘其　大概。㉙有道　有道德。㉚逐利　追求賺錢。㉛活妻子　養活老婆孩子。活，用作使動。㉜謬　錯誤。㉝居藥　經營藥材生意。㉞百數十人　一百幾十個人。㉟或連數州　有的（當了大官，）管轄數州的地盤。指節度使、觀察使一類的官。㊱受俸博　得到的俸祿很多。㊲餽遺　贈送禮品。餽，贈送食品。遺，給予。㊳相屬於戶　相連於門戶。屬，相連接；一個接著一個。㊴立報　當時立刻有所回報。㊵以賒死者千百　指欠賬未還而已死的人成百上千。㊶害　妨害。㊷取利　賺錢。㊸遠　眼光遠大。㊹大　指利大，賺錢多。㊺小市人　小商人。㊻怫然　生氣貌。㊼再　第二次。㊽仇　以之為仇。㊾彼　指小市人。㊿翦翦　翦陋；小氣。(51)吾見蚩之有在也　我看到愚蠢的人是存在的。(52)誠　確實。(53)以是　因此，指因「蚩」。(54)不為妄　不做妄想之事。(55)執其道　堅持自己做生意的原則。(56)卒　終於。(57)應　即上文的「響應」。(58)斥棄沉廢　被貶斥到底層而廢置的人。(59)親與交　親自同他們交往。(60)落然　形容落魄潦倒。(61)怠　怠慢。(62)復柄用　恢復掌權，指重新起用。(63)交乎人　與人交往。(64)炎而附　趨炎附勢。(65)寒而棄　失勢時就嫌棄。(66)鮮　少。(67)徒　只；僅。(68)市道交　以市利而交往，有利則來，無利則去。(69)庶幾　差不多。(70)居市　居於市，指做商人。(71)庠塾　泛指學校。官學為庠，私學為塾。(72)鄉黨　泛指鄉里。周時以五百家為黨，一萬二千五百家為鄉。(73)自名　自命；自稱。(74)反爭為之不已　反而爭先奉行市道之交而不停止。

【語　譯】宋清是位長安西部藥材市場的商人。他囤積了許多上好的藥材，不論是來自山區還是湖澤之地的藥農，都會到宋清的藥店求售，宋清也會以主人的身分優待他們。長安的醫生若有宋清的藥鋪配給他們藥方，總是容易有病人上門，因而醫生們全都稱讚宋清。凡是生了疾病癰瘡的病人，也都樂意到宋清的鋪子中求藥，希望能迅速地痊癒。宋清也都很高興地滿足顧客的要求。對那些沒有帶錢的顧客，也都給他們上好的藥，到了後來，積累的欠債憑證堆得像山一樣高，宋清也沒有上門索要。有些不認識的人，從遙遠的地方寄給他賒藥的票據，宋清也不拒絕。每年年終時，估計那些不能付賬的，就燒掉他們欠賬的票據，到最後也沒有提起。藥市上的人因為宋清的這些奇異舉動，都笑話他說：「宋清真是個愚蠢的人。」也有人說：「宋清大概是個有道君子吧？」宋清聽到議論，就說：「我宋清也想賺錢養活老婆孩子，不是什麼有道君子，但要說我是個蠢人，那也不對。」

宋清經營藥材生意四十年，焚燒了一百多人的欠賬債券。（這些人中，）有的人還當了大官，管轄著數州的地盤，得到的俸祿特別多。這些人贈送禮品給宋清的，在宋家門口一個接著一個。當時雖然不能立刻有所回報，而且那些欠賬未還就死去的人也有成百上千，卻並不妨害宋清成為巨富。宋清的賺錢之道可算是目光長遠。目光遠，因而賺錢才多，那裏像那些小商人，一時得不到錢，就大為生氣，第二回就大罵欠債的人，把他當成仇敵。這小商人的取利之道，不是太鄙陋小氣了嗎。在我看來，愚蠢的人當然是存在的，宋清也確實是因「蠢」而獲得大利的，而且他又沒有非分之想，堅持自己做生意的原則，終於成為巨富。求賒藥的人越多，宋清所照應的顧客也就越多。若有那些被貶斥到底層而廢置的官員，宋清則親切地同他們交往；對那些看起來落魄潦倒的人，宋清也並不怠慢。遇到這樣的人，也必然給他們上好的藥，就像他一貫所做的那樣。這些人一旦重新起用，就會加倍地回報宋清。宋清以長遠之道而得利，都類似於此。

據我看來，現在的人與人交往，不過是趨炎附勢，失勢時就嫌棄，很少能有像宋清那樣做的人。而世俗人卻說，這只是「為了市利而交往」。唉呀！宋清雖是一個商人，但現在的人們相互交往，能有像宋清那樣希望從長遠考慮而獲得回報的嗎？若有幸如此，那麼，天下窮困廢置受辱而得以不死的人就會很多，這樣「為了市利而交往」怎能缺少？或有人會說：「宋清並非是遵循商人之道的人。」柳宗元先生評論說：「宋清身為商人而不循商業之道，而那些居於朝廷之上、在官府做官、在學校、在鄉里而以士大夫自命的人，反而爭先恐後地奉行商人之道不肯停止。真是悲哀啊！可見宋清並不是只與商人不一樣啊。」

【研　析】宋清是個藥材商，但他與一般的商人不同。他童叟無欺，只賣好藥，他眼光遠大，不計較眼前是否賺錢；特別是對於那些一時落難之人，更是盡力周濟。做生意當然是為了賺錢，但所謂「君子愛財，取之有道」，不要說不義之財不能取，就是對於顧客或生意伙伴，也不能太苛刻太計較。斤斤計較，那是小商小販之所為，要想做大生意，就必須像宋清那樣，建立良好的信譽，建立廣泛的人脈關係。宋清是個厚道人，他的厚道最終得到了回報，利人者終可利己。

柳宗元這篇文章，雖然絕大篇幅是在談宋清怎樣做生意，但其主旨，卻並非是講生意經，而是在談為人之道，特別是人與人交往之道。他感慨於當時的人們，「炎而附，寒而棄」，十足的市儈。柳宗元長年處於流放廢置中，對於這種「市道之交」有著切膚之痛。他曾在〈答貢士廖有方論文書〉中憤慨地說：「自遭斥逐禁錮，益為輕薄小兒嘩囂，群朋增飾無狀，當途人率謂僕垢污重厚，舉將去而遠之。」是啊，人不可能永遠走運，當你不幸落難，走投無路之時，那些輕薄兒的嘲笑侮辱，會使你格外敏感，在這時，你一定希望能有像宋清那樣的厚道人幫助一下，那怕是一聲安慰也好啊！

種樹郭橐駝❶傳

郭橐駝，不知始何名。病瘻❷，隆然伏行❸，有類橐駝者，故鄉人號之❹「駝」。駝聞之曰：「甚善！名我固當❺。」因捨其名，亦自謂「橐駝」云。其鄉曰豐樂鄉，在長安西。駝業種樹❻，凡長安豪富人為觀遊及賣果者❼，皆爭迎取養❽。視駝所種樹，或移徙❾，無不活，且碩茂蚤實以蕃❿。他植者雖窺伺傚慕⓫，莫能如也⓬。

有問之⓭，對曰：「橐駝非能使木壽且孳⓮也，能順木之天⓯，以致其性⓰焉爾。凡植木之性，其本欲舒⓱，其培⓲欲平，其土欲故⓳，其築⓴欲密。既然已㉑，勿動勿慮，去不復顧㉒。其蒔也若子㉓，其置㉔也若棄，則其天者全，而其性得矣，故吾不害其長而已，非有能碩茂㉕之也；不抑耗其實㉖而已，非有能蚤而蕃之也。他植者則不然，根拳而土易㉗，其培之也，若不過焉則不及㉘。苟㉙有能反是者㉚，則又愛之太恩㉛，憂之太勤㉜，旦視而暮撫，已去而復顧。甚者，爪其膚㉝以驗其生枯㉞，搖其本以觀其疏密㉟，而木之性日以離㊱矣。雖曰愛之，其實害之；雖曰憂之，其實讎之。故不我若也㊲。吾又何能為哉？」

問者曰：「以子之道㊳，移之官理㊴，可乎？」駝曰：「我知種樹而已，理，非吾業也。然吾居鄉，見長人者㊵好煩其令㊶，若甚憐焉㊷，而卒以禍㊸。旦暮㊹吏來而呼曰：『官命促㊺爾㊻耕，勗㊼爾植，督爾穫，蚤繅而緒㊽，蚤織而縷㊾，字㊿而幼孩，遂(51)而雞豚(52)。』鳴鼓而聚之，擊木而召之(53)，吾小人(54)輟(55)飧饔(56)以勞(57)吏者，且不得暇(58)，又何以蕃吾生(59)而安吾性(60)耶？故病且怠(61)。若是，則與吾業者其亦有類(62)乎？」

問者嘻(63)曰：「不亦善夫！吾問養樹，得養人術(64)。」傳其事以為官戒(65)。

【注釋】❶橐駝　駱駝。駱駝突起的肉峰，因稱駝背為橐駝。橐，囊；口袋。❷病瘻　生有脊背彎曲隆起的疾病。❸隆然伏行　脊背突起，只能彎曲著走路。隆然，高聳著。伏行，低伏前身走路。❹號之　用外號稱呼他。❺名我固當　這樣稱我本來就很恰當。❻業種樹　以種樹為職業。❼為觀遊及賣果者　為了觀賞遊覽和賣果（而想營造園林）的。❽爭迎取養　爭著迎接供養（而使他種樹）。❾移徙　遷移；移植。❿碩茂蚤實以蕃　樹木高大茂盛，結果早且多。碩，大。蚤，同「早」。以；而且。蕃，繁盛。⓫窺伺傚慕　偷偷觀察模仿。⓬莫能如也　不能像他那樣（種得好）。⓭有問之　有人問這（其中的道理）。⓮木壽且孳　樹木活得長而且生長得好。壽，長壽，指樹木壽命長。孳，繁育，指茂盛。⓯天　天性；自然的素質。⓰致其性　盡它的本性。⓱其本欲舒　樹的根部要舒展開。本，樹根。⓲培　培土。⓳故　指樹木移栽前所生長的那種土壤。⓴築　搗土。㉑既然已　已經這樣做完了。㉒去不復顧　離開不再管它。㉓其蒔也若子　栽植它要像培育子女一樣（精心）。蒔，栽種，指移植。㉔置　安置，指栽好以後。㉕碩茂　用作使動，使其碩大茂盛。㉖抑耗其實　抑制損耗它結出果實（的條件）。㉗根拳而土易　樹根卷曲而且改換了新土。拳，卷曲如拳。易，改變。㉘若不過焉則不及　不是過分了就是不夠。過，過分。不及，不夠。㉙苟　如果；即使。㉚反是者　與上述做法相反的。㉛愛之太恩　愛護得太過分。㉜憂之太勤　過多地擔憂。㉝爪其膚　用手指甲搯樹皮。爪，用作動詞。膚，指樹皮。㉞生枯　活著或枯死。㉟觀其疏密　指觀察培土鬆散還是緊密。㊱日以離　一天天地離開了。離，失去。㊲故不我若也　因此就不如我。不我若，是「不若我」的倒裝結構，「我」作為賓語，在否定句中前置。㊳以子之道　以您種樹的道理。㊴移之官理　移用於為官理政。理，治，唐高宗名治，高宗以來，唐人避治而代之以「理」。下一「理」字同。㊵長人者　為人長官的。㊶好煩其令　喜歡發佈繁瑣的政令。煩，多而亂。㊷若甚憐焉　好像很同情（百姓）貌。㊸卒以禍　結果給（百姓）帶來災禍。卒，最終；結果。㊹旦暮　早晚，指一天到晚。㊺促　督促。㊻爾　你們。㊼勗　勸勉；勉勵。㊽蚤繅而緒　早些繅你們的蠶絲，泛指早早進行蠶事。繅，繅絲；從繭中抽出絲。緒，絲頭。而，同「爾」。你。㊾蚤織而縷　早些把你們的絲織成布。縷，兩股以上的絲相絞即為縷。(50)字　養育。(51)遂　放養。(52)豚　豬。(53)鳴鼓而聚之二句　打鼓敲梆以召集老百姓（訓詁）。鳴鼓，打鼓。擊木，敲擊木梆。(54)吾小人　我們小老百姓。(55)輟　中斷；停止。(56)飧饔　早晚飯，泛指忙碌之中。飧，晚飯。饔，早飯。(57)勞　慰勞；事奉。(58)暇　空閒。(59)蕃吾生　繁育我們的生計。(60)安吾性　使我們的天性得以安寧。(61)病且怠　身心勞累疲乏。(62)與吾業者其亦有類（為政）大概也和做我們這一行業的有同類的情況。(63)嘻　感嘆詞。(64)得養人術　養人術治理民眾的方法。術，方法；手段。(65)戒　鑑戒。

【語　譯】郭橐駝，不知他原先叫什麼名字。因得了佝僂病，隆起背俯下身走路，有點像駱駝，所以鄉裏人把他叫做「橐駝」。橐駝聽到別人這樣叫他，說：「很好，這樣叫我，本來就很恰當。」因此便放棄了他原來的名字，也自稱「橐駝」。他居住的地方叫豐樂鄉，在長安城的西邊。橐駝的職業是種樹，凡是長安那些豪門富人想要建造觀賞遊樂的園林，還有那些想種果樹賣錢的，都爭著迎取供養他。看看橐駝所種的樹，即便是移栽的，也沒有不成活的，而且都長得高大茂盛，果實結得又早又多。其他種樹的，儘管偷偷仿傚，也沒有人比得上他。

有人問其中的原因，他回答說：「並不是我能讓樹木又長命又能多結果，我只不過是能順著樹木的天然本性，使它的本性能夠得到充分展現罷了。種樹的方法，樹根要舒展，培土要平，要用舊土，土要砸密實，種完後就不要再去動它，也不必擔心它是否成活，離去後就不必再照管它了。栽種時，要像愛護自己的孩子一樣小心，栽完之後，放到一邊不再擾動就像扔掉它一樣。這樣，樹木的自然本性沒有受到破壞，它的天性就能得到展現。因此說，我只不過是不妨礙樹木的自然生長而已，並沒有特別的本事，能使他高大茂盛；我也只不過是不抑制和損耗它結果的天性罷了，並沒有讓它早結果多結果的竅門。其他人栽樹卻不是這樣，樹的根鬚拳曲在坑裏，舊土換成了新土，培土不是過多就是過少。即便有不這樣做的人，卻又過分地愛護關心，過多地憂慮它是否成活，早晨去看看，晚上去摸摸，剛剛離開就又回頭來看看，甚至用指甲摳摳樹皮來檢驗樹木是死是活，搖動樹根來觀察培的土是鬆是實，這樣，樹木的天性就漸漸被破壞了。這樣做，雖說是想愛護它，實際上卻是害它；雖說是為它擔心，其實是以它為敵。所以，這些人都不如我栽的樹好。其實我哪有什麼特別的本領呢？」

發問的人又說：「你這些栽樹的道理，可以運用到為官治理百姓方面嗎？」橐駝說：「我只知道種樹罷了，治理百姓可不是我的職責。但我就住在鄉裏，看到那些為官的人，喜歡頒佈繁多的政令，似乎是很愛惜百姓，其實最終給老百姓帶來的卻是災難。一天到晚，只見官差衙役們來了就喊：『官府下令了，催促你們耕作，勉勵你們種植，督促你們收穫，快點繅你們的絲，快點織你們的布，撫養好你們的小孩，餵養好你們的雞和豬！』又是擂鼓召集他們，又是敲梆子傳呼他們。我們這些小小百姓，即便整天不動碗筷不吃飯，專來招待這些官吏都應接不暇，又哪裏有時間使我們子孫興旺，生活安定呢？我們因此才困苦勞累到這種程度。那麼，這些官吏同我那些不會種樹的同行，正是一類吧！」

發問的人興奮說：「嘿！這不是很好嗎？我問怎樣養樹，卻從中獲得了治民的道理。」於是記下這件事，作為為官者的鑑戒吧！

【研　析】本文可能作於柳宗元任職長安時期。文中以「順木之天，以致其性」為喻，批判了當時的統治者「好煩其令」的擾民政策，提出治理一個社會也要順這個社會之天性，特別是要與民休息，讓老百姓自己做好自己的事情，不要輕易地干擾他們。正如張伯行《唐宋八大家文鈔》卷四所云：「子厚之體物精矣，取喻當矣。為官者當與民休息，而不可生事以擾民。雖曰愛之，適以害之，是可嘆也。」

中國古代的清明政治，大都是「無為而治」，即不擾民，不生事，讓百姓休養生息，如果上天沒有太大的災害，外族沒有頻繁的入侵，社會就自然安定，天下自然太平。兩漢之初是這樣，其他各個朝代之初，基本上也是這樣。在一個農業社會中，生產主要靠農民的勞動力，豐收主要靠天氣，養民順天，正是農業社會得以逐步繁榮富強的首要條件。但統治者的本性卻與農業文化的社會屬性正好相反，他們或好大喜功，或貪得無度，或野心勃勃，總之多半是閒則生非，天下本無事，庸人自擾之，非要找出點事來幹幹不可。為官者是心血來潮，卻苦了老百姓，官吏們只是動動嘴、揮揮手而已，而所有的事都是要老百姓去做的，所有的負擔最終都是要落到老百姓頭上的。如果這些「事」確實是為老百姓的長遠利益而興辦的，這倒也情有可原，但某些事除了對官吏們的「政績」或面子有點關係而外，對老百姓來說，只是出錢出力而已，農民不得休息，再生產的本錢不得積累，天時不得遵循，甚至民怨沸騰，整個社會離心離德，天下焉能不亂！天下一亂，統治者也未見得會有什麼好處。因此可以說，這擾民多事之舉，說到底，對官吏們而言，也實在是愚蠢得很。

但官吏們為什麼要幹這種擾民的蠢事呢？其實答案也很簡單：一是有好心，認為為官一任，多少想為百姓幹點事情，但卻把好事辦成了壞事；一是有私心，想有「政績」，或從中撈取好處。農村中有「事」幹，才有權可使，有錢可拿，有賄賂可貪，故擾民之事不斷。

這篇文章的結構也有一定的特色，乍讀其文，以為只是一篇小說傳記，但讀到後文，才覺得並非如此。孫琮《山曉閣選唐大家柳柳州全集》卷四對這一特色評論說：「前幅寫橐駝命名，寫橐駝種樹，寫橐駝與人問答種樹之法，瑣瑣述來，純是涉筆成趣。讀至後幅，陡然接入官理一段，變成絕大議論。於是讀者讀其前文，竟是一篇遊戲小文章，讀其後文，又是一篇治人大文章，前後改觀，咄咄奇事。」對於其寫作技巧，前代的文章家們也讚賞不已。朱宗洛《古文一隅》卷中云：「嘗謂大家之文，多以意勝，而意又要善達。其所以善達者，非以詞糾纏敷衍之謂也，蓋一意耳。或借粗以明精，如此文養樹云云是也；或借此以證彼，如以他植者來陪襯是也；或去淺以取深，如既然已，及苟有能反是者，與甚者云云是也；……處處樸老簡峭，在《柳集》中，應推為第一。」第一，倒也未必，柳文精妙似此者不少，但這一篇深入淺出，說理透徹，技巧嫻熟，在柳文中確是上上之作。

童區寄❶傳

柳先生曰：越人❷少恩❸，生男女，以貨視之❹。自毀齒❺已上❻，父兄鬻❼賣，以覬❽其利。不足，則取他室❾，束縛鉗梏❿之。至有鬚鬣者⓫，力不勝⓬，皆屈為僮⓭。當道相賊殺以為俗⓮。幸得壯大⓯，則縛取么⓰弱者。漢官因以為己利⓱，苟⓲得僮，恣所為⓳不問。以是越中⓴戶口滋耗㉑。少得自脫㉒，惟㉓童區寄以十一歲勝㉔，斯亦奇㉕矣！桂部㉖從事㉗杜周士㉘為余言之。

童寄者，柳州㉙蕘牧㉚兒也。行牧且蕘㉛，二豪賊劫持反接㉜，布囊其口㉝，去逾㉞四十里之墟所㉟賣之。寄偽㊱兒啼，恐慄㊲為兒恒狀㊳。賊易㊴之，對飲酒醉。一人去為市㊵，一人臥，植㊶刃道上。童微㊷伺㊸其睡，以縛背刃㊹，力上下㊺，得絕㊻，因取刃殺之。

逃未及遠，市者還，得童，大駭[47]，將殺童。遽[48]曰：「為兩郎[49]僮，孰若[50]為一郎僮耶？彼不我恩也[51]，郎誠見完與恩[52]，無所不可[53]。」市者良久[54]計[55]，曰：「與其殺是僮，孰若賣之[56]？與其賣而分，孰若吾得專[57]焉？幸而殺彼，甚善！」即藏其屍，持童抵[58]主人[59]所，愈束縛牢甚。夜半，童自轉[60]，以縛即[61]爐火燒絕之，雖瘡[62]手勿憚[63]，復取刃殺市者。因大號[64]，一墟皆驚。童曰：「我區氏兒也，不當為僮[65]。賊二人得我，我幸皆殺之矣。願以聞於官[66]。」

墟吏白[67]州，州白大府[68]，大府召，視兒，幼愿[69]耳。刺史[70]顏證[71]奇[72]之，留為小吏，不肯。與衣裳，吏護還之鄉。

鄉之行劫縛者[73]，側目[74]莫敢過其門，皆曰：「是兒少秦武陽[75]二歲，而討殺[76]二豪，豈可近[77]耶？」

【注釋】❶區寄　姓區名寄。❷越人　指唐代湖廣一帶的少數民族。❸恩　恩惠。❹以貨視之　把他們當作貨物看待。❺毀齒　換乳牙。❻已上　以上。已，同「以」。❼鬻　出賣。❽覬　不正當的期望。❾則取他室就盜取別家的孩子。⑩束縛鉗梏　束縛，用繩子綁。鉗梏，用手械鎖。⑪至有鬚鬣者　甚至盜取長鬍子的成年人。⑫力不勝　力量敵不過。⑬皆屈為僮　都被迫當奴僕。⑭當道相賊殺以為俗　攔路搶動，互相殘殺已成為風氣。當道，攔路。賊，作動詞用。俗，風氣。⑮幸得壯大　僥倖長大成人。⑯么　小。⑰漢官因以為己利　漢官藉此謀取私利。漢官，指當時朝廷派到這裏當官的漢人。因，藉此。⑱苟　只要。⑲恣所為　放縱他們胡作非為。⑳越中　這裏指嶺南桂、柳一帶。㉑滋耗　更加減少。㉒脫　逃脫。㉓惟　只有。㉔勝　戰勝。㉕奇　不尋常。㉖桂部　指桂管觀察使衙門，轄地相當於現在廣西東北地區。㉗從事　官名。㉘杜周士　人名，曾做過桂管觀察留後。㉙柳州　今廣西柳州。㉚蕘牧　打柴放牛。㉛行牧且蕘　邊放牛邊打柴。㉜反接　反綁雙手。㉝布囊其口　用布蒙住他的嘴。㉞逾　超過。㉟墟所　墟場，即集市。㊱偽　假裝。㊲恐慄　害怕發抖。㊳恒狀　平常貌。㊴易　輕視。㊵為市　談交易，指賣區寄。㊶植　立；插。㊷微　謹慎。㊸伺　偷看。㊹以縛背刃　把綁在手上的繩子背對著刀口。㊺力上下　使勁上下地磨擦。㊻絕　斷。㊼駭　驚慌。㊽遽　急忙。㊾郎　對成年男子的稱呼。㊿孰若　哪裏比得上。51彼不我恩也　他對我不好。52郎誠見完與恩　你真的能保全我，好好待我。53無所不可　做什麼都可以。54良久　好久。55計　考慮。56與其殺是僮二句　與其殺了這孩子，不如賣掉他。與其……孰若……，用來連接和比較兩件事（或行動），表示後者優於前者。57得專　一個人得到。58抵　到達。59主人　指買區寄的買主。60自轉　自己移動。61即　靠近。62瘡　燒傷。63憚　害怕。64大號　大聲呼喊。65不當為僮　不應當做奴僕。66願以聞於官　願意將這件事向官府報告。67白　報告。68大府　州的上一級，指當時的觀察使衙門。69愿　謹慎；老實。70刺史　州的行政長官。71顏證　人名，元和初年為桂州刺史兼桂官觀察使。72奇　以之為奇。73行劫縛者　專做強盜的人。74側目　不敢正視，形容畏懼。75秦武陽　戰國時燕國人，十三歲就殺過人。燕太子丹派他做荊軻的副手去刺秦始皇。76討殺　討伐而殺死。77近　接近，引申為觸犯。

【語　譯】柳宗元先生說：越人不講恩惠，生下兒女，把他們當作貨物看待。孩子長大換了牙齒，父兄就可以把他們賣掉，謀取錢財。自家的孩子不夠賣，就盜取別家的小孩，用繩子手銬把他們捆鎖起來。甚至有了鬍鬚的成年人，力量敵不過強盜，也都會被賣當奴僕。社會上攔路搶人，互相殘殺成為風氣。一些僥倖未被搶的小孩長大以後，就去搶劫弱小的。漢人官吏藉此從中謀利，只要自己能得到奴僕，就放縱強盜胡作非為不加過問。因此，越中一帶人口就更加減少了。被劫賣的人很少能夠逃脫，只有一個十一歲的叫做區寄的兒童能戰勝強盜，這真是不尋常啊！桂管都督府的從事官杜周士給我講過這件事。

區寄是柳州地方打柴放牛的小孩。一天，他一邊放牛一邊打柴，突然來了兩個強盜，把他抓住，用繩子反綁雙手，用布蒙住嘴巴，劫持到四十里以外的集市上出賣。區寄假裝像兒童那樣啼哭，又裝得像一般小孩那樣害怕得發抖。於是強盜就不提防他了，兩人喝起酒來，喝醉了，一個去找買主，一個躺下，把刀插在路上。區寄偷偷地看到，強盜已睡著了，就把綁在手上的繩子對著刀口用力上下磨擦，繩子終於斷了，就拔刀把這個強盜殺死。

來不及逃遠，那個去找買主的強盜回來了，又抓住區寄，看見同夥被殺，大為吃驚，就要殺他。區寄急忙說：「做兩個人的奴僕，哪裏比得上做一個人的奴僕對你有利呢？他對我不好，所以我殺了他。你如果不殺我，好好待我，叫我做什麼都行。」這個強盜考慮了好久，心裏盤算：「殺了這孩子，不如賣掉他；將賣得的錢兩人分，不如我一個人獨得。幸虧殺了他，這也很好。」就把屍體掩藏起來，將區寄拉到買主家裏，把他綁得更緊。到了半夜，強盜睡著了，區寄移動身子，靠近爐火，雖然手被燒傷了也不停，繩子燒斷了，便拿起刀殺了這個強盜，然後就大聲呼喊。

全墟人的都驚動起來。區寄對眾人說：「我是區家的孩子，不應當做奴僕。兩個強盜把我抓來，幸好我把他們都殺了。現在願意把這件事報告官府。」

墟吏報告州府。州府報告大府。大府把區寄召來一看，原來是一個老實的小孩。刺史顏證感到很驚奇，要留他做小吏，區寄不肯。顏證便送些衣服給他，並派差吏護送他回鄉。

鄉里那些強盜，非常害怕區寄，不敢走過他家的門口，都說：「這個小孩比秦武陽還小兩歲，就能殺掉兩個豪強，那裏還敢靠近他呢？」

【研　析】據文中所說，關於區寄的事跡是從「桂部從事杜周士」那兒聽來的。杜周士，貞元十七年（西元八〇一年）進士，貞元、元和之交官桂管從事。柳宗元有〈同吳武陵送前桂州杜留後詩序〉，言杜周士將北上，而吳武陵於元和三年謫永州，大約杜在元和五年初就離開了永州；又據呂溫於元和五年七月作〈湖南都團練副使廳壁記〉所記，杜周士其時已在湖南觀察使府任職。據此，杜周士來永州當在元和四年底，而本文則據杜周士所述桂管見聞寫成，故此文應作於元和四年（西元八〇九年）。

這篇文章的特色，在一個「奇」字。孫琮《山曉閣選唐大家柳柳州全集》卷四評論此文說：「事奇，人奇，文奇。敘來簡老明快，在柳州集中，又是一種筆墨。」區寄是個小孩子，但他不畏強暴，勇敢機智地與強盜周旋鬥爭，今天讀來仍使人擊節稱快。面對犯罪，人們面臨兩難選擇：一種做法，是提倡堅決地與犯罪行為做鬥爭，迎著危險勇敢地衝上前去，甚至在少年兒童中也提倡不怕犧牲、「見義勇為」，這固然使得犯罪分子感到害怕，打擊了他們囂張氣焰，但也造成了許多人被犯罪分子殺害。另一種做法，是提倡遇到危險的現行犯罪時，最好不要輕舉妄動，首先是保全自己和他人的生命安全，這無疑降低了犯罪事件中的死亡率，但也助長了犯罪分子的野心。雖然人們在這種兩難選擇中猶豫徘徊了千百年，但可喜的是，近年來，人們已經逐漸取得了共識——面對犯罪或其他危險，首要的是盡可能地保全自己或他人的生命安全，其次才是制止犯罪或減少經濟損失。一千多年前的這位兒童給了我們很好的啟示：既要勇敢，更要機智；如果情況不允許，也不要以自己的生命冒險，應儘量避免無謂的犧牲，因為一個人的生命，不僅僅是屬於自己的，也是屬於父母親人、屬於整個社會的。當然，最好是從根本上採取措施，降低犯罪率，或加強治安，特別加強對於突發事件的應急能力，最大限度地保護民眾的生命安全。

梓人❶傳

裴封叔❷之第❸，在光德里❹。有梓人欵❺其門，願傭隙宇而處焉❻。所職❼尋引❽、規矩❾、繩墨❿，家不居⓫礱斲之器⓬。問其能，曰：「吾善度材⓭，視棟宇⓮之制，高深、圓方、短長之宜，吾指使而群工役⓯焉。捨我，眾莫能就⓰一宇。故食於官府⓱，吾受祿三倍⓲；作於私家，吾收其直太半⓳焉。」他日，入其室，其牀闕足⓴而不能理㉑，曰：「將求他工。」余甚笑之，謂其無能而貪祿嗜貨㉒者。

其後，京兆尹㉓將飾㉔官署，余往過焉。委群材㉕，會眾工㉖。或執斧斤㉗，或執刀鋸，皆環立嚮之㉘。梓人左持引，右執杖㉙而中處焉。量棟宇之任㉚，視木之能舉㉛，揮其杖曰：「斧㉜！」彼執斧者奔而右。顧㉝而指曰：「鋸！」彼執鋸者趨㉞而左。俄而㉟斤者㊱斲㊲，刀者削，皆視其色[38]，俟其言[39]，莫敢自斷[40]者。其不勝任者，怒而退之，亦莫敢慍[41]焉。畫宮於堵[42]，盈尺[43]而曲盡其制[44]，計其毫釐而構大廈[45]，無進退[46]焉。既成，書於上棟[47]，曰：「某年某月某日某建」，則其姓字也。凡執用之工不在列。余圜視[48]大駭[49]，然後知其術之工[50]大矣。

繼而嘆曰：彼將[51]捨其手藝，專其心智[52]，而能知體要[53]者歟？吾聞勞心者役人，勞力者役於人[54]，彼其勞心者歟？能者用而智者謀[55]，彼其智者歟？是足為佐天子、相天下[56]法[57]矣！物莫近乎此也[58]。彼為天下者本於人[59]。其執役者，為徒隸[60]，為鄉師[61]、里胥[62]；其上為下士[63]，又其上為中士，為上士；又其上為大夫[64]，為卿，為公[65]。離而為六職[66]，判而為百役[67]。外薄四海[68]，有方伯[69]、連率[70]。郡有守，邑有宰，皆有佐政。其下有胥吏[71]；又其下皆有嗇夫[72]、版尹[73]，以就役[74]焉，猶眾工之各有執伎[75]以食力[76]也。彼佐天子、相天下者，舉而加焉[77]，指而使焉[78]。條其綱紀而盈縮焉[79]，齊[80]其法制而整頓焉，猶梓人之有規矩、繩墨以定制[81]也。擇天下之士，使稱其職；居[82]天下之人，使安其業。視都知野[83]，視野知國[84]，視國知天下。其遠邇細大[85]，可手據其圖而究焉[86]，猶梓人畫宮於堵而績於成[87]也。能者進而由之[88]，使無所德[89]；不能者退而休之，亦莫敢慍。不衒能[90]，不矜名[91]，不親小勞[92]，不侵眾官[93]，日[94]與天下之英才討論其大經[95]，猶梓人之善運眾工而不伐藝[96]也。夫然後相道[97]得而萬國[98]理矣。相道既得，萬國既理，天下舉首而望曰：「吾相之功也！」後之人循跡[99]而慕曰：「彼相之才也！」士或談殷、周之理者，曰伊、傅、周、召[100]，其百執事[101]之勤勞而不得紀[102]焉，猶梓人自名其功[103]而執用者不列也。大哉相乎[104]！通[105]是道者，所謂相而已矣[106]。其不知體要者反此[107]：以恪勤為公[108]，以簿書[109]為尊，衒能矜名，親小勞，侵眾官，竊取六職百役之事[110]，听听於府廷[111]，而遺其大者遠者焉，所謂不通是道者也。猶梓人而不知繩墨之曲直、規矩之方圓、尋引之短長，姑奪眾工之斧斤刀鋸以佐其藝[112]，又不能備其工[113]，以至敗績用[114]而無所成也。不亦謬歟？

或曰：「彼主為室者[115]，儻或發其私智[116]，牽制梓人之慮，奪其世守而道謀是用[117]，雖不能成功，豈其罪耶？亦在任之而已[118]。」余曰：「不然。夫繩墨誠陳[119]，規矩誠設[120]，高者不可抑而下也[121]，狹者不可張而廣也。由我則固，不由我則圮[122]。彼將樂去固而就圮[123]也，則卷其術[124]，默其智[125]，悠爾而去[126]。不屈吾道[127]，是誠良梓人耳。其或嗜其貨利[128]，忍而不能捨也，喪其制量[129]，屈而不能守也，棟橈[130]屋壞，則曰『非我罪也』，可乎哉？可乎哉？」

余謂梓人之道類於相[131]，故書而藏之。梓人，蓋古之審曲面勢者[132]，今謂之都料匠[133]云。余所遇者，楊氏，潛其名[134]。

【注釋】❶梓人　木匠，後來也稱營造建築工匠為梓人。❷裴封叔　名瑾，柳宗元的姐夫。❸第　住宅，一般指較好的房宅。❹光德里　長安的一個居住區。❺欵　叩問，敲（門）。❻願傭隟宇而處焉　願意受雇傭而住在空屋。隟宇，空屋。隟，同「隙」。❼所職　所負責的職事。❽尋引　度量長短的工具，引申為動詞，（在建築時負責）度量長短。尋，長度單位，八尺，一說為七尺。引，長度單位，十丈。⑨規矩　製作度量幾何圖形的基本工具。此用為動詞，規劃幾何圖形。規，圓規，用以畫圓。矩，角尺，用以畫矩形。⑩繩墨　木工用以取直畫線的墨斗。此用作動詞，取直畫線。⑪居　擁有；收藏。⑫礱斲之器　泛指木工工具。礱，磨，木工工具必須經常磨。斲，砍。⑬善度材　善於度量材料（使物盡其用）。⑭棟宇　房屋。棟，房屋的正梁。宇，房屋的四周圍部分。⑮役　服役；工作。⑯就　造就；建造。⑰食於官府　在官府幹活。⑱受祿三倍　得到的報酬是一般人的三倍。⑲收其直太半　獲得的收入是（整個工程）工價的大半。直，同「值」。太，大。⑳闕足　壞了一條腿。闕，同「缺」。㉑理　修理。㉒貪祿嗜貨　貪圖錢財。嗜，嗜好。貨，錢財。㉓京兆尹　官名，為京城的地方長官。㉔飾　修飾；修整。㉕委群材　安置各種材料。委，放置。㉖會眾工　聚集許多工人。㉗斧斤　斧頭。斤，斧。㉘環立嚮之　在他周圍站立，臉向著他。㉙杖　丈量用的木尺。㉚量棟宇之任　衡量棟梁和屋檐所承擔的功能。㉛視木之能　根據木料所能承擔的作用。㉜斧　砍（木料）。斧，用作動詞，用斧砍。㉝顧　回頭。㉞趨　快步行走。㉟俄而　片刻。㊱斤者　持斤者；拿著斧頭的人。㊲斲　砍。㊳視其色　觀察他臉色的示意。㊴俟其言　等待他發話下令。俟，等待。㊵自斷　自行主張。㊶慍　惱怒。㊷畫宮於堵　把房子的圖樣畫在牆壁上。宮，指官舍。堵，牆壁。㊸盈尺　一尺多。㊹曲盡其制　把全部構造都詳盡表現出來。㊺計其毫釐而構大廈　計算圖上微小的尺寸而建構大廈。構，建造。㊻無進退　沒有誤差。㊼上棟　房屋最上面的棟梁，即主梁。㊽圜視　繞著看了一圈。㊾大駭　非常驚訝。㊿其術之工　其技術的精工。(51)將　或許是。(52)專其心智　專門發展他的大腦和智慧。(53)體要　本質；要領。體，根本；本質，與「用」相對。(54)勞心者役人二句　《孟子・滕文公上》：「勞心者治人，勞力者治於人。」因避高宗李治諱而改。(55)能者用而智者謀　有技能的人為人所用，而有才智的人則出謀劃策。(56)相天下　治理天下。(57)法　做法。(58)物莫近乎此也　事情沒有比這兩者更再相近的了。(59)彼為天下者本於人　那些治理天下者的根本問題在於用人。本，以之為根本。(60)徒隸　下層的吏役。(61)鄉師　一鄉之長。(62)里胥　一里之長。(63)士　夏商周時下層官吏的通稱，有下士、中士、上士三級。64大夫　夏商周時，百官分公卿、大夫、士三級。65公　相傳周有司徒、司馬、司空，通稱三公。66離而為六職　（橫向）分開則有六種職責。即吏、戶、禮、兵、刑、工。隋代以來，中央政府即分六職辦事，通稱「六部」。67判而為百役　從六職內再分為百種辦事官員。判，分。百役，具體辦事的百官。68外薄四海　向外達到邊疆地區。薄，接近。69方伯　殷周時一方諸侯之長，後一州之長也可稱方伯。70連率　即連帥。諸侯十國之長稱連帥。71胥吏　官府中辦理文書、錢糧等雜事的小吏。72嗇夫　辦理訴訟及賦稅等事的鄉吏。73版尹　掌管鄉里戶籍的小吏。74就役　用來辦事。75執伎　手藝；技能。76食力　靠勞力養活自己。77舉而加焉　推舉人才，加以任務。78指而使焉　發出命令，指派任務。79條其綱紀而盈縮焉　整頓綱紀，（對有關事務）進行增減。條，用作使動詞，使之有條理。盈縮，增減。80齊　用為使動，使之齊；統一。81定制　定下建築的設計圖樣。82居　用作使動，使之安居於位。83視都知野　（因為有了規矩制度，）巡視了都城，就能知道都城的外圍情況。都，都城。野，郊外。84國　古代諸侯的封地稱國。此指某一個地區。85遠邇細大　全天下的遠近、大小等各方面情況。邇，近。細，小。86可手據其圖而究焉　可以根據手中的地圖來研究了解。87績於成　事業成功。88能者進而由之　有才能的人被提拔上來，而且充分發揮他的本領。由，隨便，此指充分發揮其才能。89使無所德　（因為有這樣的制度，而）使被提拔者不對任何私人感恩戴德。德，用作動詞。90不衒能　不炫耀自己的本領。91不矜名　不圖虛名。92不親小勞　不親自去做那些微小的具體事務。93不侵眾官　不侵奪各屬官的職責。94日　每日。95大經　治理國家的根本大法。96不伐藝　不倚仗自己的手藝。伐，炫耀；自誇。97相道　為宰相的方法道理。98萬國　天下；全國各地。99循跡　遵循他的足跡，指追隨其人。100伊傅周召　古代的四位輔佐大臣。伊，伊尹，商湯的大臣，曾佐湯滅夏。傅，傅說，商王武丁的大臣，輔佐武丁治理國政。周公，姓姬，名旦，周武王弟，因封於周（今陝西鳳翔），故稱周公。曾助武王滅商，又佐武王子成王，建立周朝典章制度。召，召公，封於召（今陝西鳳翔西南），也是成王的輔佐大臣。101百執事　執行具體事務的百官。102紀　記載。103自名其功　將自己的名字功業寫在梁上。104大哉相乎　宰相的功用是多麼大呀！105通通曉。106所謂相而已矣　就可稱得上「相」了。107反此　與這個道理相反（而行事）。108以恪勤為公　用恭敬謹慎、勤勞刻苦來作為「公」。109簿書　帳簿文書。指簿書之事。110竊取六職百役之事　把下屬官吏應做的事拿來自己做。111听听於府廷　洋洋得意於官府公庭之上。听听，咧嘴而笑貌。112佐其藝　輔佐他們的手藝。113備其工　完全具備眾工的手藝技能。114敗績用　工作失敗。115主為室者　主管建造房屋的人。116發其私智　發揮他自己的「聰明智慧」。117奪其世守而道謀是用　剝奪梓人的職權，聽取路人意見。世守，世代相守的職業，指梓人之職。道謀，謀於過路之人，指聽取閒言碎語。是用，只取用這種意見。118亦在任之而已　（其不能成功的責任，）在於「主為室者」是否信任他。119誠陳　確實已經陳列。與下文「規矩誠設」，均指既然已經設計好了工程。120設　設立；設計。121高者不可抑而下也　（工程設計方案中）高的不能壓下去使之變低。抑，壓，按。122由我則固二句　按照我的設計，房子就堅固；不按我的設計，房子就會倒塌。圮，傾圮；倒塌。123彼將樂去固而就圮　那主為室者樂意不要堅固而要倒塌。124卷其術　收藏起自己的技術。125默其智　讓自己的智慧沉默。126悠爾而去　悠然自得地離開。127不屈吾道　（不因主室者的瞎指揮）而放棄自己的原則。128嗜其貨利　貪圖錢物。129制量　計劃；設計。130撓　彎曲。131類於相　和為相之道類似。132古之審曲面勢者　古代審查各種材料的曲直方圓的人。審、面，考查。勢，情況。133都料匠　設計、計劃、管理工程材料的工匠。都，動詞，總管；管理。134潛其名　名叫潛。

【語　譯】裴封叔的宅子，在光德里這個地方。有個梓人敲他的門，願意用傭工的方式抵租，租賃空閒的房屋居住。這個匠人自稱掌管有關量尺、圓規、方矩、繩墨等職責，但家裏卻不置辦磨刀石和刀斧等工具。問他有什麼技能，他說：「我擅長度量木材，能根據房屋的規模、高深、方圓、長短，選用合適的材料，由我指揮眾工人具體操作。如果沒有我，他們就一座房屋也建不成。因而，要是官府雇用我，我得到的工錢是他們的三倍；要是為私人營建，我就要收取總報酬的一大半。」有一天，我到了他的屋裏，見到他的牀缺了條腿卻得不到修理。他對我說：「我打算請別的工匠來修。」我覺得很好笑，認為他是個沒有實際本領而貪圖財物的人。

後來，京兆尹準備修理官署時，我曾去拜訪他。看見那兒堆了很多木材，會集了許多工匠。他們有的拿著斧頭，有的拿著刀鋸，都圍成一圈面向梓人站著。梓人左手握尺，右手執杖，站在他們中間。他根據建房的需要，看使用什麼樣的木材，揮動著他的木杖說：「砍！」那些操斧頭的便都奔到右邊；又回過頭來指著說：「鋸！」那些拿鋸的便跑到左邊。不一會兒，拿斧的用斧頭砍，拿刀的用刀削，都看著他的眼色、等待他的吩咐行事，沒有敢自作主張的。那些不能勝任工作的人，梓人發著脾氣辭退了他們，也沒有誰敢抱怨。他又在牆壁上繪製房屋的圖樣，一尺見方的圖樣，詳盡地描繪出了房屋的規模結構，按照這個圖樣的尺寸計算，建成的大廈，沒有一點出入。竣工後，又在上梁上寫道：「某年某月某日某人修建。」這「某人」，就是他的姓名，而那些被任用的工匠，一個都不列名。我瞪圓眼睛注視著，大為驚訝。通過這件事，我總算知道他的技術是多麼的精深博大了。

接著我又感嘆說：他大概是一個存心丟掉木工手藝，專門動腦筋，因而能掌握事物關鍵的人吧！我聽說勞心的人役使別人，勞力的人受人役使。他大概就是個勞心的人吧！有技能的人使用他的技能，有智慧的人施展他的智慧，他大概算是個有智慧的人吧！這個道理，完全值得那些輔佐天子、治理天下的人仿傚。再沒有比這二者更相似的事情了。那些治理天下的人，都把治人當作根本大事。那些做具體事情的人，是下層的吏役，是一鄉之長、一里之正；他們上邊有下級的官吏，再上有中級的官吏，有上級的官吏；再往上是大夫，是卿，是公。大概區分為六種職級，各個職級中又可細分為許多具體辦事的吏役。京城外面靠近邊境的地方，有方伯、連帥，郡有郡守，縣有縣令，並都有協助他們的副職。他們的下面有胥吏，再下也都有嗇夫、版尹，來擔任各種具體的職役，就好像眾工匠掌握技能，依靠自己的勞動生活一樣。那輔佐天子治理國家的宰相，職責就是選拔各級官吏，任命他們各種職務，指揮、使用他們。提舉綱紀，並常常加以調整；統一法度，並常常進行整頓，就好像梓人用規矩、繩墨來確定規格一樣。挑選天下有才能的人，使他們勝任本職工作，安置好天下百姓，使他們安於自己的職業。因為有了這些規矩制度，考察了都城，就能了解都城外的情況，考察了都城外的情況可以了解諸侯國的情況，考察了諸侯國就可以了解整個天下。那些遠近不同大小各異的地方，都可以憑著手裏的地圖去推求它，就好像梓人在墻上繪製房屋圖樣而後按圖施工一樣。對於有才能的人，推薦他們，讓他們放手工作，不需要他們感恩戴德；沒有才能的人就加以辭退，也沒有誰敢於怨恨。不賣弄才能，不貪圖名望，不親自去做那些微小的具體事務，不侵犯眾官的權限，每天和天下才能出眾的人討論治國的大綱，這就好像梓人善於指揮眾工而不誇耀自己技藝一樣。這樣做才算掌握了做宰相的道理，天下也就能達到大治了。做宰相的道理已經掌握，天下已經大治，人們就都會抬頭仰望說：「這是我們宰相的功績啊！」後世的人也按照前人的說法，都會敬慕地說：「這都是宰相大人的才能啊。」讀書人若是談起治理商、周的人，只會提到伊尹、傅說、周公、召公，至於那眾多執行具體事務的人的辛勤勞苦，卻得不到記載，如同梓人在梁上寫上自己的名字，但做具體工作的人卻都不能列名一樣。偉大啊，宰相！精通這個道理的人，就是所謂宰相了。那些不知道事情關鍵的人則正好相反。他們恭謹地忙碌於日常瑣事，還認為自己是一心為公，把處理文書等具體事務當作尊貴，賣弄才能，貪圖名望，親自去做那些微小的具體事務，干涉眾官的權限，包攬各種具體的事務，在官府朝廷上爭辯不休，卻把事關重大、影響深遠的事情給遺漏了，這就是所謂不懂得為相之道的人。這也就好像作為一個梓人，卻不知道繩墨的曲直、規矩的方圓、尋引的短長，姑且奪過眾工匠的斧頭刀鋸，來幫他們一塊幹木匠活兒，但又不能完全具備工匠的手藝技能，以致事情失敗一樣。幹了事情卻沒有成績，這不是很荒謬嗎？

有人說：「那些主管建造房屋的人，如果想顯露一下自己的聰明智慧，就干涉牽制梓人的規劃，甚至捨棄梓人固有的經驗，卻隨便採用根據道聽途說得來的意見，致使造房不能成功，這難道是梓人的過錯嗎？這都是因為主管造房的人不信任梓人。」我認為：「這一說法不太正確。假如梓人的設計確實是完備的，曲直方圓已經定下來了，高的不能使它壓低，窄的不能使它加寬。根據我的安排就能牢固，不聽從我的安排就將倒塌。如果那人樂意放棄使房屋牢固的安排而採用使房屋倒塌的意見，那麼，梓人就應該收起自己的技術，藏起自己的智謀，遠遠地離開。不改變自己的主張，這才真是優秀的梓人！如果貪圖主人的錢財，容忍他的錯誤而不能離開他；丟掉自己的法式，屈從別人的主張而不能堅持，等到棟梁斷折，房屋毀壞，卻推脫說：『這不是我的過錯。』這難道可以嗎？難道可以嗎？」

我認為當好梓人的道理和當好宰相的道理很相似，所以寫了這篇文章保存起來。梓人，大概就是古代審察各種材料的曲直和形狀的人，現在稱之為「都料匠」。我所遇到的這位梓人，姓楊，名潛。

【研　析】〈梓人傳〉是柳宗元在長安任職期間所作。古代的梓人原指工匠，這篇文章中的「梓人」，看來是負責建築房屋的工程設計師和指揮者。作者從梓人蓋房這一實際生活經驗中，體會出了治國之道。柳宗元以梓人為喻，認為做宰相的，應堅守理念，合則用，不合則去，不能屈就；宰相應從全局出發，專管政治方針、人事調度，不可事必躬親，陷入具體的事務之中。

其實，梓人故事的意義，並不僅僅局限於古代的宰相治國。這是一個在古今中外的人類社會都具有普遍意義的命題。有一個故事說，一家大公司的電機壞了，請一位高級工程師去修理。此人聽了聽機器的聲響，在電機上用粉筆畫條白線，然後說，就在這裏拆開，換個小配件。工人們按照吩咐辦理，機器果真修好了。工程師索取一千美元報酬。物主大吃一驚，說，換個小零件竟要一千美元？工程師回答說，零件一美元，知道在哪兒換什麼零件，九百九十九美元。這個小故事說明，不僅僅物質資料是生產力，體力勞動是生產力，技術也是生產力，管理也是生產力。人類社會需要多人多層次的分工合作，管理者的出現，是社會的一個進步，儘管這個進步是以拉大管理階層和工農階層的距離為代價的，但如果沒有管理者，人類將付出更大的代價。我們應儘量減少上下層之間的差距，而不是否定這種差距。階層的出現是無可奈何的事情，許多動物社會特別是與人類相近的靈長類的社會結構，也是如此。人類從動物界接受了這份遺產，並加速了階層的分化和階層間的距離。這雖然對於下層民眾來說有些不公平，但就倫理的角度來說，卻還是比較公正的。

蝜蝂❶傳

蝜蝂者，善負小蟲也。行遇物，輒❷持取，卬❸其首負之。背愈重，雖困劇❹不止也。其背甚澀❺，物積因不散，卒躓仆❻不能起。人或憐之，為去其負。苟能行，又持取如故。又好上高，極其力不已❼，至墜地死。今世之嗜取者，遇貨❽不避，以厚❾其室，不知為己累也，唯恐其不積。及其怠❿而躓也，黜棄⓫之，遷徙⓬之，亦以病⓭矣。苟能起，又不艾⓮。日思高其位⓯，大其祿⓰，而貪取滋甚，以近於危墜，觀前之死亡不知戒。雖其形魁然大者也，其名人也，而智則小蟲也。亦足哀夫！

【注釋】❶蝜蝂　一種傳說中的黑色小蟲。❷輒　就；總是。❸卬　用作使動詞，指抬起。❹困劇　困乏到極點。❺澀　艱澀；不光滑。❻躓仆　跌倒。❼已　停止。❽貨　貨物；什物。❾厚　用為使動，使其厚。❿怠　倦怠。⓫黜棄　撤職。⓬遷徙　降職到他地。⓭病　困頓；艱難。⓮艾　停止。⓯高其位　使其職位更高。高，用為使動詞。下文「大」，用法與此同。⓰祿　待遇；薪祿。

【語　譯】蝜蝂是一種善於背東西的小蟲。牠在爬行中遇到東西，總是要抓過來，揚起頭背在背上。背的東西越來越重，即使困乏到極點，還是不停地往背上加東西。蝜蝂的背很澀，因此東西堆積在上面不容易散落，這樣，終於壓得跌倒在地爬不起來。人們有時憐憫牠，替牠取掉背上的東西；可是只要牠稍能爬動，卻又像原來那樣，見到東西就抓來背上。牠還好往高處爬，用盡力氣也不停止，直到掉下來摔死。

現在社會上那些貪得無厭的人，見了錢財就不擇手段地撈取，用來增加他的財產，不知道這會成為自己的累贅，只怕他的錢財積蓄得不多。等到他由於貪財弄得精疲力竭栽了跟頭，就被貶官撤職，降級放逐到邊遠的地方，並因此受到禍害。如果他一旦東山再起，又不肯就此罷休。天天想著怎麼使自己的官職更高，俸祿更多，貪取財物也較前更加厲害，甚至已經面臨從高處摔下來的危險，看到以前有的人因為貪財而喪命，仍不引以為戒。雖然他的身形高大魁梧，名義上叫做人，但是見識竟和小蟲蝜蝂一樣。也實在可悲啊！

【研　析】本文可能亦作於永州時期。蝜蝂在《爾雅》中即有記載，這種蟲子的習性似乎不符合生物學中的「利生原則」，如果這種蟲子果真有喜歡負重致死而又常做毫無生存價值的行為，那這種生物豈不早就被大自然淘汰了？

在這篇文章中，柳宗元抓住牠貪物善負的典型特性、好登高而終墜死的典型情節，辛辣地諷刺了那些貪婪而又愚蠢的人。中國歷代對於貪污腐敗者的處置不可謂不嚴厲，歷代都有貪污受賄達到什麼限度就要殺頭的刑律，明代甚至將貪污受賄犯剝皮填草立於衙門口以警後來官員的極端之舉，但令人感嘆的是，歷代的貪污受賄犯並不見減少，財迷心竅，不怕殺頭、不怕坐牢的官員大有人在。人有了權，特別是有了不受監督的權，難免頭腦膨脹，心理變態，就像是「蝜蝂」，做出不符合生物本能的事情來。

罵尸蟲[1]文 并序

有道士言：「人皆有尸蟲三，處腹中，伺[2]人隱微[3]失誤，輒[4]籍記[5]。日庚申[6]，幸[7]其人之昏睡，出讒[8]於帝以求饗[9]。以是[10]人多謫過[11]、疾癘[12]、夭死[13]。」柳子[14]特[15]不信，曰：「吾聞聰明正直者為神。帝，神之尤者[16]，其為聰明正直宜[17]大也，安有[18]下比[19]陰穢[20]小蟲，縱[21]其狙詭[22]，延[23]其變詐，以害於物，而又悅[24]之以饗？其為不宜也殊甚[25]。吾意斯[26]蟲若果為是[27]，則帝必將怒而戮[28]之，投於下土，以殄[29]其類，俾[30]夫人咸得[31]安其性命而苛慝[32]不作，然後為帝也[33]。」

余既處卑[34]，不得質[35]之於帝，而嫉[36]斯蟲之說，為文而罵之：

來，尸蟲！汝曷[37]不自形[38]其形？陰幽詭側[39]而寓[40]乎人，以賊[41]厥[42]靈[43]。膏肓[44]是處[45]兮，不擇穢卑[46]；潛窺默聽兮，導人為非；冥[47]持札牘[48]兮，搖動禍機[49]；卑陬[50]拳縮[51]兮，宅體[52]險微[53]！以曲為形，以邪為質；以仁為凶[54]，以僭[55]為吉；以淫諛[56]諂誣[57]為族類，以中正和平為罪疾；以通行直遂[58]為顛蹶[59]，以逆施反鬥[60]為安佚[61]。譖下[62]謾上[63]，恒其心術[64]，妬人之能，幸人之失[65]。利昏伺睡[66]，旁睨竊出[67]，走讒[68]於帝，遽入自屈[69]。冪然[70]無聲，其意乃畢[71]。求味己口[72]，胡人之恤[73]。彼修蛕[74]恙心[75]，短蟯[76]穴胃[77]，外搜疥癘[78]，下索瘻痔[79]，侵人肌膚，為己得味[80]。世皆禍之[81]，則惟汝類[82]。良醫刮殺[83]，聚毒攻餌[84]。旋[85]死無餘，乃行正氣。汝雖巧能，未必為利。帝之聰明，宜好正直，寧[86]懸[87]嘉饗，答汝讒慝？叱[88]付九關[89]，貽[90]虎豹食。下民舞蹈，荷[91]帝之力。是則宜然，何利之得！速收汝之生，速滅汝之精，蓐收[92]震怒，將敕[93]雷霆，擊汝酆都[94]，糜爛縱橫[95]。俟帝之命，乃施於刑。群邪殄夷[96]，大道顯明，害氣永革[97]，厚人之生[98]，豈不聖且神歟！

祝曰：尸蟲逐，禍無所伏，下民百祿[99]。惟帝之功，以受景福[100]。

尸蟲誅，禍無所廬(101)，下民其蘇(102)。惟帝之德，萬福來符(103)。臣拜稽首(104)，敢告於玄都(105)。

【注釋】①尸蟲　在人體內作祟的蟲子。道家稱此蟲為上、中、下三尸。②伺　窺伺，等候窺探。③隱微　隱私；隱蔽秘密之事。④輒　即；就。⑤籍記　在本子上記錄下來。⑥日庚申　到每月庚申這一日。古時以「天干地支」相配記年、月、日。⑦幸　到；等到（機會）。⑧出讒　進讒；向上報告別人的壞話。⑨饗　以酒食款待人。⑩以是　因此。⑪謫過　因過失而受譴責。⑫癘　瘟疫。⑬夭死　短命早死。⑭柳子　作者自稱。⑮特　獨。⑯尤者　突出的；最高的。⑰宜　應當。⑱安有　怎麼會。⑲比　朋比；勾結；親近。⑳陰穢　陰詐奸險。㉑縱　放縱。㉒狙詭　狡猾奸詐。㉓延　擴展。㉔悅　對……高興。㉕殊甚　很過分。㉖斯　這；此。㉗是　這，代詞，指上文「伺人隱微失誤」、「出讒於帝以求饗」等事。㉘戮　殺。㉙殄　滅絕。㉚俾　使。㉛咸得　都能。㉜苛慝　泛指疾病災禍。苛，通「疴」。疾病。慝，災害。㉝然後為帝也　這樣才算是真正的天帝。㉞處卑　處於卑微的地位。㉟質　質證；對證；詢問（是否）。㊱嫉　嫉恨；憎恨。㊲曷　為什麼。㊳形　顯露，用作動詞。㊴陰幽跪側　藏頭縮尾，見不得人貌。跪，同「詭」。㊵寓　寄住。㊶賊　損害；毀壞。用作動詞。㊷厥　其；他。㊸靈　靈性；天生的靈氣。㊹膏肓　心臟的隱蔽處。膏，心的下部。肓，心臟與其隔膜之間。我國古代醫學家認為，這兩處是藥力達不到的地方。㊺處　居住。㊻穢卑　污穢卑下。此指幽闇之處。㊼冥　暗中。㊽札牘　古代寫字用的木片。㊾禍機　禍害的根由。㊿卑陬　慚愧恐慌貌。(51)拳縮　蜷縮如拳頭貌。(52)宅體　身體。(53)險微　陰闇隱微。(54)以仁為凶　把仁厚看作是兇惡。言是非顛倒。(55)僭　超越本分，指非法的行為。(56)淫諛　過分而不正當的奉承。(57)諂誣　對上諂媚，對下誣衊。(58)通行直遂　四通八達的道路，形容通暢。行、遂，道路。(59)顛蹶　跌倒，此指崎嶇不平的道路。(60)逆施反鬥　倒行逆施。(61)安佚　即安逸。平安舒逸。

62 譖下　進讒；說別人的壞話。下，相對於下文的「上」而言。63 謾上　欺騙蒙蔽上級。64 恒其心術　它的心術一貫就是這樣。65 幸人之失　對別人的過失幸災樂禍。66 利昏伺睡　等候利用別人昏睡的時機。伺，偵候。67 旁睨竊出　形容心術不正，偷偷摸摸的神態。睨，斜視。68 走讒　指跑到天帝那兒進讒。69 遽入自屈　迅速地跑回來屈身躲在人身內。遽，驟然；很快地。70 冪然　悄悄地。71 畢　完成。72 求味己口　只求適合自己的味口。言只圖自己的利益。73 胡人之恤　怎麼會考慮到別人的感受。胡，怎麼會。恤，憐憫；同情。74 修蛕　長的蛔蟲。修，長。蛕，同「蛔」。75 恙心　傷害心臟。恙，傳說為人身中可致病的蟲子，引申為疾病，此用作使動詞，使其生病。76 蟯　蟯蟲。一種人體寄生蟲，較蛔蟲為短。77 穴胃　在胃中鑽孔。穴，用作動詞。78 外搜疥癘　向外搜索尋找使人致病之源。下文「下索瘻痔」義同。疥癘，泛指外在的疾病及其病因。疥，疥瘡。癘，致病之氣。79 瘻痔　泛指人身外部分的疾病。80 為己得味　為了自己能吃到好東西。81 禍之　以其為禍害。82 則惟汝類　就只是你這一類（所幹的事）。則，只；乃；就。惟，是。83 刮殺　尋找消滅。84 聚毒攻餌　用毒餌來藥殺。85 旋　隨即；不久。86 寧　豈；難道。87 懸　提起；掛出。88 叱　大聲斥責。89 九關　天上的九道關口，由虎豹把守，啄囓欲上天庭之人。《楚辭・招魂》：「虎豹九關，啄害下人。」90 貽　給；送。91 荷　承受；承蒙。92 蓐收　據《左傳》昭公二十九年、《國語・晉語・二》、《禮記・月令》等記述，蓐收為西方孟秋之神，主刑殺。93 勑　下令。94 酆都　傳說中的陰司地府。95 麋爛縱橫　皮肉糜爛，肢體縱橫散落。麋，通「糜」。96 殄夷　消滅削平。97 革　革除。98 厚人之生　更有利於人民的生育成長。99 祿　福。100 景福　大的福氣。景，大。101 廬　房屋；藏身之處，此用作動詞，藏身；安身。102 蘇　甦醒；困頓後得到休息和恢復。103 符　合。104 稽首　叩頭。105 玄都　據道家所說，為玉帝所在之所。

【語譯】有位道士說：「人都有三個『尸蟲』，在人的肚腹中，等窺探到主人的隱私及失誤，就在本子上記錄下來，到每月庚申這一日，等主人昏睡時，向天帝報告以獲得酒食等酬勞。因此，人類多因過失而受到譴責，遭受瘟疫，甚至短命早死。」柳宗元先生偏不信，說：「我聽說，聰明正直的才稱為神。天帝是所有神靈中最高的，更應當是最為聰明正直的，怎麼會親近這種陰險的小蟲子，縱容牠的狡猾，助展牠的變詐，用牠來害人害物，而且又給尸蟲酒食取悅於牠。這樣做是不是太過分了？我想這種蟲子若果真如此，那麼天帝必然會發怒而殺死牠，把牠扔到下土，以滅絕這一種類，使人類都能平安地保全生命，使疾病災禍不再發生，這樣才算真正的天帝。」

我現在正處於卑微的地位，沒辦法詢問天帝，但我十分憎恨這種蟲子，因而寫了這篇文章來罵這蟲子：

過來，尸蟲！你為什麼不顯露自己的原形，而是藏頭縮尾地藏在人體內，損害人們天生的靈性？你躲在膏肓之間，不在乎那兒污穢幽闇；你偷看竊聽，引誘人們做壞事；你暗拿著記人過失的小木片，製造禍害；你裝出慚愧恐慌的樣子，蜷縮如同一個小拳頭，身體陰闇隱微。你的形狀卷曲，你的本質邪惡，把仁厚看作兇惡，將超越本分的非法行為看作是吉利，與那些對上無恥諂媚、對下極盡誣衊的傢伙為伍。你把中正和平看作是罪過疾病，把平坦大道當作崎嶇小路，以倒行逆施為平安舒逸。你總是說下級的壞話，欺騙蒙蔽上級。你的心術一貫就是如此——嫉妒別人的才能，對別人的過失幸災樂禍。你總是在等候利用別人昏睡的時機，斜著眼睛偷偷摸摸地跑到天帝那兒進讒，一會兒又迅速跑回來屈身躲到人們身體之內，悄然無聲之中，壞主意就已實現。你只求適合自己的味口，怎麼會同情別人的感受。你像是長長的蛔蟲傷害心臟，又像是短短的蟯蟲在胃中鑽孔，你引發人身外表的疥瘡癘氣，引發下半身的瘻痔，侵害人的肌肉皮膚，只是為了自己能吃到好東西。世人都以為禍害的，就是像你這樣的的壞傢伙。高明的醫生將尋找消滅你，將用毒餌藥殺你。你要不了多久就會全部死光，人身的正氣必將得以發揚。你雖然狡猾能幹，也未必占得上風。天帝聰明，愛好正直，難道會懸出美食，犒賞你的進讒告密？天帝對你定會大聲斥責，交付給上天的九道關口，送給虎豹作為美食。下方的民眾舞蹈歡呼，承蒙天帝的威力而得到安寧。天帝處置適當，不會有你什麼益處！天帝將迅速地收了你的生命，迅速地消滅你的精魂，刑殺之神蓐收大為震怒，就要下詔雷霆之神，將你打入酆都鬼城，讓你皮肉糜爛，肢體縱橫散落。只待天帝一聲令下，就要執行這些刑罰。你這些邪惡的蟲子就要被消滅削平，康莊大道就要顯明，害人的厲氣將被永遠革除。這將更有利於民眾的繁育生長，這是多麼地神奇神聖！

我虔誠地祈禱：尸蟲被逐，無災無禍，下民幸福，感謝天帝的功績，給我們大大的福氣。尸蟲被誅，災禍無處藏身，下民得以休息恢復，感謝天帝的恩德，賜予我們多多的福氣。下臣稽首叩頭，上報玄都之天帝。

【研　析】據宋代韓醇考證，柳宗元被貶永州之後，宰相愛惜他的才能，想任用他為袁州刺史，但朝中有人進了柳宗元的讒言，這事就不了了之。前人駁了這個觀點。但柳宗元寫這篇文章絕非無病呻吟，而是有所寓而作。

〈罵尸蟲文〉藉道家的一個傳統說法，用直接譴責的方法，描繪了尸蟲「卑陬拳縮」、「宅體險微」的猥瑣醜惡，「妬人之能」、「幸人之失」的卑陋惡劣，「譖下謾上」、「搖動禍機」的毒辣狡猾，用以影射朝中的這些進讒者。這篇文章還將不分是非曲直、喜歡聽信讒言的天帝也順便地諷刺了一通。文中儘管說自己不相信天帝會聽信尸蟲，還說自己相信天帝會如何如何聖明，其實，正是因為有這位糊塗的天帝，才會有「尸蟲」的存在，正是有昏庸的皇上，才會有奸險的小人。

柳宗元對於尸蟲的揭露，對於中國古代王朝來說，有一定的普遍意義。君主專制制度的本身，就帶有一定的「黑箱作業」的色彩，皇上通過正常渠道，不可能真正了解下情，因此，歷代的君主們包括許多還算聖明的君主，無不鼓勵告密，說好聽點叫「密奏」，說得難聽點，實際就是鼓勵讒言。給皇上密奏，在大多數的場合，幾乎是公開提倡甚至是官員們的一個職責。就政治方面總體上比較開明的唐代而言，早在武后時期，告密就成了一種制度化的政治行為，後雖然有所收斂，正如尸蟲是人本身必然具有的，「黑幕政治」也是一切封建王朝的本性所決定的，柳宗元的遭遇，實在還不算是最壞的。

招海賈[1]文

咨[2]海賈兮，君胡以利易生[3]而卒離其形[4]？大海盪泊[5]兮，顛倒日月。龍魚傾側[6]兮，神怪隳突[7]。滄茫無形兮，往來遽卒[8]。陰陽[9]開闔[10]兮，氛霧滃渤[11]。君不返兮逝怳惚[12]。舟航[13]軒昂兮，下上飄鼓[14]。騰趠[15]嶢嵲[16]兮，萬里一睹。崒[17]入泓坳[18]兮，視天若畝[19]。奔螭出抃[20]兮，翔鵬振舞。天吳九首[21]兮，更笑迭怒[22]。垂涎閃舌兮，揮霍[23]旁午[24]。君不返兮終為虜。黑齒[25]⿰齒戔齴[26]鱗文肌，三角[27]駢列[28]耳離披[29]。反斷叉牙[30]踔[31]嶔崖[32]，蛇首豨鬣[33]虎豹皮。群沒互出[34]讙遨嬉[35]，臭腥百里霧雨瀰[36]。君不返兮以充飢。弱水蓄縮[37]，其下不極[38]。投之必沉，負羽無力。鯨鯢[39]疑畏，淫淫[40]嶷嶷[41]。君不返兮卒自賊[42]。怪石森立[43]涵重淵[44]，高下迾置[45]滔[46]危顛[47]，崩濤搜疏[48]剡[49]戈鋋[50]。君不返兮砉[51]沉顛[52]。其外大泊[53]泙[54]奫淪[55]。終古[56]迴薄[57]旋天垠[58]，八方易位更錯陳[59]。君不返兮亂星辰。東極傾海[60]流不屬[61]，泯泯[62]超忽[63]紛盪沃[64]。殆而[65]一跌兮，沸入湯谷[66]。舳艫[67]霏解[68]梢若木[69]。君不返兮魂焉薄[70]？海若[71]嗇貨[72]號風雷[73]，巨鼇[74]頷首[75]丘山頹，猖狂震虩[76]翻九垓[77]。君不返兮糜以摧。

咨海賈兮，君胡樂出幽險而疾[78]平夷？恟駭[79]愁苦，而以忘其歸。上黨[80]易野[81]恬以舒[82]，蹈蹂[83]厚土[84]堅無虞[85]。歧路脈布[86]彌九區[87]，出無入有百貨俱[88]。周遊傲睨[89]神自如，撞鐘擊鮮[90]恣歡娛[91]。君不返兮欲誰須？膠鬲得聖捐鹽魚[92]，范子去相安陶朱[93]，呂氏行賈南面孤[94]，弘羊心計登謀謨[95]，煮鹽大冶九卿居[96]，祿秩山委[97]收國租，賢智走諾爭下車[98]，逍遙縱傲世所趨[99]。君不返兮諂為愚。

咨海賈兮，賈尚不可為，而又海是圖[100]！死為險魄兮，生為貪夫。亦獨何樂哉？歸來兮，寧君軀[101]！

【注釋】❶招海賈　招，招魂。海賈出航，九死一生，故預為招之。海賈，出海貿易以圖利的商人。❷咨諮詢；詢問。❸以利易生　因圖利而輕視生命。❹卒離其形　魂魄最終離開身體。❺盪泊　浩蕩洶湧。❻傾側顛倒傾覆。❼隳突　橫衝直撞。❽遽卒　急遽倉促。卒，即「猝」。❾陰陽　古代哲學中表示相互對立而統一的概念，如天地、日夜、上下等。❿開闔　開放和關閉。⓫滃渤　雲氣湧起貌。⓬怳惚　縹緲無蹤。⓭舟航船隻。⓮飄鼓　飄蕩。⓯騰踔　跳起。此指船隨波浪升高。⓰嶢嵲　山高貌，此指海浪之高。⓱崒　突然地。⓲泓坳　波峰間的谷底。⓳視天若畝　把天看作地。畝，田地。此指船入浪底翻捲而上，故天地顛倒。⓴奔螭出抃　奔騰的螭龍出沒飛舞。抃，舞動。㉑天吳九首　據《山海經・海外東經》云，朝陽之谷神曰天吳，是為水伯。其為獸也，八首，人面，八足，八尾，背青黃。九首疑為八首之誤。㉒更笑迭怒　笑怒不定，形容海水喧譁起伏不定。㉓揮霍　舞動貌。㉔旁午　縱橫交錯貌。㉕黑齒　傳說為海外國名。㉖⿰齒戔齴　牙齒參差外露貌。⿰齒戔，齒不正。齴，齒外露。㉗三角　傳說鮫魚背鰭側鰭如刺，似三角菱。㉘駢列　並列。駢，兩馬並駕。此指鰭刺並列。㉙耳離披　形容鮫魚的側鰭像兩隻耳朵分垂兩旁。㉚反斷叉牙　牙齒交叉，齒肉外翻。㉛踔　跳躍；逾越。㉜嶔崖　高峻的山崖。㉝豨鬣　野豬的鬃毛。㉞群沒互出　成群地出沒。㉟歡遨嬉　高興地遨遊嬉戲。㊱瀰　瀰漫。㊲弱水蓄縮　據《山海經・大荒西經》及《古小說鉤沉・玄中記》等記述，崑崙之丘，其下有弱下環之。沉沒萬物，不能載鴻毛。蓄縮，形容弱水之深沉。又《楚辭・大招》：「東有大海，溺水浟浟只。」舊注：東海，其水淖溺，沉沒萬物。㊳不極　沒有邊際。㊴鯨鯢　泛指海中巨大的動物。鯨，哺乳動物，古人誤認為魚類。鯢，一種兩棲動物。㊵淫淫　浩瀚貌。㊶嶷嶷　高峻貌。㊷賊　害。㊸森立　森嚴而立。㊹涵重淵　指怪石圍著深淵。㊺迾置　相互遮蔽著排列。迾，遮蔽。㊻滔　用作動詞，波浪湧起。㊼危顛　高高的頂部。㊽搜疏　疑為浪濤衝擊聲。㊾剡　削。指海浪沖刷山石，如同戈矛砍削。㊿戈鋋　泛指兵器。鋋，小矛。(51)舂　舂然；迅疾貌。(52)沉顛　沒頂。(53)大泊　大洋。(54)泙　水勢盛大。用作動詞。(55)奫淪　水深廣貌。(56)終古　從古至今。(57)迴薄　迴旋迫近。(58)天垠　天極。(59)錯陳　錯亂地陳列著。(60)東極傾海　指地傾東南，海為東極，無邊無際。(61)不屬　不連屬；不連續。指大海中有種種險惡之所。(62)泯泯　水大貌。(63)超忽　跳躍前進貌。(64)紛盪沃　水紛淪盛大。(65)殆而　危險貌。(66)湯谷　太陽所出之處。《離騷・遠遊》：朝濯髮於湯谷。(67)舳艫　船舶。(68)霏解　如小雨般化解散落。(69)梢若木　指舳艫霏解於若木樹梢。若木，傳說中的太陽木，其梢有十日，即扶桑木，在東方日出之所。又傳為在西方日沒之所。見《淮南子・地形訓》、《山海經・大荒北經》、《楚辭・離騷》等。(70)薄　往。(71)海若　海神名。(72)嗇貨　指海神嗇守海中之寶。(73)號風雷　號叫如同風雷。(74)巨鼇　據《列子》記述，渤海之東有大壑焉，其中有五山，一曰岱輿，二曰員嶠，三曰方壺，四曰瀛洲，五曰蓬萊。而山根無所著，隨波上下，不得暫峙。仙聖訴於帝，使巨鼇十五舉首而戴之。(75)頷首　點頭。(76)震虩　雷聲震動。(77)九垓　天之極高遠處。傳說天有九重，稱九垓。(78)疾　疾恨；不喜歡。(79)恂駭　極為害怕。(80)上黨地名，今屬河北。地勢平坦。此泛指地勢平坦地區。(81)易野　平坦的原野。《周禮》：「險野以人為主，易野以車為主。」易，平坦。(82)恬以舒　平靜而舒服。(83)蹈蹂　足踏。(84)厚土　厚實的陸地，相對於大海而言。(85)虞危險。(86)脈布　分佈如同脈絡。(87)彌九區　佈滿全國。九區，指九州；全國。(88)俱　具備。(89)傲睨　傲視。(90)撞鐘擊鮮　聽著音樂，吃著美味。撞鐘，敲擊鐘。鐘，編鐘，一種打擊樂器。擊鮮，擊殺生鮮之物。(91)恣歡娛恣意歡樂。(92)膠鬲得聖捐鹽魚　膠鬲得到聖人的賞識而舉於魚鹽市販之中。膠鬲，原為紂臣，後避亂而隱，為魚鹽市販之事，周文王舉之為臣。捐，舉；提拔。(93)范子去相安陶朱　范蠡離開了相位而安心地做經商的陶朱公。據《國語・越語》等記載，范蠡既助勾踐雪會稽之恥，功成身退，乃乘扁舟，浮江湖，變姓名，經商致富，稱陶朱公。(94)呂氏行賈南面孤　呂不韋經商而成就了帝王事業。呂不韋，本陽翟大賈，家累千金。後資助秦諸公子異人回國為王，呂遂為相，權傾一時。南面孤，南面稱孤。古代帝王座北面南，故稱南面王。(95)弘羊心計登謀謨　桑弘羊以其精於理財計算而參與國家大事。桑弘羊，漢洛陽賈人子。以心計言利，事析秋毫，領大司農，管天下鹽鐵，作平準之法，盡籠天下之貨。於是民不益賦，而天下用饒。賜爵左庶長。謀謨，國家大計。(96)煮鹽大冶九卿居　煮鹽冶金亦可位居九卿。漢武帝時，東郭咸陽為齊之大煮鹽者，孔僅為南陽大冶金者。後二人皆為大司農丞。❾❼祿秩山委　所獲得的利祿如同山積。❾❽賢智走諾爭下車　賢智之士或小跑來前，唯唯聲諾，或爭著下車，前來問候。形容官勢顯赫。❾❾趨　嚮往。❶⓿⓿海是圖　一心想從海賈中謀利。❶⓿❶寧君軀　祝願語，願您的身軀安息。

【語　譯】請問海賈，你為什麼因圖利而輕視生命，使你的魂魄最終離開身體？大海浩蕩洶湧，似乎是要顛倒日月。海中龍魚傾覆，神怪橫衝直撞。滄茫沒有定形啊，水波往來急遽倉促。陰陽元氣開放又關閉，水霧雲氣蒸騰湧起。你一去不返啊，縹緲無蹤。你的大船寬敞高昂，海水中上下飄蕩；海船隨著波浪像是躍上了高山，千里萬里一眼可望；隨即又突然跌入深深的谷底，翻滾中藍天也好像大地；奔騰的螭龍出沒飛動，好像是鯤鵬展翅翱翔飛舞。水神天吳九個腦袋，喜怒無常；嘴裏垂著粘涎閃動著長舌，九個頭舞動著縱橫交錯。你一去不返啊，成了天吳的美餐。海外的黑齒人外翻著參差黑牙，渾身刺著魚鱗紋，脊背並列著三角形的刺鰭，就像那海中的鮫魚，側鰭如同兩隻耳朵分垂兩旁；牙齒交叉，齒肉外翻，跳過那高峻的山崖，長著蛇的頭，脖子上長著野豬的鬃毛，身上似是披著虎豹的皮；成群地出沒來往，高興地遨遊嬉戲，臭味腥氣飄出，上百里如霧如雨瀰漫。你一去不返啊，正可以讓黑齒人充飢。像是弱水沉沒萬物，深不見底。不管投入什麼都會沉下，一片羽毛也不能漂起。那鯨魚鯢魚也疑懼害怕，浩瀚無邊，高遠莫測。你一去不返啊，最終會害了自己。怪石圍著深淵森嚴聳立，高高低低排列遮蔽，浪濤湧向那高高的山頂。巨浪沖刷，山石如同戈矛砍削。你一去不返啊，一下子沉沒不見蹤影。大海之外更有大洋，浩浩蕩蕩，水勢深廣。從古至今，迴旋迫近那旋轉著的天極，那裏四面八方顛倒了位置，錯亂陳列。你一去不返啊，日月星辰都亂了軌道。地陷東南成了大海，無邊無際而有種種險惡之所，泯泯大水跳躍前行，紛亂浩蕩。一跤跌倒實在危險，跌進了沸騰的湯谷。大船小船都像小雨一樣化解散落，那船兒的碎片擱在了湯谷中的若木樹梢。你一去不返啊，魂魄飄往何方？海神吝嗇地守著海中的寶貝，號叫聲如風如雷，那馱著神山的巨鼇點點頭，那高高的山峰立刻倒下，如同巨雷震動，翻騰到九天極高極遠的地方。你一去不返啊，被大海搖晃成爛泥散盡。

請問海賈，你為什麼喜歡出入幽險而疾恨平地？整日處於恐懼愁苦之中，卻忘了回家。像上黨那樣地勢平坦的原野，平靜而舒緩，足踏著厚實的陸地，堅實沒有一點危險。四通八達的大路分佈如同脈絡佈滿全國，輸出別人所無換得自己所有，百種貨物全都具備。在陸地上傲視周遊，神態自如，聽著鐘鼎音樂，吃著美味，恣意歡娛。你卻一去不返啊，到底想要什麼？膠鬲得到聖人的賞識而從魚鹽市販中被提拔出來，范蠡離開了相位而安心地做經商的陶朱公，呂不韋經商而成就了帝王事業，桑弘羊以其精於理財計算而得以參與國家大事。煮鹽冶金亦可位居九卿，所獲利祿如同山積，等於是從國家頭上收租，賢智之士或小跑來前，唯唯聲諾，或爭著下車，前來問候，逍遙自在，縱橫一世，傲視群雄，世上的人們都來趨奉。你卻一去不返啊，只好給你個謚號叫做「愚」。

請問海賈啊，陸上做生意尚且要不得，何況是一心想從大海的生意中謀利！你若是死了是個「危險鬼」，活著是個貪利的愚夫。你還獨自快樂什麼？快回來吧，願您安息身軀！

【研　析】關於這篇文章的寫作背景及意圖，宋黃震《黃氏日抄》卷六十認為是「戒其貪利犯危也」，宋朱熹所注《楚辭後語》卷五引晁補之云：「昔屈原不遇於楚，彷徨無所依，欲乘雲騎龍，遨遊八極，以從己志而不可，猶怛然念其故國。至於將死，精神離散，四方上下，無所不往。又有眾鬼虎豹怪物之害，故大招其魂而復之，言皆不若楚國之樂者。招海賈文雖變其義，蓋取諸此也。宗元以謂崎嶇冒利，遠而不復，不如己故鄉常產之樂，亦以諷世之士行險僥幸，不如居易以俟命云。」就是說，這篇文章是柳宗元模仿屈原〈招魂〉（〈招魂〉是否為屈原所作，所招究為誰人之魂，歷來都有不同看法）而作，其著眼點，仍然是現實政治。屈原和柳宗元都是懷才不遇，忠而見疑，流放千里，精神離散，因此需要自招魂魄來歸。但〈招海賈文〉是招自己之魂呢，還是為別人招魂，似乎也很難確定。

如果是招自己之魂，那這篇文章就是為了反思自己的行為而寫的。柳宗元參與王叔文集團的政治革新，是抱著忠君愛民的理想報負，憑著滿腔熱情而投身其中的。在參加革新的當時，雖然主持革新的皇上已經病不能言，而革新的中堅二王八司馬等人或是出身低微的小官吏，或是一些沒有實際政治經驗的青年，革新從一開始就幾乎注定要失敗。但柳宗元在當時不一定意識到這一點。革新失敗，柳宗元被貶永州後，他才有可能意識到這場革新實際上是一場具有極大風險的政治賭博，這就和充滿風浪艱險的海上貿易一樣，幾乎是九死一生，一去不返。柳宗元於是藉描述海上貿易的危險，來憑弔自己曾經的危險行為，來招回自己未定的驚魂。

當然，這篇文章也可能不是招自己，而是正如黃震所說，是為了警告那些「世之士」，是諷喻他們不要為了「貪利」而「犯危」。這還牽涉到這篇文章的寫作態度問題，即是以「諷刺」還是「同情」的態度來寫的問題。

我們認為，前一種可能性似乎更大一些。理由是，其一，〈招海賈文〉顯然是繼承〈招魂〉而來的，〈招魂〉不管是自招或他招，作者都對被招者充滿了同情。同樣，在〈招海賈文〉中，作者極力描繪大海的凶險，並通過這些描繪，對出海行商的海賈表達了同情關切之意。其次，柳宗元的文章有好罵的特點，對於那些諷刺對象，例如在〈罵尸蟲文〉等文章中，柳宗元是不吝嗇痛罵的，但在這篇文章中，我們沒有聽到那些熟悉的罵聲。

如果這篇文章確實是自招其魂的作品，那就牽涉到另外一個更重要的問題，即柳宗元對於自己參加永貞新的行動是否曾有「後悔」甚或「悔過」問題。從中唐以來，就不斷有人闡述這樣的觀點，例如我們在〈懲咎賦〉的研析中所引用的兩條材料，即《新唐書》卷一六八本傳所說「宗元不得召，內憫悼，悔念往咎，作賦自儆」，近代林紓《柳文研究法》「讀〈懲咎〉一賦，不期嗟嘆，若柳州者，真不失為改過之君子哉」，都認為柳宗元有後悔甚或悔過之意。我們認為，柳宗元對於革新的失敗，也許有很多遺憾，但他並沒有後悔，更沒有認為自己犯了什麼過失。他所謂的「懲咎」、「招魂」、「歸來」等等，都是憤激之辭。柳宗元有過悲觀失望，有過消極的逃避，但他一生堅守自己的信念，從不承認自己參與革新活動是犯了什麼罪，如果有什麼錯，那也是策略上和做法上的錯，而革新運動本身並沒有錯。因此，〈招海賈文〉與其說是作者呼喚從迷途中「來歸」，倒不如說是對於風浪險惡的一種回顧和渲染。也許柳宗元有些自我安慰的想法：既然風浪如此之大，環境如此險惡，革新失敗情有可原，並非是大家不努力。

這篇文章的主旨，雖然並不是寫海上貿易的，但我們也可以從中看出漢唐以來中國海上貿易的發達，以及當時一般人對於海賈的看法。與地中海及北海諸民族不同，中華民族雖然面向大海，海上貿易的水平在漢唐時期雖然也在全世界占據前列，但中國從來都是以農業立國，明代中葉以後，更海禁疊起，從而喪失了與外界交流，對外開放，跟上世界歷史潮流的機會。其中文化上的深層原因有許多，但重陸輕海、重農輕商的思維模式，提倡穩重不願冒險的行為方式，無疑也是重要的原因。柳宗元一般不信天命，不畏自然，相信人可勝天，提倡與自然作鬥爭，但面對大海，柳宗元卻感到了恐懼。柳宗元如此，其他人就更不用說了。直到清末，還有人將出國看作是送死。在航海技術遠不如明清的唐代，人們對海洋更是充滿了恐懼之感，這與北海、地中海文化當然是完全不同的。

弔屈原文

後先生蓋千祀[1]兮，余再逐[2]而浮湘[3]。求先生之汨羅[4]兮，擥[5]蘅若[6]以薦[7]芳。願荒忽[8]之顧懷[9]兮，冀[10]陳辭[11]而有光[12]。

先生之不從世[13]兮，惟道是就[14]。支離[15]搶攘[16]兮，遭世孔疚[17]。華蟲[18]薦壤[19]兮，進御[20]羔袖[21]。牝[22]雞咿嚘[23]兮，孤雄束咮[24]。哇咬[25]環觀[26]兮，蒙耳[27]大呂[28]。堇喙[29]以為羞[30]兮，焚棄稷黍[31]。犴獄[32]之不知避兮，宮庭之不處[33]。陷塗藉穢[34]兮，榮若繡黼[35]。榱[36]折火烈兮，娛娛[37]笑舞。讒巧[38]之嘵嘵[39]兮，惑以為〈咸池〉[40]。便媚[41]鞠恧[42]兮，美逾[43]西施[44]。謂謨言[45]之怪誕兮，反寘瑱[46]而遠違。匿[47]重痼[48]以諱避[49]兮，進俞、緩[50]之不可為。

何先生之凜凜[51]兮，厲[52]鍼石[53]而從之。但仲尼[54]之去魯[55]兮，曰吾行之遲遲(56)。柳下惠(57)之直道兮，又焉往而可施(58)？今夫世之議夫子(59)兮，曰胡(60)隱忍而懷斯(61)？惟達人(62)之卓(63)軌(64)兮，固僻陋(65)之所疑。委(66)故都(67)以從利(68)兮，吾知先生之不忍；立而視其覆墜(69)兮，又非先生之所志。窮(70)與達(71)固不渝(72)兮，夫唯服道(73)以守義(74)。矧(75)先生之悃愊(76)兮，滔(77)大故(78)而不貳(79)。沉璜瘞珮(80)兮，孰幽而不光；荃蕙(81)蔽匿兮，胡久而不芳？

先生之貌不可得兮，猶髣髴其文章。托遺編(82)而嘆喟(83)兮，渙(84)余涕之盈眶。呵星辰而驅詭怪(85)兮，夫孰救於崩亡？何揮霍(86)夫雷霆(87)兮，苟為是之荒茫(88)。耀姱(89)辭之曭朗(90)兮，世果以是之為狂。哀余衷之坎坎(91)兮，獨蘊(92)憤而增傷。諒(93)先生之不言兮，後之人又何望(94)。忠誠之既內激(95)兮，抑銜忍(96)而不長。羋為屈之幾何(97)兮，胡獨焚其中腸？

吾哀今之為仕(98)兮，庸有(99)慮時之否臧(100)？食君之祿畏不厚兮，悼(101)得位之不昌(102)。退自服(103)以默默兮，曰(104)吾言之不行。既媮風(105)之不可去兮，懷先生之可忘？

【注釋】❶後先生蓋千祀 先生之後一千餘年。千祀，千年。每年一祀，故一年稱為一祀。❷再逐 再次被流放。❸浮湘 乘船來到湘江。❹汨羅 江名，在湖南東北部，屈原在此投水而死。❺擥 持；取；拿著。❻蘅若 杜蘅、杜若。兩種香草。❼薦 祭獻。❽荒忽 隱隱約約；捉摸不定。❾顧懷 顧念；關心。❿冀 希望。⓫陳辭 陳述自己的話。⓬光 明。⓭從世 隨從世俗，即隨波逐流。⓮惟道是就 只歸向道。就，歸向。⓯支離 散亂無條理。⓰搶攘 紛亂。⓱遭世孔疚 遭遇到亂世。疚，病；亂。⓲華蟲 祭祀品及官服上所繡的野雞圖案。⓳薦壤 放在地上，指不獲進用。壤，土壤。⓴進御 進用。㉑羔袖 小羊皮做的袖子。《左傳》襄公十四年：「余狐裘而羔袖。」指低賤之物。㉒牝 雌性。㉓咿嚘 雞亂叫的聲音。㉔咮 鳥嘴。㉕哇咬 庸俗的民間曲調。㉖環觀 圍觀，指聽眾很多。㉗蒙耳 蒙住耳朵不願聽。㉘大呂 音樂中的正聲，此指高雅的音樂。㉙堇喙 泛指毒藥。堇，即藥用植物烏頭，其根塊狀，有劇毒。喙，指烏喙，一種毒藥。㉚羞 美好的食物。㉛稷黍 泛指糧食。稷，小米。黍，一種糧食作物。㉜犴獄 牢獄。犴，一種野獸，傳說為獄神。㉝不處 無處容身。㉞陷塗藉穢 陷入泥塗污穢。塗，污泥。藉，憑靠。穢，骯髒。㉟繡黼 華美的衣服。黼，官服上所繡的花紋。㊱榱 房屋的椽子。此指房屋。㊲娛娛 歡樂貌。㊳讒巧 巧妙的讒言。㊴嘵嘵 喋喋不休。㊵咸池 傳說為黃帝時的樂曲。㊶便媚 善於逢迎諂媚。㊷鞠恧 低聲下氣地彎著腰。㊸逾 逾越；超過。㊹西施 春秋時越國的美女，此泛指美女。㊺謨言 有關謀略的言論。㊻寘瑱 充耳不聞。瑱，用以塞耳的美玉。㊼匿 隱藏。㊽重痼 難治的疾病。㊾諱避 即避諱。有所顧忌而不明言。㊿俞緩 指古代的名醫俞跗和秦緩。(51)凜凜 令人敬畏貌。(52)厲 磨厲。(53)鍼石 金針和石針，古代治病的兩種工具。鍼，同「針」。(54)仲尼 孔子字。(55)去魯 離開魯國。(56)遲遲 緩慢。(57)柳下惠 春秋時魯國人，曾為監獄官，三被免職。或問何不去魯，則曰：以直道事人，到何處不被免職？58施　施行，指施行直道。59夫子　指屈原。60胡　為什麼。61隱忍而懷斯　暗暗忍受迫害而滿懷愛國之情。62達人　通達事理之人。63卓　卓越。64軌　規矩法度。65僻陋　見識低下。66委　丟棄；放下。此指離開。67故都　故國。68從利　按有利的原則去辦事。69覆墜　覆滅。70窮　窮困；不得志；不見用。71達　指仕途通達，受到信用。72渝　改變。73服道　堅持自己的政治理想。74守義　堅守正義。75矧　何況。76悃愊　誠意。77滔　通「蹈」。前往。78大故　大的事故，指死亡。79貳　二心；不專一。80沉璜瘞珮　指賢臣受到迫害，被埋沒。璜、珮，兩種美玉。瘞，埋葬。81荃蕙　兩種香草。82托遺編　指面對著先生的詩作。83嘆喟　嘆息。84渙　水流貌，此指流淚。85呵星辰而驅詭怪　屈原作有〈天問〉，就日月星辰及詭怪傳說提出一系列追問。呵，大聲地發問。86揮霍　此指使用、發洩。87雷霆　表示盛怒。88荒茫　渺茫。89姱　美好。90曭朗　傲視。91坎坎　坎坷不平。92蘊　蘊含。93諒　料想。94望　怨望；埋怨；責備。95內激　在內心激盪。96銜忍　銜恨而忍耐。97羋為屈之幾何　指王族中以屈為氏的有很多。羋，楚王為羋姓。屈，楚王一族的分支。屈原的祖先屈瑕是楚武王熊通之子，受封於屈，因此以屈為氏。98今之為仕　現在這些為官的。99庸有　那有。100否臧　指時局之好壞。否，惡。臧，善。101悼　害怕；擔心。102昌　昌盛，此指官高。103自服　自守。104曰　語助詞，無義。105媮風　苟且偷安的壞風氣。

【語　譯】在先生死了一千年以後，我也被流放來到湘江。找到了先生投水的汨羅江，手拿著杜衡杜若等香草來祭祀。希望先生渺渺中能夠顧念到我，希望先生聽聽我的傾訴，明白我的衷腸。

你不肯隨波逐流，堅守自己的為人治國之道。你處在祖國支離破碎，時局艱危混亂的年代，華美尊貴的祭品和衣服全都丟棄在地，小羊皮卻穿上了廟堂。母雞不停地打鳴亂叫，雄雞卻不准出聲。庸俗的調子大家都去圍觀聽唱，美妙的音樂卻蒙著耳朵不聽。烏頭、烏喙諸多毒物當成了美味，真正的糧食都被焚燬。牢獄之災不知躲避，華美的宮殿卻不想再待。陷在污泥骯髒的地方，卻以為如同穿著華美的禮服那樣榮耀。房梁全都燒燬了，卻仍然歡笑歌舞。讒言喋喋不休，卻被當作迷人的〈咸池〉仙樂。那些厚顏獻媚的小人，被看成美如西施。把好話當作奇談怪論，用美玉塞住耳孔避而不聽。隱瞞自己的重病不去就醫，即使有俞跗、秦緩這樣的良醫也無能為力。

你是多麼地高潔可敬，雖然別人諱疾忌醫，仍然準備了針石去給他們治病。孔子離開魯國時仍然依依不捨，說自己應該慢走慢離。你像柳下惠那樣正直，到哪裏又能行得通？世上議論你的人，說你為什麼能夠忍受排擠打擊，還要留戀這個國度？通達事理者自有卓越的治國之道，那些見識低下目光短淺者必然有所懷疑。離開祖國而方便自己，我知道你不會忍心；站在一旁看著祖國覆滅，更不會是您平生的志願。不論您得不得志都不會改變心跡，總是堅持自己的政治理想和行為準則。先生對祖國無比忠誠，寧願赴死也絕無二心。將美玉沉在水中或埋在土裏，誰能說它從此幽闇無光？把荃蕙香草封藏起來，怎會因時間長久就失去芳香？

先生的容貌雖然不再看到，但您的文章卻展現著您的音容笑貌。捧著先生的遺著無限感嘆，不由我熱淚盈眶。您對著日月星辰神靈鬼怪發問，是不是能挽救國家的崩潰滅亡？您揮動手臂雷霆般慷慨激昂，是不是要提出如此惶惚迷茫的「天問」？您提出了這麼多美好的文辭卻含義難明，世人果然把你看成一個狂人。悲嘆我心懷不平，為您的遭遇感到憤慨悲傷。如果您當年沉默不言，後世的人們也許就不會責備埋怨。忠誠使您的內心那樣激動，您怎能長久地隱忍不言？羋姓的楚王對您屈氏這一支脈有什麼呵護，楚國的事為什麼只有您一個人內心如同火燒？

我哀嘆如今的為官之道，哪裏會關心時局的好壞？他們所關心的是享受俸祿惟恐不厚，得到的地位惟恐不高。我只能退而默默自省，因為我的建言無人採納。苟且之風既然無法除去，我只能緬懷先生將煩惱暫忘。

【研　析】這篇賦作於永貞元年（西元八〇五年）永州司馬任上。永州在湖南，戰國時屬於楚國。楚國是大詩人屈原的故鄉。為了楚國的富強，屈原主張修明法度，舉賢授能，改革積弊，聯齊抗秦。但由於君王的昏庸，小人的讒毀誣陷，屈原曾被楚王兩次放逐，秦兵攻破楚國都城後，屈原自投汨羅江而死。柳宗元的遭遇與屈原有相似之處。永貞元年九月，永貞革新失敗，柳宗元出為邵州刺史，中途再貶為永州司馬。在赴永州貶所的途中，他向南沿湘江而上，到了汨羅江口時，他自然會想到屈原，因而寫了這篇憑弔屈原的文章。有著和屈原一樣憤激情緒的柳宗元，與屈原有著諸多的相同之處。〈弔屈原文〉的樣式是屈原的〈離騷〉體，其精神也和〈離騷〉相似，其風格更是如出一轍。在屈原之後的作家中，很少有人像柳宗元這樣得到屈原精神的真髓。他們都是襟懷坦蕩，一心想為國家民族做點貢獻的志士仁人，不管柳宗元所參加的永貞革新存在著怎樣的問題，不管後人對他參加革新的動機有怎樣的猜測甚至誤解，但柳宗元的本意，是想改革弊政，為民請命，這是無可置疑的。只有相同的胸襟志向，才能有相類似的不朽文章。

師友箴❶并序

今之世，為人師者眾笑之，舉世不師❷，故道益離❸；為人友者，不以道而以利，舉世無友，故道益棄。嗚呼！生於是病矣，歌以為箴。既以儆❹己，又以誡人。

不師如之何❺？吾何以成❻！不友如之何？吾何以增❼！吾欲從師，可從者誰？借❽有可從，舉世笑之。吾欲取友，可取者誰？借有可取，中道❾或捨。仲尼不生，牙❿也久死，二人可作，懼吾不似。中⓫焉可師，恥焉可友，謹是二物，用惕⓬爾後。道苟在焉，傭丐為偶⓭；道之反是，公侯以走。內考諸古，外考諸物，師乎友乎，敬⓮爾毋忽⓯！

【注釋】❶箴　一種文體，一般用比較整齊精鍊的文字，提出一個訓誡性的道理。❷舉世不師　整個世界，沒有人願意充當老師。❸故道益離　言無師傳道，因而人們離道愈來愈遠。❹儆　儆誡；使……警惕。❺如之何　會怎麼樣。❻成　指成就學問；成功。❼增　增長學問德行。❽借　假如。❾中道　半路上。❿牙　鮑叔牙。鮑叔牙是管仲的好友，後叔牙向齊桓公推薦管仲為相。此指如同管鮑那樣的好朋友。⓫中　指大中之道，柳宗元心目中理想的治國理民之道。⓬惕　提醒；使……警惕。⓭傭丐為偶　傭工及乞丐亦可為伴。⓮敬　用作使動，使……恭敬、警惕。⓯忽　忽視；忘記。

【語　譯】當今的世界上，想做老師的就會被大家譏笑，整個世界沒人願意當老師，沒有了老師傳道，道離開我們也就越來越遠了；做朋友的，不是以道相交，而是以利相交，整個社會上就沒有真正的朋友，因此道就更被拋棄了。咳！對於這種狀況我感到很痛心，於是寫下這首歌作為箴文，既用來警誡自己，又用以規勸別人。

不求師怎麼行呢？我怎麼能有成就！不交朋友怎麼行呢？我怎麼能進步！我想跟從老師，可是讓我跟從誰呢？假使有老師可以跟從，又會被人譏笑。我想交朋友，但跟誰去交朋友呢？即使有朋友可交，半路上也可能捨棄友誼。孔仲尼那樣的老師不會復生，鮑叔牙那樣的朋友也早已死去，即使二人再來到這個世界，只怕我的道和他們的道不太一樣。言行合乎中道的就可以為老師，知道以利為恥的就可以交朋友，謹以這兩個標準，用來提醒你以後求師交友。如果能堅持中道，即使是傭人、乞丐，也可以作為老師和朋友；背棄了中道的，就是公侯卿相，也要快快離開他們。內要考察從古至今的史實，外要考察天地萬物，對於從師交友，千萬警戒不能疏忽。

【研　析】箴就樣式來說，是一種精鍊短小的韻文體。吳訥《文章辨體序說》解釋說：「蓋箴者，規誡之辭，若針之療疾，故以為名。」就內容來說，箴則是一種規諷之文，有警戒勸勉的作用。這篇箴文是柳宗元針對中唐時期「為人師者眾笑之」、「為人友者，不以道而以利」的現實而提出的告誡。在文章中，柳宗元肯定了師友對於一個人成長的作用，並且希望能有人為師。當然，如果有人願意拜其為師，柳宗元也不會拒絕。而在柳宗元的時代，像孔子與其弟子之間師生相長的風氣已經不存，韓愈〈師說〉在談到這一現象時描述說：「士大夫之族，曰師曰弟子云者，則群聚而笑之。問之，則曰：彼與彼年相若也，道相似也，位卑則足羞，官盛則近諛。」就是說，人們不相為師的原因是，大家年齡相似，見解相近，不必為師為弟子，而且，若與地位低的人交往，會感到羞恥，若是與地位高的人交往，又怕被人說成是拍馬。這對於個人的修養和發展，當然是很不利的。因而，韓愈和柳宗元都不約而同地號召相互學習，既不恥為人弟子，也不必謙虛不肯為師。其次，柳宗元對當時交友純以利益為原則的現象，也提出了批評告誡。他認為，從師交友必須有一定的原則。柳宗元是以「大中之道」為準則的，只要遵循這一準則，下人亦可為師友，沒有了這一原則，王侯將相也不能相交，更不用說以之為師。

另外，這篇文章還隱含了柳宗元對於自身處境的不滿。文中「吾欲取友，可取者誰」的發問，確有所指。其時柳宗元被貶永州，「交遊解散，羞與為戚；生平嚮慕，毀書滅跡」（〈答問〉），而「飾智求仕者，更詈僕以悅讎人之心」（〈與蕭翰林俛書〉）。處於這樣的境地，柳宗元渴望別人的同情和理解，更希望有朋友可交，有師可拜，有弟子前來問學。

柳宗元的後半生長期被貶在南荒，但在永州時期，他的文名越來越大，衡湘一帶的士子，經常前來或致信求教。於此同時，柳宗元的好友韓愈，寫了〈師說〉一文，認為學習必須要拜師，並表示自己不顧流俗的恥笑，勇於為他人師，願意指導後學。柳宗元此時雖然在實際上也有不少學生，但因為自己的艱難處境，擔心自己會給學生們帶來不便，因而在〈報袁君陳秀才避師名書〉

等文章書信中，一再地表示要「避師名」，表示師「不足為」，「懼而不為」。這也表現了柳宗元為人忠厚的品格。柳宗元雖然不願稱「師」之名，但有「師」之實，仍然指導培養了許多學生。

敵戒❶并序

皆知敵之仇，而不知為益之尤❷；皆知敵之害，而不知為利之大。秦有六國❸，兢兢❹以強；六國既除，訑訑❺乃亡。晉敗楚鄢❻，范文❼為患❽；厲之不圖❾，舉國造❿怨。孟孫⓫惡⓬臧⓭，孟死臧恤⓮：「藥石⓯去矣，吾亡⓰無日⓱。」智⓲能知之，猶卒以危；矧⓳今之人，曾不是思⓴！敵存而懼，敵去而舞。廢備㉑自盈㉒，祗益㉓為瘉㉔。敵存滅禍，敵去召過。有能知此，道大名播。懲㉕病克壽㉖，矜壯㉗死暴㉘。縱慾不戒，匪愚伊㉙耄㉚。

我作戒詩㉛，思者無咎㉜。

【注釋】❶戒　古代的一種文體，通常是引述一段歷史事實或生活中的一個事例，說明一個道理，啟發人們引以為戒，篇幅較短，內容簡明。❷為益之尤　好處很大。❸秦有六國　指秦國有六個敵國與它爭雄。六國，即戰國時的齊、楚、燕、韓、趙、魏。❹兢兢　兢兢業業；謹慎認真貌。❺訑訑　驕傲自得貌。❻晉敗楚鄢晉國在鄢陵這個地方打敗楚國。敗，擊敗。鄢，地名，在今河南鄢陵。❼范文　范文子，名士燮，晉國大夫。❽為患　認為是禍患。❾厲之不圖　晉厲公沒有長遠打算。厲，即晉厲公。圖，打算。❿造　造成；產生。⓫孟孫　即孟孫速，魯國大夫。⓬惡　厭惡。⓭臧　即臧孫紇，也是魯國大夫。⓮恤　憂愁，指悲痛。⓯藥石　指孟孫的敵視好似藥物及醫療。⓰亡　指政治上的垮臺。⓱無日　沒有多少日子了。⓲智　指智者；聰明的人。⓳矧　何況。⓴曾不是思　竟然沒有考慮到這一點。曾，乃；竟。是，這。否定句中，賓語「是」可以提前。㉑廢備　廢止防備。㉒自盈　自滿。㉓益　更加。㉔痡　疾病，引申為禍患。㉕懲　警惕。㉖克壽　達到長壽。㉗矜壯　自恃強壯。㉘死暴　突然死於暴病。㉙伊　即；就是。㉚耄　七十以上的老人稱耄，此指糊塗。㉛戒詩　本文用韻，故稱「詩」。㉜咎　害處。

【語　譯】大家都知道敵人是應該仇恨的，卻不懂得敵人對自己也有很大的益處；都知道敵人的為害，卻不懂得敵人對自己也有很大好處。

秦國有六國和它敵對，便能兢兢業業，強盛起來；六國被它消滅了，秦就洋洋自得，以至於滅亡。晉國在鄢陵打敗了楚國，范文子卻認為這是晉國的禍患；而晉厲公沒有長遠打算，便造成全國上下的怨恨。孟孫速很討厭臧孫紇，孟孫速死了，臧孫紇卻十分哀痛地說：「孟孫的死就像我失去了醫治疾病的藥物，我的倒臺也為期不遠了。」聰明的人懂得這些道理，最終還難免要遇到危難；何況現今的人們，竟然從不這樣去思考！有敵人存在就害怕，敵人沒了就高興得跳起來。放棄戒備，驕傲自滿，這只能帶來更大的禍患。敵人的存在能免除災禍，沒有敵人卻容易招來過失。有誰能明白這一點，他就是一個懂得大道理的人，必然會聲名遠揚。對疾病保持警惕才能長壽，自恃強壯的人卻往往突然病死。放縱欲望而毫不戒備的人，那不是愚蠢就是糊塗。

我寫這篇〈戒詩〉闡明這個道理，考慮到了這個問題，就不再會犯什麼過錯。

【研析】俗語云：「生於憂患，死於安樂。」沒有敵人，當然是件好事，有了敵人的威脅，當然是件不愉快的事。但好事和壞事是相對的，是可以相互轉化的。有敵人存在，可使一個國家民族時時保持警惕，保持活力；而天下太平，沒了外患，往往使人耽於安樂，麻痹大意，甚至腐化墮落。在動物社會中，各種動物種群間存在著既有弱肉強食又有相互依存的雙重關係。曾有這樣的一個故事：在一個草原林地中，人們為了保護鹿不受狼的危害，就將狼全部消滅了。鹿沒有了天敵，整天吃了就睡，不再奔跑，結果全患了肥胖症和高血脂，種群退化，年代一長，就接連地生病死去。人們不得已又請回了狼，才使鹿群的生存危機得以緩解。動物社會是這樣，作為動物中一種的人類也是這樣。中國古代許多王朝的後期，社會經濟文化不可謂不繁榮，但腐化之風盛行，人們沉浸於醉生夢死之中；整個社會失去了對於危機的防禦抵抗能力，一旦情況有變，那也就離滅亡不遠了。

中國文化提倡居安思危，艱苦奮鬥，還因為在中國的中原這塊土地上，大都是比較貧瘠的黃土地，乾旱、洪澇災害不斷，而西北方土地的沙化則越來越嚴重，受到沙化威脅的西北方少數民族持續不斷地南下侵擾，因而在這塊土地上生活，除了時時警惕、艱苦奮鬥之外，別無他途。提倡居安思危可以凝聚人心，使天下臣民萬眾一心面對嚴酷的自然和外族的入侵。

另外，作為一種統治的策略，有外敵的壓迫，可以緩和甚至轉移內部矛盾，促使大家團結起來，共同禦敵。柳宗元以秦國的強大到迅速滅亡等歷史事實為例，闡述了這一道理。在這些例證中，春秋時期的晉楚兩國間的關係及魯國兩個大夫間的關係最有典型性。當年，晉楚兩國在鄢陵對峙，晉國主政的大夫范文子不願與楚軍交戰。別人不理解，問他為什麼，范文子說：三個與晉為敵的強國都被征服，只有一個楚國了，應該留著他，使自己經常保持警惕，而不至於因為外患消失了，便產生內亂。如果把楚也滅了，自己原來就腐敗的內部，將因為勝利而更加驕奢腐朽，內亂勢必難免，勝利反而成為禍患了。但後來晉國還是打敗了楚國，范文子更囑咐大家，一定提高警惕，力戒驕傲。魯國的孟孫是很厭惡臧孫的，但孟孫死了，臧孫卻哭得十分悲痛。有人問他：「孟孫不喜歡你，他死了你為什麼哭得這樣悲痛呢？」臧孫說：「孟孫討厭我，就好比能幫我治好疾病的藥物。」因而，從這個意義上來說，敵人的存在，也有它的特定用處。

三戒 并序

吾恒❶惡❷世之人，不知推己之本❸，而乘物以逞❹，或依勢以干❺非其類，出技❻以怒強，竊時❼以肆暴❽，然卒迨❾於禍。有客談麋、驢、鼠三物，似其事，作〈三戒〉。

【注釋】❶恒　常常；一貫。❷惡　厭惡；討厭。❸推己之本　弄清楚自己的本來面目。推，推求；衡量。本，根本。❹乘物以逞　憑藉別的東西來逞能。❺干　求取。❻技　技能；本領。❼竊時　趁機。❽肆暴　肆意地施暴。❾卒迨　這裏指終於遭到。迨，達到。

【語譯】我一貫厭惡世上那些俗人，他們不懂得衡量衡量自己的根底，而是憑藉外物來逞能。或者依靠別人的勢力去找不同類的人做朋友，或者拿出一點小本領去激怒強者，或者趁機肆意橫行，但最終總是遭遇到大禍。有人談起小鹿、驢子、老鼠三種動物的故事，同這些人很相似，於是，我就寫了這篇〈三戒〉。

臨江之麋

臨江❶之人，畋❷得麋麑❸，畜❹之。入門，群犬垂涎，揚尾皆來，其人怒，怛❺之。自是，日抱就❻犬，習示❼之，使勿動，稍使與之戲。積久❽，犬皆如人意。麋麑稍大，忘己之麋❾也，以為犬良我友❿，抵觸⓫偃仆⓬，益狎⓭。犬畏主人，與之俯仰⓮甚善；然時啖其舌⓯。

三年，麋出門，見外犬在道甚眾，走欲與為戲。外犬見而喜且怒，共殺食之。狼藉⓰道上。麋至死不悟。

【注釋】❶臨江　今江西清江。❷畋　打獵。❸麋麑　泛指小鹿。麋，鹿的一種。麑，小鹿。❹畜　飼養。❺怛　嚇唬。❻就　使……靠近。❼習示　反覆示意。❽積久　時間長了。❾忘己之麋　忘記自己是鹿。❿犬良我友　狗真是我的朋友。⓫抵觸　碰撞。⓬偃仆　倒在地上。往後倒叫「偃」，往前倒叫「仆」。⓭狎　親近而帶有戲弄的意思。⓮與之俯仰　此指與小鹿嬉戲。俯，低頭。仰，抬頭。與上文的「偃仆」相對應。⓯啖其舌　舔自己的舌頭。⓰狼藉　狼窩裏的草，引申為亂七八糟。

【語譯】臨江地方有一個人，打獵抓到一隻小鹿，把牠帶回家來飼養。一進門，家裏的那群狗看見小鹿，便流著口水，豎起尾巴跑過來。主人憤怒地大聲呵斥，把狗嚇走。此後，主人天天抱著小鹿和狗親近，教狗不要傷害牠，漸漸讓小鹿跟狗在一起玩。日子長了，狗便都按照主人的心意和小鹿遊戲。小鹿稍大一點，就忘記自己是鹿，以為狗真是自己的好朋友，跟狗碰撞翻滾，更加親熱。狗因為害怕主人，只好陪著小鹿玩；但狗還是常常饞得直舔自己的舌頭。

三年後，小鹿出了大門，看見路上有一大群外邊的狗，便跑過去想跟牠們一起玩。那些狗看見小鹿，又高興，又惱怒，一起把牠咬死吃掉，只剩下皮毛骨頭亂七八糟地撒在路上。小鹿到死也不明白是怎麼死的。

黔❶之驢

黔無驢，有好事者❷船❸載以入。至則無可用，放之山下。虎見之，尨然大物也，以為神，蔽❹林間窺之。稍❺出近之，慭慭然❻莫相知❼。他日，驢一鳴，虎大駭❽，遠遁❾，以為且噬❿己也，甚恐。然往來視之，覺⓫無異能⓬者。益習⓭其聲，又近出前後，終不敢搏⓮。稍近，益狎，蕩倚衝冒⓯，驢不勝⓰怒，蹄⓱之。虎因喜，計⓲之曰：「技止⓳此耳！」因跳踉⓴大㘎㉑，斷其喉，盡其肉，乃去。

噫！形之尨也，類㉒有德，聲之宏也，類有能，向㉓不出其技，虎雖猛，疑畏㉔，卒㉕不敢取。今若是焉，悲夫！

【注釋】❶黔　地名。唐有黔中道，包括現在湖北的西南部、四川的東南部、貴州的北部和湖南的西部。後貴州省簡稱黔。❷好事者　喜歡生事的人。❸船　用作副詞，「用船」的意思。❹蔽　隱蔽。❺稍　漸漸。❻憖憖然　謹慎戒備貌。❼莫相知　這裏指老虎不了解驢子。❽駭　驚慌。❾遁　逃跑。❿噬　咬，這裏作吃掉講。⓫覺　察覺。⓬異能　特殊的本領。⓭習　習慣。⓮搏　搏鬥。⓯蕩倚衝冒　碰撞冒犯。蕩，闖碰。倚，靠近。衝，衝撞。冒，冒犯。⓰不勝　非常。⓱蹄　用作動詞，用蹄子踢。⓲計　盤算；打量。⓳止　只。⓴跳踉　跳躍。㉑大㘚　大聲吼叫。㉒類　好像。㉓向　如果。㉔疑畏　疑慮而害怕。㉕卒　最終。

【語譯】黔地沒有驢子，有一個喜歡生事的人用船運了一頭進去。運到了，卻沒有什麼用處，便把牠放在山下。老虎看到牠是個龐然大物，以為是什麼神怪，便躲到樹林裏偷偷地打量看牠。過了一會兒，老虎慢慢走出來，接近驢子，顯得很是謹慎戒備，(顯然)對牠還是不了解。

有一天，驢子叫了一聲，老虎大吃一驚，逃得遠遠的，以為驢子要吃掉自己，非常害怕。但回頭來往觀察，覺得這驢子似乎並沒有什麼特殊的本領。後來便逐漸聽慣了牠的叫聲，就在牠周圍走來走去，可是始終不敢同牠搏鬥。再後來，老虎走近前去，跟驢子表示親熱，挑逗牠，衝撞牠；驢子非常憤怒，抬起腳就踢老虎。這下老虎可高興了，暗暗地盤算說：「你的本事不過如此罷了！」於是，大吼一聲撲上前去，咬斷驢子的喉嚨，吃光牠的肉，才走開了。

唉！體型龐大，好像很有品德，聲音宏亮，好像很有本領，如果驢子當初不表露自己的那點本領，老虎即便兇猛，也還對牠存有疑慮害怕，終究不敢下手。現在成了這樣的局面，真是可悲啊！

永❶某氏之鼠

永有某氏❷者，畏日❸，拘忌❹異甚。以為己生歲直子❺，鼠，子神❻也，因愛鼠，不畜貓犬，禁僮❼勿擊鼠。倉廩❽庖廚❾，悉以恣鼠❿，不問。

由是，鼠相告，皆來某氏⓫，飽食而無禍。某氏室無完器，椸⓬無完衣，飲食大率⓭鼠之餘也。晝累累⓮與人兼行⓯，夜則竊齧⓰鬥暴⓱，其聲萬狀，不可以寢，終不厭。

數歲，某氏徙⓲居他州。後人來居，鼠為態如故。其人曰：「是陰類⓳惡物也，盜暴⓴尤甚，且何以至是乎哉㉑？」假㉒五六貓，闔門㉓，撤瓦，灌穴，購僮㉔羅捕㉕之，殺鼠如丘㉖，棄之隱處㉗，臭數月乃已。

嗚呼！彼以其飽食無禍為可恒㉘也哉！

【注釋】❶永　永州，今屬湖南。❷某氏　某人。❸畏日　怕觸犯「忌日」，指迷信日子的吉凶。❹拘忌拘束禁忌。❺生歲直子　生年正好是子年。直，同「值」。❻子神　子年的神。❼僮　僕人。❽倉廩　泛指糧倉。穀倉為「倉」，米倉為「廩」。❾庖廚　廚房。❿悉以恣鼠　都任憑老鼠糟踏。悉，都。恣，任由。⓫皆來某氏　都到某人家來。⓬椸　衣架。⓭大率　大都是。⓮累累　一個接著一個地。⓯兼行　一起行走。⓰竊齧　偷咬。⓱鬥暴　激烈地打架。⓲徙　遷移。⓳陰類　老鼠在陰暗的地下活動，故稱為陰類。⓴暴　作惡。㉑乎哉　兩個語氣詞疊用，表示加重。㉒假　借。㉓闔門　關門。㉔購僮　雇人。㉕羅捕　以網圍捕。㉖丘　小山丘。㉗棄之隱處　丟到偏僻的地方。隱處，偏僻地方。㉘恒　恆久；長遠。

【語　譯】永州有一個人，很迷信日子的吉凶，特別講究禁忌。他認為自己的生年是子年，而鼠是子年的神，因此就很愛老鼠，家裏不養貓狗，還禁止奴僕去打老鼠。穀倉，廚房，都任憑老鼠糟踏，全不過問。

於是，老鼠就互相轉告，都來到這人的家裏，天天吃得飽飽的，而不會有什麼危險。結果，這家沒有一件完整的傢具，衣架上沒有一件完好的衣服，吃的喝的大多是老鼠吃剩的東西。老鼠大白天成群結隊地跟人一同行走，到了晚上，就偷咬東西，激烈地打架，發出的聲音千奇百怪，鬧得人不能睡覺，但這個人始終不覺得厭煩。

幾年後，這個人遷到別的州去了。新主人搬來之後，老鼠仍然像過去那樣猖狂。新主人說：「這些躲在陰暗角落的可惡東西，偷盜糟踏東西很厲害，為什麼猖狂到這樣的地步呢？」於是，新主人便借來五六隻貓，關起門來，撤掉屋瓦，用水灌洞，還出錢雇人，四面圍捕。這一來，捕殺的老鼠堆積如山，丟到偏僻地方，臭了好幾個月才消失。

唉！那些老鼠還以為可以永遠吃得飽飽毫無禍患呢！

【研　析】這是三篇寓言，亦作於永州時期。從序中我們可以得知，柳宗元對於生活中某些常見的現象，很早就有了感觸，到了永州之後，作者有了思考的時間，對這些現象有了進一步的認識，正好有客人講了關於三種動物的故事，十分類似這些世人的行為，柳宗元對於這些人事進行了理論的概括，提煉出「不推己之本」必將「卒迨於禍」的主題，並將這個道理用動物寓言的形式表達出來。正如明茅坤所云：「子厚所託物賦文甚多，大較由遷謫僻徼，日月且久，簿書之暇，情思所嚮，輒鑄文以自娛云。其旨雖不遠，而其調亦近於風騷矣。」（《山曉閣選唐大家柳柳州全集》卷四引）就是說，雖然這些寓言一類的文章或為隨意之作，但亦有「風騷」之義，既可自娛娛人，亦可託物諷喻。

柳宗元的〈三戒〉，作為非常成功的寓言作品，對後世寓言體文學的發展，有一定的影響。宋代蘇軾對這組小文章很是喜愛，還模仿著寫了〈河豚魚〉、〈烏賊魚〉兩篇作品。〈三戒〉的成功之處，主要在於描繪了一組生動的、具有特定含義、能夠啟人思緻的動物形象。正如孫琮《山曉閣選唐大家柳柳州全集》卷四所說：「讀此文，真如雞人早唱，晨鐘夜警，喚醒無數夢夢，妙在寫麋、寫犬、寫妒、寫虎、寫鼠、寫某氏，皆描形繪影，因物肖形，使讀者說其解頤，忘其猛醒。」

柳宗元這三篇寓言的本意，是諷刺「不推己之本」，即不顧自身的本性、力量或特點，而違反客觀規律，或者藉外物而逞能，或者憑著一點點的技能就觸怒強者，或者因一時的機會而肆無忌憚地胡作非為，從而終遭禍害。但「形象大於思想」，臨江之麋、黔之驢、永某氏之鼠這三個形象，極具個性而又十分生動，從而成為中國文化中帶有普遍意義的「典型」，後人從這些形象中所體會到的哲理、經驗或認識，已經不再局限於柳宗元的本意，而有了更寬廣或更深刻的體會。例如，後人從〈黔之驢〉一文中，概括出「黔驢技窮」的成語，而這個成語則可運用於許多不同的場合，人們從這個寓言及成語中可以得到不同教益。

井銘❶并序

始，州❷之人各以罌甀❸負❹江水，莫克井飲❺。崖岸峻厚❻，旱則水益❼遠，人陟降大艱❽。雨多，塗則滑而顛❾。恒為咨嗟❿，怨惑訛言⓫，終不能就⓬。元和十一年⓭三月朔⓮，命為井城北隍上⓯，未晦⓰，果⓱。寒食洌而多泉⓲，邑人以灌⓳。其土堅垍⓴，其利悠久。其相者㉑，浮圖談康㉒、諸軍事牙將米景㉓，鑿者蔣晏。凡用罰布㉔六千三百，役庸㉕三十六，大甀千七百。其深八尋有二尺㉖。銘曰：

盈以其神㉗，其來不窮㉘，惠我後之人。噫！疇肯似于政㉙，其來日新㉚。

【注釋】❶銘　一種文體。古時在器物上記述事實、功德等的文字，後轉化成一種體制較短，富有鑑戒意味的文體。❷州　指柳州。❸罌甀　泛指瓦罐。罌，小口大肚的罐子。甀，肚子較大的一種壺，此指瓶罐。❹負　背。❺莫克井飲　不能吃井水。❻崖岸峻厚　江岸險峻高大。❼益　更加。❽人陟降大艱　背水的人上坡下坡更艱難。陟，登高。❾塗則滑而顛　道路就泥濘發滑而且（人們）時常跌倒。❿恒為咨嗟　常常為此嘆息。⓫怨惑訛言　因抱怨吃水困難，迷惑於迷信說法。⓬就　完成。這裏指打井。⓭元和十一年　西元八一六年。⓮朔初一。⓯命為井城北隍上　命令在柳州北城壕上鑿井。隍，沒有水的城壕。⓰晦　夏曆每月的最後一天。⓱果結果，此指井打成。⓲寒食洌而多泉　井打成了，水涼可以飲用，（不但）清澈而且泉眼很多。寒，指水涼。洌，清澈。泉，指泉眼。⓳邑人以灌　城里人就飲用這個井的水。灌，此指飲用。⓴其土堅垍　指鑿井時遇到硬土。垍，硬土。㉑相者　主持勘測的人。相，觀察；勘查。㉒浮圖談康　一個叫做談康的和尚。㉓諸軍事牙將米景　管理軍隊的副將米景。牙將，副將。㉔凡用罰布　總共用掉罰來的錢幣。凡，共計。布，古時的一種錢幣，此泛指銅錢。㉕役庸　雇用鑿井的人。㉖八尋有二尺　八尋零二尺。八尺或七尺為一尋。有，同「又」。㉗神此指水多難以想像。㉘窮　盡。㉙疇肯似于政　誰能夠把打井這樣的好事應用在政治上。疇，誰。肯，能夠。似，給；應用。㉚其來日新　這樣就會一天比一天好。

【語　譯】以前，柳州的人都用瓦罐去背江水，沒有井水可喝。江岸又高又陡，天旱時水就離得更遠，背水的人上坡下坡非常艱難。遇到多雨的天氣，道路泥濘，常常滑倒。人們經常為這事嘆息，埋怨吃水困難，甚至迷惑於一些謠言，打井的事始終不能實現。元和十一年三月初一日，我派人在柳州北城壕上打井，不到月底，就完成了。井水寒涼清澈泉眼又多，可以飲用，而且水源充足，城裏的人都在這裏打水。井壁土質比較堅硬，看來能夠長久地為人們帶來好處。主持勘察的人是和尚談康、諸軍事牙將米景，主持鑿井的匠人是蔣晏。總共用去罰來的錢幣六千三百文，雇傭挖井的人三十六名，用了大磚一千七百塊，井深八尋二尺。我為此井作了銘文：

井水充盈，實在神奇。取用不盡，造福後代。唉！誰人能夠，以此好事，推廣德政，那就好上加好。

【研　析】元和十年（西元八一五年）春夏間，結束了十年永州貶斥生涯，在京城等待起用的柳宗元，突然接到派他到柳州作刺史的任命。柳州離開京城非常遙遠，這些地方在唐代被看作是一個極為蠻荒、充滿瘴氣，九死一生的地方。據《舊唐書》卷四十一記載，柳州在天寶年間，下屬五個縣，全州只有二二三二戶，一一五五〇口人，一個縣平均只有四百多戶人家。天寶是唐代的全盛時期，元和時期的柳州，其戶口可能與天寶間差不多。雖然這只是在冊的官方數字，但也可以看出柳州當年是怎樣的地廣人稀，一片荒涼。在這樣的地方做刺史，表面上是升了官，但那為官之地卻更遠更荒涼了，這實際上是新的貶斥。這對原本滿懷希望的柳宗元來說，無疑是一個巨大的打擊。但此時的柳宗元已經不再是當年參加永貞革新時的年輕人了，他已經四十四歲，更能勇敢地面對人生命運。來到柳州之後，柳宗元沒有怨天尤人，沒有消沉，而是積極履行職責，為柳州的老百姓作了一系列對於柳州來說具有開化意義的治理工作。他興辦教育，開啟民智，解放奴婢，植樹造林，發展農業生產。他非常關心民眾疾苦，短短四年時間，柳宗元使柳州開始改變面貌，並造就了諸多良好的風氣及傳統，惠及後代。

柳宗元來到柳州的第二年，發現當地人民吃水困難，便決定打井解決這一問題。井打成後，寫了這篇銘文。從這篇文章來看，柳宗元對這件事是極為認真的。他派專人負責勘察，專人負責開鑿，並想方設法解決了打井的費用問題，最後還認真其事地寫銘記事。可以想見，柳宗元對於州中的大小事務，一定是非常認真負責的。柳宗元為當地的老百姓辦了許多好事，老百姓也不會忘記他。四年後，柳宗元卸任準備離開柳州，但未及成行便不幸病逝。三年後，柳州百姓為柳宗元建了羅池廟，將這位為柳州民眾建立了不朽功勳的偉大人物尊為羅池之神。從那時起，柳州人民世世代代都在紀念他。

鞭賈[1]

市之鬻[2]鞭者，人問之，其賈[3]宜[4]五十，必曰五萬。復[5]之以五十，則伏[6]而笑；以五百，則小怒；五千，則大怒；必以五萬而後可[7]。

有富者子，適[8]市買鞭。出五萬，持以夸余[9]。視其首[10]，則拳蹙而不遂[11]；視其握[12]，則蹇仄而不植[13]。其行水[14]者，一去一來不相承[15]；其節[16]朽黑[17]而無文[18]，掐之滅爪[19]，而不得其所窮[20]。舉之翲然若揮虛焉[21]。余曰：「子何取於是[22]而不愛五萬？」曰：「吾愛其黃而澤[23]，且賈者云[24]。」余乃召僮[25]爚[26]湯[27]以濯[28]之。則速然枯[29]，蒼然白[30]。嚮[31]之黃者，梔[32]也，澤者，蠟[33]也。富者不悅。然猶持之三年[34]。後出東郊，爭道[35]長樂坂[36]下。馬相踶[37]，因大擊[38]，鞭折而為五六。馬踶不已，墜於地，傷焉。視其內則空空然，其理[39]若糞壤[40]，無所賴[41]者。

今之梔其貌㊷，蠟其言㊸，以求賈技於朝㊹，當其分則善㊺。一誤而過其分，則喜㊻；當其分，則反怒，曰：「余曷㊼不至於公卿㊽？」然而至焉者亦良多㊾矣。居無事㊿，雖過三年不害(51)。當其有事，驅之於陳力之列以御乎物(52)，以夫空空之內，糞壤之理，而責(53)其大擊之效(54)，惡(55)有不折其用，而獲墜傷之患(56)者乎？

【注釋】❶鞭賈 賣鞭子的商人。❷鬻 出賣。❸賈 通「價」。價值。❹宜 應當。❺復 還，這裏是還價的意思。❻伏 俯；彎腰。❼可 答應。❽適 到。❾持以夸余 拿著鞭子向我誇耀。❿首 鞭首，指鞭子靠近鞭桿的部分。⓫拳蹙而不遂 屈曲而不舒展。⓬握 指鞭桿供手握的部分。⓭蹇仄而不植 凹凸不平，歪扭不直。蹇，跛，此指不平整。仄，傾斜。植，同「直」。⓮行水 疑指鞭纓，鞭子的盡頭部分。⓯一去一來不相承 疑指甩鞭時鞭纓不相配合。⓰節 鞭桿一般用老竹靠近根部的部分製成，故稱節，此指鞭桿。⓱朽黑 腐朽發黑。⓲文 通「紋」。紋理。⓳滅爪 陷沒指甲。⓴窮 盡頭。㉑舉之翲然若揮虛焉 舉起鞭子輕飄飄的好像沒有揮動什麼似的。翲，輕飄飄。㉒是 代詞，指鞭子。㉓黃而澤 黃色而帶有光澤。㉔且賈者云 而且賣鞭子的人又那樣說。㉕僮 僕人。㉖爚 加熱。㉗湯 熱水。㉘濯 洗。㉙速然枯 很快枯萎，指很快就失掉光澤。㉚蒼然白 很快就變白。蒼，同「倉」。倉促；很快。㉛嚮 先前；原來。㉜梔 一種常綠灌木，果實叫梔子，可做黃色染料。此用為動詞，用梔來染。㉝蠟 一種昆蟲的分泌物，可作上光劑用。此用作動詞，用蠟上光。㉞持之三年 將這鞭子保存了三年。㉟爭道 搶道。㊱坂 斜坡。㊲踶 踢；踩。㊳大擊 狠狠地用鞭子打馬。㊴理　此指質地。㊵糞壤　糞土。這裏形容材質朽爛不堪。㊶賴　依賴；依靠。㊷梔其貌　偽裝他的外表。梔，作動詞用，塗染，引申為偽裝。㊸蠟其言　粉飾他的言辭。蠟，作動詞用，以蠟塗物，粉飾、打扮的意思。㊹以求賈技於朝　以謀求將商人的伎倆用於朝政。㊺當其分則善　（朝廷）根據他的能力給予適當的職位是正確的。按，此五字一本無，據文意，應為衍文，當刪。㊻一誤而過其分則喜　（朝廷）一旦錯誤地給予他過高的職位，他就高興了。㊼曷　為什麼。㊽公卿　朝廷的高級官吏。㊾良多　很多。㊿居無事　若是安居無事。(51)不害　指沒有什麼災害發生。(52)驅之於陳力之列以御乎物　派他到應當出力的地方去處理事務。陳力，盡力。陳，陳列；擺出；拿出來。御，治理；處理；解決。(53)責　責成；要求。(54)效　效用。(55)惡　疑問代詞，哪。(56)獲墜傷之患　得到摔傷的禍患，此指辦壞事情而產生禍患。

【語譯】市場上有一個賣鞭子的人，有人詢問，本來只值五十文的，都會索價五萬文。還價到五十，他就會彎腰而笑；還到五百，就有些惱怒；還到五千，就大為憤怒。必定要賣到五萬才答應。

有一個有錢人的子弟，也到市場買鞭子。他花五萬文買下了，拿著鞭子向我誇耀。看看鞭子的頭部，彎彎曲曲不舒展；看看鞭桿手握的部分，凹凸不平，歪歪扭扭。甩一下鞭鞘，也不大順手。鞭桿腐朽發黑看不出紋理，掐一掐，陷沒了指甲，還沒有到盡頭。舉起鞭子，則輕飄飄的好像沒有揮動什麼。我說：「您怎麼捨得用五萬錢買這樣的鞭子呢？」他回答說：「我喜歡這鞭子黃色而帶有光澤，而且賣鞭子的人又那樣說好。」我就喚一個僕人燒來熱水洗這鞭子。鞭子一洗，就很快枯萎失掉光澤，很快變白。先前的黃顏色，原來是梔子染的，先前的光澤，原來是打蠟上光的。這位有錢人的子弟很不高興，但仍將這鞭子保存了三年。後來有一天，他來到城東郊外，與別人在長樂坡上搶道，兩人的馬相互踢踩，他使勁地用鞭子打馬，鞭桿折斷成五六節。兩馬還在踩踏，他掉在地上，受了傷。看看鞭子的裏面，空空如也，質地朽爛得像是糞土，沒有一點可依靠的東西。

現在，類似用梔子塗染偽裝其外表，用蠟光粉飾其言辭，以謀求將奸商的伎倆賣給朝廷的，朝廷一旦失察，真的給予他過高的職位，他就高興；若是朝廷給他的職位適合他的才能，他反而會憤怒地說：「我為什麼就不能做到公卿的位置？」但做到公卿的人真的還很多。這些人，若是平常安居無事，即便是過了三年，也不會出什麼大亂子，但一旦有什麼事，派他到應當出力的地方去處理事務，以他那空空如也的才能，糞土一樣的素質，卻要求他辦事大有成效，哪有不像富家子弟那樣折斷鞭子而跌下來摔傷的！

【研　析】偽劣產品歷代都有。因其劣，故需作偽；作偽之目的，是要多騙幾個錢。但像這個賣鞭子的奸商，竟然將只值五十錢的東西賣到了五萬，真是一個「銷售奇才」。難得還真有大傻瓜上當。其實，騙子的手段並不高明，只不過是染色、打蠟等常用手段罷了。

俗話說，是騾子是馬拉出來溜溜。識別偽劣產品的方法也很簡單，正像文中所講的，看看掐掐就可以了，如果想進一步鑑別，用熱水一洗，那染色上蠟的伎倆也就原形畢露了。但這對於已經上當的人來說，讓他承認受騙，卻有些困難。一是好面子，一是不服氣，受騙者一般都不願意痛快地接受現實，總是心存一絲僥倖——我不會這麼愚蠢，不會這麼倒楣吧？非要到那偽劣產品給他帶來災禍例如人身傷害什麼的，他才死心。所以說，騙術是很容易揭穿的，關鍵是你有沒有揭穿它的勇氣，騙子並不可怕，可怕的是人的本性中那些愚昧固執虛榮的東西。

歷代的統治者也是這樣，他所搜羅的人才，他所任用的官員，大多是染色打蠟過的，但哪一朝的統治者，不是在自欺欺人地自我安慰呢——我的官員隊伍大多數是好的呀——其實，這些主政者自己也知道，官場早已腐敗朽爛如同糞土，官員們大都草包一個，平安無事時大家還能混一混，一旦有什麼事，例如地震、瘟疫、旱澇、外敵入侵，這些人根本頂不了什麼用。就像寓言中的那個皇帝的新衣服，明明是什麼也沒穿，但因為私心，因為眼前的利益，誰也不肯說出真相。

楊評事文集後序

贊[1]曰：文之用，辭令[2]褒貶，導揚[3]諷諭[4]而已。雖其言鄙野[5]，足以備於用[6]。然而闕[7]其文采，固[8]不足以竦動[9]時聽[10]，夸示後學[11]。立言[12]而朽[13]，君子[14]不由[15]也。故作者抱[16]其根源[17]，而必由是[18]假道[19]焉。作於聖[20]，故曰經[21]；述於才[22]，故曰文。文有二道[23]：辭令褒貶，本[24]乎著述[25]者也；導揚諷諭，本乎比興[26]者也。著述者流，蓋出於《書》[27]之謨、訓[28]，《易》[29]之象、繫[30]，《春秋》[31]之筆削[32]，其要[33]在於高壯[34]廣厚[35]，詞正[36]而理備[37]，謂宜藏於簡冊[38]也。比興者流[39]，蓋出於虞、夏[40]之詠歌，殷、周之風雅[41]，其要在於麗則[42]清越[43]，言暢而意美，謂宜流於謠誦[44]也。茲二者，考其旨義[45]，乖離[46]不合。故秉筆之士[47]，恒[48]偏勝獨得[49]，而罕有兼者焉；厥[50]有能而專美[51]，命之曰藝成[52]。雖古文雅之盛世，不能並肩[53]而生。

唐興以來，稱是選[54]而不怍[55]者，梓潼陳拾遺[56]。其後，燕文貞[57]以著述之餘，攻比興而莫能極[58]；張曲江[59]以比興之隙[60]，窮[61]著述而不克備[62]。其餘各探一隅[63]，相與背馳於道[64]者，其去彌遠[65]。文之難兼，斯亦甚矣。若[66]楊君[67]者，少以篇什[68]著聲[69]於時，其炳燿[70]尤異[71]之詞，諷誦[72]於文人，盈滿於江湖[73]，達於京師[74]。晚節[75]徧悟[76]文體，尤邃[77]敘述。學富識遠，才涌未已[78]，其雄傑老成[79]之風，與時增加。既獲是[80]，不數年而夭[81]。其季年[82]所作尤善，其為〈鄂州新城頌[83]〉、〈諸葛武侯[84]傳論〉，餞送梓潼陳眾甫[85]、汝南周愿、河東裴泰、武都符義府、泰山羊士諤、隴西李鍊凡六〈序〉，〈廬山禪居記〉、〈辭李常侍啟〉、〈遠遊賦〉、〈七夕賦〉，皆人文[86]之選已[87]。用是[88]陪[89]陳君[90]之後，其可謂具體[91]者歟[92]？

嗚呼[93]！公既悟文而疾[94]，既即[95]功[96]而廢[97]，廢不逾年，大病及之，卒不得窮其工[98]，竟其才[99]。遺文未克流於世，休聲[100]未克充於時。凡我從事於文者，所宜[101]追惜[102]而悼慕[103]也！宗元以[104]通家[105]修好[106]，幼獲省謁[107]，故得奉公元兄[108]命，論次篇簡[109]。遂述其製作[110]之所詣[111]，以繫[112]於後。

【注釋】❶贊　附在史傳後面的評語。這裏用作動詞，是評論的意思。❷辭令　交際場合應對得宜的言辭。這裏指文字交往和思想交流。❸導揚　啟發誘導。❹諷諭　諷刺勸告。❺鄙野　粗俗。❻備於用　供社會需用。❼闕　通「缺」。缺乏。❽固　肯定；必定。❾竦動　驚動；震驚。❿時聽　當時人們的聽聞。⓫夸示後學　向後輩學生誇耀。⓬立言　著書立說。⓭朽　衰朽。指文章缺乏生命力。⓮君子　有才德的人。⓯由　聽從。⓰抱　堅持；堅守。⓱根源　指文章的思想內容。⓲是　此，指文采。⓳假道　借路。這裏是借助的意思。⓴作於聖　聖人所寫的著作。㉑經　指經典著作。㉒述於才　有才學的人闡發經義的著述。㉓道　指文章的類別。㉔本　根源，指文章的淵源。㉕著述　指古代的創作及記敘性的文章。㉖比興　我國古代詩歌的兩種表現手法。這裏代指古代詩歌。㉗書　指《尚書》。㉘謨訓　《尚書》中的兩種文體。㉙易　指《周易》。㉚象繫　「象辭」和「繫辭」，都是用來解釋《周易》卦義的。㉛春秋　春秋時代魯國的編年體史書。㉜筆削　增刪。筆指記載，削指刪除。㉝要　要領，這裏指主要特點。㉞高壯　氣勢雄渾。㉟廣厚　內容豐富。㊱詞正　詞語嚴正。㊲理備　道理充分。㊳簡冊　書籍。㊴比興者流　指後世的詩歌。㊵虞夏　春秋時代以前的朝代名。下文「殷」、「周」同。㊶風雅　《詩經》中的兩類詩歌。「風」是各諸侯國的地方民歌。「雅」是周朝的貴族詩歌。㊷麗則　絢麗而有規則。㊸清越　聲音清亮激越。㊹謠誦　歌唱；朗讀。㊺旨義　意義；意圖。㊻乖離　背離。指著述與比興互不相同，各有特點。㊼秉筆之士　從事寫作的人。㊽恒　常常。㊾偏勝獨得　在某一方面見長，有獨到之處。(50)厥　其；那。(51)專美　獨享其美，指著述和比興兩方面都擅長。(52)藝成　藝術上有成就。(53)並肩　指著述、比興兼備。(54)是選　指經過選擇，符合著述、比興兼備的人。(55)不怍　毫無愧色。(56)陳拾遺　指唐代詩人陳子昂。字伯玉，梓潼郡射洪（今四川射洪）人，曾任右拾遺（諫官），著有《陳子昂集》。他在詩歌和散文方面都有創新，對掃除齊、梁以來「彩麗競繁而興寄都絕」的浮靡文風，起過積極作用。(57)燕文貞　即張說，字道齊，唐代洛陽人，封燕國公，謚號文貞，著有《張燕公集》。(58)極　指最高成就。(59)張曲江　指張九齡，字子壽，唐代韶州曲江（今廣東曲江）人，官至中書令，著有《張曲江集》。(60)隙　空隙。(61)窮　指盡力鑽研。(62)不克備　不能達到完美的程度。克，能夠。(63)一隅　一個角落。指一個方面。(64)背馳於道　背道而馳。(65)彌遠　更遠。(66)若　至於。(67)楊君　指楊凌。(68)篇什　《詩經》中的雅和頌以十篇為一什，後世以「篇什」代稱詩歌。(69)著聲　著名。(70)炳燿　光彩閃耀，形容辭采華美。(71)尤異　特異；傑出。(72)諷誦　背誦；朗讀。(73)江湖　泛指各地。(74)京師　京城，指長安。(75)晚節　晚年。(76)悟　理解。(77)邃　深遠，引申為精通；精深。(78)已　停止。(79)雄傑老成　雄勁老練。(80)是　此，指上述成就。(81)夭　短命早死。(82)季年　末年，指楊凌去世的前幾年。(83)頌　古代的一種文體。(84)諸葛武侯　指三國時著名的政治家諸葛亮。他曾被封為武鄉侯，故稱諸葛武侯。(85)陳眾甫　與下文周愿、裴泰、符義府、羊士諤、李鍊、李常侍（名兼）均為楊凌的友人。其中裴泰曾任安南都護；羊士諤曾任宣歙巡官等職；李兼曾任鄂岳防禦使等職。(86)人文　人類社會的各種文化現象。這裏指文學。(87)已　語氣詞，表示對所述事實確信不疑。(88)用是　以此。(89)陪　伴隨。(90)陳君　指陳子昂。(91)具體　指兼備著述和詩歌兩種才能。(92)歟　語氣詞，表示推測、估量。(93)嗚呼　感嘆詞。(94)疾　患病。(95)即　接近；靠近。(96)功　成功。(97)廢　停止。(98)窮其工　極盡他的藝術造詣。(99)竟其才　完全發揮他的文學才能。(100)休聲　美好的名聲。(101)宜　應該。(102)追惜　追憶；痛惜。(103)悼慕　悼念；敬仰。(104)以　因為。(105)通家　世交。作者的父親柳鎮與楊凌的哥哥楊憑是摯友，後來柳宗元又娶楊憑的女兒為妻，所以說兩家是世交。(106)修好　親善友好。(107)省謁　拜見。(108)元兄　長兄。這裏指楊凌的長兄楊憑。(109)論次篇簡　按一定的順序將文稿彙編成冊。論、次，均用為動詞。110製作 創作。111詣 造詣;成就。112繫 附。

【語　譯】對於楊評事的文集,我有如下的評論:文章的作用,是以言辭文字來表揚或批評,啟發誘導,諷諭勸勉的。儘管言語鄙陋粗野的文章,也能使用,但是,如果文章缺乏文采,肯定就不能打動人們的聽聞,也不足以向後輩學子誇耀。如果著書立說而缺乏生命力,有才德的人是不會去做的。所以作者在堅持文章根本思想的同時,還必須借助於文采去表現它。聖人寫的著作,叫作「經」,有才學的人闡發經義的著述,便叫作「文」。文章有兩大類——文辭美好、褒貶善惡的作品,起源於古代的創作及敘述性的文字;啟發誘導、諷刺勸誡的作品,起源於古代詩歌中的「比」與「興」。後世的著述類文章,淵源於《尚書》中的謨及訓等文體,《周易》中的象辭和繫辭,和《春秋》這樣經過刪改的文字;這些著述類文章的特點,在於氣勢雄渾,內容豐富多彩,詞語嚴正,道理充分,因此適合寫在簡冊上作為書籍而收藏。後世的比興類作品,淵源於虞、夏兩代的歌謠,殷、周兩代的風雅,其總的特點在於華美而有節奏,聲韻清亮激越,語言流暢,意境優美,因此適合作為吟誦而流傳。這兩大類作品,考查它的意圖和意義,是互不相同的。所以,從事寫作的人,通常只能在某一方面有獨到之處,而很少有兩方面都能兼備的;其中有誰能擅長這兩個方面,就稱他是藝術上非常成功的人。即使在古代的文明盛世,也未湧現過兩方面兼備的人才。

唐朝開國以來,稱得上兩方面兼備而毫無愧色的人,只有梓潼的陳子昂。在陳子昂之後,燕國公張說利用著述之餘創作比興類作品,但未能達到很高的水平;張九齡利用比興類作品創作的空餘時間,努力從事著述,也未能達到完美的程度。其餘的人各自探索某一方面,相互背道而馳,使兩者的差距更加擴大。著述和比興兩種文體之難以兼備,到這時真是到達極點了。而楊凌先生，年輕時就以詩歌著稱於世，他那美麗奇特的詩句，被文人們所吟誦，傳遍了四面八方，並流傳到京城長安。他晚年普遍領悟了各種文體，特別精通敘述性文章。他學問淵博，見識高遠，才情橫溢，他那雄健老練的風格，隨著時間的流逝日益成熟。楊先生已經取得了這樣高的成就，不幸沒過幾年就過早地離開了人間。他最後幾年所寫的作品特別好，他寫的〈鄂州新城頌〉、〈諸葛武侯傳論〉，餞送梓潼陳眾甫、汝南周愿、河東裴泰、武都符義府、泰山羊士諤、隴西李鍊共六篇〈序〉，以及〈廬山禪居記〉、〈辭李常侍啟〉、〈遠遊賦〉、〈七夕賦〉等，都是富於文采的優秀作品。楊先生以這樣的成就出現在陳子昂之後，應該可以說是兼備著述和詩歌兩種才能的人吧？

唉！楊先生已經悟得了各種文體的訣竅卻得了病，已經接近成功卻停止了寫作，擱筆不滿一年，又重病纏身，終於不能極盡他的藝術造詣，完全發揮他的文學才能。他留下的詩文未能在社會上流傳，美好的名聲未能在當時廣泛傳揚。凡是我們從事寫作的人，都應當追憶惋惜、悼念敬仰他啊！因為我家同楊先生家世代友好，我小時候曾拜見過他，所以得以接受先生長兄的囑託，將他的詩文按一定次序彙編成冊。於是就評述了他的創作所取得的成就，附在文集的後面。

【研析】這是柳宗元一篇有關詩文批評的重要文章。大約寫於長安時期。楊評事即楊凌，字恭履，弘農（今河南靈寶南）人，曾做過大理評事（掌管刑獄判決的官），故稱他為楊評事。楊凌同他的兩個哥哥楊憑、楊凝都頗有文才，號稱「三楊」。柳宗元的夫人是楊憑的女兒，楊凌是柳宗元的長輩姻親。

在這篇文論中，柳宗元對楊凌的文才給予極高評價，這一方面是因為楊凌的詩文確實寫得好，但顯然也有客氣的成分。為別人的文集作序跋，特別是為長輩的文集作序，難免會給予比較高的評價，這是作序的通例。

柳宗元通過為楊凌文集作序的機會，提出了有關文學的一系列重要觀點。其要點如下：

首先，柳宗元提出了將「文」分為「著述」及「比興」兩大類的觀點。他闡述了這兩大類文章的性質、特點、功用，並闡述了其各自的起源和發展。著述類文章，特點是「詞正而理備」，即語言相對地端正，以闡述道理或記敘事實見長，主要用於記載或貶褒事物，具有一定的應用功能，如歷史散文、諸子散文、各種應用文等；另一類「比興」之文，特點是「麗則清越」、「言暢而意美」，即言辭文意清美通暢，常用比興等手法，主要訴諸讀者的情感和美感，雖然不一定有實用價值，但可以起到「導揚諷諭」即引導或渲洩讀者的思想情緒，相當於後世所說的「美文」，即更具有文學性的「文」，如詩歌、小說、戲劇、抒情散文等。柳宗元對於「文」的二分法，抓住了文學與非文學作品的特徵，在中國文學觀念史上有一定的價值。特別值得一提的是，柳宗元將「美文」類作品的特徵概括為「比興」，可以說是深入到了文學的本質層次。

其次，柳宗元論述了文之「采」與「用」的關係問題。柳宗元認為，詩文如果缺乏文采，雖然也足以使用，但不能打動人心，也不能流傳久遠。這是對孔子「言而無文，行之不遠」觀點的進一步發展。詩文在表達特定思想內容的基礎上，還必須有文采，有一定的藝術性。隋朝的大儒王通提倡「文以貫道」，不屑於談論詩歌文采（見其《中說・天地篇》），宋元以來的道學家有「文以害道」的說法，雖然都是針對當時的現實而發，但都有些重道輕文的傾向，都不及柳宗元的觀點全面。

送薛存義序[1]

河東薛存義將行，柳子載肉於俎[2]，崇酒於觴[3]，追[4]而送之江之滸[5]，飲食之[6]。且告曰[7]：「凡吏於土者[8]，若知其職乎[9]？蓋民之役[10]，非以役[11]民而已也。凡民之食於土者[12]，出其十一傭乎吏[13]，使司平於我也[14]。今我受其直[15]，怠[16]其事者，天下皆然。豈惟[17]怠之，又從而盜之[18]。向使[19]傭一夫[20]於家，受若直，怠若事，又盜若貨器[21]，則必甚怒而黜[22]罰之矣。以今天下多類此[23]，而民莫敢肆[24]其怒與黜罰者何哉[25]？勢[26]不同也。勢不同而理同，如吾民何[27]？有達[28]於理者，得不[29]恐而畏乎？」

存義假[30]令零陵二年矣，蚤作而夜思[31]，勤力而勞心，訟者平[32]，賦者均[33]，老弱無懷詐暴憎[34]，其為不虛取直[35]也的[36]矣，其知恐而畏也審[37]矣。

吾賤㊳且辱㊴，不得與考績幽明之說㊵，於其往也㊶，故賞以酒肉，而重之以辭㊷。

【注釋】❶送薛存義序　古時在朋友離別的時候，常常寫一些勉勵、安慰的文章，這種文體叫「序」，也叫贈序。薛存義是柳宗元的同鄉，在永州零陵（今湖南永州）做代理縣令，因官職調動，要離開零陵，柳宗元在他臨別時，寫了這篇序。❷載肉於俎　把肉放在食器中。俎，古代祭祀時盛牛羊肉的禮器，這裏是指盛肉的器具。❸崇酒於觴　在酒器中斟滿了酒。觴，古時飲酒的器具。❹追　追隨。❺江之滸　江邊。❻飲食之　請他喝酒、吃飯。❼且告曰　同時告訴（他）說。❽凡吏於土者　所有在地方上做官的人。❾若知其職乎　你知道他們的職責嗎？❿民之役　人民的僕役。役，名詞。⓫役　奴役，動詞。⓬食於土者　依靠土地生活的人，指農民。⓭出其十一傭乎吏　從他們的收入中拿出十分之一來雇傭官吏。⓮使司平於我也　要當官的公平地為百姓辦事。司，官吏。我，指百姓。⓯我受其直　我們（做官的）接受了人民的報酬。直，同「值」。指報酬。⓰怠　懶惰。這裏指不認真辦事。⓱惟　只是。⓲盜之　竊取，這裏指貪污、敲詐、勒索。⓳向使　假使。⓴傭一夫　雇傭一個僕人。㉑貨器　財物。㉒黜　罷免或降職官吏，這裏是指主人驅逐僕人。㉓多類此　很多類似這樣的事情。㉔肆　這裏是指隨意表示出來。㉕何哉　為什麼呢？㉖勢　權勢；地位。㉗如吾民何　對待我們百姓應怎麼樣呢？如……何，拿……怎麼樣。㉘達　明白。㉙得不　能不。㉚假　代理。㉛蚤作而夜思　早上起早勞作而夜晚思考。㉜訟者平　打官司的人得到公平的處理。㉝賦者均　繳納賦稅的人得到合理的承擔。㉞老弱無懷詐暴憎　老少都沒有心懷欺詐和表示憎恨的。㉟不虛取直　不白拿報酬。㊱的　明亮；清楚。㊲審　明瞭。㊳賤　地位低下。㊴辱　指被貶。㊵不得與考績幽明之說　不能參與考核官吏的好壞。幽，闇，這裏是指得不到好評的官吏。㊶於其往也　在他臨走的時候。㊷重之以辭　又加上這些話。

【語　譯】河東人薛存義將要離開這裏了，我準備好了酒肉，追隨他來到江邊為他餞行。我告訴薛存義說：「所有去做地方官的人，你知道他們的職責是什麼嗎？他們應該是百姓的僕役，而不是役使老百姓的。靠種地為生的老百姓，拿出他們收入的十分之一來繳納賦稅，用作官吏的俸錢，都希望官吏公平地為自己辦事。但現在的官吏，拿了百姓的錢，卻不好好給百姓辦事，普天之下到處都是這樣。他們哪裏只是不好好辦事，而且還要貪污、敲詐百姓的財物。假如家裏雇了一個僕人，他拿了你的報酬，卻不好好幹活，而且還盜竊你的財物，那麼你必然很惱怒並要趕走他、處罰他。如今的官吏大多是像這樣的，但是老百姓卻不敢像對待怠工而又偷東西的僕人那樣，盡情發洩自己的憤怒並驅逐責罰他們，這是為什麼呢？因為民與官同主與僕的地位、權勢不同啊。雖然權勢、地位不同，道理卻都一樣，（如果老百姓一旦發起怒來並且要驅逐、責罰那些貪官污吏，）那麼他們對老百姓又能怎麼樣呢？懂得這個道理的官吏，能不感到害怕而有所警惕嗎？」

存義代理零陵縣令已經兩年了。在這期間，他總是大清早就起來辦理公事，直到深夜還在考慮問題，勤勤懇懇，盡心竭力，使打官司的人得到公平的判斷，使繳納賦稅的人得到合理的負擔，無論老少都對他心裏沒有欺詐的念頭，臉上從沒有憎恨的意思，這證明他確實沒有白拿百姓的錢，他的確懂得不好好給百姓辦事的可怕後果而有所警惕。

我現在是地位低下且遭受貶謫的人，不能參與考核官吏政績的優劣而提出應該提升或降職的意見；因此，當他將要離開的時候，我為他餞行，並且寫了這篇序。

【研　析】本文提出了一個古今中外都具有普遍意義的問題——官吏與百姓，誰是出錢的主人，誰是受雇傭的僕人？是官吏養活了百姓，還是百姓養活了官吏？中國古代有「治國理民」一說，將官吏與民眾的關係説成是「牧民」，官是「父母官」，好官清官則是「愛民如子」，其意思都一樣，認為是官員養活了老百姓，就像父母養活了子女一樣。這真是將事情搞顛倒了。百姓們從遠古時代起種地做工服役，因生產發展，社會進步，需要有人做管理工作，這才有了官與吏，這是國家形成之後的事。因此，應該說，是百姓勞動在先，一部分人成為官員在後。有百姓出力出物出錢，才可能有官吏的存在。是百姓養活了官吏，官吏應該為百姓服務。

但歷史現實卻並非如此。官吏們有了權力，如果沒有制約和監督，自然而然地就會利用這個權力為自己而不是為百姓服務。這是人類社會不可避免的「異化」，也是人類社會為進步而必須付出的代價。在中國古代，沒有制度化的制約和監督，官吏必然會貪污腐敗，欺壓民眾。為數不多的清官循吏，即便是「愛民如子」吧，又有幾個人能夠做到，更不用說有受雇於百姓的意識，要為百姓辦事了。因而，柳宗元希望用宣傳教育的方法，通過道德的力量，勸勉朋友能夠潔身自愛，全心全意為百姓辦事。在一千多年前的唐代，柳宗元就大膽地提出了類似於現代公務員制度才有的「公僕」的觀念，這不能不說是遠遠地超越了時代。直到柳宗元數百年之後，還有一位名為張伯行的人，對柳宗元的這一觀點仍半是責問半是辯解地說道：「臣子為朝廷司牧民之職，當視民如子，自然一體關切。子厚以傭譬之，則已隔一膜矣。然傭而盡其職，猶可原也；傭而流於盜民，其奈之何哉！苟有人心者，尚泚顙（懷疑，責問）於柳子之言否耶？」（《唐宋八大家文鈔》卷四）

在現代社會，納稅人雇傭公務員，包括官與吏在內的公務員要為納稅人服務，接受納稅人的質詢和監督，這已經是一個現代社會的共識。話雖如此，實際上卻仍然有許多公務員特別是有權有勢的「公務員」以權謀私，甚至依仗權勢，魚肉民眾。因而，除了要有教育、道德、制度等等感化、約束、監督之外，更要有一個程序化的機制，並得到包括官吏在內的全體公民的尊重與服從。

愚溪詩序

灌水❶之陽❷，有溪焉，東流入於瀟水❸。或曰❹：「冉氏嘗居也，故姓❺是溪為冉溪。」或曰：「可以染也，名之以其能❻，故謂之染溪。」余以愚觸罪❼，謫❽瀟水上，愛是溪，入二三里，得其尤絕❾者家❿焉。古有愚公谷⓫，今予家是溪，而名莫能定，土之居者猶齗齗然⓬，不可以不更⓭也，故更之為愚溪。

愚溪之上，買小丘，為愚丘。自愚丘東北行六十步，得泉焉，又買居⓮之，為愚泉。愚泉凡六穴，皆出山下平地，蓋⓯上出⓰也。合流屈曲而南，為愚溝。遂負土累石，塞其隘⓱，為愚池。愚池之東為愚堂，其南為愚亭，池之中為愚島。嘉木⓲異石錯置⓳，皆山水之奇者，以余故，咸⓴以「愚」辱焉。

夫水，智者樂也[21]；今是溪獨見[22]辱於「愚」，何哉？蓋其流甚下[23]，不可以溉灌；又峻急[24]，多坻石[25]，大舟不可入也；幽邃[26]淺狹，蛟龍[27]不屑[28]，不能興雲雨。無以利世，而適[29]類[30]於余；然則[31]雖辱而愚之，可也。寧武子[32]「邦無道則愚」，智而為愚者也；顏子[33]「終日不違[34]如愚」，睿[35]而為愚者也；皆不得為真愚。今余遭有道[36]，而違於理，悖[37]於事，故凡為愚者莫我若[38]也。夫然，則天下莫能爭是溪，余得專而名[39]焉。

溪雖莫利於世，而善鑒[40]萬類，清瑩[41]秀澈[42]，鏘[43]鳴金石[44]，能使愚者喜笑眷慕[45]，樂而不能去[46]也。余雖不合於俗[47]，亦頗以文墨自慰，漱滌萬物[48]，牢籠[49]百態，而無所避之。以愚辭歌愚溪，則茫然[50]而不違，昏然[51]而同歸[52]，超[53]鴻蒙[54]，混希夷[55]，寂寥而莫我知也。於是作〈八愚詩〉[56]，紀於溪石上。

【注　釋】❶灌水　在今廣西境內，源出灌陽，流經全州注入湘江。❷陽　河流的北岸對著陽光，故曰陽。此指北岸。❸瀟水　在今廣西境內，在灌水西北。❹或曰　有人說。❺姓　用作動詞，給……取姓。❻能　功能。❼觸罪　犯罪。❽謫　貶官。❾尤絕　風景尤其好。❿家　安家，用為動詞。⓫愚公谷　地名，在今山東臨淄西。⓬斷斷然　爭辯貌。⓭更　更改。⓮居　此指占有。⓯蓋　發語詞。⓰上出　陳景云《柳集點勘》引《爾雅・釋水》「濫泉正出」，疑當作「正出」。正出，湧出；直出。⓱塞其隘　堵塞其狹窄的地方。⓲嘉木　好樹。⓳錯置　交錯地栽種或放置。⓴咸　都。㉑夫水二句　出自《論語・雍也》：「智者樂水。」樂，喜愛。㉒見　表被動語態的助詞。㉓下　指地勢較低，不能自流灌溉。㉔峻急　水流急。㉕坻石　突出水面的石塊。㉖幽邃　深遠。這裏指彎曲偏僻。㉗蛟龍　傳說中的水中動物，傳說可興雲作雨。㉘不屑　看不上；沒興趣。㉙適　恰。㉚類　類似。㉛然則　那麼。㉜寧武子　姓寧名俞，春秋時衛國大夫，謚「武」。㉝顏子　顏回，字子淵，孔子的學生。㉞不違　指顏回聽孔子講學，終日不提出相反的意見。違，違反。事見《論語・為政》。㉟睿　明智。㊱遭有道　遇到政治清明的時代。㊲悖　違背；錯誤。㊳莫我若　沒有像我這樣的。㊴得專而名　只有（自己）獲得並命名。㊵鑒　照（出影像）。㊶清瑩　潔淨明亮。㊷秀澈　秀麗清澈。㊸鏘　象聲詞。㊹金石　指用金屬和石頭製成的鐘、磬等樂器。㊺眷慕　留戀；愛慕。㊻去　離開。㊼俗　世俗。㊽漱滌萬物　沖洗萬物。指自己的文章善於觀察選擇，如同用水沖洗萬物所蒙灰塵。㊾牢籠　包羅；捕捉。作動詞用。㊿茫然　渺茫，此指愚鈍之貌。(51)昏然　昏暗不清貌。(52)歸　歸為一類。(53)超　這裏是達到的意思。(54)鴻蒙　天地形成前的混沌狀態。(55)希夷　空虛縹緲的太空。(56)八愚詩　原詩已佚。八愚，指文中所云「愚溪」、「愚丘」、「愚泉」、「愚溝」、「愚池」、「愚堂」、「愚亭」、「愚島」。

【語　譯】灌水的北面，有一條小溪，向東流入瀟水。有人說：「曾有一個冉姓的人在這裏住過，所以把這條溪水也命名為冉。」也有人說：「因為這條溪水可以染色，按它的功能命名，所以叫染溪。」我因為「愚」得了罪，被貶謫到瀟水這兒，因為喜愛這條小溪，尋了二、三里路，選了一個風景特別好的地方，安了家。古代有一個「愚公谷」，現在我住到了這條小溪旁，而溪名未能確定下來，當地的老百姓對此仍然爭辯不休，看來是不能不改個名字了，因此將其改稱「愚溪」。

在愚溪邊上，買到一個小山丘，命名為「愚丘」。離愚丘東北六十步，有一組泉水，也將其買下，命名為「愚泉」。愚泉共有六個泉眼，都處在山下平地，水應該是從地下直湧出來的。泉水合流後，形成一條小水溝，彎彎曲曲地向南流，因而稱其為「愚溝」。用土石填塞狹窄的地方，修建了一個「愚池」。愚池的東邊建造了「愚堂」，南邊建造了「愚亭」，池的中央建了「愚島」。這裏美好的樹木和怪異的石頭交錯安置，都是罕見的山水景物，但因為我的緣故，只好用「愚」這個名字來玷辱它們了。

水，本是聰明人所喜愛的；今天這條小溪獨獨被「愚」這個名稱所辱，這是為什麼呢？這是因為，它的水位很低，不能用它灌溉田地；它水流湍急，到處是突出水面的石塊，大船進不去；河道彎曲偏僻，水流淺窄，蛟龍看不上眼，不能用它興雲作雨。這條溪水對世人沒有什麼用處，這正和我相似；那麼即便用「愚」這個名字來辱沒它，也是可以的。寧武子在政治腐敗時便裝作很愚笨的樣子，這是有智慧的人裝愚；顏回在聽講時整天不提相反意見，好像很愚笨，這也是明智而裝愚的人；他們都不能算真正的「愚」。如今我算是遇上了政治清明的時代，但我的言行卻違背了常理，辦錯了事情，所以沒有比我更愚昧的人了。既然如此，那天下就沒有人能和我爭奪這條溪水了，只有我才能擁有它並為它命名。

這條小溪雖然對世人沒有什麼好處，卻能鑑照萬物，它潔淨明亮、秀麗清澈，發出像鐘、磬一般鏗鏘的聲響，使愚者喜笑愛慕，高興得不想離開。我雖然不合世俗，也很喜歡寫文章來寬慰自己，如同用水洗掉萬物的灰塵一樣，逼真地描繪出它們的千姿百態，沒有什麼可避忌的。用我的愚詩來歌頌愚溪，我們都茫茫然不相分離，昏昏然同歸於一，混沌一片，空虛寂靜，再也不能覺察到自身的存在。於是我作了首〈八愚詩〉，寫在溪邊的石頭上。

【研　析】本文是柳宗元被貶永州時，為自己的〈八愚詩〉所寫的序言。寫作的時間，可能是在元和五年（西元八一〇年）或稍後。柳宗元到永州後沒有固定的居處，起初借住在龍興寺，後來遷到法華寺。元和四年，他曾上書京兆尹許孟容等人，多方請託，希望得到援引和朝廷的寬宥，但沒有結果。這件事對柳宗元是個打擊，他似乎從此絕了回朝的希望，於元和五年在冉溪購地築室，準備長久地住下去。他把冉溪改名愚溪，並將周圍的丘、泉、溝、池、堂、亭、島均以「愚」字命名，還寫了一首「八愚詩」，刻在溪邊石頭上。詩今已佚失，但這篇序言還在，可以算作是一篇獨立的文章。文中藉「愚」字大加發揮，通過自己的「愚」、歷史上的幾個著名的「愚人」，以及之所以將小溪改名為「愚溪」的經過，抒發了作者心中憤世嫉俗的思想情緒。

中國文化中出現過幾個著名的「愚公」。一是《列子・湯問》中所說的想要移山的愚公，但柳宗元這篇文章中沒有提及；一個是柳宗元在這篇文章中提到的愚公谷中的愚公。據《說苑・政理篇》記載，春秋時代的齊桓公外出打獵，在山谷中遇見一位老翁，便問這山谷叫什麼名字，老翁回答說叫愚公谷。齊桓公問取名的由來，老翁說，他的母牛生了頭牛犢，養大後賣了，又買了匹小馬駒。有個無賴少年說牛不能生馬，這馬駒肯定不是老翁的，硬把馬駒拉走了。老翁沒有去告狀，鄰居因此都說他愚蠢，稱他為愚公，並把他所住的這個山谷叫做愚公谷。齊桓公回去後把這件事告訴了管仲。管仲說，這並不是老翁愚蠢，而是因為政治不清明。老翁知道判案不會公正，即使打官司也打不贏，所以只得讓少年拉走馬駒。柳宗元在這篇文章中借用這個故事，一方面是想說明山水可因人的特點而更名，一方面也是在暗示當時的政治不太清明。還有一位愚公，這篇文章中也提及了，這位愚公出自《論語．公冶長》：「寧武子，邦有道則智，邦無道則愚。其智可及也，其愚不可及也。」意思是說寧武子在國家治理得好時便顯得非常聰明能幹；在國家政治腐敗時，便裝出愚笨貌。他的聰明別人可以學到，而他裝傻的本領，別人是學不到的。除了這幾位愚公外，還有一位「如愚」而非愚的人，柳宗元這篇文章中也提到了。這就是孔子的得意弟子顏回。《論語．為政》說：「子曰：『吾與回言終日，不違，如愚。退而省其私，亦足以發，回也不愚』。」意思是說，孔子整天給顏回講學，顏回從來不提相反的意見，好像是個愚蠢的人。但回去考察他私下的言行，發現他不但完全理解，而且有所發揮，可知顏回並不笨。這幾位「愚公」，有一個共同的特色——「大智若愚」。對於他們來說，小聰明不算智慧，「若愚」才是最大的智慧。俗語說得好，痴人有痴福。機關算盡太聰明的人，說不定反而會給自己帶來什麼災禍。柳宗元也準備做一個愚公了。這個愚公是迫不得已才做上的。那位當今的皇上，因為當太子時受了些閒氣，因而多次下詔重申，凡有大赦天下等事，柳宗元等參與永貞革新的幾位骨幹分子一律不在赦免之列。既然如此，柳宗元也只能甘心做個不問世事的「愚公」了。他後來又寫了一篇〈愚溪對〉，再次重申自己當個愚公的決心。

這篇文章在寫作技巧及結構方法上也很有特色。前代的文章評點家有許多精彩論述。張伯行

《唐宋八大家文鈔》卷四評其寫景說：「獨闢幽境，文與趣會。王摩詰詩中有畫，對之可當臥遊。」何焯《義門讀書記》卷三六析其結構云：「詞意殊怨憤不遜，然不露一跡。『愚溪之上買小丘』至『為愚島』，詩有八題，先詳敘於此。『皆山水之奇者』，伏後案。『夫水智者樂也』，愚字對面。『甯武子邦無道則愚』五句，愚字側面。『溪雖莫利於世』六句，轉出敘詩。『以愚詞歌愚溪』至『莫我知也』，愚字翻身出脫。」吳楚材、吳調侯《古文觀止》卷九總結說：「通篇就一『愚』字，點次成文。借寓溪自寫照，愚溪之風景宛然，己之行事亦宛然。前後關合照應，異趣沓來，描寫最為出色。」

序棋

房生直溫[1]，與予二弟[2]遊，皆好學。予病[3]其確[4]也，思所以休息之者。得木局[5]，隆其中[6]而規[7]焉，其下方以直；置棋二十有四，貴者半，賤者半，貴曰「上」，賤曰「下」，咸[8]自第一至十二，下者二乃敵[9]一，用朱墨[10]以別[11]焉。房於是取二毫[12]，如其第[13]書之。既而抵戲[14]者二人，則視其賤者而賤之，貴者而貴之。其使之擊觸[15]也，必先賤者，不得已而使貴者，則皆慄焉[16]惛焉[17]，亦鮮[18]克[19]以中[20]。其獲也，得朱焉則若有餘；得墨焉則若不足。

余諦[21]睨[22]之，以思其始，則皆類[23]也；房子一書之，而輕重若是。適[24]近其手而先焉，非能擇其善而朱[25]之，否而墨之也。然而上焉而上，下焉而下，貴焉而貴，賤焉而賤；其易[26]彼而敬此，遂以遠焉。然則若世之所以貴賤人者，有異房之貴賤茲棋者歟？無亦近而先之耳！有果能擇其善否者歟？其敬而易者，亦從而動止矣，有敢議其善否者歟？其得於貴者，有不氣揚而志蕩㉗者歟？其得於賤者，有不貌慢而心肆㉘者歟？其所謂貴者，有敢輕㉙而使之擊觸者歟？其所謂賤者，有敢避其使之擊觸者歟？彼朱而墨者，相去千萬不啻㉚，有敢以二敵其一者歟？

余，墨者徒也，觀其始與末，有似棋者，故敘。

【注釋】❶房生直溫　一個姓房名或字直溫的青年。其人生平未詳。❷二弟　指柳宗元的堂弟宗一、宗直。❸病　用作動詞，擔心的意思。❹確　堅。此引申為過於專心致志。❺局　棋盤。❻隆其中　中間高起。隆，用作動詞。❼規　圓形。❽咸　都；全部。❾敵　相當。❿朱墨　紅色、黑色。⓫別　區別。⓬毫　毛筆。⓭第　次序。⓮抵戲　對局。⓯擊觸　碰擊。⓰慄焉　緊張害怕貌。⓱惛焉　心神不定貌。⓲鮮　少。⓳克　能。⓴中　擊中；打到目標。㉑諦　仔細。㉒睨　斜看。㉓類　類似；相同。㉔適　僅；只。㉕朱　用為使動詞，使其成為紅色。下文「黑」用法同。㉖易　輕視。㉗蕩　放縱；放蕩。㉘肆　任意，指心灰意冷。㉙輕　看輕；輕視。作意動詞，認為……輕。㉚啻　只；僅。

【語譯】房直溫和我的兩個弟弟是好朋友，都喜愛讀書。我擔心他們太專心致志影響健康，就希望能有一個使他們得以休息的辦法：用一個木製的平盤，它的中間高起為圓形，下面是四方形的平面，放上二十四枚棋子，高貴的占一半，低賤的占一半，高貴的叫上等子，低賤的叫下等子，都從第一排到十二，低賤的兩個棋子相當於高貴的一個棋子，用紅色和黑色加以區別。於是房直溫取來兩支毛筆按照次序畫上兩種顏色。做好以後，兩個人開始對局。大家對低賤的黑子很輕視，對高貴的紅子很重視。使用棋子碰擊時，大家必定先用黑子；不得已時才用紅子，但都顯得神情緊張、心神不寧，因而很少能有擊中的。當他們贏得棋子時，得到紅的就很滿意，得到黑的就不太痛快。

我仔細地觀察他們玩棋，從中聯想到，棋子當初都是一樣的，經過房先生一畫，輕重貴賤竟這樣不同。他只是把靠近手邊的棋子隨意拿來先畫，並沒有選擇其中好的畫成紅的，不好的畫成黑的。但是，一經畫過，上等的就高尚，下等的就低下，高貴的就高貴，低賤的就低賤；他們輕視黑子而看重紅子，於是差別就很大了。既然這樣，那麼像如今世上之所以將人分成貴賤，與房直溫把這些棋子分成貴賤有什麼不同呢？也不過是親近的人便先得到重用罷了！有誰果真能對好與不好加以選擇呢？那些或被看重或被輕視的人，也就按照這一既定的看法而心中默認了，有誰敢議論他們究竟是好還是壞呢？那些得到高貴地位的人，有誰不是趾高氣揚而意志放蕩的呢？那些被放在低賤地位上的人，有誰不是神情沮喪而心灰意冷的呢？對於那些所謂高貴的人，有誰敢像對待黑棋子那樣輕易地使用他們去碰擊的呢？對待那些所謂低賤的人，有誰願像對待紅棋子那樣避免先使用他們去碰擊的呢？對那些畫成紅色和畫成黑色的人，紅黑之間相距不只千萬，有誰敢真的用兩個黑色的去攻擊一個紅色的呢？

我與黑色棋子同屬一類，看到這些棋子從原先沒有區別到畫上顏色的前前後後，覺得人生遭遇如同棋局，因而寫了這篇文章。

【研　析】這篇文章寫於永州。作者以棋局比喻人事，對於人生命運的荒誕及等級制度的不合理，大膽提出了質疑。

棋子之所以分成高低貴賤，只是一隻無形或有形的手隨意揀取畫色的結果，而與棋子本身的優劣並無必然聯繫。這就像是人的一生，你的素質、你的努力，全不如「命運」。如果你正處於那隻有「畫色權」的大手近旁，而這隻大手又正好選到了你，你就是高貴的紅子，那怕你是朽根爛木；如果你命運不濟，被挑出畫了黑色，那怕你是香樟紫檀，你也只能是個低賤的黑子。一切都取決於由命運所決定的外表的顏色，而不取決於真正的材質。就是說，高低貴賤，一由出身，一由命運，而不管這個人的才能大小和是否努力。這是古代社會的一大特點。有人一生下來，就是「官員有蔭仔（明代潮州戲曲《陳三五娘》中陳三公子的唱詞）」，就已經被塗成了紅色；有的人出身寒門，一輩子得不到重用；而那些出身於奴婢、工匠、樂戶、莊客等賤民階層的人，一生下來就是賤民。在古代社會中，人群分為不同的等次，所謂「士農工商」，實際上，農、工、商本身，也分成不同的層次。小地主、自耕農、失去土地的雇農，雖然都叫做「農」，但差別很大。這些處在社會最底層的雇農、工匠、奴婢、樂戶，從一出生起，就受到不公正的待遇。

柳宗元出身於官宦之家，從一出生之時起，就已畫上了紅色，注定是個高貴者，但命運更會捉弄人。他因參與革新活動，捲入了宮庭鬥爭，得罪了當年的皇太子當今的皇上，於是，他突然又變成了「黑子」，儘管他還是柳宗元，出身、學問、才幹沒有任何變化，但他已經不再是紅色的棋子了。真是人生荒誕一局棋，難怪柳宗元要大發感慨，寫下這篇從制度層面否定現實的文章。

送僧浩初❶序

儒者❷韓退之❸與余善❹，嘗病余嗜浮圖言❺，訾❻余與浮圖遊❼。近隴西❽李生礎❾自東都❿來，退之又寓書⓫罪⓬余，且曰：「見〈送元生序〉⓭，不斥⓮浮圖。」浮圖誠⓯有不可斥者，往往與《易》⓰、《論語》⓱合，誠樂之⓲，其於性情奭然⓳，不與孔子異道。退之好儒⓴未能過㉑揚子㉒，揚子之書於莊㉓、墨㉔、申㉕、韓㉖皆有取㉗焉。浮圖者，反不及莊、墨、申、韓之怪僻㉘險賊㉙耶？曰：「以其夷㉚也。」果不信道而斥焉以夷，則將友㉛惡來㉜、盜跖㉝，而賤季札㉞、由余㉟乎？非所謂去名求實者矣。吾之所取者㊱與《易》、《論語》合，雖聖人復生不可得而斥也。退之所罪者其跡㊲也。曰：「髡㊳而緇㊴，無夫婦父子㊵，不為耕農蠶桑而活乎人㊶。」若是，雖吾亦不樂也。退之忿其外而遺其中，是知石而不知韞玉㊷也。吾之所以嗜㊸浮圖之言以此㊹。與其人遊者，未必能通其言也。且凡為其道者，不愛官，不爭能，樂山水而嗜閒安㊺者為多。吾病世之逐逐然㊻唯印組㊼為務以相軋㊽也，則舍是㊾其焉從。吾之好與浮圖遊㊿以此。

今浩初閒其性，安(51)其情，讀其書，通《易》、《論語》，唯山水之樂，有文而文(52)之；又父子咸為其道(53)，以養而居，泊焉(54)而無求，則其賢於為莊、墨、申、韓之言而逐逐然唯印組為務以相軋者，其亦遠矣。

李生礎與浩初又善(55)。今之往也，以吾言示之(56)。因北人寓退之，視何如也(57)。

【注釋】❶浩初 長沙龍安寺海禪師的一個弟子。柳宗元的岳父楊憑是海禪師的俗家弟子。❷儒者 信奉儒家思想者，這裏是強調韓愈與信佛者的不同。❸韓退之 韓愈字退之。❹善 友善；關係好。❺病余嗜浮圖言 指責我愛好佛教教義。浮圖，佛陀的舊譯，也作「浮屠」。後也稱佛教徒為浮圖。❻訾 責怪。❼遊 交遊；交往。❽隴西 郡名，轄地在今甘肅省東南一帶。❾李生礎 李礎，時為湖南從事，元和六年請假往東都洛陽看望父親。❿東都 唐代以洛陽為東都。⓫寓書 寄書信。此書不見《韓昌黎集》，疑已佚。⓬罪 意動用法，認為有罪。⑬送元生序　即柳宗元的一篇文章〈送元暠師序〉。⑭斥　斥責。⑮誠　確實。⑯易　即《易經》，簡稱《易》。儒家重要經典之一。《易》為周人卜筮之書。主要通過占卦的方式，以卦象推測事物的發展變化。⑰論語　儒家經典之一，是孔子弟子及再傳弟子關於孔子言行的記錄。⑱誠樂之　真心愛好它。⑲奭然　消閒散淡貌。⑳好儒　信奉儒家思想學說。㉑過　超過。㉒揚子　即揚雄，字子雲，蜀郡成都（今四川成都）人。西漢文學家、哲學家、語言學家。他主張一切言行均應以五經為準則。㉓莊　指莊子，名周，宋國蒙（在今河南商丘縣東北）人。先秦道家代表人物之一，著有《莊子》。㉔墨　指墨子，名翟。相傳為宋國人，長期住在魯國。墨家學派的創始者。著有《墨子》。㉕申　即申不害，鄭國人。戰國時法家人物之一。著作僅存後人輯錄的〈大體〉一篇。㉖韓　即韓非，韓國人，戰國末期哲學家，法家的主要代表人物。著有《韓非子》。㉗取　汲取。㉘怪僻　奇特乖邪，違反常理。㉙險賊　邪惡有害。㉚夷　原是古代東方的一個族群的名稱，後泛指外族。㉛友　以之為友。㉜惡來　商紂王的大臣，善進讒言。武王伐紂時被殺。㉝盜跖　春秋戰國之際的一個反叛者，名跖，故稱「盜跖」。㉞季札　春秋時吳國公子，多次推讓君位，曾出使魯國。吳國曾被中原諸侯看成是外夷。㉟由余　春秋時晉國人，逃亡入戎，後奔秦，秦穆公用其謀，成為西方的霸主。㊱吾之所取者　我所贊成的佛教學說。㊲跡　腳印，引申為外在的跡象。㊳髡　古代一種剃去頭髮的刑罰，此處指和尚剃去頭髮。㊴緇　黑色，用為動詞，穿黑色衣服。㊵無夫婦父子　佛教徒出家且不娶，故世俗認為他們不重視夫婦父子的人倫關係。㊶活乎人　被人養活。㊷韞玉　指石頭裏邊藏著玉。陸機〈文賦〉：「石韞玉而山輝，水懷珠而川媚。」㊸嗜　愛好。㊹以此　因此。㊺閒安　閒適安靜。㊻逐逐然　追逐貌。㊼印組　為官。印指官印，組是繫印用的絲帶。㊽相軋　互相傾軋。㊾是　指代浮圖之言。㊿好與浮圖遊　喜歡與僧人交往。(51)安　安定；穩定。(52)文　用作動詞，使之成文，指用文章描繪山水，使山水富於文采。此句的前一個「文」，用為名詞，指文章。(53)咸為其道　都信仰佛教。(54)泊焉　淡泊，指不追求功名利祿。(55)善　友好。(56)今之二句　意為現在浩初要回到長沙，如見到了李礎，可以把這篇序給他看。(57)因北二句　意為如有從長沙向北到東都洛陽的人，請把這篇序帶給韓愈，看他對我這篇文章有什麼看法。寓，即寓書，帶信。北人，向北方去的人。一說，北當為「此」，指浩初或李礎，以情理推，柳宗元不合稱友人為「此人」，而浩初或李生無故亦不會再往洛陽，故不從。

【語　譯】信奉儒家思想的韓退之先生是我的好友，他曾指責我愛好佛家學說，責怪我和佛家弟子們交遊。最近隴西李礎從東都洛陽到此地來，退之託他帶了一封書信給我，怪罪我說：「看到你的〈送元生序〉，怎麼不斥責浮圖之說？」但我認為，浮圖學說中那些確實不應該斥責的，往往與《易經》、《論語》相符合，因而真心地愛好它，可以使人性情淡泊，和孔子之道沒有什麼不同。退之對於儒家學說的信奉，未能超過漢代的揚雄先生，而揚先生所寫的著作，對於莊子、墨子、申不害、韓非子，都有所汲取。或許有人會說，浮圖學說，難道不比莊、墨、申、韓更更加怪僻邪惡？我要說：「這樣說只是因為浮圖學說來自外夷罷了。」若僅僅是因為來自外夷就不相信而加以屏斥，那豈不要將內地的惡來、盜跖看成是朋友，將來自外夷的季札、由余看得輕賤了嗎？這並不是人們所標榜的「不圖虛名而求其實際」啊。我所贊成的佛家學說，是和《易經》、《論語》的道理相符合的，即使聖人復生，也不可能屏斥它。

退之先生所怪罪的，只是佛家外在的東西。他說：「和尚剃去頭髮，穿上黑色衣服，不重視夫婦父子的人倫關係，不耕種不養蠶而要人養活。」如果真是這樣，就是我，也不喜歡佛學了。退之先生對其外表憤恨不已而不顧其實質，好比是只知道石頭而不知道石頭裏邊的寶玉。我所以愛好浮圖的學說，是因為其中的寶玉。和佛家弟子交遊的，未必都能通曉佛家的學說。而且凡是喜愛佛家學說的，都以不貪愛官位，不與人爭強逞能，喜歡山水田園、閒適安靜的人占多數。我詬病這個世界上，許多人將追逐官位作為唯一要務，互相傾軋。世事如此，捨棄了浮圖學說，還有什麼可以追隨的呢？我之所以喜歡與僧人交往，就是這個原因。

如今浩初的性情閒靜安定，喜歡讀書，通曉《易經》、《論語》，將觀賞山水作為樂趣，寫了文章讚美這些山水；他們父子又都信仰佛教，相互扶養而居住在一起，情志淡泊，從不追求功名利祿，比起那些信奉莊、墨、申、韓學說的人，比那些追逐官位相互傾軋的人，浩初上人不是遠在他們之上嗎？

李礎也是浩初的朋友。現在浩初要回到長沙，見到了李礎，可以把這篇序給他看。如有從長沙向北到東都洛陽的人，請把這篇序帶給韓愈，看他對我這篇文章有什麼看法。

【研　析】佛教思想文化自漢代以來，開始在中國廣泛傳播且影響日深，士人對此反應不一，有堅決反對的，有虔誠信奉的，也有主張調和的，並引發了劇烈的思想衝突。中唐時期的兩位大思想家，韓愈與柳宗元這對好友之間，在這個問題上，也有過一段長時間激烈的爭辯。韓愈是主張堅決「闢佛」的，他曾諫迎佛骨，甚至差點丟了性命。柳宗元雖然是飽讀詩書的儒士，但受其家庭的影響，「自幼好佛」（柳宗元〈送巽上人赴中丞叔父召序〉）。特別是在永州期間，長期借住佛寺，對佛學更為關注愛好。他希望能調和二教，「統合儒釋」，這篇文章就是表述他的這一思想觀點的重要文獻。

韓愈柳宗元的這場論戰，還得從頭說起。貞元十九年（西元八〇三年），馬祖道一禪師的再傳弟子文暢自長安出遊東南，京城的許多著名人物照例寫詩作文為其送行。柳宗元此前即與文暢交遊，因請好友韓愈也作文相送。韓愈勉強寫了一篇〈送浮圖文暢師序〉，但序中卻希望向浮圖灌輸儒家之道，而「不當又為浮圖之說」。柳宗元當然不同意這種觀點。後二人分散兩地，但就這一問題的爭論仍在繼續。柳宗元到永州後，有位法號元暠的遊僧，經劉禹錫的介紹，專程來永州拜訪。離去時，柳宗元寫了〈送元暠師序〉為其送行。柳宗元在序中讚揚了元暠的孝行，認為釋之道「不違且與儒合」。約在元和六年（西元八一一年），韓愈在東都洛陽任都官員外郎，看到柳宗元的這篇序，就寫信批評柳宗元「不斥浮圖」，並託在長沙做湖南從事而到洛陽看望父親的李礎捎給柳宗元。柳宗元接信後，正好在此拜訪的浩初和尚（浩初是長沙龍安寺海禪師的一個弟子，而柳宗元的岳父楊憑對海禪師執俗家弟子禮）要離開永州，柳守元便寫了這篇〈送僧浩初序〉，進一步闡述了佛家之道與儒家之道往往相合、希望能「統合儒釋」的觀點。浩初可能是要回到長沙去，而長沙的李礎則與京城有比較密切的聯繫，因此，柳宗元特地在這篇序中囑咐將此序送給李礎，請他託人帶到洛陽交給韓愈，請韓愈針對這篇序再提出自己的看法。

在這篇文章中，柳宗元主要針對韓愈的闢佛觀點，闡述了自己的不同意見，並對韓愈的批評進行反駁。韓愈對於佛家的指責，主要集中在兩個方面：一是佛家不娶妻不生子，是不重孝道，是無父無君；一是佛家不事生產，空耗糧食，有害國家經濟。柳宗元則認為，韓愈只抓住了佛家一些表面的東西，卻忽視了佛家的實質。柳宗元通過具體事例說明，佛家弟子大都是孝敬父母的；至於不事生產，柳宗元沒有正面反駁，而是讚揚佛家弟子大都「不愛官，不爭能，樂山水而嗜閒安」，言下之意是說，那些「愛官爭能」的儒者不也是不事生產嗎？可見對於國家經濟是否有影響，並不在於是佛是儒，那只是「跡」而不是「中」，要說對於國家民眾的危害，那些愛官逞能的儒者豈不是比和尚要大得多？如果說，對於「無夫婦父子」這一條，柳宗元反駁得還有些吃力，因為畢竟和尚不娶妻不生子是個事實，這在儒家看來是「不孝有三，無後為大」的大問題；那麼，對於不事生產這一條，柳宗元的批駁則擊中了要害。因業儒的目的，也並非是去種地養蠶，而是要做官發財，如果不種地不養蠶就是危害社會，那儒者對社會豈不是更為有害？

興州❶江運❷記

御史大夫嚴公❸，牧於梁❹五年。嗣天子❺舉周、漢進律增秩之典❻，以親❼諸侯❽。謂公有功德理行❾，就❿加⓫禮部尚書⓬。是年四月，使⓭中謁者⓮來錫⓯公命⓰。賓僚吏屬，將校卒士，黧⓱老童孺，填溢⓲公門，舞躍歡呼，願建碑紀德，垂⓳億萬祀⓴。公固㉑不許，而相與怨咨㉒，遑遑㉓如不飲食。於是西鄙㉔之人，密㉕以公刊山導江㉖之事，願刻巖石。曰：

維㉗梁之西，其蔽㉘曰某山，其守㉙曰興州。興州之西為戎㉚居，歲備亭障㉛，實㉜以精卒。以道之險隘，兵困於食，守用不固㉝。公患㉞之曰：「吾嘗為㉟興州，凡其土人之故㊱，吾能知之。自長舉㊲北至於青泥山，又西抵㊳於成州㊴，過栗亭川㊵，踰㊶寶井堡㊷，崖谷峻隘，十里百折，負重[43]而上，若蹈[44]利刃。盛秋水潦[45]，窮冬雨[46]雪，深泥積水，相輔為害。顛踣騰藉[47]，血流棧道[48]，糗糧芻藁[49]填谷委[50]山，馬牛群畜，相藉物故[51]。餫夫[52]畢力[53]，守卒延頸[54]，嗷嗷之聲[55]，其可哀也。若是者[56]，綿[57]三百里而餘。自長舉之西，可以導江而下，二百里而至。昔之人莫得知也。吾受命於君而育[58]斯人，其可已乎[59]？」乃出軍府之幣，以備器用，即山僦功[60]。由是轉巨石，仆大木[61]，焚以炎火，沃[62]以食醯[63]，摧其堅剛，化為灰燼，畚鍤之下，易甚朽壤[64]，乃[65]闢乃墾，乃宣乃理[66]。隨山之曲直以休人力[67]，順地之高下以殺湍悍[68]。厥[69]功既[70]成，咸如其素[71]。於是決去壅土[72]，疏導江濤，萬夫呼抃[73]，莫不如志。雷騰雲奔[74]，百里一瞬，既會既遠[75]，澹為安流[76]。烝徒[77]謳歌，枕臥而至，戍人無虞[78]，專力待[79]寇。

惟我公之功，疇可侔也[80]！而無以酬德，致[81]其大願，又不可得命[82]。矧[83]公之始來，屬當惡歲[84]，府庾[85]甚虛，器備甚殫[86]，饑饉昏札[87]，死徙[88]充路。賴[89]公節用愛人，克[90]安而生[91]，老窮有養，幼乳以遂[92]，不問[93]不使[94]，咸得其志。公命鼓鑄[95]，庫有利兵[96]；公命屯田[97]，師有餘糧；選徒練旅[98]，有眾孔武[99]；平刑議獄[100]，有眾不黷[101]；增石[102]為防，膏[103]我稻粱；歲無凶災，家有積倉；傳館是飾[104]，旅忘其歸；杠梁[105]已成，人不履危[106]。若是者[107]，皆以戎隙帥士而為之[108]，不出四方之力，而百役已就。且我西鄙之職官，故不能具舉[109]。惟公和恒直方[110]，廉毅信讓[111]，敦尚[112]儒學，揖損[113]貴位，率[114]忠與仁，以厚其誠。其有可以安利於人者，行之堅勇，不俟[115]終日[116]，其與功濟物宜如此其大也[117]。

昔之為國[118]者，惟水事[119]為重。故有障大澤，勤其官而受封國者矣[120]。西門遺利，史起興嘆[121]。白圭壑鄰，孟子不與[122]。公能夷[123]險休勞，以惠[124]萬代，其功烈[125]尤章章[126]焉不可蓋也。是用假辭[127]謁工[128]，勒而存之[129]，用永憲於後祀[130]。

【注釋】❶興州　州名，轄境相當於今陝西略陽、甘肅徽縣、成縣間白水江流域。❷江運　嘉陵江的航運事業。❸嚴公　名礪，梓州（今屬四川）鹽亭縣人，曾任興州刺史，貞元十五年（西元七九九年）為山南西道節度使兼御史大夫。❹牧於梁　在梁州做長官。梁，古州名，唐時為山南西道，今陝西省南部一帶。牧，用為動詞，做地方長官，這裏指嚴礪任節度使。❺嗣天子　指繼承了皇位的順宗。❻舉周漢進律增秩之典　用周朝的進律制度和漢朝的增秩制度，此強調該典制度之古老有據。進律，提升爵位的等級。增秩，增加官吏的俸祿。❼親　親近。這裏有關懷的意思。❽諸侯　此指道一級的地方長官。❾理行　治理有成績。❿就　就著；在……的基礎上。⓫加　加官，指在原官的基礎上加上一個虛銜。⓬禮部尚書　官階名，唐時為寄祿官，表示級別並據以定俸祿。⓭使　派。⓮中謁者　掌管給賓客引見皇帝和給皇帝傳授命令的人。⓯錫　同「賜」。賜給。⓰命　詔命。⓱黧　黑黃色，此指老年人皮膚的顏色，代指老人。⓲溢　滿。⓳垂　流傳。⓴祀　年，每年一祀，故稱年為祀。㉑固　固執；堅決。㉒相與怨咨　人們都相互議論表示不滿。這是表示客套的話，用以強調嚴公的謙讓之德。㉓遑遑　不安定貌。㉔鄙　邊遠之處。㉕密　不公開，這裏指暗中的意思。㉖刊山導江　劈開山嶺，疏通江路。㉗維　句首的語助詞。㉘蔽　遮；擋。㉙守　指一個地方的治所。㉚戎　古代我國西部的少數民族。㉛歲備亭障　年年備有防禦的城堡。亭障，防守用的城堡。㉜實　充實。㉝守用不固　因此守備不能強固。用，以；因而。㉞患　以之為患；憂慮；擔心。㉟嘗為　曾經做過，指曾為興州刺史事。㊱土人之故　地理民情等事。㊲長舉　地名，與下文的青泥山，同在今陝西略陽。㊳抵　到達。㊴成州　地名，今甘肅成縣。㊵栗亭川　地名，在今甘肅成縣。㊶踰　越過。㊷寶井堡　地名，在今甘肅成縣。㊸負重　背著重物。㊹蹈　踩。㊺潦　水大貌。㊻雨　做動詞用，下（雪）。㊼顛踣騰藉　相繼跌倒，彼此壓著。㊽棧道　在峭巖陡壁上鑿孔，架木鋪板而成的一種道路。㊾糗糧芻藁　泛指給養。糗，乾糧。芻藁，餵牲口的草。㊿委　拋棄。(51)物故　指死亡。(52)餫夫　運送糧食的人。(53)畢力　用盡全力。(54)延頸　伸長脖子，指飢餓。引申為期盼。(55)噭噭之聲　這裏指因飢餓勞累發出的叫苦聲。(56)若是者　像這樣的路。(57)綿　延綿。(58)育　養育；治理。(59)其可已乎　難道能不管嗎？已，停止，引申為罷了。(60)即山僦功　在此山附近雇工。僦，租，引申為雇。功，通「工」。(61)仆大木　砍倒大樹。仆，向前跌倒，此用為使動，使（樹木）倒下。(62)沃　澆。(63)醯　醋。(64)畚鍤二句　用畚鍤撮挖很容易，像挖朽土一樣。畚，一種撮土器具。鍤，一種掘土的工具。(65)乃　於是；就。(66)乃宣乃理　指疏通治理江道。(67)隨山之曲直以休人力　意為嘉陵江依山曲直而流，在整治江道時，即依山勢調整航道的險易，使船工得以有間歇休息的時間。(68)順地之高下以殺湍悍　意為順著江道地勢的高低進行必要的調整，而使水流的湍急之勢得以稍減。殺，削減。(69)厥　其；這個。(70)既　已經。(71)咸如其素　都如同原來所設計的。(72)決去壅土　挖掉壅塞的土石。(73)呼抃　歡呼跳躍。(74)雷騰雲奔　形容江水暢通。(75)既會既遠　指江水來去流淌。(76)安流　平緩的水流。(77)烝徒　百姓及船工。(78)成人無虞　防守的人沒有了憂慮。虞，憂慮。(79)待　防禦。(80)惟我公二句　我們嚴公的功勞，誰能比得上呢？惟，發語詞。疇，通「誰」。侔，相等；齊。(81)致　表達。(82)又不可得命　又不能夠得到嚴公的同意。(83)矧　況且。(84)屬當惡歲　正遇上不好的年頭。(85)府庾　指倉庫中所儲藏的糧物。府，倉庫。庾，露天的糧倉。(86)殫　少；盡。(87)饑饉昏札　形容飢荒之年。昏，小孩生下來還沒有起名就死了。札，未成年的人死去叫札。(88)徙　遷移，指逃荒。(89)賴　依賴，多虧的意思。(90)克　能。(91)安而生　使老百姓安定有活路。安，生，皆用為使動詞。(92)遂　如意，引申為成長。(93)問　命令，指擾民。(94)使　役使。(95)鼓鑄　鼓起風箱，鎔煉金屬以鑄器械，這裏指鑄兵器。(96)兵　兵器。(97)屯田　駐防的軍隊開墾荒田。(98)選徒練旅　挑選兵卒訓練軍隊。(99)孔武　十分勇猛。孔，大；非常。(100)平刑議獄　定案判刑公平合理。(101)黷　任意妄為，此指犯法。(102)增石　指修堤。(103)膏　用為使動，使……肥壯。(104)傳館是飾　指館舍驛站修建得很好。傳館，驛站；旅舍。(105)杠梁　橋梁，此指航路山路。(106)人不履危　人們不再走危險的路了。(107)若是者　像這樣的事。(108)皆以戎隙帥士而為之　都是在軍事活動的空隙時間帶領士卒而做的。帥，率領。(109)不能具舉　指不能全部舉出嚴公的功績。(110)和恒直方　與下文數句，都是對於嚴公品格的讚美。和，溫和。恒，有恆心。直，正直。方，端正。(111)廉毅信讓　分別指四種美德。廉，廉潔。毅，剛毅。信，誠實。讓，謙讓。(112)敦尚　崇尚。(113)挹損　謙遜。[114]率　遵循。[115]俟　待。[116]終日　一天結束。[117]其興功濟物宜如此其大也　他所創辦的事業和做的好事就像這樣偉大呀。興，興辦。濟物，處理事情。宜，應該。[118]為國　治理國家（或某一地方）。[119]水事　水利航運之事。[120]故有障大澤二句　據《左傳》昭公元年記載，臺駘在任職期間，疏導汾水和洮水，在湖澤築防，興修水利，顓頊帝很讚賞他，把汾水附近的土地封給了他。勤，盡心盡力。封國，指封地。[121]西門二句　魏文侯時，西門豹任鄴（在今河北臨漳西）令，開鑿了十二條水渠引水灌溉，使荒地變成良田，農業得到了發展；後魏襄王時，史起曾感嘆說，西門豹的水利事業尚有可改進之處，襄王即任其為鄴令，繼續發展該地的水利灌溉事業。[122]白圭二句　白圭治水將水害引至鄰國，孟子因而不讚許。白圭，水利家，名丹，字圭，曾任魏惠王大臣，善於修築堤防。壑，深溝蓄水之處。[123]夷　平，用為使動詞，使之平。下文「休」用法同。[124]惠　給人恩惠，這裏有造福的意思。[125]功烈　功績。[126]章章　十分顯著。[127]假辭　借用這篇文辭。假，借；用。[128]謁工　請石工。[129]勒而存之　刻在巖石上，（使嚴公的功業）流傳下來。勒，在石頭上刻文字。[130]用永憲於後祀　以便後代人永遠傚法。憲，傚法。

【語　譯】御史大夫嚴公，在梁州為山南西道節度使已五年，剛繼承了皇位的天子，根據周朝的進律制度和漢朝的增秩制度，以親近關懷地方長官，認為嚴公立有功德，治理有成績，因而在原官的基礎上，加給禮部尚書的官階。這年的四月，朝廷派中謁者前來，賜予嚴公這道詔命。嚴公的幕賓僚屬，將校士卒，興州的百姓，包括許多老人兒童，擠滿了官府的大門，大家舞躍歡呼，希望建座碑，以紀念嚴公的恩德，使之永遠流傳。嚴公堅決不同意，人們不滿地議論紛紛，不安地吃不下飯。於是這些邊地的人們，便暗中將嚴公劈山疏江的事跡，刻在了巖石上：

那梁地的西部，遮蔽著一座大山，此地的治所叫做興州，興州的西邊是戎族的地方，因而年年備有防禦的城堡，城堡裏駐守著精銳的士卒。但因道路險隘，士兵們給養困難，守備不能強固。嚴公為此十分憂慮地說：「我曾為興州刺史，凡是那個地方的地理民情等事，我都很熟悉。從長舉向北到青泥山，向西到成州，要經過栗亭川，越過寶井堡，一路上山崖深谷非常險峻狹窄，十里之內竟有上百的彎折，背著重物向上，好像是踩著鋒利的刀刃。秋日發水，隆冬下雪，深深的泥路上積滿了水，惡劣的天氣和積滿泥水的路況對行人為害更大。人們相繼跌倒，棧道上流著鮮血，乾糧飼草，扔在山谷之中，運輸的馬牛，一群群地死去。運送糧食的人用盡全力，守衛的士兵伸長脖子盼望糧食，大家飢餓勞累，叫苦連天，實在是太可憐了。像這樣艱險的路程，延綿了三百多里。若從長舉的西面疏通嘉陵江，就可以順著嘉陵江而下，二百里就能到達。過去的人是不知道有這條道路，而我既然接受了君主的詔命，養育治理此地的百姓，難道能丟下這件事不做嗎？」嚴公於是拿出軍府的錢購買材料工具，在此山附近雇了民工。於是移動江中的巨石，砍倒大樹，在岩石上燒起大火，澆上食醋，摧垮石頭的堅剛，使其化為灰燼，然後用畚鍤撮挖，容易得像挖掘朽土。就這樣闢開了山石，疏通了江道。整治江道時，依山勢調整航道的險易，使船工得以有間歇休息的時間，順著江道地勢的高低進行必要的調整，而使水流的湍急之勢得以稍減。大功告成，全都達到了設計的要求。挖掉那壅塞的土石，疏導舒緩了嘉陵江的浪濤。成千上萬的民工歡呼跳躍，慶賀工程成功。江水暢通如同雷騰雲奔，百里水路瞬間即可達到，從上游流向下游，江水全都變得平緩了。百姓及船工們高興地唱著歌，睡在枕頭上就可以到達，防守的士兵也不再憂慮，可以用專門的精力防禦敵人了。

我們嚴公的功勞，誰能比得上？我們沒有辦法酬謝嚴公的恩德，表達百姓們的願望，又不能得到嚴公的同意。況且嚴公剛到任時，就遇上了不好的年頭，倉庫中所儲藏的錢帛不多，工具器物的儲備更少，飢荒餓死了許多孩子，死去的和逃荒要飯的滿路都是。多虧嚴公節省費用，愛護民眾，使老百姓安定下來有了活路，老人和窮人能有供養，小孩子能夠養大。沒有擾動民眾，也沒有役使民眾，官府和百姓各自實現了願望。嚴公命令鼓起風箱，鎔煉金屬，鑄造兵器，軍庫中有了精良的武器；嚴公命令駐防的軍隊開墾荒田，使軍隊有了餘糧；又挑選兵卒，訓練軍隊，士兵們十分勇猛；定案判刑，公平合理，民眾無人犯法妄為；修築堤壩防止旱澇，稻粱長得非常肥壯；年成無凶無災，家家有了囤積的糧倉；館舍驛站也修建得很好，外來的旅客舒適得忘了回家；橋梁航路全都修好，人們再也不用走險路。這些好事，都是嚴公在軍事活動的空隙時間帶領士卒去完成的，沒有動用老百姓而全部工程已經完成。我們這些西部邊地的職官，不能舉出嚴公全部的功績。嚴公的品格，溫和有恆，正直端方，廉潔剛毅，誠實謙讓，崇尚儒學，謙遜不肯接受讚美，謹遵忠恕仁義、敦厚誠信之道。若有可以安定且有利於民眾之事，嚴公就堅決勇敢地實行，一天也不等待。他創辦事業恩及民眾就像這樣偉大。

過去那些治理一國之地的人，將水利航運之事看作是最重要的事情。因而，臺駘在任職期間，疏導汾水和洮水，在湖澤築防，興修水利，顓頊帝很讚賞他，把汾水附近的土地封給他；西門豹開鑿了十二條水渠引水灌溉，使荒地變成良田，史起感嘆尚有可改進之處；白圭治水將水害引至鄰國，孟子因而不讚許。而嚴公能夠將險路化為平川，使艱險航路上忙碌的人們得以休息，造福萬代，功績顯著，不可掩蓋。因而用我這篇文辭，請石匠刻在石頭上，使嚴公的功業能夠流傳，以便後代的人們永遠傚法嚴公的榜樣。

【研　析】這是一篇歌功頌德文字。在古代社會，臣子對君主，子孫對尊長，僚屬對長官，學生對老師，甚至同事同年之間，凡有可說之事，照例要大肆歌功頌德一番。於是乎古人的別集中，這類文字連篇累積，大都言之無物，一味吹捧而已。其中雖然也有一二人事確實可歌可頌者，也都誇大其辭。應該說，這篇文字中，也存在著這一問題。嚴公是否如同文中所頌十全十美，姑且不論，疏浚二百多華里的江道，說是一點也沒有擾民，似乎令人難以相信。不管是雇傭民工，還是動用士卒，都是建立在民工士兵的艱苦勞動，甚至是生命代價的基礎上的。嚴公主持工程，而且想方設法，儘量做到不增加老百姓的負擔，不影響軍事訓練及部署，成功地疏浚了江道，使得這一二百華里的航道暢通無阻，極大地減輕了船工的勞動強度，保護了船工和旅客的生命安全，鞏固了邊防。這一功績當然是應該歌頌的。文中沒有提及民工及士卒的勞動與犧牲，這是文體和時代的局限，在這一點上，我們不能苛求柳宗元。

本文寫於永貞元年（西元八〇五年），其時永貞革新正在進行，柳宗元寫作這篇文章時，正意氣風發，準備幹一番大事業，文章中漾溢著興辦事業、建功立業的豪情。在這篇文章中，柳宗元還順便表達了自己在興修水利、發展生產、屯墾戍邊等方面的願望和主張。另外，文中對於工程細節的描述，也值得注意。疏浚航道，江中的巨石是最大的障礙。嚴礪「焚以炎火，沃以食醯」，是利用熱脹冷縮原理來使江中的巨石開裂。石頭燒紅後，澆以冷水，石塊表面劇烈收縮，就會裂開。澆以冷醋，可能是利用醋對於石灰岩具有一定的溶解功能的原理。

全義縣[1]復北門記

賢者之興，而愚者之廢[2]，廢而復之為是[3]，循而習之為非[4]，恒人[5]猶且[6]知之，不足乎列也[7]。然而復其事必由乎賢者。推是類以從於政[8]，其事可少哉[9]？

賢莫大於成功[10]，愚莫大於恡且誣[11]。桂之中嶺而邑者曰全義[12]。衛公[13]城之[14]，南越[15]以平[16]。盧遵[17]為全義[18]，視其城，塞北門，鑿他雉以出[19]。問之，其門人[20]曰：「餘百年矣[21]。或曰：『巫言是不利於令[22]，故塞之。』或曰：『以賓旅[23]之多，有懼竭其餼饋者[24]，欲廻其途[25]，故塞之。』」遵曰：「是非恡且誣歟？賢者之作，思利乎人；反是，罪也。余其復之。」詢[26]於群吏，吏叶[27]厥謀[28]；上於大府[29]，大府以俞[30]；邑人便[31]焉，讙舞里閭[32]。居者思正[33]其家[34]，行者樂出其途。

由道廢邪㉟，用賢棄愚，推以革物㊱，宜民之蘇㊲。若是而不列，殆㊳非孔子徒也，為之記云。

【注　釋】❶全義縣　今廣西興安。❷賢者二句　有德才的人所興辦起來的事業，愚蠢的人卻把它廢棄了。❸是　正確。❹循而習之為非　依照愚蠢的人所造成的老樣子繼續下去並對此習慣，則是錯誤的。循，依照；沿襲。習，習慣，用作動詞。❺恒人　平常的人。❻猶且　尚且；還。❼不足乎列也　不值得列舉出來。❽推是類以從於政　推廣這一類道理用於辦理政事。推，推廣；推行。❾其事可少哉　像這樣的事還少嗎？❿成功　建立功業。⓫悠且誣　見識短淺且胡言亂語。⓬桂之中嶺而邑者曰全義　座落在桂州境內山中的一個縣城叫全義。桂，桂州，治今桂林。邑，城池，用作動詞，建立縣城。⓭衛公　唐初名將李靖，後封為衛公。⓮城之　修築了這座城。城，作動詞用。⓯南越　即南粵（今廣東、廣西一帶）。⓰以平　因而平定。⓱盧遵　柳宗元的一個表弟。柳宗元的母親姓盧，盧遵是柳宗元舅舅的兒子。⓲為全義　做全義縣的縣官。⓳視其城三句　巡視全城，發現城北門已被堵塞，而掘開城牆的另一地方作出口。視，巡視；察看。雉，古代計算城牆的計算單位，長三丈、高一丈為一雉，此指城牆。⓴門人　守門的人。㉑餘百年矣　（這一情況）已經一百多年了。㉒巫言是不利於令　巫者說這個城門對縣令不利。㉓賓旅　旅客；過往行人。㉔有懼竭其餼饋者　有人擔心食物被來往客人用盡。餼，指食物原料。饋，贈送；供給。餼饋，泛指生活品的供應。㉕欲迴其途　打算讓這些人繞道走。迴，用作動詞，使之曲折；繞路。㉖詢　徵求；詢問。㉗叶　通「協」。輔助；贊同。㉘厥謀　這個主意。㉙上於大府　上報給上級官府。㉚以俞　就應允、答應。㉛便　作意動詞用，認為方便。㉜里閭　居民區。㉝正　治理；整理。㉞家　家園，指縣城的北門地區。㉟由道廢邪　遵循正確的道路，廢棄邪說。㊱革物　變革事物。㊲蘇　甦醒，這裏指解除不方便。㊳殆　恐怕；大概。

【語　譯】賢德的人所興辦起來的事業，愚蠢的人卻把它廢棄了。將那廢棄的恢復起來是正確的，依照愚蠢的人所造成的老樣子繼續下去並對此習慣，則是錯誤的。平常的人尚且知道這一道理，不值得特地列舉出來。但要恢復這一事業，必定要由賢德之人才能做到。將這一道理推廣到用於辦理政事，可辦的事一定很多。

最大的德賢是建功立業，最大的愚蠢是心胸狹窄、胡言亂語。在桂州境內群山中，有一個縣城叫全義。城是李衛公修築的，有了這座城，南粵一帶因而得以平定。盧遵來到全義縣為縣官，巡視全城，發現城的北門已被堵塞，而在城墻另一個地方掘了一個口子出入。詢問守門的人，守門人回復說：「這已經有一百多年了。有的說，是一個巫師說這個城門對縣令不利，因而要堵塞起來。也有人說，是因為過往旅客太多，擔心食物被來往客人用盡，這才打算讓這些人繞道走，所以才塞住城門。」盧遵說：「這不就是愚者的見識短淺、胡言亂語嗎？賢德之人所辦的事，希望能有利於人；不這樣做，就是罪過了。我要恢復賢人所辦的事業。」盧遵徵求縣吏們的意見，縣吏們全都贊同這個主意；上報給上級官府，上級立即批准；城裏的居民認為這樣方便出入，里巷中一片歡呼之聲。住在這兒的人希望能治理好家園，出行的人也樂於這樣直接出入。

遵循正確的道路，廢棄邪說，使用賢德之才，拋棄愚蠢的主意，可以推廣到革新事業，解除民眾的痛苦。若對於這些事情不加列舉宣揚，恐怕就不能稱為孔子的學生了。因而我就寫了這篇文章。

【賞　析】詩詞要有「境外之象」、「言外之意」，文章也可如此作。盧遵修復了一座城門，這對於那個小縣城來說，也算是件值得紀念的事情，因而盧遵要請柳宗元寫篇「記」，以作永久的紀念。但這相對於天下大事來說，卻是件地方性的小事。柳宗元藉這件小事，表達了為民請命，用賢廢愚，反對因循守舊，提倡革新的思想。文章作於永州期間。其時柳宗元正因追求「賢莫大於成功」而被貶此地。柳宗元有過消沉，有過感嘆，但他仍希望有朝一日能幹一番事業，因而連表弟修復城門這件小事也要大大地發一通感慨。

零陵郡[1]復乳穴[2]記

石鍾乳[3]，餌[4]之最良者也。楚、越[5]之山多產焉，於[6]連[7]於韶[8]者，獨名於世[9]。

連之人告盡[10]焉者五載矣，以貢[11]，則買諸[12]他部[13]。今刺史崔公[14]至[15]，逾月[16]，穴人[17]來以乳復告[18]。邦人[19]悅是祥[20]也，雜然[21]謠[22]曰：「甿[23]之熙熙[24]，崔公之來。公化所徹[25]，土石蒙烈[26]。以為不信，起[27]視乳穴。」穴人笑之曰：「是[28]惡知[29]所謂祥耶？嚮[30]吾以[31]刺史之貪戾嗜利[32]，徒吾役而不吾貨也[33]，吾是以病而紿焉[34]。今吾刺史令明而志潔，先賴而後力[35]，欺誣屏息[36]，信順休洽[37]，吾以是[38]誠告焉[39]。且夫乳穴必在深山窮[40]林，冰雪之所儲[41]，豺虎之所廬[42]。由而入者，觸昏[43]霧，扞[44]龍蛇，束火[45]以知其物，縻繩以志其返[46]。其勤若是，出又不得吾直[47]，吾用是[48]安得不以盡告[49]？今而乃誠[50]，吾告故[51]也。何祥之為[52]！」

士[53]聞之曰：「謠者之祥也[54]，乃其所謂怪者[55]也；笑者之非祥也[56]，乃其所謂真祥者也。君子之祥也，以政不以怪[57]，誠乎物而信乎道[58]，人樂[59]用命[60]，熙熙然以效其力[61]。斯其為政也，而獨非祥也歟[62]。」

【注釋】[1]零陵郡　零陵為唐代永州（今屬湖南）郡名，歷史上並無該郡出產石鐘乳的記載。而本文中言「於連於韶」、「連之人告盡者五年」，可見本文所指，是為曾出產石鐘乳的連山郡。因此，本文的題目似應改為「連山郡復乳穴記」更合適。連山郡，地理位置在廣東連陽境內。[2]乳穴　出產鐘乳石的岩洞。[3]石鍾乳　也叫鐘乳石，可做藥材。[4]餌　藥餌，古代道家燒丹煉藥的一種原料。[5]楚越　在今湖南邊境及廣東、廣西一帶，古為楚、越之境。[6]於　在。[7]連　連山郡。[8]韶　韶州，在今廣東韶關、樂昌等地。[9]名於世　著名於世。[10]告盡　向官府報告沒有石鐘乳了。[11]以貢　因為需要用石鐘乳進貢。[12]諸　相當於「之於」。[13]他部　其他的地方。[14]崔公　指崔簡。崔是柳宗元姐姐的丈夫。曾為連州刺史。[15]至　到，此指上任。[16]逾月　一個月以後。逾，超過。[17]穴人　指採石鐘乳的工人。[18]以乳復告　來報告說又發現石鐘乳了。[19]邦人　指該地之人。[20]祥　吉祥，指發現石鐘乳一事。[21]雜然　眾口紛紛貌。[22]謠　用為動詞，唱歌謠。[23]甿　泛指民。[24]熙熙　和樂貌。[25]公化所徹　崔簡的教化所到達之處。[26]蒙烈　承受到好處。烈，功業。[27]起　行；去。[28]是　代詞，這種說法。[29]惡知　哪裏會知道。[30]嚮　以前。[31]以　因為。[32]貪戾嗜利　貪婪好利。[33]徒吾役而不吾貨也　白白地讓我們採石鐘乳，而不給報酬。貨，錢幣，這裏指應給的報酬。[34]吾是以病而紿焉　我們對此不滿而去騙他。病，用為意動，以之為病。紿，欺騙。[35]先賴而後力　先實行對其有利之事，而後才使用民力。[36]欺誣屏息指謠言被排除、停止。(37)信順休洽　誠信，和順，融洽。(38)以是　因此。(39)誠告焉　將真實情況告訴（他）。(40)窮　盡頭。(41)儲　積存。(42)廬　以之為廬，指野獸聚集。(43)昏　闇。(44)扞　抵抗。(45)束火　（拿著）火把。(46)縻繩以志其返　靠拴著繩子作為返回的標誌。縻，拴著。(47)出又不得吾直　採出石鐘乳交給官府卻拿不到我們應得的報酬。直，通「值」。價值。(48)用是　因為這個。(49)安得不以盡告　怎麼能不告訴他（石鐘乳）採盡了呢？(50)今而乃誠　現在因為您的誠信。(51)故　事情的原委。(52)何祥之為　有什麼祥瑞？為，語尾助詞，與「何」相應，表示疑問。(53)士　士人，此指有見地之人。(54)謠者之祥也　唱歌謠的人認為是祥瑞。(55)怪者　神怪之事。(56)笑者之非祥也　笑話這種謠言的人認為並非是祥瑞。(57)以政不以怪　在於政事治理的好，而不在於神怪邪說。(58)誠乎物而信乎道　誠實處事，信守正道。(59)樂　樂於；心甘情願。(60)用命　遵奉命令。(61)以效其力　把他們的力量向上奉獻。(62)斯其為政也二句　這是政事治理的好，而不是什麼祥瑞啊！

【語　譯】石鐘乳，是藥物中最為上乘的。楚、越地方的山中多有出產，而以連州和韶州產的最為有名。

連州人向官府報告說：石鐘乳被採盡已經五年了。每年向朝廷進貢石鐘乳時，只好到其他地方去購買。現在新刺史崔公到任，一個月以後，採石鐘乳的人前來報告說，又發現了石鐘乳。連州人興奮地認為，這是吉祥的事情，大家唱出歌謠說：「崔公來了，百姓和樂，崔公教化普及，土石也蒙受恩惠，如若不信，去看乳穴。」採石鐘乳的人聽到後，笑話說：「編歌謠的人那裏知道所謂祥瑞的真實情況呢？以前我們因為刺史貪財而暴虐，讓我們白白地服勞役而不給應給的報酬，所以我們很不滿意，便騙他說已經沒有了鐘乳石。現在我們的刺史號令嚴明而且操守廉潔，先照顧好百姓的利益而後才使用民力，如今欺詐、誣陷的事沒有了，大家誠懇和順而又美好融洽，因而我們就如實地報告了情況。再說出產石鐘乳的山洞必定在深山老林中，那裏積聚著長年不化的冰雪，是虎豹、豺狼棲息的地方。由這裏進去的人，冒著毒霧，抵禦著龍蛇，點起火把才能看見石鐘乳，拴上繩子才能返回洞外。採石鐘乳是這樣的勞苦，而採出後又得不到應得的報酬，我們怎麼能不報告石鐘乳已經採完呢？而現在的刺史待我們很真誠，所以我們講出實際情況，那裏是什麼祥瑞！」

一個有見地的人聽說此事後評論道：「編歌謠的人說它是祥瑞，那是把它看成神怪的事了；笑話祥瑞的人所講的真實情況，才是真正的祥瑞。君子認為，祥瑞在於良好的政事而不在於神怪之事。真誠地待人接物，信守正確的政治路線，百姓就樂於聽命效力，就會高高興興地奉獻出他們的力量。像這樣的政治局面，難道不是祥瑞嗎！」

【研　析】本文作於元和四年（西元八〇九年）永州貶所，時柳宗元的姐夫崔簡在連州任上。天寶元年，曾以連州改置連山郡，乾元元年復為連州。此時的連州發生了一件可笑而又可嘆的事情——已經絕跡五年之久的連州特產、專用以進貢的石鐘乳，在崔簡上任後不到一個月，突然又冒出來了，許多人認為是天降祥瑞，還編了歌謠傳唱。和世界上所有的謠傳一樣，當事人心中最清楚那是怎麼一回事，他們心中暗自好笑：那有什麼祥瑞，只不過以前被剝削得不想幹了，現在崔大人廉明公正，石鐘乳自然就會冒出來。

在古代，統治權大多是以武力方式奪來的，而「以馬上得之」，卻不方便「以馬上治之」，靠武力並不能使人心服口服。怎麼辦呢？因而有以「神道設教」的授權方式出現，即通過神靈的旨意，來獲得這種授權。皇帝都是「天子」，是天的兒子，代表天來統治下民，即所謂「君權神授」。但誰也沒見過神，神的旨意怎樣才能傳達到廣大民眾，使民眾真正信服呢？於是，便出現了「祥瑞」。「祥瑞」是無形的神意在人間的有形的表徵。例如，如果出現了「靈芝」、「五色彩雲」之類的東西，那就是上天在顯靈。不但皇上君臨天下會有種種祥瑞出現，如果地方上出現了一些比較奇異的好事，那或者是這個地方吏治清明的一個結果，或是一個預兆。「石鐘乳」的盡而復有，也是一個祥瑞。崔簡大人愛民如子，因而出現祥瑞。柳宗元抓住這個事件，用確鑿無疑的事實對祥瑞之說進行了批判——無論多麼神奇，只有說出事實，祥瑞之說立即會不攻自破。柳宗元在文中告訴我們，祥瑞是沒有的，政治清明，對於老百姓來說，就是祥瑞。

永州龍興寺❶息壤記

永州龍興寺東北陬❷有堂，堂之地隆然負塼甓而起者❸，廣❹四步，高一尺五寸。始之為堂❺也，夷之而又高❻，凡持鍤❼者盡死。永州居楚越間❽，其人鬼且禨❾。由是寺之人皆神之❿，人莫敢夷。

《史記・天官書》及《漢志》有地長之占⓫，而亡其說⓬。甘茂盟息壤⓭，蓋其地有是類也⓮。昔之異書⓯，有記洪水滔天，鯀竊帝之息壤⓰以湮洪水⓱，帝乃令祝融⓲殺鯀於羽郊⓳，其言不經見⓴。今是土也，夷之者不幸而死，豈帝之所愛㉑耶？南方多疫㉒，勞者先死。則彼持鍤者，其死於勞且疫也，土烏能神㉓？

余恐學者之至於斯，徵是言㉔，而唯異書之信㉕，故記於堂上。

【注釋】❶龍興寺　在永州州治零陵縣城東南，柳宗元初到永州，即寓居於此。❷陬　一隅，角落。❸堂之地句　堂的地面上高高地凸起，把地磚頂了起來。塼甓，指磚。❹廣　指方圓。❺為堂　建堂。❻夷之而又高將地面鏟平但又高了起來。夷，平，用為動詞，使之平。❼持鍤　持鏟。鍤，鐵鍬。❽永州居楚越間　永州位於楚、越交界的地方。❾鬼且禨　信奉鬼，因向鬼求福。鬼，用為動詞，信鬼。禨，向鬼神求福。❿神之　把這塊土地當作神靈。⓫有地長之占　記有地長的徵候。占，占驗；徵候。根據自然界的某種跡象來推測事物變化，附會人事吉凶，叫占。《史記・天官書》：「水淡澤竭，地長見象。」《漢書・天文志》：「水淡地長，澤竭見象。」⓬而亡其說　但沒有具體解釋地長為什麼與吉凶禍福有關。亡，通「無」。⓭甘茂盟息壤　據《史記・甘茂列傳》及《戰國策・秦策》記載，秦武王使左丞相甘茂率兵攻打韓國的宜陽，甘茂怕武王半途而廢，因在此地與武王盟誓。息壤，秦國地名。⓮蓋其地有是類也　大概甘茂與武王訂約盟誓的地方，就有息壤一類的東西。⓯異書　記述奇聞怪異之書，此指《山海經》。⓰鯀竊帝之息壤　據《山海經・海內經》記述，鯀偷了天帝的息壤。鯀，夏禹的父親。⓱湮洪水　堵塞洪水。湮，堙；阻塞。⓲祝融　傳說為火之神。⓳羽郊　羽山郊外。傳說羽山有兩座，在今山東境內，一在郯城東北，一在蓬萊東南。⓴不經見　不見於經書，指不是正式的記載。㉑愛　愛惜。㉒疫　疾病。㉓土烏能神　土地怎麼能有神？烏，疑問代詞，怎麼。㉔徵是言　相信這種說法。徵，憑證，引申為相信。㉕而唯異書之信　只相信異書的記載。

【語　譯】永州龍興寺東北角有間屋堂，堂的地面高高地隆起，將地磚頂了起來。這塊地方有四步大小，一尺五寸高。當初修建屋堂時，把它鏟平但又高了起來，凡是持鍬鏟土的人都死掉了。永州位於楚、越交界的地方，這裏的人迷信鬼神，習慣向鬼神祈福，因而寺裏的人都把這塊地看作是神物，沒有人再敢去鏟平它了。

《史記・天官書》和《漢書・天文志》中都有地長高是吉凶兆象的記載，但沒有具體解釋其中的原因。歷史上甘茂和秦武王曾在「息壤」這個地方訂立盟約，大概那裏也有可以長高的土地吧。在《山海經》等怪異的書上，記載有上古時代洪水泛濫，鯀竊取天帝的息壤去阻塞洪水，天帝就命令祝融把鮌殺死在羽山附近。但這種傳說在正式的經書上並沒有記載。現在這塊高起來的土地，鏟平它的人是因不幸而死，難道也是天帝愛惜息壤才這樣做的嗎？因為南方經常發生瘟疫，勞累過度的人容易先得病死去；那些持鍬鍤鏟土的人，是死於勞累和瘟疫而已，土塊怎麼能顯示神靈呢？

我恐怕以後有讀書人來到這裏，徵引這個傳說而只相信怪異書籍中的記載，所以把這些話寫在堂上。

【研　析】本文作於永州。古代傳說，有一種能自己生長、取之不盡、用之不竭的土壤，叫做「息壤」。當然，根據物質不滅定律，這種息壤是根本不可能存在的。但是，科學在一定的歷史時期，對於自然界的種種現象，不一定都能解釋清楚。現在仍有許多現象，用目前的科學認識水平還是不能解釋的，這就給鬼神迷信留下了可乘之機。但是，科學水平是不斷發展的，現在不能解釋，將來經過研究，一定能有一個合理的解釋。

柳宗元所記載的地面隆起而恰巧有人死亡等怪異現象，肯定也有其中的道理，也會符合物理、化學、生物學等客觀規律，只不過尚未被人們認識而已。柳宗元堅決不相信有什麼「息壤」，有什麼鬼神，並力圖用現有的知識去加以解釋，在一千多年前的唐代，能有這樣的信念，是非常了不起的。

當然，限於當時的認識條件及水平，柳宗元對於地面隆起及有關死亡事件的解釋是比較勉強，不能說服人的。他以經書上沒有記載而否定「息壤」的傳說，以瘟疫及勞累來解釋有關的死亡事件，都沒有揭示出事物之所以發生的本質。人們仍然會問：好好的地面為什麼會隆起？為什麼瘟疫只應在持鍤者身上？「地長」可能有多種原因。地表土壤的物理化學運動，地下某些巨型菌類生物的突然生長，地震前地殼表層的運動，都有可能使局部地面出現「地長」的現象。但具體是什麼原因，必須經過科學的調查研究才能確定。至於民工的死亡，可能是偶然的巧合，也可能是近距離接觸到地面隆起後地隙中釋放出的有害氣體或其他有害物質如放射性物質等有關，或是一種強烈的心理暗示的結果。不管怎樣，柳宗元所說的「土烏能神」是不錯的。不僅「土」是這樣，其他一切靈異之物，也都是這樣。

永州鐵爐步[1]志

江之滸[2]，凡舟可縻而上下者[3]曰步。永州北郭[4]，有步曰「鐵爐步」。

余乘舟來，居九年，往來求其所以為「鐵爐」[5]者，無有。問之人[6]，曰：「蓋嘗有鍛者[7]居，其人去而爐毀者不知年矣[8]，獨有其號冒[9]而存。」

余曰：「嘻，世固有事去名存而冒焉若是耶！」步之人曰：「子何獨怪是[10]。今世有負[11]其姓[12]而立於天下者，曰『吾門大[13]，他不我敵也[14]。』問其位與德，曰：『久矣其先也[15]。』然而彼猶曰『我大』，世亦曰『某氏大[16]』，其冒於號有以異於茲步者乎[17]？向使[18]有聞茲步之號，而不足[19]釜[20]錡[21]、錢鎛[22]、刀鈇[23]者，懷價[24]而來，能有得其欲[25]乎？則求位與德於彼，其不可得亦猶是也。位存焉而德無有，猶不足大其門[26]，然世且樂為之下[27]，子胡不怪彼而獨怪於是？大者桀冒禹[28]，紂[29]冒湯[30]，幽[31]、厲㉜冒文、武㉝，以傲天下㉞，由不知推㉟其本而姑㊱大其故號㊲，以至於敗，為世笑僇㊳。斯可以甚懼㊴。若求茲步之實，而不得釜錡、錢鎛、刀鈇者，則去而之他㊵，又何害乎？子之驚於是㊶，末㊷矣。」

余以為古有太史㊸，觀民風㊹、采民言㊺。若是者㊻，則有得㊼矣。嘉其言可采㊽，書㊾以為志。

【注釋】❶鐵爐步　永州一個渡口名。步，同「埠」。指渡口。❷滸　水邊。❸可縻而上下者　可以拴船以供上下的地方。❹北郭　城北。郭，外城。❺往來求其所以為鐵爐　到處了解這個渡口所以叫做「鐵爐」的原因。❻問之人　向別人問。❼鍛者　打鐵的人。❽不知年矣　不知道多少年。❾冒　虛有其名。❿子何獨怪是　您為什麼單單對這件事情感到奇怪。⓫負　依仗。⓬姓　姓氏。此指世家豪族。⓭門大　門第高大。⓮他不我敵也　別人比不上我。敵，相當；相比。⓯久矣其先也　很久以前他的祖先（既有地位又有功德）。⓰世亦曰某氏大　社會上有些人也說某某家族門第大。⓱其冒於號有以異於茲步者乎　他虛有祖先的門第名號和這個渡口（冒鐵爐名）有什麼不同呢？⓲向使　假使。⓳不足　不夠，這裏是缺少的意思。⓴釜　鍋一類的炊器。㉑錡　鑿子一類的木工工具。㉒錢鎛　古時鋤草的農具。㉓刀鈇　刀具，如鐮刀、鍘刀。㉔懷價　帶著錢。價，價錢，此指錢。㉕得其欲　買到所希望的東西。㉖大其門　使他的門第高大。㉗樂為之下　樂意居其下。㉘桀冒禹　指桀虛有禹這個家族的名望和地位。桀，夏末昏君。禹，桀的祖先。㉙紂　商末代君主。㉚湯　紂的祖先。㉛幽　西周末代君主。㉜厲　西周一個君主，昏庸無道。㉝文武　指周文王、周武王，他們是幽、厲的祖先。㉞以傲

天下　用這個傲視天下。㉟推　推究。㊱姑　姑且；暫時。㊲大其故號　以他祖先的名號虛張聲勢。故，舊。㊳笑僇　嘲笑。僇，羞辱。㊴斯可以甚懼　這太可怕了，太值得引以為戒了。㊵則去而之他　便離開此地到別的地方。㊶子之驚於是　你對於這件事感到驚奇。㊷末　指未抓住事情的本質。㊸太史　古時負責記載史事、編寫史書的官。㊹觀民風　觀察民間風俗。㊺采民言　收集民間言論。㊻若是者　像這樣的。㊼有得　有所收穫。㊽嘉其言可采　讚賞他的話，認為可以採用。㊾書　書寫。

【語　譯】江邊凡是可以拴船以供上下的地方，叫做「步」。永州城北，有一步叫做「鐵爐步」。我乘船而來，在此地居住了九年，到處了解這個渡口之所以叫做「鐵爐」的原因，總是沒找到。向人打聽，有人說：「大概曾有個打鐵的人住過這兒，他人已經離開，鐵爐也毀掉不知道多少年了，只有『鐵爐』這個名稱還在。」

我感嘆說：「嘿，世上果真有實際已去而虛有其名這樣的事情啊！」鐵爐步附近的人說：「您為什麼單單對這件事情感到奇怪呢？現在世上那些依仗自己的姓氏才立足於天下的人，總是說『我的門第高大，別人家比不上我。』要是詢問他的職位和德行，就會說：『很久以前，我的祖先既有地位又有功德。』可是，他們仍然說自己的門第高大，世人也說某某家族門第高大。他們虛有祖先的門第名號，與此步冒鐵爐之名有什麼不同呢？假使有人聽說了『鐵爐』的名號，而缺少釜錡、錢鎛、刀鈇等家什工具，懷揣著錢前來，能買到所要的東西嗎？如果追究這些自炫門第高大的人有何地位與功德，也會像來到『鐵爐步』買鐵具一樣，什麼也得不到。即使他們的地位還在，如果德行已經沒有了，仍不能使他的門第高大，但世上的人們還是樂意把自己置於他們之下。您對此為什麼不奇怪而單單對這件事感到奇怪呢？從大的方面來說，夏桀空有夏禹家族的名望，商紂空有商湯家族的名望，周幽王、周厲王空有周文王、周武王家族的名望，他們只是用祖先的名望傲視天下，卻不知道推究自己的實際情況，姑且以他祖先的名號虛張聲勢，最後終於一個個敗亡，為世人所嘲笑羞辱。這真值得引以為戒啊。如果推求這『鐵爐步』的實際，那些買不到釜錡、錢鎛、刀鈇等鐵器的人，便離開此地到別的地方去買，又有什麼害處呢？你只對這件事感到驚奇，實在是只抓住了小事情啊。」

我認為，古時候有太史，觀察民間風俗、採集民間言論，若能採得這樣的言論，那就有所收穫了。我很讚賞他的話，認為可以採用，因而寫出來成為一篇文章。

【研析】中國古代是一個宗法社會，很講究「門第」的高下。交遊、聯姻，都要看對方的門第。特別是在宋代之前，高門士族與寒門庶族之間更是有著不可彌合的鴻溝。柳宗元也出身於高門貴族。柳氏為「河東三著姓」，柳宗元的母親盧氏一系，也是門第極高的貴族。雖然到柳宗元一輩已經家道大不如前，但在當時，門第高低，只問出身，不問職位及貧富，門閥貴族即便是家徒四壁、一無官職，也仍然是門閥貴族。柳宗元在這篇文章中，對門第觀念進行了大膽的質疑和批判。在一千多年前講究「門戶」的年代，這確乎難能可貴。柳宗元認為，看一個人不能只看其名，而要看其實質。空有貴族的名號，但如果沒有德行，名實不副，那高門貴族的虛名又有何用？桀紂幽厲這些昏君的門第夠高了吧，但他們空有家族的名望，卻不再有那個光榮家族的實際，他們幹盡了壞事，最終只能身敗名裂，為世人所嘲笑。

遊黃溪❶記

北之❷晉❸，西適❹豳❺，東極❻吳❼，南至楚越之交❽，其間名山水而州者以百數，永❾最善。環永之治❿百里，北至於浯溪⓫，西至於湘之源⓬，南至於瀧泉⓭，東至於黃溪東屯⓮，其間名山水而村者以百數，黃溪最善。

黃溪距州治七十里，由東屯南行六百步，至黃神祠。祠之上，兩山牆立⓯，如丹碧之華葉駢植⓰，與山升降⓱，其缺者⓲為崖峭巖窟⓳。水之中，皆小石平布。黃神之上，揭水⓴八十步，至初潭，最奇麗，殆㉑不可狀㉒。其略㉓若剖大甕，側立㉔千尺，溪水積焉。黛蓄膏渟㉕，來若白虹㉖，沉沉無聲。有魚數百尾，方㉗來會㉘石下。南去又行百步，至第二潭。石皆巍然㉙，臨峻流㉚，若頦頷齗齶㉛。其下大石雜列，可坐飲食。

有鳥赤首烏翼，大如鵠㉜，方東嚮立。自是又南數里，地皆一狀，樹益㉝壯㉞，石益瘦㉟，水鳴皆鏘然㊱。又南一里，至大冥之川㊲，山舒㊳水緩，有土田。始㊴黃神為人時㊵，居其地。

傳者㊶曰：「黃神王姓，莽之世㊷也。莽既死，神更號黃氏㊸，逃來，擇其深峭者㊹潛㊺焉。」始莽嘗曰「余黃、虞之後也」㊻，故號其女㊼曰黃皇室主。黃與王聲相邇㊽，而又有本㊾，其所以傳言者益驗㊿。神既居是，民咸(51)安(52)焉。以為有道(53)，死乃俎豆(54)之，為立祠。後(55)稍(56)徙(57)近乎民(58)，今祠在山陰(59)溪水上。元和八年(60)五月十六日，既歸為記(61)，以啟(62)後之好遊者。

【注釋】❶黃溪　水名。在今湖南永州東，源出陽明山。❷之　至。❸晉　古國名。春秋時，地據有今山西大部和河北西南地區。❹適　到。❺豳　古國名，同「邠」。在今陝西旬邑、彬縣一帶。❻極　盡。❼吳　古國名。春秋時據有今淮泗以南至浙江太湖以東地區。❽楚越之交　指今湖南和廣東交界的地方。❾永　永州。❿永之治　永州的州治是零陵縣。治，地方官署所在地。⓫浯溪　水名。湘江的支流，源出今湖南祁陽西南松山。⓬湘之源　湘江的發源地。⓭瀧泉　水名。在今湖南道縣北。⓮東屯　地名。在今湖南永州東。⓯牆立像牆壁一樣直立。⑯丹碧之華葉駢植　紅花綠葉雜然生長。華，同「花」。駢植，並列而長。⑰與山升降　花草長滿了山坡，隨著山勢起伏。⑱其缺者　其間沒有花草的地方。⑲窟　洞穴。⑳揭水　掀起衣裳涉水。㉑殆　幾乎。㉒狀　描繪其情狀。㉓其略　潭的涯崖。略，界線。㉔側立　傾斜而立。㉕黛蓄膏渟　青黑色的潭水蓄積起來像膏油一樣凝滯不動。黛，青黑色的顏料。渟，水靜不動。㉖采若白虹　陽光照在潭水上，像是一道彩色的白虹。㉗方　正在。㉘會　聚集。㉙巍然　高大貌。㉚臨峻流　指潭中的山石承臨急流。㉛若頦頷齗齶　言潭中的石頭，有的像下巴頦，有的像牙牀，有的像口腔的上齶。㉜鵠　天鵝。㉝益　更加。㉞壯　粗大茂盛。㉟瘦　細高峭立。㊱鏘然　形容水聲像金石相碰的聲音一樣清脆。㊲大冥之川　廣闊深遠的平地。川，平地。㊳舒　斜緩。㊴始　當初。㊵為人時　活著的時候，即未死成神之時。㊶傳者　即傳言者，傳說的人。㊷莽之世　王莽的同宗。世，家也，引申為宗族。王莽字巨君，是孝元皇后的侄子。西漢末年，篡漢改國號為新。據《漢書．王莽傳》載：王莽認為王氏的初祖是黃帝，始祖是虞帝，「姚、嬀、陳、田、王氏凡五姓者，皆黃、虞苗裔，予之同族也」。㊸更號黃氏　黃神本姓王，王莽敗死後，改姓黃。㊹深峭者　谷深山高的地方。㊺潛　隱藏。㊻始莽嘗曰句　此言黃、王同宗的原因是王姓為黃帝之後。㊼其女　指王莽的女兒，漢平帝的皇后。㊽邇　近。㊾有本　有根據，即王姓為黃帝之後的說法。㊿驗　驗證。(51)咸　都。(52)安　平安。(53)有道　有德行。(54)俎豆　祭祀時放祭品的兩種器具。此處用為動詞，祭祀。(55)後　指黃神的後代。(56)稍　逐漸。(57)徙　遷移。(58)近乎民　與普通百姓一樣。(59)山陰　山的北面。(60)元和八年　西元八一三年。元和，唐憲宗年號。(61)為記　寫了這篇遊記。(62)啟　開啟。

【語　譯】北到晉，西至豳，東至吳，南至楚越交界之處，以名山之勝而著名的州有數百個，其中永州的山水最好。圍繞著永州的州治零陵縣城一百里方圓，北到浯溪，西至湘江的發源地，南至瀧泉，東至黃溪東屯，以山水而著名的村莊也有數百個，其中以黃溪的山水最佳。

黃溪離永州治所七十里，由東屯向南走六百步，就到了黃神祠。祠的上方，兩座山峰像牆壁一樣直立著，紅花綠葉並列生長，花草長滿了山坡，順著山勢而高低起伏，其間沒有花草的地方，是懸崖峭壁和岩洞。黃溪的水中，滿是小石塊平鋪著。從黃神祠向上，，涉水過溪八十步，到初潭，其景色最為奇麗，語言幾乎不能描繪。潭的邊界輪廓像是剖開的一隻大甕，傾斜而立，有千尺方圓，溪水蓄積其中。潭水青黑，像膏油一樣靜凝不動。陽光照在潭水上，折射出一道白虹一樣的色彩，沉靜無聲。潭水中有魚數百條，正聚在石崖下。向南走上百步，到第二潭。潭中的石頭都非常大，承受著急流，有的像下巴頦，有的像牙牀，有的像上齶。潭邊有許多大石塊隨意地排列著，可以坐在石塊上吃東西。有一種紅頭黑翅膀的鳥，像天鵝那樣大，正頭朝東站立著。從這兒再向南數里，地形還是一樣，但樹木卻更加壯大茂盛，山石越來越細瘦，溪水聲像金石相碰一樣清脆。再向南一里，到一塊廣闊遼遠的平地上，山勢漸漸平緩，水流也慢了下來。溪邊有一塊田地，當初黃神未死成神的時候，曾在這兒住過。

據傳說：「黃神姓王，是王莽的同宗。王莽死後，黃神改姓黃氏，逃到永州黃溪，挑選谷深山高的地方隱藏起來。」王莽當年也曾經說過，「我是黃帝、虞舜的後代」，因而給女兒「黃皇室主」的稱號。「黃」與「王」發聲相近，王氏為黃帝之後的說法又有些根據，因而這個傳說就顯得更有驗證了。黃神在這兒居住後，民眾都得以平安。大家認為他有德行，死後祭祀他，為他建立了祠廟。黃神的後裔逐漸變得與普通百姓一樣。現在的黃神祠在山北溪水上。元和八年五月十六日，我從黃溪遊玩歸來，寫了這篇遊記，為以後喜歡遊玩的人們開個頭。

【研　析】柳宗元參與永貞革新失敗後，在永、柳二州度過了後半生。這二州山水奇絕，他在大自然的神奇中流連忘返，山溪、清泉、奇石、幽潭、游魚，給柳宗元的貶謫生活帶來了很大的安慰。柳宗元為這些絕佳風景寫了多篇遊記。除了著名的「永州八記」，〈遊黃溪記〉也是其中一篇。

柳集中有關黃溪的詩文，除本文外，尚有〈入黃溪聞猿〉、〈韋使君黃溪祈雨見召從行至祠下口號〉等詩歌作品。黃溪為永州山水勝景，文章以遊蹤為線，移步換形，溪、水、山、石美景歷歷，使讀者如身臨其境。孫琮《山曉閣選唐大家柳柳州全集》卷三評此文妙處云：「一起先從豳晉吳楚四面寫來，抬出永州。次從永州名勝四面寫來，抬出黃溪，便見得黃溪不獨甲出一個永州，早已甲出於天下，地位最占得高。下寫黃神祠，兩山壁立，狀如丹霞，境界何等奇絕。次寫初潭二潭，凡寫石，寫泉，寫樹，處處換筆，便處處另換一個洞天福地。坐臥其間，此身恍在黃溪深處。」

始得西山宴遊記

自余為僇人[1]，居是州，恆惴慄[2]。其隙[3]也，則施施[4]而行，漫漫[5]而遊。日與其徒[6]上高山，入深林，窮[7]迴谿[8]；幽泉怪石，無遠不到。到則披草而坐，傾壺而醉；醉則更相枕以臥，臥而夢。意有所極[9]，夢亦同趣。覺而起，起而歸。以為凡是州之山水有異態者，皆我有也，而未始知西山之怪特。

今年九月二十八日，因坐法華[10]西亭，望西山，始指異[11]之。遂命僕人過湘江[12]，緣[13]染溪[14]，斫[15]榛莽[16]，焚茅茷[17]，窮山之高而上。攀援而登，箕踞[18]而遨[19]，則凡數州之土壤，皆在衽席[20]之下。其高下之勢，岈然[21]洼然[22]，若垤[23]若穴，尺寸千里[24]，攢蹙[25]累積，莫得遯隱[26]。縈[27]青繚[28]白，外與天際[29]，四望如一。然後知是山之特立，不與培塿[30]為類。

悠悠乎㉛與顥氣㉜俱㉝，而莫得其涯㉞；洋洋㉟乎與造物者㊱遊，而不知其所窮。引觴㊲滿酌，頹然㊳就醉，不知日之入。蒼然暮色，自遠而至，至無所見，而猶不欲歸。心凝形釋㊴，與萬化㊵冥合㊶。然後知吾嚮㊷之未始游，游於是乎始。故為之文以志㊸。是歲，元和四年㊹也。

【注　釋】❶僇人　受刑戮之人，此指遭受貶謫。僇，同「戮」。刑辱。❷惴慄　憂懼貌。❸隟　同「隙」。空閒。❹施施　緩行貌。❺漫漫　隨意的、沒有目的。❻徒　此指陪同而遊者。❼窮　盡，用為動詞，走到盡頭。❽迴谿　縈迴曲折的山間溪水。❾意有所極　心中所能想到的。❿法華　寺名，在零陵縣城內東山上。⓫指異　指點稱異。⓬湘江　發源於廣西壯族自治區興安縣，東北流入於湖南洞庭湖。⓭緣　沿著，順著。⓮染溪　瀟水的一個支流，一名冉溪，柳宗元改其名為愚溪。⓯斫　砍伐。⓰榛莽　叢生的樹木雜草。⓱茅茷　茅草茂盛貌。⓲箕踞　席地而坐時隨意伸開兩腿，成簸箕狀。這是一種不拘禮節的坐法。⓳遨　遊。⓴衽席　席子。㉑岈然　山谷空闊深遠貌。㉒洼然　山谷低窪貌。㉓垤　蟻穴外的積土。㉔尺寸千里　言千里景色來到眼前，成為尺寸大小。㉕攢蹙　聚集收攏。㉖遁隱　隱藏。㉗縈　繞。㉘繚　圍繞。㉙際　連接。㉚培塿　又寫作「附婁」、「部婁」，小土丘。㉛悠悠乎　渺遠廣大貌。㉜顥氣　即浩氣，指天地間的大氣。㉝俱　同在一起。㉞涯　邊際。㉟洋洋　舒緩自在。㊱造物者　即造化，指上天；自然。㊲觴　酒杯。㊳頹然　醉倒貌。㊴心凝形釋　心如凝結在一般，忘記了一切煩惱，形體如消散了一般，忘記了自身的存在。㊵萬化　萬物。萬物來自造化，故稱。㊶冥合　暗中符合。㊷嚮　從前。㊸志　記。㊹元和四年　西元八〇九年。

【語　譯】從我遭到貶謫，住在永州這個地方，心中一直憂懼不安。閒暇時，我會出去慢慢地散步，漫無目的地到處轉轉。我每天和同遊的人爬高山，鑽深林，走遍曲折的山間溪水；凡是隱幽的泉水、怪異的山石，無論多麼遠，都走到了。到了目的地，我們便撥開野草席地而坐，從壺中倒出酒來痛飲，喝醉後則更互相枕靠著睡在地上，進入夢鄉。凡是心中所能想到的，在夢中也會有同樣的情趣。睡醒後便起身，起身後便回家。本來以為，凡是永州山水中形態奇異的，都被我領略過了，卻不知道西山還有這樣奇特的風光。

今年九月二十八日，我坐在法華寺西的亭子中，遙望西山，才發現那兒景觀奇異，便命僕人相隨，渡過湘江，沿著染溪，砍去叢生的灌木，燒掉雜亂的茅草，望著山頂向上爬。攀援著樹枝登山，隨意伸開腿坐在山地上，居高望遠，好幾個州的土地，似乎都近在坐席之前。眼前是高下懸殊的地勢，山谷是那樣的深遠，那樣的低窪，高處像是螞蟻做窩壘起土山，低處像是螞蟻洞穴。千里景色，一覽無餘，都聚集收攏在眼前的尺寸之地。四下裏繚繞著或青或白的光影，一直與天際相接，四望渾然一體。看到這些景色，才知道西山的確特異，那些小土丘怎能和它相比。我悠然自得地與大自然之氣互相交融，卻不能達到它的邊際；我悠閒自在地與造化交遊，也不知道哪裏是它的盡頭。我滿斟酒杯，滿滿喝下，喝得醉倒在地，不知道太陽已經下山。蒼茫暮色逐漸降臨，什麼都看不見了，仍然不想回家。此時此刻，心神凝聚，形軀解放，好像自己已經溶化在萬物之中。我這才認識到，自己從前等於是沒有出遊過，真正的遊覽從這西山才算開始，所以，我寫了這篇文章記載此事。這一年，是元和四年。

【研析】柳宗元因參與王叔文集團的政治改革，於順宗永貞元年（八〇五）被貶為永州司馬。其正式名稱叫做「永州司馬員外置同正員」，所謂「員外」，就是編制之外的意思。這官的級別雖然是「正六品上」，但永州在唐代還是一個偏遠落後的地方，「派」到這種地方為官，通常是用來懲罰安置有罪官員的一種手段。柳宗元來到永州後，實際上既無職掌，也無官舍，更無公務可幹。柳宗元在永州一待就是十年。閒居無聊，柳宗元日以著文、課徒為事。他來永州時，表弟盧遵、堂弟宗直這兩個年輕人追隨而來，後來陸續有年輕學子前來問學，柳宗元以師自居，誨人不倦。閒暇之日，柳宗元便帶著他們尋幽攬勝，徜徉於永州的山山水水之中。遊玩之餘，柳宗元寫下了二十多篇膾炙人口的遊記。其中具有連貫性的八篇最為著名，被稱為〈永州八記〉。

本篇是八記的第一篇，其餘七篇是〈鈷鉧潭記〉、〈鈷鉧潭西小丘記〉、〈至小丘西小石潭記〉、〈袁家渴記〉、〈石渠記〉、〈石澗記〉、〈小石城山記〉。

西山在今湖南永州西，現名糧子嶺，是一個風光奇異的風景區。與他篇多寫景物不同，此篇在寫景的同時，還著重寫了「遊人」的心情、神態、感慨，既描繪出西山一帶的「怪特」風光，也藉此風光表達了對於人生、自然、世界的看法和感慨，可以算作是八記的一個綱目。作為一個政治上的失敗者，一個被貶遠州形如囚徒的待罪之人，大自然的奇異風光雖然使他有一些造化無常的感覺，但更多地是開闊了柳宗元的胸襟，使他的憂懼憤慨心情得以舒緩。當他登上山頂，俯看四野時，便忘記了人生的煩惱，悠悠洋洋地與大自然融為了一體。

鈷鉧潭❶記

鈷鉧潭在西山西，其始蓋冉水❷自南奔注，抵山石，屈折東流；其顛委❸勢峻❹，盪擊益暴，齧❺其涯，故旁廣而中深，畢至石乃止。流沫❻成輪❼，然後徐行；其清而平者且❽十畝餘，有樹環❾焉，有泉懸❿焉。

其上有居者，以予之亟⓫遊也，一旦⓬款門⓭來告曰：「不勝官租私券⓮之委積⓯，既芟⓰山而更居⓱，願以潭上田貿財⓲以緩禍⓳。」予樂而如⓴其言。則崇㉑其臺，延其檻㉒，行㉓其泉於高者而墜之潭，有聲潀㉔然，尤與㉕中秋觀月為宜㉖，於以㉗見天之高，氣之迥㉘。孰㉙使予樂居夷㉚而忘故土者，非茲潭也歟？

【注釋】❶鈷鉧潭　鈷鉧，即熨斗，用來燙平衣服的工具。古代的熨斗形似缽，中空無蓋，內燃木炭。此潭的形狀像熨斗，所以叫鈷鉧潭。❷冉水　即冉溪，又稱染溪。❸顛委　即首尾，指上游和下游。顛，頭頂。❹勢峻　水勢峻急。❺齧　咬。這裏是沖刷侵蝕的意思。❻沫　泡沫。❼輪　指急流遇阻形成的漩渦。❽且　將近。

❾環　環繞。❿泉懸　泉水從高處懸掛而下。⓫亟　多次。⓬一旦　一日；某一天。⓭款門　叩門；敲門。⓮私券　私人借據，此指所欠私人的債務。⓯委積　積累。⓰芟　除草。這裏指開荒。⓱更居　遷居。⓲貿財　賣錢。⓳緩禍　此指減輕債務。言禍，是誇張說法。⓴如　按照……行事。㉑崇　用作使動詞，使高；加高。㉒檻欄杆。㉓行　疏導。㉔潀　小水流入大水時發出的聲音。㉕與　於；在；對於。㉖宜　合適。㉗於以　在（這種情況下）就（可以）。㉘迥　遙遠。㉙孰　誰；哪個；什麼。㉚夷　此指離京較遠的地區。

【語　譯】鈷鉧潭在西山之西，它的源頭是自南奔流而來的冉溪，溪水碰到山石後，又曲折東流；從上到下，水勢湍急，經山石激盪而更加兇猛，不斷地侵蝕著水潭的邊沿，因此這個水潭四邊寬廣而中間很深，溪水最後流到潭石邊，才停止下來。水流激起許多泡沫，形成一個個車輪般的漩渦，然後又漫漫地流去；清澄平靜的水面近十畝大小，四周環繞著樹木，有泉眼懸在岩石上。

潭岸上有一戶人家，見到我多次去遊玩，有一天上門來對我說：「因為欠了官府的租稅和別人的債，已經開荒搬到了山裏去住，願意賣掉潭邊的一塊田，以緩解債務。」我樂意答應他的懇求，買下了這塊地。我加高地裏的土臺，延長臺邊的欄杆，引導高懸的泉水流落潭中；流泉發出悅耳的聲響。這裏的景色，尤其是在中秋之夜觀月時最佳，可以見出天空的高闊和大氣的渺遠。是什麼使我樂於居住在偏遠之地而忘記了故鄉呢，不就是這一泓潭水嗎？

【研　析】柳宗元被貶永州，投閒置散，形同囚徒，好在仍有俸祿，柳宗元得以在永州安家，甚至還有些餘錢購買他所喜歡的田地、山丘或小潭。這篇文章提及作者購買鈷鉧潭上一塊田地的經過。該文作於〈始得西山宴遊記〉之後，是「永州八記」的第二篇。文中生動地描繪了鈷鉧潭及其周邊的優美風光，並以看似恬淡的筆觸，曲折地反映了作者心中的憤懣，反映了「官租私券」給農民帶來的沉重負擔。不到二百字的短文，細緻有序地描述了鈷鉧潭的成因、形狀、神態、聲響、環境，以及觀賞該潭時對於主體心理的微妙作用。正如明鍾惺所云：「點綴小景，遂成大觀。」

（《山曉閣選唐大家柳柳州全集》卷三引）

鈷鉧潭西小丘記

得[1]西山後八日，尋[2]山口西北道二百步，又得鈷鉧潭。潭西二十五步，當[3]湍[4]而浚[5]者為魚梁[6]。梁之上有丘[7]焉，生竹樹。其石之突怒[8]偃蹇[9]、負土而出[10]，爭為奇狀[11]者，殆[12]不可數。其嶔然[13]相累[14]而下者，若牛馬之飲於溪；其衝然[15]角列[16]而上者，若熊羆[17]之登於山。丘之小不能[18]一畝，可以籠[19]而有之。

問其主，曰唐氏之棄地，貨[20]而不售[21]。問其價，曰止四百[22]，余憐[23]而售[24]之。李深源、元克己[25]時同遊，皆大喜，出自意外。即更取器用，鏟刈[26]穢草[27]，伐去惡木[28]，烈火而焚之[29]。嘉木立[30]，美竹露，奇石顯。由其中以望，則山之高，雲之浮，溪之流，鳥獸之遨遊，舉[31]熙熙然[32]迴巧獻技[33]，以效[34]茲丘之下。枕席而臥[35]，則清泠[36]之狀與目謀[37]，瀯瀯㊳之聲與耳謀，悠然而虛者㊴與神謀，淵然㊵而靜者與心謀。不匝旬㊶，而得異地者二㊷，雖古好事之士㊸，或未能至㊹焉。

噫！以茲丘之勝㊺，致㊻之灃、鎬、鄠、杜㊼，則貴游之士㊽爭買者，日增千金而愈不可得㊾。今棄是州也，農夫漁父過㊿而陋(51)之，賈(52)四百，連歲(53)不能售，而我與深源、克己獨喜得之。是其果有遭(54)乎？書於石，所以賀茲丘之遭也(55)。

【注釋】❶得　指尋得；遊得。❷尋　沿著；順著。❸當　正在當口；正衝著。❹湍　急流。❺浚　深。❻魚梁　橫水而築的堤堰，中有豁口，置以捕魚的竹笱。笱口有倒刺，魚蝦一旦順水進入，即不易游出。❼丘　小土山。❽突怒　突兀奮起貌。❾偃蹇　傲然挺立貌。❿負土而出　從地面聳露出來。負，背對著；背離。⓫爭為奇狀　爭著顯出各種奇形怪狀。⓬殆　幾乎；差不多。⓭嶔然　原指山勢很高的樣子，這裏指傾斜。⓮相累　重重疊疊。⓯衝然　向上衝貌。⓰角列　像動物之角那樣互不相讓地排列著。⓱羆　一種熊類動物，後肢可直立，俗稱人熊。⓲不能　不到；不足的意思。⓳籠　包括。⓴貨　正在出賣。㉑不售　賣不出去。㉒止四百　僅僅四百文銅錢。止，僅。㉓憐　愛惜；喜愛。㉔售　買賣，這裏作買解。㉕李深源元克己　李深源原為睦州刺史，後貶永州。元克己也是被貶到永州的一個小官吏，他們都是柳宗元的朋友。㉖刈　割。㉗穢草　荒草；雜草。㉘惡木　不好的樹木。㉙烈火而焚之　用烈火去燒掉雜樹和荒草。㉚嘉木立　那些美好的樹木都（因顯露而得以）樹立。㉛舉　全都。㉜熙熙然　歡樂貌。㉝迴巧獻技　紛紛獻出其巧姿妙技。迴，運轉，此指表演，與「獻」同義。㉞效　報效；呈獻。㉟枕席而臥　鋪了席子躺在上面。㊱清泠　形容清淨明快的景色。㊲謀　原指商議、商量，這裏是相接觸的意思。㊳瀯瀯　水流的聲音。㊴悠然而虛者　言清靜空曠的景色給予欣賞者的主觀感覺。悠然，幽靜貌。虛，空曠。㊵淵然　深沉而又幽靜貌。㊶不匝旬　不到十天。匝，一周；一圈，引申為滿。旬，十天為一旬。㊷異地者二　指西山和小丘。異地，奇特之所。㊸好事之士　好事的人。這裏指愛好遊覽的人。㊹至　達到；實現。㊺勝　名勝；美好的風景。㊻致　放到。㊼灃鎬鄠杜　都在唐朝京都長安（今陝西西安）附近，其地有許多山水名勝。灃，水名，流經長安。鎬，地名，在西安西南。鄠，縣名，今陝西戶縣。杜，地名，今陝西長安。㊽貴游之士　指達官貴人。貴游，又有愛好遊覽的意思，故這裏有雙關的含義。㊾日增千金而愈不可得　這句是說，爭買的人很多，天天漲價，更加買不到手。日，每日；天天。愈，更。㊿過　拜訪；經過。(51)陋　意動詞，看不起的意思。(52)賈　同「價」。(53)連歲　一連多年。(54)遭　遭遇，這裏指好的遭遇。(55)所以賀茲丘之遭也　這句是說，用來祝賀小丘的好運。以，用以。

【語　譯】我尋訪到西山後的第八天，順著山口西北的路向前二百餘步，又發現了鈷鉧潭。往潭西走二十五步，在那水流又深又急的地方，有一個魚梁。魚梁的上方是一個小山丘，上面長著翠竹綠樹。丘上那些昂然突起、生氣勃勃、從地面上聳起身來，爭著顯出各種奇形怪狀的石頭，幾乎多到數不清。那些層疊傾斜向下的，好像一頭頭牛馬奔向溪邊喝水；那些交錯著爭著往上沖的，又像熊羆正在比賽登山。小丘的面積不到一畝，小得似乎可以把它整個兒買下來。

打聽這小丘的主人是誰，說是姓唐的人丟棄了的土地，想賣也賣不出去的。問小丘的賣價多少，說是僅僅四百文錢。我很喜愛憐惜它，就把它買了下來。李深源、元克己當時和我一起遊玩，都很高興，簡直可以說是喜出望外。我們馬上找來農具，鏟除雜草，砍去不好的樹木，燃起烈火把它們燒掉。於是好看的樹木出現了，美麗的竹子顯露出來了，奇異的石頭也呈現在人們的眼前了。站在小丘上四處望去，山顯得很高，雲在飄浮，溪水緩緩地流著，鳥獸在天地間自由自在地飛翔、追逐，這一切景象都歡樂地呈現在這小丘的下邊，爭相表演著它們的奇巧絕技。在這兒鋪席墊枕躺下，四周清新泠然的景色，盡收我的眼底；潺潺的流水聲，回響在我的耳邊；大自然的安閒、空曠跟我的精神多麼接近；我的心靈多麼像它那樣深沉而幽靜啊。不到十天就得到這樣兩個奇異美好的地方，恐怕古代愛好遊覽的人士，也沒有達到這樣的境界吧！

唉！憑著這小丘的美好景色，把它放到長安附近人多繁華的灃、鎬、鄠、杜等地方去，那些愛好風雅的達官貴人，那怕是每天增加千金的價錢，也會爭到不可開交，想買都買不到。可現在卻被丟棄在這個州裏，莊稼漢、打漁人走過，瞧不起它，價錢賤到四百文錢，許多年來也賣不出去，只有我和深源、克己才高興地買到了它。難道說這小丘真的碰到了好的運氣了嗎？我把這件事寫了出來，刻在石頭上，就用來慶賀小丘遇到了好運吧。

【研析】永州山水清幽孤峭，但在當時卻並不出名。許多秀水幽山，當地人並不在意，又因地處偏遠，外地人也並不知情。柳宗元到永州之後，發現了這些如同明珠般散落的山山水水，深有感觸，於是形諸文章，永州的山水這才為天下人所知，並隨著柳文，流傳千古，成為湖廣的一大名勝。完全可以說，沒有柳宗元的遊記，永州山水就不會有現在的知名度。柳宗元並不是偶然地發現這些很小很不起眼的「微型山水」的。這些山水與柳宗元有著相似的命運。那是一個個美麗而孤獨的幽魂，隱藏在世俗之人所不知或不屑知的去處。比如，這個鈷鉧潭西的無名小丘，小不足一畝，長滿雜草，是一塊賣不出去的棄地。然而，它卻有自己的特色。它的最大特色，就是有著許多「突怒」而列，各具姿態，栩栩如生的奇石。這些奇石，不管是否有惡木穢草的遮蔽，都爭先恐後地負土而出，沒有絲毫的自卑，沒有絲毫的畏縮，它自然而然地生於斯，立於斯，不因人世滄桑而變化，不因世間風雨而動搖。我行我素，自得其生趣，自有其品格。這也正是柳宗元人格的自我寫照。一旦伐去惡木，焚去穢草，這些奇石的美麗便顯露出來，與那「山之高，雲之浮，溪之流，鳥獸之遨遊」的美景熙熙然融為一體，這是一個多麼生機盎然的世界啊！在這個世界裏，柳宗元發現了美，也發現了自我。

至小丘[1]西小石潭記

從小丘西行百二十步，隔篁竹[2]，聞水聲，如鳴珮環[3]，心樂之。伐竹取道，下見小潭，水尤清冽[4]。全石以為底[5]，近岸，卷石底以出[6]，為坻[7]，為嶼[8]，為嵁[9]，為巖。青樹翠蔓[10]，蒙絡搖綴[11]，參差披拂[12]。潭中魚可[13]百許頭，皆若空游[14]無所依。日光下澈，影布石上，佁然[15]不動，俶爾[16]遠逝，往來翕忽[17]，似與遊者相樂。

潭西南而望，斗折[18]蛇行，明滅可見。其岸勢犬牙差互[19]，不可知其源。

坐潭上，四面竹樹環合，寂寥無人，淒神寒骨，悄愴[20]幽邃[21]。以其境過清，不可久居[22]，乃記之而去。

同遊者：吳武陵[23]，龔右[24]，余弟宗玄。隸[25]而從者，崔氏二小生[26]，曰㉗恕己，曰奉壹。

【注　釋】❶小丘　即〈鈷鉧潭西小丘記〉中所說的小丘。❷篁竹　竹林。篁，竹。❸珮環　玉製裝飾品，行走時互相碰撞發出響聲。❹清洌　清涼。❺全石以為底　以整塊石頭為底。❻卷石底以出　石底邊沿上卷而露出水面。❼坻　水中高地。❽嶼　小島。❾嵁　不平的巖石。❿翠蔓　翠綠的莖蔓。⓫蒙絡搖綴　蒙蓋纏繞，搖動連綴。⓬披拂　飄動。⓭可　大約。⓮空游　在空中游動。這裏形容水的清澈。⓯怡然　一本作「佁然」。佁然，痴愣貌。⓰俶爾　忽然。⓱翕忽　迅速貌。⓲斗折　像北斗七星那樣曲折。⓳犬牙差互　像狗的牙齒那樣互相交錯。⓴悄愴　寂靜淒愴（寒冷）。㉑邃　深。㉒居　停留。㉓吳武陵　信州（今江西上饒）人，元和初進士，西元八〇八年被貶到永州。㉔龔右　柳宗元的一個朋友。㉕隸　附屬；跟隨。㉖小生　年輕人。㉗曰　名叫。

【語　譯】從小丘往西走一百二十步，隔著一片竹林，聽到好像玉環相撞般的流水聲，心裏很高興。砍去竹子，開出一條小道，走過去，看到下邊是一個小水潭，水特別清涼。潭底是一塊完整的石頭，靠近岸邊的地方，石底向上翻捲露出水面，有的成為水中高地，有的是小島嶼，有的高低不平，有的是一般的岩石。潭邊翠綠的樹枝和藤蔓互相蒙蓋纏繞，搖動連綴，參差不齊的枝條隨風飄動。潭中約有一百多條魚，都好像無所依託地在空中游動著。日光一直照射到清澈的水底，小魚的影子映在石頭上，它們有時呆愣在那裏不動，有時又忽然向遠處游去，往來非常迅速，好像是在與遊人逗樂。

向水潭的西南方向遠遠望去，注入潭中的小溪像是北斗星座那樣曲折，又如蛇行那樣蜿蜒，有的地方明亮，有的地方晦暗，但都能看得清清楚楚。溪流岸石犬牙交錯，不知道它的源頭在那裏。

坐在潭邊，四面竹樹環繞，落寞無人，使人心神淒惻，寒氣透骨，這真是一個寂靜寒冷而且幽深的地方。因為這裏環境過於冷清，不可長久停留，便記下上述的情景而後離去。

同遊的人有：吳武陵、龔右和弟弟宗玄。跟著同來的還有姓崔的兩個年輕人，名叫恕己和奉壹。

【研析】本文為「永州八記」的第四篇。與前面的〈鈷鉧潭記〉和〈鈷鉧潭西小丘記〉等文章所記述的景觀有所不同，前面的幾處景觀都有人為加工的成分，而對於小石潭，柳宗元等人沒有做任何的加工美化工作。這是因為，小石潭是天然的美，完全不需要美化。這處景色，其水清洌，其形奇異，潭中之魚若「空游」，水源明滅可見，此皆可稱勝景。雖然此地「其境過清，不可久居」，且〈永州八記〉所述各處景觀各有勝處，但應該承認，柳宗元對於這裏的景色似乎有所偏愛。作者對本文傾注了很深厚的情感，其藝術技巧出色，比喻美妙新奇，描寫簡潔細緻，歷來為人們所稱賞。清陳衍《石遺室論文》卷三：「極短篇，不過百許字，亦無特別風景可以出色，始終寫水竹淒清之景而已。而前言『心樂』；中言潭中魚與遊者相樂；後『淒神寒骨』，理似相反，然樂而生悲，遊者常情。」

袁家渴[1]記

由冉溪西南水行[2]十里，山水之可取者五，莫若[3]鈷鉧潭；由溪口而西陸行，可取者八九，莫若西山；由朝陽巖[4]東南水行，至蕪江[5]，可取者三，莫若袁家渴；皆永中幽麗奇處也。

楚、越之間方言，謂水之支流[6]者為渴，音若「衣褐」之「褐」[7]。渴上與南館[8]高嶂[9]合[10]，下與百家瀨[11]合。其中重洲小溪，澄潭淺渚[12]，間廁[13]曲折。平者深黑，峻[14]者沸[15]白。舟行若窮，忽又無際。有小山出水中，山皆美石，上生青叢[16]，冬夏常蔚然[17]。其旁多巖洞，其下多白礫[18]，其樹多楓、柟[19]、石楠[20]、楩[21]、櫧[22]、樟[23]、柚[24]，草則蘭芷[25]。又有異卉[26]，類合歡[27]而蔓生，轇轕[28]水石。每風自四山而下，振動大木，掩苒[29]眾草，紛[30]紅[31]駭[32]綠[33]，蓊葧[34]香氣；衝濤旋瀨，退貯[35]谿谷，搖颺葳蕤㊱，與時推移㊲。其大都如此，余無以窮其狀。永之人未嘗遊焉。余得之，不敢專㊳也，出而傳於世。其地主㊴袁氏，故以名焉。

【注釋】❶袁家渴　地名，為零陵東南瀟水無名支流，其地屬袁姓，故名。❷水行　在溪水中乘船等而行。❸莫若　不如；沒有比得上。❹朝陽巖　在今永州西南的瀟水西岸。由於當地高大的岩石朝東，所以唐代元結為它取名為「朝陽巖」。❺蕪江　瀟水支流，在今永州東。❻支流　支，一本作「反」。袁家渴為繞過多處沙洲的彎形水道，並行彎道水流相反。❼音若句　一本作小字注文。褐，粗布衣服。❽南館　疑指當時建於袁家渴上游山上的館舍。❾高嶂　高而險如屏嶂般的山峰。❿合　相接。⓫百家瀨　地名，在零陵城南二里處。瀨，從沙石上流過的急水。⓬渚　水中的小洲。⓭間廁　錯置；交錯夾雜。⓮峻　此指湍急。⓯沸　沸騰。⓰青叢　指四季常青的叢生灌木。⓱蔚然　草木茂盛貌。⓲白礫　白色碎石。⓳柟　常綠喬木，其材珍貴。⓴石楠　又名千年紅，常綠灌木或小喬木。㉑楩　一種喬木，似樟木。㉒櫧　常綠樹，木材堅硬。㉓樟　常綠喬木，可提取樟腦，木材堅硬。㉔柚　木名，常綠喬木。㉕芷　白芷，香草之一種，多年生草木植物，夏天開小白花。㉖卉　花草之總稱。㉗合歡　又名馬纓花，落葉喬木，羽狀複葉，夜間小葉成對相合，夏季開花。㉘轇轕　即交葛、膠葛，交錯糾纏貌。㉙掩苒　遮蔽，此有壓蓋之意。㉚紛　用為使動，使之紛亂。㉛紅　泛指花草。㉜駭　用為使動，使之害怕，此指使花草散亂。㉝綠　泛指樹葉。㉞蓊葧　濃郁。㉟貯　藏；存。㊱葳蕤　草木茂盛而枝葉下垂貌。㊲與時推移　隨著時間的變化而變化。㊳專　獨自享用。㊴地主　土地的主人。

【語譯】由冉溪乘船往西南走十里，沿途山水風景值得稱道的有五處，其中以鈷鉧潭最佳；由冉溪口往西步行，值得稱道的有八九處，其中以西山最佳；由朝陽巖乘船往東南到蕪江，沿途值得稱道的勝景有三處，其中以袁家渴最為出色；以上都是永州清幽、秀麗，風景奇特的地方。

楚、越之間的方言，將流向相反的水道稱為「渴」，字音如同所穿「褐衣」的「褐」。袁家渴上游與南館所在的高峰相鄰，下與百家瀨相接。其中重疊相連的沙洲和小溪，清澈的水潭和淺淺的小洲，互相交錯夾雜。平靜的潭水呈深黑色，峻急的河水則激盪起像沸水一樣的白色浪花。船行中，似乎是前邊已到盡頭，但忽然間轉過彎前面又開闊起來。有座小山從溪水中冒出來，上邊全是美麗的石塊，還長著叢生的綠樹，冬夏都很茂密。山崖上有許多巖洞，山下有許多白色的碎石。小山上長了許多楓、楠、石楠、楩、櫧、樟、柚等常綠樹木，還有許多蘭草和白芷。又有一種奇異的花草，樣子像是合歡樹，卻是蔓生，交錯纏繞在水中和石頭上。大風經常從四面的山上刮下來，搖撼著大樹，吹倒遍地的花草，紅花綠葉紛飛散落，散發出濃郁的香氣；大風衝起波濤，淺灘上急湍迴旋，溪水倒流溪谷；風搖動著茂密的花草樹木，隨著時間的推移，這裏的風景也不斷變化。這兒大體上就是這樣，我無法把它的情景全部寫出來。

永州當地人不曾去那裏遊覽過。我發現了它，不敢獨自享用，所以介紹出來公之於世。這一帶土地的主人姓袁，因此有了「袁家渴」這個名字。

【研　析】〈永州八記〉可分為兩組，一組是元和四年（西元八〇九年）以西山為中心的四篇，主要寫山、丘、潭；一組是元和七年（西元八一二年）以袁家渴為中心的的四篇，其中前三篇記渴、渠、澗，最後一篇寫小石城山。這兩組景觀，都是一大三小，主次有致，使人對於於永州的兩大處山水有一個形象清楚的認識。本文開頭，交代了〈永州八記〉所述八景相對於冉溪的位置，從而將這兩組八個景觀組織在一個以冉溪為中心的遊覽圖中。然後寫渴之命名、具體位置，渴中景物，景物之個性特徵，山水草木，次第寫來，如一幅著色圖畫，呈現在讀者面前。其寫風中「動景，木搖草掩，花紛葉亂，水波翻滾，迴旋倒流，尤為出色。孫琮《山曉閣選唐大家柳柳州全集》卷三評述此文的妙處說：「讀袁家渴一記，只如一幅小山水，色色畫到。其間寫水，便覺水有聲；寫山，便覺山有色；寫樹，便覺枝幹扶疏；寫草，便見花葉搖曳。真是流水飛花，俱成文章者也。」

石渠記

自渴[1]西南行，不能[2]百步，得石渠[3]，民橋[4]其上。有泉幽幽然[5]，其鳴乍大乍細[6]。渠之廣[7]，或咫尺[8]，或倍尺[9]，其長可十許步。其流抵[10]大石，伏出[11]其下。踰[12]石而往，有石泓[13]，昌蒲[14]被[15]之，青鮮[16]環周[17]。又折西行，旁陷巖石下[18]，北墮小潭[19]。潭幅員減[20]百尺，清深多儵魚[21]。又北曲行紆餘[22]，睨[23]若無窮，然卒入於渴。其側皆詭[24]石怪木，奇卉美箭[25]，可列坐而庥[26]焉。風搖其巔[27]，韻[28]動崖谷。視之既靜，其聽始遠。

予從州牧[29]得之，攬去翳朽[30]，決疏[31]土石，既崇而焚[32]，既釃而盈[33]。惜其未始有傳焉者，故累記其所屬[34]，遺[35]之其人，書之其陽[36]，俾[37]後好事者求之得以易。元和七年[38]正月八日，蠲[39]渠至大石。十月十九日，踰石得石泓小潭。渠之美於是始窮也。

【注釋】❶渴 指袁家渴。❷不能 不到。❸石渠 因渠底渠岸多石，故名。❹橋 用為動詞，架橋。❺幽幽然 色深黑貌。❻乍大乍細 一會兒大，一會兒小。❼廣 寬。❽咫尺 八寸到一尺大小。咫，八寸。❾倍尺 二尺。❿抵 到達；接觸。⓫伏出 從底下流出。⓬踰 越過。⓭泓 清澈的水塘。⓮昌蒲 草名。⓯被 覆蓋。⓰鮮 通「蘚」。苔蘚。⓱環周 環繞四周。⓲旁陷巖石下 （渠水）從旁邊流入岩石之下。⓳北墮小潭 （渠水）向北落在小潭中。⓴減 不到；不滿。㉑鯈魚 魚名，即白鯈。㉒紆餘 曲折延伸貌。㉓睨 看。㉔詭 奇異。㉕箭 小竹。㉖庥 休息。㉗巔 頂；梢。㉘韻 好聽的聲音。㉙州牧 指本州的刺史。㉚翳朽 指枯枝敗葉。翳，樹木因枯而倒下。㉛決疏 疏浚。㉜既崇而焚 將枯枝敗葉等堆積起來焚燒。崇，使動詞，使之高。㉝既釃而盈 疏浚了渠中的土石，渠水滿盈。釃，疏浚。㉞累記其所屬 指將與石渠有關連的景、物、事等全都記載下來。屬，相屬；相連；有關。㉟遺 贈送。㊱陽 指石渠朝陽的崖邊。㊲俾 使。㊳元和七年 西元八一二年。㊴蠲 清除。

【語譯】從袁家渴向西南而行，不到百步，有一條石渠，當地的老百姓在渠上架了一座橋。有一眼泉，顏色深黑，泉聲一會兒大，一會兒小。渠的寬度，有的地方八寸到一尺大小，有的地方二尺左右。渠長大約有十來步。水流遇到一塊大石頭，便從石頭底下流過。繞過石頭向前，有一個深深的石潭。潭上覆蓋著昌蒲，青色的苔蘚環繞四周。再折向西行，渠水從旁邊流入岩石之下，向北落在小潭中。小潭方圓不到百尺，清澈幽深，有許多鯈魚。再向北曲曲折折前行，看去似乎沒有盡頭，但最終流進了袁家渴。石渠邊都是異石怪樹，奇花美竹，可以讓大家都坐下休息。風搖動著石樹花竹的梢頂，發出動聽的聲音，在崖谷中迴響。看著這些風中的石樹花竹，它們又安靜下來，那動聽的聲音，在山谷中已經傳得很遠。

我從永州刺史那兒聽說了這條石渠。撈去枯枝敗葉，疏浚了渠中的泥土石塊，將枯枝敗葉堆積起來燒掉，疏浚了渠中的土石，渠水滿盈。惋惜這樣的好地方還無人為其傳名，故將與石渠有關連的景、物、事等全都記載下來，贈送給大家，書寫在石渠朝陽的崖邊，以使後來的好事者容易尋找這個地方。元和七年正月八日，渠道清理疏浚到大石頭之下。十月十九日，疏浚工作越過大石頭，進展到小水塘及小石潭。石渠的美景到這兒才算結束。

【研 析】如果說，袁家渴的美景是養在深閨天然美麗的小姑娘，那麼，小石渠就是一個需要打扮一下才更美的小女孩。小石渠雖沒有多少異境奇景，卻也曲曲折折，咫尺寬的小渠，從大石下流出，流為一個小石泓，一個小石潭，且兩岸有無數風光——詭石怪木，奇花美竹，風中作響，餘音繞谷，尤為動人。而「視之既靜，其聽始遠」，頗有詩的意境。但小石渠中有許多令人不快的東西，故需要疏浚清理一下，疏浚之後，滿渠清水，可見石底，自有天然所不及之美。

石澗❶記

石渠之事既窮❷，上由橋❸西北，下土山之陰❹，民又橋焉。其水之大，倍石渠三之一❺。亙❻石為底，達於兩涯。若牀若堂，若陳❼筵席，若限❽閫奧❾。水平布❿其上，流若織文⓫，響若操琴⓬。揭⓭跣⓮而往，折竹箭⓯，掃陳葉，排⓰腐木，可羅⓱胡牀⓲十八九居之。交絡⓳之流，觸激之音，皆在牀下；翠羽之木⓴，龍鱗之石㉑，均蔭㉒其上。古之人其有樂乎此耶？後之來者，有能追予之踐履㉓耶？得意㉔之日，與石渠同。

由渴而來者，先石渠，後石澗；由百家瀨上而來者，先石澗，後石渠。澗之可窮者，皆出石城村東南，其間可樂者數㉕焉。其上深山幽林，逾峭險㉖，道狹不可窮也。

【注釋】❶澗　兩山夾水。❷窮　此指完成。❸橋　指石渠之橋。❹陰　山的北面。❺倍石渠三之一　比石渠的水流大三分之一。❻亙　連綿不斷，此指整塊。❼陳　排列著。❽限　限於；局限在。❾閫奧　室內隱蔽之處。⑩布　鋪。⑪織文　紡織品上的花紋。⑫操琴　彈琴。⑬揭　提起衣服。⑭跣　赤著腳。⑮竹箭　泛指竹子。箭，小竹子。⑯排　安放，此指清除。⑰羅　羅致；擺放。⑱胡牀　一種坐具，原來自胡地，故名。⑲交絡　交織為網絡狀，此指水在石上，流如織紋。⑳翠羽之木　此言樹木翠綠。㉑龍鱗之石　言石頭形如龍鱗而多。㉒蔭　遮蔽。㉓踐履　所到之處。㉔得意　一本無意字。此言石澗之發現。㉕數　好幾處。㉖峭險　陡峭險峻。

【語　譯】石渠既已疏浚可以遊覽，再向上從石渠橋往西北，向下到土山的北面，發現當地百姓在中間又架了座橋。這座橋下的水流比石渠要大三分之一。石澗以整塊石頭為底，延伸直達兩岸。石澗有的地方像是牀，有的像是堂屋，有的像是排列著的筵席，有的像是一間房子裏隱蔽的角落。澗水平鋪在石板上，水流像是織品上的花紋，聲響好像是在彈琴。提起衣服赤著腳從水中走過，折根竹枝掃去落葉，再清除掉朽木，澗邊可擺放十八九張胡牀供人就座。如同織紋的水流，水流衝擊的聲音，好像就在牀下；樹木蒼翠，石塊如同龍鱗，都遮蔽在澗水上。古人能有比這更快樂的嗎？後代的人們，能追尋到我的蹤跡嗎？石澗發現的日子，和發現石渠是同一天。

如果從袁家渴而來，先到石渠，然後到石澗；從百家瀨上游而來，就先到石澗，然後到石渠。石澗可探尋到的上游，是從石城村東南發源的，沿澗可觀賞的地方有好幾處。再向上，就是深山老林，陡峭險峻，道路狹窄沒法再向前走了。

【研　析】同是山水，石澗與石渠不同。本文緊緊抓住「石」、「澗」二字，寫出了石澗的特點。石澗上之橋，石澗之底，石澗之兩涯，石澗之各種形狀，石上水紋，水石相擊之聲，一一寫來。後再寫一奇想——打掃澗邊，放上十餘張胡牀，友朋對坐，看水流成文，聽水石之聲，是何等愜意！

清孫琮《山曉閣選唐大家柳柳州全集》卷三評此遊之樂云：「今觀其泉聲潺潺，入我牀下，翠木怪石，堆蔭枕上，此是何等遊法。」

小石城山記

自西山道口徑北[1]，踰[2]黃茅嶺而下，有二道：其一西出[3]，尋之無所得；其一少北[4]而東，不過四十丈，土斷[5]而川分[6]，有積石[7]橫當其垠[8]。其上為睥睨[9]梁欐[10]之形；其旁，出堡塢[11]，有若門焉。窺[12]之正黑，投以小石，洞然[13]有水聲，其響之激越[14]，良久[15]乃已[16]。環之[17]可上，望甚遠，無土壤而生嘉樹美箭[18]，益奇而堅，其疏數[19]偃仰[20]，類[21]智者所施設也。

噫！吾疑造物者[22]之有無久矣，及是，愈以為誠有。又怪其不為之中州[23]，而列是夷狄[24]，更[25]千百年不得一售[26]其伎[27]，是固[28]勞而無用。神者儻不宜如是，則其果無乎？或曰：「以慰夫賢[29]而辱於此者。」或曰：「其氣之靈[30]，不為偉人，而獨為是物，故楚之南[31]少人而多石。」

是二者，余未信之。

【注釋】❶徑北　一直往北。❷逾　越過。❸西出　通向西。❹少北　稍微偏北。❺土斷　指黃茅嶺北至小石城山前突然斷落，形成一個峽谷。❻川分　河流分成幾支。小石城山東面是瀟水，而山西面的桃江又繞過山北端注入湘江，所以這麼說。❼積石　累積堆疊的石頭。❽垠　盡頭；邊際。❾睥睨　也作「俾倪」。城牆上的小牆，又名女牆。❿梁欐　棟梁。⓫堡塢　小城堡。⓬窺　從洞孔中看。⓭洞然　很深貌。⓮激越　響亮清脆。⓯良久　很久。⓰已　停止。⓱環之　環繞著積石。⓲美箭　美竹。⓳數　密集。⓴偃仰　俯仰。㉑類　好像。㉒造物者　創造萬物的自然神。㉓中州　中原地區。㉔夷狄　此指偏遠的永州。㉕更　經歷；經過。㉖售　賣出，引申為顯示、表現。㉗伎　同「技」。技巧。此指小石城山的奇景。㉘固　確實；的確。㉙賢　賢明的人。㉚氣之靈　此指天地元氣之靈，古人認為，有靈秀之氣，才能產生出傑出的人物或物產。㉛楚之南　指永州一帶地方。

【語譯】從西山路口一直往北，越過黃茅嶺朝下走，有兩條路：一條向西，沿途探尋，沒有什麼景觀；另一條路稍稍偏北而向東，走了不過四十丈，黃茅嶺突然斷落，河水分為數支，有一座堆疊著許多大石頭的小山，橫當在路邊。山上的大石頭像是女牆和棟梁的形狀，側旁的一塊好像是聳起的一座小城堡，還有像城門一樣的石洞。朝裏看去，黑洞洞的，扔進小石子，從很遠的地方傳來水聲，聲音響亮清脆，很久才消失。繞著積石可以登上山頂，在山頂上可以望見很遠的地方。山上沒有土壤，卻生長著好樹和美竹，更顯得奇特而又堅實。山上的石頭疏密相間，有的俯臥，有的挺拔，好像是經過智者精心設計放置似的。

啊！我懷疑造物者的有無已經很久了，看到眼前的景色，我更加相信造物者確實存在。但我又奇怪造物主為什麼不把小石城山安排在中原地區，而要放置在這偏遠的永州，以致經歷千百年也不能向人們展示它的奇特景觀，造物主真是勞力費神卻沒有實際效果啊。神靈似乎不應該這樣做，那麼，神靈難道真的不存在嗎？有人這樣解釋說：「小石城山是上天用來安慰這些人的，他們賢明而受到屈辱，被安置到這個偏遠的地方。」又有人說：「大自然的靈秀之氣，在這裏不造就卓越的人物，而只造就了奇特的山水，所以楚地之南人才少而奇石多。」對這兩種說法，我不太相信。

【研 析】本文是〈永州八記〉的最後一篇。這個景點只有一座滿是大石頭的小山，大石頭的形狀有的像城牆，有的像城堡，因此叫「小石城山」。作者抓住了這座小山的特點——「城」與「石」，細緻入微地描寫了小石城山的特異風光，特別是對於「城堡」幽洞水聲的發現，更為這一景點增添了一些神秘的色彩。本文描述小石城山的奇異風景，是想強調對於美景棄置荒僻的惋惜憤懣之情。柳宗元的遭遇，正和小石城山的命運相似，因此，作者藉景抒懷，對小石城山傾注了強烈的同情。正如明茅坤所云：「借石之瑰瑋，以吐胸中之氣。」（《山曉閣選唐大家柳柳州全集》卷三引）這一寫法，也是〈永州八記〉的共同特徵。從這八篇遊記對於各處美好景觀的讚賞中，從作者對於美景無人賞識的感慨中，我們似乎聽到了柳宗元發自內心的不平之鳴。本文集中地表達了這一情感，從這一意義上來說，〈小石城山記〉可以說是〈永州八記〉的一個總結。

與韓愈論史官書

正月二十一日[1]，某[2]頓首[3]十八丈[4]退之侍者前[5]：獲書[6]言史事[7]，云具〈與劉秀才書〉[8]，及今乃見書藁[9]，私心[10]甚不喜，與退之往年言史事甚大謬[11]。

若書中言，退之不宜一日在館下[12]，安有探宰相意[13]，以為苟以史榮一韓退之[14]耶？若果爾[15]，退之豈宜[16]虛受[17]宰相榮己，而冒[18]居館下，近密地[19]，食奉養[20]，役使[21]掌固[22]，利[23]紙筆為私書[24]，取以供子弟費？古之志於道者[25]，不若是[26]。

且退之以為紀錄[27]者有刑禍[28]，避不肯就[29]，尤非也。史以名為褒貶[30]，猶且[31]恐懼不敢為，設使[32]退之為御史中丞大夫[33]，其褒貶成敗[34]人愈益顯[35]，其宜恐懼尤大也，則又揚揚[36]入臺府[37]，美食安坐[38]，行[39]

呼唱[40]於朝廷而已耶？在御史猶爾[41]，設使退之為宰相，生殺出入升黜[42]天下士，其敵益眾，則又將揚揚入政事堂[43]，美食安坐，行呼唱於內庭外衢[44]而已耶？何以異不為史而榮其號、利其祿者也[45]？

又言「不有人禍，則有天刑」，若以罪[46]夫[47]前古之為史者，然亦甚惑[48]。凡居其位[49]，思直其道[50]。道苟直，雖死不可回[51]也；如回之，莫若亟去其位[52]。孔子之困於魯、衛、陳、宋、蔡、齊、楚者，其時暗，諸侯不能行也[53]。其不遇而死[54]，不以作《春秋》故也[55]。當其時，雖[56]不作《春秋》，孔子猶不遇而死也。若周公、史佚[57]，雖紀言書事[58]，猶遇且顯[59]也。又不得以《春秋》為孔子累[60]。范曄悖亂[61]，雖不為史，其宗族亦赤[62]；司馬遷[63]觸天子喜怒[64]，班固[65]不檢下[66]，崔浩[67]沽其直以鬥暴虜[68]，皆非中道[69]。左丘明[70]以疾盲，出於不幸；子夏[71]不為史，亦盲；不可以是為戒[72]。其餘皆不出此[73]。是退之宜守中道，不忘其直，無以[74]他事自恐[75]。退之之恐，唯在不直、不得中道，刑禍非所恐也。

凡言二百年文武士，多有誠[76]如此者[77]。今退之曰：我一人也，何能明[78]？則同職者[79]又所云若是，後來繼今者又所云若是，人人皆曰我一人，則卒誰能紀傳之耶？如退之但以所聞知孜孜[80]不敢怠[81]，同職者、後來繼今者，亦各以所聞知孜孜不敢怠，則庶幾[82]不墜[83]，使卒[84]有明也。不然，徒[85]信人口語[86]，每每[87]異辭[88]，日以滋久[89]，則所云「磊磊軒天地[90]者」決必沉沒[91]，且亂雜無可考[92]，非有志者所忍恣[93]也。果有志，豈當待人督責迫蹙[94]，然後為官守[95]耶？

又凡鬼神事，渺茫荒惑[96]無可准[97]，明者所不道[98]，退之之智而猶懼於此。今學[99]如退之，辭[100]如退之，好議論如退之，慷慨自謂正直行行焉[101]如退之，猶所云若是，則唐之史述其卒無可託[102]乎？明天子賢宰相得史才如此，而又不果[103]，甚可痛[104]哉！退之宜更思，可為速為；果卒以為恐懼不敢，則一日可引去[105]，又何以云「行且謀」[106]也？今人當為而不為，又誘[107]館中他人及後生者，此大惑已[108]，不勉[109]己而欲勉人，難矣哉！

【注釋】❶正月二十一日　唐憲宗元和九年（西元八一四年）正月二十一日。❷某　柳守元自稱。❸頓首　叩頭，書信中客套語。❹十八丈　唐代詩文書信中，多用排行輩分相稱。韓愈在族中排行第十八。丈，表尊稱。❺侍者前　此言由「侍者」轉達自己的書信，以表示對對方的尊重。這是古代書信中的客套語。❻獲書　收到了您的來信。❼言史事　指韓愈在信中提及了關於不願做史官的事。❽具與劉秀才書　（不願做史官的原因，）全都寫在給劉秀才的信中了。❾書藁　指韓愈致劉秀才信稿。❿私心　私下裏；內心。⓫與退之往年言史事甚大謬　和您以前關於做史官的觀點有很大出入。謬，謬誤，此指不同。⓬館下　指國史館。⓭探宰相意　揣摩宰相的用意。⓮苟以史榮一韓退之　不過是以當史官使一個韓退之得到榮耀。榮，用為使動，使……榮耀。⓯若果爾　如果真是這樣。⓰豈宜　難道應該。⓱虛受　名不副實地接受。⓲冒　冒名充數。⓳密地　機密之地，此指朝廷大內。⓴食奉養　領取俸祿過活。㉑役使　支派；使用。㉒掌固　指史館內的吏員。固，一本作「故」。㉓利　利用。㉔為私書　為（迎合權貴）保全自己而著史書。㉕志於道者　立志於堅守正道的人。㉖不若是　不會像這樣。㉗紀錄　記載史實。㉘刑禍　刑罰災禍。㉙就　就職。㉚史以名為褒貶　史官記載史實時，使用不同的名詞概念，以達到對人物事件進行褒貶的目的，即所謂「春秋筆法」。名，名稱；名義；概念。㉛猶且　尚且；還。㉜設使　假使。㉝御史中丞大夫　即御史中丞和御史大夫，唐代官名，掌管監察、司法等事。㉞成敗　用為使動，使之成功或失敗。㉟愈益顯　更加突出。㊱揚揚　得意貌。㊲臺府　御史臺長官的公署，是唐代中央的監察機關。㊳美食安坐　指生活安逸。㊴行　履行。㊵呼唱　即「點卯」，上朝時的點名程式。㊶猶爾　尚且這樣。㊷生殺出入升黜　均用為使動詞，使之生死、免職、得官、升降。黜，罷免。㊸政事堂　宰相辦公處。㊹內庭外衢　指朝廷內外。衢，四通八達的大路。㊺何以句　這和不做史官而享受榮譽和俸祿有什麼不同呢？(46)罪　這裏作動詞用，加罪。(47)夫　指示代詞，這；那。(48)然亦甚惑　這就更加令人不解了。惑，感到迷惑。(49)凡居其位　凡身居於一定職位的人。(50)思直其道　都要考慮伸張正道。直，用為使動詞，使之直。(51)回　回曲，屈服。(52)亟去其位　趕快離開他的職位。亟，趕快。(53)孔子三句　孔子在魯、衛、陳、宋、蔡、齊、楚等國遭到困窘，是因為當時政治黑暗，各國諸侯不願採納孔子的主張。(54)不遇而死　因未遇到明時明主而死。(55)不以作春秋故也　不是因為寫作《春秋》的緣故。《春秋》，相傳為孔子依據魯國史官所編《春秋》加以整理修訂而成。(56)雖　即使。(57)史佚　西周初期的史官。(58)紀言書事　記錄言論和事跡。(59)顯　指地位等顯赫。(60)不得句　也不能認為是寫作《春秋》而連累了孔丘。累，連累；牽累。(61)范曄悖亂　范曄，南朝人，著有《後漢書》。宋文帝時，有人告發其謀反，被殺。悖亂，背逆；叛亂。(62)赤　空，此指被殺盡。(63)司馬遷　西漢人，著名史學家、文學家，著有中國歷史上第一部紀傳體通史《史記》。(64)觸天子喜怒　指司馬遷因秉筆直書、以及為李陵辯護等事，而觸怒漢武帝，被處以宮刑。(65)班固　東漢人，歷史學家，有《漢書》、《白虎通義》等。(66)不檢下　班固曾隨大將軍竇憲出征匈奴，後竇憲因擅權被殺，班固受到牽連，朝廷以其對部下約束不嚴為藉口逮捕，後死於獄。(67)崔浩　北魏太武帝時人，著有《國書》三十卷。(68)沽其直以鬥暴虜　崔浩寫作國史，記載北魏王族醜事，並刻石自詡正直，引起鮮卑貴族忌恨，被殺。沽其直，求取正直的名聲。暴虜，此指鮮卑貴族。(69)中道　即柳宗元所說的「大中之道」。(70)左丘明　春秋末魯國史學家，相傳著有《左傳》、《國語》。(71)子夏　孔子的一個學生。(72)戒　警戒；鑑戒。(73)其餘皆不出此　其他的事例也都和這些事一樣。(74)無以　不要因為。無，通「毋」。不要。(75)自恐　自己嚇自己。(76)誠　確實。(77)如此者　韓愈在致劉秀才信中，認為唐二百年來有許多文臣武將，他擔心自己一個人弄不清那麼多的人物及事跡。(78)明　用為使動，使之明。此指將史實記載明白。(79)同職者　指同為史官者。(80)孜孜　勤奮不倦貌。(81)怠　消極。(82)庶幾　差不多；將近。(83)墜　掉落，此指遺漏、發生錯誤。(84)卒　最終。(85)徒　白白地；空有。(86)信人口語　指沒有史官記載，而任憑口口相傳。(87)每每　往往。(88)異辭　指口口相傳的歷史不相一致。(89)日以滋久　天長日久。(90)磊磊軒天地　業績宏偉，頂天立地。此為韓愈書信中語。磊磊，眾多而高大貌。軒，高昂。❾❶決必沉沒　就一定會被埋沒。沉沒，埋沒。❾❷考　考查。❾❸忍恣　容忍。❾❹督責迫蹙　督促逼迫。❾❺為官守　指做史官而盡相應的職責。❾❻渺茫荒惑　指荒誕不經。❾❼無可准　沒有根據。❾❽明者所不道　明白事理的人都不稱道。❾❾學　學問。⑩⑩辭　文辭，指文章。⑩❶行行焉　剛直貌。⑩❷託　託付；依託。⑩❸不果　沒有實現。⑩❹痛　痛心。⑩❺引去　辭職而去。⑩❻行且謀　韓愈致劉秀才書信中，曾提到他將「行且謀引去」。意為暫為史官，尋機辭職。⑩❼誘　勸導。⑩❽已　語氣辭，相當於「矣」。⑩❾勉　勉勵。

【語　譯】正月二十一日，我向韓十八丈退之先生叩首致意。接到先生的來信，信中談到您不願做史官的事，說您的理由已經在給劉秀才的信中全都陳述了，現在我看到這封信的稿子，心裏很不喜歡，信中的觀點同您以前關於做史官的說法有很大的不同。

像您信中所說，您連一天也不適合在史館中待下去，那您怎能揣測宰相的用意，認為他是隨便地單單用做個史官來使韓退之得到榮耀呢？如果真是這樣，退之怎麼可以虛受宰相給自己的榮譽，而在史館裏掛名充數，接近皇宮大內，領取薪俸，使喚史館的工作人員，用公家的紙筆而為個人的私利著作史書，取得費用以供養子弟呢？古時有志於實現自己政治理想的人，是不這樣做的。

而且退之認為寫史書的人會遭受到上天所降的刑罰及人世間的災禍，避而不幹，那就更不對了。史官只是用評論文字來對歷史人物進行褒貶，退之尚且害怕不敢承擔；假如讓退之去當御史中丞、御史大夫，通過褒貶使人成敗的作用就越發明顯，那豈不是更該害怕？那麼，難道你也將洋洋得意地走進御史官署，吃著美食，清閒安坐，只到朝廷上履行一下呼唱的禮儀就行了嗎？做御史尚且如此，假使退之做了宰相，掌握生殺調動升降官吏的大權，那得罪的人就更多，難道退之又將洋洋得意地進入宰相的辦事廳，美食安坐，在宮廷內外行一下呼唱的禮儀就完了嗎？這和不做史官的工作而只是享受史官的榮譽和薪俸又有什麼不同呢？

您又說「做史官的不是遭到人禍，就會受到天的懲罰」，如果認為這是對古代史官的譴責，那就太令人迷惑不解了。凡是做史官的人，都應當考慮伸張正道。正道如果得到伸張，就會寧死也不屈服；如果屈服，不如趕快離開這個職位。孔子之所以被困在魯、衛、陳、宋、蔡、齊、楚等地，是因為那時政治昏闇，諸侯們不能採用孔子的主張。孔子未被賞識和任用就死了，原因並不在於他寫作了《春秋》。在那個時候，即使不作《春秋》，孔子仍會不被重用而不免一死。像周公、史佚，雖然記載了史實，也還是被重用而且地位顯貴。因此，不能認為作《春秋》是孔子不得志的原因。范曄參與叛亂，即使不寫歷史，也會被滅族。司馬遷因觸怒天子，班固因不約束部下，崔浩自誇正直來對抗鮮卑王族的暴虐，都因為不合乎大中之道而招禍。左丘明因病而雙目失明，是偶然的不幸；子夏沒有寫歷史，也是眼睛失明；不能把這些人的遭遇作為鑑戒。同樣，其他史官如有不幸遭遇，也都不是因為寫歷史的緣故。因此退之應當固守大中之道，不要忘了做史官要堅持正義，再別因其他事而感到恐懼。退之應當恐懼的，只是在於不能堅持正義，固守大中之道，而不是恐懼什麼天刑人禍。

您還說，二百年來，文官武將中有許多人確實有眾多的人物事跡。現在您說：靠我一個人，怎麼能把他們的事跡記述得清楚呢？那麼，如果您的同事也這樣說，以後繼任史官的人也這樣說，人人都說「只我一個人」，那麼，到底有誰才能夠給他們記載歷史傳記呢？如果您能將自己所知道的材料，孜孜不倦地寫出來，同事們和後來繼任史官的人，也把各人所知道的，孜孜不倦地寫出來，那史實也許就不會被遺漏或搞錯，最終總會記述清楚的。如果不這樣做，聽憑人們的口口相傳，往往會發生說法不一的情況，長此以往，那就肯定會把所謂「光明磊落頂天立地的傑出人物」埋沒掉，而且記載雜亂無章，無法考查，這是有志寫作史書的人所不能容忍的。如果確實有志於研究和記載歷史的話，難道還能等別人督促、逼迫，然後才去盡自己的職責嗎？

再說凡是鬼神一類的事物，都渺茫荒誕，沒有憑據，有見識的人根本不會談論它。以您的才智，卻還害怕這些。如今，像退之您這樣有學問，會寫文章，喜歡議論，慷慨激昂，以正直剛強自勉的人，還說出這樣的話，那麼，編寫唐史的任務，最後不就無人可以託付了嗎？聖明的皇上、賢能的宰相得到了您這樣一個做史官的人才，但卻沒有結果，真是令人痛心啊！您應當重新考慮一下，如果願意做下去就應該加緊工作；如真覺得害怕而不敢做，那就應該馬上辭職，又為什麼說「將要考慮辭職」呢？您現在應該做而不去做，卻又誘導史館裏的其他人和年輕人也不願擔任史官，這是最令人難以理解的。不勉勵自己而想勉勵別人，難啊！

【研　析】中國古代特別重視「修史」。歷代都有「史官」，負責修撰前朝的歷史，或記載當代的史料以供後人修史。歷代的統治者都將歷史看作是一面鏡子，朝廷有什麼大的舉動，總要從前代的歷史中查考一下有沒有「故事」即先例。同時，對於歷史人物、歷史事件的貶褒評價，也直接關係到社會人心的價值取向。因此，唐王朝十分重視這一工作，一般都是由當朝宰相領銜負責史館。憲宗元和年間，即由宰相李吉甫「監修國史」。元和八年（西元八一三年）三月，韓愈自國子博士遷比部郎中、史館修撰。此前，在國子博士任上時，韓愈曾作〈進學解〉等文，自嘆才高見黜，宰相李吉甫、李絳、武元衡等以其有史才，故有此任。六月，韓愈有〈答劉秀才論史書〉，言做史之難，以為做史官「不有人禍，則有天刑」，表示要辭去史官這個職位。同時，韓愈還給遠在永州的朋友柳宗元寫信，表示了同樣的意思。柳宗元則認為史官是個重要的位置，可以為朝廷做很多事，因而在次年正月給韓愈寫了這封回信，討論這一問題。針對韓愈的想法，柳宗元列舉了許多歷史事實，論證刑禍是由客觀環境和人們本身的行為所造成的，與做不做史官沒有必然的聯繫。稍後，柳宗元又根據自己所收集的材料，寫成〈段太尉逸事狀〉寄給韓愈，為其修史提供史料。

韓愈不安心既有的職位，作為朋友，當然應該寫信相勸。雖然柳宗元在信中對韓愈提出了比較嚴厲的批評，但全都是肺腑之言。有朋如此，應該是人生的一大幸事。其實，韓、柳二人在史官這一問題上並沒有大的分歧。他們都認識到書寫歷史對於現實政治和王朝長治久安的巨大作用，只不過韓愈身在其中，更能切身體會到從事這一工作的難處，而柳宗元置身局外，更多地是從大局和長遠考慮。修史，最講究的是「秉筆直書」，即不隱惡、不揚善，純以事實講話。原則上雖是如此，但因涉及當事人的許多現實利益，真的去「直書」，難免會有許多問題產生。例如，安史之亂時，張巡、許遠扼守戰略要地睢陽，其事跡驚天動地，是唐代歷史上最為壯麗的篇章。但張、許遇難後，兩家子弟卻因為守城和遇難的一些細節問題爭論不已，甚至鬧到上朝堂對質的程度。韓愈有感於此，曾於元和二年（西元八〇七年）作〈張中丞傳後敘〉一文，對有關史實進行了辯證和補充。這篇文章也是韓愈後來被認為具有史學才能的一個重要原因。元和九年十二月，韓愈以考功郎中知制誥，離開了史館的位置。在此期間，韓愈修訂了《順宗實錄》。這個《實錄》後來引起了很大爭議。這一公案直到現在還有所爭論。由此可見，韓愈說作史官頗難，確是切身體會，而柳宗元鼓勵其不畏艱難，將那些「磊磊軒天地者」全都寫出來以勸勉後人，也不失為處友之道。

答元饒州[1]論政理[2]書

奉書[3]，辱[4]示以政理之說及劉夢得[5]書。往復[6]甚善，類[7]非今之長人[8]者之說[9]，不唯充賦稅養祿秩足己[10]而已，獨[11]以富庶且教[12]為大任，甚盛甚盛！

孔子曰：「吾與回言終日，不違如愚[13]。」然則蒙者[14]固難曉[15]，必勞[16]申諭[17]，乃得悅服，用是[18]尚有一疑焉。兄所言免貧病者，而不益[19]富者稅，此誠當[20]也。乘[21]理政[22]之後，固[23]非若此不可；不幸乘敝政[24]之後，其可爾邪[25]？夫弊政之大，莫若賄賂行而征賦亂。苟然[26]，則貧者無貲[27]以求於吏[28]，所謂有貧之實而不得貧之名；富者操其贏以市於吏[29]，則無富之名而有富之實。貧者愈困餓死亡而莫之省[30]，富者愈恣橫侈泰[31]而無所忌[32]。兄若所遇如是，則將信其故[33]乎？是[34]不可懼撓人[35]

而終不問也，固必問其實[36]。問其實，則貧者固免，而富者固增賦矣，安得持一定之論[37]哉？若曰止[38]免貧者而富者不問，則僥倖者[39]眾，皆挾重利以邀[40]，貧者猶若不免焉。若曰檢[41]富者懼不得實，而不可增焉，則貧者亦不得實，不可免矣。若皆得實，而故縱[42]以為不均，何哉？孔子曰：「不患寡，而患不均；不患貧，而患不安。」[43]今富者稅益少，貧者不免於捃拾[44]，以輸[45]縣官[46]，其為不均大矣。然非惟此而已[47]，必將服役而奴使之[48]，多與之田而取其半[49]，或乃出其一而收其二三[50]。主上[51]思人之勞苦，或減除其稅，則富者以戶獨免[52]，而貧者以受役，卒輸其二三與半焉。是澤不下流[53]，而人無所告訴[54]，其為不安亦大矣。夫如是，不一定經界[55]、覈[56]名實，而姑重改作[57]，其可理乎？

夫富室，貧之母也[58]，誠不可破壞[59]，然使其大倖[60]而役於下[61]，則又不可。兄云懼富人流為工商浮窳[62]，蓋甚急而不均[63]，則有此爾。若富者雖益賦，而其實輸當其十一[64]，猶足安其堵[65]，雖驅之不肯易[66]也。

檢之逾精，則下逾巧[67]，誠如兄之言。管子[68]亦不欲以民產為征，故有「殺畜伐木」之說[69]。今若非市井之征[70]，則捨其產而唯丁田之問[71]，推以誠質[72]，示以恩惠，嚴責吏以法[73]，如所陳一社一村之制[74]，遞以信相考[75]，安有不得其實？不得其實，則一社一村之制，亦不可行矣。是故乘弊政必須一定制[76]，而後兄之說乃得行焉。蒙之所見，及此而已。永州以僻隅[77]，少知人事[78]。兄之所代者誰耶[79]？理歟，弊歟[80]？理，則其說行矣；若其弊也，蒙之說其在可用之數[81]乎？因南人[82]來，重曉之[83]。其他皆善，愚不足以議，願同夢得之云者[84]。兄通《春秋》，取聖人大中之法以為理[85]。饒之理，小也，不足費其慮，無所論刺[86]，故獨舉均賦之事，以求往復而除其惑焉。不習吏職[87]而強言之，宜為長者所笑弄。然不如是，則無以來[88]至當[89]之言，蓋明而教[90]之，君子所以開後學[91]也。

又聞兄之莅政[92]三日，舉韓宣英[93]以代己[94]。宣英達識[95]多聞而習於事，宜當賢者類舉[96]。今負罪屏棄[97]，凡人不敢稱道其善，又況聞之於大君以二千石薦之(98)哉！是乃希世(99)拔俗(100)，果於直道(101)，斯古人之所難，而兄行之。宗元與宣英同罪，皆世所背馳者(102)也，兄一舉而德皆及焉(103)。祁大夫不見叔向(104)，今而預知(105)斯舉，下走(106)之大過矣。書雖多，言不足導意，故止於此，不宣(107)。宗元再拜。

【注釋】①元饒州　舊有元誼、元洪、元藇三說，卞孝萱《劉禹錫叢考》定為元洪，為學界採用。饒州，唐州名，其管轄地區相當於現在江西鄱陽湖東岸、信江下游和懷玉山以北除婺源之外的地方。②政理　治理政事。③奉書　指接到來信。④辱　客套語，意為承蒙。⑤劉夢得　劉禹錫（西元七七二—八四二年）字夢得，彭城（今江蘇徐州）人，柳宗元好友。「永貞革新」失敗，與柳宗元等同時被貶為「八司馬」，初為朗州司馬，後改連州刺史，回朝後為主客郎中，太子賓客。今《劉夢得文集》卷十四中有題為〈答饒州元使君〉的書信，所討論的是同樣的話題。⑥往復　指信件來往。⑦類　大概；大都。⑧長人　統治民眾的人。⑨說　說法；觀點。⑩充賦稅養祿秩足已　擴充賦稅，增加俸祿，滿足自己。⑪獨　此表示轉折，相當於「而」。⑫富庶且教　（使老百姓）富裕起來並讓他們接受教化。⑬吾與二句　見《論語・為政》，意思是說，我和顏回整天講論學問，他從不提出反對意見，像個愚笨之人。⑭蒙者　愚蠢蒙昧之人，這是自謙的說法。⑮曉　明白。⑯勞　有勞；需要。⑰申諭　申明；告訴；開導。⑱用是　因為這樣。⑲益　增加。⑳當　適當。㉑乘　趁；就著；在（此時）。㉒理政　已理之政，好的政治局面。㉓固　固然。㉔敝政　混亂的政治局面。㉕其可爾邪　難道可以這樣嗎？爾，指「免貧病者，而不益富者稅」。邪，同「耶」。疑問語氣詞。㉖苟然　如果這樣。㉗貲　金錢財物。㉘求於吏　指向官吏賄賂以求免稅。㉙操其贏以市於吏　用他賺來的許多錢財來收買官吏。贏，餘利。市，買；賄買。㉚莫之省　沒有人去過問他們。之，代詞，代「貧者」，作「省」的賓語用，在否定句中前置。省，省視；察看。㉛恣橫侈泰　肆意橫行，奢侈浪費。㉜忌　擔心；畏懼。㉝信其故　相信這些事。㉞是　是以；因此。㉟不可懼撓人　不能因為擔心得罪富人。撓，曲，此有「得罪」之意。㊱問其實　追問其事實。㊲一定之論　一成不變的說法。㊳止　只；僅僅。㊴僥倖者　此指希圖用賄賂等不正當手段以達到僥倖逃稅目的的富者。㊵挾重利以邀　用厚利賄賂官吏以求得免交賦稅。挾，夾持；拿。邀，求得。㊶檢　檢查；查核。㊷故縱　故意縱容；放任。㊸孔子曰三句　見《論語·季氏》。意思是，不擔憂財富少，只擔憂貧富不均；不擔憂貧困，只擔憂不安定。患，以之為患；擔憂。寡，少。㊹捃拾　拾取，指到收割後的田地裏去揀剩餘的穀穗。㊺輸　送，這裏指繳納。㊻縣官　官府；國家。㊼非惟此而已　不僅僅是這樣。㊽必將服役而奴使之　又一定要讓他服勞役，並且像奴隸一樣驅使他。奴，名詞作狀語副詞用。㊾多與之田而取其半　多租給他土地，取其收成的一半作地租。㊿出其一而收其二三　疑指租給農民一份土地，但按二三份土地的數額收取租稅。(51)主上　皇帝。(52)富者以戶獨免　朝廷減免稅收是按戶進行的，富者有戶在冊，而無地的佃農依附於主人，不是一個獨立的經濟單位，朝廷如果下令免稅，主人得免，佃戶則仍要交租服役。(53)澤不下流　指皇帝的恩澤不能下達到貧窮的百姓中。(54)無所告訴　無處可以申訴。(55)一定經界　統一測定田界，指查實田畝以定賦稅，使富者多負擔，貧者少負擔或不負擔。(56)覈　核實。(57)姑重改作　重視改變上述種種做法。「姑」字疑衍。(58)夫富室二句　指富者負有提供土地及賦稅來源以養活貧者的責任。(59)破壞　指使其破產。(60)大倖　指獲得免賦稅的巨大利益。(61)役於下　奴役貧者。(62)工商浮窳　古代以農為本，視開工場及經商為末流，故有此說。浮，浮利。窳，惡劣；懶惰。(63)甚急而不均　賦稅收得過於急迫而又不均。(64)輸當其十一　繳納的賦稅相當於他的收入的十分之一。(65)猶足安其堵　還足以使其安居。安，用為使動。堵，墻壁，指居所。(66)易　遷移，指流為工商。(67)檢之二句　上面檢查得越精細，那麼下面逃稅的辦法就愈巧妙。(68)管子　即管仲（？—西元前六四五年），名夷吾，春秋初期政治家，為齊桓公相，有富國強兵之術。今有《管子》二十四卷，為後人收集管子言論編纂而成。(69)殺畜伐木之說　見

《管子・禁藏》。該篇認為，春季不能殺生伐木，以保護生態。(70)市井之征　徵收工商業的賦稅。市井，即市場，貨物集散地。征，徵稅。(71)則捨其產而唯丁田之問　就廢除按資產徵稅的辦法，恢復按丁田徵稅的辦法。(72)推以誠質　以誠實質樸相待。(73)嚴責吏以法　按法紀嚴格要求官吏。(74)所陳一社一村之制　像你所說的一個一個村社的制度。(75)遞以信相考　逐次認真地查實。(76)一定制　統一規定的制度。(77)僻隅　偏僻。(78)人事　即民事，有關老百姓之事。(79)兄之所代者誰耶　你所接替的前任是誰呢？(80)理歟二句　是理政還是弊政？歟，疑問語氣詞。(81)可用之數　可以採用之列。(82)南人　向南方而來的人，捎信人從饒州向南到永州，故稱「南人」。(83)重曉之　更加明白了（你的看法）。(84)顧同夢得之云者　同意劉夢得的說法。(85)取聖人大中之法以為理　用聖人的大中之道作為治理的依據。(86)無所論刺　沒有什麼可議論的。(87)不習吏職　不熟悉官吏的職事。這是柳宗元的自謙之詞。(88)來　招徠；引來。(89)至當　最恰當。(90)明而教　使之明白而可教。(91)後學　晚輩的學者，此亦為柳宗元自謙之詞。(92)蒞政　到任。(93)韓宣英　韓曄字宣英，為「八司馬」之一，「永貞革新」後，與柳宗元同時被貶，初為饒州司馬，後任汀州刺史、永州刺史。(94)代已　據唐德宗建中元年（西元七八〇年）五月五日詔書，凡常參官（五品以上京官），以及節度使、觀察使、諸州刺史等，在授官三日內，須推薦一人以自代，上表陳述被推薦人的品行才能，以表示謙退及以備朝廷錄用。(95)達識　有見識。(96)宜當賢者類舉　適宜賢明者加以推舉。(97)負罪屏棄　指韓曄被貶。屏，除去；驅逐。(98)聞之於大君以二千石薦之　向皇帝報告，推薦他當刺史。聞之於大君，向偉大的君主報告。二千石，漢代郡國守相的代稱，此指州刺史。(99)希世　世上少有。(100)拔俗　超出一般。(101)果於直道　果敢地維護正道。(102)皆世所背馳者　都是被世人認為是背道而馳的人。(103)兄一舉而德皆及焉　意思是說，我和韓宣英是同罪的人，您推舉了他也就等於給了我恩德。(104)祁大夫不見叔向　祁大夫，即祁奚。叔向，即羊舌肸。二人皆為春秋時晉國大夫。叔向因其弟牽連被范宣子所囚，後經祁奚說情得以釋放。祁奚辦完此事後，不見叔向就回去了，叔向也並不特地向他表示感謝。事見《左傳》襄公二十一年。(105)預知　參與；知曉。(106)下走　自稱的謙詞。(107)不宣　書信末尾的套語，有「不多說了」的意思。

【語　譯】敬接來信，承蒙你告訴我關於治理的道理以及劉夢得的信。你們來往的書信說得都很好，所談的大多不是現在一般官吏所能有的志向，不是只注意徵收和增加賦稅，保住自己的俸祿，滿足自己的需要就算了，而是將社會的富裕、繁榮，對民眾施行教化作為自己重大的責任，這是很偉大很偉大的事！

孔子說：「我整天給顏回講學，他從來不提出反問，好像笨得很。」那麼，像我這樣愚昧的人本來就難於通曉事理，一定要煩勞你反覆開導，才能心悅誠服。因此，我還有一個疑問在這裏提出來。你所說的免掉窮人的賦稅，但又不增加富人的賦稅，這確實很恰當。遇上你的前任政治清明，這樣做固然非這樣不可；但如果不幸承接了腐敗的政績，難道還可以這樣做嗎？治理上的最大弊病，莫過於賄賂公行而造成的賦稅混亂。假如是這樣的話，那麼窮人沒有錢給官吏行賄，實際上很窮而名義上卻不窮；富人用他們多餘的錢財買通官吏，結果名義上不富而實際上卻很富。於是，窮人越加飢餓死亡而沒有誰去過問他們，富人越加橫行奢侈而無所顧忌。如果你遇到這樣的情況，還會聽任這種老樣子一直存在下去嗎？這不能害怕干擾得罪了富人而終不過問，一定要查問清楚實際情況。查清了實情，那麼貧者必定會免除賦稅，而富者必定要增加賦稅，哪能夠堅持你一成不變的說法呢？如果說只免貧者的賦稅而不查究富者，那麼想僥倖逃稅的就多了，他們都用大量錢財去買通官吏，免交賦稅，窮人還是如同沒有減免一樣。假如說調查富者卻又擔心得不到實情，因而不能增加賦稅，那麼對貧者也會因為調查不到真實情況，不能減免了。如果實際情況都可以查清楚，但又故意放任不管，以致造成賦稅不均的現象，這又是為什麼呢！孔子說過：「不怕財富少，只怕分配不均；不怕社會窮，只怕社會不安定。」現在富者的賦稅越來越少，而窮人免不了要到處拼湊才能交足賦稅，這樣造成的賦稅不均的情況就更嚴重了。然而不僅如此而已，富人還會迫使窮人服勞役，把窮人當奴隸一樣來使喚，並希望租給窮人更多的田地而索取他們收穫的一半，或者借給窮人一筆錢要他們還上兩三倍。皇帝體念民眾的勞累痛苦，有時減免他們的賦稅，但是，只有富人能按戶籍得到減免，而窮人因為受富人奴役，最終還是要交出兩三倍的利錢或者收穫的一半。這樣，皇帝的恩惠就達不到下面，貧苦的人有苦也無處申訴，那就會造成嚴重的社會不安。在這種情況下，如果不統一查清劃定地界、核對貧富的名實是否相符，而只是注重作法上的改變，那怎麼能治理得好呢？

富家大室，是窮人所依附的，實在是不能剝奪他們的。但如果讓富人過分僥倖地大發其財而又奴役窮人，那也是不行的。你所說的如果擔心多收稅富人就會流落為工商一類遊蕩不肯務本之人，那是由於對富人增稅操之過急而又不均，才會有這種現象。如果富者雖然增加了賦稅，但實際交納的只相當於他們收入的十分之一，仍足以讓他們能夠安居樂業，即使驅趕他，他也不會改行做工行商。官府檢查的辦法越精細，下面富者逃稅的方法就越巧妙，這的確像你所說的那樣。《管子》也不主張根據民眾的資產定稅，所以才有不要「殺畜伐木」的提倡。現在如果除了工商稅外，並不按財產而只按人口和田畝來徵收賦稅，誠心實意地對待百姓，告訴百姓這樣做的好處，用法律嚴格要求官吏，如像你所說的，通過一社一村的制度，層層作確實的考查，哪能得不到真情呢？如果這樣做仍得不到實際情況，那一社一村的制度也就不能實行了。因此，如果承接的是弊政，就必須有一個不變的定制，然後你所說的辦法才得以施行。據在下的見識，只能有這樣的看法了。永州是個偏僻的地方，因而我不太了解外邊的情況。你接替的是誰呢？他治理得好呢，還是治理得不好呢？如果好，那麼你的主張就行得通了；如果不好，我的建議或許在採用之列吧？因為送信人南來，使我對你的政治主張更加了解了。其他意見都很好，我再也提不出什麼別的看法，只衷心贊成劉夢得的觀點。你精通《春秋》，吸取聖人的大中之道來治理民眾。治理饒州，只是件小事，不必花費你太大的精力。其他我沒有什麼可以議論批評的，所以只舉出均賦的事情，以求在書信往來討論中搞清楚疑惑之處。我並不熟悉做官的職責而勉強談論這些事，應當被年長者所譏笑。但是如果不這樣，就無從得到你的高明見解。講明道理，開導別人，有道德才能的人就是用這樣的方法來啟發後輩的。

又聽說你到任三天後，推薦了韓宣英代替自己。宣英見多識廣而又辦事老練，應當受到您這樣賢明人的推薦。現在他有罪被貶，一般人都不敢稱說他的好處，何況又把這些報告給皇帝，推薦他擔任刺史這樣的官職呢！這種世上少有的、超出一般人的高見，敢於堅持直道的行為，是過去的人都難於做到的事，而你卻都做到了。宗元與宣英犯有同一罪名，都是世人所遠遠躲避的人，你的這一推舉，使我也得到了恩惠。祁大夫救了叔向之後不去見叔向，你就像祁大夫一樣，做了好事也是不願意讓人知道的，而現在，我已經知道了你薦舉韓宣英的行動，我的過錯就大了。寫的雖多，不能夠把意思表達清楚，所以就在這裏停住，不詳細說了。宗元再次表示敬意。

【研析】這是一篇討論地方治理的書信，柳宗元的好友劉禹錫也寫有一篇這樣的書信。從這兩篇書信來看，應是一位元姓的饒州刺史，上任後遇到了一些問題，便寫信給柳宗元等人請教。元約元和七年至九年（西元八一二至八一四年）任饒州刺史，時柳宗元雖仍在貶所永州置散，但名聲已經很大，經常有人寫信或前來請教學問，或請教治理之術。這位饒州刺史大概很想做一番事業，因而虛心求教。而劉禹錫、柳宗元等人，也並不顧及待罪的身分，充當起循循善誘的政治教師來。柳宗元在這封信中，說元刺史治理饒州這個小地方，用不著太大的精力，這雖然是客氣的說法，但在實際上，也包含了柳宗元對於治理國事的自信。

政理的一大問題是賦稅。稅收是一個政權及社會得以正常運轉的必要條件。稅是不能不收的，問題是收多少，怎麼收。唐初實行「均田法」和「租庸調法」，男丁十八歲以上給田一頃，然後按照人丁納租、交絹、服勞役，朝廷收入的主要形式是實物和勞動。安史亂後，人口銳減，在冊的戶口既少，田也早已不均，租庸調收不上來，因此，朝廷逐漸對賦稅制度進行了改革。建中元年（西元七八〇年），唐德宗接受宰相楊炎的建議，正式實行「兩稅法」，以貧富定等級，按資產收賦稅。

但不管用什麼法，都存在著根本性的社會衝突：一是貧富負擔不均的衝突，一是眼前利益與長遠利益的問題。富者處於強勢地位，可以通過各種手段例如隱瞞資產、賄賂官吏等逃避賦稅，而貧者處於弱勢，無法逃避賦稅及服役。朝廷加強徵稅，負擔最終要落在貧者頭上，若朝廷減免賦稅，好處被富者獨得，貧者仍然要負擔。柳宗元針對賦稅將要落在貧者頭上，並將引起巨大的社會災難的現實，給元饒州開出了一個藥方：「固必問其實」，即不管怎樣收稅，是租庸調也好，是兩稅法也好，還是其他的方法也好，都要按實際，即確實按資產的實際去收。這裏的關鍵是「問其實」即真正查清貧富的等級，要一村一社地去查，不容情面，不要害怕得罪富戶，徹底查清楚。做到了這一點，則不論是按資產，抑或按田畝或按丁口，收的是實物還是貨幣，都能達到「理政」。

至於長遠利益與眼前利益的衝突，更造成了百姓負擔的加重。因朝廷按收稅的多少和是否及時考核官員的「政績」，於是不論中央還是地方的在任官員，無不竭澤而漁，那裏管什麼長遠利益。因此，柳宗元將前任官員給後任留下一個什麼樣的攤子，作為「政理」的先決條件。如前任留下了「理政」，那還有可為，如果留下的是「弊政」，就需要從這一地的長遠利益考量，不要急迫，不要過度，要讓老百姓休養生息，生產發展了，才有賦稅的來源。

柳宗元的觀點，對於國家財政及保護民眾生產力，有著重要意義。後來柳宗元又貶柳州，雖官進而地益遠，但柳宗元沒有消沉，而是努力工作，在柳州任上做出了很大的成績，充分說明柳宗元確實有治理地方的卓越才能。應該說，柳宗元對於賦稅的看法，今天仍有現實意義。

答周君巢[1]餌藥久壽[2]書

奉二月九日書，所以撫教甚具[3]，無以加焉[4]。丈人[5]用文雅，從知己[6]，日以惇大府之政[7]，甚適[8]。東西[9]來者，皆曰：「海上[10]多君子，周為倡[11]焉。」敢[12]再拜[13]稱賀。

宗元以罪大擯廢[14]，居小州[15]，與囚徒為朋，行則若帶纆索[16]，處則若關[17]桎梏[18]，彳亍而無所趨[19]，拳拘[20]而不能肆[21]，槁然若柹[22]，隤然[23]若璞[24]，其形固若是，則其中者可得矣[25]，然猶未嘗肯道鬼神等事[26]。今丈人乃盛譽[27]山澤之臞者[28]，以為壽且神[29]，其道若與堯、舜、孔子似不相類焉[30]，何哉？又乃曰，餌藥可以久壽，將分以見與[31]，固小子之所不欲得也[32]。嘗以[33]君子之道，處焉[34]則外[35]愚而內益[36]智，外訥[37]而內益辯[38]，外柔而內益剛；出焉[39]則外內若一，而時動[40]以取其宜當[41]，而生人(42)之性得以安，聖人之道得以光(43)。獲是而中(44)，雖不至耆老(45)，其道壽矣(46)。今夫山澤之臞(47)於我無有焉(48)。視世之亂若理(49)，視人之害若利，視道之悖(50)若義。我壽而生，彼夭而死(51)，固無能動其肺肝焉(52)。昧昧(53)而趨，屯屯(54)而居，浩然(55)若有餘(56)。掘草烹石(57)，以私其筋骨(58)，而日以益愚(59)。他人莫利(60)，己獨以愉(61)。若是者愈千百年(62)，滋所謂夭也(63)，又何以為高明之圖哉(64)？

宗元始者講道不篤(65)，以蒙世顯利(66)。動獲大謬(67)，用是(68)奔竄禁錮(69)，為世之所詬病，凡所設施，皆以為戾(70)，從而吠者(71)成群。己不能明，而況人乎？然苟守先聖之道，由大中(72)以出，雖萬受擯棄(73)，不更乎其內(74)，大都類往時京城西(75)與文人言者，愚(76)不能改。亦欲文人固往時所執(77)，推而大之(78)，不為方士(79)所惑。仕雖未達，無忘生人之患，則聖人之道幸甚，其必有陳(80)矣。不宣。宗元再拜。

【注　釋】❶周君巢　貞元十一年（西元七九五年）進士，曾與韓愈同為汴州刺史董晉幕客，官歷衛尉卿，隨州刺史。柳宗元為叔父作墓表，提及會葬親故，君巢預其中，則其或為柳宗元親友之屬。❷餌藥久壽　吃丹藥以求長壽。❸撫教甚具　安慰教導很全面。❹無以加焉　無以復加。此皆為客套語。❺丈人　對尊長的敬稱。❻從知己　跟從知心好友，此指其上級。❼日以惇大府之政　使大府之政日漸趨於敦厚。惇，敦厚。大府，上級官府。此指嶺南節度府，治所在廣州，周君巢時任嶺南節度使從事。❽甚適　很好。❾東西　泛指各地。❿海上　兩廣一帶近海，故曰海上。⓫倡　提倡；帶頭。⓬敢　表示冒昧的意思。⓭再拜　是古代一種隆重的禮節，先後拜兩次。這裏是表示敬意的意思。⓮擯廢　排除；廢棄。此指被貶。⓯小州　此指永州。⓰纆索　繩索。⓱關　關鎖；帶上。⓲桎梏　腳鐐手銬。⓳彳亍而無所趨　慢步而行不知要到那兒去。彳亍，慢慢走路貌。趨，去向。⓴拳拘　卷曲。㉑肆　舒展。㉒槁然若枿　面色憔悴，如同砍伐後的樹木所長出的芽葉。槁，枯乾。枿，砍伐後的樹木所長出的嫩芽，因無根而顯營養不良貌。㉓隤然　精神委靡不振貌。㉔璞　未雕琢過的玉石。㉕則其中者可得矣　那麼身體內部的情況也就可以得知了。㉖然猶未嘗肯道鬼神等事　雖然是這樣，（我）也未曾肯講說鬼神（以求治病）等事。㉗盛譽　極力稱讚。㉘山澤之臞者　指神仙。典出《漢書・司馬相如傳》：「相如以為列仙之儒居山澤間，形容甚臞，非帝王之仙意，乃奏〈大人賦〉。」臞，清瘦。㉙壽且神　長壽而似是神仙。㉚其道若與堯舜孔子似不相類焉　神仙的道和堯、舜、孔子的道好像是不一樣的。㉛將分以見與　將要把（藥）分給我。㉜固小子之所不欲得也　我肯定是不希望得到的。小子，自稱謙詞。㉝以　認為。㉞處焉　處於自家。指在不做官的時候。㉟外　外表，與下文「內」相對。內，內心。㊱益　更加；很。㊲訥　言語遲鈍。㊳辯　能言善辯。㊴出焉　指在做官任職的時候。㊵時動　順時而動。㊶宜當　這裏指適宜得當的措施。㊷生人　即生民；人民。㊸得以光　得到發揚光大。㊹獲是而中　能夠做到這樣，就恰到好處了。㊺耇老　長壽。㊻其道壽矣　聖人之道卻是長存的。㊼山澤之臞　指神仙長壽之道。㊽於我無有焉　和我毫無關係。㊾視世之亂若理　把世上的動亂看作已經治理。㊿悖　違背；混亂。51彼夭而死　那些（不相信神仙之道的）人不到壯年就死掉。52固無能動其肺肝焉　所以沒有什麼辦法可以打動他的心。53昧昧　昏闇；糊塗。54屯屯　無知貌。55浩然　盛大貌。此指有「浩然之氣」。56若有餘　似乎很從容。57掘草烹石　泛指煉製丹藥。草，草藥。石，指鐘乳石、丹砂等可燒煉丹藥的礦物質。58以私其筋骨　以此來強壯自己的筋骨。59而日以益愚　卻一天天更加愚蠢。60他人莫利　對其他人沒有什麼好處。61己獨以愉　自己獨自以此為樂。62若是者愈千百年　像這樣的人年歲越是超過千百年。63滋所謂夭也　就越如同早死了一樣。滋，更加。64又何以為高明之圖哉　又怎麼能算是高明的舉動呢？圖，舉動；計謀。65篤　堅定；專一。66蒙世顯利　欺世求得顯位和利祿。67僇　侮辱，此指遭貶。68用是　因為這個。69奔竄禁錮　（被貶而）奔走遠方，受到了禁錮。禁錮，行動不自由，此指前途無望。70戾　違背；罪過。71吠者　指攻擊誣陷柳宗元的人。72大中　即大中之道。73萬受擯棄　遭到多方面的排斥和打擊。74不更乎其內　不更改自己內心的信念。75京城西　長安城西郊，時柳宗元居於此。76愚　自稱的謙詞。77固往時所執　堅持過去的主張。78推而大之　推廣而發揚光大。79方士　修仙煉藥之人。80陳　陳述。

【語譯】接到您二月九日的來信，信中給了我很多安慰教誨，不能再增加什麼了。您以文雅的學識風度，跟從知心好友做事，可使上司的政事日漸趨於敦厚，很好。從各地而來的人都說，兩廣一帶有許多賢德高尚之人，都是周君巢提倡的結果。冒昧再次拜上，向您表示祝賀。

宗元因犯了大罪被廢棄貶斥，居住在這小州，與囚徒為伍，行走時好像帶上了繩索，停下來時則好像帶上了腳鐐手銬，慢步而行不知要到哪兒去，卷曲不能舒展，面色憔悴，如同砍伐後的樹木所長出的芽葉，委靡不振像是未雕琢過的玉石。我的外貌已經如此，那麼身體內部的情況也就可以得知了。雖然這樣，我也未曾肯講說鬼神以求治病等事。現在您極力稱讚山澤之間那些清瘦之人，認為他們長壽似是神仙。但是，他們這些人的「道」和堯、舜、孔子之「道」好像是不一樣的，為什麼這樣說呢？您又說，服食丹藥可以長壽，要把丹藥分些給我。但在下肯定不想要這藥。我曾經說過，君子之道，不做官時，外表顯愚笨而內心更加明智，看似言語遲鈍而實際更加能言善辯，外表柔弱而內心更加剛強；出任官職時，則內外一致，順時機而行動，採取適宜得當的措施而民眾的情性得以安定，聖人的大中之道得以發揚光大。能夠做到這樣，就恰到好處了。雖不一定長壽，聖人之道卻能夠長存。現在神仙長壽之道和我毫無關係。那些求仙求道之人，把世上的動亂看作是「理」，把民眾受害看作是「利」，把違背大中之道看作是「義」。以為自己將長壽而生，那些不相信神仙之道者很快就會死掉，所以世界上沒有什麼事可以打動他的心。他們糊裏糊塗地前行，蒙昧愚蠢地活著，卻一副浩然從容的樣子。他們挖草煮石，煉製丹藥，想以此來強壯自己的筋骨，實際上卻是一天天更加愚蠢。他們的所作所為對別人沒有什麼好處，他自己卻獨自以此為樂。如果像是這樣，年歲越是超過千百年，就越如同早死了一樣，又怎麼能算是高明的舉動呢？

宗元起初講求大中之道不夠堅定專一，欺世以求顯位利祿，結果遭到羞辱，因此被貶而奔走遠方，前途無望，被世人所嘲罵指責。凡是我所做過的事，也都成了罪過，於是那些攻擊誣陷者像群狗一樣對我狂吠不已。我自己尚且說不明白，何況是別人呢？但我只要謹守先聖之道，一切從大中之道出發，即使遭到無窮的排斥打擊，也不會更改自己內心的信念。這大體上就像當年在京城西郊時對您所說的那樣，我是不會改變的。我也希望您堅持過去的主張，並推廣而發揚光大，不被那些修仙煉藥之人所迷惑。雖然仕途不能發達，但不忘民眾的苦難，則聖人之道有幸，您對聖人之道也必然會有所陳述施行。給您就寫到這兒。宗元再次拜上。

【研　析】信念是人生的支柱。有人信仰宗教，有人信仰蒼天，有人迷信神仙之術。柳宗元雖也信佛，但他一生信仰堅守的則是他自己所理解的「大中之道」。有了這一堅強信念，柳宗元不信天地鬼神，並對一切迷信愚妄之事進行了猛烈的批判。對於許多讀書人來說，信奉孔孟之道或自孔孟之道所生發的其他什麼「道」並不困難，難的是堅守一生，不管遇到什麼困難，是貶逐斥責，是生老病死，都絕不動搖，無怨無悔。

周君巢可能是柳宗元的一個長輩親友。柳宗元來到永州後，因生活困苦，水土不服，身體一直不好。周君巢很關心他的健康，便推薦他服食丹藥以延壽，並寫信贈藥給柳宗元及韓愈。唐代人大都迷信丹藥能夠治病延年，或有強身健體、補精益氣之效。柳宗元的一些好友，甚至連以道統承傳者自居的韓愈，也不能免俗。在〈寄隨州周員外〉一詩中，韓愈表示自己為得藥餌而高興，認為「金丹」可以「救病身」。但柳宗元從不相信這些神仙方士燒丹煉藥之術，他堅定地表示，他堅守他的信念，不會因為遭貶和生病而有任何改變，同時還勸周君巢能像以前那樣，不要相信這些東西。他表示，自己仍然會像他所一貫堅持的那樣，將社會的治亂、民眾的疾苦作為關注的對象，而對於自己的仕途和身體，則並不放在心上。應該說，在如何看待神仙方術之事這一點上，柳宗元確實高於他那個時代的許多傑出人物。

答韋中立❶論師道❷書

二十一日，宗元白❸：辱書云，欲相師❹。僕道不篤❺，業❻甚淺近，環顧其中，未見可師者。雖嘗好言論，為文章，甚不自是❼也。不意❽吾子❾自京師❿來蠻夷間⓫，乃幸見取⓬。僕自卜⓭固無取；假令有取，亦不敢為人師。為眾人師且不敢，況敢為吾子師乎？

孟子⓮稱「人之患，在好為人師⓯。」由魏、晉氏⓰以下，人益不事⓱師。今之世，不聞有師；有，輒⓲譁笑之，以為狂人。獨韓愈奮不顧流俗⓳，犯笑侮，收召後學，作〈師說〉⓴，因抗顏㉑而為師。世果群怪聚罵，指目牽引㉒，而增與為言辭。愈以是㉓得狂名。居長安，炊不暇熟，又挈挈㉔而東。如是者數㉕矣。

屈子㉖賦曰：「邑㉗犬群吠，吠㉘所怪也。」僕往聞庸㉙、蜀㉚之南，恒雨少日，日出則犬吠。余以為過言。前六七年，僕來南。二年㉛冬，幸㉜大雪，踰㉝嶺㉞，被㉟南越中數州；數州之犬皆蒼黃㊱吠噬㊲，狂走者累日，至無雪乃已。然後始信前所聞者。今韓愈既自以為蜀之日，而吾子又欲使吾為越之雪，不以病㊳乎？非獨見病，亦以病吾子。然雪與日豈有過㊴哉？顧㊵吠者犬耳！度㊶今天下不吠者幾人，而誰敢衒㊷怪於群目，以召鬧取怒乎？

僕自謫㊸過以來，益少志慮㊹。居南中九年，增腳氣病，漸不喜鬧，豈可使呶呶㊺者早暮咈㊻吾耳、騷㊼吾心？則固僵仆煩憒㊽，愈不可過㊾矣。平居望外㊿，遭齒舌(51)不少，獨欠為人師耳。

抑(52)又聞之，古者重冠禮(53)，將以責成人之道，是聖人所尤用心者也。數百年來，人不復行。近有孫昌胤(54)者，獨發憤行之。既成禮，明日造(55)朝，至外庭，薦(56)笏(57)言於卿士(58)曰：「某(59)子冠畢。」應之者咸憮然(60)。京兆尹(61)鄭叔則怫然(62)曳(63)笏卻(64)立，曰：「何預(65)我耶！」廷中皆大笑。天下不以非[66]鄭尹而快[67]孫子，何哉？獨為[68]所不為也。今之命[69]師者，大類此。

吾子行厚而辭深，凡所作，皆恢恢然[70]有古人形貌；雖僕敢為師，亦何所增加也！假[71]而以僕年先[72]吾子，聞道著書之日不後，誠欲往來言所聞，則僕固願悉[73]陳[74]中所得者。吾子苟自擇[75]之，取某事，去某事，則可矣。若定是非以教吾子，僕材不足，而又畏前所陳者，其為不敢也決[76]矣。吾子前所欲見吾文，既悉以陳之，非以耀[77]明[78]於子，聊欲以觀子氣色[79]誠好惡何如也。今書來，言者皆大過[80]。吾子誠非佞[81]譽誣[82]諛[83]之徒，直見愛甚故然耳。

始吾幼且少，為文章，以辭為工[84]。及長，乃知文者以明道，是固[85]不苟為炳炳[86]烺烺[87]、務采色、夸聲音而以為能也。凡吾所陳[88]，皆自謂近道，而不知道之果近乎，遠乎？吾子好道而可[89]吾文，或者其於道不遠矣。故吾每為文章，未嘗敢以輕心掉之[90]，懼其剽[91]而不留也；未嘗敢以怠心易[92]之，懼其弛而不嚴也；未嘗敢以昏氣[93]出之，懼其昧沒[94]而雜也；未嘗敢以矜氣[95]作之，懼其偃蹇[96]而驕也。抑[97]之欲其奧，揚之欲其明，疏[98]之欲其通，廉[99]之欲其節，激而發之欲其清，固[100]而存之欲其重。此吾所以羽翼[101]夫道也。本[102]之《書》[103]以求其質[104]，本之《詩》[105]以求其恒[106]，本之《禮》[107]以求其宜[108]，本之《春秋》[109]以求其斷[110]，本之《易》[111]以求其動[112]。此吾所以取道之原也。參之穀梁氏[113]以厲[114]其氣[115]，參之《孟》、《荀》[116]以暢其支[117]，參之《莊》、《老》[118]以肆[119]其端[120]，參之《國語》[121]以博[122]其趣[123]，參之〈離騷〉[124]以致[125]其幽[126]，參之太史公[127]以著[128]其潔[129]。此吾所以旁推交通[130]而以為之文也。凡若此者，果是耶，非耶？有取乎？抑其無取乎？吾子幸觀焉、擇焉，有餘以告焉。

苟亟[131]來以廣是道，子不有得焉，則我得矣，又何以師云爾哉？取其實而去其名，無招越、蜀吠怪，而為外廷所笑，則幸矣。宗元白。

【注釋】❶韋中立 當時的一個青年學子。據《新唐書・宰相世系表》，為唐州刺史韋彪之孫。憲宗元和十四年（西元八一九年）進士。❷師道 為師之道。❸白 告白；告之。❹相師 拜以為師。❺篤 深厚。❻業 學業。❼不自是 自認為不行。❽不意 沒有料到。❾吾子 對韋中立客氣的稱呼。❿京師 指京城長安。⓫蠻夷間 此指當時地處偏遠的永州。⓬見取 被你認為有可學習的地方。見，表被動。⓭卜 估計。⓮孟子 即孟軻，戰國時鄒（今山東鄒縣）人。孔子之後儒家的代表人物。有《孟子》一書傳世。⓯人之患二句 見《孟子・離婁上》。⓰魏晉氏 指魏、晉兩朝。⓱事 侍奉；尊奉。⓲輒 即；就。⓳流俗 時下的風俗習慣。⓴師說 韓愈寫的一篇談師道的文章。㉑抗顏 態度剛正不屈。㉒牽引 互相拉扯示意。㉓以是 因此。㉔挈挈 急迫貌。㉕數 多次。㉖屈子 即屈原（約西元前三四〇—前二七八年），名平，戰國時楚人。出身王族。楚懷王時，官至左徒。後遭讒去職，被流放在湖南湘水、沅水一帶。楚頃襄王二十一年（西元前二七八年），秦破楚都；屈原悲憤絕望，投汨羅江自殺。著有〈離騷〉、〈天問〉等詩篇。這裏所引的話，出自《九章・懷沙》。㉗邑 城鎮。㉘吠 狗叫。㉙庸 古國名，在今湖北竹山東南。後被楚所滅。㉚蜀 古國名，在今四川成都一帶。㉛二年 指唐憲宗李純元和二年（西元八〇七年）。㉜幸 遭遇。㉝踰 越過。㉞嶺 指五嶺，即越城、都龐、萌渚、騎田、大庾等嶺。㉟被 覆蓋。㊱蒼黃 同「倉皇」，驚慌貌。㊲噬 咬。㊳病 辱。㊴過 錯誤。㊵顧 不過。㊶度 揣度；推想。㊷衒 炫耀；自誇。㊸謫 貶職。㊹慮 打算。㊺呶呶 喧鬧聲。㊻咈 乖戾。這裏指聒噪。㊼騷 擾亂。㊽憒 糊塗；昏亂。㊾過 度日。㊿望外 意外。(51)齒舌 口舌，指流言蜚語。(52)抑 表示轉折的連詞。(53)冠禮 古代男子二十歲舉行冠禮，表示已經成人。唐代已不流行。(54)孫昌胤 人名。(55)造 往；到。(56)薦 插，指將笏插在衣帶上。(57)笏 古代大臣朝見皇帝時所拿的手板，用以記事。(58)卿士 泛指大臣。(59)某 謙詞，相當於「我」。(60)憮然 不樂貌。(61)京兆尹 唐玄宗李隆基開元元年（西元七一三年），改京城所在之雍州（治所在今陝西西安）為京兆府，改雍州長史為京兆尹。(62)怫然 不高興貌。(63)曳 拖。(64)卻 退。(65)預 干預；參與。(66)非 非難；責怪。(67)快 高興；痛快。(68)為 做。(69)命 取名。(70)恢恢然 寬闊宏大貌。(71)假　假如。(72)先　指年長。(73)悉　悉數；全部。(74)陳　陳述。(75)擇　選擇。(76)決　肯定。(77)耀　炫耀；誇耀。(78)明　高明。(79)氣色　人的精神和面色，此指態度、觀點。(80)大過　意即誇獎太過分。(81)佞　能說會道；巧言諂媚。(82)誣　欺騙。(83)諛　奉承；討好。(84)工　工巧。(85)固　通「故」。(86)炳炳　指文章的辭采豐富。(87)烺烺　即「朗朗」，指文章音調和諧。(88)陳　陳述，指文章。(89)可　許可；讚許。(90)以輕心掉之　對這件事掉以輕心。輕心，輕忽之心；不經意。指漫不經心。(91)剽　快速。這裏指浮華。(92)易　治。指寫作。(93)昏氣　昏昧之氣，這裏指暗昧的態度。(94)昧沒　隱蔽不明。這裏指暗昧的態度。(95)矜氣　驕矜之氣。此指驕傲的心理。(96)偃蹇　高傲。這裏指盛氣淩人。(97)抑　抑制。(98)疏　疏通；疏導。(99)廉　廉潔；節儉。此指刪節。(100)固　凝聚。(101)羽翼　輔助。(102)本　以之為本，指參照、繼承。(103)書　《書經》，即《尚書》，我國古代的歷史文獻，語言樸實，不尚藻飾。與下文《詩》、《禮》、《春秋》、《易》均為儒家經典。(104)質　質樸。(105)詩　即《詩經》，我國第一部詩歌總集。(106)恒　指恆久不變的情理。(107)禮　指《周禮》、《儀禮》、《禮記》，合稱《三禮》。(108)宜　合理。(109)春秋　春秋時期魯國編年史，相傳曾經孔子刪改，通過敘述事實時字語的選用，褒貶人事。(110)斷　判斷，指褒貶。(111)易　《易經》，原為占卜事物發展變化之書，後歷經闡釋，成為哲學之書。(112)動　變化。(113)穀梁氏　指穀梁子（名淑，一名赤，字元始，魯人）所寫的《春秋穀梁傳》。(114)厲　磨練。(115)氣　指文氣。即文章的氣勢、連貫性。(116)孟荀　《孟子》和《荀子》。(117)支　通「枝」。指文章的枝葉。(118)莊老　《莊子》和《老子》。(119)肆　放縱。這裏指文章汪洋恣肆。(120)端　端緒；頭緒。(121)國語　史書，分諸侯國記載各國重要人物的言行。(122)博　廣博。這裏指擴大。(123)趣　奇趣；意趣，與「理」相對。(124)離騷　戰國時楚國詩人屈原的代表作。(125)致　窮盡；使達到。(126)幽　深奧。(127)太史公　漢代司馬遷。這裏指他寫的《史記》。(128)著　顯著。這裏是「使其顯著」的意思。(129)潔　潔淨。這裏指語言精鍊。(130)旁推交通　指吸取各家之長使其融會貫通。(131)亟　急；趕快；及早。

【語　譯】二十一日，宗元回信：承蒙你來信，說要拜我為師。我對「道」的修養並不深厚，學識也很淺薄，從各方面看，都看不出自己有什麼值得別人學習的地方。雖然我平時喜歡發議論，寫點文章，但是自己總認為不太好。沒料到您從京城來到這偏遠的永州，還希望向我學習。我自己認為，我並沒有值得學習之處；即使有可學習之處，也不敢做別人的老師。做一般人的老師尚且不敢，更何況做您的老師呢？

孟子說過：「人們的毛病，在於喜歡做別人的老師」。從魏、晉以來，人們更加不尊奉老師。而現在這個世上，沒聽說過還有老師；如果有人被稱為老師，大家就譁然譏笑他，把他當做狂人。只有韓愈奮然不顧一般的風俗習慣，敢於忍受別人的譏笑和辱罵，招收後學青年，並寫了〈師說〉一文，於是態度剛正不屈地做起老師來。世人果真都覺得奇怪，相聚謾罵，手指目視，互相拉扯示意，而且大肆渲染甚至造謠污衊，以攻擊韓愈。他因此被看作是「狂人」。他住在長安，等不得把飯做熟，便又被外放而匆匆忙忙地向東奔去。像這樣已經有好幾次了。

屈原在《九章・懷沙》中曾說過：「城鎮上的狗群起亂叫，叫的是牠所奇怪的東西。」我曾聽說，庸、蜀一帶的南部，經常下雨，很少出太陽，太陽出來就引起狗叫。我以為是誇大之辭。六、七年前，我來到南方的永州。元和二年的冬天，遇上下大雪，大雪越過五嶺，覆蓋了南越的好幾個州；幾個州的狗都驚慌地叫著咬著，瘋狂地奔跑了好幾天，直到沒有雪了才安靜下來。從這以後我才相信過去所聽說的話。如今韓愈已經把自己當作蜀地的太陽，而您又想使我成為越地的雪，不是也讓我受人辱罵嗎？不僅我被人辱罵，也因此使您被人辱罵。然而雪和太陽難道有什麼過錯麼？狂叫的不過是狗罷了！試想現今世上，見到奇異的事，不像狗那樣叫的，能有幾個人呢？那麼誰還敢用怪異的行動來引人注目，招惹人們的喧鬧和辱罵呢？

我從被貶官以來，更少有大志和長遠打算。居住永州九年，增添了腳氣病，漸漸變得不喜歡喧鬧，難道能讓那些喧鬧不休的人整天在我的耳邊聒噪，來擾亂我的心嗎？那樣必將使我臥病不起心煩意亂，越發不能生活下去了。平日都出乎意料地遭受到不少口舌是非，唯獨沒有喜歡做別人的老師的罪名了。

況且我又聽說，古代的人重視冠禮，那是為了要求成年了就能懂得做人的道理，這是聖人所以特別重視的原因。但近幾百年來，人們不再舉行這種冠禮了。前些時，有個叫孫昌胤的人，獨自下決心為兒子舉行冠禮。冠禮儀式舉行後第二天，他上朝來到大臣辦公議事的外廷，把笏板插在衣帶上，對眾大臣說：「我的兒子已經行過冠禮了。」聽了他的話的人都有點茫然不樂。京兆尹鄭叔則很不高興地一手執著笏板，退後一步站著，說：「這與我有什麼相干！」在場的大臣都大笑起來。天下的人不因此去責怪京兆尹鄭叔則，也不為孫昌胤的行為感到高興，這是為什麼呢？因為孫昌胤獨自做了別人所不做的事。現在被稱作老師的人，和孫昌胤非常相似。

您的品行敦厚而且文章言辭高深，凡是您所作的文章，都闊大宏深具有古人的文風；即使我敢於做您的老師，對您又有什麼幫助呢！如果因為我的年紀比您大，學道寫文章的時間比您早，您確實願意和我來往交談彼此的學習體會，那麼我一定願意毫無保留地把我所知道的都告訴給您。然後由您選擇，吸取哪些東西，去掉哪些東西，就可以了。如果讓我判定什麼是正確的，什麼是錯誤的，再來教導您，我的才能不高，而且又顧慮前邊所說的那些情況，那我決計不敢做您的老師了。您原先想看看我的文章，已經全部讓您看了，我並不是用這些東西在您面前炫耀我的高明，只不過想從您的神情態度上來推知我的文章的好壞罷了。如今看到您的信，說的話都未免對我過分誇獎了。您的確不是那種用花言巧語諂媚別人藉以討好的人，只不過是特別喜歡我的文章，所以才這樣說罷了。

當初我年齡小又不太懂事，寫文章時，總認為話說得漂亮就算工巧。到了年齡大了一點以後，才懂得文章是用來闡明「道」的，因此不再輕率地寫那種只圖辭采豐富、音調和諧，追求華麗的辭藻，誇耀聲韻鏗鏘的文章，來顯示自己的本領。但凡是我所寫的文章，都自以為接近於「道」，但是不曉得果真離道近呢，還是遠呢？您喜愛道而且讚許我的文章，也許它離道不遠了。所以我每當寫文章的時候，從來不敢漫不經心，總害怕文章寫得浮華而且不夠深刻；從來不敢偷懶取巧，恐怕文章寫得鬆散而不夠嚴謹；從來不敢將昏暗之氣帶到文章中去，恐怕文章晦澀而且顯得蕪雜；從來不敢用驕傲的心理去寫作，恐怕文章盛氣凌人而顯得狂妄。要善於自我抑制，以使文章含蓄；要善於發揮，以使文章明快；要善於疏導，以使文氣流暢；要善於節制，以使語言精鍊；要像阻遏水勢而除去污穢那樣，使文章音韻清越；又要集聚和保留文氣，使文章聲調凝重。這就是我用文章來輔助「道」的方法。學習《尚書》，使文章的語言質樸；學習《詩經》，使文章具有永恆的情理；學習《禮記》，使文章的道理講得合理；學習《春秋》，使文章對是非的褒貶明確；學習《易經》，使文章波瀾起伏，富於變化。這就是我吸取「道」的本源的方法。以《穀梁傳》為本，可以使文章氣勢貫串；以《孟子》、《荀子》為本，可以使文章條理通達；以《莊子》、《老子》為本，可以使文章汪洋恣肆；以《國語》為本，可以使文章別具奇趣；以〈離騷〉為本，可以使文章情思深邃；以《史記》為本，可以使文章語言精鍊。這就是我所採用的吸取各家長處使它們融會貫通的為文方法。上面所說的這些道理，到底是對呢，還是不對呢？有可取的地方呢，還是沒有可取的地方呢？希望您看一看，選擇一下，有空寫信告訴我。

如果我們及早互相交談、共同深入探討文章之道，即使你沒有收穫，我還是會有所收穫的，又何必一定要稱呼什麼老師呢！採取老師的實質而去掉老師的名義，不要招致像越地和蜀地的狗那樣看到雪和太陽就狂叫，或者像孫昌胤那樣遭受到人們的譏笑，那就算萬幸了。柳宗元寄上。

【研 析】柳宗元貶逐永州十年，被剝奪了參與政事的權利。他只能用筆作為武器，來表達他的「大中之道」、「理亂」的政治理想和憂國憂民之情。在來永州之前，柳宗元即有文名，隨著他的詩文從永州陸續傳出，他的名氣越來越大，而他堅持原則與理想的崇高操守，也使許多年輕人感到敬佩。因此，不斷地有人前來或寫信求教。韋中立就是這樣的一位青年才俊。元和八年（西元八一三年），韋中立自京師來永州，其時韋中立的祖父韋彪正在永州作刺史。韋中立來到永州，一方面是探望祖父，另一方面也是仰慕柳宗元的文名。他鄭重地給柳宗元寫上一封信，信中對柳宗元及其文章表達了敬仰之情，並提出要拜柳宗元為師。柳宗元便寫了這封回信給他，誠懇地推辭了一番，然後便把自己作文的經驗羅列出來，讓他根據自己的情況選擇吸收。

這封書信可分為兩大部分。前半就韋中立「欲相師」作答。柳宗元認為，學作文章最好要有所師承，並且表示「願悉陳中所得」，把自己的創作經驗毫無保留地傳授給韋中立；同時，用蜀犬吠日、越犬吠雪作比喻，諷刺了社會上恥於拜師的惡俗，並說明了自己的困難處境，表明不敢為師的原因。當然，柳宗元表示不敢為師，也有客氣謙虛的因素。柳宗元如此熱心地將自己的創作體會不厭其煩地羅列出來，實際上已經默認了這個學生。後半部分，柳宗元敘述了自己創作的原則和經驗，運用極其簡練的語言闡明「文者以明道」的原則、嚴肅的寫作態度、具體的寫作方法、學習古文的途徑等問題。

柳宗元與韓愈同為唐代最負盛名的文學家，其散文被後人列為「八大家」之一。柳宗元的文章到底好在何處，他是怎樣成為一個古文高手的，這封信可以算是現身說法，是研究柳宗元及唐代古文的第一手資料。從這一意義來說，這封信也是柳宗元文學理論的代表作，在我國文學理論發展史上，占有重要的地位。

為❶京兆府❷昭應❸等九縣訴夏苗旱損狀❹

右臣謬領京畿❺，已逾兩月。政術無取❻，誠懇莫申❼，遂使雨澤愆時❽，田苗微損❾。夙夜❿兢懼⓫，寢食靡遑⓬。今長安一十四縣，并准常年例全徵⓭；其昭應等九縣，臣各得狀⓮，並令詳審⓯，各絕隱欺⓰。謹具別狀封進⓱。臣當府夏稅⓲，通計約二十九萬石已上⓳，據所損矜免⓴，祗當㉑三萬石有餘。恤㉒人則深，減數㉓非廣㉔。伏㉕以聖慈㉖弘貸㉗，憫念㉘蒸黎㉙。臣忝㉚職司㉛，不敢不奏㉜。無任慚懼之至㉝，謹錄奏聞，伏聽敕旨㉞。

【注釋】❶為　代作。政府公文，可以由長官自己起草，也可由他官或幕士等人代作。❷京兆府　京都長安所在州府，原稱雍州，後改名京兆府。❸昭應　縣名，今陝西臨潼。❹狀　上呈皇帝的奏狀。❺右臣句　古代上行呈文，在述事前先報自己的官爵姓名，直行書寫，由右而左，所以稱「右臣」。謬領，謙詞，意為不稱職。京畿，指京兆府。❻政術無取　治理方面沒有什麼可取之處。此為謙詞。❼誠懇莫申　實在沒有申辯的理由。申，申述。❽愆時　誤了日期。❾微損　枯衰損壞。微，衰微。❿夙夜　從早晨到晚上。⓫兢懼　恐懼害怕。

⑫寢食靡遑　睡覺吃飯都不安。⑬并准常年例全徵　還按往年的慣例全額徵收賦稅。准，按照。⑭臣各得狀　我得到各縣送上來的公文。⑮審　調查。⑯各絕隱欺　都沒有隱瞞。⑰謹具別狀封進　詳細情況有另一奏狀封好呈上。⑱臣當府夏稅　我應負責的本府夏糧納稅。當，主管。⑲已上　即以上。⑳矜免　因憐憫而免除。㉑祇當　只抵。㉒恤　體恤。㉓減數　減少的石數。㉔廣　多，指數量多。㉕伏　下對上敬詞。㉖聖慈　皇帝的恩德。㉗弘貸　寬貸；減免。㉘憫念　關懷。㉙蒸黎　百姓。㉚忝　有愧於。㉛職司　職責。㉜奏　呈報。㉝無任慚懼之至　無限慚愧恐懼。無任，不盡。㉞勑旨　皇帝的詔命。

【語　譯】臣呈報：我奉命為京兆府長官，已過了兩個月。對於京兆府的治理，沒有什麼成績。實在沒有申辯的理由，因而使雨水誤了日期，田裏的禾苗枯損衰微。從早到晚，恐懼害怕，寢食難安。現在，京兆府所屬各縣中，十四縣仍將按往年的慣例全額徵收賦稅；其餘昭應等九縣，臣已收到各縣送上來的公文，並命令他們詳加調查，各自不可有欺騙隱瞞等事，其詳情有另一奏狀封好呈上。臣所負責的本府夏糧所納賦稅，總計約二十九萬石以上，現根據乾旱損失所免除的部分，折合三萬石有餘。這對於民眾的體恤之恩當然很深，但所減免的數字卻比較少。請求仁慈的皇上，以弘大的恩德，再寬免部分賦稅，以憐憫黎民百姓。臣有愧於職責所在，不敢不將實情呈上。無限慚愧恐懼，謹將下情奏上，恭敬地聽候聖旨裁處。

【研　析】貞元二十一年（即永貞元年，西元八〇五年）二月至四月，京兆地區出現旱情，原定的稅額將不能完成。時柳宗元任尚書禮部員外郎，參與永貞革新。作為革新的組成部分，減免賦稅是一個重要工作。這一工作如能從京兆開始，對天下無疑有示範作用。可能是出於這一原因，柳宗元作為革新活動的主要骨幹，親自代京兆府長官王權寫了這篇請求減免賦稅的奏狀。

為裴中丞[1]上[2]裴相[3]賀破[4]東平[5]狀[6]

右[7]伏以逆賊李師道[8]克就梟擒[9]，已具[10]中書門下[11]狀賀訖[12]。某忝居末屬[13]，特受深恩，踴躍不寧[14]，輒復披露[15]。竊以[16]自古中興之主[17]，必有命代[18]之臣，一德同功[19]，以叶[20]休運[21]。故申、甫、方、召[22]，成宣王[23]復古之勛[24]；吳、鄧、寇、耿[25]，致光武配天之業[26]。此皆上下齊志，中外悉心[27]。雖成功則多，而陳力甚易[28]。豈若閣下挺拔英氣，邁越常流[29]，獨契聖謨[30]，以昌[31]鴻業[32]。廟略初定[33]，異議紛然，詆訕盈朝[34]，萋斐成市[35]。閣下秉心不惑[36]，定命彌堅[37]。討淮右之兇[38]，則下車而授首[39]；服恆陽之虜，則馳使而革心[40]。況師道惡稔禍盈[41]，鬼怨神怒，恣行悖慢[42]，敢肆欺誣[43]。天兵四臨，所至皆捷。次[44]又捨[45]其將校，許以歸還，罪止一夫[46]，恩加百姓，豺狼感化，梟鏡[47]懷仁[48]。自致誅夷[49]，以成開泰㊿，萬方有慶，四海無虞(51)。遂令率土(52)之人，盡識太平之理。盛德大業，振古莫儔(53)。然則布政(54)明堂(55)，勒功東嶽(56)，光垂後祀(57)，輝映前王，神化(58)永屬於聖君，崇勛(59)實歸於宗袞(60)。慶賀之至，倍萬恆情(61)。

【注釋】❶裴中丞　即裴行立。唐憲宗元和十二年(西元八一七年)，御史中丞裴行立出任桂管觀察使。❷上　送上；進獻。❸裴相　即裴度，憲宗時宰相。❹破　攻破；打敗。❺東平　在今山東鄆城一帶。❻狀　一種敘事文體，呈報上級時所用。❼右　狀的格式套語。文章書寫時自上而下，自右而左，故曰「右」。❽李師道　憲宗時藩鎮之一，為淄青節度使，占有今山東一帶。元和十年（西元八一五年），彰義軍節度使吳元濟據淮西、蔡州作亂，李師道及成德軍節度使王承宗遙相呼應。李師道等派刺客刺死宰相武元衡，刺傷御史大夫裴度。❾克就梟擒　被擒獲並斬首示眾。梟，懸首示眾。❿具　具文；陳述。⓫中書門下　唐朝廷的中樞決策機構。⓬訖　完畢。⓭忝居末屬　很慚愧地作為您的同族。忝，表有愧，謙詞。末屬，即族屬。裴行立與裴度同族。⓮踴躍不寧　心情激動不平靜。⓯輒復披露　就再一次(向您)表達我的心願。輒，就；於是。披露，表露。⓰竊以　我私下認為。竊，私下，用作表示個人意見的謙詞。以，以為；認為。⓱中興之主　使一個朝代再次復興的君主。⓲命代　即「命世」，避唐太宗李世民諱，以「代」代「世」。命世，聞名於世。⓳一德同功　一心一德為同一事業而努力。⓴叶　協同；協調。㉑休運　美好的運氣。㉒申甫方召　即申伯、尹吉甫、方叔、召虎，皆為周宣王大臣。㉓宣王　即西周宣王，曾在申、甫、方、召等人的輔助下復興了周朝，史稱「宣王中興」。㉔復古之勛　恢復了過去的勳業。㉕吳鄧寇耿　即吳漢、鄧禹、寇恂、耿弇，皆為東漢光武帝劉秀武將，助劉秀建立東漢王朝。㉖配天之業　可與天之德相配的功業，指復興漢朝。㉗中外悉心　朝廷內外同心協力。㉘雖成功二句　意為因朝廷內外上下同心協力，雖然成就的功業很大，但比較容易。陳力，貢獻才力。㉙邁越常流　意思是超越一般。㉚獨契聖謨　唯獨（您）和皇帝的謀略一致。契，契合；一致。謨，謀略。㉛昌　用為使動，使之昌明。㉜鴻業　偉大的事業。㉝廟略初定　指唐憲宗和裴度關於平叛的大計剛一確定。廟略，帝王等對於軍國大事的謀劃。㉞詆訕盈朝　誹謗譏笑充滿朝廷。㉟萋斐成市　各種各樣的譖言充斥著朝廷。萋斐，形容錦緞花紋錯雜，此指不同意見花樣繁多。成市，指充滿朝堂。㊱秉心不惑　堅持自己的主張不動搖。秉，持。㊲定命彌堅　詔命一經決定，更加堅決。彌，更加。㊳討淮右之兇　元和十二年（西元八一七年），宰相裴度自請督師討伐吳元濟。朝廷遂以裴度兼淮西宣慰處置使，督李愬等軍，入蔡州生擒吳元濟。㊴下車而授首　指裴度一到，吳元濟即被活捉。授首，被砍下首級。㊵服恆陽之虜二句　吳元濟既平，裴度派布衣柏耆持書前往恆陽王承宗處勸降。王承宗懼，上表請以二子為質，獻德、棣二州，表示歸順，朝廷許之。服，用為使動詞，使之服從。恆陽，即恆州，為成德軍節度使駐所，在今河北曲陽。革心，改變主意。㊶惡稔禍盈　惡貫滿盈。稔，莊稼成熟，此指罪惡極大。㊷恣行悖慢　行為放肆，態度傲慢，背叛朝廷。恣，放縱。悖，背逆。慢，傲慢。㊸敢肆欺誣　膽敢放肆地進行欺騙和誣衊。㊹次　後來。㊺捨　捨棄；赦免。㊻罪止一夫　只治李師道一個人的罪。㊼梟鏡　比喻背棄恩德之人。梟，即貓頭鷹，相傳是背恩吃母的惡鳥。鏡，相傳是一種吃其父親的惡獸。㊽懷仁　變得仁義。㊾自致誅夷　自取滅亡。致，招致。誅，殺戮。夷，夷平；平定。㊿以成開泰　開創了平安的局面。泰，六十四卦之一，為平安通達之象。(51)虞　憂慮。(52)率土　四海之內。(53)振古莫儔　自古以來沒有可以和這一功業相媲美的。振古，自古。儔，偶；相比。(54)布政　宣佈政事。(55)明堂　皇帝舉行慶功等大典的地方。(56)勒功東嶽　在泰山上刻石記功。勒，刻。東嶽，即泰山。(57)光垂後祀　光照後代。(58)神化　聖明的教化。(59)崇勛　偉大的功勳。(60)宗袞　指同族中功勳卓越身居高位而又年長者，此指裴度。(61)倍萬恆情　超出常情萬倍。恆情，常情。

【語　譯】在下恭敬地向您呈狀：逆賊李師道被擒獲並斬首示眾，在下已向中書門下呈上了祝賀文書。在下很慚愧地作為您的同族，特別地受到您的恩惠，心情激動不平，因而再一次呈文向您表露心跡。我私下認為，自古以來，能使一個朝代再次復興的君主，必然有聞名於世的大臣，一心一德地為同一事業而努力，以協同那美好的宏運。因此，申伯、尹吉甫、方叔、召虎，成就了西周宣王的中興，恢復了先朝的勳業；吳漢、鄧禹、寇恂、耿弇，幫助東漢光武帝成就了可與上天之德相配的功業。這些都是君臣上下有著相同的志向，朝廷內外同心協力的結果。正因朝廷上下內外同心協力，雖然成就的功業很大，卻比較容易。閣下您英氣挺拔，超越常流，獨與皇上的謀略相一致，使朝廷的偉大事業得以昌明。平叛的軍國大計剛一確定，反對意見卻紛然而起，誹謗譏笑和花樣繁多的讕言充斥朝廷。閣下堅持自己的主張毫不動搖，平叛的詔命一經擬定，您的態度就更加堅決。征討淮右兇賊吳元濟，您率領的大軍一到，吳元濟即被活捉；征服恆陽的叛將王承宗，您派了一位使者勸降，就使得王承宗改變了割據的主意，歸順了朝廷。何況李師道惡貫滿盈，使得鬼也怨恨，神也憤怒。李師道行為放肆，態度傲慢，竟敢放肆地欺騙誣衊朝廷。朝廷天兵四次征臨，每次都獲大捷。後來又宣佈赦免其部下將校，允諾他們可以歸順還家，只治李師道一個人的罪。朝廷的恩情惠及百姓，使兇狠的豺狼也得感化，使背棄父母恩德的惡人也變得仁義。您使逆賊自取滅亡，開創了平安的局面。萬方都能慶祝平安，四海沒有了憂慮，因此使得天下的人民，都能見識到太平盛世。您的偉大功德、偉大事業，從古至今，沒有可以和您相媲美的。在這個時候，您宣佈政事於朝廷的明堂，刻石記功於東嶽泰山，您的功業將光照後代，輝映前王。聖明的教化，永遠屬於聖明的君王；偉大而崇高的功勳，歸於您這位同族中身居高位而又年長者。

慶祝恭賀之至啊，實在是超出常情萬倍。

【研析】「藩鎮割據」是唐王朝最為嚴重的危機之一。安史之亂中，中央政府削弱，一些節度使擁兵自重，在所轄地區擁有行政、人事、財賦、軍事等各種權力，節度使去世後，其子、弟或部將即自稱「留後」，迫使朝廷追認。這些方鎮實際上已經成為自外於唐王朝的獨立王國。元和十年（西元八一五年）前後，彰義軍節度使吳元濟據蔡州等地作亂，時淄青節度使李師道占據今山東一帶，成德軍節度使王承宗占據今河北一帶，三鎮遙相呼應而成犄角之勢，唐王朝面臨著重重危機。李師道等人甚至派刺客刺死了宰相武元衡，刺傷了御史大夫裴度，激起了朝廷上下的憤怒。朝廷以裴度為宰相，主持平叛。諸將未有成功，元和十二年（西元八一七年），裴度自請督師，朝廷遂以裴度兼淮西宣慰處置使。八月，裴度至郾城，督李愬等軍。十月，李愬率兵雪夜潛入蔡州，生擒吳元濟。淮西既平，王承宗恐懼。時有布衣柏耆願持書前往說降。裴度即遣柏耆至鎮州。王承宗遂上表，請以二子為質，獻德、棣二州，表示歸順，朝廷許之。淮西、成德平定，淄青李師道孤掌難鳴，屢為田弘正等所敗。元和十四年二月，李師道為部將所殺，淄青十二州平。消息傳來，舉國歡慶。時裴行立為桂管觀察使，依例應上表朝廷及上書宰相祝賀。這些雖是官樣文章，但文章寫得如何，當事人還是很看重的。此時柳宗元任柳州刺史，是裴行立的下級。上級有求，柳宗元不便推辭，何況平定叛藩，也正合柳宗元一貫的政治主張。文章中儘管大多是歌功頌德之辭，但多少也反映了柳宗元自己的心聲。

非《國語》❶

三川❷震❸

幽王❹二年，西周❺三川皆震。伯陽父❻曰：「周將亡矣。夫天地之氣，不失其序；若過❼其序，民亂之也。陽伏❽而不能出，陰迫❾而不能蒸❿，於是有地震。今三川實⓫震，是陽失其所⓬而鎮⓭陰也。陽失而在陰，源必塞⓮。源塞，國必亡。若國亡，不過十年，數之紀⓯也。夫天之所棄，不過其紀。」是歲⓰也，三川竭⓱，岐山崩，幽王乃滅，周乃東遷⓲。

非曰⓳：山川者，特⓴天地之物也；陰與陽者，氣而遊乎其間㉑者也。自動㉒自休，自峙㉓自流㉔，是惡㉕乎與我謀㉖？自鬥㉗自竭，自崩自缺，是惡乎為我設㉘？彼㉙固有所逼引㉚，而認之㉛者，不塞㉜則惑㉝。夫釜㉞

鬲㉟而爨㊱者，必湧溢蒸鬱㊲以糜㊳百物；畦汲㊴而灌者，必沖盪濆激㊵以敗㊶土石。是特老圃者㊷之為㊸也，猶足㊹動乎物㊺；又況天地之無倪㊻，陰陽之無窮，以澒洞㊼轇轕㊽乎其中，或㊾會或離，或吸或吹，如輪如機㊿，其孰(51)能知之？且曰(52)：「源塞，國必亡。」「人(53)乏財用(54)，不亡何待(55)？」則又吾所不識(56)也。且所謂者(57)天事乎？抑(58)人事乎？若曰天者，則吾既陳(59)於前矣；人也，則乏財用而取亡者(60)，不有他(61)術(62)乎？而曰是川之為尤(63)。又曰：「天之所棄，不過其紀。」愈甚(64)乎哉！吾無取乎爾(65)也。

【注釋】❶非國語　非難《國語》。原組文章計六十七篇，本書選了六篇。《國語》是春秋時的史書，相傳為左丘明所作，內容偏重於記載春秋時期的人物言行，故稱《國語》。非，非難；批駁。❷三川　指涇、渭、洛三河流域。❸震　地震。❹幽王　西元前七八一年至前七七一年在位。❺西周　西元前七七〇年，因犬戎逼迫，平王將都城自西邊的鎬京東遷至洛邑，後史家稱此前為西周，稱此後為東周。後因又稱鎬京所在的地區為「西周」。❻伯陽父　周朝的大夫。❼過　越過了正常的範圍，指弄亂。❽陽伏　陽氣潛伏在下面。❾陰迫　陰氣迫近地面。❿蒸　上升；蒸發。⓫實　副詞，表示確定的語氣。⓬失其所　亂了位置。⓭鎮　通「填」。填充；填塞。⓮陽失而在陰二句　意思是說，陽氣亂了位置，在陰氣下面，河水的來源必定要阻塞，因此發生地震。⓯數之紀　計數以十進位，所以十年稱為一紀。紀，階段。⓰是歲　這一年。指剛好是十年後的那年，即西元前七七一年。周幽王於西元前七八一年立，西元前七七一年被西方部族殺死。⑰竭　乾枯。⑱東遷　西元前七七〇年，周平王將國都從鎬京遷到洛邑（今洛陽）。⑲非曰　以上是《國語》的原文，非曰以下，是柳宗元的駁難。⑳特　只是；不過是。㉑遊乎其間　運行於天地之間。㉒自動　陰陽二氣自行流動。㉓自峙　山峰自行聳立。㉔自流　指河川自行流動。㉕惡　哪裏。㉖我謀　我們人類的謀劃。㉗鬥　通「頓」。停頓。㉘為我設　為我們人類而安排。㉙彼　它們，指上述山川、陰陽二氣。㉚逼引　指有外力影響。㉛認之　指認為與國家興亡有關。㉜塞　閉塞。引伸為無知；愚惷。㉝惑　疑惑；糊塗。㉞釜　炊具，像罈罐形。㉟鬲　炊具，鼎形的鍋。㊱爨　燒煮。㊲湧溢蒸鬱　翻滾、流出、蒸發、沸騰。㊳糜　煮爛。㊴畦汲　按畦汲水以灌溉。畦，分割田園使之成為條塊狀。㊵沖盪濆激　衝擊、盪漾、噴湧、奔騰。㊶敗　毀壞；使敗壞。㊷老圃者　老於園丁之事者，指熟練的園丁。㊸為　名詞，指所做的事。㊹猶足　尚且能夠。㊺動乎物　改變自然物的狀態。㊻無倪　沒有端倪；沒有邊際。㊼澒洞　瀰漫相連貌。㊽轇轕　交錯地糾纏在一起貌。㊾或　有時。㊿如輪如機　像輪子轉動；像機括一樣連鎖運動。(51)孰　誰。(52)且曰　所引三句話是《國語》的原文。(53)人　人主，此指周幽王。(54)財用　錢財用項。(55)何待　還等何時。(56)識　理解。(57)所謂者　上文所說幽王滅亡之事。(58)抑　用作連詞，還是。(59)既陳　已經陳述。(60)取亡者　招致來亡的原因。(61)他　別的。(62)術　辦法，這裏引伸為原因。(63)為尤　作怪；為害。(64)愈甚　更加（荒謬）。(65)無取乎爾　不理睬這種說法。

【語譯】周幽王二年，西周涇、渭、洛三河流域一帶發生了地震。伯陽父說：「周王朝快滅亡了。天地間的「氣」，不能亂了秩序；如果亂了，那是人為搞亂的。陽氣潛伏在下面出不來，陰氣迫近地面不能上升，於是就會發生地震。如今三河流域一帶真的發生了地震，是因為陽氣亂了位置而填塞在陰氣的位置上了。陽氣失去了位置，又填到陰氣的位置上，河水的來源必定塞斷。河水的來源斷了，國家必定滅亡。如果國家果真滅亡，時間不會超過十年，計數的習慣也是以十為一紀的。那上天要抛棄的國家，是不會超過一紀的。」十年後的這一年，三條河的水都乾枯了，岐山也崩塌了，周幽王真的滅亡了，西周王朝被迫東遷到洛邑去了。

我非難說：山脈河流，只不過是天地間的自然物；陰和陽，是運行於天地間的氣。陰陽二氣自行運動，自行靜止，山峰自然地聳立著，河水自然地流動著，這些現象的發生與我們人類的活動哪裏有什麼關係呢？河水自己會乾枯和阻塞，山峰自己會崩塌和陷落，這些現象哪裏是為我們人類安排的呢？山川、陰陽固然有一定的力量使其運動變化，但把這些運動變化看作是國家興亡的原因，那不是愚蠢就是糊塗。用鍋子來煮食物，鍋水必然會翻滾、蒸騰而煮爛各種食物；打水灌溉畦地，必然會使水衝擊、盪漾、噴湧、奔騰，損壞水渠兩側的土石。這些雖然是老園丁做的事，尚且對自然物有所改變；何況天地無邊無際，陰陽無窮無盡地瀰漫相連，交錯糾纏在一起，它們有時會合，有時分離，有時互相吸引，有時互相排斥，像車輪轉動那樣，像機械一樣連鎖運動，這種變化誰能預料到呢？《國語》中還說：「河水的來源塞斷，國家必定滅亡。」「人主缺少錢財，不滅亡還等何時？」這又是我所不理解的了。再說，所謂幽王滅亡的事，是天意造成的呢？還是人為的呢？如果說是天意，那麼我已經在上文中批駁過了；如果說是人為的，那麼，因缺少錢財而導致國家滅亡，難道不正是與天地無關的原因嗎？為什麼說是三條河流的為害呢？又說，「天要抛棄的國家，是不會超過十年的。」這就更加荒謬了！我用不著再批駁這種說法。

【研　析】根據古代的陰陽學說，陽應在上，陰應在下，如果正好相反，就是亂了位置，就會發生地震一類的災難。這是從自然界本身的角度對於地震的理解。但如果將自然界的變化與社會或人文的運動變化聯繫起來，甚至將地震看作是上天對人間王朝的懲罰，預示著這個王朝的滅亡，那就沒有什麼道理了。在柳宗元看來，天是天，人是人，人間的罪惡，上天沒有感官，沒有意志，不會去有意識地加以懲罰，人間所發生的一切，都是人們自己引起的，上天和自然有自己的運行方式和規律，和人沒有關係。這就是「天人相分」的思想。這在科學昌明的今天，人們基本上能夠正確地理解事物之間的因果關係，當然不會有什麼疑問，但在古代，這卻是十分大膽的說法。歷代的統治者，為了證明自己統治的先天合理，都會搞一套「神道設教」的理論出來。根據這個理論，君主是上天派來統治人間的，因而具有無可爭議的合理性和合法性。反過來，如果人間的君主犯下過失，上天也會通過各種各樣的天災來警告懲罰君主。柳宗元的「天人相分」之說，從哲學高度，徹底否定了「神道設教」的基礎。

神降於莘❶

周惠王十五年，有神降於莘。王問於內史❷過❸曰：「今是何神也？」對曰❹：「昔昭王娶於房❺，曰房后❻。實有爽德❼，協❽於丹朱❾；丹朱馮身❿以儀⓫之，生穆王焉。實臨⓬周之子孫而禍福⓭之。夫神壹⓮，不遠徙遷⓯，若由是觀之，其⓰丹朱之神乎！」王曰：「其誰受之？」對曰：「在虢土。」王曰：「然則何為？」對曰：「臣聞之，道⓱而得神，是謂逢[18]福；淫[19]而得神，是謂貪禍。今虢少荒[20]，其亡乎！」王曰：「吾其若之何[21]？」對曰：「使[22]太宰[23]以[24]祝史[25]、帥狸姓[26]，奉[27]犧牲[28]、粢[29]盛[30]、玉帛往獻焉，無有祈[31]也。」王曰：「虢其幾何？」對曰：「昔堯臨民以五[32]，今其胄[33]見；神之見也，不過其物[34]。若由是觀之，不過五年。」

非曰：力足者取乎[35]人，力不足者取乎神。所謂足，足乎道之謂也。堯、舜是矣。周之始，固以神矣[36]，況其微[37]乎？彼鳴乎莘者，以君蒿悽愴[38]，妖[39]之淺者也。天子以是問，卿[40]以是言，則固已陋[41]矣；而其甚者，乃[42]妄取[43]時日，莽浪無狀[44]，而寓之[45]丹朱；則又以房后之惡德與丹朱協，而憑以生穆王，而降於虢，以臨周之子孫，於是遂帥丹朱之裔[46]以奉祠焉。又曰：堯臨人以五，今其胄見，虢之亡，不過五年。斯[47]其為書[48]也，不待片言[49]而迂誕[50]彰[51]矣。

【注釋】❶莘　虢國（在今山西平陸）地名。周武王封弟弟虢仲為西虢的諸侯。❷內史　協助天子管理爵祿廢置等政務的官。❸過　人名。❹對曰　在下者回答在上者，稱對。❺房　古代國名。❻后　皇后。❼爽德　敗壞道德。❽協　協合，指男女私合。❾丹朱　傳說為唐堯的兒子。❿馮身　（魂）附在身上。⓫儀　匹配；交合。⓬臨　監臨；降臨來監督。⓭禍福　用作動詞，懲罰和獎賞。此為偏義復詞，指降禍。⓮壹　誠實；一心一意。⓯不遠徙遷　不會跑到遠處去。⓰其　大概。⓱道　指國君有道。⓲逢　迎來。⓳淫　這裏指荒淫無道的國君。⓴少荒　虢的國君年少荒淫。㉑若之何　對這件事怎麼辦。㉒使　派遣。㉓太宰　掌管百官和管理內廷事務的大臣。㉔以　連詞。和；以及。㉕祝史　管祭祀的官。㉖狸姓　丹朱的後代。㉗奉　捧。㉘犧牲　祀神的牲口。㉙粢　五穀的總稱。㉚盛　裝穀的用具。㉛祈　求神賜福。㉜臨民以五　堯五年巡視各地一次。臨，監督；視察。㉝胄　貴族的子孫。㉞物　物數。㉟取乎　有取於，指取得幫助、安慰、解釋；有所依靠。㊱固以神矣　本來就求助於神了。㊲徵　徵兆；預兆。㊳君蒿悽愴　《禮記》：「君蒿悽愴……神之著也。」君同熏，燒。蒿，青蒿，一種有特殊香氣的草本植物。原意是說，用火熏蒿草，發出嗆人的氣味，這就是蒿草化成的精靈，這和人死後仍有精魂，是一樣的道理。㊴妖　妖術。㊵卿　公卿，比大夫高一級的臣。㊶陋　低陋庸劣。㊷乃　竟然。㊸妄取　胡亂推算。㊹莽浪無狀　粗野不成體統。㊺寓之　假託之。㊻裔　後代子孫。㊼斯　這樣。㊽其為書　他著這書。指左丘明寫《國語》。㊾不待片言　用不著多說。㊿迂誕　迂腐荒謬。(51)彰　顯露；明顯。

【語譯】周惠王十五年，有神降臨在虢國的莘地。惠王問內史過說：「這次來的是什麼神呢？」內史過回答說：「從前周昭王在房國娶的王后，叫房后。她實在是道德敗壞，竟然和丹朱的陰魂私通；丹朱附在她身上和她交合，生了穆王。丹朱的神靈降臨於周王的子孫，帶來了災禍。聽說神是比較專一的，不會跑到遠處去，如果從這點來看，這次大概還是丹朱之神吧。」惠王又問：

「那這次該誰承受神的懲罰呢？」內史過回答說：「當然是虢國了。」惠王問：「那麼，丹朱神想怎麼樣呢？」內史過回答說：「臣下聽說，有道的國君得到神的降臨，那是迎來福氣；荒淫無道的國君得到神的降臨，那就是要遭殃受罰了。現在虢國的國君年少而荒淫，大概神要滅掉他吧！」惠王又問：「那我該怎麼辦呢？」內史過回答說：「派遣太宰和掌管祭祀的官員，率領丹朱的後裔，捧著祭祀的牲口、五穀和玉帛，前往那裏獻神，希望能免除禍患，至於福氣，就不要祈求了。」惠王問：「那虢國還能存在多少日子？」內史過回答說：「從前堯帝每五年出巡一次去監督百姓，如今他的兒子顯靈，也不會超過五年這個定數。這樣看來，虢國的滅亡不會超過五年。」

我非難說：對於神靈禍福之事，能力充足的人依靠人事來化解，能力不足的人就借助神道來化解。怎樣才算是能力足呢？能力足意味著富有道義。堯、舜就是這樣的人。而周朝的祖先本來就是依靠神道的，更何況依靠這樣的預兆呢？丹朱這神在莘這個地方叫喊的事，就像《禮記》中所說的「薰蒿草時發出嗆人的氣味，這就是蒿草化成的精靈」，不過是淺薄的謊話。天子以神道天命來詢問大臣，大臣以神道天命來應答，這本來已經很低劣庸陋；更有甚者，竟然胡亂地推算時日，把粗野不成體統的事假託在遠古的丹朱身上；又說道德敗壞的房后和丹朱私合，丹朱的神靈附在她身上和她交合就生了周穆王，丹朱之神降臨在虢國的莘地，是要給周王的子孫帶來災禍，於是便要領著丹朱的後人去祭祀。又說：堯每五年出巡一次去監督百姓，如今他的兒子顯了靈，虢國的滅亡不會超過五年等等。他這樣亂寫史書，用不著寫多少，迂腐荒謬就自己暴露出來了。

【研析】對於「神」，孔子是「不語」，至多說是「祭神如神在」，就是說，你覺得有神，神就在。

至於到底有沒有「神」，孔子實際上是不相信的。但他老人家沒有證據，於是便採取了「闕疑」的處理方法。《左傳》、《國語》等春秋時代的文獻，雖然也強調人事的作用，但對於鬼神占卜之事，大體上還是相信的。春秋之後，特別是在漢董仲舒之後，歷代統治者在繼承孔子學說作為官方的統治哲學時，便利用孔子沒有徹底否定神，而將「君權神授」的思想，放進了被改造過的儒家學說中。唐代也不例外。柳宗元對於這一套，只用一句話就將其中的秘密說了出來：「力足者取乎人，力不足者取乎神。」統治者也不是三頭六臂，他憑什麼能統治別人，要別人聽他的？古代社會中，力氣大、武器好、人數多，當然是統治別人的「資本」，但只有這點是遠遠不夠的。你有軍隊我也可以拉起一支來，於是就有了大大小小數十次「揭竿而起」。為了給自己增加「力量」，於是便要請上天和鬼神來幫忙。值得注意的是，其實不僅僅統治者是這樣，被統治者在試圖奪取統治權時，也無不利用上天鬼神，如陳勝、吳廣，如黃巾軍，如太平天国等等。

卜❶

獻公卜伐❷驪戎❸，史❹蘇❺占之曰：「勝而不吉❻。」

非曰：卜者，世之餘伎❼也，道❽之所無用❾也。聖人用之，吾未之敢非❿。然而聖人之用也，蓋以驅⓫陋民⓬也，非恆⓭用而徵信⓮矣。爾後⓯之昏邪者⓰神之⓱，恒用而徵信焉，反以阻大事。要之⓲，卜史之害於道也多，而益於道也少，雖勿用之⑲可也。左氏⑳惑於巫㉑而尤神怪之㉒，乃始遷就附益㉓以成其說，雖勿信之可也。

【注釋】❶卜　占卜，用某種特定的儀式或方法，以期預測吉凶。常用的方式，是以火烤龜甲，通過察看裂紋來測定吉凶。❷伐　討伐。❸驪戎　古代西方部族之一。❹史　史官。占卜是史官的職責之一。❺蘇　人名。❻勝而不吉　雖然可以獲得勝利，但並不吉利。❼餘伎　小伎。❽道　這裏指治理國家的原則。❾無用　不使用。❿未之敢非　即未敢非之，不敢非議它。非，非議；反對。否定句式中，賓語代詞可提前。⓫驅　驅使；玩弄。⓬陋民　無知的百姓。⓭恆　經常。⓮徵信　取得相信的證據。⓯爾後　此後。⓰昏邪者　昏庸而奸邪的人。⓱神之　把它神化。⓲要之　總之。⓳雖勿用之　即使不設卜史這種官。⓴左氏　指《國語》的作者左丘明。㉑巫　專管降神、占卜等活動的人。㉒神怪之　把它神怪化。㉓遷就附益　牽強附會，添油加醋。

【語譯】晉獻公討伐驪戎之前，叫史官蘇占卜預測吉凶。占卜的結果是：「可以得勝，但不吉利。」

我非難說：占卜是世上多餘而沒用的伎倆，對於治理國家的原則來說，是毫無用處的。聖人曾經使用它，我不敢非議。但聖人之所以用它，不過是利用它來驅使缺乏知識的老百姓罷了，並不是經常使用，並作為吉凶的預兆而叫人相信的。後來那些昏庸而又奸邪的人把它神化了，並且經常使用它，作為吉凶的證據叫人相信，結果反而誤了許多大事。總之，占卜和占卜的史官對於治理國家大事的害處多，益處少，即使是不用占卜，不設占卜的史官，也是完全可以的。左丘明迷信巫術並把占卜神聖化了，於是就不顧事實，牽強附會，寫下了荒謬的說法，人們完全可以不去相信他。

【研　析】占卜星相算命之類，從古至今，從中國到外國，從文盲到知識分子，相信者不絕。這不僅僅是因為迷信。許多不信鬼神的人，卻相信占卜算命。這是因為，世界上的各種事情，其發生和發展，有的有規律，有的能找到原因，有的能夠預測其發展趨勢，但也有無法得知其必然規律，甚至找不到之所以發生發展的原因，至於預見其發展趨勢，就更加困難了。許多事情是偶然的，人們沒辦法得知「命運」，於是「算命」便流行起來。對於這個玩藝，柳宗元一言以蔽之：「雖勿信之可也」。事情很簡單：「偶然性」本來就是不可預測的，你怎麼去「算」？如果不是偶然的，而是必然要發生的，那還需要去「算」嗎？算了又有什麼用？故柳宗元認為，占卜算命，足以「阻大事」，不算也罷。

命　官❶

胥❷、籍、狐、箕、欒、郤、柏、先、羊舌、董、韓，實掌近官❸；諸姬❹之良，掌其中官❺；異姓之能，掌其遠官❻。

非曰：官之命，宜❼以材❽耶，抑❾以姓乎？文公將行霸❿，而不知變是弊俗⓫，以登⓬天下之士，而舉族⓭以命乎遠近，則陋⓮矣！若將軍大夫必出舊族⓯，或⓰無可⓱焉，猶⓲用之耶？必不出乎異族，或有可焉，猶棄⑲之耶？則晉國之政可見矣。

【注　釋】❶命官　任命官員。❷胥　姓氏，與下文的籍、狐等，是晉國十一個舊家貴族。❸近官　國君身邊掌握大權的官。❹諸姬　晉文公的同族。晉國為姬姓。❺中官　朝廷內的官。❻遠官　地方官。❼宜　應該。❽材　才能；素質。❾抑　表示選擇關係的連詞。❿行霸　春秋時期若干諸侯國中的聯盟主叫做霸主。行霸，指謀求霸主的事業。⓫弊俗　有害的習俗。指上文所說的命官習俗。⓬登　選拔；起用。⓭舉族　按照族姓。⓮陋　淺薄；愚蠢。⓯舊族　古老的貴族。⓰或　也許。⓱無可　沒有賢能的人。⓲猶　還。⓳棄　捨棄；不任用。

【語　譯】胥、籍、狐、箕、欒、郤、柏、先、羊舌、董、韓等十一個舊族大姓的人，擔任晉國國君身邊掌大權的官；晉文公同姓族人中有德能的人，擔任朝廷內的官；其他族姓有才能的人，擔任偏遠的地方官。

我非難說：官員的任命，是應該憑才能呢，還是以族姓為標準呢？晉文公要想建立霸業，卻不知改革這種有害的舊習慣，起用天下賢能之士，還按照氏族的貴賤作為任命官員的原則，這就太沒見識了！如果一定要從十一個舊族中選拔將軍和大夫，說不定舊族中沒有一個賢能的人，還談得上任用他們嗎？如果一定不從其他族姓中選拔將軍和大夫，而其他族姓中卻有賢能的人，難道捨棄他們不用嗎？有這樣的命官習俗，晉國的政治也就可想而知了。

【研　析】任用賢能，是一大問題。本來，這是天經地義的事情，不用賢能，難道要任用奸邪愚蠢之人嗎？但事情遠沒有這樣簡單。古今中外，無數的政治家、改革家，在談到治國方略乃至一地一方的治理時，無不有「任賢用能」一條。從這一點既可看出任用賢能之重要，也可以看出任用賢能之難。原因何在？就在於「私利」。因此，柳宗元「任賢選能」的呼籲，到現在仍然有其現實意義。

伐宋❶

宋人殺昭公，趙宣子請師❷以伐宋，曰：「是反天地❸而逆民則❹也，天必誅❺焉。晉為盟主而不修天罰❻，將懼❼及❽焉！」

非曰：盟主之討殺君❾也❿，宜⓫矣。若乃⓬天者，則吾焉知⓭其好惡而暇⓮徵⓯之耶？古之殺奪⓰有大於宋人者，而壽考⓱佚樂不可勝道⓲，天之誅何如也？宣子之事則是矣，而其言無可用者。

【注釋】❶伐宋　討伐宋國。春秋時，宋國的公子鮑把他的哥哥宋昭公殺了，並自立為國君。晉國的趙宣子（趙盾）請求晉靈公出兵討伐宋國。❷請師　請求出兵。❸反天地　違反天地間的道理。❹逆民則　違背做臣民的準則。❺誅　懲罰；誅滅。❻修天罰　做好替天執行懲罰之事。❼懼　恐怕。❽及　涉及；連累。❾討殺君　討伐殺君之人。❿也　句中語氣詞。⓫宜　適宜；應該。⓬若乃　至於說到。⓭焉知　怎能知道。⓮暇　有空閒時間。⓯徵　驗證；考究。⓰殺奪　殺君篡權。⓱壽考　年高；長壽。⓲不可勝道　說不完。

【語　譯】宋國人殺死了宋昭公，晉國大夫趙宣子請求（晉靈公）派兵討伐。他說：「這是違反天地之意和做臣民的準則的，上天一定要懲罰宋國。晉國作為盟主，若不替天行道，恐怕要被連累的！」

我非難說：盟主討伐殺國君的人是應該的。至於說到天意，那我們怎麼知道它喜愛什麼和討厭什麼，又那裏有空閒時間去考究它呢？古時候那些殺君奪權的人，罪行比宋人殺昭公更大，卻能活得很長，安逸快樂，這種事情說也說不完，而天的懲罰又在那裏呢？趙宣子請求出兵伐宋，事情是做對了，但他關於「天意」的話，卻是毫無用處的。

【研　析】當我們希望懲罰壞人的時候，會用「天打雷劈」之類的惡毒詛咒。不過，這很少靈驗。上天並沒有感覺意志。在這件事情上，天是靠不住的。天既然靠不住，那依靠什麼來懲惡揚善呢？古代社會多半是通過暴力手段解決，而在現代社會，則應該通過法律的審判和良心譴責。

戮僕❶

晉悼公四年，會❷諸侯於雞丘❸，魏絳❹為中軍司馬❺。公子揚干❻亂行❼於曲梁❽，魏絳斬其僕。

非曰：僕，稟命❾者也。亂行之罪在公子，公子貴，不能討❿，而稟命者死，非能刑⓫也。使⓬後世多為是以害無罪，問⓭之，則曰魏絳故事⑭，不亦甚乎？然則絳宜奈何⑮？止⑯公子以請君之命⑰。

【注　釋】❶戮僕　殺死奴僕。❷會　盟會；召開會議。動詞。❸雞丘　地名，也叫雞澤，在今河北永年西南。❹魏絳　晉國的大夫。❺中軍司馬　春秋時期，晉國設左、中、右三軍。中軍地位最高。司馬，春秋時為軍中執法官。❻公子揚干　晉厲公的兒子，晉悼公的弟弟。❼亂行　亂了隊伍，指不按規定的行列行軍。❽曲梁　地名，在今河南密縣東北。❾稟命　按命令行事。❿討　指處罰。⓫非能刑　不能算是執法嚴明。⓬使　假使。⓭問　責問；追問。⓮故事　過去的事，引伸為先例。⓯宜奈何　怎麼做適宜，應該怎麼做。⓰止　執；捉住。⓱請君之命　請示國君如何處置。

【語　譯】晉悼公四年，晉國邀集諸侯在雞丘舉行盟會，魏絳當時是中軍的執法官。在行軍到曲梁時，公子揚干一行人亂了行列，魏絳便將揚干的奴僕斬首。

我非難說：奴僕是接受和執行命令的人。犯了亂行之罪的是公子，可是公子地位高，不能處罰，便將執行命令的奴僕處死，這不能算是執法嚴明。假使後世很多人也這樣去殺害無罪的人，如果責問他們，他們就說春秋的魏絳就是先例，那豈不是太過分嗎？那麼，魏絳應該怎麼處理這件事呢？應該把公子抓起來，請示國君的命令來處理。

【研　析】古代有「刑不上大夫」的說法，從這個事例來看，不但真的有這麼回事，而且還要拿一個奴僕來作為替罪羊，這真是太不講道理了。後來社會進步，在民間輿論上，就有了「王子犯法，與庶民同罪」的說法，在法律上，也對上層人物犯罪，作出了種種刑事或民事的處罰規定，雖然這種規定相對於普通百姓來說，往往要輕微得多，但總算是有了一個法則。但在實際執行中，那些手握大權，在整個上層社會關係中各各有著千絲萬縷相互聯繫、相互利用的特權階層，大多會用各種方法，逃避或減輕法律的處罰。「法律面前人人平等」，在春秋時代、在柳宗元時代只是一個奢望。

◎新譯白居易詩文選

陶敏／注譯

白居易是中唐有名的社會寫實詩人，詩歌作品平易近人，老嫗能懂。他所倡導的新樂府運動，重視文學的實用性，帶動詩歌革新，影響深遠。本書精選其詩文共二二〇首（篇），入選作品以詩歌為主，並適當選入較多的制、策、奏、判等應用文，以全面反映白居易的文學成就。注釋簡明，語譯淺近，研析以文本藝術鑑賞為中心，並適時介紹學界相關研究成果。